[英] 菲利帕·格里高利 —— 著
张璐 黄雪玲 董才华 —— 译

PHILIPPA
GREGORY

另一个波琳家的女孩

· 金雀花与都铎系列 ·

THE OTHER BOLEYN GIRL
First published in Great Britain by HarperCollins Publishers Ltd. , 2001.
Copyright © Philippa Gregory Ltd. , 2001
Translation © CHONGQING PUBLISHING HOUSE. 2022, translated under licence from HarperCollins Publishers Ltd.

版贸核渝字（2017）第276号

图书在版编目（CIP）数据

另一个波琳家的女孩 /（英）菲利帕·格里高利著；张璐、黄雪玲、董才华译 . —重庆：重庆出版社，2022.10
书名原文：The Other Boleyn Girl
ISBN 978-7-229-15884-2

Ⅰ.①另⋯　Ⅱ.①菲⋯②张⋯③黄⋯④董⋯　Ⅲ.①长篇小说—英国—现代　Ⅳ.① I561.45

中国版本图书馆 CIP 数据核字（2021）第 113074 号

另一个波琳家的女孩
LING YIGE BOLIN JIA DE NÜHAI

[英]菲利帕·格里高利　著　张璐　黄雪玲　董才华　译
责任编辑：邹　禾　方　媛　崔明睿
装帧设计：徐　图
责任校对：何建云

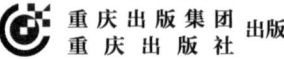
重庆出版集团
重庆出版社　出版

重庆市南岸区南滨路162号1幢　邮政编码：400061　http://www.cqph.com
重庆出版社艺术设计有限公司 制版
重庆豪森印务有限公司 印刷
重庆出版集团图书发行有限责任公司 发行
E-mail：fxchu@cqph.com　邮购电话：023-61520646
全国新华书店经销

开本：890mm×1230mm　1/32　印张：21.125　字数：560千
2022年10月第1版　2022年10月第1次印刷
ISBN：978-7-229-15884-2
定价：122.80元

如有印装问题，请向本集团图书发行有限公司调换：023-61520678

版权所有　侵权必究

菲利帕·格里高利
Philippa Gregory

英国畅销作家，资深记者，媒体制片人。1954年出生于肯尼亚，后随家人移居英格兰，在获得萨塞克斯大学历史学学士、爱丁堡大学18世纪文学博士学位后，她出版了第一部小说《威德克尔庄园》，此书的畅销令她成为一名全职作家。此后她笔耕不辍，以严肃的历史背景为依托，融入女性写作者特有的细腻情感，创作了多部系列小说，其中"金雀花与都铎"系列作为她的代表作被多次改编为影视作品，收获广泛关注，也为她带来"英国王室历史小说女王"的美誉。

"金雀花与都铎"围绕14至16世纪的英国宫廷女性写作。许多女性在历史上并未留下浓墨重彩的痕迹，菲利帕结合想象与考据，丰满了史书间女人们的名字。这是一个相当庞大的系列，且仍在持续更新中。

在小说之外，她还写过童书、短篇集，并与大卫·巴德文及麦克·琼斯合著非虚构类作品《玫瑰战争中的女性》。同时，她还是英国广播公司第四频道《英国问答》的常客，都铎王朝时代频道的专家。

目前她和家人一起住在英格兰北部。她喜爱骑马、散步、滑雪和园艺，另外在冈比亚建立了一所园艺学习慈善机构。

译者简介

张　璐，四川大学文学硕士，专业为外国语言学及应用语言学，研究方向为现代语言理论。现任巴中市公用事业投资集团股份有限公司办公室文秘。

黄雪玲，四川大学文学硕士，专业为外国语言学及应用语言学，研究方向为英语语音语调习得。现任成都东软学院公共外语教育教学管理团队专职教师。

董才华，四川大学文学硕士，专业为外国语言学及应用语言学，研究方向为现代语言理论。现任朴新集团佛山学校教师。

金雀花与都铎 系列

另一个波琳家的女孩

女王的弄臣

处女的情人

永恒的王妃

波琳家的遗产

另一个女王

白王后

红女王

河流之女

拥王者的女儿

白公主

国王的诅咒

驯后记

三姐妹三王后

最后的都铎

献给安东尼

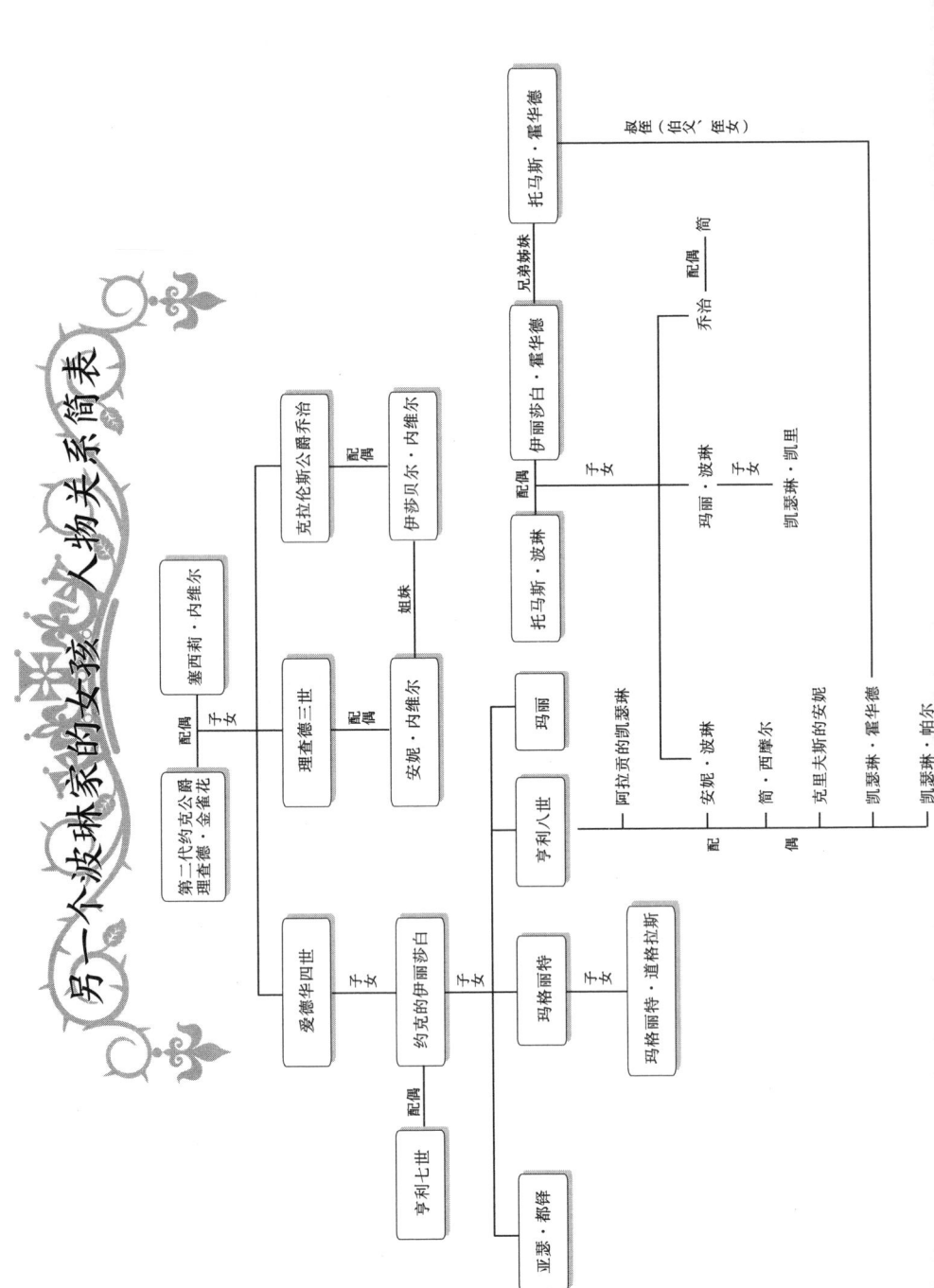

1521年春

我听见一阵沉闷的鼓声,但什么也看不见。一位夫人站在我的前面,挡住了刑台的方向,我只能看见她紧身胸衣的束带。我进入宫廷已经一年多了,参加过无数次的庆典,但从未见识过如今天这般的。

我往旁边挪了几步,伸长了脖子,看见了被处刑的人。那个人在神父的陪同下,缓慢地从塔楼走向绿地中的刑台。断头台就放在中央,刽子手身着衬衣,头戴黑罩,已经整装就绪。这看起来更像一场化装舞会而不是一场处刑,我也是抱一种看戏的心态,把它当作一种宫廷娱乐。国王高坐在王位,神情漫不经心,看起来像是在脑海中演练他的宽恕辞。我新婚一年的丈夫威廉·凯里站在国王的身后,我的哥哥乔治和我的父亲托马斯·波琳爵士也在国王身后并排站立,他们的神色看上去都不好。我在丝绸鞋里稍稍蠕动了下脚趾,心里期盼着国王能够快点儿完成特赦,这样我们就能去享用早餐了。我只有十三岁,经常觉得饿。

白金汉公爵站在远处的刑台上,他脱下了厚大衣。我们有足够近的血缘关系,我叫他伯父。他参加过我的婚礼,还送给我一只镀金手镯。我的父亲告诉我他有许多地方被国王所不容:他是王室血脉,手头还有着一大支武装力量,让国王不能高枕无忧。更糟糕的是,据传,他曾说过国王现在没有子嗣,以后也可能没有,那么,将来国王很有可能会无子而终,连继承王位的子嗣也没有。

另一个波琳家的女孩

这样的想法不能宣之于口。国王、宫廷,乃至整个国家都明白,王后必须并且得很快生下一个王子。如果不这样认为,那就是踏上了通往断头台木阶的第一步,因而正导致了眼下的局面,我的伯父白金汉公爵,正毫无惧色地稳步走上刑台。好的朝臣从不主动提及任何难以示人的真相,宫廷里的生活应该总是充满欢声笑语。

斯塔福德伯父来到台前发表遗言。我站得太远了听不清他说的话。但是我紧紧地盯着国王,看他是否有任何将要发表赦令的迹象。在清早的日光中,这个男人站在刑台上,他曾是国王的网球搭档,格斗场上的对手,无数次欢歌宴饮中的陪伴。他是和国王一同长大的玩伴。国王将会给他上一课,给他一场公开的教训,然后国王会宽恕他,之后我们就可以去吃早饭了。

站在远处的那个人转向神父,他低头祈祷,亲吻玫瑰圣经。他在断头台前跪下,双手抓住木桩。我在想,把脸贴在打了蜡的木桩上是什么感受。我细嗅河面吹来的暖风,倾听头顶的海鸥叫声,尽管知道这只是一场戏剧不是真实的,但是伯父把头放在断头台上而刽子手就站在身后,还是会觉得这样的场景十分怪异。

刽子手举起了斧头,我看向了国王。国王迟迟不介入。我望回行刑台。我的伯父,低垂着头颅,双臂挥舞着张开,是可以行刑的信号。我又看向国王,现在他应该站起来了。但是他依然岿然稳坐,英俊的脸上带着冷酷。当我还在盯着国王这边的时候,另外一阵击鼓声响起,又突然安静下来。接着,我听见斧头重击的声音,两声,三声。这声音熟悉得就像是家里在砍木头劈柴。难以置信的事情发生了,我看见伯父的头颅蹦跳到了稻草堆里,鲜红的血液从那诡异的粗短脖颈中迸发出来。头戴黑罩的刽子手把沾了血迹的斧子放到一边,揪着浓密的卷发提起了那颗头颅,这下子,我们都清清楚楚地看见了这个如同面具一样的东西:前额到鼻子的面容乌黑,咧嘴露牙，嘴上还带着一个挑衅的笑。

国王慢慢地从椅子上站起来，这时，我还天真地以为：上帝啊，这下尴尬了，他介入得太晚了，这下子乱套了，他忘记及时出言阻止了。

但我错了，他并不是介入太晚，他也并没有忘记。他就是想当着整个宫廷处死我的伯父，好让所有人都明白一件事情：这里只有一个王，那就是他亨利。并且，他一定会有一个儿子，胆敢对此有一丝闲言碎语都会招致杀身之祸。

宫廷里的人分乘三艘驳船，沿河而上，安静地返回了威斯敏斯特宫。王家船队迅速地驶过，带动旗帜飘扬，河岸两边的人群脱帽跪拜，只瞥见华贵布料。我在第二艘船上，这是宫廷女眷乘坐的船，王后的船。我的母亲坐在我的旁边。她兴趣缺缺地一瞥，问道："玛丽，你的脸色很差，你不舒服吗？"

"我没有想到他会被执刑，"我说，"我以为国王会宽恕他。"

母亲斜靠过来，凑近我的耳朵，在船舶行驶的吱嘎声以及船桨的拍击声的掩映下，没人能听见我们的对话。"你可真是个傻子，"她语速很快地说，"只有傻瓜会说这样的话。学着点儿，玛丽，在宫廷里面一着不慎满盘皆输。"

1522年春

"我明天去法国,到时候我会带着你的姐姐安妮①一起回来。"我的父亲站在威斯敏斯特宫的台阶上对我说,"她回到英格兰后,将在玛丽·都铎②王后的宫廷中任职。"

"我以为她会留在法国,"我说,"我以为她会嫁给一个法国伯爵之类的人。"

他摇头:"我们对她另有安排。"

我知道询问什么安排是无用功,我只能等着。我最害怕的是她的婚姻比我现在的更好,那样的话,在我的余生中每当她拂袖而过,我都只能俯首跟随。

"收起你那副阴沉的表情。"我的父亲厉声说道。

我马上换上了谄媚的笑容。"好的,父亲。"我温顺地回应。

他点头,我屈膝行礼送他离开。接着我站直身体,慢慢走向我丈夫的卧房。墙上有一块梳妆镜,我在它的面前站定,盯着里面自己的影子。"没有关系。"我轻声自言自语。"我是波琳家族的人,生来不凡,我的母亲来自霍华德家族,那可是几大贵胄之一。我既是波琳家族,也是霍华德家族

---

① 本书中,安妮与玛丽及乔治年龄有文学处理,史实中安妮为妹妹。——本书注释如未标明,均为编者注。

② 亨利八世的妹妹,法国王后。

的后裔,"我咬了咬嘴唇,"但她也是。"

我挂上了虚无的谄媚者笑容,镜面倒影里那张漂亮的脸也报以相同的笑容。"我是波琳家最年轻的女孩,但不是最没地位的。我嫁给了威廉·凯里,一个深得国王欢心的人。我是王后身边最受喜欢也是最年轻的女侍从,没人能夺走这一切,即使是她也不行。"

安妮和父亲的归程因为春雷耽搁了。我意识到自己天真地希望他们的航船就此沉没,她被淹死。想到她的死亡,我的心里生起一阵矛盾复杂的情绪,从心底生出的悲痛又夹杂着暗含的欣喜——我不能没有安妮,但我却不能与她共存。

不管怎样,她终是安全地到达了。我看见她和父亲从王家栈桥走上通往宫殿的小石子路。即使是从二楼的窗户望出去,向下看,我都能看见她摇曳的裙摆,精致剪裁的斗篷。看见围绕在她周身的光华,一瞬间,强烈的嫉妒一闪而过。直到她走出我的视野,我才急忙坐回王后会客室的椅子。

我原本计划的是,她回来后应该在王后挂满帷绣的房间与我第一次见面,我会起身,与她问候,表现得既成熟端庄又亲切热络。但当门一打开,她一走进来,我被突如其来的喜悦冲昏了头脑,我听见自己尖叫出声"安妮!"然后跑向了她,裙摆跑动沙沙作响。安妮本来昂着头颅走进来,用高傲的黑色眼睛打量着四周,但也一瞬间收回一个十五岁小贵妇的端庄姿态,向我敞开双臂。

"你长高了。"她气息未定地说,她的双臂紧紧地拥着我,我们面颊相贴。

"是我的鞋跟很高。"我猛吸入一口她身上熟悉的香水气味,她温热的皮肤上散发着肥皂与玫瑰香水精华的味道,衣服上带着薰衣草的气息。

另一个波琳家的女孩

"你过得好吗?"

"很好,你呢?"

"可太好了。那你的婚姻生活怎么样呢?"

"还行,锦衣玉食。"

"那他呢?你的丈夫怎么样呢?"

"大有可为。他时时在国王身边随侍,国王很看重他。"

"你们做了吗?"

"做了,很早之前就做了。"

"那疼吗?"

"非常疼。"

她拉开我,仔细看我的表情。

"好吧,不是特别疼,"我确信地说,"他确实努力地温柔一些。他老让我喝酒,但其实这真的让情况更糟糕。"

她脸上的担忧消散,笑了起来,闪烁着会跳舞的眼睛问:"怎么糟糕啦?"

"他小便在壶里,就在我能看见的地方小便!"

她绷不住大笑:"不会吧!"

"好了,女孩儿们,"我的父亲说,他从安妮的身后走上前,"玛丽,带着安妮,将她引见给王后。"

我立刻转身带着安妮穿过候在门外的宫眷贵女,来到王后的房间,她正在炉火旁端坐。我提醒安妮:"王后很严肃,这里不是法国。"

阿拉贡的凯瑟琳用她那清澈的蓝眼睛扫视了安妮,我感到一阵恐慌,我担心她会更喜欢安妮。

安妮向王后行了一个标准的法式礼,缓缓上前,看起来她才是整个宫殿的主人。她的声音中带着妩媚的味道,她的一举一动都有来自法国宫廷的风情。看到王后对于安妮展示出来的精致礼仪很冷淡，我感到欣喜。我引着安妮在靠窗的位置坐下。

"她憎恨法国，"我说，"如果你一直保持着法兰西的做派，她永远都不会亲近你的。"

安妮耸耸肩："法兰西礼仪是最潮流的，管她喜不喜欢呢！不然还学谁呢？"

"西班牙？"我建议，"如果你想要呈现其他风格的话，西班牙不错。"

安妮轻笑出声："瞧瞧那些帽兜，看起来就像是在头顶盖了个屋顶。"

"嘘，"我责备地说，"她是个漂亮的女人，全欧洲最好的王后。"

"她是个老女人，"她残忍地评价道，"穿着来自全欧洲最愚蠢民族的衣服，也是全欧洲最丑的衣服，打扮得就是个老女人。我们可没空搭理西班牙人。"

"我们？"我冷淡地问，"可不包括我这个英格兰人。"

"法国！"她故意刺激我，"当然是。我现在可是地地道道的法国人。"

"你是土生土长的英格兰人，就跟我和乔治一样，"我直截了当地说，"跟你一样，我也是在法国宫廷长大的。为什么你老是想要显得不一样呢？"

"因为每个人都必须有自己独特的地方。"

"你什么意思？"

"每个女人都必须有某些特质让她显得与众不同，以此来吸引目光，成为关注的焦点。我就准备以法国风情作为我的特质。"

"所以你准备伪装成另一副样子？"我语气里带着责备。

她目光闪烁，以她独特的方式用那黑眼睛打量着我。"说起伪装，我们不相上下，"她平静地说，"我的妹妹，我亲爱的妹妹，我可爱又温柔的妹妹。"

我看着她的眼睛，我浅色的眼睛望进她黑色的眼睛。我知道我们连谄

另一个波琳家的女孩

笑的幅度都是一样的,她就是我的一面镜子。"算了吧你,"我依旧不愿意接受她的反驳,"算了吧。"

"就是这样的,"她说,"我会成为一朵带刺的法国黑玫瑰,而你则是英格兰甜美温柔的白玫瑰。我们是完美的组合,哪个男人能抵抗住我们呢?"

我笑了,她总有办法让我笑出来。我从铅窗看下去,国王刚好狩猎回来,正到马厩院子里。

"那是国王回来了么?"安妮问道,"他真有传言那么帅吗?"

"他非常迷人,真的。他跳舞非常棒,也擅长骑马。哎呀,他的优点说不完呐。"

"他现在会过来吗?"

"可能吧,他常常来看望王后。"

安妮不屑地瞥了一眼王后,王后正和女眷坐在一起纺织。"真是想不通为什么。"

"因为他爱她,"我说,"这是一个动人的爱情故事。她本来是嫁给了他的兄弟,但是他的兄弟英年早逝,她不知道如何自处,也不知道何处安身。这个时候,他接纳了她,让她成为了他的妻子,他的王后。多么感人的爱情故事,并且他爱她如初。"

安妮扬起她完美的弯眉,在房间里扫视了一圈。所有的随侍女眷都听见了国王狩猎归来的声音,她们坐回自己的位置,展开衣服的裙摆,这样当门打开,亨利国王站在门槛从门口看进来时,她们就会像一幅画。国王朗声大笑,像一个放纵不羁的青年。"我来就是给你一个惊喜,在你不知情的情况下。"

王后接道:"我们确实感到惊喜!"她热烈地回应。"这真让人开心。"

国王的随从和同伴们随后也走进来,我的哥哥乔治首先进来,在门槛边打量了安妮。他英俊而谄媚的脸下隐藏着欣喜,弯腰靠近王后的手,行礼问安。"殿下,"他轻吻王后的手指,"虽然太阳已经照射了我一整个上午,但是此刻我才真正感受到了闪耀。"

王后向下看着他乌黑卷曲的头发,笑得矜持端庄:"去跟你的妹妹说说话吧。"

"玛丽在这里?"他漠然地问,仿佛他没有看见我和安妮。

"你的另一个妹妹,安妮。"王后纠正他,她戴满戒指的手一指,示意我和安妮上前。乔治向我们略鞠一躬,但并未离开王座近旁的重要位置半分。

"她变化大吗?"王后问。

乔治笑道:"我希望她按照眼前的模子,就是王后您,有个脱胎换骨的变化呢。"

王后微微一笑:"真会说话!"她的话里充满赞许,然后挥手示意让乔治到我们这边。

"你好啊,漂亮的小姐。"他对安妮说,"你好啊,漂亮的夫人。"他跟我打招呼。

安妮半低睫毛。"我真希望拥抱你。"她说。

"我们尽快出去,"乔治斩钉截铁地说,"你看上去不错呀,安娜玛利亚。"

"我很好,"安妮说,"你呢?"

"从没这么好过。"

"小玛丽的丈夫是什么样的人呢?"她好奇地问,看着威廉走进屋子,弯腰向王后行礼。

"萨默赛特伯爵三世的曾孙,深得国王赏识,"乔治主动说起了唯一引起大家兴趣的问题:威廉的身家背景和国王与他的亲疏程度,"玛丽做得很好。安妮,这次你被带回来就是给你安排婚姻的,你知道么?"

另一个波琳家的女孩

"父亲还没告诉我对方是谁。"

"我想你要嫁给奥蒙德家族的人。"乔治说。

"那我要成为一位伯爵夫人了。"安妮对我扬起一个得意的笑容。

"只是爱尔兰的。"我立刻答道。

我的丈夫从王后的座位旁离开,看见了我,在安妮强烈的挑衅眼神中抬起了一边眉毛。国王在王后身边坐下,开始环顾四周。

"亲爱的玛丽·凯里的姐姐现在也加入了我们。"王后说道,"这是安妮·波琳。"

"乔治的妹妹?"国王问。

乔治鞠躬答道:"是的,我的陛下。"

国王笑着看安妮。安妮行了一个屈膝礼,像一个落入井中的桶,再抬头,嘴边挂着一个有挑战意味的微笑。国王没有被迷住,他喜欢温顺的女人,他喜欢温柔微笑的女人。他不喜欢向他投去带有挑战意味眼神的女人。

"跟你的姐姐重逢,你开心吗?"国王问我。

我斜屈一礼,起身之间有些仓促。"当然,陛下,"我放柔声音,"哪个女孩会不期待着安妮这样的姐姐陪伴呢?"

听到这话国王的眉头微微皱起,他更喜欢男人之间嘲弄女人的粗俗笑话,而不是女人的话里有话。他看了看我,又看见安妮微带戏弄的表情,明白了我的意思,大声笑出来,打了打响指,向我伸出手。"别担心,亲爱的,"他说,"在新婚的头几年,没有人能夺走一个新娘的光彩。还有,凯里和我也更喜欢金发女人。"

每个人都笑了起来,特别是有着一头黑发的安妮,还有王后,她的赤褐色头发已经渐渐褪色变成了棕色带灰的发色。她们不会傻到因为这话而做些什么,只能是附和着国王朗声笑出来。我也笑了,并且我认为我的内心比任何人都更高兴。

乐师弹奏着和弦。亨利把我拉到他身边。"你非常漂亮。"他赞许地说，"凯里告诉我他喜欢年轻的新娘。不是十二岁的处女，他都不会再碰。"

现在我很难再保持下巴扬起并且笑颜如花。我们进入了跳舞的人群，国王低头看着我笑着。

"他是个幸运的人。"他温和地说。

"能得到陛下的赏识是他的幸运。"我答道，因为这句赞美绊了下脚。

"我是说，他更幸运的是得到了你的青睐。"他说着突然大笑起来。然后他拉着我开始跳舞，我在跳舞的人群里旋转，瞥见了乔治赞许的眼神，更让我欣喜的是，当国王拥着我转过安妮身边时，我看见了她嫉妒的眼神。

安妮融入英格兰宫廷的日常中，等待着她的婚礼。直到现在，她都还没见过她的未婚夫，关于嫁妆和置地的问题一直争论不休。沃尔西主教插手了这件事情，他几乎插手了英格兰土地上的所有事务，不止这一件。但就算是沃尔西主教的影响也无法阻止事情的争议，同时，安妮会如同一个法国女人一样与人调情，对待国王的姊妹态度淡漠，每日花费大把时光闲聊八卦、骑马消遣，跟我和乔治一起玩乐。我们品味相近，年龄相仿。我年纪最小，十四岁，安妮十五岁，乔治十九岁。我们有着最近的血缘关系，却又几乎完全不了解彼此。我和安妮曾被养在法国宫廷，乔治则在英国宫廷学习如何做人臣。现在，我们团聚了，整个宫廷都知道我们是波琳三子，讨喜的波琳三子。每当国王在他的起居室时，他总会四下探寻，高声命人去传唤我们。这个时候，就会有人被派遣从城堡的一头来找寻我们。

我们生活中的首要任务就是让国王玩儿得高兴：格斗、网球、赛马、狩猎、鹰猎、跳舞。他喜欢生活在一波又一波的刺激兴奋里，而让他远离无趣就是我们的职责。有时候——但这种情况非常少——在晚餐前的静谧时光,或者是因为下雨他不能外出狩猎,他会独行去王后的房间。这个时候,王后就会放下她手头的女红或者是正读着的书,让我们都退下。

如果稍作逗留,我就会看到她对着他笑,一种她从未向任何人展示过的笑容,就算是对着她的女儿玛丽公主也没有过。曾有一次,国王在的时候,我无意间进入,看到国王就像爱人那样坐在王后的脚边。他的头斜倚在王后的膝头,王后轻轻地拨弄国王前额的红金色卷发,让它们在指尖打转。王后指尖的卷发涌动着流光,夺目得如同国王曾送给她的戒指。那时候王后还是一个年轻的公主,有着一头和国王一样耀眼的头发,那时候,国王曾力排众议,将她迎娶为后。

我踮着脚尖悄悄地离开,没让他们发现。他们很少独处,我不想破坏这一切。我找到了安妮,她正在冷飕飕的花园里跟乔治一起散步,紧裹斗篷,手捧一束雪花莲。

"国王和王后在一块儿,"我说着走向他们,"就他们两个人。"

安妮抬起一边眉毛,"在床上?"她好奇地问。

我脸一下子红了:"当然不是,现在才下午两点。"

安妮对着我笑:"如果你认为天黑之前不能上床,那你一定是个幸福的妻子。"

乔治伸出他的另一只手臂揽住我。"她就是一个幸福的妻子,"他替我说话,"威廉曾经跟国王说他再没见过比玛丽更甜美可人的姑娘了。说回来,玛丽,那国王和王后在干什么呢?"

"就是坐在一起。"我回答。我非常不想向安妮描述刚才国王和王后在一起的情形。

"她那样可生不出儿子来。"安妮大咧咧地说。

"嘘!"我和乔治立马出声阻止。我们三个更靠近一些,压低声音说。

"她应该已经放弃了,"乔治说,"她多大了?三十八,还是三十九?"

"才三十七。"我愤愤不平地说。

"她还来月事吗?"

"我的天呐,乔治!"

"她还有,"安妮如同陈述事实般说道,"但有什么用呢?是她自己的错。国王和贝茜·布朗特的私生子又不能放在门口等着学骑小马驹。"

"时间还长着呢。"我反驳说。

"等着她死,然后国王再娶吗?"安妮若有所思地说,"确实,你看她身体也不好,是吧?"

"安妮!"我第一次对安妮产生了发自内心的恐惧,"说这样的话不好。"

乔治再次扫视四周,确认花园里没有人在我们周围。一双西摩尔家的女孩儿正跟着她们的母亲走着,但我们并不在意她们。她们家族是我们权力仕途上的主要对手,我们宁愿假装没看到她们。

"话虽不好听但说的是事实,"他说得很直白,"如果国王没有儿子,谁将会继承王位呢?"

"玛丽公主可以嫁人呐。"我提出想法。

"一个别国的王子来统治英格兰,国家不会安稳的。"乔治说,"我们再也不能承受另一场王位之争了。"

"玛丽公主可以继承王位,成为女王,不嫁于他人,"我兴奋地说,"作为一个女王,治理国家。"

安妮轻哼一声,表示并不这么认为,她哼出的气变成了一团白雾。"对呀,"她嘲弄地说,"她可以骑马、学习格斗比赛。一个女人如果不这样治理国家,那些大家族会把她生吞了。"

我们三个人在花园中央的喷泉旁停留。安妮保持着她训练有素的优雅,坐在喷泉水池的边缘,看着水面。一些金鱼充满期待地向她游去,她脱下刺绣手套,将细长的手指浸入水中。小鱼们游上来,张开小嘴,嘬食空气。

我和乔治看着她,她看着自己在水面晃动的倒影。

"国王考虑过这件事情吗?"安妮问自己的倒影。

"经常。"乔治回答,"这世上再没有比这更重要的事情了。我觉得如果王后无所出的话,国王就会接回贝茜·布朗特的男孩,立他为继承人。"

"让一个私生子来当国王?"

"他叫亨利·菲兹罗伊可不是没有缘由的,"乔治回复道,"众所周知,他是国王的儿子①。如果国王足够长寿,能巩固政局,让时局变得对他来说足够安全。而且如果他能得到西摩尔家族的支持,得到我们家族的拥护,沃尔西主教支持他,国外势力也支持他的话,那还有什么能阻挡他呢?"

"一个男孩,并且是一个私生子。"安妮若有所思地说,"一个六岁的小女孩,一名韶华已逝的王后和一位正当盛年的国王。"她把视线从水面上自己虚晃的倒影里转开,抬头看向我们。"他们会发生些什么呢?"她问,"一定会有事情发生。会是什么呢?"

沃尔西主教向王后来信,邀请我们参加忏悔星期二的化装舞会。舞会将在他的约克宫举办。王后让我念信,看到里面的内容时,我的声音因为激动都有些微微颤抖:一场盛大的化装舞会,在绿堡要塞,五位女士将同守护要塞的五个骑士共舞。"尊敬的王后殿下⋯⋯"我开了个头又停住了。

"殿下,然后呢?"

"我只是在想我是否能够参加这场化装舞会,"我说得很谦卑,"去见识这场盛宴。"

"我觉得你在想的可不只是这个。"她眼中微光一闪,这样对我说。

---

① "菲兹罗伊"暗含"国王之子"的意味。

"我是在想我是否能够成为其中的舞者之一,"我承认,"这听上去非常有趣。"

"可以,"王后说,"信中他向我要多少个女孩儿?"

"五个。"我静静地说。我的眼角瞥见安妮坐在她的位置上,闭了一下眼睛。我知道她在干什么。我能在脑海里听见她的声音,就像是她真的在大叫道:"选我!选我!选我!"

这招奏效了。"安妮·波琳小姐,"王后体贴地说,"法兰西的玛丽王后,德文伯爵夫人,简·帕克,还有你,玛丽。"

安妮和我快速地交换了一个眼神。被选中的我们五个将会是一场很奇怪的五重奏:国王的姊姊,他的妹妹玛丽王后,女继承人简·帕克——她会是我们的嫂子,但前提条件是她和我们的父亲能够在嫁妆上达成一致。剩下的,就是我和安妮。

"我们要穿绿色①吗?"安妮问道。

王后对她微笑。"我想是的,"她接着说,"玛丽,你可以写封回信给沃尔西主教,告诉他我们很乐意参加,并且让他把宴会的操办人派过来,这样我们就可以挑选服装,并且准备我们的舞蹈了。"

"我来吧,"安妮站起身,走向桌边,笔墨纸已经在那里备好了,"玛丽写的字很难辨认,他会以为我们写的是一封拒绝信呢。"

王后笑了。"好吧,法国学者,"她温和地说,"就你来写吧,波琳小姐,用你漂亮的法文,或者你想用拉丁语给他写信吗?"

安妮的眼神没有动摇。"殿下,你喜欢哪种都可以,"她肯定地说,"这两种语言我都很擅长。"

"告诉他,我们都很期待加入他的保卫要塞化装舞会。"王后缓缓地说,"可惜你不懂西班牙语。"

---

① 代表都铎的颜色。

另一个波琳家的女孩

化装舞会主持人的到来意味着一场残酷的竞争。这个时候,微笑和甜言蜜语将会决定我们各自在化装舞会中的角色。最终,王后亲自介入给我们分配了角色,没有了任何商量的余地。王后让我扮演"善良"一角,国王的妹妹玛丽王后得到了理想的角色"美貌",简·帕克扮演"持之以恒",安妮对我耳语:"她确实一直紧咬不放。"安妮被分到"不屈不挠",我悄声回道:"看,这就是她对你的印象。"安妮保持了优雅的浅笑。

我们会被一群印第安女人袭击——实际上是王室教堂的唱诗班成员,之后被国王和他的伙伴们营救。我们被告知国王将乔装其中,因此,被警告千万小心不能去戳破非常明显的伪装:一个房间里最高的人,有着一头金发,戴一个金色的面具。

最后这场舞会变得更像一场狂欢,远比我想象的要有趣得多。乔治朝我扔玫瑰花瓣,我就朝他泼玫瑰花水。唱诗班全是一些小男孩,他们玩儿得太过头了,去攻击骑士,随后被拴着脚倒吊起来,在空中旋转,虽然被转得头晕目眩,可还在那里傻笑。到了我们走出城堡与神秘骑士跳舞的情节,是人群中最高的骑士国王拉起我与我共舞。此时的我,还在因为刚刚跟乔治的嬉戏气喘吁吁,我的发饰和头发上还沾着花瓣,我的礼服的褶皱里还散落着水果蜜饯,无意间就笑着搭上了他的手。我和他翩翩起舞,就像他只是一个普通的男人,而我只是一场乡村欢宴中的厨房女佣。

当摘下假面的信号即将响起之时,国王高声:"继续!我们再跳一曲。"他并没有换舞伴,而是再次拉着我开始跳舞。我们手拉着手开始跳一支乡村舞蹈,从他金色面具的缝隙我看见他晶亮的目光直视着我。他无所顾忌地笑着,我回笑着仰头看他,如阳光般的暖意渗透进了我的皮肤。

"当你今夜脱下衣服时,我会非常嫉妒你的丈夫,你会让他就像沐浴在糖霜里。"他声音低沉地对我说,这时,我们随着舞步退到一边,并排着看向舞池中央的另一对舞伴。

我一时想不出什么诙谐的话来回应他刚才所说的,那不是一个对于宫廷之爱的常规赞许。一个丈夫沐浴在糖霜里,这种画面太私人,也太情色。

"毫无疑问,您无需嫉妒什么,"我说,"无疑任何事物都属于您。"

"怎么会?"他问。

"因为您是国王。"我回应,一时间忘记了我本不应该识破他的伪装。"要塞的国王,"我补救道,"当了一天的国王。应该是亨利国王嫉妒您才对,因为您在一个下午就赢了一场漂亮的战役。"

"你怎么看待亨利国王?"

我抬头看他,表情带着天真:"他是这个国家有史以来最伟大的国王。能在他的宫廷里面是种荣耀,与他近距离接触是种特权。"

"你会爱上他吗?"

我低下头,红了脸:"我不敢去想这个。他从没这样看过我。"

"不,他有,"国王肯定地说,"这点你可以相信。如果他继续这样看着你,'善良'夫人,你能像你的名字一样,善意地对待他么?"

"陛……"我咬了咬嘴唇,阻止自己喊出"陛下"。我四下找寻安妮,比任何时候都要急迫。我希望她在我身边,用她的聪明机智帮助我。

"你被命名为'善良'。"他提醒我。

我朝他微笑,隔着金色面具偷偷瞄他。"是的,"我说,"我想我是善良的。"

乐师完成了这一曲,暂停着,等候国王的指令。"摘面!"他说着,取下了自己的面具。我看见了英格兰国王,有些许喘息,还有些摇晃。

另一个波琳家的女孩

"她晕了!"乔治大喊。我们配合得天衣无缝。当我倒向国王的怀里时,安妮身手敏捷得如同一条蛇,飞快地脱下我的面具,并且非常聪明地顺手取下了我的头饰。于是我的金色长发就像一条小溪般顺着国王的胳膊蜿蜒而下。

当我睁开眼睛的时候,国王的脸离得很近。我能闻到他发间的香味,他的呼吸洒在我的脸上,我看着他的嘴唇,我们离得如此之近,一低头,他就能吻上我。

"你一定要对我善良些。"他提醒我。

"你是国王……"我不可置信地说。

"你已经承诺了好好待我。"

"我不知道是您,陛下。"

他温柔地把我扶起来,拥着我来到窗边。他打开了窗子,冷风呼啸而进。我晃了下头,让我的头发随风飘动。

"你是惊吓过度,昏过去的吗?"他问我,声音很低沉。

我低头看着我的手。"是因为太过惊喜。"我喃喃道,声音甜美得如同做忏悔的少女。

他弯头亲吻了我的手,然后站起来,大声道:"现在开始晚宴!"

我看向安妮,她正摘下自己的面具,用一种审视的表情看着我,这是一种属于波琳家的表情、一种霍华德家的表情。这种表情表明她在思考:我该怎么做,让现在发生的事情,让这种局势为我所用?她金色的面具下就像是还戴着另一张漂亮的人皮面具,在那人皮面具之下,才是这个女人真实的样子。当我望回去的时候,安妮给了我一个神秘的浅笑。

国王向王后张开双臂,她欣然从座椅上站起来,仿佛她很高兴看到自己的丈夫和我调情。但当国王转头和她一起离开时,她稍作停留,用她那蓝眼睛意味深长且狠厉地看着我,那眼神就像是在和一个朋友诀别。

"我希望你早点儿从头晕中恢复，凯里夫人。"但她语气温和，"也许你应该去你的房间里休息了。"

"我想她是因为没吃东西所以有点儿轻微的头晕，"乔治插话，"让我带她去晚宴吧。"

安妮上前。"国王摘下面具时，可把她吓坏了。谁曾想到那是您呢，陛下。"

国王笑了起来，显得很愉快，所有人都笑起来。只有王后听到我们三个违背了她的命令：尽管她已经明确表过态，我还是要去赴宴。她思量着我们三个的实力。我可不像贝茜·布朗特那样无权无势任人宰割。我是波琳家族的人，并且波琳家族抱团发力。

"来吧，玛丽，和我们一起去用餐吧。"王后说，这虽然是一个邀请，却丝毫没有温度。

我们的座次是随意的，要塞中的骑士和夫人们混在圆桌周围。作为宴会的主人，沃尔西主教坐在国王的对面，王后坐在圆桌的第三个位子上，其余的位子我们随意入座。乔治拉着我坐到他的身边，安妮让我的丈夫坐到她的身边，分散他的注意力。国王就坐在我对面，正看着我，我小心地移开了视线。安妮右边坐着诺森伯兰家族的亨利·珀西，乔治的另一边坐着简·帕克，她正一心一意看着我，似乎正努力搜寻着蛛丝马迹，证明我是个居心叵测的女人。

我吃得很少，虽然宴会上有各式馅饼、通心粉，上好的菜品和野味。我吃了一点儿沙拉，这是王后最爱吃的东西，喝了几口红酒和水。不一会儿，我的父亲来了，坐到了我母亲身边，母亲附耳跟父亲说了几句。我看见父亲的眼神扫过我，像是一个马贩子在衡量一匹小马价值几何。无论何

另一个波琳家的女孩

时我抬头都能看见国王在看着我,当我转过视线时,我知道他依然在盯着我。

晚宴结束,主教提议我们去大厅听听音乐。安妮在我旁边拉着我,快步下楼梯,为的是让国王到来时,我们两个已经安坐在靠墙的长椅上。这样一来,国王停下来询问我恢复的情况就会显得顺理成章,自然而然。当国王经过时,我和安妮都起身行礼,他坐到那张空出来的长凳上并且邀请我一起坐下。安妮离开去和亨利·珀西聊天,挡住周围人看向我和国王的视线,主要是为了挡住凯瑟琳王后微笑的凝视。当音乐开始演奏时,我的父亲走上前去跟王后攀谈。这一切完成得天衣无缝。我和国王隐秘在一个拥挤嘈杂的房间里,足以遮盖住我们之间的悄悄话。波琳家的每一个成员在各自的岗位上帮助实现这一目的。

"你好些了吗?"国王低沉着声音问我。

"从没比现在更好过,陛下。"

"我明天出去骑马,"他说,"你愿意一起来吗?"

"如果王后同意的话。"我说。我决定不去冒险惹王后不高兴。

"我去跟王后说让你上午去,我会说你需要新鲜空气。"

我笑了:"陛下,你会是一个很棒的医生。前提条件是您空闲的时间都在做诊断和治疗。"

"那你就要做一个听话的病人,听从我的医嘱。"他警告道。

"我会的。"我低头看着自己的手指,依然能感觉到他投向我的视线。我的心像是飞上了云端,这比以往我所幻想的任何情形都让人心潮澎湃。

"我可能会让你连续几天都侍寝。"他说,声音非常低。

我飞速地瞥了他一眼,他正眼神灼灼地看着我。我的脸一下子红了,说话开始结巴,陷入沉默。音乐突然停了。

"继续演奏。"我的母亲说道。凯瑟琳王后环视四周搜寻国王,然后看到国王跟我坐在一起。"不如我们来跳舞吧?"王后问道。

这是一道王室指令。安妮和珀西找到了自己的位置,音乐响起。我起身,亨利走到王后身边,坐着看我们。乔治是我的舞伴。

"抬起头来,"当乔治拉着我的手时,他提醒我,"你看上去鬼鬼祟祟的。"

"她在看着我们。"我小声地回答。

"她当然在看。更重要的是国王也在看着你。最重要的是,父亲、舅舅他们在看着你。他们希望你是一个朝气蓬勃的年轻女孩儿。凯里夫人,你做得越好,我们越会随着你平步青云。"

听到这些,我抬起头来,对着乔治语笑嫣然,看起来就像是一个无忧无虑的女孩。我竭尽所能跳得优雅动人。在乔治的细致牵引下,我翩然起舞,屈膝,转向,旋转。当我抬头看向国王与王后时,他们都在看着我。

霍华德舅舅的伦敦豪宅里开了一个家庭会议。我们聚集在他的书房里,黑色封皮的大部头书掩盖了街市的喧闹。霍华德家族的两个侍从在门口看守以防有人打扰,同时保证没有人打断或是偷听这次谈话。我们要商讨家族事宜,家族秘密。除了家族的人没人可以靠近。

"她好生养吗?"舅舅问我的母亲。

"她的月经周期规律,并且她是个很健康的女孩儿。"

我的舅舅点头:"如果国王宠幸了她,她又有了王室的子嗣,那我们就有更多的筹码了。"我注意到他袖子褶皱上的毛皮摩擦着木桌,在他身后火光的照耀下,他的华服显示出一种别样的光彩,却让我觉得毛骨悚然。"她不能再跟凯里发生关系了,国王宠着她这段时间,这段婚姻得搁浅了。"

我的呼吸突然有点儿急促。我不能相信有谁能向我丈夫说出这种话。

并且,我们已经起誓永远不离不弃,婚姻是为了延续后代,上帝让我们在一起,没有人可以把我们分开。

"我不……"我刚要说话。

安妮拧着我的外衣,"嘘。"她轻声。她法式兜帽上的珍珠像是眼神明亮的间谍向我眨着眼睛。

"我去跟凯里谈。"我的父亲说。

乔治拉起我的手:"如果你怀上了孩子,国王必须知道那是他的而不是其他什么人的。"

"我不想当他的情妇。"我小声地说。

"你没有选择。"乔治摇摇头。

"我不干。"我紧紧地抓住乔治安抚我的手,垂眼看着黑色的长木桌,我盯着我舅舅,他的眼神犀利得如同一只不会错过任何东西的猎鹰。"对不起,但是我很敬爱王后。她是一个了不起的女人,我不能背叛她。在上帝面前,我曾发誓只为我的丈夫披荆斩棘,自然,我也不能背叛他。我知道国王就是国王,但是你也不能让我……对吧,我不能那样做。"

他没有回答我,他有这个权利不作出回复。"面对如此高尚的品格,我该怎么做呢?"他问头顶的空气。

"我来吧,"安妮直接说,"我会好好劝玛丽的。"

"你还太年轻了,做不了导师。"

她不卑不亢地回望舅舅的凝视。"我在这个世界上最时髦的宫廷长大,"她说,"我没有浪费那些时光,该看的不该看的我都看到了,并且从中我受益匪浅。我知道现在这种情况需要的是什么,我可以教导玛丽如何表现。"

他犹豫了一下,"你最好不要把挑逗那一套学得太好,安妮小姐。"

她矜持得如同一个修女。"当然不是。"

我提起了肩膀,想要甩开安妮。"我可没觉得我需要按照安妮说的去做。"

尽管这次家庭会议的中心是我的事情,但我的存在感降低了,安妮转移了他们的注意力。"对了,乔治,我相信你也可以教导你的妹妹。你很了解国王是怎么跟女人相处的,一定要保证玛丽在国王的注意范围内。"

他们点头,之后有了片刻的静默。

"我会跟凯里的父亲谈,"我的父亲主动接话,"威廉会支持的,他可不是傻子。"

我的舅舅低眉看向桌边的安妮和乔治,他们站在我左右两侧,不像朋友,却像是看守我的狱卒。他给他们下命令。"你们俩协助你们的妹妹,"他命令,"主要是为了得到国王的青睐,无论她需要什么,你们都要帮助她达成。无论她需要什么才艺,无论她需要什么东西,无论她缺乏什么样的技能,你们都要帮助她得到所需。我们都指着在你们俩的帮助下让她上国王的床。记住了,这件事可以一本万利,但若是失败,那我们便一无所有了。记住了。"

我和我丈夫的诀别异常痛苦。我走进房间时,我的侍女正在收拾我的东西准备带往王后的房间。衣服鞋袜凌乱地摆在床上,斗篷搭在椅子上,珠宝盒无序地散落在各处,我丈夫就这样站在一屋子的混乱之中,年轻的脸上全是震惊。

"夫人,你前途无量。"

他是一个帅气的年轻人,是所有女人都青睐的那种类型。我想我们两个如果没有因为家族的安排走入婚姻,且现在又被安排分开的话,我们会喜欢彼此的。"我很抱歉,"我尴尬地说,"你明白的,我必须听从我舅舅和父亲的安排。"

"我知道。"他直率地说,"我也一样,他们说什么,我就得做什么。"

安妮带着俏皮而灿烂的笑容出现在门口时,我松了口气。"威廉·凯里,幸会,过得好吗?"看见她妹夫站在我的一堆乱糟糟的东西里以及看着他的婚姻以及他对子嗣的渴望跌得粉碎,似乎就是她最大的快乐。

"安妮·波琳,"他微微一鞠躬,"你是来协助你的妹妹平步青云的吗?"

"当然,"她的眼睛微光一闪,"我们都应该这样做。我们与玛丽是荣辱与共的。"

她无畏地朝向威廉的凝视,最后威廉败下阵来,转头望向窗外。"我必须走了。"他说,"国王命令我一起去狩猎。"他犹豫了一会儿,最后跨过到处散落着我衣服的房间,走向我。他轻柔地抬起我的手,轻轻一吻。"我为你感到遗憾,同时也为我自己。你也许一个月之后会回到我身边,也许是一年。我会尽力记住今天,记住像个孩子般失落地站在这堆衣服中的你。我会尽力记住你是无辜的,跟所有的阴谋筹划都没有关系,至少今天你只是一个天真的女孩而不是波琳家的人。"

王后注意到了我现在是一个独身的女人,和安妮一起住在她寝宫外的一个房间,她什么都没有说。王后对待我外表一切如常。她依旧和颜悦色,轻声细语。如果她想让我做什么事情,比如写一张纸条,唱歌,把她的宠物狗从房间里抱过来,或者是传一条消息,她依旧会谦和地吩咐我。但是她再也没有让我为她读过《圣经》,再没有在她纺织时让我坐在她脚边,也再没有在睡前跟我道过晚安。我再也不是她最喜欢的小侍女了。

能在晚上和安妮睡在一起是我这些日子以来极大的安慰。我们拉上了床周围的帘子,所以当我们在黑暗中说悄悄话时没人可以偷听,这种感觉像极了我们童年时一起在法国的那些日子。有些时候,乔治会离开国王的房间来找我们。他会爬上高床,把蜡烛小心翼翼地立在床头,然后拿出扑克和骰子和我们一起玩。其他女孩都在旁边的房间睡着了,并不知道我们的卧房里还隐匿着一个男人。

他们并不会教导我应该扮演一个怎样的角色,反而是非常狡猾地等我遇到超出认知范围内的事情后,自己去问他们。

当我的衣服被从宫殿的一头移到另一头时,我什么都没说。当整个宫廷因为春天的到来全部转移到国王最喜欢的肯特的埃尔特姆宫时,我什么都没说。当在骑行过程中,我的丈夫同我和颜悦色地谈起天气和我身下马匹的情况时,我什么都没说。这匹马是简·帕克在强压之下为了家族的荣耀被迫借给我的。但是当我、乔治和安妮单独待在宫殿的花园里时,我对乔治说:"我觉得我不应该这样做。"

"做什么?"他明知故问。我们被安排遛王后的宠物狗。在日间的行程中它被安置在马鞍旁边,颠簸了一路,现在看上去病恹恹的。"来呀,弗鲁,"乔治对它鼓劲儿,"跑起来,跑起来!"

"我没办法和我的丈夫还有国王共处一室,"我说,"我没有办法当着我丈夫的面对国王微笑。"

"为什么不行呢?"安妮扔出一个球,沿着地面滑行,让弗鲁去追。但这只小狗就看着球滚出去,没有丝毫去追逐的意思。"去啊,你这只笨狗!"安妮叫起来。

"因为我觉得这是不对的。"

"你觉得你比母亲懂得多吗?"安妮生硬地说。

"当然没有。"

"那比起父亲呢?还有舅舅呢?"

我摇头。

"他们为你规划了一个光明的未来,"安妮肃穆地说,"英格兰的每一个

另一个波琳家的女孩

女孩都渴望着这样的机会。你即将成为英格兰国王的心头宠。而你现在却在这个花园里,像个痴呆一样纠结自己是否应该为国王的笑话而对他笑。你简直就像这只狗一样无知。"她把马靴的鞋尖塞在弗鲁的屁股下,轻轻地推着它沿小道前行。弗鲁一屁股坐下,就如现在的我一样固执和沮丧。

"温柔些。"乔治提醒安妮。他把我冰凉的手塞进他的手肘弯。"没你想的那么糟,"他说,"威廉今天和你一起骑马就是想表达他对这件事的认可,不是想让你自责。他知道国王一定会得到他想要的,我们都知道这一点。威廉对于这件事乐见其成,你会成为他未来获得更多荣耀的渠道,你为他的家族带来晋升就是履行了你的职责。他会很感激你,你没有做错任何事情。"

我动摇了。我看看乔治诚挚的棕色眼睛,又看向安妮转开的脸,"还有一件事情。"我不得不坦白。

"什么?"乔治问。安妮的眼神跟随着弗鲁,但我知道她的注意力是在我身上。

"我不知道在那种时候该怎么表现。"我轻声说,"实际上,威廉差不多会一周和我做一次,而且是在四周全黑的情况下,很快就结束了。那个过程我也不怎么喜欢。我不知道我该怎么表现比较好。"

乔治发出一阵笑声,伸出手臂揽过我的肩膀,抱住了我。"很抱歉,我不应该笑的。但是你想错了。他不会想要一个精通此道的女人,那样的女人在这个城市每个澡堂都有无数个。他想要的是你,他喜欢的是你。如果那时候你表现出羞涩或者生疏,指不准他会很喜欢的。没事儿的。"

我们身后传来一阵喧哗:"波琳三子!"

我们转身,看见国王在高台上,依旧穿着他外出时的斗篷,帽子松松垮垮地戴在头上。

"臣下在此。"乔治鞠躬行礼,我和安妮同时屈膝。

"你们骑马之后不累吗?"国王问道,问的是我们三个,但他的眼睛只看着我。

"完全不。"

"你骑的小母马很漂亮,但身子太短了。我会给你一匹新马。"他说。

"谢陛下。"我说,"这匹马是借来的,我很开心即将拥有一匹自己的马。"

"你可以自己去马厩挑选。"他说,"来吧,我们现在就去看看。"

他朝我伸出手臂,我手指轻轻地搭上他华服的衣袖。

"我几乎感觉不到你的存在。"他伸手覆上我的手,随后紧紧贴住,"现在,我想知道我真的拥有你,凯里夫人。"他的蓝眼睛明亮清澈。他抚上我的法国兜帽,随后是散落在外的金棕色头发,最后是我的脸颊。"我真的想要体会到我拥有你。"

我的嘴开始发干,微笑着,分不清是恐惧还是欲望让人窒息。"能和您在一起,我很开心。"

"真的吗?"他问,突然变得很急迫,"你真的这样想吗?我不想你后悔。我知道你周围有很多人迫使你走向我,但我希望和我在一起是你自己的想法。"

"陛下,这就像是在化装舞会,我不知道是您,却与您共舞一曲。"

那段舞会的回忆愉悦了他。"哈哈,是的。当我取下面具时,你看见我,竟然晕倒了。你本以为我是谁?"

"我没有想过。我知道我犯傻了。我以为您可能就是宫廷里面某一个我不认识的人。帅气逼人,我很开心能和您一起跳舞。"

他笑了。"凯里夫人,你有这么甜美的脸蛋,还有这么不羁的想法。你希望有一个英俊的陌生人来到王宫里和你共舞一曲吗?"

"我没有想这些出格的事情。"一瞬间我有些担心太轻浮了些,"只是您邀请我跳舞时，我一时间忘记了该怎么反应。我很自信自己的行为不会出错。但是当我……

"当我忘乎所以了。"我轻柔地说。

当我们走到通往马厩的石头拱门时，国王在拱门下停住，把我转向他。我感觉我身体的每一部分都活跃起来了，从我站在滑溜溜的砾石上的马靴，到我看向他的眼神。

"你还会忘乎所以吗？"

我迟疑了，安妮上前轻声说："不知陛下心中为我的妹妹选定了哪匹马呢？我相信您会发现她可是个好骑手。"

他走向马厩，暂时离开了我身边，乔治和他从一匹马看到另一匹。安妮向我走近。

"你必须让他不断地主动接近你，"她说，"让他不断地靠近，但不要让他觉得你主动靠近他。他想要的是他在追求你，而不是你去俘获他。当他给你选择去接受或者是逃避他时，那种时候你必须以退为进。"

国王转头微笑地看着我，乔治吩咐一个马童从棚里牵来一匹漂亮的马驹。"但是别跑太快了，"我的姐姐提醒我，"得让他追到你。"

✦

那晚在宫廷众人面前我和国王跳了舞，第二天狩猎时我骑着他送我的新马在他的身边。王后端坐高台，看着我和国王起舞；狩猎之日，王后站在城门与国王欢声送别。每个人都知道国王在追求我，每个人也都知道只要一道命令我就会答应国王的追求。唯一不知道这一点的人是国王，他认为整个追求的节奏掌握在他的手中。

几周后的四月迎来了第一个缴租的日子，也是在那天，我的父亲被任命为国王库房的总管。这个职位让我的父亲实实在在地接触到了国王的财务，并且他可以随意地悄悄挪用。在去往晚宴的路上，当王后走向她高处的宝座时，父亲把我拉到一边耳语。

"你的舅舅和我对你的表现都很满意，"他简明扼要地说，"有你哥哥和姐姐的教导，他们说你做得很好。"

我微微屈膝行了一礼。

"这只是我们大业的开端，"他提醒我，"记住，你要博取他的欢心，然后牢牢抓住他。"

和凯里婚礼的誓词让我不禁瑟缩了一下。"我知道，"我说，"我会牢记。"

"到现在他对你做了什么吗？"

我看向大厅的方向，国王和王后正在就座，小号手已经蓄势待发，准备奏起晚宴侍从们开始上菜的号角。

"没有，"我说，"只是一些眼神和话语。"

"你的回应呢？"

"向着他微笑。"我没有告诉父亲的是，被这个国家最有权力的男人追求其实让我神魂颠倒。听从姐姐的话，对着他微笑并不是难事；我脸红心跳，想要逃离，却又想靠近，这其实也不需要假装。

"很好。"我的父亲点头，"去你的位置上吧。"

我再施一礼，快步走向厅内，恰在侍从们进来之前。王后看向我，眼神犀利，仿佛马上就会发出训斥，但随后她转开了眼，转而看着国王。国王表情专注，当我走进大厅，坐到宫中女眷之中时，他的眼神一直紧紧地跟着我。他的表情有种偏执的热切，仿佛在那一瞬间他什么也看不见，什么也听不见，整个大厅都在他的面前消失，他的眼前只剩下我，头戴蓝巾，一袭蓝袍，发丝温柔傍颊，唇角含笑。我感受到了他的欲望。王后感受到了国王眼神的热切，紧抿的唇角泛起一丝凉薄的笑意，转开了视线。

另一个波琳家的女孩

当夜,国王来到了王后的寝宫。"我们听点儿音乐吧。"他说。

"好啊,凯里夫人可以为我们唱歌。"她愉悦地说着,示意我上前。

"她姐姐歌声更甜美。"国王驳回王后的提议。安妮朝我抛来得意的一瞥。

安妮优雅地行了一礼。"但凭陛下的吩咐。"她说着,嗓音里带着浓浓的法国风情。

王后观察着眼前的变局。我知道她在猜想陛下是否是对另一个波琳家的女孩产生了兴趣,但王后看不透国王的心思。安妮坐在寝宫中央的凳子上,琴放置在她的腿上,正如国王所说,安妮歌声甜美,超过我。王后照常端坐在她有着刺绣护椅、放着软靠垫的椅子上,但她从不斜倚在靠垫上。国王并没有坐在王后身旁成对的椅子上,而是踱步来到我身边,坐在了安妮空出来的位置上,看着我手中的女红,说:"做得很不错。"

"是给穷人做的衬衣,"我说,"王后对穷苦国民非常好。"

"确实。"他说,"你穿针引线动作真灵敏。我都看不清,你的手指可真是小巧灵活。"

他低头看向我的手。我发觉我在盯着他的脖子胡思乱想,突然生出想要去摸一摸那厚实卷发的念头。

"你的手应该只有我的一半大。"他突然地说,"伸出来,我看看。"

我把针固定在那为穷苦人缝制的衬衣上,向着他伸出双手,掌心朝上。他也伸出手,悬浮在空中,跟我掌心相对,眼睛却一直盯着我。我能感受到从他手掌传来的热度,但我的目光却无法从他的脸上移开。他唇边的胡须微卷,我在猜想这些胡须会像我丈夫稀松的卷发那样柔软,还是像拉细的金丝那般的坚硬。看起来它们应该会很坚硬和刮人,他吻我的时候,我的脸应该会被刺红，所有人都会知道我们接吻了。在这些小卷胡须下的嘴唇那么具有诱惑力，我忍不住想象与之接触、细细品尝的滋味。

慢慢地，他的手掌渐渐靠近我的，就像是孔雀舞曲的舞者那般聚拢。他的掌根贴合我的掌根，我感觉就像是被咬了一口，仍不住颤抖了一下。我的惊吓似乎愉悦了他，我看见了他弯起的嘴角。我冰凉的手掌和指节在他的手心延展，我的指尖才到他第一个指节。我感受到了他温热的皮肤，手指上射箭而起的老茧。这是一双坚实有力的手，骑马、打网球、狩猎，能挥矛弄刀一整天的手。我努力收回缠绕在他唇上的视线，看着他的脸，他目光如炬地看着我，仿佛阳光穿透燃烧的玻璃，他浑身散发的欲望就像是散发的热量一样源源不断。

"你的皮肤很柔软，"他低声细语如同呢喃，"你的手就像我想的那样很小巧。"

以测量手指长短为借口的手掌相亲已经显得太没有说服力，但我们依然手掌相贴，眼睛凝望着彼此。慢慢地，无可抗拒地，他把我的手掌环在手中，轻柔却坚定地握着。

安妮已经唱完一曲，又开始了另一曲，曲调未变，毫无破音，让这一刻的魔力持续下去。

王后打破了这一切。"国王在扰乱凯里夫人呢。"她说着，带着微笑，仿佛眼前她丈夫正紧紧牵着一个小她二十三岁的女人这一幕只是一个笑话，"你的朋友威廉看到你让他的妻子懒散下来可不会感谢你。她答应了要给教堂的修女缝制衬衣镶边。现在，可只做了一半呢。"

他放开了我，转头看向他妻子。"威廉会原谅我的。"他大大咧咧地说。

"我想玩牌了，"王后说，"你愿意陪我吗，我的丈夫？"

一瞬间我以为我败给了他们之间长期的牵绊，王后成功地从我身边拉走了他。当他应王后的要求起身时，他回头看着我，我也望着他。我的眼里几乎没有伪装,现在的我不过是一个看向男人的年轻少女,眼含柔情。

"我和凯里夫人一队,你可以把乔治唤来,再加上另一个波琳家的女孩,组成一队,这样我们就可以势均力敌了。"

"简·帕克可以和我一队。"王后冷淡地说。

"你那招太绝了。"当夜安妮对我说。她坐在卧室里的壁炉旁,梳理着她又黑又长的头发,她的头偏向一边,黑发如同散发着香气的瀑布散落在她的肩头。"做出手被咬的反应真是太妙了。你们那时是在干什么?"

"他在比较我们手的大小。"我回答。我已经编好了头发,戴上了睡帽,系好了帽子上的白色绸带。"他的手碰到我的时候,我感觉……"

"怎么样?"

"像是我的皮肤着火了,"我小声,"真的,那种感觉就像是他的热度能灼伤我。"

安妮狐疑地看着我:"什么意思?"

我脱口而出:"我想要他的触碰,真的,我想要他的接触,我想要他的吻。"

安妮怀疑地问:"你喜欢他?"

我双臂环绕抱住了自己,蜷缩在窗台的石椅上。"我的天哪,是的,是的,我不知道自己在干些什么,我喜欢他,喜欢他。"

她僵住了,嘴角耷拉下来。"你最好不要让父亲和母亲知道这件事。"她警告我,"他们是想让你做一个聪明的操棋者,主掌这场游戏,而不是一个陷入风花雪月的思春少女。"

"但是你不觉得他也想要我么?"

"就此刻而言,是的,但是下周呢,明年呢,谁能肯定?"

我们的房门被敲响,乔治探出头来:"我能进来么?"

"当然。"安妮有些勉强,"但你待不了多久,我们要睡觉了。"

"我也是,"他说着,"我刚和父亲在喝酒,现在也要去睡觉了,明天等我起床,清醒过来,就吊死我自己。"

我几乎没怎么听他说话,我一直盯着窗外,回想着亨利触碰我手掌的感觉。

"为什么?"安妮问道。

"我明年就结婚了。嫉妒我吧,肯定的。"

"每个人都结婚了,就只剩下我!"安妮有些恼怒,"奥蒙德家族的婚事取消了,他们啥都不能给我了。难道他们想让我当一个修女吗?"

"听起来也不差。"乔治说,"你觉得他们也能收下我吗?"

"女修道院?"我抓住了话头,转过身,笑着看他,"你能成为一个不错的院长。"

"那也很不错了。"乔治愉快地说,准备坐下,却没看准,咚的一声摔在了石头地上。

"你醉了。"我总结。

"啊对,还耍酒疯。"

"我未来的妻子,她某些地方,"乔治说,"某些地方……"他找寻着词语,"让人不舒服。"

"胡说八道,"安妮说,"她嫁妆丰厚,家世显赫,还是王后的宠眷,她的父亲德高望重,富甲一方,就这样,你还在担心什么?"

"她的嘴狡猾得如同捕兔子的陷阱,眼神既火辣又冷酷。"

安妮笑了:"真是个大诗人。"

"我明白乔治的意思。"我说,"她热情又神秘。"

"就是谨慎过头了。"安妮说。

另一个波琳家的女孩

乔治摇头:"又冷又热,所有的脾气都混作一团了。和她在一起,我要过什么样艰难的日子啊。"

"那就娶了她,和她同房,然后把她送到乡下去。"安妮不耐烦地说,"你是个男人,你可以随心所欲。"

听到这话,他高兴了一些。"我可以把她弄到赫佛去。"他说。

"或者罗奇福德,国王正打算赏赐土地作为贺礼。"

乔治举起酒杯凑近嘴边:"你们来点儿不?"

"我。"我说,接过酒杯,喝了一口冰凉刺口的红酒。

"我要睡觉了。"安妮正色说,"你应该为自己感到羞愧,玛丽,戴着睡帽喝酒。"她掀开床单,爬上床。她边整理着床单边观察我和乔治:"你们俩都这么容易地找到了好婚姻。"她断定。

乔治做了个鬼脸。"来来来,说说。"乔治兴奋地问我。

"她认真的,"我佯装崇敬地小声嘲弄,"你简直不敢想象她竟然在法国宫廷浸淫了半辈子。"

"我看比起法国,更有西班牙的样子啊。"乔治火上添油地说。

"而且未婚,"我小声,"一个西班牙老妈妈。"

安妮头靠枕头躺下,耸耸肩,把被子拉着盖好。"我什么都没听到,你们可以省点儿口水了。"

"谁会娶她呢?"乔治发出疑问,"谁会想娶她呢?"

"他们会给她安排的,"我说,"要不就是某人的儿子,或者是某个破产的年迈乡绅。"我把酒瓶递还给了乔治。

"你们看着吧。"床上传来声音,"我会有段比你们俩都要好的婚姻。如果他们没有尽快为我安排的话,我就自己来。"

乔治又把瓶子给了我。"喝了吧,"他说,"我已经喝太多了。"

我喝完最后一大口,转到床的另一边。"晚安。"我对乔治说。

"我在火边再坐一会儿。"他说,"我们做得很好,对吧?我们波琳三子。我订婚了,你的侍寝之路前景光明。我们的甜心小姐现在是待价而沽,市场开阔。"

"是的,一切顺利。"

我想到了国王的蓝眼睛在我脸上灼热的凝视,他看着我的眼神,一直从我的头饰到我前胸。我把头埋进枕头里以防他们听见我的低语。"亨利,陛下,我的爱人。"

✶

隔日距离埃尔特姆宫不远的菲尔逊府院子里有一场格斗。这座府邸建于群雄割据的统治时期,国王的父亲是最强悍的那一支,是他结束了这种局面。这是一座巨大的豪宅,没有城墙或者壕沟护卫,约翰·洛维克爵士认为英格兰将再无战事,于是建成了这么一座没有防御的府邸,事实上,现在这座府邸确实也没有丝毫防御能力了。四周花园就像是绿白相间的棋盘,白色的石头、小径和窄花坛穿插在低矮篱笆组成的格子花园里。在这些的前方是他圈养的用于狩猎的麋鹿园。在园子和花园中间有一片保养得当的草坪,随时准备着承接国王下令举办的格斗竞技。

供王后和女眷休息的帐篷是红白相间的,王后因此搭配了一身鲜红色的礼服,在明艳的颜色下王后看起来秀色可餐。我身着绿色,正是那晚在假面舞会穿的那件,那夜国王从众人中把我拉出来,绿色更衬得我金发流光,明眸善睐。我站在王后的座椅旁,非常清楚任何看向她又看向我的人都会觉得,王后是一个美丽的女人,但美人迟暮,足以成为我的母亲;而我,一个十四岁的少女,花一般的年纪,风华正茂,正当情窦初开,热情迸发。

前三场是低阶朝臣间的竞技,他们拼尽全力,冒着摔断脖子的风险,只为引得关注。他们技术娴熟,有好几场不错的比拼,其中一场让人拍案叫绝，一个人成功地把比他身形高大的对手弄下马，全场欢呼。这个人翻身下马，摘掉头盔，接受大家的欢呼。他长相英俊，身形修长，金发爽朗。安妮推了推我："那是谁？"

"只是一个西摩尔家的男孩。"

王后转向我："凯里夫人，去问问马厩主管，我的丈夫什么时候上场，还有就是，他选的是什么马。"

我去处理王后的安排。我很清楚她为什么差使我。因为此刻国王正穿过草坪，慢悠悠地朝帐篷走来，而王后不想让我出现在他的视野里。我行礼，磨蹭地走向门口，放慢脚步，让国王看到我在篷子底下踟蹰。国王看见了，马上结束和别人的聊天，快步到了我面前。他的铠甲银光铮亮，点缀着金制的装饰，护胸甲由红色皮革包裹住，红色的护手柔顺得如同丝绸。这样的他看起来更加高大，如同古代大战中的指挥官。阳光照在他身上，金属反光如此刺眼，我不得不退回阴影处，用手遮着眼睛。

"穿着林肯绿的凯里夫人。"

"您全身都是金色。"

"你即使身着最黑的黑色，也是光芒万丈的。"

我什么都没说，只是看着他。这时候，如果安妮或者乔治在近旁，他们一定会叫我说一些赞美的话。但我现在脑袋空空如也，只沉浸在脸红心跳里，我什么也说不出，什么也做不了，只能定定地看着他，一脸的渴慕。他也什么都没说。我们就这样站着，眼神交汇，缠绕在对方的脸上，仿佛可以从眼神里读出彼此的爱慕。

"我必须单独见你。"他最后说。

我没有应承。"陛下，我不能那样做。"

"你不愿意？"

"我不敢。"

听到这话,他深吸一口气,这动作仿佛也生出了诱惑。"你可以相信我。"

我把视线从他的脸上移开,看向别处,眼神没有聚焦。"我不敢。"我又说了一遍。

他伸出手,拉过我的手放到嘴边亲吻,我可以感受到他的呼吸喷到我手指的热度,还有胡须轻轻的扎痒感。

"啊,是软的。"

他从我的手上抬起目光。"软的?"

"您胡须的触感,"我解释道,"我之前在想那是什么样的感觉。"

"你曾经在猜我的胡须的触感?"他问。

我能感觉到我脸颊开始发烫。"是的。"

"当你被我亲吻的时候?"

我低头看着自己的脚,那样我就不用直视他晶亮的蓝眼睛,几乎微不可察地点了头。

"你曾经想要我吻你?"

听到这话,我忍不住抬头说:"陛下,我得走了。"我窘迫到绝望。"王后吩咐我做事情,现在,她肯定在想我到哪儿去了。"

"她让你去哪儿?"

"去找马厩的主管,询问你选了哪匹马,什么时候上场。"

"我自己就可以告诉她,这么大的太阳,为什么让你跑那么远?"

我摇头。"为王后做事是应当的。"

他轻哼出声。"她有那么多的随从可以为她在格斗场上奔走。天知道,她有一堆西班牙随侍,而我就只有那么几个宫侍。"

我的眼角瞥见安妮从王后房间的帘幕中出来,当她看见我和国王靠近的身形,僵住了。

另一个波琳家的女孩

他轻柔地松开我。"我现在就去见王后，告诉她我的安排。你待会儿要做些什么？"

"我一会儿过来。"我说，"在我回去之前，我需要一点儿时间。我现在……"我噎住了，无法描述现在的感受。

他温柔地看着我："你很年轻，玩这场游戏太嫩了，是吧？我猜，不管是波琳家的人还是其他的人，他们都会告诉你该怎样做，怎么一步步地到我的身边。"

我差一点儿就要坦白，原原本本地告诉他家族让我引诱他的阴谋，但是安妮就站在帐篷的阴影处，盯着我。我摇了摇头。"不，这不是什么游戏。"我看向远处，颤抖着嘴唇，"我保证，陛下，我从没有把这一切当作是一场戏。"

他抬起手，捏着我的下巴，把我的脑袋转向他。在这令人窒息的瞬间，我又害怕又欣喜地想他要吻我了，在所有人面前。

"你怕我么？"

我摇头，克制住想要把脸靠近他手掌的冲动。"我害怕即将发生的事情。"

"我们之间的事吗？"他笑了，是一个男人深知他想要的女人唾手可得时自信的微笑，"玛丽，你不会因为爱我而遭遇任何不好的事情，我保证。如果你愿意，你可以成为我的情人，我的小王后。"

听到这些信誓旦旦的话语，我忍不住喘息。

"把你的丝巾给我，我想要带着你的爱上格斗场。"他突然说。

我看了看四周。"我不能在这里给你。"

"那让人转交给我吧，"他说，"我会让乔治来找你，把丝巾给他。我不会把它明目张胆地戴出来。我会把它放进胸甲里，这样它就会挨着我的心脏了。"

我点头。

"所以你会给我你的信物了吧?"

"您想要的话。"我小声说。

"朝思暮想。"他说着,鞠躬,转身走向王后帐篷的通道。我的姐姐安妮也随之消失,像是一个完成任务的守护灵。

我等了一会儿也回到了帐篷。王后看向我的眼神变得复杂而锐利。我下蹲行礼。"王后,我看见陛下来您这儿跟您传消息了,"我甜甜地说,"我就回来了。"

"你一开始就该派个仆人去。"国王语气生硬,"太阳这么毒,凯里夫人不应该被指使着在格斗场来回奔波,天气太热了。"

王后犹豫了一会儿。"我很抱歉,"她说,"是我考虑不周。"

"你该道歉的不是我。"他意有所指地说。

我以为她会拒绝。站在我身边的安妮全身紧绷,我知道她也在等着,看这个西班牙的公主、英格兰的王后接下来会做出什么选择。

"如果给你造成了不便,我很抱歉,凯里夫人。"王后四平八稳地说,依旧保持着该有的礼节。

我没有感受到丝毫胜利的喜悦,穿过铺着厚厚地毯的帐篷,我看着这个年纪足以成为我母亲的女人,心里只有因我给她带来的伤害而隐隐的愧疚。在某一刻,我甚至都看不见国王,视线里只剩下我们两个人,互相伤害的两个人。

"为您效劳是我的荣幸,凯瑟琳王后。"我这样说,我也是这样想的。

王后在某个瞬间注视我,似乎是有点儿明白了我心里的想法,她转头看向自己的丈夫。"陛下,您今天选的马精神头还足吗?"她问,"有把握胜出吗?"

"今天的赢家不是我就是萨福克。"他说。

另一个波琳家的女孩

"陛下,您可得当心。"她温柔地说,"在一场比赛中损失一个公爵倒没有什么,您要是不小心受伤了,对于整个王国来说可是灭顶之灾。"

王后的关怀,国王却无力接受。"确实是这样,毕竟我们没有儿子。"

王后闻言瑟缩了一下,我看见她的脸上瞬间惨白。"我们还有时间,"她的声音很轻,我几乎都听不见,"我们还有时间……"

"不多了。"他直白地说,转身离开,"我得去准备了。"

虽然我和安妮还有其他的女眷都屈膝行礼,他走过时,一眼都没有瞧我。当我起身时,王后正看着我,不是看向对手的眼神,而是仿佛我依然还是她最喜欢的小女眷,能给她带来宽慰。她看我的眼神仿佛在寻找一个可以明白这种致命困局的人,理解在这个男性主导的社会里女人的困境的人。

乔治踱步进了房间,在王后面前下跪行礼,姿态优雅。"殿下,"他说,"在下前来觐见整个肯特、整个英格兰乃至整个世界上最优雅的女人。"

"哦,乔治·波琳,起来吧。"王后微笑着说。

"我愿意死在您的石榴裙下。"乔治答道。

王后用扇子轻敲了乔治的手。"不用了,但是你可以给我透露一下国王办的这场竞技的赔率。"

"谁能打败他呢?他是最好的骑手。第二场我可以给您五比二的赔率,西摩尔对霍华德。在我心中可是对胜负有定论的。"

"你会让我押西摩尔家?"王后问。

"我可不会让他们接受您的祝福,"乔治语速很快,"我会建议您押我的表弟,殿下。那您就能稳赢。您完全可以信任这个国家实力最雄厚、最忠诚的家族。那样,您赢面儿很大。"

王后笑了:"你可真是一个左右逢源的朝臣,那赌注是多少?"

"五个克朗如何?"乔治问。

"成交!"

"我也要打这个赌。"简·帕克突然说。

乔治脸上的笑意消失了。"我不能给您提供这样的赔率,"他谦恭地说,"您可是掌握了我所有的财富。"

这依然是句奉承话,皇室圈子里日日夜夜都在上演的阿谀奉承,这些话有时候是真情实感,但大多数时候只是胡说八道。

"我下两个克朗的赌注。"简试图让乔治继续刚才的对话,这个乔治一向做得很好。我和安妮不赞同地看着她,并不准备帮着她撮合我们的哥哥。

"如果我输给了王后,那你就会看见我被王后剥削得一穷二白,那时候,我可没啥储备来应对另一场赌局。"乔治说,"不过呢,只要是在殿下身边,无论什么时候,我都没有多余的任何东西给别人,无论是金钱、真心还是视线。"

"胡说,"王后说,"你就这样跟你订了婚的姑娘说话?"

乔治向王后鞠躬。"我们都是一群小星星,围绕着美丽的月亮。"他说,"月亮无与伦比的美丽让其他所有都暗淡下去了。"

"哦,走开吧。"王后说,"去其他地方闪耀吧,我的波琳小星星。"

乔治鞠了一躬,退到了帐篷后面,我跟着他。"给我快点儿,"他简短地说,"下个就轮到他上场了。"

我裙子最上面有一方白丝巾装饰,我从绿色领环中抽出来交给他。他塞进口袋。

"简看到了。"我说。

他摇头:"没关系,无论她怎么想,现在她跟我们是一根绳上的蚂蚱,我得走了。"

我点头,在他走后回到了帐篷里。王后的视线轻飘飘地落在了我外袍圆领上空出来的地方,但什么都没说。

"他们就要开始了,"简说,"国王就在下一场。"

我看见他被扶着坐上马鞍,他的盔甲太厚重,几乎要把他压倒,在两个男人的扶持下,他坐上马。国王的妹夫萨福克公爵查尔斯·布兰登,同样身着厚甲。他们俩同时策马奔跑而出,穿过通往王后帐篷的走道。国王轻挥长矛向王后致敬,刚过帐篷就放了下来,然后又朝我示意,面罩是打开的,他朝着我笑。他护甲靠近肩头的地方漏出一点点白,我心里小鹿乱撞,知道那是我的围巾。公爵也举起长矛向王后致敬,接着生硬地朝我点点头。安妮站在我背后,深吸了一口气。

"萨福克公爵承认你了。"她小声地说。

"大概。"

"他绝对知道,他点了头,那意味着国王跟他说起过你,或者国王跟玛丽王后说过你,然后玛丽王后告诉了公爵。国王一定对你是认真的,一定是。"

我朝旁边看去,王后正低头看着国王停马驻足的地方,那匹高大的战马正摇头晃脑,等着开始的号角鸣响。国王悠闲地坐在马上,他戴的头盔上有着金色的镶边,面具戴在脸上,长矛握在胸前,王后倾身向前看着。开战的号角响起,两匹马在马刺的击打下飞奔出去。两个全副武装的人号叫着冲向彼此,马蹄卷起草皮尘土飞扬。两支长矛像奔向靶心的飞箭一般靠近,因为距离的迅速缩小,而让矛尾的小旗子猛烈颤动。接着,国王用盾牌接住刺过来的一枪,他的长矛则从盾牌下方刺出去,击中萨福克公爵的胸甲。这一击把公爵掀翻,公爵身上铠甲的重量顺带压着他下跌去,最后他惨叫一声,重重地摔在了地上。

他的妻子慌忙起身:"查尔斯!"她慌乱地奔出王后的帐篷,拉起裙角,就像一个普通的夫人一样奔向自己躺在地上不能动弹的丈夫。

"我最好也跟着去。"安妮紧跟着她的女主人。

我看着赛场上的国王。他的随从在帮他脱下厚重的盔甲。当他的胸甲被取下来时,我白色的丝巾飘动着,落到了地上,他完全没有注意到。他们帮他褪下护腿,取下护腕。他披上一件大衣,急匆匆地走向赛场上他那看上去情况不容乐观的朋友。玛丽王后跪在萨福克公爵旁边,让他的头枕在自己的臂弯中。公爵的随从就着他躺倒的姿势为他卸去盔甲。玛丽王后抬头看见她的哥哥走近,笑了笑。

"他没事,"她说,"他只是在咒骂上天用皮带勒住了他。"

亨利笑了。"上帝保佑。"

两个男人抬着担架跑过来了。萨福克坐起来。"我能自己走,"他说,"要想让我被抬着出去,除非我死了。"

"这儿。"亨利吩咐,帮着他站起身。另外一个人跑到公爵的另一边,两人一起搀扶他,公爵的脚有些跛,只能蹒跚着保持平衡。

"别跟来,"亨利扭过肩头对玛丽王后说,"让他好受点儿,我会找个车或者什么,让他坐着回家。"

她停在了原地,国王的随从手里拿了我的丝巾,准备把它送还给国王。"现在别去打扰他!"玛丽王后尖声说。

这个男孩脚下顿住,抓着我的丝巾。"殿下,国王不小心掉下了这个,"他说,"之前是在国王的胸甲里。"

她面无表情地伸出手,他把丝巾给了她。她的眼睛跟随着她丈夫的背影,被她哥哥扶着进入房间,约翰·洛维克爵士快步走在前面开门,大声唤来仆人。她无意识地在手里卷着我的丝巾走回王后的帐篷。我上前想从她手里拿过丝巾,又犹豫不定,不知道该用什么说辞。

"他还好吗?"凯瑟琳王后问。

玛丽王后挤出一个笑:"是的,神志清楚,没有骨折,胸甲上也基本没什么摔出来的痕迹。"

"给我看看好吗?"凯瑟琳女王问。

玛丽王后低头看着被弄皱的丝巾。"这个,国王的随侍给我的,说是放在国王的胸甲里的。"她把丝巾递过去,现在她一门心思在担心自己的丈夫,对目前的局势丝毫没有察觉。"我要去看看他,"她下了决定,"安妮,你和剩下的人可以在晚宴后跟着王后一起回去。"

王后点头同意后,玛丽王后便快步离开帐篷,走向那座房子。凯瑟琳王后手里拿着我的丝巾,目送玛丽王后离开。正如我预想的,王后慢慢地把丝巾翻面,上好的丝绸在她的指尖滑动,在流苏的边缘,她看见了翠绿的刺绣文字:MB。随即,她向我投来斥责的目光。

"我想这是你的吧。"她开口,声音低沉轻蔑。王后用手指捻着丝巾,伸长手臂拎得远远的,仿佛这是一只刚从碗橱后发现的死老鼠。

"去啊,"安妮小声说,"快去领回来。"她在后背轻轻地推了我一下,我上前。

当我靠近时,王后松开了手。就在丝巾要掉落在地上时,我接住了,它看起来就像是一块用来抹地的碎布。

"谢过王后。"我谦卑地说。

✦

晚宴时国王几乎没有看我。这场意外让他陷入愁绪,那是他父亲的特质之一,现在他的朝臣们也开始担忧了。

对此,王后可是再高兴不过了。对于国王而言,风趣聊天,言笑晏晏,佳人美乐,都不能让他打起精神。他看着滑稽剧,一丝笑意也无,美乐在耳,他也只是大口喝酒。王后无法使他开怀,因为在某种程度上,她也是让国王败兴的因素之一。在他的眼中,王后现在处于生命的后期,死亡离她并不遥远。她可能还能活个十几年,也许二十多年。死神正在蚕食着她,皱纹悄然爬上了她的脸颊。王后正迈入迟暮,而现在他们依然没有儿子。他们现在可以整日格斗、唱歌、跳舞、玩乐,但是如果国王没有一个男孩可以立为威尔士亲王,那么他就没有尽到作为一个国王最基本的职责。当然,贝茜·布朗特的私生子没有资格。

"相信查尔斯·布兰登会很快好起来的。"王后主动宽慰。桌上放着糖腌的李子和甜醇的美酒,她抿了一口。我想她应该没尝出什么滋味,因为她的丈夫就在身边脸色黑沉如水,宛若从不喜欢她的先王。"亨利,你别自责了。这比赛公平公开,天知道,你之前也受了他不少的攻击呀。"

他坐在椅子上转头看向王后。王后回望着他。我看见她脸上的笑意在国王冰冷的注视下渐渐僵住。她并没有问她哪句话说错了,王后已经到了足够睿智的年纪,不会去问一个生气的男人原因。相反,她大方得体地笑了,向他举起酒杯。

"为你的健康干杯,亨利。"她用她温暖的声音说,"为了你的健康,我感谢上帝今天受伤的不是你,不然的话,今天就会是我悲痛交加地跑出帐篷,冲向赛场。我也为你的妹妹玛丽王后感到难过,但我还是庆幸今天受伤的不是你。"

"看看,"安妮对我耳语,"这就是高明。"

这话奏效了,想到一个女人会因为自己的安好担惊受怕,亨利脸色缓和了下来。"我不会让你有不安的时候。"

"我的丈夫,我日日夜夜都为你牵肠挂肚。"凯瑟琳王后笑着说,"但只要你健康安好,只要你最后还回到我的身边,我还有什么怨言呢?"

"啊哈,"安妮小声说,"到底她还是同意了,你成功了。"

"什么意思?"我问。

"醒醒吧,"她直言不讳,"你没看见么?她在劝他好起来,并且告诉他可以跟你在一起,只要是最后还回到她身边。"

我看见国王举起酒杯回敬了王后。

"那接下来会怎么样呢?"我问,"既然你能猜到所有的事。"

"他会跟你在一起一段时间。"她大咧咧地说,"但你插不进他们俩之间,你掌控不了他。她虽然老了,但我向你保证,她可以表现得对他爱慕至深,这是他需要的。当他是个年轻小伙儿时,她是这个国家最美的女人。这个情结很难跨越。我不太相信你可以成为抹去这层牵绊的女人。你很漂亮,并且有那么点儿喜欢他,这些都非常有利,但是我不太相信像你这样的女孩子可以驾驭他。"

"那我该怎么办?"我问,被她贬低得有些不舒服,"你可以吗?"

她看着国王和王后,就像是一个打量着城墙的攻防工程师。她的脸上洋溢着好奇和专业的审视,"我可以一试,"她说,"但是任重道远。"

"他想要的是我,不是你。"我提醒她,"他想要我的信物,他把我的丝巾藏在了胸甲里。"

"他弄掉了你的丝巾,还忘了这件事儿。"安妮一如既往地一针见血,"不管怎样,他不是想要这么个人。他很贪婪,还被惯坏了,他可以被教唆得贪得无厌,但你做不到。"

"为什么我做不到?"我愤愤地问,"你凭什么觉得可以套住他,而我不行呢?"

安妮看着我,她的脸如同冰雕般美丽。"因为一个能够驾驭他的女人时刻不会忘记自己的使命。你是准备好了床笫之欢,但一个能掌控全局的女人知道,她的胜利应该是在主导他的思想,每时每刻。这不是一场爱欲的结合,尽管亨利认为他得到的就是爱与欲。这可有的学呢。"

✦

在清爽的四月傍晚,五点晚宴就结束了。他们把马牵到了菲尔逊府外面，我们跟主人道别后，骑马回到了埃尔特姆宫。当我离开时，我看见仆人们把剩下的烤面包和烤肉倒进一个大筐里，这些会在厨房门口低价卖出去。国王所到之处都留下了铺张浪费的奢靡痕迹，就像是蜗牛背后留下的黏液轨迹。一些穷苦的百姓来围观这场比赛，在晚宴时也没有离去，现在，他们都等在厨房门口看是否可以从剩下的饭菜中得到一星半点。他们会得到一些碎肉，烤面包和烤肉的碎屑，还有一些吃了一半的布丁。没有什么会被浪费，这些穷苦人会拿走所有能得到的东西。圈养他们就像养猪一样经济实惠。

这些额外的权益就是国王的仆从们可以捞到油水的地方。身处不同地位，担负不同职责的仆从都可以玩一点儿不同的小把戏。厨房里最底层的仆从可以从面包的硬皮中，涂抹的黄油中，烤肉油脂中，肉汤汁中获取一点儿蝇头小利。而我的父亲可谓是居于这批揩油者的食物链顶端，他现在是国王库房的总管，他很清楚每个人的小把戏，自然，他也从中分一杯羹。即使是来陪伴王后或者是服侍的女孩也有自己的算盘，计划着在王后的眼皮子底下勾搭上国王，给王后带来两个女人之间可以造成的最大伤害。她们也有自己的价值和秘密使命。在晚宴之后，陪伴就变了意味。她们得到的也就是国王承诺的碎屑，和这场爱情把戏中被忘却的爱恋的残骸。

当日光渐渐退下天际，天色逐渐转暗，气温渐渐降下来，我很庆幸我带着斗篷，现在可以披在身上御寒。我把外衣的兜帽放在身后，以便能在渐渐暗下来的天色里看清前路，灰暗的天空中有星星在斑驳地闪着光。我们已经走了一半的路，这时国王来到我的身边。

"今天开心吗？"他问。

"你把我的丝巾弄掉了，"我闷闷地说，"你的随从把它给了玛丽王后，玛丽王后把它交给了凯瑟琳王后。她马上就认出来了，还把它还给我了。"

"然后呢？"

另一个波琳家的女孩

我感受到凯瑟琳王后身为国王的妻子感受到的羞辱。她从未向国王吐露半分,只是向上帝轻声祷告,诉说苦楚。

"我觉得很糟糕,"我说,"我就不该把丝巾给你。"

"好吧,反正现在物归原主了,"他毫无感情地说,"如果它真的那么宝贝。"

"不是因为它多宝贝。"我执着地说,"是因为她丝毫没有迟疑就知道那是我的,还当着所有人的面把它还给我。如果不是我手快,她就直接让我的丝巾掉在地上了。"

"那又怎样?"他问,声音冷硬,敛去笑意,脸色沉下来,"那有什么问题呢?她亲眼看见了我们一起跳舞,一起说话。她也看见了我追求你,也亲眼看见我们两手相握。现在你又在这里抱怨唠叨些什么呢?"

"我没有唠叨。"我说,心里像是被刺痛。

"你就是在唠叨。"他直言不讳,"没有任何缘由,没有任何立场,我也可以这样说。你不是我的情人,更不是妻子。我不会听任何人对我指手画脚。我是英格兰的王。如果你不喜欢我的行事作风,那么还有法国,你随时都可以回法国宫廷。"

"陛下,我……"

他脚下一踢,身下的马跑了起来,随后变成小跑。"晚安,夫人。"他转头说,随后策马离开,衣袂飘然,帽檐羽毛飞转。他没等我说一句话就离开了,没给我让他回心转意的机会。

当夜我不想跟安妮说话,她一直默默地跟着我从王后的寝宫回到了我们自己的房间,等着我把发生的事情,我的一言一行全部告诉她。

"我不想说。"我固执地说,"让我一个人清净一会儿。"

安妮摘掉帽兜，散开头发，开始梳理。我跳上床，脱掉长裙，换上睡衣，蜷缩在床上，没有梳理头发，甚至也没有洗脸。

"你不能就那样上床睡觉。"安妮语带责备地说。

"看在上帝的分儿上，"我把头埋在枕头里闷声说，"别管我。"

"他……"安妮上床躺到我的身边问道。

"我不想说，所以别问。"

她点点头，转头吹熄了蜡烛。

烛火熄灭后，我闻到了从灯芯飘散出来的烟味儿，就像是挫败的味道。黑暗中，避开安妮的盘查，我转身，平躺在床上，看着床顶华盖，思考着，国王这么生气，再也没有多看我一眼，接下来会怎么样呢？

我的脸感到一阵凉意。我伸手抚上脸颊，发现原来我已经泪流满面，我转头把泪水擦在被单上。

"现在什么情况？"安妮带着困意的声音响起。

"没什么。"

❋

"你没抓住他。"舅舅责备。在埃尔特姆宫，他从大厅里的长条木质餐桌那头看过来。我们的家臣站在背后的门口为我们把守，现在这个大厅里只有几条猎犬和一个在灰烬中沉睡的仆童，身穿霍华德制服的家仆站在另一端门口。这座属于国王的宫殿现在已经被我们维护周全，成为可以让我们家族安心筹划大计的所在。

"你本来胜券在握，现在却让他弃你而去，你到底做了什么错事？"

我摇头，这些事情都太私密，难以摆上台面，更别提报告给冷面的舅舅。

"给我一个答案。"他说，"你已经让他没兴趣了。整整一周，他都没看你一眼。你到底犯了什么错？"

"没什么。"我小声地说。

"你肯定做了什么蠢事。在赛场上，他把你的丝巾放在胸甲里。在那之后，你一定是做了什么犯了他的忌讳。"

我朝乔治投去责备的眼神，只能是他告诉了舅舅丝巾的事情。乔治耸耸肩，显出抱歉的表情。

"国王弄掉了丝巾，他的侍从把它给了玛丽王后。"我艰难地说着，因为紧张和丧气，喉咙干涩。

"然后呢？"他尖锐地追问。

"玛丽王后把我的丝巾给了王后，再然后，王后还给了我。"我看着眼前这一张张肃穆的脸。"他们都知道这背后的意思。"我绝望地说出来，"回程时，我告诉国王他让我的心意被发现了，我不开心。"

舅舅发出愤懑的呼声，父亲忍不住拍了桌子，母亲转过头去，像是很难直视做出这样事情的我。

"上帝啊，"舅舅瞪着我的母亲，"你跟我保证她是经过妥善调教的，她的半辈子都熏陶在法国宫廷里，现在呢，她就像个甘草垛旁边的牧羊女一样对着他发牢骚。"

"你怎么做出这种事情？"我的母亲只是这样问。

我脸红得低下头，看见了精心打磨的光滑餐桌表面照出我沮丧的脸。"我没有想要做出任何不合适的事情，"我小声地说，"我很抱歉。"

"没那么糟。"乔治打圆场，"你们把事情想得太严重了。他只是一时生气。"

"他现在就是雄狮发怒。"舅舅直接打断乔治，"你没觉得最近总有西摩尔家的女孩围在他身边么？"

"但没一个有玛丽漂亮。"乔治坚持地说，"他会忘掉玛丽说的那些不合适的话。甚至，他说不定还因为这个更喜欢玛丽。因为这些说明玛丽不是过分循规蹈矩，是一个有真性情的女孩儿。"

我的父亲点点头，似乎得到了些许慰藉。舅舅却只是用手指敲打着桌面："那我们该怎么做？"

"带她离开。"安妮突然说，她的话马上引起了所有人的注意，因为最后发言的人通常都会得到全场关注，她的声音里充满着坚定的信心。

"离开？"舅舅问。

"是的，把她送到赫佛，告诉国王她生病了。让他以为她因为难过而日渐憔悴。"

"然后呢？"

"然后，国王就会想把她找回来。那个时候，她就能随心所欲掌控所有。而为了达到这一切，她所需要做的就是，"安妮脸上闪过一个恶作剧的微笑，"她需要做的就是回归时的华丽蜕变，足以让王国里最富教养、机智过人、英俊帅气的王子都为她神魂颠倒，你们认为她能做到吗？"

房间里陷入沉默，我的父亲、母亲、舅舅甚至是乔治都只是看着我不说话。

"我也觉得不行，"安妮理所当然地说，"但我可以教导她，帮助她成为国王的枕边人。至于之后如何那就是听天由命了。"

舅舅目光如炬地看着她："你能教会她守住国王的宠爱？"

她抬头看着舅舅，自信满满。"当然，可以保住一阵儿，"她说，"毕竟他是个男人。"

听到有点儿轻视他性别的话，舅舅立马笑了。"说话当心些，"他警告，"我们男性处于如今的统治地位可不是因为什么机缘巧合。这一切都是我们的选择，适度地控制对女人的欲望，逐步到达权力的顶峰，选择运用权力制定法律来确保我们现在所拥有的一切永垂不朽。"

"没错，是这样。"安妮赞同，"但我们现在商讨的不是玩弄政治那一套，我们要做的是如何抓住国王的欲望。玛丽需要做的就是得到国王一段时间的宠爱，然后在这段时间里怀上孩子，一个有着霍华德家族血统的王室孩子。除此之外，我们还需要什么呢？"

"她能做到吗？"

"她可以学，"安妮说，"她已经小有所成。毕竟，她是国王选中的人。"安妮说话时微微耸肩，这说明她并没有多在意国王的选择。

又是一阵沉默。舅舅的注意力已经从让我成为家族繁育母体身上移开了。他看着安妮，仿佛是第一次看清她："很少有像你这个年纪的女孩思路如此清晰。"

她对着他微笑："我和您一样，是霍华德家族的人。"

"我很惊讶你为什么没有想过自己成为国王的枕边人。"

"我想过，"安妮坦白，"英格兰的每个女人都会想要去试一试。"

"但？"他立即追问。

"我是霍华德家族的人，"她重申，"现在的重点是我们中的一人俘获国王，至于是谁并不重要。如果国王喜欢玛丽，并让玛丽有了让他认可的孩子，我们家族就会成为王国独一无二的大家族。没有了竞争对手，我们可以做到，我们可以把国王掌握在手中。"

舅舅点头。他很清楚国王实际上是一头蛰伏的猛兽，可以慢慢驯服但随时可能倔强反抗。"看起来我们要感谢你，"他说，"你帮我们规划了前景。"

她接受了他的感谢，却不是以一个优雅的鞠躬。反之，她抬着头，像一朵在树枝上高傲的花朵。"当然，我一直期望看着我的妹妹成为国王的宠儿。和大家一样，这也是我的使命。"

母亲嘘声准备阻止这个过于自傲的大女儿，舅舅摇头。"不，让她说，"

他说，"她就和我们中任何一个人同样敏锐。她说得对，玛丽要去赫佛，等着国王接她回来。"

"他会派人接玛丽的，"安妮似乎无所不知，"他会的。"

✦

我觉得自己就像是一个包裹，床上的围帘，高座上的金属碟子，或者是大厅普通桌子上的锡制品。我即将被打包送到赫佛，作为诱饵，引国王上钩。在我离开之前，我都不会再见他。我不能告诉任何人我的去向。我的母亲向王后说明，我过度劳累，想要向她告假一段时日让我回家静养，可怜的王后以为她胜利了。她以为波琳家族溃败而逃。

✦

回去的路程不远，二十多英里。我们停在路边整顿，吃的是随身携带的面包和奶酪。我的父亲本选择沿途的任何一座府邸整顿休息都会受到热情款待，因为众所周知，他现在是国王的宠臣，我们会受到盛情的接待和无微不至的照顾。但我的父亲不想拖长这次行程。

我们行进的大道坑坑洼洼，不时就能看见前人翻车留下的破烂车辙辘。但马车在干燥的平路上就能行驶得很好，时而还能有一段小跑步。道路两旁长满了白色的萱草花、茂密的雏菊，草地洋溢着初夏大片的绿意。篱笆旁金银花缠绕着壮硕的山楂树恣意生长，树下就是一片湖泊般的蓝紫色的夏枯草，细长的浆草开着白色的花，舒展着紫色的叶脉。篱笆后面是一片肥沃的牧场，奶牛们低头吃着草，细细咀嚼。在更高一点儿的地方有成片的羊群，放羊的孩子躲在树荫下偷懒，偶尔冲着羊群吆喝一下。

村子外的土地多数用来开垦成了条状的农田，种着洋葱或是胡萝卜，看上去就像是游行的列队，相当漂亮。村庄房屋的花园里长满了水仙花、

另一个波琳家的女孩

药材、蔬菜、报春花和开花的山楂树,野豌豆在抽芽。专门留有一个角落养着猪,公鸡在后门的粪堆上鸣叫。父亲一路沉默着骑着马,行过一段下坡路,穿过伊登布里奇,穿过潮湿的牧场就来到了赫佛,我们自己的土地上。马匹在泥泞的路上速度不得不慢下来,但父亲现在不急躁了,因为我们就在自己的属地附近。

这块土地属于祖父,但与我们家的历史渊源也就止步于此。我的祖父在诺福克发家,从一个绸布商学徒变成伦敦市长,不可谓不手段高明。毕竟我们是最近才与霍华德家族搭上关系,我的母亲伊丽莎白·霍华德是诺福克公爵的女儿,是我父亲巨大的助力。最开始,父亲带着母亲住在艾塞克斯的罗奇福德府邸,随后带着她来到了赫佛,在这里,房间之朴素,城堡之狭小,都让她震惊。

为了取悦母亲,父亲立刻重修了城堡。他首先在城堡的顶部盖出了一层天花板,老式建筑头顶就是横木,这样在大厅上方空出的空间,他建造出许多单独的小房间让我们更加舒适、私密地吃饭和休息。

当我和父亲骑马来到庄园门口,门房和他的妻子急忙向我们行礼。我们挥挥手,骑行而过,沿着土路来到第一道城壕,那里的河面架着一座桥。我的坐骑不喜欢这幅场景,当它听到桥下空木板传来的回音立马顿住。

"蠢货!"父亲喝道,一马当先越过我行过桥面,留我疑虑他到底是在说马还是在说我。当我的小马确认前方没有危险后,非常顺从地跟着过了桥。我就这样跟在父亲的身后来到吊桥,等着仆人们从门房出来,牵着我们的马去后面的马厩。当他们扶我下马时,我的腿已经因为长途骑行而虚弱无力,但我还是紧随着父亲走过吊桥,来到了门房的阴影之下,走过阴森的铁闸门,最后进入狭小的城堡小院。

前门是开着的,照顾洗礼的家仆和主管出来向父亲行礼,他们的身后跟着六个仆人。父亲眼神扫过众人,他们中有些人穿着制服,有些人没有。

两个女仆匆忙中解开围在自己最好的粗布衣服外面的围裙,露出了里面脏兮兮的衣服,厨房帮厨的仆人从角落里窥视着,身上染着难以洗去的污垢,穿着破烂暴露。父亲看着这一派混乱无序的景象,点了点头。

"好吧,"他谨慎地说,"这是我的女儿,玛丽·凯里夫人。我们的房间准备好了么?"

"是的,先生。"照顾寝室的仆人应声,"是的,一切安排妥当,凯里夫人的房间也准备好了。"

"晚饭准备得如何?"父亲问。

"马上可以用餐。"

"今天我们就在房间里用餐,明天我会在大厅设宴,接受他人来访。告诉他们我明日公开设宴,但今晚我不希望被打扰。"

其中一个女孩上前向我行礼。"我可以带您去您的房间了吗,凯里夫人?"她问。

看到父亲点头示意,我跟着她离开。我们走过宽敞的前门,左转走过狭小的门厅,最后走上螺旋的石阶来到一个漂亮的小房间,里面有一张床,床周围悬挂着灰蓝色的丝绸床帘。窗户望出去是城壕和园林,房间里的一道门通往装着壁炉的柱廊,那是我母亲最喜欢的房间。

"您需要洗漱吗?"女孩腼腆地问。她指了指装着冷水的水壶和罐子:"我去给您弄点儿热水来?"

我脱下骑马的手套递给她:"去吧。"一瞬间,我想到了在埃尔特姆宫里那些溜须拍马的侍从。"给我弄些热水来,让他们给我拿换洗衣服上来,我要把骑装换掉。"

她鞠躬,从石梯离开。她离开时,我能听见她为了不忘记命令的呢喃:"热水、衣服。"我来到窗边的椅子坐下,透过窗户的台子向外望去。

早些时候我尽力让自己不去想亨利,不去想留在身后有关宫廷的一切,但是现在,这并不让我舒适的归乡之旅结束后,我意识到我失去的不仅仅是国王的爱,也失去了对我至关重要的奢华生活。我不想再次变回赫佛的波琳小姐,我不想又退回肯特一个小城堡主的女儿。我一度成为过英格兰天之骄子心爱的女孩,离赫佛越来越远。现在,我不想失去那一切。

✦

父亲在这里逗留了不到三天。这段时间足够他召见自己的土地管理者,给那些急需向他汇报情况的佃户机会,并且他还用这段时间处理了一桩关于土地边界的纠纷,以及将他最喜欢的母马送去配种。此时,他准备离开了。我站在吊桥上目送他离开,我忧伤透了,他在跨上马鞍时也注意到了。

"怎么了?"他大声问,"不是想念宫廷的日子了吧?"

"不。"我立刻回道。我的确思念宫廷的日子,但我最思念的是亨利的注视,我不会告诉父亲,因为这毫无意义。

"那只能怪你自己。"父亲直白地说,"现在只能寄希望于你的哥哥姐姐能为你扭转时局。不然谁知道你该怎么办,我只能把凯里带来,期望他能原谅你之前的事情。"

看到我脸上的震惊,父亲大声地笑起来。

我走近父亲的马,将手搭上父亲拉着缰绳戴手套的手。"如果国王问起我,您能向他转告我很后悔之前的冒犯行为吗?"

他摇头。"现在我们要按照安妮的计划行事,"他说,"她似乎知道如何掌控国王的心思。你必须按照给你的命令行事。你搞砸了一次,现在你必须依令行事。"

"为什么安妮是那个发号施令的人?"我质问,"为什么你总听她的?"

父亲把手从我的手里抽出来。"因为她长了脑子,并且她知道自己的价值和使命。"他冷酷地说,"而你,却表现得如同陷入初恋的十四岁的孩子。"

"但我就是一个十四岁刚遇到初恋的孩子。"我高声回道。

"没错。"父亲冷漠地说,"这也是我们赞同安妮计划的原因。"

他没有跟我道别,策马远去,穿过吊桥,朝着庄园门口驰骋而去。

我扬手挥别期望他回头,但他没有。他背影挺直,直视前方。此时的他很像一个霍华德家族的人。我们从不回望。我们从不把时间浪费在悔恨和犹豫上。如果一个计划落空,我们就策划下一个;如果我们手中的武器破损,我们就去找下一把;如果我们眼前的阶梯坍塌,我们就直接跳过它继续前行。霍华德家族的人永远奋勇向前、迎难而上,父亲现在就在回到宫廷,回到国王身边的路上,没有给我一丝眷念的时间。

❖

第一周结束时,我已经走遍了花园里的每一条小道,以吊桥为起点转遍了花园的每一个角落。我已经开始为赫佛的教堂编制挂毯,已经完成了一英尺大小的天空,是一整片无聊的蓝色。我给安妮和乔治写了三封信,让信使送到埃尔特姆宫,但每次都没有回信只有他们的祝福。

第二周结束时,我把我的小马牵出了马厩,骑着它独自远行。即使有着最温和沉默的侍从陪伴,我也变得焦躁易怒。我尽力控制自己的脾气。我对女仆为我所做的每一件小事都表示感谢。当神父祈祷时,我端坐着低头进餐,像是我真的不在意宫廷里的人从埃尔特姆迁移到温莎而我被困在赫佛,像是我真的不因为这些想要跳起来无望地尖叫。我拼尽全力压制住从离开宫廷以来积攒的怨气,我歇斯底里地想要抛开所有。

第三周的末尾,我已经陷入了极度的绝望。没有任何消息传来,我想是亨利并不想让我回去,事实证明我的丈夫也并不好安抚,他并不想要一个跟国王传过绯闻又还没成为情妇的妻子。这样一个女人不能给他带来光

另一个波琳家的女孩

彩,最好还是留在乡下。又过一周我给安妮和乔治写了信,依然没有得到回复。但在下一周的周二,我收到了来自乔治的一张潦草的纸条:

别绝望,我打赌你肯定觉得我们把你抛弃了。他经常说起你,而我就在旁边说着你的好处。我觉得这个月内他就会派人来接你回去。确保你自己看起来光彩照人!

乔

安妮让我告诉你她随后就会写信给你。

乔治的信是这么长时间等待中唯一的宽慰。当我进入第二个月的等待,时间已是五月。五月通常是宫廷生活最快活的时光,因为这意味着野餐和出游的季节又开始了,但这一次的五月对我来说非常难熬。

没有人和我说话,根本没有人可以让我诉说心声。女仆在给我穿衣服时喋喋不休。我坐在高位上吃早餐,只有与父亲有事务往来的人跟我攀谈。我不时去花园散个步,看看书。

在漫长无聊的下午,我骑马去探索更大的乡村领域。我开始记住我家周围的那些车道和小路,甚至开始能辨认隶属于我们家的佃户和他们的租地。我渐渐地也知道了他们的名字,当我看见一个男人在地里劳作时,我拉住了缰绳,问地里种的是什么、怎么种的。这是属于农户们最好的时光,干草被割下来晒干,等着被扎成堆,盖上茅草保持干燥,留待冬天作为饲料。不同种类的麦子在地里耸立,长得又高又壮。小牛在母牛的喂养下长得壮硕,绵羊成群,今年整个村庄的农户都会因羊毛销售收获颇丰。

现在是一年辛苦劳作的短暂休息时节。农户们在村里的草坪上舞蹈、比赛,享受着丰收劳作前的欢愉。

我从一个第一次来到波琳庄园对这儿一无所知的人,变得现在熟知这周围的一切，我认识了这里的农户，知晓了这里的庄稼。当晚餐时间村民来向我举报某人并没有按照约定那样很好地管理自己的庄稼时，我马上就知道了他们说的是谁，明白了是什么事情。因为我曾经骑马路过那片长满杂草的土地，在一片精心栽植的土地之间，那块荒地长着杂草和荨麻，显得很突兀。这件事很好解决，我可以在吃晚餐的时候警告这个农户，如果他不好好地在土地上种植庄稼，我将会把它收回。我知道哪些农户种植啤酒花，哪些农户种植葡萄藤蔓。我和其中一个农户约定，如果他的葡萄得到丰收，我就请父亲从伦敦请一个法国人来赫佛教授酿酒工艺。

每天在外骑行并不是什么苦差事，我喜欢身处郊外，听着鸟儿歌唱，穿过树林，闻着从道路两旁喷涌而出的金银花散发的香味。我喜欢我的小马捷丝蒙，它是国王送给我的。我喜欢她迫不及待就小跑的性格，还有她灵活闪动的耳朵，以及看到我拿着胡萝卜走进马场激动的叫声。我喜欢河边上的牧场，有着白色或是黄色小花的小道，麦田里嫣红的罂粟。我喜欢旷野，还有天空翱翔的鹰隼，高高飞在云雀之上，展开羽翼盘旋。

这一切都是弥补，弥补我离开宫廷没有亨利在身边的寂寞。我有一种越来越强烈的预感，如果我再也不能回到宫廷，那么我会成为一个不错的地主。伊登布里奇越来越多有头脑的年轻农户看到了苜蓿的市场，但他们并不认识懂得种植苜蓿的人，也不知道从哪里能得到苜蓿的种子。我给父亲在艾塞克斯郡的一名农户去了一封信，带回来种植技术和种子。他们在一块农田里试着种植苜蓿，并且在了解了苜蓿的生产过程后准备扩大种植。即使我只是一个年轻的女性，我也认为我做了一件不错的事情。如果没有我的帮助，他们只能在远处的餐桌上拍着巴掌，暗暗嫉妒竟然能有人从新作物上获利。因为我的帮助，他们得以有这个机会放手一试，如果幸运得以成功，那么他们将是这个世界上冉冉升起的新星。并且如果我祖父的神话可以重演，那么他们的前途将不可限量。

另一个波琳家的女孩

他们都很乐意做这件事。当我骑着马去看犁地进行得怎么样时,他们跑过来,蹭掉脚上的泥土,向我解释他们是如何播种的。他们需要一个志同道合土地主,以前没有,现在他们迎来了我。他们很清楚如果我对这种庄稼产生了兴趣,那么我很有可能被说服在上面投资。我也许会拿出一笔钱资助这项产业,然后我们共同获得财富。

想到这里我笑了,坐在马上,向下望着农户们因风吹日晒变成棕色的脸,说:"我没有钱。"

"您可是宫廷里的贵夫人,"其中一个人坚持着,他盯着我皮靴子上整齐的流苏、镶嵌珠宝的马鞍和帽子的金色别针,"你今天的穿戴比我一年都挣得要多。"

"我知道。"我说,"也只有身上这些了。"

"但您的父亲,或者您的丈夫肯定给了您钱,"另一个人不死心地游说,"把钱用在自己的土地上总比用去打牌好。"

"我是一个女人,并没有属于自己的财产。看看你,你也做得不错,那你的妻子是个阔太太吗?"

他有些羞赧地一笑:"她是我的妻子,她做得跟我一样好,但她并没有属于自己的财产。"

"我也一样。"我说,"我做着和我父亲、我的丈夫同样的事情,我穿着最能够称得上他们女儿、妻子的衣服,但我没有属于自己的钱,在这个意义上,我和你的妻子一样贫穷。"

"但你是霍华德家族的人,而我是个平民百姓。"他坚持。

"我是霍华德家族的人,这意味着我可能成为这个领地最尊贵的人,但也可能是一个平头百姓,就像你。这都要看情况。"

"看什么情况?"他好奇地问。

我想起了当我惹亨利不高兴那一瞬间,他阴沉下来的脸。"看运气。"

1522年夏

在我翘首以盼的第三个月——赫佛园中玫瑰开满枝头香味四溢的六月,我收到了安妮的信。

大功告成。我拦在路上跟他说起你。我告诉他你对他朝思暮想,为他神魂颠倒,而你对他太过热情的爱让家族不高兴,所以把你送走让你忘记他。这就是男人的劣根性,知道你的落魄反而让他心动。总之,你现在可以回来了。我们现在在温莎堡。父亲说你可以从赫佛带一队人马护送你回来。确保在晚宴前悄无声息地回来,直接到我们的房间,我会告诉你接下来该怎么做。

温莎堡是亨利最华丽的城堡,如同丝绒上的珍珠一般坐落在绿山丘上。国王的旗帜在塔楼上飞扬,吊桥打开,手推车、商贩、啤酒货运车和马车络绎不绝。无论宫廷设在哪儿都能汲取周围地方的财富,而温莎在为宫廷提供财富方面很有经验。

我悄悄地从侧门溜进城堡,直接到安妮的房间以防别人看见我。她不在房间里,我坐着等她。如我所料,安妮三点钟回到了房间,取下帽兜。当她看见我时,惊了一跳。

"我还以为见鬼了!你吓死我了。"

"是你让我悄悄到你房间的。"

"是,我想告诉你现在的局势。我刚刚还在跟国王说话。我们刚在比武场看珀西勋爵比赛。今天可太热了。"

"他怎么说?"

"珀西勋爵?他可真有魅力。"

"不是,我是说国王。"

安妮笑了,故意吊我胃口:"他问起你了。"

"那他怎么说?"

"让我想想。"安妮把帽兜扔到床上,摇头甩开头发。黑发在她的背后泛起波澜,她一手把头发梳理到一边让脖子凉快些。"哦,我不记得了,太热了。"

我太熟悉安妮这些戏耍我的小伎俩了,不会被她折磨。我安静地坐在壁炉边的木椅上。当她边洗脸洗手、打湿脖颈、扎头发,边用法语说些感叹、抱怨天气的炎热时,我一眼都没看过去。

"我想起来了。"她主动说道。

"不需要了,"我说,"晚宴时我就会见到他,那时他会自己告诉我想说的话。我不需要你告诉我了。"

听到这里安妮脸色凝住:"你需要,你知道该怎么做吗?你知道该说什么吗?"

"我知道怎么让他爱上我并且要我的信物,"我冷冷地说,"我自然也知道在晚宴后跟他说什么才是合适的。"

安妮踱步回来,打量着我。"你很镇定。"没有其他的言语。

"我已经思考得够久了。"我毫不示弱地回应。

"然后呢?"

"我知道自己想要什么。"

她等着我接下来的话。

"我想要他。"我说。

她点头:"英格兰的每个女人都想要他。我从不认为你是例外。"

我对她的漠然耸耸肩:"我还知道我没有他也能活。"

她的眼睛眯起来:"如果你不回到威廉身边,你会被毁掉的。"

"那样子的生活我也能承受。"我答道,"我喜欢生活在赫佛。我每天都骑马出行,逛逛花园。我在那里独自生活了近三个月,这是之前从未有过的。我意识到我并不需要回到宫廷,我不需要王后、国王,我甚至不需要你。我喜欢每天骑马出去看看农田,我喜欢和农夫们聊天,看看庄稼是怎么长大的。"

"你想当一个农夫?"她刻薄地笑了。

"当一个农夫我也很开心。"我镇定地说。"我爱上了国王,"我吸了一口气继续说,"我很爱他。但如果时运不济,回去当一个农夫我也一样可以快乐地活着。"

安妮走到床尾的橱柜,拿出一个新帽兜。她看着镜子里的自己,梳理好头发戴上头饰。立马,她诡秘的表情套上了新的优雅面孔。对于这一点,她心知肚明。

"如果我是你,我就一定要得到国王,"她说,"我会破釜沉舟地争取他。"

"我想要他,不是因为他是国王。"

她耸肩:"可他就是国王。你不可能像渴望一个普通男人那样去喜欢他而忽略他的身份。他是这里至高无上的存在,在这个国家再也没有比他更位高权重的人。除非法国国王弗朗西斯或者西班牙的皇帝,能与他比肩。"

我摇头:"我见过法国国王与西班牙皇帝,我并不会多看他们。"

安妮转过身,把紧身衣往下扯了一点儿显出乳沟。"那你就是个傻子。"

她简单得出结论。

我们准备就绪,她带着我去了王后的会客室。"她会接受你回到宫廷,但别指望她对你热烈欢迎。"当门口的士兵向我们敬礼,打开了门,我们两个波琳家的女孩昂首挺胸地走进去,仿佛已经掌控了半个宫廷。

王后坐在窗边,窗子打开,凉爽的晚风吹了进来。乐师在旁边伴奏,为她唱着歌,女孩儿们围着王后,一些人在刺绣,一些人静静地坐着,等待晚宴开始。她看起来平和安详,被朋友围绕,在丈夫的居室里,从窗子看向外面城堡的景色以及流淌的河水。她看见我时也是脸色未变,她过于训练有素,不会流露自己的失望。她朝我微微一笑。"哦,凯里夫人,"她说,"你现在回到宫廷了么?"

我行礼:"如果得到殿下的允许。"

"这么长时间,你都是住在父母家?"

"是的,回殿下,在赫佛。"

"那你一定休养得不错。那里除了牛羊也就没有什么了,我猜。"

我笑着附和:"那里是农场,但我有挺多乐趣的。每天骑马出去看看田地,和那些劳作的农户聊聊天。"

一时间,我看见了她说起土地时感兴趣的表情,在英格兰待了这么多年,一说到土地,她能想到的还是只有狩猎、野餐以及一些夏日的聚会。随后她想到了我离开的原因。"国王召唤你回来了吗?"

我听到安妮在背后小声地警告我,但我没有在意。我还是抱有一种浪漫、愚蠢的想法,对着这个善良女人的眼睛,我并不想说谎。"国王派人接我回来的,殿下。"我毕恭毕敬地答道。

她点头,低头看向自己放在膝盖上的手。"你很幸运。"再无他话。

一阵短暂的沉默。我非常想要告诉她我是真的爱上了她的丈夫,但我知道她爱国王更胜过我。她是一个已经百炼成钢的女人。与我们相比,她是真银，而我们是白镴，一种铅锡的合金。

厚重的大门打开了。"国王陛下驾到！"令官高声宣布，亨利踱进屋子。"我来接你去晚宴。"亨利刚开始讲话就注意到了我，顿住了。王后意味深长地看着国王变换的脸色，又看向我。

"玛丽！"国王叫了声。

我甚至忘了行礼，只是呆呆地看着他。

安妮的提醒也没能唤醒我。国王跨过大步横穿房间拉住了我的手，捧到胸口。他短上衣的刺绣摩挲着我的手指，我能感受到手指上传来他丝绸衬衣的触感。

"我的心肝，"他小声呢喃，"欢迎你回来。"

"谢谢您。"

"他们说你是离开去学习教训了，我就说即使什么都没学到，回来就好，这样对吗？"

"嗯嗯，太对了。"我哽咽着说。

"你没被训斥吧？"他追问道。

我笑了，看着他热切的蓝眼睛。"没有，他们只是有点儿不高兴，仅此而已。"

"你想回来，对吧？"

"非常。"

王后起身："我们去晚宴吧，夫人们。"她语气稀松平常，国王转头飞快地看了她一眼，王后向他伸出了手，以一个高贵的西班牙女儿的做派。如同以往的习惯和规则，国王走向她。我不知道能做些什么拉回国王。我走到王后的身后，替她整理起身时的裙摆。无论她的身形是否依然美丽，脸上是否带着时光的倦容，她站在那里仪态端庄，高贵无比。

"谢谢你，凯里夫人。"她优雅地说，随后将手搭在她丈夫的臂弯，领着我们走向餐厅。国王偏头靠近她听她说些什么，再也没有看我一眼。

在晚餐的最后乔治来跟我打了招呼，他踱步到放着葡萄酒和甜点的餐桌边，带来了一个李子蜜饯。"甜上加甜。"说着亲吻了我的额头。

"乔治，"我说，"谢谢你的消息。"

"你绝望的情绪简直惊呆我了。"他说，"第一周来的那三封信，情况那么糟糕吗？"

"最开始的一周是那样，"我说，"但后来我渐渐习惯了，第一个月结束的时候我甚至开始习惯那里的生活了。"

"我们都在这里尽力为你周旋。"他说。

"舅舅在宫里吗？"我看看四周，问，"我没看见他。"

"没有，他和沃尔西主教在伦敦。但这里的事情他都知道。别担心，他让我告诉你，他等着你的情报，他相信你现在知道该怎么做。"

简·帕克靠着桌子倚过来，对乔治说："你也要成为宫里的侍奉女官吗？你现在可是坐在我们的席位，并且坐在一位女士的凳子上。"

乔治不急不慢地站起来："抱歉，女士，我无意打扰。"

周围都有人帮腔表明他确实无意打扰。我的哥哥很帅气，且是王后的常客，没人介意他加入——除了他莫名其妙的未婚妻。

他在简的手边鞠躬。"小姐，感谢你提醒我远离你。"他彬彬有礼地说，不满藏在甜言蜜语之后。他弯腰亲吻我。"上帝选中你了，小玛丽安，"他在我的耳边低声，"你会为家族带来希望。"

当他转身离开时我抓住他的手："等等乔治，我有事问你。"

他转身："什么？"

我拉着他的手让他俯身靠近我，听清我的耳语："你觉得他爱我吗？"

"哦，"他站直，"哦，爱？"

"那你认为呢？"

他耸肩："爱是什么呢？我们整日写着情诗，唱着情歌。但真有爱这种东西吗？我他妈的才不知道。"

"乔治！"

"我能告诉你的是，他想得到你，即使这会给他带来一些麻烦事。如果这就是爱，那他是爱你的。"

"那就够了。"我带着满足说道，"想要我，还愿意为我惹些麻烦事。对我来说，听着就是爱了。"

我帅气的哥哥鞠了个躬，"如果你这样说的话，那对你是好的。"他直起身又退后一步，"陛下。"

国王站在我面前："乔治，我可不允许你一晚上都在跟玛丽说话，整个宫廷都会嫉妒你的。"

"是的，陛下。"乔治带着宫廷独有的奉承，"有两个漂亮的妹妹，那我什么也不用愁了。"

"我们该跳舞了。"国王道，"你能带着波琳小姐出去，让我来照顾凯里夫人，可以吗？"

"我的荣幸，陛下。"乔治回道。并没有刻意地去寻找安妮，他只是打打响指，安妮就灵敏地出现在他身边。

"我们去跳舞吧。"乔治简短地说。

国王一挥手，乐师马上奏起了一首欢快的民谣。我们列成一个八人的圈子，开始从一边到另一边流畅地舞蹈，我看见对面乔治熟悉的时刻带着爱意的脸，以及他旁边安妮平和的笑容，就像研读新书，她察言观色，打量着我和国王，似乎在测量国王的欲望有多强烈。即使没有回头，安妮也在小心地揣度着王后的情绪，试图猜测她的想法和感受。

另一个波琳家的女孩

　　我暗自偷笑，安妮算是碰上难题了。没有人能看穿西班牙女儿强硬的面具。安妮是一个无与伦比的朝臣，但她出身平民，凯瑟琳王后则天生就是公主，生下来就被教育要约束自己的言行，生下来就被教育每走一步都要谨慎专注，面对贫富都要和蔼可亲，因为不知道何时会需要这些人的支持。凯瑟琳王后手段高端，出身在安妮不曾见识过的更富丽堂皇的宫廷。

　　安妮仔细打量着王后是如何强忍火气，眼看着我和国王如此亲近。我们紧盯着彼此，欲望的火花在我们的四周飞溅。在安妮炽热的注视下，王后不过露出了玩味的表情，舞蹈结束时，王后拍手还发出了一两声叫好。突然之间，舞曲结束了，我和亨利站在那里，没有音乐的掩饰，也没有舞者的遮挡，就这样，我和亨利暴露在众人的视线里，牵着手，目光交融。我们眼里依旧紧紧黏着对方，仿佛我们可以永远就这样下去。

　　"好！"王后的声音镇定而自信，"非常好！"

　　"他会派人来接你。"当夜我们在房间里脱衣就寝时，安妮说着。她脱下外裙，小心地放在床尾的凳子上，把兜帽放在另外一头，鞋子整齐地摆在床下。她换上睡衣，对着镜子梳了梳头发。

　　她又把梳子递给我，让我梳理她长至腰际的头发，闭上了眼睛。

　　"大概是今晚，或者是明天白天，你就会被传唤。"

　　"当然。"

　　"记住你的身份，"安妮警告我，"别让他在门廊或是其他什么隐蔽、随便的地方得到你。一定要是在体面的房间里，在床上。"

　　"我知道。"我说。

　　"这很重要，"她警示我，"如果他很随便地像对待一个荡妇那样得到你，那么他就会很快把你抛之脑后。可以的话，我希望你可以矜持得久一些。如果得到得太容易，我估计他不会和你有几次的接触。"

我抓起她柔软的头发，开始编辫子。

"哦，"她抱怨，"你扯我的头发。"

"你管得太多了，"我说，"让我按照自己的方式来吧，安妮，目前我还能应付。"

"这个嘛，"她耸肩对着镜子里的自己笑了笑，"吸引一个男人很容易，难的是怎么长久地套住他。"

敲门声把我们俩惊醒，安妮的黑眼睛转回镜子，与我在镜子里无措地看着她的眼神对视。

"不是国王吧？"

我已经打开了门。

乔治站在门口，还穿着晚宴时那件红色山羊皮上衣，领口露出精致的白亚麻衬衣，镶着珍珠的红帽子罩住了黑头发。

"太棒了！玛丽安太棒了！"他飞身进来关上了门，"他让我邀请你去和他喝杯红酒。很抱歉我现在才来，威尼斯大使刚刚才离开。他们不聊其他的，就知道说和法国的战争，现在他可是对英格兰、亨利和伟大的乔治信心勃勃。我来是告诉你这一切由你自己做主，你可以喝杯酒就回自己的房间，你可以自由选择。"

"有回报吗？"安妮问。

乔治扬起一边眉毛。"尊重些，"他训斥，"他不是买她，只是邀请去喝酒。我们可以之后再商议回报。"

我摸了摸自己的头。"我的兜帽！"我叫了起来，"安妮，快，帮我梳头。"

她摇头。"就这样去吧，"她说，"长发披肩，这样的你就像是新婚之夜的处女，对吧，乔治，这是他想要的。"

他点头。"她这样看起来很漂亮,把胸衣弄松一些。"

"她的身份是一个淑女。"

"一点点,"乔治建议,"男人喜欢先窥见一些他的囊中之物。"

安妮松开了我胸衣后边的束带,直到衣服的胸骨有些松动。她拉着衣服的腰部往下拽了拽,让领口更开一些。乔治点头:"完美。"

她后退两步仔细审视我,那眼神就像是父亲在评价送去配种的母马。"还有什么?"

乔治摇头。

"她最好清洗一下,"安妮突然说,"至少洗洗腋下和私处。"

我求助地看向乔治,但他在点头,像一个农夫一样热诚。"是的,应该的,他不喜欢异味。"

"去吧。"安妮朝着水壶和罐子示意。

"你们俩出去。"我说。

乔治走向门外:"我们在外面等着。"

"还有你的屁股,"当乔治走向门口时,安妮补充说,"别跳过,玛丽,你浑身上下应该干干净净。"

关上的门阻断了我的回话,这可不淑女。我在冷水里匆匆地洗干净自己,擦干身体,用安妮的玫瑰花水拍打了脖子和头发以及大腿根,随后我打开了门。

"你洗干净了吗?"安妮单刀直入。

我点头。

她焦虑地看着我:"去吧,你可以稍稍表现一些矜持,你明白的,显示一些些迟疑,别直接就跳进他的怀里。"

我转脸不看她,她对这件事情的反应让我觉得粗俗。

"女孩在这件事上其实也能享受乐趣。"乔治轻声说。

安妮回道："但不是在国王的床上。"她不留情地说："她是为了取悦国王，不是给自己找乐子的。"

我已经听不见她说什么了，我能听到的只是自己强烈的心跳，只想着他让人来接我，我很快就可以和他在一起了。

"走吧，"我对乔治说，"我们走吧。"

安妮转身回房。"我会等着你。"她说。

我犹豫着说："我今晚上可能不会回来。"

她点头："我也希望如此，但我会等你，坐在壁炉边，等着朝阳。"

我想象这个场景：她在房间里等我，而我正跟国王翻云覆雨。"天哪，你肯定希望这个人是你。"我突然欢喜地说。

她并没有回避："当然，他是国王。"

"但他想要的是我。"我强调这一点。

乔治一鞠躬，伸出手臂让我挽着他。我们穿过狭长的楼梯来到大厅前的大堂。我们如同一对双生幽灵般，没人看见我们经过。火堆里躺着两个厨房帮佣，一群人歪着脑袋趴在桌边。

我们经过高桌，穿过大门，来到国王私人房间的领域，面前是挂着厚重锦帷的宽大楼梯，光滑的锦缎在月光下泛着光。门口有两个武装的侍卫把守，当他们看见我披着金发带着自信的微笑迎面而来时，为我打开了门。

门后的会客室是我从未见过的模样，我只见过它人满为患的样子，每个需要觐见国王的人都会来到这里，在这里等待国王的接见和指示。在这拱顶大殿，我所见到的都是人们衣冠楚楚期望得到国王瞩目的样子，而现在它既空旷又巨大。乔治握住我冰冷的手。

前面就是国王私人卧房的门，两个武装的侍卫交叉长矛守在门口。"国王陛下召见我们。"乔治直接说。

长矛相击发出响声，随后侍卫举起长矛示意，为我们拉开大门。

另一个波琳家的女孩

国王坐在火边裹着一条天鹅绒长袍。听到门开的声音,他站了起来。

我深施一礼:"遵照您的指示,我来了,陛下。"

他的眼神在我的脸上胶着。"是的,你愿意来太好了。我想看,不,我想和你说,我想和你喝……"最后他放弃委婉,"我想要你。"

我走近一些,足以使他闻到我身上的香水味。我抬头,感觉到头发向后垂落,他的眼神在我的脸和发丝之间来回转换。我身后传来门关上的声音,乔治默默走远,亨利甚至没有注意到他的离开。

"我很荣幸,陛下。"我低语。

他摇摇头,并没有表现出不耐烦,只是不愿意再把时间浪费在虚与委蛇上。"我想要你。"他直截了当地说,仿佛我作为一个女人只需要知道这些就足够了。"我想要你,玛丽·波琳。"

我上前一小步斜倚向他,感受到他湿热的呼吸和在发上的亲吻,再没有前进或是后退。

"玛丽。"他沉声,声音因为欲望显得有些阻塞。

"陛下?"

"叫我亨利,我想听我的名字从你的嘴里叫出来。"

"亨利。"

"你也想要我吗?"他低声,"我的意思是,撇开我的身份,作为一个男人。如果我只是你父亲农庄上的一个佃户,你还会想和我在一起吗?"他伸手抬起我的下巴,看着我的眼睛。我仔细地看着他明亮的蓝色眼睛,轻轻地用手抚摸他的脸颊,感受着掌下柔软的卷曲胡须。他闭上了眼睛,转过脸,亲吻着我摸他下巴的手。

"是的。"我回道,虽然是胡说八道。我不能想象眼前这个男人如果不是国王会是怎样。他不可能不是国王,就像我不可能否认自己是霍华德家族的人。"如果我们都是平头百姓,我依然爱你,"我小声,"即使你只是我父亲农场上种植啤酒花的农户,我依然爱你。那如果我是田里捡啤酒花的女孩儿,你会爱我吗?"

他把我揽近,大掌抚上我的胸衣。"我会的,"他承诺,"无论你在哪里我都会找到你,我的真爱。不管我是谁,不管你是谁,我都会立刻认出你。"

他低头轻轻地吻住我,随后加深了这个吻,他的嘴唇非常温暖。他带着我来到有华盖的床边,将我放在床上,将脸埋在我因为松开束带露出来的部分胸口,那是安妮特意设计的。

黎明时分,我撑着手肘立起身,透过窗户看向渐渐泛白的天空。我知道安妮此时也在看着这片天空。安妮会看着天空渐渐亮起来,知道她的妹妹成为了国王的情妇,这个国家仅次于王后第二尊贵的女人。我想着她坐在窗前听着鸟儿开始歌唱会在想些什么。我很想知道她的感受,现在她该明白,我才是国王选中的那一个,是我承载着家族的希望,是我不是她,成功地躺在了国王的床上。

事实上,我不需要猜。她肯定如往常一样对我带着一种复杂的情绪:羡慕嫉妒,为我骄傲却又暗暗较劲,渴望着亲爱的妹妹成功,私下又希望我这个竞争对手落败。

国王发出响动。"你醒了?"他从半盖的被子中问我。

"是的。"我立马警醒,想我是不是会被安排离开。但他从被单里探出头,带着笑意。

"早啊,小甜心,"他说,"还好吗?"

我也笑着回应他的愉快:"好极了。"

"心花怒放?"

"再也没有更高兴的时候了。"

"过来。"他张开手臂说。我躺倒,落入一个充满麝香气息的怀抱。他强壮的大腿压着我,手臂揽过我的肩膀,脸蹭着我的脖子。

"亨利,"我痴喊出声,"我的爱人。"

"嗯,"他蛊惑地说,"再靠近一些。"

✦

直到太阳完全升起,我才匆匆准备离开,以免撞到要开始做事的仆人。

亨利亲手帮我穿上长裙,系好胸衣的束带,披上他的斗篷抵御清晨的寒冷。当他打开门,乔治正靠在窗边椅子上。乔治一见国王,立马起身拿着帽子鞠躬行礼,对国王身后的我露出甜甜的微笑。

"把凯里夫人送回屋子,"国王说,"叫寝宫侍从过来,记住了么,乔治?今天我想早点儿起身。"

乔治再鞠一躬向我伸出手臂。

"随后和我一起去弥撒,"国王在门口说,"乔治,今天你和我一起去王家小教堂。"

"感谢陛下!"乔治淡定地接受了朝臣可能得到的最高荣誉。待我施礼后,身后的房门关上,我们快速地穿过会客室,走进大厅。

时间不早,我们没能避开低等仆人,负责生火的仆人把圆木拖进大厅,一些男孩在扫地,武装的侍卫从梦中醒来,睁眼一边呵气,一边叫嚣着咒骂醉人的红酒。

我拉起国王斗篷的帽子遮住没有梳理的头发,静默地快速穿过大厅,回到王后的宫中。

乔治敲门后,安妮开门把我们引进去。她的脸因为缺乏睡眠而泛白,眼睛发红。看着她嫉妒的神色,我有种享受的情绪。

"怎么样?"她直接问。

我看了一眼平整的床铺:"你没睡觉?"

"我睡不着。"她说,"我希望你也只是睡了一小会儿。"

我逃避她露骨的问题。

"好了,"乔治对我说,"玛丽,我们只想知道一切顺利。父亲、母亲和霍华德舅舅,整个家族都想知道。你最好习惯讲述这些,这不再是一个私人问题。"

"这是最私密的事。"

"但对于你来说不是,"安妮冷冷地说,"别再表现得像个发情的挤奶女。他和你上床了吗?"

"是的。"我简短地说。

"不止一次?"

"是的。"

"感谢上帝!"乔治说,"她做到了。我必须得走了。他让我一起去弥撒。"乔治横穿过屋子给了我一个大大的拥抱。"干得漂亮。我们之后再详谈。我现在必须得走了。"

他随手一摔门就离开了,安妮发出不满的一哼,回到了我们的衣橱前。

"你最好穿你乳白色的礼服,"她说,"没必要像个妓女似的,我去弄些热水,你需要洗个澡。"她抬手打消了我的抵抗。"你一定要,别挣扎。还需要洗个头发,你必须做到毫无痕迹,玛丽。别做懒鬼,快,脱掉裙子,我们还要在一个小时以内和王后一起去弥撒。"

如往常一样,我听话照做。"你为我开心吗?"我在和胸衣衬裙缠斗时问安妮。

我看着她镜子里的倒影,她的睫毛盖住了嫉妒的神色。"我为家族感到开心,"她说,"在这件事情上,我没怎么想到你。"

◆

国王在小教堂上层的柱廊听着祷告,我们成队经过,去王后所在的隔间。我竖起耳朵也只能听到书记官的低语,请国王批示审阅放在面前的公文,同时国王看着教堂的神父履行弥撒仪式。国王时常在听着晨祷的同时处理政务,这是延续老国王的习惯,很多人认为这些事务很神圣。但也有些人不这样想,我舅舅就是他们其中的一个,他认为那只是国王想要快点儿摆脱政务,半吊子的做法。

我跪在王后的私人祈祷室时,看着自己乳白色的礼服闪耀着象牙白的光泽,显现出腿部的轮廓。我依然能感觉到他在我大腿内侧的热度,依然能感觉到他的吻。虽然在安妮的坚持下我洗了澡,但似乎仍能闻到留在我发间和脸上的他的味道。当我闭眼时,我没有在祈祷,而是在回味昨夜的温存。

王后跪在我旁边,她神色黯淡,头上戴着沉重的山形帽兜。她的礼服在脖子处开了一个小口,方便她用手指整理她贴身穿的毛衣衫。她严肃的脸上显出憔悴和疲态,额头垂向念珠,在她紧闭的双眼之下,脸颊和下颌松弛的肌肤显示着疲惫。

弥撒没有间断地进行着,我很嫉妒亨利可以有那些公文来分散注意力。王后全神贯注,转动念珠的手从没有停歇。她双眼紧闭,直到祷告结束,神父用白布擦拭圣餐杯,起身离开,她才会发出一声若有似无的叹息,好像她听见了什么我们都听不见的东西。她转身对着我们所有人微笑,包括我。

"现在我们去用早餐吧,"她愉快地说,"说不定国王会和我们一起用餐。"

当我们走过他的房门时,我刻意游荡了一会儿,我不信当我走过时他不想跟我说些什么。好像是感觉到我的想法,在我放缓脚步那一刻,乔治突然打开门,大声说:"早安,我的妹妹!"

房间里,乔治身后的亨利从公务中抬头,看见站在门框中的我。我穿着安妮为我选的乳白色长裙,浓密的头发被白色的头饰裹住,露出年轻的脸庞。当他看见我时,发出一声压抑欲望的叹息,我感觉自己脸红了,微笑也带上了暖意。

"早安,陛下,早安,我的哥哥。"我柔柔地说,眼神一刻也没有离开亨利。

亨利站起来,伸手仿佛是要把我拉过去。他看了一眼书记官停住了。

"我要和你们用早餐,"他说,"告诉王后,我稍后过去,等我处理完这些……"

他模糊的言语表明他并不知道这些公文怎么处理。

他穿过房间,就像一条晕了头的鲑鱼向着钓鱼人的灯光游过来,"你呢,过得好吗,早晨?"他悄声只说给我听。

"是的,"我快速地看了一眼他热诚的脸,"只是有点儿累。"

他的眼神因为肯定而雀跃。"那你昨晚睡得好吗,甜心?"

"几乎没睡着。"

"床不合适?"

我顿住了,我不像安妮那样对于文字游戏游刃有余。最后我什么也没说,只道出了实情:"我很喜欢那里。"

"你还愿意再来睡在这张床上吗?"

在这个甜蜜的时刻,我找到了正确的答案。"陛下,我希望这样,但不要太快。"

他仰头大笑，拉起我的手转过来，在我的手心落下一吻。"我的夫人，你只需要发号施令，"他承诺，"我是你忠心的仆人。"

我低头看着他的唇贴在我的手上，眼神无法从他的身上移开。他抬起头与我对视，我们之间燃起了欲望的火花。

"我得走了，"我说，"王后会奇怪我去了哪里。"

"我一会儿就来，"他说，"相信我。"

我朝他明媚一笑，转身跑开，跟上王后的侍从。我听见鞋子因为奔跑发出"嗒嗒"的声音，我听见丝绸礼服划过的风声，身体的每一部分都感觉到年轻、美丽和爱意，我是被英格兰国王深爱的女子。

国王微笑着来到早餐桌落座。王后灰蓝色的眼睛扫过我红润的脸颊和泛着光彩的乳白色礼服，最后转开视线。她唤来乐师在我们就餐时伴奏，又叫来自己的驯马师。

"陛下，今天去狩猎吗？"她声音愉悦。

"啊，是的，你们有谁想一起去吗？"国王发出邀请。

"我相信她们很乐意，"她用着如常的语调说道，"波琳小姐、帕克夫人、凯里夫人，你们三个可是骑马的好手，想和国王一起去骑马吗？"

因为我是第三个被提到的，简·帕克抛给我一个耐人寻味的眼神。我对自己说，她什么都不知道。她就自鸣得意吧，一无所知的笨蛋。

"我们非常乐意和国王一起去。"安妮圆滑回应，"我们三个都是。"

✦

在马厩前的空地上，国王骑上他的大马，我在马夫的帮助下坐上马鞍，骑着他送给我的马。我用腿紧紧压住马鞍，调整角度，让裙摆以最合适的长度坠下。安妮和往常一样审视着我，不放过一丁点细节，我很高兴，她戴着有羽毛装饰的法式猎帽的脑袋最终点了点，表示满意。她叫来马夫扶她上马，引着马和我的并行，当她保持好平衡，牢牢地牵住它后，凑过来。

"如果他把你带到小树林想在那里云雨，你一定要拒绝。"她低声，"记住你是霍华德家的女孩，可不是一个荡妇。"

"可如果他就是想要我……"

"那他会愿意等。"

宫廷猎手吹响号角，所有的马匹都兴奋起来，绷紧了神经。亨利像个兴头上的男孩一般对我大笑，我也笑着回应。我的坐骑捷丝蒙像一个被压紧的弹簧，狩猎总管最先跑过吊桥，我们小跑紧随其后。猎犬跟在马匹周围组成白色和斑点的海洋。今天是个大晴天，有些微热，凉风吹过草甸。当我们跑过小镇时，晾晒草料的农夫们放下镰刀看着我们呼啸而过，他们望向贵族艳丽的装束时脱帽致敬，最后看见国王的旗帜，下跪行礼。

我回望城堡，王后卧房有一扇窗子开着，我看见她黑色的帽兜和苍白的脸，向外望着我们。她会在晚餐时再见到我们，那时她会对着亨利微笑，对我们微笑，就像从没瞧见我和亨利肩并肩骑行，一起出游一整天。

猎犬突然改变叫声，随后安静。宫廷猎手吹响号角，表示附近有猎物。

"呼啦！"亨利大喊，打马冲到最前面。

"在那儿！"我大喊一声。前面的树林道路尽头，我看见一头高大的牡鹿，它平着鹿角冲了出去。猎犬几乎没弄出响动就蹿过去，钻进灌木丛，偶尔发出一两声亢奋的叫声。我们停住等候。狩猎手们焦急地奔驰出队，在林中十字形缓慢移动，寻找蛛丝马迹。突然一个人蹬着马镫站直，吹出一个高音。我的坐骑听到后兴奋起来转头冲过去，我忙抓紧马鞍，一手还揪住马鬃毛，已经管不上优雅，只希望别掉下去摔到泥坑里。

牡鹿忽然跳出来，以它最快的速度跑过树林尽头崎岖的空地，逃窜到河边湿地。立刻，猎犬追了上去，其后的马匹也以惊人的速度追了上去。周围萦绕着马蹄声，带着泥水的草皮摔到我的脸上，我只能半闭眼睛，匍

另一个波琳家的女孩

匐在捷丝蒙的背上，催促着她前进。我的帽子掉了，前面出现一道开着白色花朵的树篱。我感觉到捷丝蒙有力的后腿瞬间收紧，带着我越过树篱，落地后立马又飞奔起来。国王在我的前面，他的注意力全部都在前方的牡鹿身上。我能感觉到自己的头发慢慢滑落，随风飞舞。我肆意地笑着，感受着清风。捷丝蒙的耳朵动了动，听到我的笑声，又支起耳朵。另一道树篱出现，前面还有一条污秽的小水沟，我和捷丝蒙都看见了，只短暂确认了一瞬，捷丝蒙就四脚离地一跃而过。当她的马蹄跃到树篱顶端时我能闻到金银花的香味。我们越跑越快。在我们前面，那个棕色的小点就是牡鹿，它跳进河里拼命游向对岸。狩猎总管死命吹着号角，召回猎犬，不让在河里追，准备沿河岸追捕，但多数猎犬太过兴奋，根本听不见号令，管理猎犬的人赶紧冲过去阻止，但还是有半数追进河中。猎犬在河里失去了威力，一些还被河水冲走了。亨利拉住马，看着眼前的混乱景象。

我有些担心他会因此生气，结果他仰头大笑，似乎被牡鹿的狡猾逗乐了。

"跑！"他在背后喊着，"我不宰你也能吃到鹿肉，我可有一仓库的鹿肉呢。"

周围人都笑了，仿佛他说了一个绝妙的笑话，我意识到所有人都在担心追逐牡鹿失败让他大发雷霆。看着一张张的笑脸，我的心中冒出一个荒谬的想法：我们为什么这么愚蠢地要以一个人的喜怒哀乐为我们生活的中心？随后，他对着我笑了，我知道了，至少对于我来说，除此我别无选择。

他看到我沾着泥水的脸和凌乱的头发。"你真像一个乡村的女仆。"每个人都能听出他声音里的亲昵。

我脱掉手套，反手打了一个发结，把头发拢回去。我对他浅浅一笑，算是默认了他的暧昧却没有回应。

"哦，别说了。"我柔声。在亨利热忱的脸后方我看见了简·帕克，她的表情仿佛吞了苍蝇,并且我也看出来,她也意识到了在波琳家面前最好注意言行。

亨利翻身下马,把缰绳丢给马夫,来到我的马前。"你下来吗?"他问我,声音温暖而诱惑。

我解开膝盖上的绳索,从一边滑下马,落入他的怀抱,他轻松地接住,扶着我站起来但并没有松开手,当着所有人的面亲了我的双颊。"你是狩猎王后。"

"我们应该给她做一个花冠用作加冕。"安妮提议。

"对啊。"亨利很满意这个提议,很快,半个宫廷的人都在忙着采摘金银花,我凌乱的金发上多出了一顶芳香四溢的王冠。

马车载有晚餐的物件,仆人们搭起帐篷,可供五十个人就餐,国王的宠臣们在里面,其余的人则坐在凳子和长椅上。王后骑马缓缓而来时,看见我坐在国王的左手边,头上戴着夏日花冠。

下月英格兰终于对法国宣战,西班牙皇帝查理带着他的军队直击法国心脏地带,与之结盟的英国军队从要塞加莱出军,一路向南直达巴黎。

宫廷一行人在伦敦附近焦急地等着消息。夏季瘟疫席卷伦敦,亨利对此一向忧惧,宣布夏季巡游马上出发,我们更像是逃而不是搬到了汉普顿宫。国王下令不允许带走伦敦的任何东西,所有食物都从周边的乡村直接征收。他不允许有来自瘟疫城区的商人、小贩和工匠跟着。这座宫殿位于上流水源,必须与疾病因素阻隔。

法国前线传来好消息,伦敦城区传来噩耗。沃尔西主教组织宫廷众人先向南再向西。驻留在达官贵胄的府邸用舞会、宴会、狩猎、野餐、格斗取乐,亨利就像一个孩子一样很容易被这些分散了注意力。沿路的贵胄都必须热情款待，仿佛这是莫大的乐事而不是铺张浪费。王后和国王一起旅行，他们在美丽的乡村并肩骑行，有时候她累了，就会坐轿子。白日里，王后和国王恩爱有加，夜晚，国王便会把我召唤去。王后的外甥是英格兰在欧洲的唯一同盟，王后家族的支持是英格兰胜利的关键。但凯瑟琳王后对于国王来说不只是一个战时的盟友。无论国王有多喜欢我，他依然是王后的男孩，被她宠爱纵容的金发男孩。国王召唤我或者其他女孩到他房间过夜都不会影响他们之间的感情，以及他们之间从很久以前就开始的牵绊。那时他还只是一个单纯、自私的王子，而她是一位尊贵的公主。

1522年冬

国王带着一行人在格林尼治度过圣诞节，整整十二个昼夜，这里都是奢华的派对和美味的盛宴。威廉·艾米塔奇是圣诞狂欢的宠儿，他的任务就是每天想出稀奇古怪的点子为宴会助兴。他一般都会在早上安排好玩的户外活动，比如看赛船、马背格斗、射箭比赛、猎熊、斗狗、斗鸡，甚至喷火或摔跤的杂耍表演，配备大厅里的美食供应：上好的葡萄酒、麦芽酒、鹿肉、用杏仁糖做的布丁，宛若艺术品。下午又是另外的安排，游戏、聊天、跳舞或假面舞会，我们每个人都有角色要扮演，每个人都有自己的职责，每个人都竭尽所能地表现出开心，整个冬天国王的脸上都洋溢着笑容，王后也时刻带着微笑。

和法国的鏖战同冬日一起结束，但所有人都知道，来年的春天英格兰与西班牙同法国的大战将继续上演。英格兰国王和这位来自西班牙的王后在这个圣诞节各种意义上团结一致，他们每周都会有一次单独的晚餐，在那天晚上，国王会睡在王后房中。

但其余的时间，同样也是固定的，乔治都会来我和安妮的房间敲门通知我。"他想要你。"之后我就会去他那里，奔向我的爱，我的国王。

我从没有待过整夜。来自欧洲各地的使者都来到格林尼治度圣诞节，亨利不允许这种与王后之间的间隙让他们知晓。西班牙的使者尤其难对付，他也是王后的密友，知道我在宫廷中的位置后，并不喜欢我。我也不愿意被人看见满脸绯红、头发凌乱地从国王房间出来。于是，我必须早在西班牙使臣来做弥撒之前就离开国王温暖的床，在乔治的陪伴下溜回自己的房间。

安妮总是醒着等着我，温好酒，然后生起炭火让房间温暖。我会倒在床上，她则用羊毛围巾盖着我的肩膀，帮我梳理头发，乔治会给壁炉添柴火，给自己弄杯热饮。

"这可太累人了，"他说，"我几乎每天下午都能睡着，时常睁不开眼睛。"

"每天吃完晚饭，安妮就强迫我去睡觉了，就像对待一个小孩子一样。"我不高兴地说。

"那你想怎样？"安妮问，"想要像王后一样憔悴？"

"她看起来状态不太好，"乔治问，"她生病了？"

"只是年纪大了，我觉得。"安妮冷漠地说，"而且她一直勉强自己装得很开心，其实已经筋疲力尽。亨利太沉迷享乐了，不是吗？"

"才不。"我笑着说，我们三个都笑了。

"他有没有提过要给你一个特别的圣诞礼物？"安妮问，"或者是给乔治，或者是给我？"

我摇头："没有。"

"霍华德舅舅带来一个自制的金圣餐杯，让你送给他。"安妮说，"放在柜子里，那东西很贵重。我只是希望能看到一点儿回馈。"

我困倦地点头："他说了要给我一个惊喜。"这话让他们俩振作起来。"他说明天带我去船坞。"

安妮表现出失望："我还以为你说的是礼物。那我们都去吗？整个宫廷都去？"

"只是小派对。"我闭上眼睛开始沉入梦乡。我听见安妮下床在屋里走动的声音,她把我的衣服从衣橱里拿出来为明天做准备。

"你必须穿红色。"安妮说,"我可以把我天鹅绒的红斗篷借给你,河边很冷。"

"谢谢你,安妮。"

"可别以为我是为了你,我是为了整个家族的前途,包括你也应该如此。"

我蜷缩身体,不理会她的话,我太累了不想反驳。昏暗中,我听见乔治放下杯子,站起身,在安妮额前轻吻的声音。

"累但是值得。"他轻声说,"晚安,安娜玛利亚,你做好了你的事情,现在是我去履行我的责任了。"

我听见她充满魅力的声音:"我的哥哥,格林尼治的荡妇可是个高端职业。明天见。"

安妮的斗篷与我的红色骑装是绝配,同样,她把自己的法式骑帽也借给我。亨利和我、乔治、安妮、我的丈夫威廉,还有其余的一行人,我们沿着河骑行至船坞,那里有国王正在建造的新船。这是一个明朗的冬日,阳光在水面泛着金光,河两边的田地都是水鸟在叽叽喳喳地喧哗,从俄国来过冬的大雁栖息在河滩。与它们的叫声对抗的是野鸭子、沙锥鸟和麻鹬的叫声。我们的马结成一队在河边小跑,我的马与国王的坐骑并肩而行,乔治和安妮在我们两侧。当我们走近船坞,亨利拉住缰绳,慢了下来。

船坞管事在看见我们一队人马靠近时就跑出来脱掉帽子,鞠躬行礼。

"我出来看看你们做得怎么样。"国王居高临下地微笑。

"是我们的荣幸,陛下。"

"进行得如何?"国王翻身下马,缰绳扔给马夫。他把我抱下马,拉着我的手放在臂弯,走向船坞。

"你觉得怎么样?"亨利问我,他眯眼抬头看着光滑的橡木船身,它现在停在巨大的圆木做的滚轴上,"你不觉得她太迷人了吗?"

"美丽又危险。"我看着船身的炮孔说,"法国肯定没有这么好的船。"

"那是肯定的。"亨利骄傲地说,"去年如果我有这么三个美人在海上,法国的海军早在自家门口就被我打得落花流水,那我就已经成为英格兰和法兰西唯一的君主了。"

我犹疑。"听说法国军队很强,"我小心地说,"弗朗西斯也很强硬。"

"只是只花孔雀,"亨利讽刺地说,"都是表面功夫。西班牙的查理皇帝会从南面攻打,而我从加莱进发。最终法国会被我们瓜分。"亨利转向船坞,"她什么时候能完工?"

"春天。"一个匠人回答。

"画图工在这吗?"

匠人鞠躬:"在。"

"我想要一幅你的画像,凯里夫人,你可以坐一会儿让那个人为你画一幅吗?"

我的脸上泛起喜悦的红晕:"当然,如您所愿。"

亨利朝匠人点头,那人对着下方的码头喊了一声,一个人朝我们跑来。亨利帮着我下了梯子,我坐在一堆新锯的木板上,一个穿着粗糙手工衣服的年轻男人快速地描摹我的脸。

"你要画像做什么?"我好奇地说,尽力保持不动,嘴角带着微笑。

"等着看。"

画家把画稿拿向一边。"可以了。"

亨利伸出手拉我起身:"现在,宝贝,我们回去用餐吧,我们绕着湿地回宫,再来一次策马奔腾。"

马夫牵着马遛弯,防止受寒。亨利抱我上马,自己也骑上马。他转头确认所有人都准备就绪。珀西爵士在给安妮系紧带子,她低头给了一个带有挑逗意味的笑容,随后我们转头在日落时分冰灰色的天空下返回格林尼治宫。

圣诞宴会几乎持续了一整天,我很确信亨利晚上会召唤我。但出乎意料,他说他要去看王后,于是我只能和其余女侍从一起陪着王后,等着国王结束与朋友的用餐后来到王后的卧房。

安妮坐到我身边,给了我一件衬衣的半成品,紧紧地把自己压在我外铺的衣裙上防止我突然起身。"别管我。"我瓮声瓮气地说。

"把你的臭脸拿开,"她小声,"笑着织衣服,装作喜欢的样子。没有人会喜欢你这副如丧考妣的脸。"

"但国王要和她一起过圣诞。"

安妮点头:"你想知道国王为什么这样做吗?"

"是的。"

"有个无耻的预言师说他今晚上会有一个儿子。他希望王后为他生下一个孩子,上帝啊,男人都是蠢货。"

"预言师?"

"是的,说是只要斩断与其他女人的联系,就会有一个儿子。不用猜就知道谁收买的。"

"你什么意思?"

"我的意思是,只要我们把预言师揪过来狠狠地摇两下,那这个人身上就会掉出西摩尔家的金子。可现在太晚了。国王今晚上会和王后在一起,直到主显节前夜。所以,记住了,当他经过你去履行他的责任的时候,想办法让他意识到他错过了什么。"

我低头缝衣服,安妮盯着我,看见眼泪落在衬衣的边缝,我用手指抹掉。

"小傻瓜,"她粗鲁地说,"他会回来找你的。"

"想到他和她躺在一起我就觉得难受,"我说,"我在想他也会叫她宝贝吗?"

"可能会吧,"安妮直白地说,"没有多少男人聪明得晓得换个叫法。但是他会在她身上履行自己的义务,转身又拈花惹草。如果你能成功用微笑抓住他的眼球,那么他会重新和你在一起。"

"可是我的心在滴血,我怎么笑得出来?"

安妮咯咯一笑:"真是个悲情女王。伤心欲绝你也可以笑出来,因为你是一个女人,一个宫眷,一个霍华德家族的后裔,这三个原因足以让你成为这个世界上最会骗人的生物。嘘,他过来了。"

乔治进来时先朝我笑了笑,接着便单膝跪在王后脚边。她面带红晕地伸出手,因为国王即将到来,她现在满心欢喜。亨利和我的丈夫威廉一起走进来,还把手搭在珀西勋爵的肩膀上。他经过我的时候只是点了点头,从他一进屋,我和安妮就已经弯下身行礼,但他还是直接走向王后吻了她,带着她进了卧房。王后的女仆跟进去,不过很快就退出来关上了门。我们其余的人静默地站着。

威廉看了看四周对我笑道:"你好啊,我的妻子。"他声音愉快。"你想要在你的房间多待一会儿,还是说你想让我再次成为床伴?"

"这取决于王后和我们舅舅的决定。"乔治四平八稳地回答,他的手摩挲着佩剑的皮带,"玛丽身不由己,你知道的。"

威廉没有应战,他露出一个无奈的笑容。"放轻松,乔治。"他说,"你不用跟我解释,我现在什么都清楚。"

我看向别处。珀西勋爵已经带着安妮走到壁龛处，我听见安妮充满诱惑的咯咯笑声。她留意到我的目光，将声音放得更大："珀西勋爵说给我写了一首十四行情诗，玛丽，告诉他，这首诗可没押韵。"

"都还没念完呢。"珀西勋爵抗议，"我才说第一句，你就已经开始挑剔了。"

"漂亮的女孩，你对我如此薄情。"

"我觉得这是个非常好的开头。"我鼓励地说，"接下来呢，珀西勋爵？"

"明显开头不怎么样，"乔治说，"用一个伤情的开头可不怎么样。一个好的开头应该是充满希望的。"

"对于波琳女孩来说，应该有一个让人耳目一新的开头。"威廉说，"当然，要看是谁，我看要是诺森伯兰的珀西应该能有个好的开端。"

安妮给了一个并不友善的目光，但亨利·珀西太沉浸于诗歌创作并没有听威廉说的话。"我还没想出来另一句，应该是什么，什么，我的心碎了。"

"哦，就和'薄情'押韵吧，"乔治大声说，"我觉得我开始接受这词了。"

"但是你整首诗必须塑造一个意向。"安妮对亨利·珀西说，"如果你要给你的情人写一首诗，那么，你必须把她比作一个什么，然后在这俩之间找到一个妙趣横生的结论。"

"那我怎么做？"珀西问，"我没办法把你比作任何事物，你就是你，我应该把你比作什么呢？"

"干得漂亮，"乔治赞许地说，"你说的话可比你的诗强多了。我会单膝跪地在她耳边低语。如果我是你，坚持下去就会成功的。"

珀西笑了，拉着安妮的手。"夜空中的繁星。"他说。

"什么什么明亮。"安妮迅速接话。

另一个波琳家的女孩
0.90

"我们还是喝点儿酒吧。"威廉提议,"我觉得这弯弯绕绕都要把我弄晕了,谁要和我玩骰子?"

"我来。"乔治在威廉提到我之前抢话,"赌注是什么?"

"两克朗。"威廉说,"我可真后悔选了你作为我的对手,波琳。"

"其他你也不会想要的,"乔治声音优雅地说,"尤其是在珀西勋爵可能会为我们写一首争斗的诗歌之后。"

"我可不认为什么什么有多吓人,"安妮评价,"这可就是他诗的全部内容。"

"我只是个初学者,"珀西严肃地说,"一个恋爱学徒,一个学习中的诗人。你们对我太不友好了。'漂亮的女孩,你对我如此薄情',这句诗,除了描述我现在的心情便再没有什么了。"

安妮笑了,伸出手让他轻吻。威廉从荷包里拿出几个骰子放在桌上。我为他倒了一杯酒,端给他。当我爱的人和其他女人在隔壁云雨的同时,为威廉服务给了我一种奇异的快感。我感觉被抛弃了,就我而言,我所能做的是找寻另一处立足点。

我们玩到半夜,国王依旧没有起身的迹象。

"你怎么看?"威廉问乔治,"如果国王今晚要留下,我们是不是可以各自回去睡觉了?"

"我们走吧。"安妮确定地说,朝我伸出手。

"这么快,"珀西请求,"但是星星是晚上出来的。"

"然后在黎明时落下,"安妮回应,"星星要隐匿在黑夜中了。"

我起身和她离开。我的丈夫看了我一会儿,说:"给我一个晚安吻,我的妻子。"

我犹豫了一会儿走过去。他本以为我会亲他的脸颊,但我吻在了唇上。我感觉到了他的回应。"晚安,我的丈夫,圣诞快乐。"

"晚安,我的妻子,如果有你,今夜我的床会更温暖。"

我点头却没什么可说的。无意识地,我看向王后房间紧闭的大门,我爱的人正睡在他妻子的臂弯。

"也许我们最终都会让我们妻子待在身边。"威廉轻声说。

"当然。"乔治欣然把他的战利品从桌上扫进帽子,再放入自己的衣服口袋,"因为无论我们喜欢什么样的生活,最终我们都会和妻子合葬。想想我,注定要和简·帕克化骨成灰。"

威廉不禁笑了。

"什么时候呢?"珀西问,"你的好日子?"

"仲夏过去的某个时候吧,如果我还能等得及的话。"

"她的嫁妆可不少。"威廉说。

"谁在乎那个?"珀西说,"爱是最要紧的。"

"听听这个国家最富有的人说的话。"乔治说。

安妮朝珀西伸出手:"别介意,勋爵大人。我和你想法一样,无论怎么样,爱才是最重要的。"

✦

"不,你才不那样想。"一关上门我就反驳安妮。

安妮微微一笑:"我希望你多在意我在跟谁说话,而不是说了什么。"

"诺森伯兰的珀西?你是在跟诺森伯兰的珀西谈婚论嫁?"

"是的,随你喜欢,怎么跟你丈夫说都可以,玛丽。目前而言,我一定会嫁得比你好。"

1523年春

在新年的头几周，王后焕发了青春，就像一朵温室里盛开的娇花，风姿绰约，笑语嫣然。她脱下了常在外裙下穿的毛衫，脖子和肩膀上的粗糙肌肤不见了，就像是被喜悦抚平了。王后没有告诉任何人这些变化的原因，但她的女仆告诉另外一个说她这个月没来月事，那个预言师是对的，她怀孕了。

因为她未能成功怀孕至生产的往事，王后自然而然地每天都会去自己房间的祈祷室双膝跪地，面向童贞玛丽像祷告。王后每天早上都会出现在那里，一手摸着肚子，一手放在弥撒书上，双眼紧闭，表情虔诚。奇迹可能会发生，奇迹可能会降临在王后身上。

女仆们在讨论王后二月份还是没有月事，我们想她很快就会告诉国王。国王已经是一副等着好消息的样子了，现在他经过我时，我已经变成了透明的存在。我只能在他面前跳舞，服侍他的妻子，忍受其他人虚伪的笑容，我这才明白自己不过也就是一个波琳家的女孩，再也不是谁的心头所爱。

"我再也忍受不了了。"我对安妮说。我们坐在王后房间的壁炉旁。其余人出去遛狗，我们找理由推辞了。河风吹来，今天特别冷，穿着毛皮衬裙，我依然在颤抖。自从圣诞夜亨利略过我去了王后的房间我就再也没好过，自那以后他再也没有召唤我。

"你太在意了，"她说，"这就是爱上国王的后果。"

"那我能怎么办呢？"我痛苦地问。我坐到窗边光线更充足的地方，做着手头的活计。我正在为王后给穷人们织衣服，虽然是给老迈的劳工做的衣服，并不代表我可以粗制滥造。王后会仔细地检查衣服的边角，如果她认为没有做好，她会非常温柔地让我重做。

"如果王后生下孩子，且还是个男孩，那么你就可以继续跟威廉·凯里在一起，做好你们的小家庭。"安妮说，"国王会回到她身边，和你断了，你只是经历过这种事情的人中的一个。"

"他爱我，"我不能相信这种说辞，"我不是一个普普通通不重要的人。"我转头看向窗外，迷雾像床铺下的灰尘一样笼罩着河面。

安妮给了一个刻薄的笑容。"大部分时间里你都只是一个普通的女孩。"她残忍地说，"霍华德家有数不清的女孩儿，都带着优良的血统，受过良好的教育，漂亮、年轻，处于适合生育的年纪。他们可以不断地更换人选看看谁才是那个幸运儿。无论其中的哪一个失败了，对他们而言都算不上真正的损失，他们只要放弃就好，总有另一个女孩能替补上，总有另一个棋子在培养当中。甚至在你出生之前，你就已经是她们中的一个。如果亨利放弃你，那你就回到威廉身边。他们会找到另一个女孩去诱惑他，整个游戏又从头开始，对他们而言毫无损失。"

"但我血本无归！"我叫出声。

她歪头看着我，仿佛想要抛开这不切实际的幼稚。"是的，也许你是失去了一些东西，你的天真，你的初恋，你对他的信任。也许你伤心欲绝并且这永远都不会被修复，可怜的傻玛丽安。"她说，"听一个男人的命令去取悦另一个男人，换回来的却只有心碎。"

"所以谁会来接替我？"我问她，伤痛转化成了怒气，"你觉得下一个被他们安排到亨利床上的人会是谁？让我猜猜，是另一个波琳家的女孩？"

另一个波琳家的女孩

她的黑眼睛飞快地瞥了我一眼,黑色睫毛的阴影映在脸颊上。"不是我,"她说,"我有自己的计划,我可不想落得被选中又被抛弃的命运。"

"是你让我这样做的。"我提醒她。

"那是为你的打算,"她说,"我可不会像你那样子生活。你总是听从安排做事情,嫁给安排给你的人,听从命令和安排的人上床。我不是你,我走自己的路。"

"我可以自己规划。"我说。

安妮不屑地一笑。

"我要回到赫佛,在那里生活,"我说,"我不会留在宫廷。如果我被放弃了我就去赫佛,至少我可以长期待在那里。"

王后卧房的门打开了,女仆拿着被单出来,我看了一眼。

"这周已经是王后第二次命令换被单了。"其中一个女仆愠怒地说。

安妮和我交换了一个眼神。"被单脏了吗?"安妮急切地问。

女仆傲慢地看着她,"王后的被单?"她问,"你是让我给你展示王后的私人寝具吗?"

安妮伸手在钱包里拿了银币递给女仆,女仆把钱装进口袋,脸上洋溢出胜利的微笑:"并没有。"

安妮泄气地站在一边,我给两个女仆拉着门。

"谢谢你。"第二个女仆说,有些被我对待仆人的礼貌态度惊住了,她向我点头。"可怜的王后恶汗缠身。"她轻声说。

"什么?"我问。十分震惊这么一个法国间谍长久探索、这片土地上每个朝臣都想知道的秘密我就这样无偿地知道了。"你是说王后夜晚盗汗?她更年期到了吗?"

"就算不是现在也快了,"女仆说,"可怜的王后。"

我发现我的父亲和乔治在大厅里头说些什么，仆人们在旁边摆桌子准备晚宴。他召唤我过去。

"父亲。"我喊道，低身行礼。

他冷淡地亲了我的额头。"女儿，"他说，"你找我吗？"

在心冷的一瞬间，我甚至怀疑他是不是想不起我的名字了。"王后不是怀孕了，"我告诉他，"这些天她来月事了。之前是因为她年纪大了，所以……"

"上帝保佑！"乔治激动地说，"我敢用一克朗打赌，这可真是个好消息。"

"最好的消息。"父亲说，"但只是对我们而言，对于英格兰来说，可是个坏消息。她告诉国王了吗？"

我摇头："今天下午她才开始出血，至今，王后还没有见过国王。"

父亲点头："所以我们比他先知道。还有人知道这件事吗？"

我耸肩："那个换内衣的女仆，还有愿意付钱给她的人，我猜还有沃尔西，恐怕法国人也买通了女仆。"

"那如果我们想成为第一个告知他消息的人，我们就得加快了，我去吗？"

乔治摇头。"这件事太私密了，"他说，"玛丽去说？"

"这是他失望透顶的时刻，"我的父亲沉思，"最好不要她去。"

"那安妮去？"乔治说，"我们需要有一个人让他想起玛丽。"

"安妮可以，"父亲赞同，"她可以让臭鼬厌恶老鼠。"

"她在花园里，"我主动说，"在射击场。"

我们三人从大厅走进春日的阳光里。冷风吹过，黄色的蒲公英在阳光

另一个波琳家的女孩

中点头。我们看见安妮站在一行人中间。我们看见她上台,瞄准、拉弓,紧接着就是一阵风声,正中靶心。零星的掌声响起。亨利·珀西上前,从靶心上取下箭,放入自己的箭筒,看样子想要保存。

安妮大笑着要拿回自己的箭,看见我们,立刻离开人群,向我们走来。

"父亲。"

"安妮。"父亲热切地吻了安妮,不复之前对待我的冷淡。

"王后来月事了,"乔治直切主题,"我们认为你应该告诉国王。"

"不是玛丽去说?"

"那会降低对她的好感度,"父亲说,"做些与女仆交谈,还看她们倒尿壶之类的事情。"

一瞬间我以为安妮会说她也不想被看轻,但她只是耸耸肩。她很清楚,为了满足家族的野心总得付出代价。

"并且还要确保国王重新注意到玛丽,"我的父亲说,"当国王再次对王后失望,得是玛丽再回到国王的视线。"

安妮点头。"自然,"我都听出她声音中的异样,"先到先得嘛。"

❈

是夜,如往常一般,国王来到王后的房间陪她坐在火炉边。我们三个看着他,知道他已经为维持这表面的平和筋疲力尽。但王后总有办法取悦国王,不是玩骰子游戏就是纸牌游戏,她还会阅读最新的书籍并发表一些有意思的观点,或者总会有一些学士或者是旅行家来和国王聊天,最多的是音乐家,国王喜欢好音乐。托马斯·莫尔是王后的最爱,有时候,他们三个会在城堡的天台上散步,观赏夜空。通常国王喜欢说说自己对于《圣经》的见解,讨论是否有一天会有一本英语《圣经》,以便所有平民都可以拜读。除此之外还有漂亮的女人,王后非常聪明,会把王国里漂亮的女孩都搜集在自己的房间。

今晚也不例外，就像款待一位外国使者一般，王后依然想办法取悦国王。王后和国王聊了一小会儿，一个人请示国王为大家表演歌曲，他上台唱了一首自己创作的歌曲，邀请一位女士演唱高音部分。安妮矜持而谦虚地表示她可以试一试。当然，她非常擅长。他们配合默契，超常发挥，加演一场。亨利吻了安妮的手，王后为两位送上了美酒。

安妮轻轻碰了国王的手，引他稍稍走远。只有王后和我们波琳家知道国王是被叫走的。王后唤来另一位乐师表演，她敏感地察觉到自己丈夫即将开始另一段韵事。她看向我，想知道我看见自己姐姐在国王怀里如何反应，我只有天真和茫然的笑容。

"你做得越来越好了，我的妻子。"威廉·凯里评价。

"是吗？"

"你初到宫廷时，是天真无邪的样子，很少被法国宫廷的污秽浸淫，现在这些东西仿佛已经渗透进你的灵魂了。现在你还有不假思索就做出决定的时候吗？"

一瞬间我想要反驳，但我看见安妮跟国王说了一句话，国王看了王后一眼。安妮把手轻轻放在国王的袖子上，温声细语。我转头不看威廉，也不再听他说什么，我看着我爱的那个男人，他宽大的肩膀耷拉下来，仿佛身体一半的力量都被抽走。他看王后的样子就像她背叛了他，表情脆弱得如同一个孩子。安妮起身，他被其余人遮住。乔治上前请示是否可以开始舞会，想要降低安妮的存在感，以免王后发现安妮已经向国王透露了消息。

我再也忍受不了了。从聚集着跳舞的女孩中离开，走过安妮，走到他面前。他脸色惨白，眼神黯淡，我抓住他的手，只说了一句："亲爱的。"

他抬头看我："你也知道？所有女眷都知道？"

"我觉得是，"安妮说，"她不想告诉您，也不能怪她。这是她最后的希望,也是您最后的机会,陛下。"

我感觉到他拉着我的手在用力:"可是预言师告诉我……"

"我知道,"我轻柔地说,"她可能被收买了。"

安妮默默离开,只剩下我们两个。

"我和她睡在一起,这么努力地尝试,只是希望……"

"我为您祈祷,"我小声说,"我为您二位祈祷,我希望您能有一个儿子,亨利,我在上帝面前许愿,希望她能给您生一个继承人,这个愿望强于其他任何愿望。"

"但她现在做不到了。"他嘴唇紧抿,像一个被宠坏的孩子没得到自己想要的东西。

"没有办法,"我确认,"不可能了。"

他突然甩开我的手,起身离开,穿过人群,跳舞的人都被分开。他走到微笑的王后面前,声音大得所有人都能听见。"听说你来月事了,夫人。我希望告诉我这件事的是你自己。"

王后马上看向我,犀利的眼神似乎在斥责我出卖她最私密的事情。我立马摇头。她在跳舞的人群中寻找安妮,看见乔治正牵着她跳舞。安妮只是茫然地回望。

"我很抱歉,陛下,"王后带着自己最后的尊严,"我想的是找一个更合适的时间来跟您谈论这件事情。"

"你应该做的是找一个更早的时间告诉我。"他纠正她,"但既然你身体不适,那我觉得舞会可以取消了,你自己好好休息去吧。"

王后的宫人们立马意识到发生了什么,开始和旁边的人窃窃私语。但大部分人只是傻愣愣地呆站着,看国王突如其来的暴脾气和王后煞白的脸。

亨利转身,用手指着他的朋友们:乔治、亨利·珀西、威廉、查尔斯、弗朗西斯,就像是在叫着他的宠物狗,随后离开了王后的房间,没有留下一句话。我很欣慰,一群人中,乔治向王后深深地鞠了一躬。王后没有说一个字让他退下,随后站起来,走回自己的私人卧室。

乐师演奏的声音陷入混乱,越来越弱,四处张望等着指令。

"退下吧,"我不耐烦地吩咐,"你们还看不懂今晚上不会再有宴会了吗?这儿没人需要音乐。上帝啊,现在没人有心思跳舞。"

简·帕克惊讶地看着我:"我以为你会很开心。国王厌弃王后,你又有机会可以被宠幸了,像捡阴沟里的烂桃子。"

"我认为你应该留心些不说这样的话,"安妮口吻严厉,"这样说你的小姑子,小心以后在家里会不受待见。"

简并没有搭理安妮。"我们的婚约可不会受影响。乔治和我是在教堂见证下定好的夫妻,日子只是时间问题,安妮小姐,你可以喜欢我也可以讨厌我,但你没办法阻止我进入这个家庭。我们是经过上帝见证的夫妇。"

"那又怎样呢?"我尖叫出声,"那又有什么关系呢?"我转身跑向我的房间。安妮在后面追我。

"怎么了?"安妮急切地问,"国王对我们生气了?"

"没有。虽然他应该生气。我们做了一件多么龌龊的事情,告诉了他王后的秘密。"

"啊对,"安妮点头,无动于衷,"但是他没有生我们的气吧?"

"没有,他很受伤。"

安妮走向门口。

"你去哪儿?"我问。

"我去叫人打些洗澡水过来,"她说,"你需要洗个澡。"

"安妮,"我不耐烦地说,"他今天知道了最令他失望的消息,今天他是最伤心丧气的一天。他根本不可能召幸我。我明天再洗吧,如果必须的话。"

她摇头。"我不是给你选择,"她说,"你今晚要洗。"

※

她错了,但仅是一天。隔日,王后和她的女眷们孤独地坐在房间里,我和国王以及他的朋友们,包括乔治,在房里用餐。那真是个愉快的夜晚,音乐、舞蹈和赌局。那夜,我再次回到国王的床上。

※

这一次我和亨利难舍难分。我们的关系公之于众,宫眷知道了我们是情人关系,王后也知道,就连从伦敦来参加我们宴会的普通人也知道。我戴着他的金手镯,骑着他的马出行。我得到一对钻石耳环、三条新裙子和一条金线织物。一天早上他在床上对我说:"你有没有想过,那天在船坞我为什么让人给你画了肖像画?"

"我不记得了。"我说。

"来,亲我一下,我就告诉你为什么我让他画你。"亨利慵懒地说。

他向后靠在枕头上。现在已近晌午,但床帘依然拉着,阻挡了周围侍从的视线。仆人进进出出,生火,带来热水,清空尿壶。我翻身向他,让我柔软的胸脯贴着他的胸膛,头发像金子一般垂下。我慢慢靠近他的嘴唇,感受到络腮胡的温暖气息以及微微的扎刺感。我用力加深这个吻,感受到自己亲吻他时蓬勃的欲望。

我抬起头,看进他的眼睛。"这就是你要的吻。"我声音轻颤,感受到自己和他一起升起的欲望,"为什么你让那个人画我?"

"到时候就会给你看。"他保证,"在弥撒之后,我们去到河边,你就会看见我的新战舰,以及你的画像。"

"船造好了?"我并不想离开他身边,但是他已经掀开被子,准备起身。

"是的,下周某个时候我们就能观赏她首航。"他说,拉开一些床帘,让人叫来乔治。我穿上礼服和斗篷,亨利拉着我的手,扶我下床。他吻在我的脸颊上。"我去和王后用早餐,"他决定,"随后我们就出发。"

风和日丽的清晨。我穿着国王赏给我的新布做成的黄色天鹅绒骑装,安妮穿着我的旧衣服在我的身边。看见她穿着我的旧衣服,我有种强烈的满足感,但同时又因为她对衣服的改造心生嫉妒。她让人按照法国时新样式把衣服重新裁剪变短,看上去很时尚,同时戴着一顶用剪裁下来的多余布料做成的法式小帽。诺森伯兰的亨利·珀西对安妮目不转睛,但安妮对国王的随从一视同仁,到处释放魅力。我们九个人骑行出去,亨利和我肩并肩在最前面,安妮、珀西和威廉·诺里斯在我们后面,乔治和简水火不容一路沉默不语紧随其后,弗朗西斯·韦斯顿和威廉·布雷顿说笑着在最后。前面两个侍卫开路,后面四个武装骑兵护卫。

我们沿河骑行,浪潮涌来,水花在岸边拍碎,白花花一片。飞来内陆的海鸥在我们的头顶盘旋,它们的翅膀在春日的阳光里如同银子一般闪耀。灌木篱笆上覆盖一层新生的绿叶,河岸上的小花在阳光下闪耀,仿佛乳白的奶酪碎屑。小路泥土坚实,我们的马匹一路小跑,步伐轻快。在路上,国王为我唱了一首他自己创作的情歌,第二遍时,我跟着国王一起歌唱,但国王因为我的唱和笑了,我不如安妮有天赋,不过这不重要。在那天,什么都不重要,我和我的所爱在阳光明媚的日子里出行,去找寻快乐,他很开心,在他眼里,我也很开心。

我们很快到了船坞,亨利站在马前,把我抱下马,给我一个轻柔的吻,随后放我站在地上。

"甜心,"他轻声道,"我要给你一个惊喜。"

他让我转身走向一边去看那艘新船。她已经准备就绪等待出航,高大的艉楼和战舰样式的船首用于战斗和提升速度。

"看!"亨利看出来我只是观赏外形没注意到细节,他指向船首釉金的黑圆体船名,"玛丽·波琳号!"

一时间我怔住了,我看着我的名字却好像不认识这几个字。他并没有因为我震惊的脸笑我,而是盯着我惊讶转为困惑,又转为了然的样子。

"你用我的名字为它命名?"我问。声音因为这巨大的荣宠颤抖。我觉得自己太年轻、太渺小,以至于不能拥有这样一艘以我命名的船。现在所有人都会知道我是国王的情妇,无法辩驳。

"是的,宝贝。"他笑着,期望看见我高兴的表情。

他把我冰冷的手放在胳膊肘,带着我走到船头。一尊雕像姿态优美,傲视前方,看向泰晤士河,看向大海,看向法国。那是我,我嘴唇轻启,带着微笑,仿佛我是那个想要冒险的女人,仿佛我不是霍华德家族的爪牙,而是一个无所畏惧、拥有自由意志的漂亮女人。

"我?"我问,我的声音在潮水拍案的惊涛声中细若游丝。

亨利在我耳边低语,我能感觉到他温暖的气息拍打着我的脸颊。

"是你,"他说,"和你一样的美人。你开心吗,玛丽?"

我面向他,他的手臂拥着我,我踮起脚尖将脸埋在他温暖的颈项,嗅着他头发和胡须的甜蜜气息。"亨利。"我低语,我想把自己的脸藏起来,不然他会看见我的脸上没有喜悦,只有不断升起的恐惧,如此明显。

"你开心吗?"他坚持不懈地问。他把我的脸抬起来,一手抓着我的下颌,审视一般地看着我。"这可是无上的荣耀。"

"我知道,"我的嘴唇都在发抖,"谢过陛下。"

"你来为她起航,"他说,"就在下周。"

我犹豫了:"不应该是王后吗?"

我有些怯然不敢取代王后来启动这一艘国王建造的有史以来最大的军舰。但也只能是我，王后怎么会启动一艘以我的名字命名的船？

他就这样把她抛下了，十三年的夫妻情分烟消云散。"不是她，"他简短地说，"就是你。"

我尽力挤出一个微笑，希望足够有信服力来掩藏自己心里快速攀升的恐惧。这条路的尽头并不是我们今早感受的愉快和祥和，而是黑暗与恐惧的深渊。我们一路骑马欢笑、歌唱，但我们不是爱人。如果我的名字出现在这艘船上，如果我下周为这艘船扬帆，那就是跟世人宣布我是英格兰王后的对手，我将成为西班牙使臣的眼中钉，整个西班牙的公敌。我是宫廷里一个强大的危险，是西摩尔家族的威胁。国王的宠爱越多，我的处境就越危险。但我只是一个十五岁的少女，我没有那么大的野心。

安妮似乎能读出我的不愿意，她站在我身边。"陛下，您真是对我的妹妹恩宠有加。"她平静地说，"这是一艘绝无仅有的航船，和以她命名的女人一样美丽，和您一样威武有力。她一定会战无不胜，无论对手是谁。"

亨利对这番夸奖很受用，微笑着说："她一定是天佑战舰，有天使般美丽的容颜带领起航。"

"她今年会加入法国战局吗？"乔治一边问一边拉着我的手悄悄捏了捏，提醒我作为一个朝臣的职责。

亨利点头，看上去志得意满。"当然，"他说，"如果西班牙皇帝按照我的步骤来，我们攻打法兰西北部，他们攻击南方，我们就可以大大地教训桀骜的法国。这个夏天我们就能动手，不可能失败。"

"前提是我们可以信任西班牙。"安妮幽幽地说。

亨利的脸黑了下来。"是他们需要我们。"他说，"查理最好明白，这可不是什么家族或者亲缘的问题。如果王后因为什么对我不满，那她也应该想到她首先是英格兰王后，再是西班牙公主。她的首要忠诚应该是给我的。"

安妮点头。"我也最厌烦分裂，"她说，"感谢上帝，我们波琳家是土生土长的英格兰人。"

"除了你的法式衣服。"亨利突然开玩笑。

安妮笑着回应："不过就是一条裙子，就和玛丽身上的黄色天鹅绒裙子一样。但所有人都知道在那下面是一颗坚定不移的真心。"

他转向我，笑着看抬起头的我。"有这么一颗忠贞的心向着我，我很开心。"他说。

我感觉到自己眼睛开始含泪，我眨眼不想让他看见我的眼泪，但有一滴黏在了我的眼睫毛上，亨利弯腰吻掉了。"我的甜心，"他轻柔地说，"我的英格兰小玫瑰。"

全宫廷出动观看玛丽·波琳号的首航，只有王后告假没有出席。西班牙使臣眼看航船入水，但无论他心里作何感想，什么都没说出口。

我的父亲静默着。静默之下掩饰着暴躁的情绪，对自己，对我，也是对国王的愠怒。这个赐予我以及我家族的巨大荣耀另外有代价。国王亨利在这种事情上是绝对的精明。当舅舅和父亲向国王谢恩时，国王感谢他们为这艘战舰的贡献，确信他们愿意出钱，因为它将带着波琳的名字横穿大海，十足地扬名海内外。

"这下成本又增加了。"当我们看见战舰滑过圆木，进入泰晤士河咸味儿的河水中时，乔治颇有兴致地说。

"他们还能再加什么呢？"我从微笑着的嘴角挤出这句话，"我已经搭上自己的人生了。"

半醉的船工摇晃着帽子欢呼，安妮笑了，挥手回应。乔治咧嘴笑着看我,风吹动他帽子上的羽毛,打乱他的黑色卷发。"现在可是用父亲的钱来让你保持国王的宠爱了,现在可不是用你的真心和幸福在做赌注了,我的小妹妹,现在也赌上了家族的财富。我们自以为给他设计了一个爱情陷阱,没想到是他让我们成为了债主。继续前行吧,父亲和舅舅都想看到这笔投资有所回报。你知道的,如果没有回报,事情会变成什么样子。"

我离开乔治找到安妮。她跟其他宫眷离得有点儿远,亨利·珀西和往常一样,在她身边。两人注视着战舰在航船的牵引下入河,转头泊在防波堤旁,以便于停在水上时也可装备。安妮脸上带着被夸奖的红晕。

她转头朝我笑了:"啊,今天的王后啊。"声音嘲讽。

我面带难色:"别嘲笑我了。乔治已经教训够了。"

亨利·珀西上前拉着我的手轻吻。低头看着他的满头金发时,我才意识到我现在的身份确实不同了。这是亨利·珀西,诺森伯兰公爵的儿子和继承人,整个英格兰再没有人比他前途有望、家境殷实。他是整个英格兰最有钱的人的儿子,仅次于国王。现在他对着我鞠躬行礼。

"她不会取笑你,"他带着笑容保证,"我会带你去晚宴。有人说格林尼治的厨师来到这里,已经将一切准备好了。国王已经在前去的路上了,我们也出发吧?"

我犹豫了,但想到了总是面带庄严的王后被留在了宫中,独自在黑暗的房间里舔舐心灵和身体伤痛的画面。在场的都是宫里的闲人,没人在乎座位次序,只有先来先得。"当然,"我说,"为什么不呢?"

亨利·珀西勋爵伸出另一侧臂弯:"我可以和你们姐妹俩一起吗?"

"我认为你知道《圣经》禁止如此。"安妮故意说,"《圣经》说,一个人要在姐妹间做出选择,最后坚持自己的首选。其余行为都是罪孽。"

亨利·珀西勋爵笑了。"我很肯定我会被宽恕的,"他说,"教皇会赦免我的,有如此俩姐妹,哪个男人舍得取舍?"

另一个波琳家的女孩

✦

直到午夜繁星闪耀在春夜灰色的春空，我们才骑着马回家。我和国王牵手并肩沿河骑行。我们穿过宫殿的拱门骑行至打开的前门，他下马，把我也扶下来，对我耳语："我希望你日日都是王后，而不仅仅是今天在这个河畔，我的爱人。"

✦

"他说什么？"我的舅舅问。

我站在他面前，就像一个接受拷问的犯人。在霍华德家族的桌子后面坐着舅舅、萨里伯爵、父亲和乔治。在我的背后，房间深处，安妮坐在母亲旁边。我像一个犯了错的孩子面对长辈，独自站在桌子前。

"他说他希望我永远是王后。"我小声说，心里怨恨着安妮出卖我的秘密，埋怨父亲和舅舅他们无情窥探情人呢喃的行为。

"你觉得他这话什么意思？"

"没什么意思，"我不高兴，"只是情人间的悄悄话。"

"我们得为我们的付出找到些回报。"舅舅愤怒，"他有说过赏赐你土地什么的吗？或者赏赐给乔治？或者是我们？"

"你就不能给他吹吹枕边风，让他那样做吗？"我的父亲建议，"提醒他乔治还没有成婚。"

我看见乔治发出无声的呐喊。

"国王对这种事情很敏感，"乔治直接点破，"每个人都想找他讨要赏赐。每天早上他从卧房去做弥撒的途中，人们列队着跟他请求赏赐。我觉得他之所以喜欢玛丽，就是因为她从来不会去讨要什么。所以，我觉得她从没提过什么要求。"

"她耳朵上的钻石可是价值连城。"我的母亲在背后发出尖锐的声音,安妮点头。

"但那不是她要的。他自己给的。他喜欢出其不意的大度。我觉得可以让玛丽自由发挥。她在爱国王方面可是天赋异禀。"

我紧咬嘴唇,克制说话的冲动。我的确知道怎么去爱他,那可能是我唯一的天赋。这个家庭,这群被权力交织在一起的男人,充分利用我这爱人的天赋,就像利用乔治的剑术天赋,我父亲的语言才能,来拓展家族的利益。

"下周宫廷就要去伦敦了,"父亲说,"国王马上要接见西班牙使臣。因为他还需要西班牙同盟的支持攻打法国,所以,他跟玛丽很难再进一步了。"

"那最好就不要战争。"舅舅说。

"我也这样想,我可是一个和平主义者。"我的父亲回复,"走运,不是么?"

宫廷巡游是一派壮丽的景象,类似于一次集会和格斗比赛的盛况。大小事宜全是沃尔西主教安排的,每件事情都在他的部署下进行。当年他随同国王参与法国踢马刺战役①,担当军队军需官,让英格兰士兵睡得好吃得香。他安排周到,细致地制定如何从一处前往另一处的计划,非常巧妙地决定我们住的地方以及确认在巡游途中国王接见的人选。他很聪明,不会用这些琐事去打扰年轻的国王到处行乐,而让这些补给和随从好像天上掉馅饼。

---

① 又名根盖特战役,1513年8月发生在法国根盖特地区的一场战役,亨利八世率二万英军攻法,据闻战后遗落满地踢马刺,从而得名。

前行的次序也在主教掌控之中。侍从走在前面，带着各个家族的标志。之后是一段空隙，隔绝扬起的尘土。接着就是国王的队伍。国王骑着他的爱马，配着马鞍和全套装备，上方悬挂着他的个人旗帜。他身边跟着的是经他挑选的朋友：我的丈夫威廉·凯里、红衣主教沃尔西、我的父亲，接着就是国王其余的亲信，随着他们的意愿改变着前行的位置，后退或是前进。在他们周围，松松散散地跟着骑高头大马、手持长矛的国王私人护卫队。他们基本没有做过什么真正的护卫，谁会想要刺杀这样一个国王？他们做的只是经过城市时屏退周围欢呼的人群。

　　又是一段空隙，接着是王后的列队。如往常一样，她骑着那匹稳重的老马，坐得笔直。她衣裙的材质是厚重的粗布料子，叠在一起，戴着帽子，眼睛半睐看着明媚的阳光。她身体不适，我知道这件事，因为早上她上马时我就在旁边，我听见了因压抑疼痛而发出的声音。

　　王后列队之后就是其他王室成员的队伍，一些人骑着高头大马，一些人坐着马车，一些人唱歌豪饮来避免灰尘入嘴。所有人都因为离开格林尼治去伦敦开始一场新的欢宴而欢欣鼓舞。谁能知道今年会发生什么呢？

※

　　王后在约克宫的房间小巧整洁，我们只花了几天的时间就收拾完成。国王和往常一样每天早上都和他的宫人们来到这里，包括亨利·珀西勋爵。他和安妮坐在窗边，两个人挨得很近，一起讨论新诗歌。他发誓在安妮的辅导下他一定会成为出色的诗人，安妮则说他什么也学不会，在这样一个人身上其实是浪费她自己的时间和学识。

　　我认为在肯特长大、在艾塞克斯有丁点儿土地的波琳家女孩管诺森伯兰继承人叫呆子不太合适，但亨利·珀西勋爵大笑，宣称她是一个严格的老师，随便她怎么说，天才总会显现。

"主教召唤你。"我对亨利勋爵说。他起身,不慌不忙地轻吻了安妮的手告别,去见沃尔西主教。安妮把他们刚才写的纸收起来放进匣子。

"他真的没有写诗的才能吗?"我问。

她耸肩:"他可不是怀亚特那样的诗人。"

"那他在恋爱方面呢?"

"他未婚,"她说,"所以对于一个明智的女人来说更合适。"

"即使是你,恐怕也配不上他啊。"

"你这话我可不敢苟同,如果我愿意和他在一起,他求之不得。"

"那你可以试试让父亲去和公爵谈谈,"我不怀好意地说,"看看公爵会说什么。"

她转头看向窗外。约克城堡美丽狭长的草坪在我们面前铺展,几乎遮住了花园后面的小河。"我不会去请求父亲,"她说,"我靠自己解决问题。"

我本来都快笑出来了,却意识到她是认真的。"安妮,这不是你自己能解决的事情。他只是一个年轻人,你也只是一个十七岁的少女。他的父亲肯定已经锁定了人选,而我们的父亲和舅舅也肯定早已对你有所安排。我们不是自由人,我们是波琳家的人。我们注定要被利用,去做安排给我们的事情。看看我的样子。"

"是的,就是以你为鉴!"她的眼里突然爆发出阴鸷的情绪,大声回道,"还是个孩子的时候就嫁了人,现在呢,又成为国王的情妇!还赶不上我一半聪明,也没有我一半的学识,但现在的确是宫廷的中心,而我却籍籍无名,只能成为你的侍从。我绝不能那样做,那是对我的侮辱。"

"我从没有……"我踟蹰。

"谁坚持让你沐浴、洗头?"她犀利发问,"谁帮你挑选衣服、获得国王的欢心?谁总是在你因为愚蠢而不知道该怎么回应他的时候出来挽回?"

"是你,但是安妮……"

"那我得到什么了？我没有一个受国王宠幸可以赐予土地的丈夫，我也没有一个因为我妹妹是国王的情妇而加官晋爵的丈夫。我什么都没有。无论你走到一个什么样的高位，我都不会得到什么！所以我必须为自己争取。"

"毫无疑问你应该得到回报，"我无力地说，"我也这样认为。但我想说的只是你不可能成为公爵夫人。"

"那是你说了算的吗？"她反驳我，"你不过是国王的消遣而已，要是他能得到一个儿子，要是他能召集军队发动战争，你算得上什么？"

"我没说我能决定这些，"我小声说，"我只是说他们不会让你那么做的。"

"该发生的就会发生，"她晃着头说，"除非它实现，否则没人会知道。"

突然，她如一条处于攻击状态的蛇，伸手大力抓住我，把我的手反扣在背后。我被她钳制住，既不能前进也不能后退，剧痛让我叫出来："安妮，放开，这样很痛！"

"听好了，"安妮在我耳边低语，"记住，玛丽，我有我自己的计划，并且我不希望你破坏它。除非哪天我主动告诉他们，否则没人会知道任何蛛丝马迹。而当他们知晓时，一切已成定局。"

"你要让他爱上你？"

她突然放开我，我揉揉自己手肘和胳膊生疼的地方。

"我要让他娶我，"她语气平静无波，"如果你跟任何人透露一个字，我就杀了你。"

自那以后我看安妮的眼光就多了一些审视，我看见了安妮是如何同他周旋的。经过在格林尼治几个月的精心部署，现在，到了春日我们在约克宫的日子，安妮突然对他冷淡了下来，但在他们的关系里，安妮后退多少，勋爵就会前进多少。勋爵刚进屋，安妮就给他一个微笑，如一箭正中靶心，她的表情满含诱惑和欲望，但随即又转开视线，整个过程中再没有看他一眼。

他是主教的随从，在主教去拜访国王和王后时，他本应该待在沃尔西主教身边服侍。但实际上，这个年轻的大人无事可做，就徘徊在王后的宫眷附近，和跟他搭话的女眷调情。很明显他的眼里只有安妮，但安妮经过他，和除他以外的任何人跳舞，落下手套让他递给她，坐在旁边却不和他说话，连写的诗也还回去，表示自己不能再教他。

她开始以退为进，这个年轻人根本招架不住，不知道该怎么挽回她。

他找到我："凯里夫人，我什么地方让你姐姐不高兴了么？"

"没有，我可不这样认为。"

"可她之前对我笑得那么温柔，现在这么冷漠。"

我想了一会儿，我自己在这些事情上也很迟钝。一方面是事实，她只是像一个志得意满的猎人一样等着他这条鱼上钩，但我知道安妮决不允许我说破；另一方面就是安妮想让我传达的信息。我看着他焦急天真的脸，一瞬间有种真心的同情，我摆出标准的波琳微笑，给出我们家族的答案。"是的，勋爵大人，我想她是害怕自己表现得太热诚。"

我看见他充满信任和孩子气的脸上闪烁着希望的光芒："太热诚？"

"她对你很好，不是吗，勋爵大人？"

他点头："是的，我就是她爱情的囚徒。"

"我觉得她担心自己太过于喜欢你。"

他身体前倾，似乎想要抓住我说的每一个字："太过于？"

"太过于喜欢而失去自我的平静。"我柔和地说。

他跳起来，跨开两步走开，又走了回来。"她是爱上我了？"

我笑了，微微转开头，不让他看见我眼里的不肯定。他没有退缩，跪下来，望着我。

"告诉我吧，夫人，"他祈求，"我都几夜没有睡好觉、几天没有吃东西了，我一直备受煎熬。如果你觉得她爱我就告诉我吧，告诉我她可能爱我吧，告诉我吧，看在上帝的分上。"

"我不能说，"我确实不能，这个谎言卡在我的喉咙，我说不出口，"你得自己去问她。"

他跳起来，像一只被追逐的野兔跳出草丛。"我去，我马上就去，她在哪儿？"

"在花园里玩滚球。"

他再也不需要什么佐证，打开门，跑出房间。我听见他的靴跟跑下通往花园石头阶梯的声音，随后是向花园大门。坐在房间对面的简·帕克抬头。

"你又勾引了另一个？"她问，如往常一样猜错了方向。

我给她一个和她一样阴毒的笑容。"一些女人可以吸引人，一些则无能为力。"我简单地说。

✦

他在场上找到她时，她正不着痕迹故意输给托马斯·怀亚特爵士。

"我要为你写十四行诗，"怀亚特信誓旦旦，"为你如此有风度地将胜利让给我。"

"不，这是一场公平的比赛。"安妮声明。

"如果这是赌局，恐怕我的钱包已经空了，"他说，"你们波琳家的人会赢光所有的。"

安妮笑了。"不信你下次拿家产做赌注，"她说，"看，我已经取得了你的信任。"

"除了我的真心我别无所有。"

"借一步说话,可以吗?"亨利·珀西插话进来,声音比自己预料的要大得多。

安妮看了一眼,仿佛才注意到他。"勋爵阁下!"

"这位女士正在打球。"托马斯爵士提醒。

安妮微笑地看着他们。"我可输得好惨,我想我需要走一走来思考接下来的策略。"她说着搭上亨利·珀西勋爵的手。

他带着她离开,走上蜿蜒的小道,到一棵紫杉树下。

"安妮小姐。"他开口。

"坐这里不会太湿了吗?"

他马上脱下自己昂贵的斗篷垫在石凳上。

"安妮小姐……"

"不行,我觉得好冷。"安妮站了起来。

"安妮小姐!"他叫起来,有些愤怒。

安妮停住了,对他露出迷人的微笑。

"什么事,勋爵大人?"

"我想知道你为什么最近对我这么冷漠。"

她犹豫了片刻,进入卖弄风情的状态,换上神色凝重、惹人怜爱的表情。

"我不想表现得冷漠,"她慢慢说,"我只是想更慎重地对待你。"

"慎重什么?"他大声,"你知道我备受煎熬吗?"

"我不想让你受煎熬,我只是想后退一步,不过如此。"

"为什么?"他轻声问。

她低头看着花园的小河。"我觉得这样对我,或者是对我们都更好,"

她平静地说,"我觉得我们作为朋友过于亲密了。"

他走开一步,又踱步回来。"我不愿意给你造成一秒钟的不安,"他保证,"如果你想让我们成为朋友,那我保证没有一句流言蜚语会中伤你。我保证。"

她睁大迷蒙的黑色眼睛看着他。"那你能保证没有人会说我们是恋人吗?"

他无言地摇了摇头。他当然控制不了绯闻漫天的宫廷谁说什么、不说什么。

"那你能保证我们永远不爱上彼此吗?"

他犹豫。"我爱你,安妮小姐,"他说,"是符合礼节性的爱。"

她微笑着,仿佛是为这句话而开心。"我知道这不过是一个发生在五月的游戏,对于我来说,亦是如此。只不过,如果这是发生在一位帅气的男士和一个少女之间,就变得很危险了。很快就会有人说我们是天生一对,注定在一起。"

"他们这样说吗?"

"他们说你爱我,我也爱你,传言我们俩已经爱得死去活来。但其实我们什么也没有,不过是玩伴。"

"我的上帝啊,"他肯定地说,"不是传言,就是如此。"

"我的大人,你说什么?"

"我说我可真是个大笨蛋。我早在几个月前就已经爱上你了,但我总没有意识到这些,还以为你在戏弄我,而这一切毫无意义。"

她的注视让他心里涌起暖流。"对我而言,这意义重大。"她小声地说。

她的黑眼睛抓住了他,他被迷得神魂颠倒。"安妮,"他呢喃,"我的爱人。"

她的嘴唇就在刚好可以轻吻的弧度,扬起让人无法抗拒的笑容。"亨利，"她喘息，"我的亨利。"

他上前一小步，抱住她紧紧束住的腰。他把她拉近，安妮轻呼出声，随后迈进一步。他低头靠近安妮扬起的脸，吻上她的唇，这是他们第一次亲吻。

"就现在，"安妮小声地说，"就现在，告诉我，亨利。"

"嫁给我。"他说。

"成了。"当夜安妮在我们的房里报告了情况。她已经让人送了热水进来，我们挨个走进浴池，互相搓背，清洗头发。安妮遵循法国传统，带着洁癖，现在更甚于过去十倍。她像检查一个上学的小男孩一样检查我的手指甲和脚指甲。她给了我一个象牙挖耳勺清洁耳朵，就像我是她的孩子一样。她用刷子拉扯我头发的每一个结，尽管已把我弄得生疼。

"所以呢？到底什么成了？"我闷闷不乐地问，裹着一条被单站在地上，任凭水滴上地板。四个女仆进来把水弄到桶里好把这个木头浴盆搬出去。沐浴盆的每一块木片都吸满了水，显得异常沉重，就像是付出巨大的努力却获得了一点点回报。"我听到的不过是一些调情的话。"

"他问了我。"安妮说。她等到仆人离开，听到关门声，用浴巾把自己的胸部裹得严严实实，坐到镜子前。

这时传来敲门声。

"谁？"我恼火。

"是我。"乔治回道。

"我们在洗澡。"我说。

"让他进来，"安妮开始用梳子梳理她的黑色长发，"他可以理清这些纷杂的事情。"

另一个波琳家的女孩

乔治闲步走进房间,对着一地的水和湿被单抬了抬眼皮,而我们俩现在半裸,安妮一头黑发披在肩膀上。

"这是在弄化装舞会吗?你演美人鱼?"

"安妮又说我们应该洗澡。"

安妮把梳子递给乔治,他接住。

"帮我梳头,"她微微一笑说,"玛丽总扯我的头发。"乔治顺从地站在她的身后为她梳头发,一次一缕。他梳得很认真,仿佛在梳理他小母马的鬃毛。安妮闭着眼睛很享受。

"有虱子吗?"她突然警醒地问。

"一只都没看见。"乔治说,就像一个恪尽职守的威尼斯理发师。

"所以到底什么成了?"我问,回到了安妮的话题。

"我拿下他了。"她直白地说,"亨利,他告诉我他爱我,还说要娶我。我想要你和乔治见证我订婚。他会送我一枚戒指,之后这就是板上钉钉、没人能阻挡的事情了,就像是在教堂被神父见证过的一般,我会成为公爵夫人。"

"我的天呐!"乔治僵住,梳子停在空中,"安妮,你确定吗?"

"听起来像编的吗?"她言简意赅。

"不,"他赞同,"但是,诺森伯兰的公爵夫人!安妮,英格兰的北部一半多就会是你的了。"

安妮点头,冲着镜子里的自己微笑。

"上帝啊,我们将成为这个国家最尊贵的家族。我们将成为整个欧洲最尊贵的家族之一。玛丽是国王的枕边人,你是国王最倚重的部下的妻子,我们将把家族的势力推向顶峰,处于不败之地。"他短暂地停顿了一下,似乎在思考下一步该怎么办。

"我的天,如果玛丽还能怀上国王的孩子,顺利生下男孩,再有着诺森伯兰家族的支持，顺理成章地继承王位，到时候我就是英国国王的舅舅了。"

"是的，"安妮平和地说，"这就是我所想的。"

我看着我姐姐的脸，一言不发。

"霍华德家族的人登上王位，"他半呢喃着，有一半是说给自己听的。"诺森伯兰家族和霍华德家族强强联合，那还不是唾手可得。两者想要联盟，只能通过婚姻，然后一起支持一个拥有两家血脉的人。玛丽生下子嗣，安妮借助珀西家的力量保障前途。"

"你曾以为我办不到。"安妮指着我说。

我点头："是，我以为你目标太远了。"

"你还会再认识到这一点，"她提醒，"我想做就能做到。"

"是的，我还会再认识到的。"我重复。

"但万一他出问题怎么办？"乔治提醒她，"如果他们家族放弃他该怎么办？你是已经牢牢占据自己的位置，但如果他不再是家族的子嗣，变得一无所有呢？"

她摇头："不会的，他对于家族来说可是珍宝。但你必须支持我，父亲和舅舅也是。他的父亲必须看到我们的优秀，那个时候，他就会同意这门婚事。"

"我会的，但是珀西家可是十分自傲。安妮，他们想让他娶玛丽·塔尔伯特，但沃尔西主教反对。他们不会让你替代她的。"

"你只是想要他的财富吗？"我问。

"名号我也需要。"安妮简单地说。

"我是认真的，你对他这个人是什么感觉？"

一时间我以为她会用另一个尖酸的笑话来转移问题，嘲笑他的孩子气，让他的爱慕变得一文不值。但她晃了晃头，黑色长发在乔治手中如一条黑色长河。

"我知道这样的自己很傻。他就是一个没长大的傻孩子，但跟这样的他在一起我感觉自己又是一个小女孩了。我觉得我们就是两个相爱、无所畏惧的年轻人。他让我无所畏惧，开心快乐，陷入迷恋。"

就像是家族冷漠的魔咒被打破，就像打碎一面镜子，所有的东西都变得真实而明亮。我和她一起笑着，拉起她的手，看着她的脸。"这不是很棒吗？"我问，"陷入爱河？这是世界上最美妙的事情，不是吗？"

她抽出手："走开，玛丽。你可真是个孩子。但的确是，美妙？简直无与伦比。别对我傻笑，我受不了。"

乔治拾起一缕黑发盘在她的头顶，在镜子中欣赏她的脸。"安妮·波琳恋爱了，"他意味深长地说，"谁能相信呢？"

"如果他不是这个国家仅次于国王的男人，当然不可能，"她提醒他，"我不会忘记自己的职责和家族的期望。"

他点头："我知道，安娜玛丽亚，我们都知道你目标高远，但珀西家族，确实又超出我们的预期了。"

她身体前倾，仿佛在整理思绪，双手捧脸。"这是我的初恋，我的第一次，也是永远的爱恋。"

"希望上帝保佑，这是你第一次也是最后一次恋爱。"乔治突然肃穆地说。

她的黑眼睛在镜子中与他相遇。"上帝保佑，"她说，"除了亨利·珀西我别无所求。有他我就满足了。乔治，你都不会相信，如果我能嫁给亨利·珀西，我已经非常满足。"

✦

第二天中午，亨利·珀西依言来到王后的房间。安妮小心地选择了这个时段，所有女眷都去做弥撒了，房间里只有我们。亨利·珀西进来时，惊讶于房间的安静和空闲。安妮上前双手紧握他的手。我看了一会儿他的表情，觉得并不像是求婚，倒像是四处猎奇。

"我的爱人。"安妮说。在这声中亨利的脸红了，勇气回到身体。

"安妮。"他轻柔地叫了声。

他的手在衣服口袋里摸索，从里面拿出一枚戒指。我在靠窗的位置看见了红宝石的闪耀，它象征女子品性高洁。

"给你的。"他温柔地说。

安妮拉住他的手："你现在想要在别人的见证下许下我们的承诺吗？"

他哽住一小会儿："是的。"

安妮热情洋溢："那开始吧。"

他看了我和乔治一眼，仿佛以为我们中会有人阻止他。

乔治和我只是露出鼓励的微笑，波琳家式的微笑，像两条愉悦的蛇。

"我，亨利·珀西，愿以你，安妮·波琳，成为我合法的妻子。"他说着，拉起安妮的手。

"我，安妮·波琳，愿以你，亨利·珀西，成为我合法的丈夫。"她说着，声音更加坚定。

他拉着安妮的左手中指。"戒指为证，我全心为你。"他静静地说，把戒指戴在安妮手指上。戒指太松了，安妮将手握成拳，防止它掉落。

"戒指为证，我与你成为夫妻。"她回应。

他弯腰亲吻安妮。当她转头看我，我看见她眼里欲望的光芒。

"让我们独处吧。"她的声音很低。

✦

我们留给他们两个小时的时间。当我们听见石砖走廊传来王后和女眷

另一个波琳家的女孩

们弥撒归来的声音,便大声地有节奏地敲门,暗语是"波琳",我们知道安妮就算在睡梦中听到这个声音也会跳起来。但当我们开门进去时,她和亨利·珀西正在写一首曲子。她用鲁特琴伴奏,他在唱刚写的歌词。他们的头挨得很近,一起看写在谱架上的乐谱。除了亲密一些,他们的行为跟过去三个月一般无二。

安妮微笑地看着我和乔治,以及身后的女眷们。

"我们可是写出了一首好东西,花了一上午呢。"安妮声音甜美。

"那它的名字呢?"乔治问。

"快乐啊,快乐……"安妮回道,"它叫'快乐啊,快乐,我们向前奔去'。"

当夜安妮离开了我们的卧房,她在裙子外面穿上黑色斗篷,午夜钟塔敲响,安妮准备出门。

"深夜你要去哪里?"我不免责备地问。

她的脸透过黑色的斗篷。"去找我的丈夫。"她简单地说。

"安妮,不行,"我吓住了,"如果被发现,你就完了。"

"我们已经在上帝和见证人面前订下婚约,经过见证,就和婚姻一样,不是吗?"

"是的。"我不情愿地说。

"婚姻如果没有圆房就可能无效,不是吗?"

"是的。"

"所以我在加快进程,"她说,"到那时我和亨利告诉他们我们木已成舟,即使珀西家族的人也没办法破坏。"

我跪立在床上,尽力阻止:"但是安妮,如果有人看见了……"

"没人能发现。"她说。

"万一珀西家族的人知道你和他半夜私会……"

她耸肩："只要已成定局，那就没什么不一样。"

"但如果这一切毫无结果……"我在她狠厉的眼神中止住了。她一个箭步走过房间，揪住我睡衣的领子，钳制我的喉咙。"这就是我为什么这样做，"她晒笑，"你个蠢货，这样才不会无果而终。没有人可以说这样徒劳无功，这是经过见证板上钉钉的事情，结婚圆房，让这一切无可否认。现在，你可以休息了。我会早些回来，在黎明之前。但我现在要走了。"

我点头，一句话也说不出，直到安妮的手搭上门把手。"但是安妮，你爱他吗？"我好奇地问。

帽子遮住了她所有的面容只透露出一个笑。"我是个笨蛋才会承认，但我喜欢他的触碰。"

随后她开门，离去。

1523年夏

五月,在沃尔西主教的安排下,宫廷观看了一系列的狂欢活动。女眷们身穿白衣乘船舶外出游览,被一群身穿黑衣的法国匪徒劫持,身穿绿衣的英国勇士前去营救,于是就开始了用水桶里的水或者是猪皮子灌水充作武器的"水战"。挂满绿色飘带、绿色旗帜飞扬的王家船舶装有大炮,冲法国匪徒发射水弹,将他们打下船。他们被重金雇佣的泰晤士船夫救上来,最后仓皇退战。

王后在战斗中浑身湿透,笑得像个小女孩,看着她的丈夫戴着面具和帽子扮演诺罗宾汉,扔了一枝花给坐在她旁边的我。

我们在约克城堡上岸,主教亲自到场向我们致意。花园树木背后安排了乐师,比其他人都高一个头且是一头金发的绿林罗宾汉拉着我进入舞池。即使看见国王拉着我的手放在自己绿色短外套心脏的位置,看见我将国王给我的花别在鬓角,王后的笑容依然明媚。

主教的厨师大显身手,餐食中有孔雀肉、天鹅肉、鹅肉和鸡肉、上好的鹿肉、多种烤鱼,当然有国王最爱的鲤鱼。甜品是五月的特殊供应,用杏仁糖雕刻出的花朵,精致得让人不忍下口。饭后,气温开始下降,乐师弹奏着一段怪异的小曲,引着我们从花园来到约克宫殿的大厅。

整个大厅翻新过,主教下令用绿色帷布装饰,在每一个角落都布置五月盛开的鲜花。大厅中间有两个巨大的宝座,一个是为国王而设,一个为王后准备，宫廷唱诗班在前面唱歌跳舞。我们分别落座，看了儿童戏剧，再起身跳舞。

我们狂欢到了午夜，王后起身，示意女眷离开。我跟在队伍里离去，国王拉住了我的裙子。

"现在跟我来。"国王急切地催促。

王后转身向国王行礼，看见国王拉着我的裙边，而我一脸犹豫不决。王后行礼的姿势没有丝毫改变，庄严的西班牙式礼仪。

"晚安，我的丈夫，"她的声音低沉甜蜜，"晚安，凯里夫人。"

我像一块石头一般僵硬地跟王后行礼。"晚安，殿下。"我轻声，低着头。我希望蹲身行礼可以让自己更低，低到地板上，钻入地底下，好让她看不见我起身时羞红的脸。

当我起身，王后已经离开，国王也转开了身。国王已经忘记她了，这感觉就像是母亲离开，留下孩子放任他自己玩乐。"再来些音乐，"他欢快地说，"再来点美酒。"

我四处看看，王后的女眷都已随她离开了。乔治给了我一个肯定的眼神。

"别害怕。"他轻声说。

我犹豫的时候，亨利转回来带着一杯酒。"敬五月王后！"他说，他的朝臣们也朝我举起酒杯，顺从地道："敬五月王后！"就算亨利朗诵荷兰的谜语，他们也会跟着念出来。

亨利拉着我来到凯瑟琳王后刚才坐的地方。我拖着脚步跟着他，对于坐在她位置上这件事情，我还没有准备好。

他温柔地催促我上台阶，我回头，看见下面那些孩子天真无邪的脸，以及朝臣们了然的笑容。

"来，我们来为五月王后跳起来吧！"亨利说着，拉过一个女孩在我面前起舞。我坐在王后的位置上，看着她的丈夫同其他女孩调情，和她一样，我在脸上也戴着忍受折磨的伪装面具。

❀

在五月盛宴的第二天，安妮一阵风似的旋进了屋子，脸色苍白。"快看这个！"她恨声，把一张纸条甩在床上。

亲爱的安妮，我今天不能来见你了，主教知道了所有的事情，他命令我解释清楚一切。我发誓我不会辜负你。

"我的上帝啊，"我语气柔和，"主教知道了，那么国王也会知道。"

"那又怎样，"安妮像一条准备攻击的毒蛇质问道，"他们即使知道了又怎样，这是合法的婚姻，不是吗？他们为什么不能知道？"

我看着在自己手中摇晃的纸条。"那他说他不会辜负你又是什么意思呢？"我问，"如果真的是牢不可破的婚姻关系，那就没必要担心辜负的问题。"

安妮大步踱过房间，又走到房间另一头，再转回来，就像一头困在伦敦塔里的狮子。"我不知道他什么意思，"她骂道，"他就是个傻子。"

"你说你爱他。"

"那不意味着他不是个傻子。"她突然下定决心，"我要去找他，他需要我。否则他会屈服的。"

"不行，你要等着。"

她掀开衣服箱子，翻出斗篷。

突然急促如雷鸣的敲门声响起，我们都呆住了。她一瞬间将斗篷脱下，塞进箱子，坐在上面，面色平静无波，仿佛这个姿势已经维持了一上午。

我打开门，来人是身穿沃尔西主教家制服的仆人。

"安妮小姐在吗？"

我把门开得大了些让他看见安妮，她正若有所思地看向外面的花园。主教的驳船挂着显眼的红色旗帜，已经到了花园入口。

"您能去主教的接见室一趟吗？"他说。

安妮转头，没有回答。

"现在，"他说，"我的主人主教大人让您现在去一趟。"

她并没有因为这话中的命令和傲慢发火，因为我和她同样清楚沃尔西主教权倾朝野。他的话分量等同于国王的金口玉言。她走过房间，在镜子里看看自己，用手捏捏脸颊显出红晕，咬咬上嘴唇，又咬咬下嘴唇。

"我能一起去吗？"我问。

"是的，和我一起，"她快速地低声说，"这能提醒他你可是国王的人，有国王的面子。要是国王也在，或许他的态度能够缓和一些。"

"我什么都不能提。"我小声地说。

即使是在这种危急时刻，她也是给我一个高高在上的微笑："我就知道。"

我们跟着这个人穿过大厅来到亨利的会客厅。一反常态，这儿空无一人。亨利在外狩猎，朝臣们跟着他出去了。主教的侍从穿着鲜红制服把守着门口。他们退后一步让我们进去，随后又站回去，保障这次会面不被打扰。

"安妮小姐，"安妮一进房间他就说，"我今天听到一个最不想听见的消息。"

安妮站得笔直，双手叠在身前，脸色平静。"我很抱歉，阁下。"她淡淡地说。

"好像我的侍从，诺森伯兰的亨利，没有正确利用我给他去王后宫中以及恋爱的自由,好像你们之间的友谊过剩了。"

安妮摇头,但他没有给她说话的机会。

"我已经告诫过他,作为诺森伯兰的继承者不适合这种玩乐。他的婚姻关系着他的父亲,国王还有我。他可不是个农场的混小子,可以跟挤牛奶的女仆随意滚床单。他的婚姻可是关乎他的政治前景。"他停顿,"而在这个国家只有国王和我才能决定政治问题。"

"他向我求婚,我答应了。"安妮镇定地说,我能看见她脖子上戴的珍珠颈环上的金色字母B随着她快速的心跳颤动,"我们有婚约了,大人。尽管你可能不太喜欢这门婚事,但它已经定下来了,不可能改变。"

他从圆形帽檐下恶狠狠地看了她一眼。

"亨利爵士已经决定服从他父亲和国王的安排,"他说,"我只是出于仁慈告诉你这些,波琳小姐,好让你不犯那些忌讳。"

安妮脸色唰的一下白了。"他从没这样说,他没有说过他会听从父亲的命令而……"

"放弃你?你知道,事情就应该是这样的。实际上,他确实这样做了,安妮小姐。现在这些小问题都交给国王和公爵处理了。"

"他保证过,我们订婚了。"她坚持说。

"只是未完成的婚约,"主教定论,"意思是说可能在未来结婚。"

"这已经是铁板钉钉的婚约,"安妮执拗地回应,"这是经过见证的婚姻,已经圆房。"

"啊。"一只手抬起来发出警示。主教厚重的戒指的反光照射到安妮,仿佛是在提醒她,这个人是英格兰的精神领袖。"请不要再说这种无稽之谈,这可不是聪明的做法,安妮小姐。只有我承认的婚姻才是毋庸置疑的存在,而我是不可能犯这种错误的。一个女孩在这样的情况下跟一个男人发生关系本来就是愚蠢得无可救药,而一个在这样的情况下献身却又被抛弃的女孩会被世人唾弃。婚姻，那根本不用奢望。"

安妮斜眼瞟了我。沃尔西肯定已经意识到，跟一个妹妹是国王情妇的人宣扬处女贞洁是多么的讽刺，但他的眼神依然坚定。

"安妮小姐，你一定是觉得受到的伤害太大才会因痴迷亨利勋爵而说出这样的谎言。"

我几乎能看出她已经惊慌失措，但还强自镇定。"主教大人，"她的声音微微颤抖，"我能成为一个优秀的诺森伯兰公爵夫人。我会关心穷人，维护北方的正义。我会协助保护英格兰免受苏格兰的侵扰。我会是您永远的盟友，我会永远听您的差遣。"

他笑了笑，仿佛刚才安妮提出的贿赂条件不怎么入眼。"你会是一个不错的公爵夫人，"他说，"不在诺森伯兰也会是其他地方的公爵夫人，我很肯定这一点。你的父亲应该已经给你做了安排。你的婚姻由他决定，他会决定你嫁到什么地方，当然国王和我也会给出一些建议。放心，我的教女，我已经听见了你的愿望，并且记在了心上，"他没有费心藏住自己的笑意，"我已经记住了你想成为公爵夫人的愿望。"

他伸出手，安妮只能上前，行礼，轻吻他的指环，随后退出房间。

大门在我们身后关闭，安妮一言不发，调转脚步，下了石阶，走向花园。直到我们走完蜿蜒的小道，来到开满玫瑰花的深处，阳光下玫瑰绽放着白色或嫣红的花瓣，蔓延在石凳子周围，安妮才开口。

"我现在该怎么办，"她大声说，"快想想！快想想！"

我正准备说我也不知道，但其实她并不是在跟我说话。她在自言自语。"也许可以采取迂回策略对付诺森伯兰家？让玛丽去跟国王说说情？"她摇头，"不，玛丽靠不住，她会越弄越糟。"

我控制住自己将要脱口而出的愤懑反驳。安妮在草地里来回走动，她的裙边擦过她的高跟鞋。我坐在石凳子上，看着她。

"那让乔治去给亨利鼓劲儿,让他坚定信心。"她又转个弯,"父亲、舅舅,"她快速地说,"他们肯定希望我爬得更高。他们会去向国王禀明,或许能影响到主教的决策。也许他们能准备一份足以说动诺森伯兰家族的嫁妆。他们一定希望我成为公爵夫人。"她突然下定决心似的点头。"他们一定站在我这一边,"她断定,"他们会支持我。当诺森伯兰公爵来到伦敦时,他们会告诉他婚约已成,这桩婚事就定下了。"

家庭会议在伦敦的霍华德府邸举行。父亲和母亲坐在桌子旁,舅舅坐在他们中间。因为安妮的不当行为,我和乔治受到牵连,一起站在房间的另一端。这次是安妮像个犯人一样站在桌子前,但安妮没有像我一样垂着头,而是头颅高扬,黑色眉毛上挑,直面舅舅的注视毫不退缩,仿佛他们是平等的。

"我很遗憾你把法国人那一套全学过来了,就像你的穿衣风格一样。"他直言不讳,"我之前警告过你,不要让我听见有关于你的闲言碎语。现在我却听到有人说,你和亨利之间有不合时宜的亲密行为。"

"我只是和我的丈夫睡在了一起。"她直白地说。

舅舅瞥了母亲一眼。

"如果你胆敢再说这话,或者有类似的言论,你就会被鞭笞,然后被送到赫佛,再也不能回到宫廷。"我的母亲平静地说,"如果你胆敢败坏家族名声,那我宁愿你以死谢罪。你说这样的话,就是在你的父亲和舅舅面前羞辱你自己。你让自己掉价,遭受大家的唾弃。"

坐在安妮背后,我看不见她的脸,但我看见她的手指抓紧衣服,就像是溺水的人想要抓住一根稻草。

"你得回到赫佛,直到所有人都淡忘这个可怕的错误。"舅舅最后决定。

"很抱歉，"安妮尖锐地说，"恐怕错的是您而不是我。亨利和我已经成婚，他会站在我这边。您和父亲必须想法说服他的父亲、主教和国王，然后将这段婚姻公之于众。如果你们这样做了，那么我就会成为诺森伯兰公爵夫人，霍华德家就有一个女孩拥有了英格兰最大的公爵领地。我觉得这件事情值得搏一把。如果我是公爵夫人，玛丽再有了国王的儿子，那么这个国王的私生子就会是诺森伯兰公爵家的外甥，我们就有机会让他坐上王座。"

舅舅眼中迸出怒火。"两年前，也同样是一桩类似甚至还没这么大胆的说辞，国王处决了白金汉公爵，"他非常小声地说，"我的父亲签署的处决令。国王非常在意他的子嗣，这种话你绝不能再提，否则你要去的地方不会是赫佛，而是到一个修道院了却残生！安妮，我说到做到，我不会让整个家族的命运陪着你冒险。"

舅舅的愠怒震慑了安妮，她顿住，随即挽回。"我不会再这样说了，"她小声，"但是这样可行。"

"不可能，"父亲直接说，"诺森伯兰家族不可能接纳你。沃尔西主教不会让我们家族势力强大到那个地步。国王会听沃尔西的意见。"

"亨利阁下已经向我保证。"安妮激动地说。

我的舅舅摇着头准备从桌边起身，会议宣告结束。

"等等！"安妮绝望地叫道，"我们可以做到的，我向你发誓。如果有你们的支持，亨利·珀西也站在我这一边，主教、他的父亲和国王都必须好好考虑这件事情的。"

我的舅舅没有丝毫动摇："他们不会的。你真是个傻子，怎么想到去和沃尔西作对。这个国家没有一个人会是他的对手。我们不会冒险和他对抗，真那样做了，他会想办法把玛丽从国王身边弄走，再找一个西摩尔家的女孩代替她。如果我们支持你，那么之前在玛丽身上耗费的所有心血都付诸东流了。这是玛丽的机会,不是你的。我们不会让你破坏这一切。你得让路,至少等到夏天结束,或者是一年后。"

她呆住了。"但是我爱他。"她说。

房间里面一时沉默。

"真的,"她说,"我爱他。"

"这对于我来说毫无意义,"我的父亲说,"你的婚姻与家族利益相关,决定权在我。去赫佛一年反省你自己,作为惩罚,你应该感到庆幸。如果你敢写信给他,或者是回复他,抑或是再去见他,那么等着你的只会是修道院。就这样了。"

✦

"嗯,还不算太糟。"乔治强装作轻松。我们三人走向河道,准备乘船返回约克宫。穿着霍华德家族制服的仆人一个在前面为我们挡走乞丐和小贩,一个跟在我们后面护卫。安妮无神地走着,丝毫没有被拥挤街道的嘈杂所影响。

人们站在手推车后面叫卖,水果、面包、活鸭活鸡,都是刚刚从乡村里带出来的。有些胖胖的伦敦妇人在选购货物,反应灵敏、牙尖嘴利,卖东西的乡村妇人和男人谨小慎微,希望给自己的东西谋得一个好价钱。一些小贩的布袋子中装着诗集和乐谱,卖鞋子的商贩摆出各种尺码,有卖花的人,还有卖豆瓣菜的。街上有闲逛的听差的,还有扫烟囱的人,有晚上才开始工作的点灯男孩,还有清洁工。仆人们来往于市场,有店主的妻子大腹便便,坐在路边,微笑地招呼路人,希望有人停下来看看货品。

乔治带着我和安妮见缝插针地走过街市,如同意志坚定的锥子穿过锦缎。他很想在安妮爆发之前赶紧把她送回家。

"我可以说进行得非常顺利。"他坚定地说。

我们到达一片儿延伸出去的码头,霍华德家族的仆人招呼来一艘小船。"去约克宫。"乔治简短地说。

正好涨潮,我们沿着河快速地前行,安妮双眼无神地看着两岸漂浮的城市的脏污。

我们在约克宫防波堤下船,仆人行礼,坐船返航。乔治跟着我和安妮回到房间,然后关上房门。

安妮突然奔过去,像一只猫一样扑向乔治。乔治抓住安妮的手腕,将她掰离自己的脸。

"进行得很好?"安妮叫道,"我失去了我爱的人以及我的名声,还即将在乡村里埋葬我的人生直到所有人都忘记我?这叫非常好?我的父亲不站在我这边,我的母亲咒骂着宁愿看我去死?你是疯了吗?还是麻木不仁、视而不见、愚蠢至极?"

他控制住她的手腕,她又用指甲去抓他的脸。我从后面走上来把她往后拉,不让她用高跟鞋踩乔治。我们三个就像醉酒汉一样缠斗在一起。当她也同样攻击我时,我被撞到了床边,但我死死地抱住她的腰,好让乔治挣脱,乔治紧紧拽住她的手防止脸被攻击。我们就好像是在跟什么更厉害的东西搏斗,一个占据了安妮、控制了波琳家的魔鬼——欲望,它让我们陷入如此境地,它让安妮变得疯狂,让我们三个困兽犹斗。

"冷静,看在上帝的分上!"乔治边躲闪边吼道。

"冷静?"安妮朝他吼,"我怎么冷静?"

"因为你已经输了,"乔治简单地说,"你没什么需要再去争取的了,安妮,你已经输了。"

一瞬间她怔住了,但我们不敢冒险松开她。她看着他,仿佛已经陷入魔怔,随后她扬头,发出粗野狂躁的笑声。

"冷静?"她大声尖叫,"上帝啊,我就该平静地死去,他们会一直把我幽禁在赫佛,直到我死。我再也见不到他了!"

她发出一声心碎的哀号,斗争结束,倒了下去。乔治放开她的手腕,抱起她。她把手臂绕在乔治的脖子上,把头埋在乔治的胸膛。她哭得那么伤心,哀恸欲绝,我听不清她说的是什么。当我弄清楚她一遍一遍地在哭叫什么,感觉到自己也跟着她一起哭起来。"上帝啊,我爱他,他是我唯一的爱人,我的爱。"

他们言出即行,安妮的衣服已经被打包,马匹准备就绪。就在当天,乔治被安排着护送安妮回赫佛。没人告诉亨利·珀西勋爵安妮离开了。他给她写了一封信,我无孔不入的母亲看了信,随后烧掉了。

"他说了什么?"我小声问。

"至死不渝。"母亲不屑。

"我们不告诉他安妮已经离开了,这样好吗?"

我母亲耸肩:"他很快就会知道,他的父亲今早上和他见过面。"

我点头。中午收到第二封信,安妮的名字写在首页,字迹凌乱,上面有污渍,可能是泪痕。母亲打开信,脸色不好,然后和上一封一样烧掉了。

"亨利阁下?"我问。

她点头。

我从壁炉边起身,坐在窗边。"我要出去走走。"我说。

她转过头。"你留在这里。"语气严厉。

长期的顺从依旧占据着我的脾性。"是的,母亲大人,但我就不能去花园走一走吗?"

"不行,"她干脆地说,"你的父亲和舅舅说了,让你留在房间里,直到诺森伯兰家族的人处理完亨利·珀西的事情。"

"我去花园里走走也不影响什么吧？"我坚持。

"你可能会给他传递消息。"

"我不会！"我叫起来，"上帝保证，你知道的，一直以来，我都唯命是从。夫人，你让我十二岁就嫁人！两年之后，我十四岁时，又亲手结束这段婚姻，在我十五岁之前将我送上国王的床。你肯定知道，为了这个家族，你们说什么我就做什么。我都不能为自己的自由争取些什么，我又能为我的姐姐做什么呢？"

她点头。"也是好事，"她说，"在这个世上女人哪儿有什么自由可以争取，你看看安妮给自己带来了什么。"

"是啊，"我说，"被发配到赫佛。至少在那里她可以自由地出入。"

我的母亲很惊讶："听上去你很羡慕。"

"我喜欢那儿，"我说，"有些时候我甚至觉得那儿比宫廷可好多了。不过你可是伤了安妮的心。"

"她的心、她的精神都需要经历一次磨炼才能被家族所用。"我的母亲冷漠地说，"其实这早就该让你们经历了。我本以为法国宫廷会让你们学会服从，结果却没有，那就只有现学现卖了。"

有人敲门，一个衣着褴褛的人不安地站在门口。

"给安妮·波琳小姐的信，"他说，"只给安妮小姐，不给其他人。并且那位年轻的大人说一定要看着波琳小姐读完这封信。"

我犹豫了，看看我的母亲。母亲点头默认。我撕开诺森伯兰家族的红漆印，展开信纸。

我的妻子，

如果你依然信守我们之间的诺言，我绝不负你。如果你不抛弃我，我绝不会放弃你。我的父亲对我很生气，主教也是。说实话，我为我们的未来感到担忧。但如果我们坚定不移,他们会让我们在一起的。给我个回信吧,哪怕是一个字,告诉我,你站在我这一边,我也会永远站在你的身边。

亨利

"他说要有回信。"送信的人说。

"外面等着,"我的母亲对那个人说,关上门,转向我,"写封信。"

"他认得她的字。"我无济于事地挣扎。

她展开一卷纸摆在我面前,塞给我一支蘸水笔,开始口述回信的内容。

亨利阁下,

这是玛丽的代笔,因为我不被允许给你写信。没用的,他们不会让我们在一起,我只能放弃你。不要与你的父亲和主教作对,因为我已经告诉他们我放弃了。这只是一个未完成的婚约,并不能就此决定我们的终身大事。我就此放你自由,你也放我自由吧。

"你会让他们两个人都伤心的。"我说,撒上沙子吸干墨水。

"也许吧,"她漠然地说,"年轻的心伤痛愈合很快。拥有半个英格兰领土的心不应该沉溺于爱情。"

1523年冬

安妮不在，我就是唯一一个波琳女孩。王后决定跟玛丽公主一起去避暑，就只有我陪着国王一起走在夏日巡游队伍的前列。我们度过了一个非常愉快的夏天，骑马、狩猎、夜夜舞蹈。当十一月返回格林尼治时，我小声地告诉他我的月事没有来，我怀孕了。

立马，一切都不一样了。我拥有了新房间和贴身侍女。亨利给我买了一件厚实的皮毛斗篷，因为我一刻也不能着凉。产婆、药剂师和占卜师在我的房间里进进出出，他们被问着同一个问题："是男孩吗？"

大多数人回答是，都会得到金币赏赐。有一两个说不是，就会看见国王不满的冷脸。母亲把我衣裙的束带放松，我也不再去侍寝，只能独自躺在床上默默祈祷我怀着的是个儿子。

王后看着我日渐丰腴的身体，眼中是黑暗的伤和痛。我知道王后的月事也停了，但她绝不可能是因为怀孕。王后微笑着撑过整个圣诞欢宴，观赏舞台剧和舞会，她给亨利准备了数不清的他最爱的礼物。在主显节前夜的舞台剧结束后，似乎所有的事情都到了该说清楚的时候。王后问国王是否可以找个地方单独跟他说些事情，她终于鼓起勇气直面国王，告诉他几个月以来她都没有来月事，她已经没办法生育了。

"她自己跟我说的。"当夜国王愤愤不平地说。我在国王的房间，裹着自己的毛皮斗篷，端着温热的酒，赤着脚缩在熊熊燃烧的火炉旁。"说这些话的时候一点儿不为自己感到羞愧。"

我什么都没说。并不应该是我告诉亨利,对于一个将近四十的女人来说停经没什么好羞愧的。没人比他更清楚,如果王后的祈求能有用,那么他们可能有很多的孩子,甚至是很多儿子。但他现在什么都不记得了。他唯一关心的,是王后如何拒绝给他那件本该给他的东西。我又一次看见了他因为一点不满就爆发的愠怒。

"可怜的女人。"我说。

他甩给我一个不悦的眼神。"是富裕的女人,"他纠正我,"她的丈夫是整个欧洲最富裕国家的君主。作为英格兰的王后,无所作为,只生了一个孩子,还是个女孩。"

我点头,跟亨利争论毫无意义。

他斜身靠过来,温柔地摸着我肚子的凸起。"如果我的儿子在这里,却要继承凯里的姓,"他说,"那这对我有什么好处,对英格兰又有什么好处?"

"可所有人都知道这是您的孩子,"我说,"所有人都知道这是您和我的孩子。"

"但是我必须有一个合法的儿子。"他热切地说。好像只要他希望,我,或者王后,或者任何一个女人就能为他生下一个儿子。"我必须有一个儿子,玛丽,英格兰必须有一个从我而出的继承人。"

1524年春

安妮每周都会写信,给我述说被遣送回去的苦闷,这让我想起了我被禁足的时候给她写的那些绝望的信。我同样记得她没有回复我。现在是我好好地待在宫廷,她身处黑暗的绝望,我作为妹妹还非常大度地经常给她回信,并且我并不吝啬跟她分享我怀孕的消息以及亨利对我的宠爱。

我们的祖母波琳奶奶被请到赫佛去陪伴安妮。她们俩,一个是法国宫廷养大的时髦淑女,一个是陪伴自己丈夫从无名之辈到功成名就的睿智女人,像两只发毛的猫一样从早吵到晚,让彼此的生活都不得安生。

如果我再不能回去我就要疯了。

安妮写道:

祖母用手剥榛子,把壳扔得到处都是,在脚下踩着就像在踩蜗牛。她还坚持要我跟她一起每天去花园散步,哪怕外面在下雨。她认为雨水能滋养皮肤,还说这就是英格兰女人肤质超群的原因。看着她因为风吹日晒苍老的脸,我想我还是待在室内好了。

她身上有股难以言说的味道,自己还不自知。前两天我叫人去给她洗澡,但他们说她只会坐在凳子上,让仆人给她洗脚。她会在餐桌旁发出哼唧的声音，自己却不知道。她信奉老旧的传统，坚持奉行公开的制度，无论是汤布里奇的乞丐还是伊登布里奇的农民都可以来大厅看我们进餐，仿佛我们也和国王一样钱多得没地方花，只能想着办法挥霍。

求你了，求你了，赶紧跟父亲和舅舅说说情让我回到宫廷。我会按照他们说的做，让他们不要有疑虑。只要让我离开这儿，做什么都行。

我马上写了回信。

我向你保证，你很快就可以回来了。亨利阁下虽然不情愿，但已经跟玛丽·塔尔伯特小姐订了婚。据说他念誓词时痛哭流涕。现在他已经带着诺森伯兰的人去对抗苏格兰了。因为英格兰军队赶往法国战场前线，与西班牙盟军继续去年夏天未完的战事，此时，需要保障英格兰领土安全。

乔治终于要在这个月和简·帕克结婚了，到时候我会请示母亲允许你出席，我想母亲不会拒绝的。

我很好但有点儿累。肚子里的宝宝越来越大，还喜欢在晚上我要睡觉时翻转着踢我。亨利对我越来越好，我们都希望这是个男孩。

真希望你在这里。他那么希望这是个男孩，我真不知道如果我生下个女孩该怎么办。真希望谁能有本事做点儿什么来确保这是个男孩子。可不要再说芦笋了，我都吃腻了，他们每顿都会让我吃它。

王后一直盯着我。我现在显怀了，每个人都知道这是国王的孩子。威廉不用忍受别人跟他道贺有了第一个孩子，每个人都心知肚明，但又默契地形成一道让大家都舒服的安全墙，但我却没有从中得到丝毫慰藉。有些时候我觉得我就是个傻瓜。我大着肚子，气喘吁吁地走在台阶上，我的丈夫对着我笑，疏离得像个陌生人。

至于王后……

我真希望上帝不要再让我早晚去王后那里做祷告了。我在想她现在所有的希望都破灭了,她还能祈祷些什么呢?我真希望你在这里,我甚至开始想念你的毒舌了。

玛丽

无数次延期之后,在格林尼治的教堂,乔治和简·帕克终于成婚了。安妮被允许当天离开赫佛来参加婚礼,她坐在后侧的一个高层包厢里,防止被人看见,但是她不被允许参加婚宴。最重要的是,因为婚礼在早上举行,安妮必须提前一天赶来,所以乔治、安妮和我就有晚间到天亮前这段时间可以相处。

我们像产婆筹备难产所需一样准备这次彻夜长谈。乔治带来了葡萄酒、麦芽酒和淡啤酒,我跑到厨房向厨师讨要了面包、腌肉、乳酪和水果,他很乐意地为我准备了一大堆,以为是我七个月大的身孕让我胃口大好。

安妮穿着骑行短装,看起来比她十七岁的年纪更加老成优雅,皮肤有些苍白。"这就是和那个老巫婆在雨里散步的结果。"她语气不好。她所遭受的伤痛给了她以前不曾有的宁静。她好像学到了人生中最惨痛的教训——机会不会像成熟的樱桃一样自动落在她的裙兜里。她已经失去了自己的挚爱:亨利·珀西。

"我梦到他,"她简单地说,"我真希望我不会这样。这样子的难过毫无意义。我真的是累了。听上去很奇怪,不是吗,我真的是厌倦了伤心难过。"

我瞥过眼看着乔治,乔治望着安妮,满眼同情。

"他的婚礼在什么时候?"安妮神色黯然地问。

"下个月。"他说。

她点头。"那就是这样了,已成定局,除非她死了。"

"如果她死了，他就能娶你了。"我抱着一点儿希望。

安妮耸肩。"笨蛋，"她随即说，"我不可能怀着希望，盼着玛丽死后取代她，就一直等着。只要我禁足结束，我可是一张大有文章的好牌，不是吗？如果你为国王生下一个男孩儿，我就会成为国王私生子的姨娘，便更是如此了。"

无意识地，我伸手抚上肚子，仿佛是想要保护性地不让它听见它只被希望是个男孩。"他会姓'凯里'。"我提醒她。

"但如果他是个健康强壮的金发男孩呢？"

"我会叫他'亨利'，"一想到我怀里抱着一个强壮的金发婴孩儿我就笑了，"我很肯定国王一定会对他恩宠有加。"

"那我们都前途有望了，"乔治直接点明，"作为国王儿子的姨娘和舅舅，可能会得到公爵爵位或者是伯爵爵位，谁知道呢？"

"那你呢，乔治，"安妮问，"在这愉快的夜晚你开心吗？我本以为你会跑出去喝得烂醉，而不是在这里和一个胖女士还有一个伤心人聊天。"

乔治给自己倒了一杯酒，看向酒杯，眼神晦暗。"一个胖女士和一个伤心人刚好适合我现在的心境，"他说，"跳舞唱歌拯救不了我的人生。她可真是个恶毒之人，不是吗？我深爱的人，我命定的妻子？告诉我实话，不是我一个人不喜欢她，是吧？肯定有什么让你们对她敬而远之，是吗？"

"胡说八道，"我随即说，"她可不是什么恶毒的人。"

"她让我不舒服，"安妮直接说，"如果有什么传言或者丑闻，或者是谁在传着谁的八卦，那么她一定是第一个凑上去的。她喜欢听各式各样的小道消息，盯着所有人，总是觉得所有人都不是好东西。"

"我知道，"乔治说，"上帝啊，我到底娶了个什么样的妻子啊！"

"她可能会在新婚夜给你一个惊喜。"安妮诡秘地说，喝掉杯中的红酒。

"什么？"乔治立马反问。

安妮抬眼看看酒杯。"作为处女，她知道的可太多了。"她说，"对婚后的女子也是了解得透彻，还有妓女的事情。"

乔治的下巴都要掉了。"你可别告诉我她不是处女，"他尖叫，"要是这样，我绝对要离婚。"

安妮摇头。"我可没见过哪个男人对她做出过不轨之事，"她说，"上帝啊，谁想啊？她只是看和听。她对要问的和看到的可是百无禁忌。我听说她和西摩尔家的女孩在讨论和国王上床的女孩，不是你，"她冲我补了一句，"说得可是非常的细致，张开嘴亲吻呀，用一个人的舌头去舔呀，诸如此类，还有什么该躺在国王身上还是身下，手应该抚摸哪里，怎样才能让国王销魂，好永远都忘不掉之类的。"

"她知道这种法国人的把戏？"乔治震惊地问。

"她说得好像是很懂的样子。"安妮笑着看乔治惊讶的表情。

"好吧，上帝保佑。"乔治又给自己倒了一杯，对着我摇晃酒瓶子，"也许我会是一个比我自己想象的要快乐些的丈夫。手应该抚摸哪里？应该抚摸哪里呢，安娜玛丽亚小姐？听起来你和我的未婚妻一样都听过。"

"可别问我，"安妮说，"我可是个处女。去问其他人，问母亲、父亲或者是舅舅。问沃尔西主教，他可是让这事儿合法化的人。我是个处女，经过官方认证的，主教大人自己这样承认的。你可再找不到比我更货真价实的处女了。"

"那我之后告诉你，"乔治的声音听起来更加愉悦，"我会写信告诉你。到时候，你可以大声地念给祖母听。"

乔治顶着一张苍白的脸成为了新郎，只有我和安妮知道他的脸色不是来自于昨夜的酒醉。当简·帕克靠近圣餐桌时，他没有露出丝毫笑容，但简·帕克笑容满面，算是补上了他那份儿。

我伸手抚摸肚子，突然觉得我和威廉·凯里站在这里许下一辈子的承诺已经成了太过遥远的事情。威廉冲我淡淡一笑，仿佛也是在想四年前我们双手交握彼此许下承诺时充满希望的样子，无人预料到如今的局面。

国王亨利站在教堂前，看着我哥哥乔治牵起他妻子的手。因为我的身孕，我的家族备受恩宠。当年，我的婚礼上国王迟到了，并且他是为朋友前来赴宴，而不是为了我们波琳家族。但此刻，当新人从圣餐桌外返回，踏走上教堂的通道，国王和我一起引着宾客入宴。母亲微笑地看着我，仿佛我是她唯一的女儿，安妮静悄悄地从教堂的侧门离开，骑着马，只有仆人的陪同，回了赫佛。

我想象着她独自一人回到赫佛，从外门的角度看城堡，那就像月光中一个漂亮的玩具。我想象着一路的草丛树木、蜿蜒的小道和吊桥。我想象着吊桥落下的声音，马蹄踏过木板前进的声音。我想象着护城河潮湿的味道，村庄飘来的烤肉串的香气。我想象着月光洒在村庄，墙头线条勾勒着天空。我渴望自己是赫佛的土地主，而不是宫廷里强颜欢笑的王后。我全心全意地希望我肚子里是个男孩，那么我坐在窗边，望出去，看到的哪怕只是一小片土地，也知道那是属于他的。

然而正相反，我是那个幸运的波琳女孩，有家族财富的支撑和国王的宠爱。一个无法想象自己儿子的土地的边界也无法想象他会有何等地位的女人。

1524年夏

我六月离开宫廷待产。我的新房间挂满了厚厚的帷幔，在生产后的六周以内我都不能接触阳光或者是流动的空气。总共算起来我要闭关两月半。我的母亲和两个产婆亲自照顾我，两个杂物女仆和一个贴身侍女协助她们。在房间外，两名药剂师在轮流等着召唤。

"安妮能来陪我吗？"看着黑黢黢的房间，我问母亲。

母亲皱眉。"你的父亲下了命令，她必须待在赫佛。"

"求您了，"我说，"这个过程时间太长了，我需要她的陪伴。"

"她可以来探望，"母亲最终决定，"但国王的儿子降生时，她不能在场。"

"或许是女儿。"我提醒道。

她在我肚子前画十字祈祷。"上帝保佑是个男孩吧。"她小声。

我没再说什么，让安妮来陪我的目的已经达成。她来了，待了两天。她已经厌烦了赫佛，被波琳祖母烦得要死，极度想要逃离，哪怕是到一个黑暗的房间陪伴在床的妹妹，给国王的私生子缝制衣服。

"你去过自耕田吗？"我问。

"没有，"她说，"骑着马路过过"。

"不知道他们的草莓种得怎么样了？"

她耸肩。

"那彼得的农场呢?给羊剃毛的时候你去了吗?"

"没有。"她说。

"那你知道今年用的什么干饲料?"

"不知道。"

"安妮,那你一天到底在做些什么呢?"

"看书,"她说,"练习音乐,我写了些新曲子,骑行,在花园里散步,不然在乡下还有什么可做的?"

"去四周看看农田呀。"我说。

她抬起眉毛:"都一样啊,长着草。"

"那你看些什么书呢?"

"神学,"她随即说,"你知道马丁·路德吗?"

"当然,我听说过,"我说,"但他是异教徒,书被禁了。"

安妮露出神秘的微笑。"他算不上异教徒,"她说,"只是观点不同罢了,我看了他的书,还有类似观点的书。"

"你最好对这事儿闭口不言,"我说,"如果父亲和母亲知道你在看禁书,你会被送到法国,送到一些不知道的地方。"

她耸肩:"现在没人有空注意我,都被你的光芒掩盖了。只有一个办法能引起家族的关注,就是像个妓女一样爬上国王的床,那才能在家族里备受喜爱。"

我叠手放在肚子上,微笑着,对她的酸话丝毫不在意。"没必要挤对我,命运让我到了这一步,也没必要一直把自己困在亨利·珀西那件事情里。"

一瞬间,我看见她脸上精致的面具消失了,眼中闪烁着渴望。"有他的消息?"

我摇头。"就算他给我写信,他们也不允许我收到,"我说,"听说还在跟苏格兰打仗。"

她咬紧嘴唇压抑住哀号："他要是受伤了或者死了该怎么办？"

我感觉到孩子在动，将温热的手放在松垮垮的胸衣上。"安妮，现在他对于你来说，什么都不是。"

她的眼睫毛耷下来遮住了炽热的眼神。"他什么都不是。"她重复。

"他已经结婚了。"我坚定地说，"如果你还想回到宫廷，你就得忘了他。"

她指着我的肚子。"这就是困扰我的问题，"她直白地说，"现在家族里的每个人想的都是你怀的国王的儿子。我给父亲写了很多信，他只让书记官回了我一封。他根本没有想到我，根本不在意我。现在所有人关心的都是你这个大肚子。"

"我们很快就会知道了。"我说，尽力装作镇定，但我其实很害怕。如果我给亨利生下一个漂亮健康的女孩，他应该很高兴，这证明自己并非无能，但亨利不是普通人，他更想要向世界证明他可以有一个健康的孩子，向世人证明他能有一个男孩。

✦

是个女孩，尽管期待、祈祷了数月，尽管在赫佛和罗奇福德的教堂做了特别的弥撒，我还是生下了一个女孩。

但这是我的小公主，她小小的手那么精致，就像是青蛙的小脚掌，深蓝的眼睛，如赫佛午夜的星空。她的头上顶着一圈黑色卷发，并不像是亨利的金色头发，但她长着和亨利一样的可爱樱桃小嘴。当她打哈欠时，可是十足的国王风范，像是厌倦了虚假的夸赞似的；她哭起来，眼泪流过粉色面颊，又像是独裁君主被否认了权威。我给她喂奶，把她抱在怀中，能感觉到一阵大力吸吮。她温顺的时候像个羊羔，睡觉香甜得又像个躺在蜂

另一个波琳家的女孩

蜜酒罐子旁边的醉汉。

我经常把她抱在怀中。她有一个奶妈,但我说我的奶水胀痛得厉害必须让她吸吮,这样子,我就能自己喂养她。我爱上了她,无可救药地爱上了这个小女孩。我很难想象她会是一个小男孩,哪怕一刻也不行。

即使是亨利也在见到她的时候被攻陷了。就在这个日光暗淡的产房里,他从摇篮中抱起她,抚摸着她精致的小脸蛋,小手,还有被厚厚衣服裹着的小脚丫。"我们叫她伊丽莎白。"他说,轻轻地摇晃她。

"我能给她取名吗?"我大着胆子问。

"伊丽莎白不好吗?"

"我有另外一个名字。"

他耸肩,女孩的名字,无关紧要。"如你所愿,按你的想法吧。她可真是个可爱的小东西,不是吗?"

他带给我一袋金子和一条钻石项链。同时,他还给我带来了一些书,一本他自己对于方法论的评述,以及一些沃尔西主教推荐的大部头。我谢过恩把书放到一边,想着把这些书送给安妮,再让她写这些书的综述给我,这样就可以有谈资了。

本来这是一次很正式的会面,我们俩一人一边坐在火炉旁,但他把我带到床边,躺在我的身旁,轻柔又甜蜜地亲吻我。一会儿他想和我云雨,我不得不提醒他我还没有经过产后洗礼,现在我的身上还不干净。我害羞地抚摸着他的马甲,看见他把我的手按在了他坚硬的部位上。我很想有个人能告诉我他希望我怎么做。随后他自己引导着我如何抚摸,在我耳边低语他想要怎么样,过了一会儿,在他的颤抖中,在我粗笨的爱抚下,他发出满足的叹息,身体平静下来。

"这就可以了吗?"我羞怯地问。

他转身给了我一个甜蜜的微笑。"我的甜心,隔了这么长的时间,即使只能以这种方式和你在一起,我也还是非常愉悦的。你去教堂时不必忏悔,这都是我犯的错。不过,是你引诱的。"

"您是真的喜欢她吧?"我追问。

他露出纵容、慵懒的微笑。"为什么不呢?她和她的母亲一样美丽。"

过了一会儿他起身,整理衣服。他对我露出的微笑依然让我开心不已,即使现在我一半的心思在摇篮里的孩子身上,一半的心思被胀痛的乳房占据。

"洗礼之后,你会被安排在我附近的房间,"他承诺,"我想你随时都在身边。"

我笑了,这真是个甜蜜的时刻,英格兰的国王,想要我时常陪在他身边。

"我想要你为我生一个儿子。"最后他直接说。

我的父亲对于我生下一个女儿这件事情大为恼火,大概是母亲告诉他的,这是从那个遥远的外部世界传来的消息。我的舅舅也很失望但没有表现出来。我点头,好像我真的在认真受训,但其实我沉浸在她今早上睁开眼看了我的喜悦之中。她用明亮警惕的眼神看着我,让我确定她一定知道我是她的母亲。无论是父亲还是舅舅都不能进入产房,国王也没有再来。这个地方就好像成了我们的避难所,隔绝了男人们的算计、阴谋和昭然若揭的野心。

乔治来了,还是带着以往的轻松做派。"那些破事儿还没到这里,是吧?"乔治的脸探进来。

"没有。"我回答,露出欢迎的微笑,摆出脸颊让他亲吻。他弯腰深深地吻在我的嘴上。"真美味呀,我的妹妹,年轻的母亲,禁果的美味,来,再吻我一下,就像亲吻亨利那样。"

"走开,"我推开他,"看看孩子。"

他看了一眼睡在我臂弯的孩子。"头发不错,"他说,"你叫她什么名字?"

我瞄了一眼关闭的房门,乔治完全值得信任。"凯瑟琳。"

"很奇怪。"

"怎么会呢,我是她的侍女。"

"但这是她丈夫的孩子。"

我笑了,抑制不住。"乔治,我知道。但其实我一见到王后就很崇拜她。我想告诉她无论发生什么,我对她都是十分的尊敬。"

他依然不赞同。"那你觉得她能明白么?或许还会觉得是另外的嘲讽。"

听到这话我很震惊,抱紧凯瑟琳。"她不会想到我赢了她。"

"等等,你哭什么?"乔治问,"你没必要哭啊,玛丽,别哭了,会堵奶或者什么的。"

"我没哭,"我说,忽略掉脸上的泪水,"我没打算哭的。"

"好了,收住。"乔治催促我,"收住,玛丽,母亲就要进来了,所有人都会以为我让你伤心,然后会说我就不该来。你何不等着出了月子,去问问王后怎么看待你这种方式的崇拜?这就是我的建议了。"

"是的,"我顿时觉得开心多了,"我会去问的,到时候我就可以解释原因。"

"但是不能哭,"乔治提醒我,"她是王后,可不喜欢眼泪。我敢打赌,你陪伴她这四年的日日夜夜,可从没见过她的眼泪。"

我想了一会儿。"没有,"我慢慢说,"如你所说,这四年,我从没见过王后哭。"

"你以后也不会。"乔治满意地说,"她不是一个意志消沉的女人,相反,她心志强大。"

⬟

我仅有的另一位访客是我的丈夫威廉·凯里,他来的时候,还足够绅士地给我带来一盆命人从赫佛采摘的草莓。

"尝尝家的味道。"他友好地说。

"谢谢。"

他看向摇篮。"有人说是个健康可爱的女孩儿。"

"是的。"我说,有些被他语气中的冷漠刺痛。

"你准备叫她什么?不是我家族的姓氏吗?我本以为会是的。她难道叫菲兹罗伊之类的,让她国王私生子的身份再坐实一些?"

我咬住了舌头低下了头。"我很抱歉,如果这很丢脸的话,我的丈夫。"我逆来顺受地说。

他点头。"所以她的名字是?"

"她会叫凯里,凯瑟琳·凯里。"

"如你所愿,女士。我被赏赐了五块上好的土地,加封了骑士爵位。我现在是威廉爵士,而你是凯里爵士夫人。我现在的收入可是翻番了。他告诉你了吗?"

"没有。"我说。

"我现在可是备受恩宠。如果你生的是个儿子,那么我可能在爱尔兰或者法国都会得到一块土地,我可能已经成为勋爵。谁能知道一个国王的私生儿子能给我们带来多少荣宠呢?"

我没有回话,威廉语气温和,话语却是夹枪带棒。我可不认为他是真的在让我祝贺他因为头戴绿帽而成为这个国家最受恩宠的臣子。

"你知道吗?我本没有什么宦海沉浮的心思。"他痛苦地说,"但他喜欢我的妻子,我的时运来了,我是真的希望自己成为你父亲那一类人,能纵观全局,能在欧洲各国舌战群雄,永远以自己的国家利益为重。但我没有,我什么也没有做,却得到了数倍的赏赐,牺牲的仅仅是把我的妻子送上国王的床。"

我静默地垂着眼睛。当我再次抬头,他用那半讽刺半哀伤的微笑对着我。"我的小妻子,"他轻柔地说,"我们在一起的时间并不多,不是吗?我们并没有多么愉快的床上生活,或者说根本就没有几次。我们没有学会温柔,甚至没有尝到欲望。我们的时间太少了。"

"我也很遗憾。"我软软地说。

"遗憾我们没有上床?"

"大人?"我说,惊讶于他话中突如其来的尖锐。

"这是你的亲族友好的提示。当然可能也是我的臆想,我们从来都没有上过床。那也是你的愿望吗?让我否认我们曾经的肌肤之亲?"

我惊住了。"不是的,你知道的,这些事情从来都没有商量的余地。"

"他们也还没有告诉你,让你跟国王说我们的新婚夜我出现不举,并且之后的日子一直如此?"

我摇头。"我为什么要这样说?"

他笑了。"为了解除我们的婚姻,"他建议,"这样你就是一个没有婚姻在身的女人了,下一个孩子叫菲兹罗伊或者亨利的孩子,就可以让他成为合法的继承人,登上王座。你就是英格兰国王的母亲了。"

一阵沉默,我茫然地看着他。"他们从没让我这么做。"我小声地说。

"你们这些波琳家的人,"他柔和地说,"如果他们真要解除我们的婚姻,逼着你这么做,你会作何选择呢?玛丽?他们颠覆了婚姻的誓言,让你变成了一个娼妇,漂亮的小娼妇。"

我感觉我脸颊滚烫,但我紧紧闭着嘴。他看了我一会儿,我看见他的怒气渐渐被悲悯替代。"说你必须说的吧，"他建议，"不论他们让你说什么。如果他们强迫你，说我们新婚之夜我一直在玩银香盒并且从没碰你，那就这样说吧，即使是需要发誓，那也这样做吧，你也必须这样。你要面对的是王后的恨意，还有整个西班牙的敌视。我想我只能放下我的这份。可怜的傻女孩，如果摇篮中是个男孩，我想他们一定会逼你在受洗那一刻发伪誓，以此来跟我撇清关系，继续勾引国王。"

我们平静地看了对方一会儿。"那么你和我应该是这个世上最不烦恼这是个女孩的人了，"我小声说，"因为我不想要更多了。"

他露出痛苦的宫廷式微笑。"那将来呢？"

宫廷继续着它的仲夏欢宴，沿着乡村小道到萨赛克斯，再到温彻斯特，最后是新森林区，好让国王从黎明到深夜都可以随心所欲地猎鹿，然后夜夜摆猎鹿宴。我的丈夫跟在国王身边，男孩子在一起狩猎便没有了弯弯绕绕的钩心斗角。整个宫廷在行进，猎犬在马前狂奔、吠叫，猎鹰在后面的马车上随行，有专门的人照顾不让发出鸣叫。我的哥哥也在其中，在弗朗西斯·韦斯顿旁边，骑着一匹黑色骏马，这是国王为表示对我们家族的恩宠特意挑选给他的。我的父亲，仍在为英格兰、法国和西班牙之间的纠纷周旋，三个雄心勃勃的年轻君主都想坐上欧洲第一把交椅，父亲试图遏制他们的野心。我的母亲带着仆人随行。我的舅舅则带着身穿家族制服的侍者，防范着西摩尔家族的野心。珀西家的人也在这里，还有查尔斯·布兰登和玛丽王后，伦敦金匠和外国使臣：英格兰所有的大人物都放下自己的耕地、农田、船只、矿场、贸易和城中的住宅，来陪同国王狩猎。没有人敢落后一步，生怕国王在时不时赏赐金银、土地，或者其他荣宠，又或者游离的眼睛看中了哪家的女儿、谁的妻子时，他身边就又多出一个位置。

感谢上帝，我今年没有随同。我很高兴可以远离巡游，慢悠悠地骑马回到肯特。安妮跟我在整洁的庭院里见面。她的脸色如狂风暴雨。"你肯定疯了，"这是她问候的第一句话，"你在这里做什么？"

"我想和我的孩子在这里消夏，我需要休息。"

"你看上去不需要休息，"她仔细审视我，"你还是很美。"她下结论。

"但看看她。"我拉开蕾丝遮布，露出凯瑟琳的小脸蛋，她一路上多数时间在睡觉，被旅途颠簸得睁不开眼。

安妮礼节性地看了一眼。"很可爱，"她敷衍地说，"那你怎么不把她交给奶妈照顾。"

我叹气，想说服安妮，只要不待在宫廷哪里都好，是不可能的。我一路走到大厅，让奶妈抱走我手臂上的凯瑟琳去换襁褓布。

"一会儿抱回来给我。"我说。

我坐在大厅桌子旁一张雕花椅子上，笑着看站在我面前一脸不耐烦的安妮。

"我真的对宫廷不感兴趣。"我直接说，"你不会明白这种感受，有了孩子，就好像突然明白了生命的意义——并不是去夺得国王的恩宠，不是在宫廷出人头地，也不是为了让家族更上一层楼。还有更重要的事情。我想让我的孩子开心，我不想她一学会走路就离开我的身边。我想温柔地对待她，在我的看管下接受教育。我想让她在这里长大，认识河流、土地和水泽旁的树木。我不想她对自己的家乡一无所知。"

安妮看上去更加无语。"这只是一个孩子，"她直接说，"而且很有可能会夭折，你还会有更多的孩子，每一个都要这样？"

我不禁因这个想法战栗，但她没有注意到。"我不知道，安妮，我原来没有想过要她过这样的生活。但是我现在这样希望了。对于我来说她是最重要的，超过所有的存在。我现在什么都顾不得了，只希望她健康快乐。

她一哭就像是刀子在割我的心，我根本不能看到她哭。我想看着她长大，我不会和她分开的。"

"国王怎么说？"安妮问，直击波琳家关注的中心点。

"我还没告诉他这些。"我说，"我说夏天要离开休息，这让他很高兴。他想要去狩猎，年年热衷于此。他没想太多。"

"没想太多？"她怀疑地重复。

"他根本没在意。"我纠正自己。

她点头，咬着手指。我几乎都能看见安妮的脑海在飞速运转，分析计算我所提供的讯息。"很好，"她说，"既然他们都没有坚持让你跟着，我就没必要担心。我很开心你来了，上帝知道，这样你就可以跟那个老巫婆多聊聊，至少让我少受些跟她说话的罪。"

我笑了："安妮，这样真的很不礼貌。"

"是是是，"安妮不耐烦，拿起凳子，"现在告诉我所有新消息。说说王后。我也想知道托马斯·莫尔对德国发的新传单怎么看。还有，对法国有什么打算，又要开战吗？"

"抱歉，"我摇头，"确实有人说过，但那天我没听。"

她一下子站起来。"很好，"她有些发火，"那跟我讲讲这孩子吧。她是你关注的全部，不是吗？你心不在焉地坐着，听着她的动静，是吧？真荒唐，认真点儿吧，坐正吧，在你说完之前，奶妈也不会抱回来的，现在你可真像紧张的猎狗。"

我因为她的精确描述笑了。"就像是恋爱一样，我真想无时无刻不看着她。"

"你一直都在恋爱，"她生气地说，"你真像一个大奶油球，时时刻刻都能溢出爱来，从一个人转到另一个人。之前是国王，当然我们成功搞砸了；现在是他的孩子，这对我们有什么好处？你总是这样，轻易地献上感情、热情和欲望。真让我生气。"

我对她笑了。"因为你雄心勃勃。"我说。

她的眼睛闪烁。"当然，还有呢？"

亨利·珀西像一个幽灵横亘在我们中间。"你不想知道我有没有见过他？"我问。这是一个残忍的问题，我想看见她眼里的伤痛，但我什么也没得到。她脸色冷毅，看起来不会再为他哭泣，也不会再为任何男人哭泣。

"我不想，"她说，"所以当他们问起的时候，你可以说我从没提到过他的名字。他放弃了，不是吗？他跟别人结婚了。"

"他以为你放弃他了。"我辩驳。

她转开脸。"如果他是那个人，他会坚持爱我，"她说，声音尖锐，"如果是我，我的心上人还没有结婚，我不会就此放弃，另嫁他人。他放弃了，让我离开。我永远不会原谅他。对于我而言他已经死了，我对于他来说也已经死了。现在我想要的只是逃离这个坟墓，回到宫廷。现在除了前途，我不作他想。"

✦

安妮、祖母、凯瑟琳和我一起度过夏天。随着我身体的康复、生产伤口的愈合，我开始每天下午骑着马出门。我骑着马逛遍了所有山谷，走过威尔德地区的山林，我看见牧草地在收割之后再次新绿，羊群长出雪白蓬松的新毛。我祈祷农民收割第一茬庄稼时能喜获丰收，看见他们把谷物堆在手推车上，运到谷仓或是磨坊。农民把狗放到收割后的麦地，追捕躲在那里的动物，当夜我们吃的是野兔肉。我看见母牛和小牛分离断奶时，心中一阵伤痛，自己的乳房也开始胀痛。它们在栅栏口转圈，试图突破树篱的阻碍，对着自己的孩子低吼。

"它们不会记得，凯里夫人，"放牛人说，"过几天它们就不会叫了。"

我对他笑了笑："我希望我们可以让它们待在一起的时间长一些。"

"对于人和畜生而言，这都是个残酷的世界。"他坚定地说，"它们必须走，不然黄油和奶酪从何而来呢？"

果园的苹果渐渐肥硕绯红，我到厨房让厨师给我们做苹果馅儿饼。李子也慢慢成熟、发紫、撑破了皮。一些黄蜂围着果树转圈，被果汁吸引。空气中弥漫着金银花的香气，果香愈发浓烈。我真希望夏天永远不要结束。我真希望我的孩子永远不要长大，就这么小小的、完美的、可爱的。她的眼睛慢慢地从出生时的深蓝色变成靛青色，近乎全黑。她会成为像她叛逆的姨娘一样的黑眼睛美人。

她看见我就会笑，这是我反复测试出来的。我很不喜欢祖母说孩子两三岁之前都看不见东西，我摇晃摇篮，给她唱歌，在树下给她铺毯子睡觉，用她的小手指碰触她的小手掌，用她的小脚去碰她的脚指头，这些在祖母看来都是无用的。

国王给我写过一封信，讲述他的狩猎和他的成就。听起来，像是等到他满意的时候那儿一只鹿都剩不下了。信的末尾他说十月份宫廷会回到温莎，在格林尼治过圣诞。他希望我到时候也在那里，当然，没有我的姐姐，也没有提到孩子，他只是给了一个吻。无论给我孩子的吻有多么温柔，我知道属于我和孩子的夏季快乐时光结束了，不论我本人怎么想，如同一个农妇必须离开孩子回到地里劳作，我也必须回去完成自己的任务。

1524年冬

回到温莎我发现国王心情很好。狩猎过程很愉快，随行人员表现出色。有传闻，王后女侍从里一个新来的女孩，叫玛格丽特·谢尔顿，和国王有绯闻。她也是霍华德家族的女孩，是我的表亲，刚进宫廷。还有一桩韵事，听上去更像个笑话不像真的：一位夫人在每处栅栏都与国王同一进度，眼见着超越无望，国王在灌木丛里要了她，并且在她整理好衣物之前离开了。她一直困在那里不能动弹，直到有人来扶她上马，于是她取代我的美梦破灭了。

还有一些不入流的段子。乔治的眼睛在某次酒馆争斗中弄出瘀伤，有传闻说是一个年轻侍从爱上了他，还给他写了一首满含深情的十四行，署名"盖尼米得[①]"，最后被送回家去了。总而言之大家玩得都很开心。国王兴致也很高。

当他看见我，一把抓住我紧紧抱起来，还当着整个宫廷的面狠狠地亲吻我，感谢上帝，王后不在这其中。"宝贝，我太想你了，"他说，"说你也想我。"

我看着他热切明朗的笑容，微笑起来。"那是自然，"我说，"我一路听说陛下这次玩得很尽兴。"

[①] 希腊神话中一位因美貌被宙斯带去为众神斟酒的王子。

国王最亲密的朋友们发出哄笑，国王自己也咧嘴羞赧地笑了。"我的心日夜都在为你疼痛，"他说着虚伪讲究的宫廷式话语，"我在黑夜中孤寂憔悴，你还好吗？还有我们的孩子？"

"凯瑟琳很漂亮，又健康。"我说到名字时略微加重，"她是绝顶美丽的、真正的都铎玫瑰。"

我的哥哥乔治上前，国王放下我好让乔治轻吻我的脸颊。

"欢迎回到宫廷，我的妹妹。"他欢快地说，"小公主还好吗？"

一瞬间的死寂。亨利脸上的笑容消失了。我惊慌失措地看着乔治，他犯了一个要命的错误。他立马转向国王："我称呼凯瑟琳小公主是因为她简直被宠得像个女王。您真应该看看玛丽给她缝制的小衣服，都是亲手做的刺绣，再看看她睡觉用的那些东西，连尿布都有名字的首字母。您看见一定会大笑的。她现在可是个霸王，什么都得围着她转。她简直就是主教，是育婴室的教皇。"

完美转弯。亨利放松表情，想象着小孩儿的霸道模样笑起来，宫眷们也跟着乔治这番发言，附和地笑着。

"这是真的吗？你这么纵容她？"国王问我。

"她是我的第一个孩子，"我给自己找理由，"她所有的东西都会留给其他孩子用。"

这是一个绝妙的回应，亨利立马想到了下一个孩子，情况开始转好。"对呀，"他说，"可是小公主有了对手该怎么办呢？"

"我希望那时她还很小，可以不去考虑这个。"乔治说，"她可以一岁多就有一个小弟弟，就像玛丽和安妮只相差几个月，我们家族子嗣兴旺呢。"

"乔治，不知羞。"母亲笑着说，"但一个小男孩一定能带来很多欢乐。"

"我也觉得，"国王热切地看着我，"一个男孩也能给我带来莫大的喜悦。"

另一个波琳家的女孩

我父亲从法国回来不久就又有一场家庭会议。这次我在桌前有了一席之地。我再也不是只能接收命令的女孩了,我有了国王的宠爱。我再也不是棋子,我已有资格成为执棋者。

"假如她这次怀孕了,还是个男孩,"我的舅舅柔和地说,"假如王后终于意识到自己应该让贤,容国王再娶,那么一个怀有身孕的情人是最好的选择。"

一瞬间我以为自己是做梦见过这个场景,后来发现我一直在等这一天。我的丈夫威廉已经提前告知过我,但我一直把它深埋于心,不愿意提及。

"我已经结婚了。"我说。

我的母亲耸肩。"不过是几个月,几乎都可以算没怎么圆房。"

"已经圆房了。"我坚定地说。

我的舅舅抬起眉毛暗示母亲。

"她很年轻,"我的母亲说,"她怎么知道发生了什么。她可以咬定房事从没有完成过。"

"我不能这样,"我先对母亲说,再转向舅舅,"我不敢这样做,我不敢取代她的位置,也不能。她是身世显赫的公主,我只是波琳家的女孩。我发誓我不能这样做。"

这丝毫不影响舅舅。"你不需要做什么超出常规的事情,"他说,"你只需要按照指示结婚,就像之前那样。其他的我来安排。"

"但王后绝不会让步,"我绝望地说,"她自己说的,她那样告诉过我,要让步,就让她先死。"

我的舅舅叹了一声,推开椅子,一步走到窗前。"她现在还处于强势地位,"他妥协道,"她的外甥正同跟英格兰结盟,没人能毁掉这份联系,至少是在还没有怀上亨利孩子的情况下。但只要战争一胜利,利益瓜分完毕,那她不过就是一个无法给他生育子嗣的老女人。我们想做,她就必须让位。"

"可能只能等到胜利,"我的父亲担忧,"现在不敢冒险破坏和西班牙的结盟。整个夏天我都在尽力维护巩固这个结盟。"

"哪个更重要?"我的舅舅说,"国家或是家族?不让国家冒点儿险,玛丽就没办法做到我们期望的那样。"

我的父亲犹豫了。

"当然,你不是血亲,"舅舅故意说,"不过是联姻的亲戚。"

"家族利益至上,"我的父亲缓慢地说,"必须如此。"

"那我们就只能牺牲对抗法国的西班牙联盟了,"我的舅舅无情地说,"赶走凯瑟琳王后可比维护欧洲的和平要重要得多。把我们的女孩变成国王的枕边人,比英格兰平民的性命要重要。军队兵源可以源源不断,可这个机会对我们霍华德家族来说是百年一遇。"

1525年春

　　三月份，我们得知了帕维亚大捷的好消息。一大早，国王还没穿好衣服，就有信差突然闯进卧室，把这个好消息告诉给他。他像个孩子一样，高兴得一路奔向王后的宫中，传令官飞奔在前，去敲王后的房门，有人大声喊道："陛下来啦！"我们匆匆忙忙地从房间里出来迎接。每个人都衣衫不整，只有王后穿戴得体，她在睡衣外披了一件长袍，显得沉着而优雅。我们像一群眼拙的画眉鸟一样，叽叽喳喳地议论纷纷。突然，只听见门"砰"的一声响，亨利冲进房来。他从我们中间穿过，径直朝王后走去。他全然没有注意到我，尽管我刻意拨弄我的头发，弄成一朵金色流云环绕在我脸庞，然而亨利飞奔而来，却并不是将好消息告知我，而是讲给了他的王后。是王后促成了英国与西班牙之间坚不可摧的联盟。虽然他曾多次对她不忠，也曾数次违反两国达成的协议，但一旦得胜，在这无比欢乐的时刻，他仍然将好消息带给她。凯瑟琳再次成为了他心中的王后。

　　他扑倒在她脚下，抬起她的手亲吻。凯瑟琳又像个姑娘似的笑了起来。她迫不及待地问："怎么回事？告诉我，告诉我，有什么好事？"亨利激动得说不出话来。

　　"帕维亚！上帝庇佑，帕维亚！"

　　他一跃而起，带着她在房间旋转，高兴得像个孩子。随行的其他男士姗姗赶来，他们被亨利甩在后面。乔治和他的朋友弗朗西斯·韦斯顿跌跌撞撞地走进房间，他看见我就来到我身边。

"到底发生了什么事？"我一边问，一边梳理后背的头发，把裙子系在腰间。

"一次伟大的胜利！"他说，"一场决定性的胜利！"据说法国军队已经被打败。法兰西就在我们面前，为我们敞开怀抱。西班牙的查理国王可以占领法国南部，我们英国统治北部。法国已被摧毁，不复存在。英国统治的法兰西边界将是西班牙帝国。我们已将法兰西军队打得满地找牙，英格兰毋庸置疑会成为法兰西的统治者，也会成为欧洲大部分地区的联合统治者。

"弗朗西斯败了吗？"我半信半疑地问道，想到了那个野心勃勃的黑暗王子，他曾经是我们光辉的国王的对手。

"已经分崩离析了！"弗朗西斯·韦斯顿证实道，"对英国来说，这是多么美好的一天！多么伟大的胜利！"

我朝国王和王后望去。国王已不再想跳舞，不再跟着节奏迈动舞步。他把王后搂在怀里，亲吻她的额头、眼睛和嘴唇。"我最亲爱的，"亨利说道，"你的外甥真是一位伟大的将领，这是他送给我最好的礼物。我们要让法国俯首称臣！我将会是英法两国名义上和实质上的国王！理查德·德拉·波尔已经死了，对我王位构成的威胁也随他而去。弗朗西斯国王自己身陷囹圄，法兰西已经完了。现在，我和你的外甥是欧洲最伟大的国王，我们联盟将会拥有一切。我父亲为你和你的家人所规划的一切，今天都在我们身上得以实现。"

王后笑意盈盈，容光焕发。他的吻抹去了岁月在她脸上留下的痕迹。她脸色红润，蓝色的眼睛炯炯有神，腰纤细柔软，盈盈依卧于他的怀中。

"上帝保佑西班牙和西班牙公主！"亨利突然大声说。宫廷里所有人也都齐声回应。

乔治瞟了我一眼。"上帝保佑西班牙公主！"他悄悄地说。

看到王后把头靠在国王的肩膀上，对着欢呼的众人微笑时，我打心底里为她容光焕发的样子感到高兴。"阿门，"我说，"阿门，愿上帝保佑她一直像现在这样快乐！"

✦

从那个黎明开始以及随后的四天，我们都陶醉在胜利的喜悦中，就像三月中旬主显节前夕的狂欢提前到了。烽火台的篝火从城堡的路口一直燃烧到伦敦。虽是夜晚，整个城市都弥漫着红光，每个街角都燃着熊熊篝火。人们在篝火旁吃着烤熟的牛羊，欢呼雀跃。教堂的钟声此起彼伏，人人都在庆祝彻底击败了英国最古老的敌人。为了纪念这个特殊的日子，新命名的菜肴已上餐桌：帕维亚孔雀、帕维亚布丁、西班牙糖果和查理布丁。红衣主教沃尔西下令，在圣保罗大教堂举行一场特别盛大的庆祝活动。每个教堂都在感谢帕维亚大捷，感谢为英格兰赢得这场胜利的国王——西班牙查理，他也是凯瑟琳王后深爱的外甥。

现在，谁坐在国王的右边毫无疑问。是王后。她从大厅走过，高昂着头，嘴角挂着一丝微笑。她并没有对重获圣宠沾沾自喜，四处炫耀。就如同在处于低谷时，她把这当作王室婚姻的本质，早已看淡。尽管她的星星又升了起来，但她仍像在黑暗中那样昂首挺胸地走着。

作为对帕维亚获胜的感谢，国王又一次爱上了王后。他把王后看作是获取法国权力的法宝，是带给他胜利喜悦的甘露。亨利还是一个被宠坏的孩子，当他收到一份特别好的礼物时，他会非常爱这个送礼者。

他会一直爱着这个送礼者，直到礼物让他厌烦，或者礼物损坏了，亦或者他变得不再想要这份礼物。三月底，第一个迹象已经显露出来：西班牙查尔斯皇帝可能会让人失望。

亨利的计划是，英国与西班牙共同瓜分法兰西，只给波旁公爵分一小杯羹。这样亨利可以真正成为法国的国王，同时又可以继承多年前教皇曾授予他的头衔。然而，西班牙的查尔斯国王似乎并不着急如此。查理没有为亨利做打算，他去罗马加冕成为神圣罗马帝国的皇帝。更糟糕的是，查理似乎对英国占领整个法国的计划毫无兴趣。之前他囚禁了弗朗西斯国王，但是他现在打算用赎金把弗朗西斯返还给法国。

"上帝，为什么？他为什么要这样做？"亨利对红衣主教沃尔西怒吼道。这一声让国王核心圈子里最受宠爱的绅士们也畏缩了，宫女们明显都吓得往后退步，只有王后镇定自若。她坐在国王一侧的贵宾席上，面无惧色。这个国家最有权势的人因无法控制的愤怒而颤抖时，离她不过咫尺。

"为什么西班牙这条疯狗要背叛我们？他为什么要释放弗朗西斯？他是疯了吗？"他转过身问王后，"你的外甥，他疯了是吗？还是他想同我玩代价高昂的两面三刀的游戏？他是不是在欺骗我，就像你父亲对待我父亲一样？西班牙皇帝血统里都是这么卑鄙、背信弃义的吗？夫人，你怎么看？他曾给你写过信，不是吗？他到底都给你说了什么？说他想要释放我们的死敌？他是疯子还是傻子？"

她瞥了一眼红衣主教，看他是否会说情。但在这多事之秋，沃尔西主教已不再站队王后的行列。他保持沉默，面对王后迫切呼救的目光，他采用惯用的中立策略，静观其变。

王后孤立无援，不得不独自一人面对她丈夫的斥责。"我外甥没有写信告诉我他的计划，我不知道他在考虑释放弗朗西斯国王。"

"但愿你不知道！"亨利把脸凑过去，叫嚷道，"如果你明知道你外甥要释放我国的死敌，却不告诉我们，你起码是个叛国罪！"

"但我不知道。"她心平气和地说。

"沃尔西还告诉我，查理皇帝打算抛弃玛丽公主，抛弃你的女儿！你怎么说？"

"我不知道。"她说。

"对不起，"沃尔西轻声说，"王后殿下似乎已经忘了昨天她曾与西班牙大使会面。大使肯定警告过你，西班牙君主会拒绝玛丽公主。"

"拒绝！"亨利气得坐不住，从椅子上跳了起来，"你知道这件事情，夫人？"

当王后的丈夫站起来的时候，王后也要站起来，这是她必须做的。"是的，"她说，"红衣主教说的确有此事，大使确实提到玛丽公主的订婚尚有争议。我之所以没有说出来，是因为我不相信。除非我听到外甥亲自告诉我，而我到现在还不曾耳闻。"

"恐怕这已毫无疑问。"红衣主教沃尔西补充道。

王后瞪了他一眼，意识到红衣主教两次在她丈夫面前揭短，激怒国王，显然是故意而为之。"抱歉，你竟然这样想！"她说。

亨利扑倒在椅子上，气得说不出话来。王后仍然站着，他也没有请她坐下。她袍上的花边随着她平静的呼吸颤动着，她只是用食指碰了碰挂在腰上的念珠。她高贵的姿态和优雅的风度无可挑剔。

亨利生气地看着她，表情异常冷酷。"如果我们想抓住上帝赐给我们的机会，而你的外甥又要丢掉这个机会，你知道我们必须做些什么？"

她默默地摇摇头。

"我们不得不增收巨额税款，重新召集一支军队。不得不再次远征法国，再打一场硬仗，而这次我们将孤军奋战。这一切都是因为你的外甥，夫人！你的外甥侥幸赢得了这场战争，对一个国王来说，那是鲜有的幸运，而他却玩起了打水漂，把胜利的果实随意丢弃在海浪中，仿佛那只是海滩上的一颗鹅卵石。"

即便这样，她仍不动声色。她心平气和只会使他更加愤怒。他又从椅子上跳下来，向她扑过去。那一瞬间，她立刻屏住呼吸。有那么一刹那，我甚至在想他要打她一记耳光了，幸而，最后是手指指在她脸上，而不是拳头。"你没有命令他对我忠诚吗？"

"我说了，"她半张着嘴说，"我嘱托他牢记我们两国之间的联盟。"

在她身后，红衣主教沃尔西摇头否认。

"你撒谎！"亨利朝王后吼道，"与其说你是英国王后，不如说你是西班牙公主！"

"上帝知道我是一位忠贞的妻子，一个地道的英国女人。"她回答道。

亨利愤然离去，宫中也出现一阵骚动，大家纷纷向国王鞠躬，行屈膝礼。他身后的绅士们快速向王后鞠了一躬，跟着他匆匆离去。亨利走到门口又停下脚步。"我不会忘记这件事，"他对王后喊道，"我不会忘记，也不会原谅你外甥带给我的侮辱，也不会忘记抑或原谅你的行为——那该死的叛国行为！"

她慢慢地下蹲，优雅地行了王室屈膝礼，动作像舞蹈者一样优美。她一直蹲着，直到亨利破口大骂，摔门而出。亨利走后，她才站起来，若有所思地看了看周围，看看我们这些目睹她受辱的人。我们全部立刻移开视线，以免她要求我们随同服侍。

✿

第二天晚餐时间，我跟在王后身后，故作优雅走进大厅，国王一直盯着我看。饭后，仆人们腾出跳舞的地方。他向我走来，从王后身边经过，都没正眼瞧她一眼。他背对着她，站在我面前，邀请我跳舞。

他将我带到舞池，引来一阵窸窣的议论。"围成圈！"亨利扭头说。其他人原本已经准备好和我们一起跳舞，现在退到后面围成一圈观看。

这支舞与众不同，极具诱惑。亨利那蓝色的双目从未离开我的脸。他

另一个波琳家的女孩

跳向我,跺着脚,拍着手。他看着我,似乎要当着整个宫廷众人的面把我脱光。我不再留心观察王后的反应,而是抬起头,直视国王。我扭动屁股,摇晃脑袋,迈着闪动的绊脚舞步向他跳去。我们面对面跳着,他把我举到空中,迎来一阵雷鸣般的掌声,他又轻轻地把我放下来。这时,我的自我感知、胜利和欲望强烈交织在一起,令我面红耳赤。我们随着小鼓的节拍分开,随着节奏跳着舞步,又回到一起。他再次把我举到空中,这次把我慢慢从他身上滑了下来,我们身体挨得很近,我的每个部位都能感受到他的胸膛,他的紧身短裤,他的大腿。我们停下来,脸靠得那么近,如果他再向前倾一点,就会亲吻到我。我感觉到他在我脸上呼吸,然后他悄悄地对我说:"立刻到我房间来。"

那天晚上,他和我上了床。其后大多数夜晚他都带着这种坚定的渴望和我上床。我应该高兴才对。当然,我的父母、舅舅,甚至乔治,都为我再次成为国王的首选而感到高兴。宫廷里,众人又一次将目光聚焦到我身上。王后房间里的侍女们对我如同对王后一样恭敬。外国大使向我深深地鞠躬,把我当作公主一般。国王的贴身随从们写了十四行诗,赞美我的头发金光灿灿,我的嘴唇曲线性感。弗朗西斯·韦斯顿还为我写了一首歌。无论我走到哪儿,都有人时刻准备为我服务,时刻准备帮助我,时刻向我献殷勤。他们总是在我耳边窃窃私语,如果我能在国王面前提到他们一点点愿望,那他们将对我俯首帖耳,感激不尽。

我听从了乔治的建议,从不向国王提任何要求,即使是为了我自己。所以国王和我在一起很舒心,这是他在其他地方永远也得不到的宁静。在密室紧闭的门后,是我俩单独的小型避难所,也是我们的天堂。在大厅里用过晚膳后,我们总会在这里单独吃饭。随行的只有乐师,偶尔还有一两个特别选定的朋友。托马斯·莫尔会带亨利上楼去看星星，我也会跟去。看着漆黑的夜空，想着星空照耀下赫佛的场景。星光或许正从箭孔般的窗户中穿过，照亮我孩子熟睡的脸庞。

五月我的信期未至，六月仍没有来。我把这件事告诉乔治，他伸出胳膊把我紧紧地搂在怀里。"我去告诉父亲，"他说，"告诉霍华德舅舅。祈祷上帝这次怀的是个男孩。"

我本想亲自告诉亨利这个好消息，但他们认为这件事情干系重大，很有可能给我们家族带来利益。所以他们决定此事由我父亲去说，这样波琳一家就能因我的生育能力不断兴盛。当我父亲要求与国王单独谈话时，亨利还以为此事可能与沃尔西同法国的长期谈判有关。国王把父亲拉到窗边，在宫中众人听不见的地方才让他发言，只见我父亲微笑着说了一句话后，亨利把目光从我父亲身上转向了我们女士这边，当时我和她们坐在一起，接着，他便欢呼雀跃地冲进房来。他正打算把我抱起来，突然克制住自己，担心抱着会弄伤我，于是拉起我的手亲吻。

"心肝宝贝！"他喊道，"最好的消息！这是我听到最好的消息！"

我环视四周，看到大家都充满期待，然后我回头看着满心欢喜的国王。"陛下，"我小心地说，"能使你快乐是我的荣幸。"

"这件事就令我非常高兴。"他再次对我说。他叫我赶紧站起来，把我拉到一边。女士们都非常好奇，她们把头伸过去探听，眼睛又看向其他地方，她们拼命想知道究竟发生了什么事，同时又努力地不想让人察觉她们是在偷听。父亲和乔治走到国王前面，高声谈论天气，谈论宫廷即将步入夏季，声音之大成功隔绝了国王和我之间的窃窃私语。

亨利让我坐在靠窗的座位上，用手轻轻地抚摸我的肚皮，他问道："腰带系得紧不紧？"

"不，"我说，抬头对他微笑，"现在时间还早呢，陛下，几乎不显肚子。"

"但愿这次是个男孩。"他说。

我对他笑了，带着波琳家的那种无所顾虑的态度。"我相信是，"我说，"还记得吗？怀凯瑟琳的时候我从未这样说过。但这一次我敢肯定。我相信是个男孩，也许我们可以给他取名亨利。"

那年夏天，我的家人很快就从我怀孕这件事上捞到好处。我父亲受封了罗奇福德子爵，乔治成了乔治·波琳爵士。我母亲也成了子爵夫人，还被特别授权可穿紫色的衣服。我丈夫在他日益增长的地产上又获得了一块新的土地。

"我要感谢你，夫人！"他说。他在晚餐时坐在我旁边，给我准备最好的肉。我抬头望向大厅的主宾席，看到亨利正盯着我，我朝他微笑。

"我很高兴为你效劳。"我礼貌地说。

他靠在椅背上，对我微笑。他目光呆滞，如同醉汉的眼神，但又充满了遗憾。"就这样，我和你都在王宫里待了一年。我在国王身后的队伍中，但我们俩从不见面，也很少说话。因为你是情妇，我是修士。"

"我不知道你选择独自一人生活。"我温和地说。

他优雅地笑。"我结婚了，但也算不上真正结婚，"他指出，"如果我没有自己真正的妻子，又怎么会有继承人来继承我新得的土地呢？"

我点点头，沉默了一会儿。"对，你说得对。抱歉！"我简短地说。

"如果你生了一个女孩，而他对你不再感兴趣，他们就会把你送还给我。那时你又会成为我的妻子，"威廉谈笑风生，"你认为我们的日子会过得怎样？我们和那两个小野种！"

我的目光掠过他的脸："我不喜欢听你说这样的话！"

"小心点，"他提醒我，"我们被监视着。"

我立刻露出微笑，带着社交里常用的笑脸。"国王在监视我们？"我小心翼翼地问，不敢环顾四周。

"还有你父亲。"

我拿起一块面包，咬了一口，然后转过头去，假装我们在谈论什么无关紧要的事情。"我不喜欢听你那样谈论我的凯瑟琳，"我说，"她有你的姓氏。"

"难道这样就会使我爱上她吗？"

"我想如果你见到她，你会爱上她的，"我辩驳道，"她是一个非常漂亮的孩子。我觉得你会爱上她的。我希望今年夏天能和她一起待在赫佛。她快学习走路了。"

他严肃的表情消失了。"那就是你最大的愿望吗，玛丽？你是英国国王的情人，难道你最大的愿望就是住在一个小城堡里，教你女儿走路？"

我笑着说："很荒谬是吗？但这是真的，我只想和她在一起。"

他摇了摇头。"玛丽，你纠正了我对你的偏见，"他温和地说，"当我想到自己被你羞辱，我对你和你家里的那群狼感到非常气愤时，我突然发现我们都因你过得很好，我们都快速崛起，而你，夹在这一切中间，就像一块柔软的手撕面包，被群鸭分而食之，被我们每个人活活吃掉。也许你应该嫁给一个能够爱你、留住你的男人，他能给你一个孩子，让你自己亲自抚养，不受外界打扰。"

脑海里想象着这幅画面，我莞尔一笑。

"难道你不希望能嫁给一个那样的男人吗？有时候，我真希望你有那样的丈夫，我希望你嫁给了一个能够疼爱你、保护你的男人。无论有什么诱惑，都不会把你拱手相送。当我喝醉酒、独自伤心的时候，我真希望自己有勇气成为那样的人。"

另一个波琳家的女孩

我一直沉默不语,直到同桌的其他人因别的什么事情转移了注意力。

"过去的都过去了,"我温和地说,"这一切在我还没有成长到能够独立思考之前就已经决定好了。我的大人,你照国王吩咐的做,我相信是正确的。"

威廉说:"我会尽力去完成一件事。我会想办法让国王同意你今年夏天去赫佛。至少我可以为你做这件事。"

"我会很开心的。"我抬起头,低声说道。一想到又能见到凯瑟琳,我的眼泪就止不住往下流。"噢,我的上帝!那时我肯定会非常快乐。"

❈

威廉说到做到。他先跟我父亲谈,然后再找我舅舅谈,最后他告诉了国王。我终于得到许可,今年整个夏天我都可以待在赫佛。我可以和凯瑟琳在一起,陪她在肯特的苹果园里散步。

在夏季的几个月里,有两次乔治毫无预兆地来访。他一路骑着马进入赫佛城堡,身着衬衫,没有戴帽子,这勾起了女仆们狂热的欲望和焦虑。安妮不停地向他询问王宫中的事情,谁又见了谁。但是他很少答复,他总是疲惫不堪。在正午时分,他经常会爬上石阶,到他房间旁的小教堂里去。这里的白色天花板上映射着护城河的水光,波光粼粼,非常美丽。他常常跪在这里,默默祈祷,偶尔也做做白日梦。

他与自己的妻子简·帕克极不适合。他从来没有带她一起来过赫佛老家,他是不会同意她来这里的。对他来说,与我们在一起的这些日子,没有她贼亮的目光和她对丑闻的贪婪欲望,简直幸福无比。

"她真是个怪物,"他漫不经心地对我说,"她正像我担心的那样坏。"

我们住在城堡正门前花园的中心地段。我们周围,树篱和植物经过雕刻已成一幅画。灌木丛错落有致,植物随风而动。我们三人平躺在喷泉前的石凳上，喷泉发出滴答滴答的声音，仿佛雨点打在屋檐上。乔治趴在我腿上，脑袋黑黝黝的。我靠在椅背上，闭上眼睛。

安妮坐在石凳尽头，看着我们说："有多坏？"

他只睁开眼睛，懒得不想坐起来，然后伸出手，用指头细数她的罪过。"第一，她嫉妒得要命。我不能离开房间半步，除非她看着我走出去，而她则通过模拟斗争来表达她的嫉妒与不满。"

"模拟？"安妮追问道。

"你知道的。"他不耐烦地说。他用假声模仿道："乔治先生，要是我再看到那位夫人瞧你一眼，我就知道你是个什么样的人了！乔治先生，如果你再和那个姑娘跳一次舞，我就要和你还有她好好谈谈了！"

"哦，"安妮说，"真可恶！"

"第二，"他说，"她是个惯偷。如果她觉察到我口袋里有一先令，认为我定要花掉，那这一先令就会消失。如果家里有什么小玩意儿，她会像个收藏家一样迅速地把它藏起来。"

安妮非常吃惊："不会吧！真的吗？我有一次丢了一条金丝带，我一直怀疑就是她拿的。"

"第三，"他继续说，"最糟糕的是，她在床上到处追我，像个发情的婊子。"

我惊讶地哼了一声："乔治！"

"是真的，"他坚定地说，"把我吓死了。"

"你害怕？"安妮轻蔑地问，"我还以为你会很乐意呢。"

他坐起来，摇了摇头。"不是那样的，"他急切地说，"如果她很饥渴，我也不介意，只要关上门，这也不让我感觉丢脸。但事实并非如此。她喜欢……"他打住了。

"哦，快说下去！"我恳求道。

安妮迅速地皱了皱眉头,使我哑口无言。"嘘!这很重要。她喜欢怎样,乔治?"

"不是简单的欲望,"他不安地说,"我能应付欲望。她也不是想要玩花样——我自己也喜欢有一点野性的味道。但好像她想对我施加某种力量。一天晚上,她问我是否需要一个女仆。她提出要给我带一个姑娘来,更糟的是,她想看热闹。"

"她喜欢看?"安妮逼问。

他摇了摇头。"不,我想她喜欢安排,喜欢在门口偷听,从钥匙孔里窥视。我认为她喜欢搞事情,想要看着别人惹麻烦。当我说'不'的时候……"他突然停了下来。

"那她给你安排了什么?"

乔治涨红了脸。"她说要给我找个男的。"

我扑哧一笑,但安妮根本没有笑。

"她为什么要给你找个男的,乔治?"她平静地问。

他看向别处。"宫中有个歌手,"他简短地说,"一个可爱的小伙子,他像姑娘一样标致,但又有男人的智慧。我什么也没说,什么也没做。但她有一次看到我对他笑了,拍了拍他的肩膀,她认为这一切都是欲望使然。"

"这是第二个和你联系在一起的男的,"安妮说,"之前不是有个小听差吗?去年夏天被送回家去了。"

"那没什么。"乔治说。

"那这个呢?"

"现在这个也什么事都没发生。"

"什么也没有是很危险的,"安妮说,"什么事都没有往往暗藏危机。同性通奸是一回事,但你会因此被处以绞刑。"

我们一阵沉默。仲夏蔚蓝的天空下有一群忧郁的人。乔治摇了摇头。

"真的什么事都没有发生，"他反复强调，"这是我自己的事。我讨厌女人，讨厌她们不尽的欲望和喋喋不休的闲谈。你知道所有十四行诗，都是关于调情的话语和空洞的诺言。一个男孩是那么干净，那么明朗……"他转过身去。"这只是一时兴起。我不会在意的。"

安妮看着他，眯着眼睛若有所思。她说："这可是大罪！你最好打消这个念头。"

他看着她的眼神。"我知道，聪明的妹妹！"

"弗朗西斯·韦斯顿最近怎么样？"我问。

"他怎么了？"乔治又加入新一轮话题。

"你们经常在一起？"

乔治不耐烦地摇了摇头。"我们一直在侍奉国王，"他纠正我，"我们永远在等待着侍奉国王。那时候，我们能做的就是与宫中的姑娘们调情，和她们谈论流言蜚语。所以我讨厌女人也不足为奇，因为我的生活一直围绕在爱慕虚荣的女人们周围。我已经非常厌倦。"

1525年秋

秋天，我回到宫中。一场家庭会议也随之召开。我留意到，这次我的椅子扶手有雕花，上面还放了个天鹅绒垫子。这一年，我仍是一个少妇，但肚子里可能已有国王的儿子了。

他们商议可能会让安妮在春天回到宫中。"她已经吸取了教训，"父亲一本正经地说，"玛丽的地位越来越高，我们应该让安妮回到宫中。她也应该结婚了。"

舅舅点点头，表示赞同。接着，他们要谈论更重要的事情：既然国王已经使我父亲成为达官显贵，为何他又让贝茜·布朗特的儿子成为公爵，他心里到底是怎么想的？亨利·菲兹罗伊，一个只有六岁的小男孩，不仅是里士满和萨里公爵，还是诺丁汉伯爵和英国海军上将。

"这太荒唐了！"舅舅愤然道，"但这也表明了国王是如何打算的——他将把菲兹罗伊作为下一任继承人。"

他停下来，环视桌子一圈，看了看我们四人，父亲、母亲、乔治和我，然后说："这也告诉我们，他真的越来越绝望。他一定是在考虑再婚。对找到继承人来说，这仍然是最安全、最快捷的方式。"

"但如果沃尔西撮合了一场新的婚姻，他便永远不会站在我们这边。"父亲说，"他为什不会站在我们这边？因为他不是我们的朋友。他会找一位法国公主，或者葡萄牙公主。"

"但如果她有个儿子呢?"舅舅问,并朝我点点头,"如果王后不再是王后,而另一个女孩出身和亨利的母亲一样很好,那个女孩第二次为他怀孕,而且极有可能怀的是他的儿子,如果他娶了她,他即刻就有一个继承人。真是一个完美的解决方案。"

一阵沉默。我左顾右盼,看到人人都在点头。"但是王后决不会离开的。"我坦白地说。总是我提醒他们这一事实。

"如果国王不需要她的外甥,那么国王也不需要她。"我舅舅冷酷地说,"《摩尔条约》给沃尔西带来了诸多麻烦,同时也为我们敞开了大门。与法国和平共处标志着与西班牙联盟终止,也预示着王后的好日子已经结束。不管她愿不愿意,她已经是一个不被需要的妻子了。"

听完他的话,房间里一片寂静。我们现在所谈论的事情完全是在叛国,而舅舅无所畏惧。他转过头,盯着我。我感觉到他那坚定的意志就像拇指压在我的前额上。他说:"与西班牙联盟的终止就是英国王后的末日。不管王后喜不喜欢,她都要离开。不管你愿不愿意,你都要到她那个位置上去。"

我从内心努力寻找勇气,然后我站起身,走到椅子后面,这样我就能抓住那厚实的雕刻木椅背。

"不!"我说,我的声音坚定有力,"不,舅舅,很抱歉,我办不到。"我顺着长长的黑色木桌向前望去,他的目光犀利得像一只黑眼的猎鹰,什么都逃不过他的眼神。"我爱王后,她是个伟大的女人。我不能背叛她,更不能代替她。我不能把她赶走,自己取而代之。这样会颠倒社会秩序。我不敢做。我做不到。"

他朝我贪婪一笑。他说:"我们正在建立新秩序,创造新世界。有人说教皇的权威已经终结,法国和西班牙的地图正在重新绘制。一切都在变化,而我们现在处在变化的最前沿。"

"如果我拒绝呢?"我轻声问。

他极具讽刺意味地冲我微笑,眼神像潮湿的煤炭一样冰冷。"你不会的,"他直白地说,"世界还没有发生太大变化,男性仍然占据统治地位。"

1526年春

安妮终于被召回到宫中。我因怀孕，身体越来越疲惫不堪，所以她接替我去侍奉王后。这次怀孕异常艰辛。产婆信誓旦旦地说，这是因为我怀的是一个强壮的男孩子，而他在消耗我的体力。我确实能感觉到他重量不轻，因为当我在格林尼治散步时，总是想回到床上躺着。

当我晚上躺在床上，宝宝的重量转移到我的背部。我的脚和脚趾会时不时突然蜷缩抽筋，疼得我在半夜里直哭。这时安妮常常昏昏沉沉地醒来，钻到床尾按摩我攥紧的脚趾。

"看在上帝的分上，睡吧，"她生气地说，"为什么你总是大半夜翻来覆去的？"

"因为我很不舒服，"我反驳道，"要是你能多关心我一点，不要只在乎你自己，你就会给我拿一个枕头垫背，再倒一杯酒助我缓解疼痛，而不是像现在这样躺在那儿一动不动，像个大软垫子。"

听到这话，她咯咯地笑了。然后在黑暗中坐起来，转过身来看着我。炉火的余烬照亮了卧室。

"你是真的病了，还是小题大做？"

"真的病了，"我说，"真的，安妮，我身上的每根骨头都在痛。"

她叹了口气就下了床，拿起蜡烛，去炉火边点燃。她把蜡烛凑近，这样她能看清我的脸色。

"你的脸像鬼怪一样惨白,"她高兴地说,"你看起来老得就像我的妈妈。"

"我很痛苦。"我坚定地说。

"想喝点热啤酒吗?"

"是的。"

"还要一个枕头吗?"

"是的。"

"像往常一样想要小便?"

"是的,拜托了。安妮,如果你怀过孩子你就会知道这是什么感觉。我发誓,此事非同小可。"

"我看得出来怀孕很不容易,"她说,"我只要看你一眼,就感觉你像个九十岁的老女人。如果继续这样下去,上帝知道我们该怎样留住国王。"

"我什么也不用做,"我烦躁地说,"这些天他只看我的肚子。"

安妮把拨火棍插进火炉,接着她抱起麦芽酒坛,拿了几个马克杯到炉边。"他会和你调情吗?"她饶有兴趣地问,"你晚饭后一般什么时候去他的房间?"

"上个月一次也没有,"我说,"产婆说我在这个时候不应该去了。"

"对国王的情妇来说,这真是一个好的建议。"安妮不耐烦地嘟囔着,俯身烤火,"我很好奇是谁让她来告诉你这些?你真傻,竟然听她的。"她从灰烬中抽出滚烫的拨火棍,把它插进麦芽酒罐里。酒沸腾着,一阵嘶嘶作响。"那你是怎么对国王说的?"

"孩子比什么都重要。"

安妮摇摇头,倒出了麦芽酒。"我们比什么都重要,"她提醒我,"从来没有哪个女人能靠孩子留住男人。玛丽,你必须两者兼顾才行。你不能因为他跟你有个孩子,就不去讨好他。"

"我也不是万能的。"我悲哀地说。她把酒杯递给我，我抿了一口继续说，"安妮，我真正想做的就是休息，让这个孩子可以在我体内茁壮成长。从四岁开始，我就一直在宫中生活。我厌倦了跳舞，也厌倦了宴会，更厌倦了马术比赛和化装舞会，还要假装惊奇地发现那个乔装打扮和国王十分相似的人正是国王。如果可以的话，我明天就想回赫佛。"

安妮又回到床上。她手里拿着杯子，坐到我身边来。"可你不能，"她断然说，"你现在还有很多事情要做。如果王后被抛弃了，还不知道你可以爬到多高的位置上去。你已经走了这么远，不得不继续往前走。"

我沉默了一会儿，然后看着她。"听我说，"我轻声说，"我的心思已不在这里了。"

她看着我的眼神。"可能你的确如此，"她坦白地说，"但这事由不得你。"

寒冷的冬季使我的情况愈来愈糟糕。我被关在房间里，不能出门。每天除了日益增加的疼痛感，我什么也不想。但我有点开始担心分娩了。我生第一个孩子的时候非常开心，以至于忘记了当时身体上的疼痛。但现在，我知道等待我的将会是数月的不见天日以及产婆拼命把孩子从我身体里直接拉出来的痛苦。我死死抓住绑在床柱上的床单，悲痛、恐惧地哀号着。

每当国王来到我的房间，安妮都会严肃地对我说："微笑。"周围的女士们则会忙前忙后，弹起鲁特琴、敲起小鼓。我试着微笑，但是我的后背总是疼痛不已。再者，我需要频繁使用小便壶，这些都让我笑不出来，我只能颓然地坐在凳子上。

"笑一笑，"安妮低声对我说，"挺直身板，你这懒鬼。"

亨利看着我们俩，他说："凯里太太，你看起来非常疲倦。"

安妮朝他眨了眨眼睛。"她负担很重,"她微笑着说,"有谁比陛下您更清楚她的重担呢?"

亨利看上去有点吃惊。"也许你说得很对,"他说,"你太大胆了,女士。"

安妮没有眨眼。"我认为任何女人都会想要向陛下靠近,"她朝气勃勃地说,"除非她有重要的事需赶紧离开。"

他听了饶有兴趣地问:"那你会匆匆离开吗,安妮小姐?"

"不会太快。"她快速地回应。

听了这话,他大笑起来。其他女士们,包括简·帕克,都转过来看我说了些什么使他如此开心。他拍了拍我的膝盖。"我很高兴你姐姐回到宫中,"他说,"她会让我们开心。"

"会让我们非常开心的。"我尽力温柔地说。

✦

我一直没有与安妮说话,直到房间只剩下我们俩人。睡前,她给我脱衣服,帮我解开我紧绷的带子。我的肚子鼓起来了,我也终于松了口气。我摸了摸皮肤,看到身上到处都是指甲挠过的红色伤痕。我挺直身板,试图缓解一直缠绕着我的疼痛感。

"你想对国王做什么?"我不高兴地问,"你会很快离开的,不是吗?"

"睁开眼睛。"她没好气地说。她帮我脱下裙子,穿上睡衣。新来的女仆往浴缸里倒水。安妮密切监视着我,看着我从头到脚彻底洗过一遍。我尽量不让自己被冷水惊扰。

"还有你的脚。"安妮命令道。

"我连自己的脚都看不见,更不要说洗脚了。"

安妮示意女仆把盆放在地上,这样我就可以坐在凳子上,让女仆来给我洗脚。

"我按吩咐做,"安妮冷冷地说道,"我还以为你立马就能看明白呢。"

我闭上眼睛,正享受着女仆给我的脏脚抹肥皂,突然我听到这充满警告的声音,我问她:"谁叫你这样做的?"

"我们的舅舅,还有我们的父亲。"

"他们叫你做什么?"

"叫我想办法让国王关注你,让他为你奔波忙碌,还要让你能经常出现在他面前。"

我点了点头。"嗯,那是自然。"

"如果行不通,我就需要自己勾引他,与他调情呢。"

我挺直了身板,注意到她的话语。"舅舅叫你勾引国王?"

安妮点点头。

"他什么时候告诉你的?在什么地方?"

"他到赫佛来告诉我这些时。"

"他在寒冬大老远跑到赫佛去,难道就是为了让你去勾引国王?"

她点点头,不苟言笑。

"我的上帝,难道他不知道无论他说与不说,你都会这样做的吗?不知道你勾引人的本事就像你呼吸一样自然?"

安妮不情愿地笑了笑。"显然不是。他来告诉我,我们的首要任务,既是你的,也是我的,就是要确保在你分娩期间和分娩后,无论国王去哪里消遣,都不能让他去西摩尔家的姑娘那里。"

"我怎么做才能防止这种事发生呢?"我问道,"大半时间我都将在产房里度过。"

"是的。所以我要替你来完成这个任务。"

我思索了一会儿,随后想起了从童年开始的焦虑。"但是,万一如果他变得更喜欢你了呢?"

安妮笑里藏刀。"那又怎么样呢?只要还是波琳家的女孩就很好。"

"霍华德舅舅也是这么想的吗?他叫你去勾引我孩子的父亲,难道完全没有考虑过分娩期的我的感受吗?"

安妮点点头。"是的,完全如此。他根本就没把你放在眼里。"

"我不想让你回到宫中成为我的对手。"我闷闷不乐地说。

"我生来就是你的对手,"她直白地说,"你也是我的对手。我们是姐妹,不是吗?"

安妮把这件事办得很漂亮。她是那么的光彩迷人,没有人察觉到她在勾引国王。她和国王打牌打得非常好,只输了几分。她唱国王写的歌,总是把他写的歌充满情感地吟唱出来。她怂恿托马斯·怀亚特爵士还有其他几个人整天围在她的身边打转,这样国王就会以为她才是宫中最有魅力的女人。无论安妮走到哪里,都会引起连绵不断的笑声、无尽的闲谈,还有欢畅的音乐时刻与她相伴。她在渴望消遣的宫中随意走动。在漫漫寒冬,使国王欢乐是所有朝臣的绝对义务,但只有安妮棋高一着,只有安妮能让日子变得令人沉醉着迷,又充满挑战。而她做这一切毫无痕迹,她看上去只不过是在做自己而已。

亨利坐在我旁边,有时坐在安妮旁边。他称自己是两朵玫瑰之间的荆棘,是两株成熟麦穗之间的罂粟。他把手放在我的腰间,看着她跳舞。当她为他吟唱新歌时,乐谱放在我愈来愈宽的膝盖上。他目不转睛地盯着乐谱,和着安妮的歌声。我和她打牌时,他赌我赢。他会看着她从盘子里取出最上等的肉放在我的盘子里。她真像姐姐一样温柔,她对我异常亲切,体贴入微。

"你是最卑贱的人。"一天晚上,当她在镜子前梳头,把头发编成一个个小辫子时,我对她说。

"我知道。"她对着镜子中的自己沾沾自喜。

外面突然一阵敲门声,乔治贴着门问:"我能进来吗?"

"进来吧,"安妮说,"把门关上,走廊里风很大。"

乔治照做,给她关上门。他拿了一壶酒向我们挥舞:"有谁想和我一起喝杯酒吗?难道不应该为夫人的丰收而干杯?不应该为夫人的春天而庆祝吗?"

"我还以为你会和托马斯爵士一起去妓院呢,"安妮说,"他说他今晚要去狂欢。"

"国王拦住了我,"乔治答道,"想向我打听你的事。"

"我吗?"安妮突然警觉起来。

"他想知道你会如何回应邀请。"

我的手指紧绷,不经意间像爪子一样张开,抓在红色丝绸床单上。"是什么邀请?"

"去和他睡觉。"

"那你如何回应的?"安妮提示他。

"按照所嘱咐的那样。你还是个未出阁的姑娘,是家里的一枝花,在结婚之前不允许有性行为。不管是谁问我,我都会这样说。"

"那他说了什么?"

"哦。"

"就这样?"我追问乔治,"他只是说了'哦'?"

"是的,"乔治说道,"然后他就跟着托马斯爵士乘船顺流而下,去找妓女了。我想是你让他逃走了,安妮。"

她把睡衣高高提起,上了床。乔治欣赏着她那双脚,说道:"很漂亮。"

"我也这样觉得。"她得意地说。

　　我一月中旬就被送进产房。我被关在黑暗寂静的产房时，不需要知道外面发生了什么。我听说在一场格斗中，亨利在他的外衣里发现了小礼物，而那不是我给他的。他的盾牌上有一句铭文："在此宣布，不敢违背！"这话让宫中半数人都困惑不解，他们认为这是在暗指我。不过这种猜测是无的放矢，因为我既没有观看比赛，也不曾见到过这句话。我躺在沉寂的分娩室里，远离宫廷喧嚣，远离音乐，陪伴我的只有一群老太太。她们喝着麦芽酒，在等待时机。事实上，是我的时机。

　　有些人认为我的前景星光灿烂。"在此宣布，不敢违背！"是提示宫廷众人，国王会宣布自己将有一个儿子，有一位继承人。国王拿着模棱两可的宣言盾牌在场上格斗，只有少数几个人会把目光转移到我姐姐身上。她坐在王后身后，望着场上的斗士，眼神深邃，面藏微笑，脑袋轻晃。

　　那天晚上她来找过我，埋怨我的房间太闷、太黑。

　　"我知道，"我不耐烦地说，"他们说，产房就是这样子的。"

　　"我不明白你为何还要忍受。"她说。

　　"想一想，"我劝她道，"如果我执意要拉起窗帘、打开窗户，那么后果可能就是要么我流产，要么孩子生下来就死了。你想如果母亲在，她会对我怎样说？相比之下，国王的愤怒要好得多。"

　　安妮点点头。"你每件事都不能做错。"

　　"是的，"我说，"做国王的爱人并不总是很快乐的。"

　　"他想要我，他马上就要告诉我了。"

　　"如果我生了男孩，你就得退步。"我警告她。

　　她点了点头。"我知道。但如果是个女孩，他们可能会叫我继续下去。"

我依靠在枕头上，累得无法争辩。"向前走或后退，都与我无关。"

她看着我那圆鼓鼓的肚子，毫不同情地嘲笑道："你这么难看。他应该用你的名字来命名一艘驳船，而不是一艘军舰。"

我望着她那光彩照人的脸，看着她把头发梳到脑后，用精致的头巾系好。"当他们放蛇的时候，以你名字命名的蛇也在其中，"我催促她说，"走吧，安妮，我太累了，不想和你吵架。"

她立刻站起来，走到门口，警告我说："如果他想要的是我而不是你，那么你就必须来帮助我，像我之前帮助你一样。"

我闭上眼睛："如果他想要你，如果上帝愿意，那么我将带着我的宝宝去赫佛，这样你就可以拥有国王，拥有整个王宫。每天，你都活在嫉妒、怨恨和流言蜚语中。我会默默祝福你，但我认为他不是一个能给他情人带来多少欢乐的男人。"

"啊，我不愿做他的情人，"她轻蔑地说，"你不会以为我会像你一样只能是个妓女吧？"

"他永远不会娶你，"我断言说，"即使他愿意娶你，你也应该三思。在你盯着王后宝座之前，你应该仔细看看她。看到她痛苦不堪的表情，然后问你自己，和她的丈夫结婚是否会给你带来快乐。"

安妮停下脚步，接着她打开房门说："嫁给一个国王可不是为了快乐。"

✶

二月份，又有一个人来看我。一天清晨，我正吃着面包、火腿，喝着麦芽酒，我的丈夫威廉·凯里前来看我。

"我不是有意打扰你用餐的。"他在门口徘徊，礼貌地说。

我向我的女仆挥手："把它撤了。"看到他衣冠楚楚，我觉得自己非常丑陋，我又胖又重。

"国王托我带给你美好的祝愿。他让我告诉你,他在宫中给我安排了管理职位。我又欠你的情了,夫人。"

"我很高兴。"

"我知道,他这么慷慨,不知道是否意味着我应该以我的姓氏来给小孩取名呢?"

我在床上笨拙地动了动身子。"他还没有告诉我他想要我做什么。但我原本以为……"

"另一个凯里。我们到底建立了一个什么样的家庭啊!"

"是的。"

他拉起我的手亲吻,好像他突然后悔不该那样取笑我。"你脸色苍白,看上去很疲倦。这次怀孕很艰辛吗?"

看到他出乎意料的好意,我感到眼里火辣辣的,眼泪不停在打转。"是的,这次可没那么容易了。"

"怕不怕?"

我把手放在肿胀的肚子上:"一点点。"

"你会有全国最好的产婆。"他提醒我。

我点点头。然而,这对我来说毫无意义。这些所谓的最好的接生婆,她们连续三个晚上都站在我床边,给我讲死婴的故事。这对任何一个待产妇女来说都无比恶毒。

威廉转身向门口走去。"我要告诉陛下,你看上去无忧无虑,非常美丽。"

我淡然一笑。"那拜托了,告诉他我一直恭敬如初。"

"他现在忙着与你姐姐谈情说爱。"威廉说道。

"她是个非常迷人的女人。"

"你不怕她会取代你吗?"

我指了指那黑暗的房间，看着床上沉重的帷幔，炽热的炉火，再看看我自己笨重的身体。"上帝，我的丈夫，世界上任何一个女人都可以取代我。如果她愿意的话，我会祝福她。"

听到这话，他开怀大笑。他挥着他的礼帽，向我鞠了一躬，然后走出房门。我静静地躺了一会儿，看着床帘在静谧的空中缓缓飘动。那时是二月份，我的预产期要到二月中旬，而我感觉时间漫长得像过了一辈子。

谢天谢地，他提早出来了。谢天谢地，出来的是个男孩。我的小宝贝在二月四日出生了。这个男孩，他是目前国王承认的最健康的男孩。波琳家也因此有的忙了。

1526年夏

但是他们再也不能利用我了。

"你到底怎么了?"母亲问,"已经过去三个月了,你的脸色还是这么苍白,好像感染了瘟疫。你生病了吗?"

"我还是血流不止。"我看着她的脸,希望得到一丝同情。她面无表情,还有些不耐烦。"我怕我会流血而死。"

"产婆们怎么说?"

"她们说到时会停止的。"

她嘟囔了一声。"你太胖了,"又埋怨道,"而且你是如此……玛丽,你看上去非常无趣。"

我抬头看着她,眼里充满了泪水。"我知道,"我谦卑地说,"我也觉得烦闷。"

"你给国王生了一个儿子,"我母亲试图鼓励我,但我能听出她很不耐烦,"任何女人都想像你这样,但无论哪个女人,此刻她们都会从床上爬起来,她们会站在他身边,陪他笑,为他唱歌,陪他骑马出去溜达。"

"我儿子在哪儿?"我直接问。

她犹豫了一会儿,感到困惑不解。"在你知晓的地方,温莎。"

"你知道我上次见到他是什么时候吗?"

"不知道。"

"那是两个月前。我从教堂回来,他就不见了。"

她似乎无法理解,脑子里一片空白。"当然,他被带走了,"她说,"我们当然安排好了,要照顾好他。"

"由其他女人。"

"这有什么关系呢?"我母亲表示真的很难理解,"他很好,以国王的名字取名亨利,"说到这里,她毫不掩饰自己的得意之情,"他什么都会有的!"

"但是我想他。"

一时间,仿佛我在用另一种完全无法理解的语言:俄语或阿拉伯语。

"为什么?"

"我想他,也想凯瑟琳。"

"这就是你这么呆滞的原因吗?"

"我不是呆滞,"我平淡地说,"我是难过。我太伤心了,什么也不想做,只想躺在床上,把脸埋在枕头上,哭个不停。"

"就因为你想念你的孩子吗?"我母亲再三确认,这个想法对她来说太奇怪了。

"你从来没有想过我吗?"我大声问,"如果不是我,那么安妮呢?当我们还是婴孩时,就已经被从你们身边带走,送到了法国。你那时不想念我们吗?是他人教我们读书写字,是他人在我们摔倒时将我们扶起,是他人教我们骑马。你难道从来没有想过自己看着孩子们成长吗?"

"不,"她直接说,"没有比法国宫廷更好的地方。要是我把你留在家里,我会变成个可怜的母亲。"

我转过头去,泪流满面。

"如果你能看到你的孩子,你会高兴起来吗?"母亲问。

"是的,"我深呼吸一口气说,"哦,是的,母亲,是的。如果我能再见到他和凯瑟琳,我会很高兴的。"

"那好吧,我会告诉你舅舅的,"她不情愿地说,"但你必须真正快乐起来,愉悦地微笑、大笑、跳舞,令人赏心悦目。你必须赢得国王的支持。"

"哦,他的心已经走远了吗?"我酸酸地问。

她看上去一点也不惭愧。"感谢上帝,安妮将他攥在手中,"她说,"她把他耍得团团转,就像你逗弄王后的狗一样。她马上就能得到他了。"

"那为什么不直接利用她呢?"我恶狠狠地问,"为什么还要来打扰我呢?"

她答复之迅速,这提醒我,一切都是在家庭会议上已经商议好的。

"因为你给国王生了一个儿子。"她坦白地说,"贝茜·布朗特的私生子都已被封为里士满公爵,我们的小宝贝亨利同样也有理由有个好的前程。废除你与凯里的婚姻轻而易举。同样,废除王后的婚姻也没有困难。我们希望他能娶你。在你生产期间,安妮只是作为我们的诱饵,但我们还是将赌注押在你身上。"

她沉默了一会儿,好像在期待我能欣然答应。我什么也没说,于是她又接着说,口气更加严厉:"所以现在就起来,让女仆为你梳头,给你穿衣,把衣裙系紧。"

"我能来吃晚餐,因为我没病,"我冷冷回答道,"他们说流血无关紧要,也许的确是这样。我可以坐在国王身旁,听他讲笑话,然后请他为我们唱歌,可是我心里并不痛快,母亲,你能理解我吗?我再也不能使自己真正快乐起来了。我失去了快乐,我无法开心。除了我自己,没人知道这是什么感觉,也没人知道这有多可怕。"

她看着我,眼神笃定。她命令我:"微笑!"

我紧闭双唇,眼里满是泪水。

"这就对了,"她说,"继续保持这种状态,我会安排好让你去看你的孩子们。"

✦

晚餐后，舅舅来到我的新房间，他高兴地四处打量。自我从产房出来后，他还没见过我住这么豪华的地方。现在，我在宫中有了自己的私室，大小与王后的无异。四位女侍臣在我左右，为我服务。此外，我还有两名随身侍女和一个小听差。国王还答应给我一位专属乐师。房间后面是我和安妮共用的卧室，以及一间小休息室，我可以在那里看书、独处。大多数时间，我进去里边，紧闭房门，独自哭泣，也不会有人看见。

"他把你照顾得很好。"

"是的，霍华德舅舅。"我礼貌地回答。

"你妈妈说你在思念你的孩子。"

我咬紧嘴唇，努力不让眼泪流下来。

"天呐，你怎么变成这个样子了？"

"没什么。"我低声说。

"那就保持微笑。"

我对他笑了，扭曲的表情也曾令母亲满意。他粗鲁地盯着我，然后点了点头。"很好。不要以为你有了他的儿子就可以无所事事，恃宠而骄。除非你采取下一步行动，否则这个孩子对我们毫无用处。"

"我又不能让他娶我，"我小声说，"王后仍然是他的妻子。"

他打了个响指。"我的上帝，你什么也不知道吗？这点从来都不重要。现在，他与她外甥之间的战争只有一步之遥。他快要和法国、教皇以及威尼斯联合起来反对西班牙皇帝了。难道你就没有听到一点风声？"

我摇了摇头。

"你应该把了解这些事情当作你的分内之事！"他严厉地说，"安妮就是

另一个波琳家的女孩

一直这样做的。新联盟将对抗西班牙的查理,如果他们有望取胜,亨利将会加入他们。王后是欧洲劲敌的姑姨妈,她对我们国王再也没有影响力,不过是一个贱人的姨妈而已!"

我摇摇头,表示难以置信。"不久前,帕维亚取得胜利,王后还是这个国家的救世主。"

他打了个响指。"早就被遗忘了。至于你,听你母亲说你现在状态不好?"

我犹豫了一下。很明显,我不能对舅舅敞开心扉,那是不可能的。"没有。"

"那好,玛丽,你必须在这周内重新回到国王的床上,否则你就再也见不到你的孩子了。你明白吗?"

我被残酷的交易吓了一跳。他转向我,神情就像老鹰一样阴险,眼神深邃。"我会解决这件事的,但你不能阻止我见我的孩子们。"我轻声说。

"你会发现我可以。"

"我有国王的恩宠。"

砰的一声,他手拍在桌子上,声音如同枪响。"你没有!这就是我的重点!你得不到国王的宠爱。没有国王的宠爱,你就得不到我的青睐。回到他的床上,你可以做任何你喜欢做的事情。你可以请他为你建立一个育儿所,你可以坐在王位上逗弄你的宝宝。你可以驱逐我!但在他的床外,你只不过是一个不起眼的傻婊子!"

房间里一片死寂。

"我明白了。"我僵硬地回答道。

"很好,"他离开壁炉,扯下他的短外套,"在你的加冕日,你会感谢我的。"

"是的。"我说。我感觉我的膝盖要弯下去了。"我可以坐吗?"

"不能,"他说,"学会站着。"

⬥

那天晚上,王后的房间里有一场舞会,国王带来了他的乐师为她演奏。大家都很清楚,虽然他坐在王后身边,但他只不过是坐在那儿欣赏其他女士跳舞,安妮也在其中。她穿着一件深蓝色长袍,一条新长裙,还有一顶配套的帽子。她戴着她平常戴的珍珠项链,上面有一个金色的字母"B",似乎是想炫耀她仍是单身。

乔治凑到我耳边,轻声说道:"去跳舞,他们都在等你跳舞呢。"

"乔治,我不敢,我还在流血,我可能会晕倒的。"

"你得站起来跳舞,"他面带微笑看着我,"我敢打赌,玛丽。你必须这么做,否则你将失去机会。"他伸出手来。

"那就抱紧我,"我说,"如果我开始晕倒,你就接住我。"

"来吧,这里还有空位,你必须这么做。"

他带着我加入了环形舞蹈队伍中。安妮目光迅速转移到我们身上,她密切注视着我们。乔治紧紧地抓住我的胳膊,托着我苍白的脸,这让我有了一点力量。一会儿安妮转过身来,我知道她很想看到我摔倒在地,当她留神到舅舅在注视着我们,意识到母亲的明确指示后,她把她的位置让给了我,随后叫走了她的舞伴弗朗西斯·韦斯顿。乔治让我顺着她的位置向国王迈进。我抬头望见陛下,对他微笑。

我跳完了这一组,接着又跳了下一组。国王走过来,对乔治说:"如果你妹妹不太累,我愿意代替你与她跳舞。"

"她很荣幸。"

我笑得很灿烂。"如果陛下是我的舞伴,我跳一整晚都不会累。"

乔治鞠了一躬,就退了回去。我看见他扯住安妮的一块衣角,把她拉到墙边。

国王和我手牵手，面对面，我们开始跳舞。舞步把我们拉近，又使我们分开。其间，他的眼睛一直未离开我身。

我腹部紧绷，肚子痛得好像吃了毒药一般。我感到汗水正从我紧绑着的胸间流淌下来。我一直微笑着，笑容灿烂却又忧郁。我在想，如果我能单独和亨利在一起，我也许能说服他，让他在夏天去狩猎时准许我到赫佛看孩子们。一想到我的宝贝儿子，我的胸就一阵阵刺痛，乳汁也从紧绷的束胸里往下流。我假装满心欢喜地笑着，透过人群，望向我孩子的父亲，对他微笑，仿佛我迫不及待地想和他睡觉只是为了他本人，而不是为了他能为我做的事。

那天晚上，安妮满怀恶意地监督我洗漱。她拿着冷水洗过的毛巾拍我的脸，还抱怨水里有血迹。

"我的上帝，你让我感到恶心，"她说，"他怎么受得了你呢？"

我把自己裹在一张床单里，在她借口要帮我弄干净之前，我已梳理好头发，这样她就没有机会拿着梳子飞奔向我，使劲把头发从我头上扯下来。

"也许他不会派人来叫我了，"我说，"跳舞使我疲惫不堪，亨利向王后拜别之前，我还耐心地候在一旁站了半个小时。我现在只想倒在床上。"

有人敲门，是乔治。他将头伸到门边，"很好，"他说，看我洗过澡，半裸着身子，"他想要你，你穿上睡袍就可以来了。"

"这么说他是个勇敢的人。"安妮恶狠狠地说，"她的乳房还在漏奶，身体还在流血，还会因为一点小事就哭出来。"

乔治像个小男孩咯咯直笑。"祝福你，安娜玛丽亚，你是最贴心的姐姐。我猜想她每天醒来都会感谢上帝，她有一个像你这样的室友，每天安慰她，让她欢乐。"

安妮一副愤愤不满的样子。

"我还有止血药。"他说。他从口袋里掏出一小块棉絮。我怀疑地看着它。

"这是什么？"

"一个妓女告诉我，你把它弄进你的阴道深处，就能暂时止血。"

我为此咋舌。"不会碍事吧？"

"她说不碍事的。快弄进去吧，玛丽安。今晚你得上他的床。"

"那你转过去。"我说。乔治转向窗户，我到床上，笨拙地用手照他说的那样做。

"让我来，"安妮生气地说，"上帝知道，我所做的一切都是为了你。"

她把东西塞进我阴道里，再往里推。我发出一声痛苦的嘶叫，乔治侧过身来。"没必要谋杀这姑娘。"他温和地说。

"还会继续往上的，是不是？"安妮气坏了，脸涨得通红，"她还得被人插，不是吗？"

乔治过来帮我了一把。我从床上摔了下来，疼得直打滚。"我的上帝，安妮，如果你离开宫廷，你可以装扮成一个女巫。"他口吻很轻快，"你已经很温柔了。"

她眉头紧锁。

"你怎么这么酸？"他问道。我把睡袍系在身上，然后穿上我那双红色高跟鞋。

"没什么。"安妮回答。

"哎哟！"他突然明白过来了，"我看出来了，安妮小姐。他们让你收手，把他留给玛丽。在你妹妹登上王位的时候，你只不过是女侍臣而已。"

她满脸不悦，皱着眉头。嫉妒使她美貌全无，丑陋不堪。"我十九岁了,"她挖苦说,"宫中一半人都认为我是世界上最漂亮的女人。他们都知道我最风趣,最时髦。国王注意力也全在我身上。为了躲避我的吸引力,托马斯·怀亚特爵士逃到了法国。但是我的妹妹,比我小一岁,却已经结婚了,还生下了两个国王的孩子。什么时候才轮到我?我什么时候能结婚?谁会是我的另一半?"

一阵沉默。乔治把手放在她绯红的脸上,"哦,安娜玛丽亚,"他温柔地说,"不可能有适合你的人,不可能是法国国王或西班牙皇帝,你是如此完美无瑕。你需要耐心等待,当你成为英国王后的姐姐时,我们在全天下为你找对象。所以,现在你最好把玛丽服侍好,以便她能有机会为你效劳,这总比把自己随便嫁给一个微不足道的公爵要好。"

她不情愿地笑了笑。乔治低下头,在她脸颊上亲了一下。"是的,"他再次肯定地说,"你的确非常完美,我们大家都喜欢你。看在上帝的分上,坚持下去。如果有人知道你的真实面目,我们都完蛋了。"

她往后退了一步,正打算给他一耳光,乔治快速转到一边,对她笑了笑,然后,打了个响指给我。"走吧,未来的小王后!"他说,"都收拾好了吗?一切都准备妥当了吗?"他问安妮:"他能进去吧?你没有把她塞得太紧,像条船的龙骨那样吧?"

"当然,"她生气地说,"但我估计会疼得要命。"

"好吧,那个我们无需担心,不是吗?"乔治朝她笑了笑,"毕竟,我们送给他的只不过是我们的饭票和财富,根本不是一个女孩子。来吧,孩子!为了我们波琳家,你有的忙了,我们都指望你了!"

我们穿过大厅,踏上幽暗的楼梯。一路上,他一直喋喋不休。进入国王的房间时,沃尔西主教和亨利坐在一起,乔治把我拉到靠窗的座位坐下,给我拿了一杯酒。我们在一旁等待。国王和他最信任的顾问在小声议论着什么。

"估计在计算厨房里的残羹剩饭吧。"乔治小声对我调侃道。

我笑了笑。红衣主教要想节省宫廷开支,尤其是朝臣们日日寻欢作乐的开销,我家人也在其中。他们的舒适和利益都来源于他们的愚蠢和奢侈。

在我们身后,红衣主教起身弯着腰,朝他的侍从点了点头,让他把文件收拾好。乔治带我去壁炉边,坐在主教刚刚坐过的椅子上,主教向我和乔治点了点头。

"我要向诸位道一声晚安,我的陛下、夫人、爵士。"他说完就离开了房间。

"乔治,你要与我们共饮一杯吗?"国王问。

我迅速转向我的哥哥,带着恳求的眼神。

"谢谢陛下,"乔治说着,然后给国王、我和他自己都倒上酒,"您这么晚了还要操劳吗,陛下?"

亨利挥了挥手,不屑一顾。"你知道红衣主教的为人,"他说,"总有做不完的事。"

"真是无聊透顶!"乔治无礼地说。

国王不由衷地笑了。"非常无聊。"他说。

十一点钟他把乔治打发走了,午夜时分我们上床睡觉。他温柔地抚摸着我的身体,称赞我乳房丰满,肚子圆润。我记下了他的话,这样母亲下次责备我又胖又笨时,我就可以称国王就喜欢我这样子。但对我来说,这并没有任何乐趣可言。不知为何,自从他们把我的孩子带走后,我一半的心也跟着走了。我不能爱这个人,因为我知道他不会听我说,甚至我不能向他显露我的悲伤。他虽是我孩子的父亲,但他现在对他们没有任何兴趣。只有等到他们都长大成人了,可以当作继承王位的筹码时,他才会在意。

另一个波琳家的女孩

他虽是我多年的情人,但他一点都不了解我。不让他了解我,这也是我的任务之一。当他躺在我身上,在我体内活动的时候,我感到很孤独。我好似一艘船,船上刻着我名字,独自在海上航行。

亨利一做完就立刻睡着了。他呼吸沉重,一半的身子还压在我身上。胡子扎在我的脖子上,火辣辣的。他对着我的脸,呼出酸腐的气息。他如此沉重,气味如此难闻,我本可以叫出声的,但我还是静静地躺着。我是波琳家族的人,我不是厨房里的荡妇,不能忍受一丁点不适。我静静地躺着,幻想着月光照在赫佛城堡的护城河上。我渴望躺在自己的小房间里,躺在舒适的床上。我克制自己不去想孩子们:小凯瑟琳躺在赫佛的床上,亨利在温莎的婴儿摇篮中。我还躺在国王的床上,不能流泪。无论他什么时候醒过来,我都要微笑着面对他。

令我吃惊的是,他在凌晨两点左右就醒过来了。"点根蜡烛,"他说,"我睡不着。"

我从床上起身。由于他一直压着我一动不动,起来时我浑身酸痛。我从火中捡了根木棍,好把蜡烛点燃。亨利坐起来,拉起肩膀周围的被子。我穿上长袍,坐在火边,等待他的指令。

他看上去并不高兴,这让我诚惶诚恐。"怎么了,陛下?"

"王后为何不能给我生个儿子?"

这个想法让我感到非常惊讶,我无法像朝臣那样迅速地给出令他满意的答复。"我不知道。抱歉,陛下。但对她来说,现在一切都太晚了。"

"这个我知道,"他不耐烦地说,"可是为什么以前没有生出来呢?和她结婚时,我还只有十八岁,而她也才二十三岁。她那时很美,美得难以形容,我当时也是欧洲最英俊的王子。"

"您现在也是。"我赶紧说。

他得意一笑。"难道不是弗朗西斯最英俊吗?"

我挥挥手。"没有谁能和您比。"

"我很有男子气概,"他说,"而且我精力充沛,这点每个人都知晓。所以她很快就怀上了孩子。你能猜到婚后多久她就感觉自己怀了孩子吗?"

我摇摇头。

"四个月!"他说,"想想,婚后一个月内我就让她怀上了孩子,我是多么健硕!"

我等待着。

"胎死腹中,"他说,"一个女孩,在一月份胎死腹中。"

看到他满脸不悦,我将目光转向火焰。

"她又怀了第二个,"他说,"是个男孩,我们给他施了洗礼,取名亨利王子,还为他举行了比武大会。我从来没有那么开心过。亨利王子,与我和我的父亲同名。我的儿子,也是我的继承人。他一月一日出生,三月份就死了。"

我听着,一想到我的亨利就胆战心惊。他被人从我身边带走,也可能三个月后就会死去。国王仍在回忆之中,那时的他还很年轻,比我现在大不了多少,我与他还毫不相干。

他说:"在我与法国开战之前,又一个孩子即将出生,然而十月份她却流产了,我的孩子在收获的季节里陨落。虽然我们战胜了法国,但胜利黯然失色,她也黯然失色。两年后,一个春天,又一个死婴降生,这次又是一个男孩。如果他还活着,就还是叫亨利王子。但他没有活下来,他们都没活下来。"

"你有玛丽公主。"我小声提醒他。

"她是后面才怀的,"他说,"我深信我们这次终于打破了死婴魔咒。我想,上帝是知晓我的期望的,我一直在想,某种不幸、疾病或者类似的东西终于于远离我们。只要她能生下一个活蹦乱跳的孩子,其他孩子就都能存活。但是在生了玛丽之后,两年内她都没能怀孕。到后来,又怀了个女婴,一出生就死了。"

我深吸一口气!虽然听着这个故事耳熟能详,但我一直屏住呼吸。一个父亲在细数自己失去的孩子,这是多么可怕、多么令人痛苦的事情。总看着他妻子手里拿着念珠,默念失去的孩子,但他其实也痛苦万分。

"但我知道,"亨利接着说道,他从枕头上一跃而起,看着我,脸色的愁容已不在,而是气得通红,"我知道自己精力旺盛,能繁育后代。在王后抢救最后一个死去的婴儿时,贝茜·布朗特为我生下来一个儿子。贝茜能给我生个男孩子,而我的王后那里只能给我留下几具小尸体。为什么会这样?为什么是这样?"

我摇了摇头。"我怎么会知道,陛下?这都是上帝的旨意。"

"是的,"他满意地说,"正是如此,你说得对,玛丽。就是这样,必定是这样的。"

"上帝不会希望这样的事发生在你身上。"我谨慎地选择我的措辞,在黑暗中观察他的脸色。我多么渴望安妮能给我一些建议,告诉我该怎样答复。"在基督王国所有王子中,你一定是上帝最喜爱的。"

他转过头看着我,在黑暗中,他那蓝色的眼睛失去了原有的颜色。"那是哪里出了问题呢?"他问我。

我发现自己正看着他,半张着嘴,像个白痴,在乡下阶梯上来回徘徊磨蹭,猜想他想让我说些什么。

"难道是王后?"

他点了点头。"我和她的婚姻被诅咒了,"他坦言道,"一定是这样。从一开始就受到了诅咒。"

我没有立即否认。

"她是我哥哥的妻子,"他说,"我本来就不该娶她,大家都劝我不要娶她。她信誓旦旦地说他从来没有碰她,我那时年轻气盛,就相信了她的话。"

我差点就要对他讲,王后是不会说谎的。但一想到我们波琳家族的使命和野心,我选择了沉默。

"我不该娶她。"他重复了一遍,又一遍。随后,他脸皱成一团,像个泪流满面的男孩子。他朝我伸出双臂,我急忙跑到床边抱住他。"哦,上帝,玛丽,看看我受到了怎样的惩罚吧?我们俩就有两个孩子,其中一个还是个男孩,贝茜也为我诞下私生子亨利。但没有一个儿子能继承我的王位,除非他英勇无畏,又足智多谋,能自己杀出一条血路来,否则玛丽公主就会把王位夺走。无论我为她招了怎样的夫婿,英格兰都只能忍受。哦,上帝!那个西班牙女人的罪过让我受到了怎样的惩罚!我如何被上帝遗弃!被她背叛!"

他的眼泪滴落在我的脖子上。我把他搂在怀里,像抱着我的孩子一样,来回轻轻晃动。"你还有机会,亨利。"我在他耳畔私语,"你是个年轻人,精力旺盛,富有阳刚之气。如果王后撒手放开你,那么你还会有一个继承人的。"

他伤心欲绝,哭得像个孩子似的泣不成声。我不停摇晃哄他,也不再向他保证任何事,只是不停地轻拍他、安抚他,低声说:"好了,好了,好了。"他泪如洪水,最后在我的安抚下,他在我的怀里睡着了。泪湿的睫毛变得暗淡,玫瑰花蕾似的嘴唇也耷拉下来。

我还是没有睡着。他的头靠在我腿上,沉重不堪,我的双手支撑着他的肩膀,整个晚上,我都一动不动。这次我思绪万千,因为除了我家人,这还是我第一次从旁人口中听到对王后不利的话,而这话却出自国王之口。对王后来说,情况简直糟糕透顶。

亨利在黎明前醒来,又把我拉到床上。他很快就完事了,连眼睛都没睁开,又打起盹来。早晨,侍从进来,手里端着一大盆热水。亨利醒过来,小僮也进来拨火。我拉上床帷,把我们俩围起来,然后穿上睡袍,穿上高跟鞋。

"今天你愿意和我一起去打猎吗?"亨利问。

我挺直了腰。整晚托着他,我的背都僵了。我微笑着,好似一点都不疲惫。"哦,那是当然!"我高兴地回答。

他点点头。"做完祈祷之后,我们一起去。"他说完就打发我走了。

我走了出去,乔治在前厅等着我,他一如既往地忠心耿耿。他摇晃着一个镀金香盒,闻了闻里面装的草药。当我从国王的房间出来时,他又看了我一眼。

"有麻烦?"他问。

"不是我们的麻烦。"

"哦,很好。那是谁有麻烦了?"他高兴地问道,拉着我的手,陪我慢慢走着。我们走下楼,走进大厅。

"你会保守秘密吗?"

他疑惑地看着我:"告诉我吧,让我来裁决一下。"

"你以为我是个彻头彻尾的呆瓜吗?"我生气地问。

他对我露出了迷人的笑脸。"有时候是的,"他说,"告诉我吧,秘密是什么?"

"是亨利,"我说,"他昨晚哭了,因为他认为自己受到了上帝的诅咒,所以他没有儿子。"

乔治停住了脚步。"诅咒?他说自己被诅咒了吗?"

我点了点头。"他认为上帝之所以不赐给他一个儿子，是因为他娶了兄弟的妻子。"

他喜上眉梢，脸上洋溢着喜悦。"来吧，"他说，"赶紧的。"

他拉着我又下了一层楼，来到宫殿的老地方。

"我还没穿好衣服呢。"

"没关系。我们要去霍华德舅舅家。"

"为什么？"

"因为国王终于像我们所期望的那样看待他的婚姻，终于这样了，终于这样了。"

"难道我们想让他认为他是被诅咒了？"

"上帝啊，是的。"

我停了下来，想把手从他的手腕里抽出来，但他紧紧地夹着我，拉着我继续向前。"为什么？"

"你真像我想的那样是个傻瓜。"他直言道，然后捶了捶我舅舅的门。

门开了。"最好是件重要的事，"只听见我舅舅威胁着，"进来。"

乔治把我推进去，随手关上门。

我的舅舅在他房间的小火炉前坐着，穿着他的毛皮衬里长袍，旁边放了一壶啤酒，面前有一沓文件。他房里没有其他人走动。乔治迅速扫视了一下房间："这里说话安全吗？"

我舅舅点了点头，等着听我们说。

"她刚从国王的房间出来，我把她带来了。"他说，"国王告诉她，他没有孩子是上帝的旨意。他说自己被诅咒了。"

舅舅犀利地看着我。"他这样说了吗？他说被诅咒了？"

我犹豫了一会儿。亨利抱着我，在我的怀里哭泣，似乎把我当作世界上唯一一个会怜悯他的女人。估计我的脸上不禁流露出一种背叛的表情，所以我舅舅才笑得那么开心。他将一根木头踢进火焰里，示意乔治让我坐在炉边的凳子上。"告诉我，"他平静地说，语气里带着威胁，"如果你想在今年夏天看到你孩子的话，如果你想在你儿子穿裤衩前看到他的话，就请告诉我。"

我点了点头，吸了一口气，把国王在床上私下里对我说的话一字不漏地讲给他听，包括我是如何回答的，他又是怎样伤心流泪，最后如何睡着的。我舅舅的脸就像大理石制的死亡面具，我什么也读不出来。最后他笑了。

"你可以写信给奶妈，告诉她把你的孩子带到赫佛去。这个月你就可以去看他了，"他说，"你做得很好，玛丽。"

我犹豫不决，但他挥手让我走开。"你可以走了。哦，还有一件事。你今天要和陛下一起去打猎吗？"

"是的。"我说。

"若今日或是以后，他再说这话，你就像现在这样做，只是逗他开心就行。"

我迟疑："该怎么做？"

"做个快乐的傻子，"他说，"在这件事情上别催他，我们有学者给他提供神学方面的参考，也有律师会给他离婚方面的建议。玛丽，你一直在装傻，你做得很漂亮。"

他看出我感受到了侮辱，便微笑着从我身边走过，走到乔治那里。然后他说："你说得对，乔治，她是两个女孩中最可爱的一个，她是我们往上爬的最完美的一步阶梯。"

乔治点点头，把我迅速带出房间。

我发现自己思绪万千，既为自己的不忠而痛苦，又为舅舅的言语而愤怒。"一步台阶？"我叫了出来。

乔治向我张开双手，我抓住了。他双手按住我颤抖的手指，温和地说："那是当然，我们舅舅是为家族不断向上崛起着想，我们每个人都只不过是这条路上的一步台阶。"

我想挣脱他，但他把我紧紧地搂在怀里。"我不想当台阶！"我大声说，"如果我能选择，我想成为肯特郡的一个小农场主。夜里，两个孩子睡在我的床上，还有丈夫疼我爱我！"

在阴暗的庭院中，乔治冲我微笑。他把我的脸转向他，用一根手指托着我的下巴，然后轻轻地吻了吻我的嘴唇。"我们都会的，"他开心地向我保证，带着虚情假意，"我们都是内心纯良之人，但我们中有些人肩负千大事的使命，而你是波琳家族在宫中最好的人选。高兴起来吧，玛丽。想想看，这消息会让安妮多难受。"

那天，我和国王骑马外出狩猎，走了很远。我们沿着河边追着一只鹿跑了好几英里，最后猎犬终于把那只鹿追上，拖进水里。回到宫殿的时候，我已精疲力竭，几乎累到要哭了，然而还是没有时间休息。那天晚上，在河边举行了野炊，船上有乐师，王后女侍臣表演的戏剧。国王、王后、女侍臣还有我，都在岸上看到三艘驳船缓缓向上游驶来，歌声随着激流荡漾。安妮在其中一艘船上，她把玫瑰花瓣撒在水面，船长一样在船头摆好姿势。我看到亨利一直目不转睛地盯着她看。船上还有其他的女士，她们站在安妮旁边，在搀扶着下船的时候，她们故意把裙子撩起来。但是，只有安妮走起路来，非常自然得体。她自信地走着，就好像全世界的男人都在注视着她，好像她的魅力无人能挡。这就是她信念的力量，宫中的每个男人的确都在看她，都觉得她非常迷人。最后一个音符演奏完毕后，另一艘船上的绅士们跳上岸，其中就有人直奔她而去。安妮向后退到甲板上，大笑起来，似乎对宫廷里那些愚蠢的年轻人感到吃惊。这时，我看到亨利露出了微笑。安妮甩了甩脑袋，远离他们，好像没有人能讨她欢心似的。她径直朝国王和王后走去，向他们行屈膝礼。

"这个画面让诸位满意吗？"她问。仿佛这是她准备的，而不是王后专门为取悦国王而准备的舞蹈。

"非常漂亮。"王后克制地说。

安妮透过垂下的睫毛向上瞟了一眼国王，又恭敬地行了个屈膝礼，慢步走到我身边，坐在我旁边的长凳上。

亨利和他妻子继续谈话。"今年夏天我要去看玛丽公主。"他说。

王后抑制住惊讶，问道："我们在哪儿见她？"

"我说的是我会去见她。"亨利冷冷地说，"我吩咐她到哪里，她就到哪里。"

她没有退缩。"我想看看我的女儿，"她坚持着，"我上次跟她在一起是好几个月以前。"

"也许，"亨利说，"她能来看你，无论你在哪里。"

王后点点头，宫廷里每个人都在竭力听清他们聊天的内容。王后意识到，今年夏天她不能和国王一起旅行了。

"谢谢你，"王后留存着仅有的威严地说，"你很贴心！她写信给我说她的希腊语和拉丁语都有很大进步，我希望你会发现她是个能干的公主。"

"希腊语和拉丁语对她培养儿子和继承人作用不大，"国王简短地说，"她最好别变成一个佝偻的书生。你知道的，夫人，公主的首要职责就是做国王的母亲。"

王后是西班牙伊莎贝拉的女儿，是欧洲最聪明、最有教养的女人之一。她双手合十放在腿上，低头看着自己纤细手指上的华丽戒指。"我确实知道。"

亨利跳起来，拍着手。乐师们立刻停止演奏，等着听他的指挥。"跳个乡村舞！"他说，"在饭前，我们来跳个舞吧！"

他们立刻跳起了轻快、有感染力的舞步。朝臣们很快加入其中。亨利向我走来，我站起来，准备和他跳舞，但他只是对我笑了笑，却向安妮伸出了手。她垂着眼睛，从我身边走过，没有看我一眼。她的长裙轻轻飘到我的膝盖，好像在告诉我，我应该退后一点，给她让出位置。好像安妮经过，每个人都应该退后一步。她走了，我抬起头时，恰与王后对视。她正面无表情地看着我，好似看着鸽舍里的鸟儿在争鸣。现在它们如何争执似乎无关紧要，反正到时候都会被吃掉。

※

我迫切希望宫里的人能开始进行夏日巡游，这样我就可以去赫佛见我的孩子们了。但由于红衣主教沃尔西和国王意见不合，在首个目的地上产生分歧，我们因此被耽搁了。红衣主教希望国王一行人就在伦敦附近活动，因为他正在与英国的新盟友——法国、威尼斯和罗马教皇进行深入的谈判，商讨共同抗击西班牙。这样一旦决定发动战争，他可以很容易找到国王。

但最近城里以及所有港口城镇都发生了瘟疫。亨利非常害怕疾病，他想去远一点的乡村。那里的水是甜的，成群的乞讨者不会从城里跟来。红衣主教尽其所能地想要留住国王，但亨利一心想逃离疾病和死亡，谁也无法阻挡。他不愿意住在伦敦附近，宁愿到威尔士去看玛丽公主。

没有国王的明确许可，没有乔治的护送，我哪儿都不能去。在艳阳天，我发现他俩都喜爱在封闭的球场打网球。就在我看球的时候，乔治的一记球啪的一声弹在了悬挑屋顶上，然后滚进球场，但亨利已经在那儿了，他把球狠狠地打到了角落里。

乔治像击剑手一样举起手确认得分，再次发球。安妮和其他几位侍女

另一个波琳家的女孩

坐在一旁的阴凉处。她摆好姿势,风姿绰约,像喷池中的小雕像,在等待着人们的宠爱。我咬紧牙关,不愿立刻坐在她旁边,不愿衬托她的光鲜亮丽。于是我站在后面,等待国王打完球。

当然,他赢了。乔治与他打到最后一分球,假装输给国王,而且输得令人信服。所有的女士都鼓起掌来,国王满脸通红,微笑着转过身来,看到了我。

"我希望你没有将赌注押在你哥哥身上。"

我说:"在任何比赛中,我都不会押陛下对手的,我那点小资产要谨慎对待。"

他笑了,然后从他的侍从那里拿起汗巾擦拭他红润的脸。

"我来是恳请您的恩宠,"我赶紧说道,生怕有人会打断我们,"我想在我们离开之前,去看看我们的儿子和女儿。"

"天知道我们要去哪里,"亨利说着皱起了眉头,"沃尔西一直在说……"

"如果我今天就能去,一周内就可以回来,"我小声说,"无论您决定去哪里,到时我都如影随形。"

他不想让我离开他,脸上笑容也没有了。我迅速看了一眼乔治,暗示他来帮我。

"你回来可以告诉我们孩子长得好不好!"乔治说,"他是否像他父亲一样英俊、强健。保姆有说他长得很漂亮吗?"

"像都铎王朝的国王一样金光闪闪,"我语速很快,"但没人会告诉我他可能比他父亲更俊朗。"

在他还没有来得及发脾气前,我们就已遏制住了他低落的情绪。他又微笑道:"啊,玛丽,你真是个马屁精。"

"陛下,在我和您一起巡游之前,我希望看到他得到了很好的照顾。"

"哦，好吧，"他漫不经心地说，他的目光转向安妮，"我也要找点事做。"

看到国王投来的目光，安妮周围所有的女士都笑了。比较大胆的一部分人摇着头，耸着肩，像训练有素的小马围着圈，不停卖弄风情。只有安妮瞟了他一眼，又看向别处，仿佛她对他的注意漠不关心。她冲弗朗西斯笑了笑，然后侧过头去，就像其他女人在男人耳边私语那般，充满诱惑力。不一会儿，弗朗西斯就去了她身边，拉着她的手亲吻。

我看见国王脸上黯然失色。安妮的轻率行为令我感到震惊。国王把汗巾放在脖子上，打开网球场的门出去了。女士们都很吃惊，立刻站起来行屈膝礼。安妮向四周看了一眼，非常淡定地收回了她的手，也稍微行了个屈膝礼。

"你到底有没有看我们的比赛？"国王突然问她。

安妮行完屈膝礼站起身来，对他笑了笑，仿佛他的不满，她毫不在意。"我大概看了一半。"她漫不经心地说。

他的脸色很难看。"只看了一半吗，女士？"

"我为什么要看您的对手呢，陛下？当你还在场上的时候。"

沉默了一秒钟后，他捧腹大笑。周围的人也都谄媚地跟着笑了起来。一秒之前，他们还为她的无礼担惊受怕，屏住呼吸。安妮也露出她那迷人的、做作的微笑。

"那么这个游戏对你来说就没有意义了，"亨利说，"因为你只看了一半。"

"我的眼里全是太阳，没有阴影，"她反驳道，"眼里只有白天，没有黑夜。"

"你说我是太阳？"他问。

她微笑着，"耀眼夺目，"这是最亲密的甜言蜜语，"眼花缭乱。"

"你说我耀眼夺目?"他问。

她睁大眼睛,假装对他的曲解表示很吃惊。"我说的是太阳,陛下。今天的太阳真耀眼。"

夏天的肯特到处都郁郁葱葱,赫佛是绿野中的一块灰色小岛。太阳快下山时,我们看到东边有一处门还没有关上,于是骑着马从这里进入城内,朝城堡走去。红瓦屋顶错落有致,在金色的阳光下熠熠生辉。灰色的石墙倒映在护城河平静的水面上,看上去如同两座城堡,一座漂浮在另一座上,好似梦中的家园。河里有一对野天鹅,弯曲的脖子构成一个心形,倒映在水中,也变成了四只。城堡的倒影在周围摇曳。

"真漂亮,"乔治说,"希望能让我们一直都待在这里。"

我们绕过护城河,穿过河上的木板桥。一对鹭鸟从芦苇丛中蹿了起来,唰啦一声把我那匹疲惫的马吓了一跳。河两岸的绿草已收割,傍晚的空气中都弥漫着绿草的芳香。随后,我们听到一声叫喊,两个穿制服的侍卫从门卫室出来。他们站在吊桥上观望,用手遮挡着光线。

"是少爷和凯里夫人。"一个侍卫大声说。后面的一个小伙子转过身去,跑进院子里告诉其他人。铃声一响,侍卫们就从门卫室冲出来,仆人们争先恐后地冲进院子里,我们放慢速度,像散步一样走着。

乔治对着我苦笑,我们的侍卫太无能了。他勒住马,让我先过吊桥,穿过城堡拱门下的闸门。所有的人都跑进院子里来。有的人刚从厨房里赶出来,将唾沫星子抹在围裙脏的地方。管家也来了,她一边打开大门,一边大声呼叫里面的仆人。

"大人,凯里夫人。"她走上前说。侍从也跟着她走上前来,给我们鞠了一躬。一个马夫抓住了我的缰绳,侍卫队长把我从马鞍上接下来。

"我的宝宝还好吗？"我问管家。

她朝院子角落的楼梯处点了点头。"他在那里。"

我迅速转过身，奶妈正把我的孩子抱到阳光下来。乍一看，我不得不感叹他竟长得这么快。我最后一次见到他还是在他一个月大的时候，他那时刚刚出生，还是个婴儿。现在，他的脸蛋变得圆润，泛着淡淡的红晕。奶妈双手托着他那长着金发的头，一阵强烈的嫉妒心涌上我心头：一看到她将粗糙的大手掌放在国王的儿子、我的儿子头上，我就感到非常不舒服。他被紧紧地包裹着，用包布将小身体绑在襁褓板①上。我向他伸出双臂，奶妈随手把他递给我，像是在传递一盘菜。

"他很好。"奶妈辩护道。

我把他举起来，这样我可以看清他的脸。他的小手和胳膊被绑在两边，襁褓紧得他头一动也不能动，只有眼睛还能自由转动。他看着我的脸，从下到上扫视我的嘴，我的眼睛。接着，他又看向我身后，看着背后的天空，看着在塔顶盘旋的乌鸦。

"他很可爱。"我低声说。

乔治悠闲地从马上下来，把缰绳扔给一个马夫，站在我身旁看着他。那双深蓝色的眼睛立刻开始仔细观察这张新面孔。

"看着舅舅，"乔治满意地说。"很好，好好记住我，小伙子。我们将为彼此创造财富。玛丽，他不就是都铎王朝的人吗？他和国王长得一模一样，很好。"

我看着那粉红色的小脸蛋，一丝丝闪亮的金色头发从花边帽下露了出来。那双深蓝色的眼睛平静而自信地望望乔治，又望望我，我笑了。"真像，不是吗？"

"这感觉很奇怪，"乔治低声在我耳边私语，"想想看，我们可能会誓死

---

① 或称摇篮板，可为婴儿身体提供支撑，同时起到保暖作用。

对这个小混蛋效忠,他也许有一天会成为英格兰的国王。他可能是欧洲最伟大的人,你和我可以完全依靠他。"

我紧紧抓住襁褓板,那温暖的小身体始终牢牢绑在那片木框上。"无论他的未来如何,愿上帝护他周全。"

"护我们大家周全,"乔治回答,"因为王位之路还很艰辛。"

他从我手里接过婴儿,顺手交给奶妈,似乎迫切地想要去谋划什么。随后,带着我向前门走去。我看了看,门口站着一个两岁左右的小姑娘,她还穿着婴儿时期的短衣服,抬头看着我,手紧紧拉住另一个女人。是凯瑟琳,我的女儿。她抬起头来看着我的脸,好像看着陌生人一般。

我跪在院子里的鹅卵石上。"凯瑟琳,你知道我是谁吗?"

她苍白的小脸颤抖着,但没有皱起来。"是我的母亲?"

"是的,"我说,"我之前就想来看你,但是他们不让我来。我想你,我的女儿。我本来想让你一直待在我身边。"

她抬头看了一眼牵着她小手的女仆,手掌被捏了一下,她小声回应道:"是的,母亲。"

"你真的还记得我吗?"我问。我声音里带着痛苦,所有能听到我说话的人都能明显感觉到。凯瑟琳抬头望向女仆,又回头看着我。她的嘴唇微颤着,脸皱成一团,哭了起来。

"哦,上帝!"乔治厌倦地说。他用力拉着我,把我推进门槛,又用力地把我推进大厅。尽管是仲夏时节,炉火还是燃着的,祖母坐在壁炉前的大椅子上。

"您好!"乔治简洁地说。他把目光转向跟着我们走进大厅的一行用人。"去做你们的事吧。"他说道。

"玛丽怎么了?"我祖母问他。

"天太热了,大太阳的,"乔治随口说,"生产完后虚弱,再加上长途骑马。"

"就这些吗?"她尖刻地问。

乔治把我推到椅子上坐下,他自己也倒在另一张椅子上。"想喝水,"他尖锐地说,"我看她再不喝一杯就会渴死了,我反正是这样,夫人。"

他这话听起来有点无理。老太太笑了笑,指了指她身后巨大的餐具柜。乔治站起来,给我倒了一杯酒,也给自己倒了一杯。他拿起酒一饮而尽后,又倒了一杯。

我用手背擦了擦脸,环顾四周。"我想要凯瑟琳到我这儿来。"我说。

"让她一个人待会儿吧。"乔治劝我。

"她几乎不认识我,她好像把我忘得一干二净了。"

"这就是我为什么说让她一个人待会儿。"

我本想争辩,但乔治坚持要说。"可能铃声一响,她就被拖出了卧室,她不得不即刻穿上最好的衣服,跟着保姆到楼下。然后,有礼貌地跟你打招呼。可怜的孩子大概吓得不轻。玛丽大人,难道你不记得当我们知道父母要来的时候有多慌乱吗?这比第一次去宫廷还要糟糕。你曾经害怕得吐了,而安妮则一连好几天都会穿着她最漂亮的衣服,在屋里四处走动。母亲来看孩子的时候总是很令人恐惧。给她一点时间,让她重新回到舒适的环境中,之后你就安静地走到她的房间里去,坐在她身边。"

这主意不错,我点了点头,又坐到椅子上。

"宫里一切都好吗?"老太太问,"我儿子怎么样?你母亲怎么样?"

"还好,"乔治简洁地回答道,"上个月,父亲一直在威尼斯商讨新的联盟,与沃尔西一起。很好,在侍奉王后。"

"王后还好吗?"

乔治点点头。"今年她不和国王一起巡游,在宫中的地位也大不如从前了。"

老太太点了点头，王后正在逐渐走向灭亡，这种故事她再熟悉不过。"那国王怎么样？他还喜欢玛丽吗？"

"玛丽，或者是安妮，"乔治笑着说，"他似乎喜欢波琳家的女孩，玛丽目前仍然是他最喜爱的。"

祖母看向我，她的眼神犀利而又明亮。"你真是个好姑娘，"她赞许地说，"你要在这儿待多久？"

"一个星期，"我说，"我得到的许可是待一星期。"

"那你呢？"她转身问乔治。

"我想在这儿待几天，"他漫不经心地说，"我已经忘了赫佛的夏天是多么美丽了。我还要等玛丽，等待时间一到，就把她送回宫去。"

"我整天都要和孩子们在一起。"我提醒他。

"没关系，"他微笑着说，"我不需要人陪伴。我要写东西，我想我将成为一个诗人。"

我听从了乔治的建议，没有去找凯瑟琳。我走上小小的螺旋楼梯，回到自己小房间里。我洗过脸，望着窗外。城堡周围的花园渐渐暗下来，我看到一只白色的仓鸮，听到它疑惑的叫声，又听见树林里有同伴的回声。我听到河里鱼儿戏水的声音，看到星星点缀在蓝灰色的天空。也就在这时，我才到育儿室去找我的女儿。

她坐在火炉前的凳子上，膝盖上放着一碗牛奶，一块面包，勺子半含在嘴里。她在听保姆和另一个女仆闲聊。她们一看见我，就吓得跳了起来。要不是保姆迅速地把碗接住，凯瑟琳早就把碗弄掉了。另一个女仆轻轻抖了抖衣服，就溜走了。保姆在凯瑟琳旁边坐下，一副认真的样子，看着我女儿吃东西，守着她不要靠近火炉。

我坐下来，什么也没说，等着躁动安歇下来。我静静地看着凯瑟琳用勺子舀了碗里的最后一点食物，保姆从她手里接过碗，我向她点点头，示意她离开房间。她一句话也没说就走了。

我在口袋里摸了摸，然后说："我给你带来了一件小礼物。"那是一颗橡子，穿在一根绳上。橡子巧妙地刻成一张脸，橡蒂变成一顶帽子。她立刻笑了，伸手去拿。她的手掌像婴儿一样肥嫩，手指很小。我把橡子放在她手里，摸着她细嫩的皮肤。

"你能给他起个名字吗？"我问。

她饱满的前额微微皱起了，金黄色的头发在脸上散开，一半脸遮挡在睡帽里。我轻轻地碰了碰睡帽的带子，又碰了碰帽檐下晃荡的金色卷发。她没有退缩，完全被那颗橡子吸引。

"我该怎么称呼他呢？"她对我眨了眨蓝色眼睛。

"他来自一棵橡树，是一颗橡子，"我说，"那是国王要我们大家种的树，这树会长成坚固的木料，为国王建造船只提供材料。"

"我就叫他奥克伊①吧"她果断地说。很明显，她对国王和他的船不感兴趣。她拉拉绳子，小橡子就上下跳动起来。"在跳舞了。"她满意地说。

我问："你愿意和奥克伊一起坐在我腿上吗？我可以给你讲个关于他的故事。这个故事讲的是他去参加一个盛大的舞会，和其他橡子一起跳舞。"

她犹豫了一会儿。

"榛子也来了，"我诱惑地说，"还有栗子。那是一个很棒的森林舞会，我想浆果也在那儿。"

这足够吸引她了。她从凳子上站起来，向我靠近，我把她抱到我的腿上。她比我记忆中的还要重。这是一个有血有肉的孩子，不是我日日夜夜假想的孩子。我把她放在膝盖上，感受着她的温度和重量。我把脸贴在她

---

① 英文中橡树（oak）与奥克伊（Oakey）谐音。

温热的帽子上,她的卷发在我的脖子上飘动、挠痒痒。我闻着她皮肤上甜甜的香味,那是种奇妙的婴儿气味。

"讲吧。"她要求道,然后坐好准备听。我开始讲起《森林狂欢》的故事。

✦

孩子们、乔治和我在一起度过了愉快的一周。我们在阳光下散步,在外面的草地上野餐,草坪上又开始长出柔软的嫩草。我们远离城堡,在他们看不见的地方,我会扒开小亨利的襁褓,让他在温暖的阳光下踢腿、自由活动。我会和凯瑟琳一起打球、捉迷藏。在开阔的草坪上玩这种游戏,没有一点挑战性,但凯瑟琳还小,她相信只要她闭上眼睛,把头埋在披肩里,就不会被人看见。乔治和凯瑟琳比赛跑步,他肆无忌惮地装得越来越像残疾人。凯瑟琳还走不稳当,为了比赛公平,起初,他跳一跳地前进,后来,他不得不爬着走,到了这周末,他只能用手"跑",因为我抱着他的腿。这样,小凯瑟琳摇摇晃晃的也能赢得比赛。

要回宫的那天晚上,我悲痛欲绝,吃不下饭,我不愿亲自告诉她我要离开了。黎明时分,我像个小偷似的悄悄溜了出去。临走之前我告诉她的保姆,等她醒来时,告诉她妈妈会尽快回来,让她做个好孩子,照顾好奥克伊。我一直骑着马,一路心里非常难受,也没有注意到我们出发后一直在淋雨前行。直到中午,乔治说:"可怜可怜我吧,咱们别再冒雨走了,先找点东西吃吧。"

他在一座修道院前停了下来,这时,祈祷的钟声开始响了。他下马后,把我从马鞍上抱了下来。"一路上你都在哭吗?"

"估计是的,"我说,"我不忍心去想……"

"那就别想了。"他迅速地说,往后退了几步。我们的一名侍从敲响大门前的门铃，然后向门卫通报我们的情况。大门打开了，乔治带着我走进院子里，跨过台阶，来到餐厅。我们来得很早，只有几个修道士在准备早餐。他们在桌上摆上锡盘，放了用来装麦芽酒或葡萄酒的锡杯。

乔治打了一个响指，让他赶紧为我们俩拿酒来，之后乔治递给我一个金属酒杯。"喝光，"他坚定地说，"不要再哭了，你今晚还得去宫中呢，你可不能让自己脸色煞白，眼睛红肿着吧！如果回趟老家会让你变丑，他们就不会再让你回去了。你可真不是一个知足的女人。"

"你给我找个知足的来看看。"我愤愤不平地说，逗得他大笑起来。

"不，"他说，"我一个也不认识。我和小亨利都是男人，我多么幸运啊！"

我们直到傍晚才到达温莎城堡。宫廷众人已经快要出发了，安妮也在忙着打包行李，无法分身前来刺探我。她正在匆匆忙忙地做准备，我看见她把两件新礼服塞进箱子。

"那些是什么？"

"国王的礼物。"她飞快地说。

我点点头，什么也没问。她朝我撇嘴一笑，然后把配套的兜帽也装了进去。我看到，估计也正是她想要我看到的，一件衣服上密密麻麻布满珠粒。我走到靠窗的座位边，看着她把披肩放在最上面，然后叫女仆把箱子捆起来，脚夫跟在后面拖着箱子走了。安妮转过身，带着挑衅的口吻问："怎么了？"

"这些礼服是怎么回事？"我问。

她转过身来，双手合拢放在背后，像个学生一样娇羞。"他在向我公开求爱呢。"她说。

"安妮，他是我的情人。"

懒洋洋地，她耸耸肩。"你当时不在这儿，不是吗？你去了赫佛。比起他来，你更想要你的孩子。你一点也不……"她停顿了一下然后说，"性感。"

"那你就是了？"

她笑了，心里在偷着乐。"今年夏天，天气会很热。"

我控制自己的脾气。"你应该让他对我感兴趣，而不是让他分心，偏离轨迹。"

她又耸耸肩。"他是一个男人，引起他的兴趣容易，将他赶走很难。"

"我对一件事很好奇，"我说。如果语言是刀子，我定会把刀片扔到她那得意扬扬的脸上。"显然，如果他给你这样的礼物，说明你已经引起了他的注意。你在宫中地位上升了，你是他的最爱。"

她点了点头，称心快意，像极了因抚摸而变得温顺的猫，浑身散发着满足的气息。

"很明显，尽管我是他的情人，你还是这么做了。"

"我是收到指令这么做的。"她无礼地说。

"没人叫你代替我！"我厉声说。

她耸耸肩，像是很无辜。"如果他想要我，我也没有办法，"她的语气很柔和，让人快要相信她真的很无辜，"宫廷里满是觊觎我的人，我鼓励他们追求我了吗？没有。"

"你是在跟我说话，记住，"我冷冷地说，"不是你的那些傻瓜。我知道是你怂恿了每个人。"

她亦对我冷冷一笑。

"你想做什么，安妮？做他的情妇？再把我赶出去？"

她不再沾沾自喜，而是陷入全神贯注的思索中。"是的，我想是的。但这样有风险。"

"风险?"

"如果我让他拥有我,他很可能就会失去兴趣,之后再难抓住他的心。"

"他对我就不是这样子。"这点我还是比较自信的。

"你什么也得不到。他同贝茜·布朗特睡了一觉后,又把她嫁给了一个小人物。她也没有从中捞到好处。"

我紧紧咬住嘴唇,感觉自己已经咬出血了,因为我能尝到口里的血腥味。"你爱说什么就说什么,安妮。"

"我想我会坚持下去,坚持不让自己被他占有。让他知道我不是贝茜·布朗特,也不是玛丽·波琳。这是一件伟大的事情。我要等到他意识到必须向我提供一份礼物,一个很棒的礼物。"

我沉默了片刻。"如果你真这么希望的话,你永远也得不到亨利·珀西了,"我警告她,"他不会为了讨好你而把珀西送还给你的。"

她迅速迈了两大步穿过房间,走到我跟前,一把抓起我两只手,指甲戳进我的手腕里。"不许你再提他的名字!"她嘶吼着,"永远不要再提他。"

我扭开双手,抓住她的肩膀。"我想说什么就说什么,"我语气笃定地说道,"正如你想怎样说我就怎样说。你被诅咒了,安妮,你失去了你的爱人,现在开始觊觎不属于你的东西。你想要我的东西,你一直都想要我的东西。"

她挣脱了我的手,猛地推开了门。"赶紧离开。"她命令道。

"是你可以走,"我纠正她的话,"记住,这是我的房间。"

有那么一会儿,我们互相怒视着对方。我们执拗得就像马厩墙上的猫一样,心中满是怨恨和邪念。姐妹间的旧恩怨再次上演——世上一山不容二虎,一个卧室装不下两个女孩。感觉每一场战斗都很惨烈,可能不是你死就是我活。

另一个波琳家的女孩

我先退了一步。"我们应该在同一条战线上。"

砰的一声,她把门关上:"这是我们的房间。"

⬟

现在,我和安妮之间,界限分明。我们的整个童年都在争论一个问题,那就是我们谁是波琳家族最好的女孩。而现在,我们少女时代的竞争将在这个王国最大的舞台上上演。夏末,我们中的一个将成为国王公认的情妇,而另一个可能变成她的女仆,她的助手,甚至变成她的弄臣,供她娱乐。

我不可能打败她。我本可以密谋反对她,但我没有盟友,也没有权力。我的家人没觉得我们这样有任何不妥。国王晚上与我共寝,白天又与安妮如影随形。对他们来说,这是很理想的情况,聪明的波琳女孩作为他的伴侣和顾问,多产的波琳女孩是他的情人。

只有我知道她付出了怎样的代价。白天,她不停地翩翩起舞,不断欢歌笑语,想尽办法吸引宫廷众人注意。晚上,她坐在镜子前,摘下头巾,我会看到她年轻的脸已经精疲力尽。

乔治经常到我们房间来,给她或我俩端上一杯葡萄酒。乔治和我把她扶到床上坐着,将床单垫在她下颌底下,看着她一饮而尽,之后脸上慢慢地恢复血色。

"天知道这会把我们带到哪里去,"一天晚上,我们看着她睡觉,乔治低声对我说,"国王已经被她迷住了,宫中的人也为她而疯狂。她到底还想要什么呢?"

安妮在睡梦中抽动了一下。

"嘘,"我说,然后我把床帘拉上,"别叫醒她。我再也受不了她了,我真的受不了。"

乔治看了一眼,打趣地问:"有那么糟糕?"

"她坐在我的位子上。"我直言道。

"哦，亲爱的。"

我转过头去，说道："我所获得的一切，她都从我身上夺走了。"我声音很低沉，充满了强烈的怨恨。

"但你现在并不那么需要他了，是不是？"乔治问。

我摇了摇头说："这并不意味着我想被安妮推开，晾在一边。"

他搂着我的腰，手随意地放在我的臀部，陪我走到门口。他像情人一样紧紧吻了我的嘴唇，对我说："你知道你是最可爱的。"

我朝他微笑。"我知道我比她更好。她既冷酷又有野心，而且她不会放弃她的野心，除非她被绑在绞刑架上，和你见最后一面。我知道，亨利知晓我爱的是他这个人，而不是他带给我的好处。但是安妮已经迷惑了他，迷惑了整个宫廷，甚至迷惑了你。"

"我可没有。"乔治温和地说。

"舅舅最喜欢她。"我愤愤地说。

"没人能入得了他的眼，但他好奇安妮能够爬到多高的位置上去。"

"我们都很好奇。我也好奇她将为此付出怎样的代价，尤其是如果代价最终还需由我来偿还。"

"她的路并不好走。"乔治承认。

"我恨她，"我直白地说，"我会很乐意看着她死于自己的野心。"

国王要去勒德洛城堡看玛丽公主，所以我们整个夏天都在向西旅行。玛丽公主只有十岁，但她已经接受了很多年正统、严格的教育，完全按照的是她母亲在西班牙宫廷那种形式。在威尔士，她有一名牧师，一群家庭教师，还有一个女伴和她自己的住所。我们期待着见到一位端庄的小妇人，

另一个波琳家的女孩

一个即将成年的女孩。

而我们亲眼所见的完全是另外一个人。

她走进大厅,她的父亲在这里用餐。在大家的注视下,她艰难地从门口走到高高的桌子旁边。她个子很小,看上去只有六岁大,像个漂亮的布娃娃。她戴着帽子,头发呈淡棕色,脸色苍白。她和她母亲初到英国时一样秀气,但是她很小,还是个娇小的幼童。

国王问候她,虽然语气温柔,但我能看到他脸上震惊的表情。他已经有六个多月没有见到她了,他原以为她已经长成了女人。但面前这个公主显然不能如他所愿,能在一年内结婚,送去她的新家,更别提两三年后生儿育女。她自己也只是个孩子,面色苍白、体形瘦弱、羞羞答答。

他亲吻过玛丽公主,便让她坐在他右手边的座位上。玛丽公主朝大厅四周望去,发现每个人都在盯着她看。她吃得很少,也不喝酒。国王与她谈话时,她一个音节一个音节地低声回答。毫无疑问,她已经认真学习了,她的教师团队个个都向国王担保,说她会讲希腊语和拉丁语,还会编加法表,已经知晓她的封地和整个国家的版图。演奏音乐时,公主跳起舞来,脚步优雅而轻盈。她看上去不是一个健壮、丰满、能生育的姑娘,而像一枝很容易凋谢的花朵,但凡染上一点感冒,就会死去。亨利父亲打下来的江山,将交由这唯一合法的王位继承人,可她看起来还不够强壮,无法担此重任。

那天晚上,乔治很早就到勒德洛城堡来找我。"国王今天心情很糟糕。"他警告说。

安妮在床上动了动。"对他的小矮人不满意?"

"太神奇了,"乔治说,"即使是半睡半醒,你还是像毒药一样恶毒,安妮。快点,玛丽,他不能再等了。"

我进他房间的时候,亨利正站在火炉旁边。他一只脚踩踩一根木头,接着把木头踢进火炉红色的余烬中。我进去时,他几乎没有抬头看我一眼。突然他向我伸出一只手,我迅速地投入了他的怀抱。

"这很打击我,"他轻轻地在我耳边说道,"我原以为她已经长大了,差不多已经成年,我曾打算让她嫁给法国国王弗朗西斯,或者嫁给他的儿子与法国结成联盟。女儿对我没有好处,一点用都没有,而她甚至是一个无法结婚的女娃娃!"他不说了,突然转过身去,怒气冲冲地大步穿过房间,走到桌子旁。桌上摆着一堆纸牌,牌面朝下,游戏进行到一半。他怒气填胸,一下子把纸牌从桌面上全扫下去,掀翻桌子。门外的守卫听见声音,喊了一声。

"陛下?"

"滚开!"亨利吼道。

他突然向我转过身来。"上帝为什么要这样对我?为什么这种事情发生在我身上?我没有儿子,只有一个女儿,而她如此羸弱,难道今年冬天,就想刮一阵大风把她吹走吗?我后继无人,没有人追随于我。上帝为什么要这样对待我?"

我默不作声,摇摇头,等着他的吩咐,看看想要我做什么。

"是王后,对吗?"他说,"你一定是这么想的。他们都是这么想的。"

我不知道是该同意还是不同意。我谨慎地注视着他,一声不吭。

他说,"就是因为这该死的婚姻。我不应该那样做,父亲不想要我那样的。他说我们可以声明,让凯瑟琳作为寡居的公主留在英国。但我认为……我想……"他打住了,他不愿再回忆起他曾经是多么深爱她,始终不渝。"教皇赦免了我们,让我们可以结为夫妻。但这是一个错误,没有人能违背上帝的旨意。"

我点了点头。

"我不应该娶我哥哥的妻子,就这么简单。因为我娶了她,所以受到诅咒，让她无所出。上帝并没有祝福这桩错误的婚姻，每年上帝都对我视而不见，我早该看出来的。王后不是我的妻子，她是亚瑟的妻子。"

"但如果他们的婚姻并未圆满完成……"我开始说话。

"没有什么区别，"他严厉地说，"不管怎么说，确实是亚瑟的妻子。"

我低下了头。

"上床睡觉，"亨利说，突然他感到有些疲倦了，"我受不了了，我必须摆脱罪恶，让王后离开。我必须洗清自己这可怕的罪孽。"

我顺从了，走到床前，脱掉肩上的披风，掀开床单，上了床。亨利跪在床边，虔诚地祈祷。听着他喃喃自语，我发现自己也在默默祈祷：一个无能为力的女人在为另一个女人祈祷。我在为王后祈祷，因为英格兰最有权势的人在指责她，谴责是她让他犯下了不可饶恕的罪孽。

1526年秋

我们回到了伦敦,回到了格林尼治。这里是国王最钟爱的宫殿之一,但他的阴郁情绪仍然没有好转。他很多时间都与神职人员和顾问们在一起,有些人认为他在准备出书,一本关于神学的研究。大多数夜晚我都陪着他,看他研究,看他做记录,所以我知道,他是在为《圣经》中的词句而挣扎。他想知道,一个男人娶他兄弟的遗孀,照顾她,这是否符合上帝的意志;也想知道,上帝是否有旨意让一个人远离兄弟的寡妇,因为恋慕她,也就羞辱了自己的兄弟。上帝在这种事情上是模棱两可的。《圣经》中不同的章节给出了不同的观点,究竟该优先参考哪条规则,需要学院的神学家们来决定。

在我看来,男人显然应该娶他兄弟的遗孀,这样他兄弟的孩子就能在一个完整的家庭里长大,好女人也能得到很好的照顾。感谢上帝,在亨利夜晚议事时,我没有冒险表达自己的看法。这些神学家有些人用希腊语和拉丁语进行辩论,另一部分人参考《圣经》原始文本,还有人向教会的教父们咨询。他们最不希望看到,一个非常普通的年轻女人有一点常识。

我对他毫无帮助,我也帮不了他。他需要的是安妮的头脑,只有安妮能把神学上一些模棱两可的观点用笑话的形式阐释出来。即使他对她的理解仍感到困惑,也会因此开心一笑。

每天下午,他们手挽着手一起散步。他俩经常挨在一块儿,看上去像

另一个波琳家的女孩

是一对秘密谋反的人,也像是一对恋人。当我徘徊在他们身旁时,我会听到安妮说:"是的,但圣保罗在这方面的论述很清楚……"亨利会回答:"你认为他是这个意思吗?我一直以为他指的是另一层意思。"

我和乔治走在他们后面,随声附和。我看着安妮掐亨利的胳膊,想把她的观点解释清楚,或者摇头表示不同意。

✦

"为什么他不直接告诉王后,她必须离开呢?"乔治直接问,"整个欧洲都没有谁会因此而谴责他的,因为每个人都知道国王必须得有个儿子才行。"

"因为他想要为自己打算好,"我解释说,安妮转过头来,微微一笑,"他不能仅仅因为一个女人老了就抛弃她,他必须想办法说明离开她是上帝的旨意。他要找到一个更权威的支撑,表明离开她不是自己个人私欲使然。"

"上帝,如果我像他一样是一位国王,定会按照自己的愿望去做,才不管是不是上帝的旨意。"乔治大呼道。

"那是因为你只是个贪婪的波琳家的人。但他是一位国王,要做出正确的选择。他不会贸然采取行动,除非他知道上帝也站在他这一边。"

"安妮在帮他。"乔治调皮地说。

"你真是个有良心的人!"我恶狠狠地说道,"在她那里,你那不朽的灵魂也很安全。"

✦

他们终于召开了一次家庭会议,我也一直在等着这个会议。自我们从勒德洛城堡回来后,舅舅就一直默默注视着我和安妮。今年夏天他也跟着国王一起远行,看到了国王和安妮在一起度过了多么愉快的时光,无论她在哪里,国王都会如影随形;也看到了每当黄昏来临,国王总是习惯性地把我叫过去。我舅舅被国王搞糊涂了,因为亨利似乎两个都想要。舅舅不知道该如何操控亨利,才能使霍华德家族获得最大的利益。

我、安妮还有乔治三人被安排在大桌前,舅舅坐在桌子的另一边,我母亲坐在他旁边的一张小椅子上。

"国王显然想要安妮。"我舅舅开始说,"但是,如果安妮只是取代玛丽,成为国王最宠爱的情妇,那么我们的大业就等同毫无进展,事实上,情况可能会更糟——因为安妮还没有结婚。这种情况下,谁也不敢先娶她,但是一旦国王得到安妮,她就会变得毫无价值。"

我望着母亲,看看在谈论她的大女儿时,她是否会流露出担心。然而母亲表情依然严肃。对于这种关乎整个家族兴衰的大事,她不能感情用事。

"所以安妮必须退出,"我舅舅说,"你这是在破坏玛丽的游戏,她已经给国王生了一儿一女。除了一些额外的土地,我们还没有从中捞到其他好处。"

"还有几个头衔,"乔治喃喃地说,"几份差事……"

"是的,这点我不否认。但安妮让他对玛丽失去了兴趣。"

"他对玛丽没有胃口,"安妮恶狠狠地说,"玛丽对他来说只是一种习惯,这同喜爱完全是两码事。你是个结了婚的人,舅舅,你应该能理解。"

我听到乔治的喘息声。舅舅对安妮笑了笑,笑得像狼一样阴险。

"谢谢你,安妮小姐,"他说,"如果你还在法国,那机灵和睿智倒是很适合你的。不过,既然你在英国,我就得提醒你,所有英国女人都必须听命于形势,而且还要装得很乐意去做。"

安妮低着头,我看到她气得满脸通红。

"你得去赫佛。"他突然说。

另一个波琳家的女孩

她开始反击:"不去!去那里能做什么?"

"你是张未知牌,我不知道该怎么来玩。"他坦率地说,言语尽显粗暴。

"如果你把我留在王宫里,我一定会想出办法让国王爱上我的。"她承诺道,带着绝望的语气,"别把我送回去!赫佛对我有什么好处呢?"

他举起手说:"不是让你永久地待在那里,仅仅是圣诞节这段时间。很明显亨利很喜欢你,但我不知道我们该如何处理这件事。只要你还是侍女,你就不能和他上床,你只有结婚后才能上他的床;可如果你是国王的宠儿,任何有见识的男人都不会娶你。这事简直棘手得不得了。"

她忍住没有出声,轻轻地行了个屈膝礼,咬牙切齿地说:"我很感激,但是,把我一个人送到赫佛去过圣诞节,让我远离宫廷,远离国王,我没有看出来这是在给我提供机会,让我为家族利益服务。"

"这样你就不会挡着坏国王的路了。一旦他与凯瑟琳离婚,就可以和玛丽结婚。玛丽,带着她两个漂亮的孩子,这样他可以一次性得到妻子和继承人。你的参与只会破坏我们的蓝图,安妮。"

"所以你要把我从蓝图上擦掉吗?"她问,"你以为你是谁?荷尔拜因?"

"住嘴!"母亲严厉地说。

"我会给你找个丈夫的,"我舅舅许诺道,"不是从英国就是从法国找一个。一旦玛丽成为英国王后,她就可以给你找个丈夫,你也可以自己挑选。"

安妮紧握双手,指甲戳进肉里。"我才不要她施舍的丈夫!"她信誓旦旦地说,"她永远也当不了王后,她已经爬得很高了,到了她的极限。她张开双腿,给他生了两个孩子,可他还是不喜欢她。他在追求她的时候,对她的喜爱就已到头,难道你看不出来吗?他是个猎人,喜欢追逐猎物,一旦玛丽被抓到手,游戏就结束了。上帝知道,她比任何一个女人都要容易抓到手。他现在已经习惯她了,与其说她是情妇,不如说她是一个妻子——一个不体面的妻子,一个不受尊重的妻子。"

她这次完全说错了。舅舅笑着说:"就像一个妻子吗?哦,我希望如此。所以我想你需要暂时退出,我们看看你不在的时候玛丽会怎么处理。你一直在和玛丽竞争,而我们更偏爱她。"

我向安妮行屈膝礼,面带微笑。"我是宠儿,"我重复道,"她要消失。"

1526年冬

安妮动身前往赫佛,我拜托她帮忙带去我给孩子们准备的圣诞礼物。我给凯瑟琳准备了一个杏仁糖小房子,烤杏仁做成屋顶,棉花糖做成窗户。我恳求安妮在第十二夜当晚才把它交给凯瑟琳,然后帮我告诉她,她的母亲爱她,想念她,很快就会回来的。

安妮跌坐在马鞍上,面无表情,笨拙不堪,就像农夫的妻子骑马去赶集一样。没有人看她,所以她不再装得光鲜亮丽,微笑大方,因为这不会为她带来任何好处。

"如果你这么爱你的孩子,天晓得你为什么不违抗他们的旨意,自己去赫佛。"她说着,诱使我去找麻烦。

"谢谢你的忠告,"我说,"我相信你是出于好意才这样说。"

"好吧,没有我在这儿给你出主意,上帝知道你能做些什么。"

"上帝的确知道。"我高兴地回答。

她说:"有些女人男人会娶,有些女人男人不会娶。你是那种男人根本不会考虑去娶的情妇,无论你有没有儿子。"

我抬头朝她微笑。我的思维比安妮迟钝得多,所以当我偶尔得到武器,还是感到非常高兴。"是的,"我说,"我希望你是对的。但显然还有第三种女人,那就是男人既不娶也不睡的女人,独自回家过圣诞节的女人。似乎就是你,我的姐姐,祝你一路顺风。"

我转身离开。她见无事可做，只好向那些护送的士兵点点头，慢慢穿过大门，沿着大路到肯特去。她走后，几片雪花在空中飞舞。

我们到格林尼治去参加圣诞宴会后，王后的下场就众所周知了。她已被国王忽略，宫廷的每个人都知道她已失宠。这是一件可憎的事，就像猫头鹰在白天被一群小鸟围攻一样。

王后的外甥，西班牙皇帝，听见一些风声。他派了另一位大使——门多萨大使到英国。门多萨大使是一位诡计多端的律师，王后仰仗他能在她丈夫面前代表自己，能让西班牙和英国再次达成同盟。我看见舅舅和红衣主教沃尔西在秘密商量，我猜他不会让门多萨大使此次协商一路顺遂。

我猜的是对的。在圣诞宴会上，西班牙大使没有得到许可参加，他的文件被搁置一旁，他不能觐见国王，甚至不能去见王后。王后的传话和信件也都受到监视，没有卧室侍从检查，她也无法收到圣诞礼物。

圣诞节进入第十二夜，西班牙大使仍然不能会见王后。直到一月中旬，沃尔西才停止了他猫捉老鼠的把戏，他终于承认门多萨大使确实是西班牙皇帝的真正代表，可以为他传递文件，可以给王后传递信息。

我当时在王后的房间里，红衣主教派来一个侍从，说大使要求觐见王后。王后红光满面，一跃而起。"我应该换件裙子，但是没时间了。"

我站在她身后，当时只有我一人侍奉左右，其他人都在花园里和国王散步。

"门多萨大使会给我带来我外甥的消息，"王后坐在她的椅子上，"我相信他会让我外甥和我丈夫联盟。家庭之间不应该争斗，从我记事起，西班牙和英国就结盟了。当我们分裂时，一切都会出问题。"

我点点头，然后门就开了。

然而大使没有带着他的随从进来，也没有带着她外甥送的礼物、信件和私人文件。进来的根本不是西班牙大使，而是红衣主教，是王后的宿敌。他把大使领进房间，就像一个杂技演员领着一头跳舞的熊一样。大使被捕了，他不能单独和王后说话，他行李中携带的秘密早就被洗劫一空。眼前这个大使根本不能让亨利国王和西班牙重新结盟，他也无法帮助王后恢复她在宫中该有的地位，这个人几乎是被红衣主教绑架，什么也做不了。

当王后把手交给主教亲吻时，她的手坚定得像石头一样。她彬彬有礼地向红衣主教问候，声音依然甜美，语气里带着抑扬顿挫。在愠怒的大使和微笑的红衣主教面前，没有人可以从她的言行举止中看出她的末日即将来临。在那一刻，王后知道她的家人和朋友对她都是爱莫能助。她惊恐万分，异常脆弱，因为她已彻底孤立无援。

一月底有一场马背比武，国王拒绝参加。乔治被选为王家旗手，他为国王赢得了比赛。作为答谢，国王赏赐给他一双新皮手套。

那天晚上，我察觉国王脸色很阴沉。他裹着一件厚厚的长袍，站在壁炉前，身旁放着半瓶酒，旁边还有一个空酒瓶，瓶子倒在壁炉的白色灰烬上，酒渣正滴滴往外漏。

"您还好吗，陛下？"我小心翼翼地问。

他抬起头来，我看到他眼珠充血，神色倦怠。

"不好。"他平静地说。

"怎么了？出什么事了？"我像对乔治一样亲切、自然地对他说话。今晚，他看起来不像是惊恐的国王，而是一个男孩，一个悲伤的小男孩。

"我今天没有参加比赛。"

"我知道。"

"我再也不会参加了。"

"此后?"

"也许永远不会了。"

"哦,亨利,为什么呢?"

他停顿了一下。"我很害怕,难道不可耻吗?当他们开始给我穿上盔甲时,我意识到自己很害怕。"

我不知道该说什么。

"比武是件危险的事,"他愤愤地说,"你们这些女人只是站在看台上观看,听着传令官吹喇叭,看着喜欢的人,就下赌注。但是,你们不会明白,一旦下场去比赛,那就是生死搏斗,不是闹着玩的。"

我等待着。

"如果我战死了呢?"他茫然地问,"如果我战死了呢?死后会发生什么事呢?"

在那可怕的一瞬间,我以为他在问我,他的灵魂是否不朽。"没有人确切知道会发生什么事。"我迟疑不决。

"不是那样的,"他挥了挥手,"王位怎么办?我父亲的王位怎么办呢?他经过多年的斗争才把这个国家团结起来。没有人相信他能做到这一点,除了他没有人能做这件事。他做到了。他有两个儿子,两个儿子,玛丽!所以亚瑟死后,还有我可以继承他的王位。他守卫国家不仅仅靠武力斗争,也靠传宗接代。我继承了一个平安稳定的王国,国家边界安定,贵族顺从,国库充裕,而我却没有人可以托付。"

他的话听起来非常心酸,我别无话说,只好低下了头。

"儿子这件事把我累坏了。我每天都活在恐惧之中,生怕我还没有继承人接替王位,自己就已经撒手人寰。我不能参加比武,甚至都不能轻松地去打猎。我一看到前面有栅栏,就不敢勇往直前,不敢相信我的马能一跃而过。因为有一个画面在我脑中闪现，我似乎已经看到我自己躺在沟壑中，脖子折断，气息奄奄。看到英国的王冠挂在荆棘丛中，等待着别人拾起，谁能捡起来呢？谁想捡起来呢？"

他表情痛苦不堪，声音几度哽咽，让我不知所措。我伸手去拿瓶子，给他的杯子斟满了酒。"还有时间，"我说，心想舅舅会多么希望我说出这样的话，"你和我是有生育能力的，我们的儿子亨利和你长得一模一样。"

他把披风裹得更紧了。"你可以走了，"他说，"乔治会等着带你回房间吗？"

"他总是会等的，"我吃惊地说，"您不想让我留下吗？"

他坦率地说："今晚我内心太忧郁了，我不得不直面自己的死亡，所以我不想和你在床上作乐。"

我行了礼，走到门口后，我停下来，回头看了看房间。他没有抬头看我，仍然裹着披风，蜷缩着坐在椅子上。他目不转睛地凝视着余烬，仿佛能在红色的灰烬中看到自己的未来。

"你可以娶我，"我低声说，"我们已经有两个孩子了，其中一个还是男孩。"

"什么？"他抬头看着我，蓝色的眼睛里充满了对自己的绝望。

我知道舅舅会希望我说下去，但我从来都不是一个能像那样奋力向前的女人。

"晚安，"我温柔地说，"晚安，亲爱的王子。"我走了，留他一个人沉浸在自己的黑暗中。

1527年春

王后失势越来越明显。二月，王宫接待了来自法国的使节。法国大使带来的文书直接呈到国王面前，没有一点耽搁文书被仔细研读。为了表示欢迎，王宫举办了各式各样的宴会、舞会、派对来款待他们。很快，大家就知晓了他们此行的目的。大使是为了促成英国与法国联姻，安排玛丽公主嫁给法国国王弗朗西斯或者王子。玛丽公主受到号召，从偏远僻静的勒德洛城堡赶来。国王把她带到使节们面前，鼓励她跳舞、嬉戏、唱歌和就餐。我的上帝！他们怎么能强迫孩子吃东西！仿佛在谈判的短短几个月里，玛丽公主就可以在他们眼前迅速长到适婚年龄。我的父亲跟随使团回国后就一直，四处奔波，为国王出谋献策，为使节翻译稿件，与主教举行秘密会议，商讨着如何重新规划欧洲联盟。最后，他还要与舅舅一起策划，商量家族如何在这动荡的时代前进。

他俩商议后决定把安妮送回宫中，一方面人们开始好奇安妮离开的原因，另一方面，我父亲想让法国使节看看她。在我去王后房间的途中，舅舅将我拦在楼梯上，告诉我安妮要回来了。

"为什么？"我鼓起我最大的勇气，无礼地问道，"就在前几天晚上，亨利还对我说他想要个儿子。如果她回来，会把一切都毁了。"

"他有提到你的儿子吗？"他直截了当地问我，见我不作声，便摇摇头，"没有吧？所以，你和国王的关系毫无进展，玛丽。安妮是正确的，我们根本没有任何进步。"

我转过头向窗外望去,我知道自己表现得闷闷不乐。"你认为安妮能给你带来什么?"我嚷道,"她不会为家庭的利益而斗争,她不会按别人的要求去做。安妮只会为了她自己的利益,她自己的土地,她自己的头衔而去斗争。"

他点了点头,摸了摸自己的鼻子。"是啊,她是个自私自利的女人,但亨利一直在追求她,他对她的热情是他对你从来没有过的。"

"可我有他的两个孩子!"

舅舅听见我提高了嗓门,浓密的眉毛猛地扬起。我立刻又低下了头:"我很抱歉,但我还能做什么呢?还有什么是安妮能做而我又没做过的?我爱他,为他生了两个强壮的孩子。没有女人能做得更多,安妮也不行,尽管她对每个人来说都那么珍贵。"

"也许她能做得更多,"他说,无视我无关紧要的怨恨,"如果她现在怀了他的孩子,他可能会娶她。他是如此渴望安妮,他可能会那样做的。他非常想要她,非常想要一个孩子,这两种欲望可能会结合在一起。"

"那我呢?"我哭了。

他耸了耸肩,说道:"你可以回去找威廉。"对他来说,好像这无足轻重。

几天后,安妮秘密回到宫中,就像她离开时一样。一天之内,她又成了大家关注的焦点。我又有了同伴,又有室友一起睡觉了。早上醒来时,我发现自己在帮她系裙带,晚上又在帮她梳头。她命令我为她服务,就像她曾经被迫为我服务一样。

"难道你不怕我会把他赢回来吗?"睡觉前,我一边帮她梳头,一边好奇地问。

"你不重要,"她自信地说,"一点也不重要。这是我的春天,也将是我的夏天。我会让他跟着我的琴弦舞动,没有什么能让他摆脱我的魔咒。你做什么都不重要,任何女人做什么都不重要。他沉醉于我已经无法自拔,只有我能将他带走。"

"难道你只是为了春天和夏天?"我问。

安妮看起来若有所思:"哦,谁能长久地拴住一个男人呢?他正站在欲望的浪尖上,在这里我能够掌控他。但最终,波浪会破裂,没有人能永远爱下去。"

"如果你想嫁给他,你就需要掌控他更长一段时间,而不是短短几个季节。你能持续一年都拥有他的爱吗?两年呢?"

看到她脸上的自信逐渐消失,我差点笑出声来。

"等到他可以自由结婚的时候,如果他真的可以自由结婚的话,他也不会再对你有那么强烈的欲望了。你会逐渐衰落的,安妮,你会被遗忘的。一个女人过了二十五六还没有成婚,她最好的年华已经逝去。"

她砰的一声倒在床上,把枕头啪地拍响。"你可别咒我了,"她生气地说,"我的上帝,有时候你就像个伊登布里奇的老太婆一样啰嗦。任何事情都可能发生在我身上,我可以让任何事情在我身上发生。衰落的将是你,因为是你太懒,不善经营,无法决定自己的命运。而我每天醒来都下定决心要走自己的路,所以我的前面,一切皆有可能。"

✦

到五月,与法国使节的协商谈判终于接近尾声。玛丽公主一成年就要嫁给法国国王,或者嫁给国王的第二个儿子。宫中举行了一场盛大的网球比赛来庆祝这一成果,安妮被任命为裁判员。他们精心制作了一张表格,把场上所有男子的名字写在小旗子上。国王发现安妮有些心不在焉,她把一面小旗子贴在胸口,正盯着它看。

"你拿的是什么,波琳小姐?"

她说:"这是网球比赛的顺序名单,我必须客观公正地安排每一位绅士,这样才能让所有人都参加比赛,确保决出真正的赢家。"

"我的意思是你手里拿着什么?"

"我忘了我拿着这个,"她很快回话,"这只是其中一个名字,我正在排比赛顺序。"

"是谁的名字让你抱得那么紧?"

她脸红了。"我不知道,我没有看过这个名字。"

"我可以看吗?"他伸出手来。

她没有将小旗交给亨利。"这没有任何意义,只是在我困惑的时候,手里刚好拿的就是那面旗。让我把它放在表格该放的地方,然后我们来一起探讨比赛的顺序,陛下。"

他警觉起来,问道:"你好像很羞愧,波琳小姐。"

她有点生气了。"我一点也不害臊,我只是不想让自己看起来很愚蠢。"

"愚蠢?"

安妮转过头去。"请让我把这个名字记下来,然后您可以给我建议,以便我安排比赛顺序。"

他伸出手来。"我想知道小旗上的名字。"

在那可怕的一瞬间,我以为她不是在和他演戏。在那可怕的一刻,我以为他会发现她在作弊,以便让乔治在抽签中获得最好的机会。亨利的逼问似乎让她非常困惑不解,而后紧张不安,连我都以为她被识破了。国王就像他那最敏锐的猎狗一样,嗅到了气味,他知道这里藏着什么东西,他的好奇心和欲望折磨得他不得安宁。

"我命令你!"他平静地说。

安妮极不情愿地把小旗放在他伸出的手里,行了个屈膝礼,就转身离开了他。她没有回头看,但她一走远,我们就听到她鞋子"啪嗒啪嗒"的响声,看到裙子来回摆动。她从网球场跑到外面石头铺成的小路上,这条路直通宫廷。

亨利张开手,看着那面小旗子上的名字,竟然是他自己的名字。

安妮安排的网球锦标赛进行了两天。在这两天,随处可见她的身影。她每天欢声笑语,安排比赛顺序、当裁判和统计分数。到了比赛的最后四场,乔治对国王,我的丈夫威廉·凯里对弗朗西斯·韦斯顿,刚从法国回来的托马斯·怀亚特对威廉·布雷顿,还有一组不知名的人。其余众人在吃饭。

"你最好确保国王不会与托马斯·怀亚特对战。"我低声对安妮说,这时乔治和国王一起上场了。

"哦,为什么?"她天真地问。

"因为他俩的竞争会异常激烈。国王想在法国使节面前获胜,托马斯·怀亚特想在你面前获胜。国王可不喜欢在公开场合被托马斯·怀亚特打败。"

她耸耸肩。"他是臣子,他不会忘记自己在更大的游戏中扮演的角色。"

"更大的游戏?"

她说:"无论是网球、比武、射箭还是调情,这些都是为了让国王高兴的把戏。我们到这里来就是为了这件事,这才是最重要的,这点我们也都知晓。"

她身体前倾。乔治已经就位,随时待命,国王也做好了准备。她举起她的白手帕,向下挥舞着。乔治先发一球,他打得非常漂亮,"咚"一声球弹到球场顶上,紧接着飞到很远的地方。亨利快速冲到网边,打了回去。

乔治比国王小十二岁,腿脚更敏捷,又一拍子把球击过来。年纪稍大的亨利腿脚没那么利索,只能眼看着球飞过自己,举起手承认失了一分。

第二次发的球对国王来说很容易接住。他迅速传回球,球飞得如此之快,以至于乔治都没有试着去追回来。比赛时好时坏,两人看上去都在拼命跑动接球,显然没有给予对手任何帮助和承让。乔治时常输球,但他输得很稳,也输得异常小心谨慎,以至于看比赛的人都会认为国王更胜一筹。事实上,就技术和战术而言,乔治可能更有优势,只不过乔治一直没有发动全力去接球,只有两次跑得比国王更快。他毕竟是个只有二十四岁的年轻人,身材修长,体格强健,而国王即将步入中年,膀大腰圆,大腹便便。

第一轮快结束时,乔治发了一个高球,亨利跳起来,想把球猛击过去,抢一分。然而他掉下来,摔倒在球场上,发出了一声可怕的惨叫。

宫里的女士们尖叫起来,安妮立刻站起来,乔治跳过中心带,第一个跑到国王身边。

"哦,上帝,怎么了?"安妮喊道。

乔治脸色苍白,他喊道:"找个医生来。"一个侍从飞奔向城堡,我和安妮急忙跑到球场入口,拉开门走进去。

亨利红着脸,痛苦地咒骂着。他伸手抓住我胳膊:"真该死。玛丽,把这些人都赶走。"

我转过去对乔治说:"让大家都出去。"

亨利迅速地瞥了安妮一眼,表情非常尴尬。我意识到,相比身体上的疼痛,这一摔更伤他的自尊心。因为他不想让安妮看到自己不堪地躺在地上,泪流满面。

"走吧,安妮。"我悄悄地说。

她没有争辩,默默退到网球场外等着。其他人都在入场口守候,看国王在最后一搏之时是被如何击倒的。

"哪儿疼?"我急切地问他。我很担心,害怕他会指着自己的胸部或者腹部,因为那意味着内脏可能已经受损。要么他的什么器官被撕裂,要么心脏暂时不跳了,或者情况更严重,无法治愈。

"我的脚,"他哽咽着说,"这脚真笨,我一脚滑下来,估计已经断了。"

"你的脚?"我几乎笑出声来,松了一口气,"我的上帝,亨利,我还以为你要死了呢!"

他抬头看我,皱着眉头,咧嘴一笑。"死于网球之下吗?为了保护自己,我已经放弃了格斗这种危险的竞技,难道你认为我还会死于打网球吗?"

我如释重负,重重喘气。"死于网球!不会的!但我想也许有可能……因为一切都是那么突然,你倒得那么快……"

"而且还是死在你哥哥手里!"他说完后,我们三个开怀大笑。亨利躺在我大腿上,乔治抓住他的手。国王被剧烈疼痛的脚折磨着,但一想到波琳家试图在网球场暗杀他这个笑话就觉得实在荒唐可笑。

❀

法国使节签好条约,即将离去,亨利准备举行一场盛大的化装舞会和派对作为离别宴。宴会计划在王后的后宫举行,却并没有得到王后的邀请,甚至没有征求过她的意见。舞会负责人突然到访王后寝殿,宣布国王已经下令在她的房间举行化装舞会,王后笑了,似乎这正合她意。王后让他仔细测量宫殿大小,以便布置合适的遮阳篷、挂毯和其他布景。王后的侍女们会盛装出场,穿金戴银,进入舞会,与戴上面具的国王和他的同伴们跳舞。

我能想象,曾有多少次亨利乔装打扮进入王后的房间,而她假装没有认出他来;曾有多少次她看着自己的丈夫和侍女们一起翩翩起舞;曾有多少次亨利在她面前领着我出去跳舞。而现在，我将与她一起看着他和安妮跳舞。王后的脸上没有一丝怨恨，哪怕就一瞬间。她在想，她还是会选择自己的舞伴，像以前一样，这也是一个小小的恩惠，是控制宫廷的一种方式。但是负责人手里已经有了一份入场女士的名单，均由国王钦点，而王后不在其中。她不过是打开这扇门的一把钥匙，而非嘉宾。

他们花了一整天的时间来准备化装舞会，在四周打钉子，把帷幔砸进木镶板，这让王后连坐的地方都没有了，只好退到她的小房间里去。我们其他人则在一旁试穿礼服，练习舞步，施工的噪声淹过了音乐，但是我们异常兴奋，根本不在乎。王后为了避开噪声和干扰，早早上床休息，我们其他人在大厅里大吃大喝，狂欢到深夜。

法国使节第二天中午来到舞会大厅就餐。亨利坐在王后左手边，眼睛却在安妮身上。只听见喇叭声响起，侍从们像士兵一样大步走进来，他们衣着统一，颜色鲜亮，步调一致，一个接一个端着菜肴，呈到桌上，又端到大厅里的其他桌子上。这场盛宴规模大得有点离谱，飞禽走兽应有尽有，动物捕杀后先去其内脏，再上锅烹饪，做成一道道美食端上餐桌。亨利想以这种方式展示自己的财富，展示英国的富裕。盛宴最大的特色是飞禽全席，一只孔雀连毛煮熟端上桌，高大的形象让人浮想联翩。孔雀肚子里塞了一只天鹅，天鹅里塞了一只鸡，最里面还有一只云雀。负责切肉的人的首要任务就是在不破坏菜肴美感的前提下，从每只鸟身上完美地切下一块肉。亨利各种肉都尝了一口，但我看到安妮什么也没吃。

亨利伸出一只手向服务员示意，在他耳旁低语。接着，服务员送给安妮这道菜的核心——云雀。她抬起头来，好像很惊讶似的，假装自己不知道，也没有注意到他的每个动作。她对他微笑，点头表示感谢，然后她尝了尝肉。当她把一小片肉放到嘴里时，我看出亨利对她非常渴望，直打哆嗦。

晚饭后，王后和她的侍女们从大厅里退了出来，我和安妮也在其中。我们匆匆回到房间，准备换上礼服。我和安妮穿上金色的裙子，互相帮忙系紧背后的绑带。在我给她绑紧的时候，安妮不停地抱怨着。

"怪你吃太多云雀了。"我冷漠地说。

"你看到他是怎么看我的了吗？"

"大家都看到了。"

她把她戴的法国兜帽向后推，露出了她的头发，然后把她脖子上的吊坠理顺。那是一个金色的字母B，她一直戴着。

"我的兜帽这样向后缩，你能看见什么？"

"你那自以为是的脸。"

"一张没有皱纹的脸。头发颜色既深又有光泽，但没有一根是灰色的。"她从镜子前走回来，欣赏着那身金色的礼服，"穿得像个王后。"她说。

外面传来敲门声，简·帕克把头伸了进来。"在说什么秘密吗？"她急切地问。

"没有！"我没好气地说，"才刚刚准备好。"

她打开门，溜了进来。她穿着一件银色的长裙，裙子领口开得很低，露出她的胸部。而她显然刻意把裙子往下拉了些，领口变得更低了一点。她兜帽与长裙同色。当她看到安妮是如何戴帽子时，她立刻走到镜子前，也把自己的帽子向后推了推。在她身后，安妮向我眨了眨眼。

"他对你的宠爱超过了任何人，"她对安妮说道，看似推心置腹，"谁都看得出他喜欢你。"

"的确。"

简转向我："难道你不嫉妒吗？跟一个喜欢你姐姐的人上床难道不奇怪吗？"

"不！"我不耐烦地说。

另一个波琳家的女孩

什么也阻挡不了这个女人。她的好奇心就像蜗牛身后的黏液一样,甩都甩不掉。"我觉得这很奇怪。你从他的床上下来后,又与安妮上床睡觉。你们两个肩并肩,几乎全裸。他一定希望能到你的房间里来,立刻把你们两个都睡了!"

我惊呆了。"这么污秽的语言,陛下听了会非常生气的。"

她笑了笑,那种笑不应该出现在女士的房间,在妓院里会更加适合。"当然,只有一个男人会在这对美丽的姐妹睡觉后到这里来,那就是我丈夫。我知道他大多数晚上都会来,因为他从来没和我睡过觉。"

"我的上帝,谁能怪他呢?"安妮大声叫道,"换做是我,我宁愿和虫子睡在一起,也不愿整夜听你在我耳边叽叽喳喳。出去,简·帕克,把你那肮脏的嘴和你那坏心眼带到该去的地方,我和玛丽要去跳舞了。"

法国使节一走,红衣主教沃尔西就创建了一个秘密法庭。他似乎一直在等待喧嚣过后的平静和隐秘。他传唤证人、检察官和被告,当然,他自己是法官。这样看来,沃尔西是按自己的原则行事,而不是听命于国王的指令,也只有沃尔西敢这样做。这样,离婚就变成了教皇的指令,而不是国王个人提出的要求。令人震惊的是,沃尔西的法庭一直是个秘密。没有人知道这件事,除了那些乘船去威斯敏斯特的人,他们悄悄沿河顺流而下。我母亲也不知道,虽然,为了家族利益,她总是异常警觉。霍华德舅舅不知道,虽然他是个间谍头子。我也不知道,虽然总是躺在国王身边,给他暖床。安妮也不知道,虽然每天偎依在他怀中。最重要的是,连王后都不知道这事。他们秘密审判了一个无辜的女人的婚姻,时间长达三天,而她却什么都不知道。

沃尔西在威斯敏斯特设立秘密法院是为了审判亨利国王,因为他与自己已逝的兄长之妻非法同居。控告罪状非常严重，法院亦很荒谬：亨利由自己的大法官指控。法官们在审判国王时，一定是在折磨自己，因为他们不得不看着国王低下头，前往被告席听判。亨利承认，由于教皇错误的赦免，他才娶了自己兄弟的妻子。他说，在那时，以及之后的日子里，他都曾对这一赦免产生"严重怀疑"。沃尔西宣布这件事应该提交给教皇使臣处理，因为他公正无私，国王同意了，于是他找来一名律师，自己退出审讯。三天之后，法庭传唤神学家前来提供证据，证明娶死去兄弟之妻乃是非法，当有人对林肯主教进行审讯时，我舅舅的探子终于得到了秘密法庭的消息。我、乔治和安妮立刻被召到他的房间。

"为什么离婚？"他问，声音紧绷，带着兴奋。

安妮听到这消息几乎喘不过气来。"他一定是为了我，他一定是打算把王后的位置留给我。"

"他有提到过吗？"我舅舅直截了当地问。

安妮与他的目光相遇。"不。他怎么能那样说呢？但我敢打赌，他一摆脱王后就会告诉我。"

我的舅舅点了点头。"你能吸引他多久？"

"这需要多久呢？"安妮反驳道，"法庭正在开审，会很快宣布一个判决，王后将要下台，国王最终会自由。瞧！就轮到我了！"

他不由自主地为她的自信笑了。"瞧！就是你了。"他附和道。

"这么说你同意了，"安妮跟他讨价还价，"玛丽要么离开宫廷，要么按照我的要求留下来。家人需要时刻支持我，我们玩这个游戏只为了我的利益，没有其他选择。玛丽不能恢复到自己之前的角色，你也不要催促她。我是我们波琳家族唯一拿得出手的女孩。"

舅舅看着我父亲，父亲看看这个女儿，又看看那一个，然后耸了耸肩。"她们两个我都表示怀疑，"他直白地说，"他的要求肯定不只是一个普通人,但显然不会是玛丽,玛丽走完了自己的全盛时期,而他对她已经冷淡了。"

听到这种冷漠无情的分析,我不寒而栗。我父亲说到这里连看都不看我一眼,对他来说,这只是生意。"那就不是玛丽了。但我很怀疑他对安妮的爱是否足够强烈,强烈到让他能放弃选择法国公主。"

我舅舅想了一会儿。"我们支持哪一个?"

"安妮,"我母亲提议道,"他为安妮而疯狂,如果他这个月能摆脱他的妻子,我想他可能会娶安妮。"

舅舅看看姐姐,又看看我,就像在挑选苹果一样。"那就安妮吧。"他说。

安妮没有笑,她只是松了一口气。

舅舅推开椅子,站了起来。

"那我怎么办呢?"我尴尬地问。

他们都转过头看着我,感觉有那么一会儿,他们似乎都忘记了我的存在。

"我怎么办呢?如果他叫我去和他睡觉,我是该去呢还是该拒绝呢?"

舅舅没有说话。就在那一刻,我感受到了安妮至高无上的权力。舅舅是我们家的家长,在我的世界里他是权威的源泉,而他现在指望我姐姐做出决定。

她说:"她不能拒绝,我们可不想让一些荡妇上他的床,去分散他的注意力。他在晚上必须有玛丽做他的情人,这样白天才会继续爱上我。但是你一定要显得很呆板,玛丽,像个枯燥乏味的妻子。"

"我不知道我能不能做到。"我烦躁地说。

安妮发出咯咯的笑声,听起来非常性感。"哦,你可以的,"她对舅舅偷偷地笑了笑,"玛丽,你有时非常呆滞无聊,不要低估了你自己。"

看到舅舅忍住了笑，我非常生气，脸涨得通红。乔治向我靠过来，贴在我肩上给我安慰，好像在提醒我，抗议对我没有好处。

安妮望着舅舅，扬起她的眉毛，然后舅舅点了点头，告诉我们可以走了。她领着我走出房间，我跟在她裙摆后面。我一直害怕自己有一天不得不跟在她后面打转，这一幕还是来了。她领着我们走到阳光下，穿过射箭场，望向外面的花园和陡峭的梯田，又看看下面的护城河，望向远处的小镇和河流。我一路低着头，乔治用手戳了戳我的手，但我几乎感受不到，我因被姐姐抛弃而懊恼不已。我的家人已经决定让我做娼妓，让她做妻子。

"那么我就要当王后了。"安妮说着，感觉自己在做梦一样。

"我将是英国国王的内兄了。"乔治说，似乎他不敢相信这一点。

"那我将成什么呢？"我争着问。我不会成为国王的宠儿，不再是宫廷的中心人物。我从十二岁起就一直在这里，而我将失去这个地方。这会是我做妓女的最后一年。

"你将是我的女侍臣，"安妮温柔地说，"你会是另一个波琳家的女孩。"

※

没有人知道王后是否已经察觉她的灾难即将来临，他们一直在准备着这一天的到来。在这个春天，王后坚如磐石。红衣主教在欧洲的各个大学搜罗证据，寻找对王后、对这个国王的妻子不利的证据，而她完全是无辜的。王后似乎想要挑战命运，她又开始织新的祭坛布，和她以前织的相配。这两幅一起织会非常辛苦，要花费数年时间，还需要一大批侍女帮忙，才能顺利织完。对王后来说，她所做的每一件事，甚至包括她的纺织，都必须能向世界表明她是英格兰王后，无论是生还是死。还能是什么呢？以前从来没有王后被抛弃过。

她曾请求我帮忙绣出天使图中蓝天的轮廓。那幅画是一位佛罗伦萨画

另一个波琳家的女孩

家为她画的,风格非常新颖。小天使身材丰腴,羽毛翅膀半遮半掩,圣诞马槽①周围的牧羊人神态明亮,富有表情。看艺术家画的画就像看一场戏,画中人物栩栩如生。我很高兴我不用再用针沿着细线织绣了。蓝天的图案还未绣好,沃尔西就已经宣判了结果,教皇也证实了这一点,王后会被舍弃,之后会待在修道院,到时修女们会帮忙缝制复杂的帷帐和羽毛翅膀,而我们波琳家族会开始收网,将单身的国王攥于手中。我用完了一长卷蓝色丝线,也只完成了蓝天的一小块。当我正在狭小的窗户边刺绣时,突然看到顶着一头棕色头发的哥哥一路往上跑,跑上护城河的台阶,之后就不见了。我伸长了脖子仔细瞧,还是看不见他。

"怎么啦,凯里夫人?"王后在我身后问道,声音平淡无味。

"我哥哥跑进来了,"我说,"我可以下去看看他吗,王后殿下?"

"当然,"她平静地说,"如果有重要的消息,你可以直接告诉我,玛丽。"

我把针握在手里,离开房间,匆匆走下石阶,向大厅走去。乔治刚破门而入。

"发生什么事了?"我问。

"我必须找到父亲,"他说,"教皇被捕了。"

"什么?"

"父亲在哪里?他在哪里?"

"也许和办事员们在一起。"

乔治立刻转身向他们的办公室走去。我急忙跟在他后面,抓住他的袖子,但他挣脱了。"等等,乔治!被谁逮捕了?"

"西班牙军队,"他说,"受雇于西班牙查理国王的雇佣军。据说他们失

---

① 传说玛利亚到达伯利恒时无处安身,耶稣便降生于马棚中,玛利亚以襁褓包裹他,放入干净的马槽。因而马槽也就成为了新生的耶稣的摇篮。

去了控制,洗劫了圣城,还抓捕了教皇陛下。"

我一动不动地站了一会儿,吓得哑口无言。"他们会放他走的,"我说,"他们不可能如此……"我说不下去了。乔治急着向前跑,几乎是弹跳着跑开的。

"想想!"他劝告我,"如果教皇被西班牙军队俘虏了,这意味着什么?这会怎样?"

我摇了摇头。"圣父有危险了,"我有气无力地说,"不能逮捕教皇……"

乔治哈哈大笑起来。"傻瓜!"他拉着我的手,让我跟在后面,上了楼,到了职员的办公室。他使劲敲门,将头靠在门上。"我的父亲在里面吗?"

"和国王在一起,"有人回答,"在他的私人接待室里。"

乔治转身跑下楼梯。我提起我的长裙,啪嗒啪嗒地跟在他后面。"我不明白。"

"谁能授命国王离婚?"乔治在楼梯转弯处停了一下,说道。他抬头看着我,棕色的眼睛里闪烁着兴奋的光芒。我站在上面犹豫着,像一个环形楼梯的护卫。

"只有教皇。"我结结巴巴地说。

"谁囚禁了教皇?"

"你说的是西班牙的查理国王。"

"查理国王的姨妈是谁?"

"王后。"

"那么你认为教皇现在会同意国王跟王后离婚吗?"

我停了下来。乔治向上跳了两级台阶,吻了吻我张开的嘴。"傻丫头,"他热情地说,"这对国王来说简直是个灾难,这意味着他永远也摆脱不了她。现在一切都出岔子了,我们波琳一家也出了差错。"

另一个波琳家的女孩

我一把抓住他的手,好像生怕他要从我身边跑开似的。"那你为什么这么高兴,乔治?如果我们都被毁了?你为什么这么高兴?"

他嘲笑我。"我不是高兴,我是疯了!"他说,用近乎吼叫的声音,"一时间,我开始相信我们都疯了。我开始相信安妮会成为他的妻子,成为下一任英格兰王后。现在我又清醒了,感谢上帝。这就是我笑的原因。现在让我走吧,我要把这个消息告诉父亲。我从上游来的船夫那里得到了这个消息,他给红衣主教捎了口信,父亲肯定想率先知道这个消息,如果我能找到他的话。"

我让他走了,他发疯了,谁也抓不住他。

他走下石阶,我听见他的靴子咔嗒咔嗒的声音。接着听见砰的一声,是大厅的门打开了,之后传来一阵快速踩踏石板的声音,再之后听见一声狗叫,是他把一只狗踢到了一边,最后听见嘎吱一声,门关上了。我坐在楼梯上,就在他刚刚离我而去的地方,手里还拿着王后的刺绣针。我不知道波琳家族现在该何去何从,因为所有的权力再一次回归到王后身上。

乔治还没有告诉我是否应该把这个消息告诉王后。我想等我回到王后的房间里去,还是什么都别说的好。我平复了表情,拉下裙子的胸衣,镇静下来才开门。

她已经知道了。祭坛的布被扔到一边,由此我看出来她已经知道了这个消息。她站在窗口向外望,仿佛她能看到他们去了意大利,看到她凯旋的外甥,正骑着马进入罗马。查理国王曾承诺会爱她、尊敬她。我走进房间时,她瞥了我一眼,非常警惕。看到我惊愕的表情,她咯咯地笑了起来。

"你听到消息了吗?"她猜到了。

"是的,我哥哥正要跑去告诉我的父亲。"

"这会影响一切,"她断言,"一切的一切。"

"我知道。"

"要是你姐姐听到了,她会非常难过的。"她狡猾地说。

我忍不住笑了起来。"她称自己是暴风中飘摇的少女!"我大笑着说道。

王后用手捂住嘴。"安妮·波琳?暴风中飘摇?"

我点了点头。"她送给他一颗宝石,上面刻着一个姑娘。姑娘站在已被暴风雨淹没的船上!"

王后手指弯曲,把指关节拿到嘴边。"嘘!嘘!"

听到门外一阵喧闹,她很快就回到了自己的位置上,把刺绣架拉了过来。她那沉重的三角帽耷拉在刺绣上,她又板起脸,瞥了我一眼,向我点头示意,叫我回去刺绣。于是,我又拈起一直带在身上的针和线。所以当卫兵打开门时,我和王后正在默默地缝纫,不辞辛劳。

是国王,没有随行人员。他走了进来,看见我,仔细打量了周围一番后,靠拢过来,似乎很高兴有我做见证,听听他要对结婚多年的妻子说的话。

"您的外甥犯下了最恶劣的罪行。"他直接开门见山地说,声音严厉,充满愤怒。

她抬起头来,说道:"陛下。"然后行了屈膝礼。

"我说的是,最恶劣的罪行。"

"为什么?他做了什么?"

"他的军队抓住了圣父,还将他囚禁起来。这是亵渎神明的行为,是对圣彼得的人身侵犯。"

她一脸疲倦,微微皱了一下眉头。"我相信他会立刻释放圣父,使他恢复原职,"她说,"为什么不会呢?"

"他不会的,因为他知道,如果他掌握了教皇,也就掌控了我们所有人!他知道我们是他的爪牙!他企图通过统治教皇来统治我们大家!"

王后回过头继续刺绣,但我没有转移目光。眼前的国王变得陌生,好

另一个波琳家的女孩

似一个我从未见过的人。他没有像往常那样大发雷霆,而是冷漠地生气。亨利从十八岁起就以暴君闻名,如今,他已有成熟男人的全部特质。

"他是个有雄心壮志的年轻人,"她温柔地附和道,"我记得你像他这个年纪时,也是这样志在四方。"

"我可没想过要控制整个欧洲,去破坏伟人的计划!"他尖刻地说。

她抬头看着他,带着一贯愉悦自信的微笑。"不是这样,"她说,"他好像受到了神的指引,不是吗?"

舅舅规定我们大家都要表现出一副坚不可摧的样子,就好像我们没有遇到任何问题,波琳一家也不曾倒下。所以,安妮的房间仍然有欢声笑语,有音乐,与国王调情也从未停止。没有人再把这里唤作我的房间。虽然曾经是给我准备的,也为我布置了家具,但现在已经变成了安妮的房间。我也变成了影子,就像王后变成了幽灵一样。虽然我和安妮住在一起,睡在一起,但现在她是实实在在的人儿,我不过是影子罢了。安妮要了牌,安妮要了酒,当国王走进房间时,安妮抬起头,露出那自信怡人的微笑。

我别无选择,只能微笑着退居其后。国王晚上可以睡我,但白天他都属于安妮一个人。从我做他情人这么久以来,我第一次觉得自己真的像个婊子,而这一切都源于我的姐姐,是她如此羞辱我。

王后大部分时间都是一个人。她每天继续织祭坛布,花几个小时做祷告,也会时常会见约翰·费希尔主教,向他忏悔。费希尔是罗契斯特大主教,他常常与王后一待就是好几个小时。当他出来后,神情严肃又安然。我们常常看着他从鹅卵石铺成的小山上走下来,然后走上船。我们总是会嘲笑他走得很慢。他一路低着头,愁眉不展,好像不堪思想的重负。

"她一定是犯了罪。"安妮说道。每个人都在侧耳聆听,等着听她讲笑话。

"哦,为什么呢?"乔治迫切地问。

"因为她每天都要忏悔好几个小时!"安妮大声说,"天知道那个女人都干了些什么,她坦白的时间比我吃饭的时间还要长!"

一阵轻松、附和的欢笑声传来,流露出阿谀奉承。安妮拍了拍手,要求放音乐。情侣们结对跳舞。我留在窗前,看着主教离开王后,离开宫廷,好奇他们俩这么长时间究竟在谈论什么。难道王后知道国王的计划吗?难道她是想让英国教会反对他吗?

我从跳舞的人群中挤出去,走进王后的房间。这段日子,这里寂静无声。远处的窗户再有也没有传来音乐声,过去对来访者敞开的大门现在也已紧掩。我打开门,走了进去。

王后的客厅空无一人。祭坛布扔在一旁的凳子上,天空只完成了一半。如果没有人同她一起绣,祭坛布永远绣不好。我不知道她如何能忍受一个人在角落里绣,眼见面前空布料一尺接一尺,壁炉里的火已熄灭,房间很冷。霎时间,我真的有点恐惧。如果她被带走了呢?这个想法很疯狂,因为谁能逮捕一个王后?王后又能被带到哪里去?也就在那一瞬间,我想这寂静空荡的房间可能只意味着一件事,那就是亨利突然发怒了,他一刻都不想再等下去,所以就派他的士兵把她带走了。

接着,我听到一个微弱的声音。这声音太可怜了,我还以为是小孩子在恸哭。声音是从王后的私室传来的。

那伤心欲绝的哭声中有某种东西,像是在呼唤某个人。我没多想,直接打开门,走了进去。

是王后。她把头埋在华丽的被子里,帽子歪向一边。她跪在地上,就像在做祷告,但她嘴里塞着被子,发出一种非常可怕的、撕心裂肺的哀鸣。国王站在她身后,双手叉腰,仿佛绿塔上的刽子手。听到开门声,国王回过头看见我,但他似乎没有认出我。他面无表情,神情严峻,像是被逼得走投无路才这样。

"所以我不得不告诉你,这段婚姻确实是非法的,也必将被废除。"

王后抬起头,泪流满面。"我们得到了豁免特许。"

亨利坚定地说:"教皇不能废除上帝的律法。"

"这不是上帝的律法……"她低声说。

"不要和我争辩,夫人。"亨利打断了她,怕她太过聪明,说出端倪,"你必须搞清楚一点,你将不再是我的妻子,不再是英国的王后,所以你务必退到一边。"

她眼泪汪汪地看着他,说:"我不能靠边站,即使我愿意也不行。因为我是你的妻子和王后。没有什么可以阻止,没有什么可以将其放在一边。"

国王朝门口走去,想拼命从她的痛苦中逃离。他走到门口说:"我已经通知过你,你也亲耳听见了。你不能怪我对你不忠诚。我已经告诉过你,事情必须这样。"

"我这么多年一直爱着你!"她在他身后大声说,"我把我的青春都给了你。告诉我,我是在什么地方得罪你了吗?我有做过什么令你不悦的事吗?"

他就要走了。我赶紧退到墙边,让他能从我身边过去。但听到这最后的辩护,他停住脚步,转过身去。

"你得给我生个儿子,"他言简意赅,"而你却没有生出来。"

"我努力了!上帝知道,亨利!我努力过了!我给你生了一个儿子,虽然他没有活下来,但那不是我的错。天堂里的神想要我们的小王子,不是我的错。"

王后的声音痛苦万分,他倍感震惊,但还是走开了。"你得给我生个儿子,"他重复道,"为了英格兰,我必须要有个儿子,凯瑟琳,你是知道的。"

她脸色惨白。"你必须顺从上帝的意愿。"

"是上帝让我这么做的!"亨利喊道,"上帝已经亲自警告过我,让我必须结束这桩罪恶的婚姻,开始新生活。如果我这么做了,我就会有一个儿子。我知道这样可行,凯瑟琳,而你……"

"是吗?"她立刻说,就像她的灰狗嗅到了某种气味,她全部的勇气顿时迸发出来,"我会怎么样?进修女院吗?一直到老?一直到死?我可是西班牙的公主,是英国的王后。除了这些,你还能给我什么?"

"这是上帝的旨意。"他重复道。

她笑了起来,声音非常可怕,同她的哭声一样狂野,令人不寒而栗。"上帝的旨意是让你抛弃你的结发之妻,娶一个无足轻重的人?娶一个妓女吗?娶你那婊子的姐姐吗?"

我呆若木鸡。但亨利还是走了,从我身边挤了出去。"这是上帝的意愿,也是我的意愿!"他在外面的房间里喊道,随后,只听见门被砰的一声关上了。

我蹑手蹑脚地往外走,害怕她发现我看见她哭的样子,也害怕她看见我。毕竟,她刚刚称呼我是婊子。但是她抬起头,只是说:

"帮帮我,玛丽。"

我默默地向前走去。我认识她七年了,这还是第一次听到她寻求帮助。她伸出胳膊让我把她拉起来。她几乎站都站不稳,眼睛也红肿不堪。

"您应该休息,王后殿下。"我说。

"我不能休息,"她回答道,"把我扶到祷祝台前,把我的念珠给我。"

"殿下……"

"玛丽,"她沙哑地说,痛苦的哀号和呜咽过后,她的声音已经嘶哑,"他会毁掉我的,会剥夺我们女儿的继承权,也会毁掉这个国家。他的灵魂将会下地狱。我必须为他祈祷,为我祈祷,为我们的国家祈祷。我还要给我的外甥写信。"

"陛下,他们不会把信送出去的。"

"我有办法把它送到。"

"不要写任何对你不利的话。"

听到我声音里的恐惧,她停下了,苦笑了一声,但眼神依然坚定。"为什么?"她问,"你认为我还会比这更糟吗?叛国罪无法加之于我身,我是英国王后,我是英国人。我不能离婚,我是国王的妻子。今年春天他已经疯了,到秋天就会好起来。我要做的就是安稳度过这个夏天。"

"波琳家的夏天。"我说,心里想着安妮。

"波琳家的夏天,"她重复一遍,"不会超过一个季节。"

她抓起祈祷用的天鹅绒坐垫,双手布满褐斑。我想在这个世界上,她再也听不见任何声音,再也看不见任何事情。她离上帝很近了。我悄悄走出去,随手关闭了身后的门。

❊

乔治躲在王后的客房中,像个刺客一样潜伏在黑暗里。"舅舅在找你。"他简短地说。

"乔治,我不能去。替我找个借口吧。"

"走吧。"

一道阳光透过窗户照进屋子里。我走进这束明亮的光线中,对着阳光眨了眨眼睛。我听见外面有人在唱歌,还听见安妮欢乐的笑声,是那样的无忧无虑。

"求你了乔治,告诉他你找不到我。"

"他知道你和王后在一起。我是奉命等你出来的,每次都是这样。"

我摇了摇头。"我不能背叛她。"

乔治抓住我的胳膊肘，三步并作两步，把我押往门口。他健步如飞，我不得不跑起来才能跟得上。他大步跨越过楼梯，如果不是他像老虎钳一样紧紧夹住我的胳膊，我可能会失足。

"谁是你的家人？"他紧咬牙关问。

"波琳一家。"

"谁是你的亲戚？"

"霍华德一家。"

"你的家在哪里？"

"赫佛和罗奇福德。"

"你的王国是什么？"

"英格兰。"

"你的国王是谁？"

"亨利。"

"那么就以这个顺序为他们服务。在这个列表里，我有提到西班牙王后吗？"

"没有。"

"记住了。"

我表示不服。"乔治！"

"每天我都想放弃对这个家的渴望，"他用残酷的声音低声说道，"每天我都得小心侍候着我家的两位姑娘，不是这个妹妹，就是那个。每天我还要迎合国王。每天我都在否认自己的欲望，自己的激情，我否认我自己的灵魂！我把我的生活当作自己的秘密。现在你也这样了。"

他没有敲门，直接把我推进霍华德舅舅的私室。舅舅坐在书桌前，阳光洒落下来，照耀在他的文件上。桌上一束玫瑰花鲜艳地绽放着。见我进来，他抬起头来，敏锐的目光一眼洞穿我急促的呼吸，以及我脸上的愁容。

"我想知道国王和王后之间发生了什么事，"他开门见山地问，"一个女仆说你和他们待在一起。"

我点了点头。"我听到她的哭声，就走了进去。"

"她哭了吗？"他怀疑地问。

我点点头。

"告诉我。"

我沉默了片刻。

他又看了我一眼。他眼神深邃，具有穿透力，那是权力的象征。"你告诉我。"他重复道。

"国王对她说，他们的婚姻无效，所以他正在想办法解除婚姻。"

"那她呢？"

"她指责他因为安妮才抛弃了她，他也没有否认。"

舅舅的眼睛里直冒星光。"你是怎么离开她房间的？"

"祈祷。"我说。

舅舅从桌子旁站起来，向我走近。他握住我的手，若有所思，然后轻轻地对我说："玛丽，你想在夏天去看你的孩子，是吗？"

我渴望回到赫佛，渴望见到小凯瑟琳和我的宝贝儿子。一想到他们，我就头昏眼花。我闭上双眼，冥想片刻，就能看到他们，能感觉到他们躺在我的怀里，能闻到婴儿那香甜的发香和身上暖暖的阳光的味道。

"如果这件事你能做好，宫廷进行夏季巡游的时候，我可以让你待在赫佛。整个夏季，你都可以和孩子们在一起，没有人会打扰你们。你的任务已经完成，我也会释放你离开宫廷。但是这件事情你必须帮助我，玛丽。你务必明确告诉我王后接下来打算做什么。"

我轻轻叹了口气。"她说她要给她的外甥写信。她知道如何把信送到她外甥那里。"

他笑了。"我希望你能发现她是如何给她西班牙外甥寄信的,再来告诉我。一旦此事完成,一周后你就可以和你的孩子们在一起了。"

我忍住背信弃义的自责感。

他回到书桌前,开始处理文件。"你可以走了。"他漫不经心地说。

我走进房间,看见王后坐在餐桌旁。"啊,凯里夫人,你能再为我点支蜡烛吗?我写字太暗了。"

我将另一个烛台点燃,放到她旁边。我看见她在用西班牙语写信。

"你能派人去把费利佩斯先生找来吗?"她问我,"我找他办件事。"

我犹豫不决,但她抬起脸,对我微微点点头。于是我行了屈膝礼,走到门口。那儿有一个男仆在看守。"去把费利佩斯先生找来。"我说。

不一会儿他来了。这是一位干粗活的下人,已到中年。王后出阁前他本已是她宫中一名侍从,凯瑟琳成婚他就从西班牙跟了过来,尽管现在娶了一个英国女人,生了英国孩子,但他从未遗忘西班牙口音,也没有丧失对西班牙的热爱。

我把他领进房间,王后看了我一眼。"让我们单独待一会。"她说。我看见她把信折好,用她自己的密封戒环——西班牙石榴——封好。

我走到门外,坐在靠窗的座位上,像密探一样等着。之后他走出来,把信塞进他的紧身上衣里。我厌烦地去找霍华德舅舅,把一切都告诉了他。

费利佩斯先生第二天就离开了王宫。我步履蹒跚地前往温莎堡顶峰,舅舅发现了我。

"你还是去赫佛吧,"他简短地说,"你的工作做完了。"

"舅舅?"

"费利佩斯先生从多弗启航前往法国时,我们会去截住他,"他说,"那里离宫廷很远,任何风吹草动都不会传到王后耳朵里。我们会拿到她写给她外甥的信,而这会毁了她。那封信将会是叛国的罪证。沃尔西在罗马,到时候王后为了保全自己将不得不同意离婚。今年夏天国王可以重获自由,可以再婚。"

我想到了王后的信念:只要她能坚持到秋天,她就能保全自己。

"今年夏天订婚,等秋天我们都回到伦敦再举行婚礼和加冕仪式。"

我忍了。一想到我姐姐将成为英格兰王后,而我将成为国王抛弃的妓女,我就心寒齿冷。"那我呢?"

"你可以去赫佛。安妮成为王后之后,你可以回到宫廷,做她的女侍臣。那时她需要家人的陪伴。但现在你的任务已经完成了。"

"我今天就可以走吗?"我只问了这么一句。

"如果你能找到人带你上路的话。"

"我能问问乔治吗?"

"可以。"

我向他行了屈膝礼,转身加快脚步,向山上走去。

"在费利佩斯这件事情上,你做得很好,"我匆匆离开时舅舅对我说,"这为我们赢得了必要的时间。王后以为她的援军已在路上,但她还是孤身一人。"

"我很高兴为霍华德家效力。"我简短地说。没有人知道我多想把霍华德一家埋在家族的大墓穴里,乔治除外,我不会觉得有任何损失。

乔治一直在陪国王骑马,他不愿意再到马鞍上去。"我现在头昏脑涨。我昨晚又喝酒又赌博,而且弗朗西斯也不可能……"他打住话头,"今天我不想去赫佛,玛丽,我受不了了。"

我握住他的手,让他看着我的脸。我感到自己已泪眼汪汪,而我任由泪水滴落在脸上。"乔治,求求你,"我说,"要是舅舅改变主意了怎么办?帮帮我吧,带我去见我的孩子,拜托了!带我到赫佛去。"

"哦,别这样,"他说,"别哭了,你知道我讨厌这样。我会带你去的,我当然会带你去。派人到马厩去,吩咐给我们套好马鞍,我们马上动身。"

我冲进房间,安妮也在里面。我拿了几样东西装进一个袋子里,看着箱子捆好,这些行李都会放在马车上随我而去。

"你要去哪儿?"

"赫佛。霍华德舅舅说我可以去了。"

"那我呢?"她问。

听到她绝望的语气,我便走到她跟前,仔细盯着她。"你呢?你什么都有了。上帝,你还想要什么?"

她坐在小镜子前的凳子上,用双手托着下巴,凝视着镜中的自己。"他已经爱上我,"她说,"他为我发疯。我整天都在想办法让他围着我转,把他攥在手心。当我和他跳舞时,我能感觉到他阴茎勃起,硬得像块遮裆片①。他非常想要我。"

"所以?"

"我必须让他保持这种状态,就像炭火上的汤锅一样。我得让他小火慢炖,忍耐一下。如果他发怒了我怎么办?我会被烫伤致死。如果他冷静下来,到别的地方去发泄找乐子,那我就有了一个对手。所以我才需要你在这儿。"

"让他发泄?"我重复着她那粗鲁的语言。

---

① Codpiece,或译作遮阴布、阴囊袋等,中世纪男士以布片等材质装饰两股之间的一种衬垫。

另一个波琳家的女孩

"是的。"

"你不得不自己想办法了,"我说,"你只有几个星期的时间。舅舅说你们今年夏天订婚,秋天结婚。我已经尽了我的本分,我可以离开了。"

安妮没有问我做了什么事,尽了什么本分。她总有一种幻觉,就像一盏合上的提灯。她只在一处闪闪发光。在她心里,自己是第一位的,然后才是波琳一家,最后才是霍华德一家。她根本不需要乔治的教义问答,那是提醒我忠诚时专用的,而安妮总是知道自己想要什么。

她说:"我还可以再坚持几周。到那时,我便会拥有一切。"

1527年夏

乔治把我送到赫佛后就离开了。宫廷会在夏季前往英国的乡村避暑。在那个完美的夏季，阳光灿烂，我没有收到乔治或安妮传来的任何消息，我也不在乎。我有孩子们，还有自己的家。这里没有人注意我的脸色，没有人看我是否面色苍白或满怀嫉妒，没有人躲在背后闲言碎语，没有人议论我与姐姐孰美孰丑。我摆脱了王宫的监视，逃离了国王和王后之间的斗争，最重要的是，我摆脱了嫉妒之心，我不在自己与安妮之间拈酸吃醋。

在孩子们这个年龄段，每日时光在一系列的小活动中飞逝而过。我们用绳子拴了几片培根作饵，在护城河里钓鱼。给猎马套上马鞍，两个孩子轮流坐在上面散步。我们远行探险，穿过城堡的吊桥，到花园里摘花，或者到果园摘水果。我订了一辆马车，在车上铺满干草。我亲自拉着缰绳，载着孩子们穿过公园，来到伊登布里奇。在小房子里，我喝了几口淡淡的麦芽酒，看孩子们跪下来做弥撒，主持人起身，他们会目不转睛地盯着。白天过去，晚上我也亲眼看他们入睡。他们的皮肤被阳光晒得通红，长长的睫毛铺在胖乎乎的脸蛋上。此情此景，宫廷、国王和宠儿这些事我全都抛之脑后。

八月份，我收到了安妮的来信。她派她的亲信汤姆·史蒂文斯把信带给我。汤姆在汤布里奇出生长大。"我的女主人送来的，交到您本人手中。"在饭厅里，他跪在我面前虔诚地说。

"谢谢你,汤姆。"

"除了您,没有人见过这封信。"他说。

"很好。"

"只有您才能读这封信。我会看着您读完,然后把信烧掉。夫人,我们要眼见它燃烧殆尽。"

我笑了,但我感到有些不安。"我姐姐还好吗?"

"就像草地上的小羊羔。"

我撕开封条,把信摊开。

为我高兴吧,因为事情已经完成,我的命运也已注定。我有了一切,我将成为英国王后。他今晚向我求婚,并保证他在一个月内能获得自由之身,那时沃尔西会担任教皇。我对他说,我想与家人分享喜悦,所以要求父亲和舅舅能参加婚礼,这样我们就有了见证人,他也无法取消。他送我一枚戒指,但让我暂时先藏起来。这是一枚订婚戒指,他发誓要娶我。我已将不可能变成了可能,我抓住了国王的心,终结了王后的命运,我已经推翻了秩序。对这个国家的任何一个女人来说,一切都不一样了。

一旦沃尔西宣布他们的婚姻无效,我们就会结婚。王后在婚礼当天也会知晓,但在这之前,不会有人告诉她。她会去西班牙的修女院,因为我不希望她待在英国。

你可以为我和我们的亲人感到高兴。我不会忘记是你助我达成所愿。你会发现安妮是你的姐姐,是你真正的朋友,也是英国王后。

我把信放在腿上,看着炉火的余烬。汤姆走上前来。

"我现在可以把它烧了吗?"

"让我再读一遍。"我说。

他往后退了几步。但我这次没有再看那用黑墨水写的潦草字迹,那激动的语言。我不需要再提醒自己她写了什么内容。她一字一句都流露着胜利的喜悦。我作为英国宫廷宠儿的生活已经完全结束。安妮赢了,我输了。她即将开始新生活,就像她已经签名的那样:**安妮,英格兰王后**,而我几乎一无所有。

"所以,终于。"我小声自言自语道。

我把信递给汤姆,看着他把它扔到火红的余烬中间。纸张在高温下扭曲变形,成为棕色,然后变黑,但我还能复述信中的文字:"**我已经推翻了秩序。对这个国家的任何一个女人来说,一切都不一样了。**"

我不需要保留这封信件来记住她的语气。安妮成功了,她得意扬扬。她是对的,对这个国家的任何一个女人来说,一切都不一样了。从现在起,妻子都不再安全。无论她多么顺从,多么有爱。因为每个人都知道,如果像英国凯瑟琳王后这样的妻子都可以无缘无故地被抛弃,那么任何妻子都可以被抛弃。

信即刻燃烧成一团明亮的黄色火焰,我眼看它化作柔软的白色灰烬。汤姆用一根火棒把它捣成灰。

"谢谢你,"我说,"如果你去厨房,他们会给你拿些食物。"随后,我从口袋里掏出一枚银币给他。他鞠了一躬,就走了。我看着白色灰烬随着烟囱向上飘,飘向夜空。透过煤烟弥漫的砖拱门,我还能看到灰烬。

"安妮王后,"我一边念诵,一边聆听这个称呼,"英格兰的安妮王后。"

我正顾着孩子们睡午觉,突然从高高的窗户里看到一个人骑着马朝我们这边走来,还带了个随从。我急忙下楼,期待是乔治的到来,但那匹咔嗒咔嗒跑进院子的马是我丈夫威廉的,我很吃惊。他笑了。

"别怪我是悲观的预告者。"

"安妮?"我问。

他点点头。"煽风点火。"

我把他带到大厅,让他坐在我祖母的椅子上,这里离火炉最近。

"好了,"确保门已紧闭,房间里没有其他人后,我才说,"告诉我。"

"你还记得王后的仆人弗朗西斯科·费利佩斯吗?"

我点点头,什么也没说。

"他要求获得从多弗到西班牙的安全通行证,但那只是个幌子,他戏弄了国王。他带着一封王后写给她外甥的信,在一天清晨,搭乘专门租来的船只离开伦敦,前往西班牙。等他们意识到跟丢他时,他已经走远了。他带有王后写给西班牙查理皇帝的信,地狱里的魔鬼都逃出来了。"

我发现自己的心怦怦直跳。我把手放在喉咙上,想平静下来。"什么样的地狱?"

"沃尔西还在欧洲,但教皇事先得到了警告,不会让沃尔西担任教皇代理。没有红衣主教会支持他,就连和平协议也落空了,我们又得和西班牙开战。亨利派他的秘书飞奔到意大利奥维多,直接到了教皇的监狱,去请求教皇取消这段婚姻,允许亨利娶任何他想娶的女人,哪怕是他情人的姐姐,甚至是他的情妇本人。不是情妇自己,就是情妇的姐妹。"

我喘息着说道:"他要和他拥有过的一个女人结婚了?亲爱的上帝,不是我吗?"

威廉发出刺耳的笑声。"是安妮。他在为婚前与她上床做准备。波琳家的女孩们可不太擅长从这件事上脱身,是不是?"

我向后靠在椅子上,吸了一口气。我不想让丈夫嘲笑我毫无贞操。"所以呢?"

"因此这一切都取决于教皇,而他正在奥维多城堡,由王后的外甥看守着。所以我认为这是非常非常不可能的,你说呢?让教皇颁布一道诏书,让人们能想到的最不贞洁的行为合法化:与一个女人睡觉,又与她的姐妹睡觉,最后还和其中一个结婚。尤其是对一个国王来说,他的合法妻子是一个名声清白的女人,这个女人的外甥还掌握着欧洲大权。"

我上气不接下气。"这么说王后赢了?"

他点了点头。"再一次。"

"安妮怎么样?"

"依然光彩迷人,"他说,"早上第一个起床,整天笑着、唱着、令人赏心悦目,替人散心解闷。她与国王一起做弥撒,陪他骑马一整天,与他在花园里散步,观看他打网球。她坐在他身边听职员为他读信,同他玩填字游戏,和他一起研究哲学,像个神学家一样与他一起讨论。她整夜跳舞,编排化装舞会,策划娱乐,最后才睡觉。"

"她是……"我问。

"一个非常完美的情妇,"他说,"她永远不会停歇,我看她会累死的。"

一阵沉默后,他一饮而尽。

"所以,我们还是老样子,"我不相信地说,"根本没有任何进展。"

他笑了,笑得那样温暖。"不,我觉得你比以前更糟了,"他说,"因为现在你在外面,每个猎人都知道猎物之所在。霍华德家族已经不再遮遮掩掩。现在,每个人都知道你们在为王位而战。以前,你们看上去只是在追求财富和地盘,就像我们其他人一样,只是你们掠夺得多了一点。现在我们都知道你们的目标是树上最高的苹果。每个人都会恨你。"

"我没有,"我热血沸腾地说,"我待在这里。"

他摇了摇头。"你和我一起去诺福克。"

我僵住了。"你什么意思?"

"你对国王没用,但对我有用。我娶了一个女子,她仍然是我的妻子。

你可以跟我到我家去,我们生活在一起。"

"孩子们……"

"跟我们一起去。我们将按照我的意愿去生活。"他停顿了一下,"如我所愿。"他重复道。

我站起来,突然对他产生了一种恐惧感。眼前这个人如此陌生。我和他结过婚,睡过觉,却从来没有了解过他。"我还有强大的亲戚。"我警告他。

"你应该高兴才对,"他说,"如果你没有他们,五年前你第一次给我戴绿帽子的时候,我就把你抛弃了。现在不是做妻子的好时候,夫人。我想你和你的家人终会发现,你们可能会在你们自己制造的混乱中滑倒。"

"我什么也没做,只是服从家人和国王的指令。"我声音坚定,不想让他知道我很惶恐。

"现在你要服从你丈夫了,"他说,声音像丝绸一般柔和,"我真高兴你受过这么多年的训练。"

安妮:

　　威廉说我们波琳家迷路了,他要带我和孩子们去诺福克。求你发发慈悲,在我被带走无法回来之前,替我向国王求情,或者向霍华德舅舅抑或是父亲求情。

玛丽

我从通往父亲书房的小石阶上溜下来,来到院子里。我叫来一个波琳家的用人,让他把我的便条带到宫廷去,告诉他宫廷可能就在比尤利到格林尼治这段路上。

他向我脱帽致意，接过信。"一定要交给安妮小姐，"我说，"这事关重大。"

我们在大厅里用晚餐，威廉一如既往的彬彬有礼。他是一位完美的朝臣，总是喋喋不休地谈论宫廷里的新闻和闲话。波琳奶奶非常不满，她很生气，但她不敢公开抱怨。谁能对一个男人讲，他不能将他的妻子和孩子带回家呢？

蜡烛一端进来，她就快速地站了起来。

"我要睡觉了。"她不高兴地说。她离开房间时，威廉站起来向她鞠了一躬。

他还没坐下，就把手伸进紧身衣里，掏出一封信来。我立刻认出了自己的笔迹，正是我写给安妮的信。他把它扔在我面前的桌子上。

"不是很忠诚。"他说。

我捡起信。"阻止我的仆人、读我的信的人也不太礼貌。"

他冲我微笑。"'我的仆人和我的信'，"他说，"你是我的妻子，你的一切都是我的，我的一切也都归我，包括我名下的孩子和女人。"

我坐在他对面，双手平放在桌子上。我吸了一口气使自己镇定下来，提醒自己，虽然我只是一个十九岁的女人，但在这四年半的时间里，我做过英格兰国王的情妇，而且我生在霍华德家族、长在霍华德家族。

"听着，我的丈夫，"我平静地说，"过去的就过去了。你很高兴得到了你的爵位，你的土地，你的财富和国王的宠爱，我们都知道这些东西是怎样得来的。我不感到羞耻，你也不感到羞耻。任何像我们这种地位的人都会乐意得到这些。你我都知道，得到国王的青睐，赚取国王的俸禄并不是什么闲差事。"

威廉大吃一惊，被我突然的坦率吓了一跳。

"霍华德一家不会因为沃尔西这次的不幸而跌倒。这是沃尔西的误判，不是我们的。游戏还没有结束。如果你像我一样了解我的舅舅霍华德，你就不会这么着急下定论，认为他被打败了。"

威廉点点头。

"我敢肯定，我们的敌人正紧追不舍，西摩尔一家随时准备取代我们的位置。在英格兰某个地方，已经有一个西摩尔女孩在准备引起国王的注意。现实总是这样，总会有对手。但现在，不管国王是否能获得自由，是否会娶安妮为妻，安妮的地位正在上升。如果我们支持她的崛起，我们霍华德家族的所有人，包括你，我的丈夫在内，才最符合我们自己的利益。"

"她看起来如履薄冰，"他突然说，"她太拼了。为了站在他身边，她使出浑身解数，一刻都不曾懈怠。任何仔细观察的人都能看明白。"

"其他人看见又有什么关系呢，只要他看不见就行。"

威廉笑了。"因为她不能维持太久。她现在和他跳舞很容易，但她不可能永远这样。她本可以维持他的兴趣到秋天，可是没有一个女人能永远这样，没有哪个男人能保持那么久的兴趣不变，而她不得不努力做到这点。她本可以再坚持几个星期就取得胜利，但现在沃尔西失败了，她可能还需要再坚持几个月，也许会是好几年。"

一想到安妮在寻欢作乐的同时也在变老，我就忍不住了。"但她还能怎样呢？"

"没什么。"他咧嘴一笑，表情残忍又贪婪，"但是你和我可以去我的庄园，我们像一对夫妻一样开始新生活。我想要一个长得像我的儿子，而不是金发碧眼的都铎家的小孩。我想要一个和我一样黑眼睛的女儿。你要为我生下来。"

我低下了头。"我不会受到责备吧？"

他耸耸肩。"无论我怎样对你，你都要忍受。你是我的妻子，是不是？"

"是的。"

"除非你也想废除婚姻。现在结婚似乎已经过时了,如果你想,或许可以把你关在修女院?"

"不。"

"那就到我的床上去,"他说,"我马上就上来。"

我愣住了,没有想到这一点。他看着我,手里拿着酒杯。"怎么了?"

"我们能等到诺福克再进行吗?"

"不能。"他说。

✦

我慢慢脱下衣服,对自己的不情不愿感到很奇怪。我曾与国王睡过十几次,但我没有任何欲望,只是遵从他的意愿去满足他。去年,每当我知道他想要安妮时,我就强迫自己抱着他,在他耳边私语"亲爱的"。我知道自己就像个妓女,而那个男人就是个傻瓜,连真假硬币都分不清。

所以,我不再像第一次和这个男人上床完婚时那样,是一个十三岁的处女了,但我也还不是那种玩世不恭的女人,可以毫不畏惧地与带着敌意的男人上床。威廉有一笔账要跟我算,我怕他。

他不慌不忙。我慢慢爬到床上假装睡着。这时门开了,他走了进来。我听见他在房间里走来走去,脱下衣服,躺在我旁边。他把被子拉到他裸露的肩膀上,我感到被子变重了。

"还没睡着?"

"没有。"我承认。

在黑暗中,他把手伸向我,摸到我的脸,又从我的脖子摸到肩膀,再到我的腰。我穿着亚麻布内衣,但透过那块细布,我能感觉到他的手掌冰凉。我听到他的呼吸加快。他把我拉向他,我屈服了,为他摊开身子,就像我对亨利做的那样。我迟疑了片刻,觉得除了亨利,我也不知道该为别人做些什么。

"你不愿意吗?"他问。

"我当然愿意！我是你的妻子。"我平静地说。

我担心他会诱骗我拒绝他，这样他就可以顺势把我抛弃，但他那一声失望的叹息让我明白，他是真心希望得到更热烈的回应。"那我们睡觉吧。"

我如释重负，但又不敢说一个字，生怕他改变主意。我静静地躺着，一动不动。他转过身去，把被子盖过肩膀，一头栽到枕头上，随后安静下来。那时，也直到那时，我才解开内衣带子，抹去脸上虚伪的笑容，那是霍华德家的人常有的笑容。我让自己慢慢入睡。我又熬过了一个晚上，我还在赫佛。霍华德家的人有一切可以为之奋斗，明天什么事都有可能发生。

✦

我们被敲门声吵醒了。威廉还没有醒来，没来得及抓住我的手，我就已经起床。我打开门，厉声说："嘘！大人正在睡觉。"我假装这是我唯一关心的事情，而没有表现出我早就想尽快从他的床上下来。

"安妮小姐有紧急消息。"仆人说着，递给我一封信。

我很想披上斗篷，到远离威廉的地方再看信。但他醒了，坐了起来。"我们亲爱的姐姐，"他讥讽地笑着问，"她怎么说？"

我别无选择，只好当着他的面打开这封信。只是希望上帝保佑安妮在她自私的一生中，能想到别人一次。

妹妹，

国王和我命令你同你的丈夫前来里士满与我们会面，在那里我们都会很开心。

安妮

威廉伸手来拿信，于是我递给了他。

他说："我离开宫廷时，她猜到我是来找你的。"我什么也没说。"所以只要你一跳，就又可以摆脱了我，"他怨恨地说，"我们又回到了原点。"

他的确说到我心坎里去了，但从他冷酷的语气背后，我听出了他的痛苦。绿帽子可不是一顶舒服的头饰，而他已经戴了五年。我慢慢走到床前，向他伸出手。"我是你的妻子，"我温柔地说，"虽然生活迫使我们相隔甚远，但我从未忘记这一点。如果我们是名副其实的夫妻，威廉，你会发现我是你的好妻子。"

他抬头看着我。"难道这是一个害怕时势逆转的霍华德家的人说的话吗？她在想，波琳家的第一个女孩被毁了以后，做另一个波琳家的女孩，不如做凯里太太更保险是吗？"

他猜得如此精准。我不得不转过头去，不敢直视他的眼睛，以免让他看到我眼中的真相。"哦，威廉。"我自责地说。

他把我拉到他身边，把我的脸转向他，用手指托着我的下巴。"亲爱的妻子。"他讽刺地说。

我闭上了眼睛，不敢去看他盘查的眼神。令我吃惊的是，我感觉到他脸上的温暖和柔情，感受到他温柔的吻靠近我的嘴唇。顿时，欲望之泉在我心中涌动，如久旱逢甘露。我双手搂住他的脖子，把他拉得更近。

"昨晚我一开始就做得不好，"他温和地说，"所以不是现在，也不是在这里。不过也许很快就会在某个地方，你觉得呢，小妻子？"

我抬头对他笑了笑，掩饰着不去诺福克的宽慰。"很快，在某个地方，"我回应道，"只要你愿意，威廉，哪里都可以。"

1527年秋

在里士满，除了没有王后的头衔，安妮已成为名副其实的王后。她的新处所紧挨着国王，她有女侍臣，有一堆新礼服，有数不尽的珠宝首饰。她还有几匹猎马，可以与国王一起去狩猎。当国王的谋士在与他探讨国家大事时，她也在他身旁，坐在自己的专用座椅上。只有在大厅里，真正的王后进来吃饭时，安妮才被降级坐到低阶地板的一张桌子上吃饭，凯瑟琳则坐在她王后殿下的座位上用餐。

我被安排睡在安妮的房间里，部分原因是为了给她台阶下。因为我和她同住一屋，就不会有人认为国王的长期陪伴等同他们是情人。实际上，我夹在其中是为了助她与国王保持一定的距离。他不顾一切地想要得到她，甚至争辩说，既然他们已经订婚了，就可以和她上床睡觉。安妮使出浑身解数不让他得逞，她以自己的贞操之名抗议，称如果她在结婚前放弃了自己的贞操，她将永远不会原谅自己，纵使上帝知道她有多渴望拥有他；她说，如果在他们的新婚之夜，自己不是完完整整的处女之身，她永远不会原谅自己，纵使上帝知道她有多渴望拥有他；她说，如果他像自己说的那么爱她，就会爱她圣洁的灵魂，纵使上帝知道她说她很害怕，她既渴望得到他，又想避开他，所以她需要时间来冷静思考。

"还要多久呢？"她对我和乔治咆哮道，"看在上帝的分上！让一个该死的办事员骑到罗马，签一份文件，再骑回来，这能要多长时间？"

我们藏在她私室后面的卧室里,这是整个宫殿里我们唯一的私密空间,在其他任何地方,我们都在不停地进行伪装表演。每个人都密切注视着安妮,想发现一点儿蛛丝马迹,看看国王是否已对她失去了兴趣,或者终于得到了她。一百只眼睛打量着她,看她是否有被遗弃或者怀孕的迹象。有时,我和乔治感觉就像她的保镖,但另一些时候,比如今天,我们感觉自己又像狱卒。她在这狭小的空间里蹑手蹑脚地走来走去,在床和窗户之间来回走动,惶恐不安,而她又无法停歇脚步,也无法不喃喃自语。

乔治抓住她的手,使她停下来。他一个眼神盖过她的头顶看向我,提醒我如果她要发怒,我就从后面抓住她。

"安妮,保持冷静。我们随时都可能需要出去看船夫比赛,所以你必须保持冷静。"

她在他的手里颤抖,不一会儿她的怒气消失了,肩膀耷拉下来。"我太累了。"她低声说。

"我知道,"他平静地说,"但这可能还会持续很长一段时间,安妮。你在为世界上最高的荣耀而战,因此你必须做好准备,打一场持久之战。"

"要是她死了就好了!"她突然大发雷霆。

乔治的目光立刻投向那扇坚实的木门。"嘘,她可能会的,"他说,"或者也可能是沃尔西成功。此刻他说不定正在往上游航行,即将返回英国,那样你们明天就可以结婚,明晚就能上床,第二天早上你就会怀孕。安静点,安妮。一切都取决于你是否能保持美丽的容颜。"

"还有你的脾气。"我平静地补充说。

"你竟敢给我出主意?"

我警告她说:"他受不了别人发脾气。他婚后一直与凯瑟琳王后在一起生活,而她从来没有对他皱过眉头,更不用说对他大吼。他会纵容你,因为他已为你疯狂,但他不会容忍你任何一次当众发脾气。"

另一个波琳家的女孩

她看上去似乎又要发火了,但随后她点点头,承认了这点。"是的,我知道。所以我才需要你们两个。"

我们俩都向她靠近。乔治仍然抓着她的手。我把手放在她的臀部,紧紧地抱着她。

"我知道,"乔治说,"我们是一条绳上的蚂蚱,这是我们波琳家和霍华德家所有人的游戏,我们所有人的成败都在此一举。我们都在等待,在准备打持久之战,但你得带头,安妮,我们都在你身后。"

她点点头,转身看着挂在墙上的那面新的大镜子,里边反射着外面花园和河流的光线。她把兜帽往后拉了拉,把珍珠项链理顺,转过头去,侧身看着自己在镜中的影像,然后试着露出那淘气的、成功在望的微笑。"我准备好了。"她说。

我们都给她让路,好似她已经成为了王后。她高昂着头走出房门,我和乔治跟在后面,飞快地进行眼神交流,终于把头号玩家送上舞台。

我丈夫在王家游船上观看划船比赛。他对我微笑,我在他旁边坐下,乔治则加入了宫廷年轻官员中,弗朗西斯·韦斯顿也在其中。我瞥了一眼,只见安妮坐在国王旁边,轻浮地转动自己脑袋,斜眼瞟着国王,可以看出她又一次完全控制了他,也控制住了她自己。

"晚饭前跟我到花园里走走。"丈夫在我耳边轻声说。

我立刻警觉起来。"为什么?"

他嘲笑我。"哦,因为你是霍华德家的人!因为我喜欢你的陪伴,我要你。因为我们是夫妻,任何时候,我们都可以像夫妻一样生活。"

我可怜巴巴地笑了笑。"我没有忘记。"

"也许你可以学着愉快地期待那样的生活?"

"也许吧。"我温柔地说。

他朝河上望去,午后的阳光在水面上闪闪发亮。贵族们的船都由身穿制服的划桨手操纵，在发令员的指挥下整装待发。他们把桨像喇叭一样高高举起，等待出发的号令，形成一幅五彩缤纷的画面。每个人都注视着国王，国王接过一块鲜红的丝巾，递给安妮。安妮走到王家驳船一端，把丝巾高举过头顶。她摆了一会儿姿势，非常清楚所有的目光都在她身上。我和威廉坐在一起，从我们这里望去，可以清楚地看到她的侧影。她头向后仰，兜帽刚好在脑后，露出她的面庞。她苍白的皮肤因高兴而发红，深绿色的长裙紧紧地束缚着她的胸部和纤细的腰。她是欲望的源泉。她扔下红手帕，船只在桨的推动下向前涌动。她没有回到国王身边，似乎一时间忘记了扮演王后。她靠在栏杆上，这样她就能看到霍华德船队超越西摩尔船队。

"加油，霍华德船队！"她突然喊道，"加油！"

似乎在人声鼎沸的呐喊中，霍华德船队听到了她的呼喊声。于是划桨的人鼓起干劲，加快速度。船向前冲去，停下片刻，又向前冲去，比西摩尔船队节奏更快。我也站起来，每个人都在欢呼。王家游艇摇摇欲坠，整个宫廷都忘记了它的尊严。大家都挤到一侧，为他们最喜欢的家族而呐喊。国王自己也笑得像个孩子。他搂着安妮的腰，在一旁观看。他非常谨慎，没有喊出哪个领主家的船队，但很明显他希望霍华德家族获胜，因为那样会让他怀里的女孩高兴。

他们划得更快了，船桨水光四射。在航线上，他们无疑领先西摩尔船队一半航程。巨大的鼓声和爆炸的喇叭声告诉西摩尔家族，一切都结束了。我们赢得了划船比赛，我们成为英国第一大家族。我们家族的女孩在国王的怀抱里，而她志在英格兰王后之位。

✧

红衣主教沃尔西已回到英国，但他没有获得胜利，不仅没有得到一份

另一个波琳家的女孩

解除婚约的协议,还带着屈辱回国,他甚至已不能单独与亨利交谈。沃尔西一直负责宫中一切大小事务,小到宴会所需酒水的数量,大到与法国和西班牙进行和平谈判。而他现在必须在安妮和亨利面前陈述事务,就好像他们是联合统治的君主。他曾经指责安妮行为不检点、野心勃勃,而如今,被他骂过的这个姑娘,此刻正坐在英国国王身边。她眯起眼睛望着他,似乎对他要说的话不以为然。

红衣主教年事已高,老谋深算,他脸上不会流露出任何惊讶之情。他向安妮鞠了一躬,态度非常友好,然后开始做陈述。安妮略带微笑,认真听他讲,后来她侧过身子,在亨利耳边低声说了几句狠话,又听了一会儿。

✦

"白痴!"她在我们私室里怒气冲冲。我坐在床上,把脚挪开。她像伦敦塔里的狮子一样咆哮着,从窗户跑到床边。我不由自主地想,她可能会在擦得锃亮的地板上留下痕迹,我们可以拿给那些喜欢遗物和标记的人看,将其称之为"安妮殉道痕"。

"他是个傻瓜,我们毫无进展!"

"他怎么说?"

"一个人手握教皇,掌控半个欧洲,这时抛弃他的姨妈绝非小事。求求了,上帝,西班牙查理在意大利和法国共同进攻下战败,而英格兰应该承诺予以支援,但不能费一兵一卒,一草一木。"

"我们就等着?"

她把手举过头顶,尖叫起来。"我们等着?不!你可以等!红衣主教可以等!亨利可以等!但我不得不逆风翻盘,我必须让别人看到我取得了进展,虽然实际上没有任何进展!我必须幻想将会发生的事情,我必须让亨利感到对我的爱越来越强烈,我要让他相信情况越来越好。因为他是一个国王，他的一生中，每个人都在给他讲，他应该拥有最好的。他已经得到了奶油、金子和蜂蜜，我不能让他'等待'！我该如何继续？我该怎么做？"

我真希望乔治在这里。"你会想到办法的，"我说，"你还会像你一直坚持的那样继续下去。你做得非常好，安妮。"

她咬紧牙关。"恐怕这事还没有成，我就已经人老珠黄、疲惫不堪了。"

我轻轻地扶着她，把她转向那面豪华的威尼斯玻璃镜子。"看。"我说。

看到自己的美丽面容，安妮总能感到欣慰。她停顿了片刻，吸了口气。

"你也很聪明，"我提醒她，"他总说你是全国头脑最敏捷的人，如果你是个男子汉，他就会命你当红衣主教。"

她露出一丝尖刻又充满野性的微笑。"沃尔西一定很高兴。"

我也对她微笑。在镜子里，我的脸挨着她的脸。我们俩像往常一样，在相貌、肤色和表情上形成了对比。"我敢肯定，"我说，"但沃尔西也无能为力。"

她幸灾乐祸地说："他现在未经预约连面见国王的机会都没有，这我看在眼里，他们不再像过去那样友好，不会一起漫步闲聊。没有我在场，什么都不能决定。在没有通知国王和我的情况下，他不能来宫殿见国王。他被赶下台了，而我在台上。"

"你干得好极了，"我说，这话能安慰她，却使我感到恶心，"你还有很长很长的路要走，安妮。"

1527年冬

我和威廉开始了舒适的日常生活，几乎已经是在居家过日子，尽管我们的生活围绕着安妮和国王的意愿，晚上我仍然睡在安妮的床上。实际上，我是和她一起住在我们共有的房间里。对外人来说，我们仍然是王后的女侍臣，和其他女侍臣一样。

但安妮从早到晚都和国王在一起。她与他形影不离，如同他新婚的妻子、他的首席顾问和他最好的朋友。只有当他在做弥撒，或者当他想和他的绅士们骑马出去时，她才会回到我们的房间里来，换身衣服，或者在床上休息一会儿。之后，她就一声不吭地躺着，和一个精疲力竭、快操劳而亡的人一样。她呆呆地望着床罩，眼睛睁得很大，却什么也看不见。她的呼吸缓慢而又平稳，像是个病人。她也不说一句话。

当她处于这种状态时，我知道她需要一个人静静，她必须想办法从无休止的公开表演中缓解片刻。她必须风情万种，魅惑无疆，不仅要对国王如此，对每一个可能会看到她的人都如此。哪怕只有那么一刻她看上去不那么光彩照人，谣言的风暴就会在宫廷中盘旋，把她吞没，也把我们所有人都吞没。

她从床上起身去见国王后，我和威廉就会待在一起。我们假装彼此都不认识，他向我求爱。这是一个分居的丈夫为一个误入歧途的妻子所做的最奇怪、最简单、最甜蜜的事情。他会送我一束小花，有时还送我几枝冬青的叶子和几颗玫瑰粉色的紫杉浆果。他送给我一只金色小手镯。他给我写了许多优美的诗，赞美我灰色的眼睛和金色的头发，请求我的青睐，仿佛我是他的爱人一般。当我骑马和安妮一起出去时，我会发现我的马镫皮里塞着一张纸条。晚上，当我拉起被单和安妮上床睡觉时，我会发现一块用镀金纸包着的蜜饯。每当我们一起出席宫廷宴会，参加射箭比赛，又或在网球场上观看比赛时，他都会给我带份小礼物，再附上一张小纸条，向我靠过来，低声说：

"来我房间，我的夫人。"

我会傻笑，好像我是他新的情人而不是已婚多年的妻子。我会从人群中后退几步，几分钟后，他会悄悄溜走。我们会在他卧房的秘密空间见面，那是在格林尼治宫的西墙边，接着他就把我抱在怀里，愉快地、满怀希望地说："我们只有片刻时间，我的宝贝，至多只有一个钟头，所以这一切都是为了你。"

他会让我躺在床上，然后解开我紧绷的胸束，抚摸我的乳房，轻抚我的肚皮，用他能想到的所有方式逗我开心，直到我高兴得大叫起来："哦，威廉！哦，我的爱人！你是最棒的，你是最棒的，你是最最最棒的。"

就在那一刻，他会带着从未有过的高度赞扬，微笑着扑向我，进入我体内，之后颤抖着叹口气，倚靠在我的肩上。

对我来说，那只是欲望，还掺杂着一小点算计。如果安妮跌落了，我们波琳家族也随之倒下，那么我将非常高兴有一个爱我的丈夫。他在诺福克有一座漂亮的庄园，有官职，有财富。另外，孩子们都带有他的姓氏。只要他高兴，他随时可以叫他们到他家里来。如果我能和我的孩子们在一起，我甚至会对魔鬼说，他是最好的，最最最好的。

安妮在圣诞宴会上很愉快。她跳起舞来,仿佛没有什么能阻止她整日整夜地跳舞。她赌博的样子就像自己已经坐拥王后的财富,可以随意挥霍。我和乔治与她赌博时都非常有默契,我们会立即把钱私下还给她;但如果她输给国王,她辛辛苦苦挣来的钱就消失在了王室的钱包里,此后再也不相见。不过每次他们玩的时候,她都得输给他,因为他讨厌别人赢。

他向她献上许多礼物,给她荣耀,他会领着她去参加每一场舞会。在各种化装舞会,她都戴着王后的王冠。但凯瑟琳仍然坐在主桌,她对安妮微笑,仿佛这份荣耀是她的恩赐,仿佛安妮是她的副手,征得过她的同意。而玛丽公主,那个小个子、瘦削、脸色苍白的公主,坐在她母亲身边,朝安妮微笑,仿佛她被这个身姿轻盈的王位冒牌货给逗乐了似的。

一天晚上,安妮在脱衣服。"上帝,我讨厌她,"她说,"那个满月脸的家伙,简直就是他们俩的缩影。"

我犹豫了片刻。和安妮争论毫无意义。玛丽公主已经初长成,是位罕见的美人。她脸上彰显着个性和决心,简直与她母亲一模一样。没有人会怀疑她不是她母亲的女儿。当她看着大厅里的安妮和我时,她的眼神仿佛能直接洞穿我们。对她来说,我们不过是威尼斯的透明玻璃,她想知道的是镜子后有什么景象。她似乎没有嫉妒我们,也没有因为我们转移她父亲的注意力而把我们看作敌人,她甚至没有把我们看成一种威胁,不担心会动摇她母亲的地位。她把我们看成是一对水性杨花的女人,那么虚无缥缈,一阵和风就能把我们吹走。

她机智聪慧,虽然只有十一岁,但会讲英语、法语、西班牙语甚至拉丁语的双关语和笑话。安妮思维也很敏捷,像一位学者,但她没有像这个小公主一样接受过系统教育,所以也嫉妒她。这个女孩拥有她母亲的所有气质和仪态。不管安妮是否能成为王后，玛丽公主生来就享有特权和地位。她生来就拥有我们梦寐以求的权利。她很确信我们俩永远也学不会。她高贵优雅，清新脱俗，这种风度来自她对自己在世界上的地位的绝对自信。安妮当然恨她。

"她什么也不是，"我安慰她说，"让我给你梳头。"

门外响起一阵轻轻的敲门声，我们还没来得及喊一声"进来"，乔治就溜到房内。

"我怕被我妻子看见。"他找借口。他向我们招手，手里拿着一瓶葡萄酒和三只锡酒杯。"她今晚一直在跳舞，很性感。她几乎是在下命令让我到床上去，要是她看见我进来，一定会气疯。"

"她一定看见你了，"安妮喝了一杯乔治倒的酒，"那个女人，她什么都不会错过。"

"她应该去当间谍，她估计会想当个专门探查通奸的间谍。"

我咯咯直笑，让他给我倒了一点酒。"找到你不需要什么技巧，"我说，"你总是在这里。"

"只有在这里我才能做我自己。"

"难道不是妓院？"我问。

他摇了摇头。"我再也不去了，我已经对妓院失去了兴趣。"

"你谈恋爱了？"安妮嘲讽地问。

令我吃惊的是，他转移目光，脸涨得通红。"不是我。"

"有什么事，乔治？"我问。

他摇了摇头。"有事，也不是事。这件事我不能告诉你，也不敢做。"

"是宫中的某个人？"安妮好奇地问道。

他拉来一张凳子，坐到火炉前，凝望着余烬。"如果我告诉你们，你们必须发誓不告诉任何人。"

我们点点头。显然，妹妹们决心一探究竟。

"更重要的是，我离开你们房间以后，你们一句话也不要说。我不希望你们在背后议论我。"

这次我们犹豫了。"发誓我俩也不能相互议论吗？"

"是的，否则我什么也不说。"

我们犹豫不决，然而还是被好奇心打败。"好吧，"安妮替我俩说，"我们发誓。"

他那英俊帅气的脸即刻皱成一团，他把脸埋进夹克衫袖子里。"我爱上了一个男人。"他坦白道。

"弗朗西斯·韦斯顿？"我立即补充道。

他沉默不语，我猜对了。

安妮惊恐万分。"他知道吗？"

他摇摇头，仍然埋在他那华丽的红丝绒绣花袖子里。

"还有其他人知道吗？"

他又摇了摇棕色的脑袋。

"那你千万不能流露出任何痕迹，千万不能告诉任何人，"她命令他，"这是你第一次，也是最后一次向别人提起此事，甚至是对我们。你必须把他从你的心里和头脑里抛出去，甚至再也不要看他一眼。"

他抬头看着她。"我知道此事毫无希望。"

但她的建议并不是为了他好。"你让我的处境变得很危险，"她说，"如果你给我们带来耻辱，国王就永远不会娶我为妻。"

"是吗？"他突然怒气冲冲地问，"你关心的就只有这些？不在乎我为爱深陷，像个傻瓜一样跌入罪恶的深渊？不在乎我娶了一条毒蛇，爱上一个令人心碎的人？不在乎我永远不会幸福快乐，你仅仅，仅仅只在乎安妮·波琳小姐的名声不能有任何污点？！"

她立刻向他扑过去,双手像爪子一样张开,还没擦到他的脸,乔治就一把抓住了她的手腕。"看着我!"她不满地说,"我不也是放弃了我唯一的爱人?我不是也伤透了心?你当时不也告诉过我这样很值得?"

他把她推开,但她来势汹汹,无人能挡。"看看玛丽!我们还不是把她从她丈夫手中夺走了,也把我从我丈夫手中夺走了,所以现在,你也得放弃一个人!你必须放弃你生命中的挚爱,就像我和玛丽一样。不要向我哭诉你的心碎。你谋杀了我心中的爱,我们一起将它埋葬,所以现在爱已消失。"

乔治和她纠缠在一起,我从后面抓住她,把她拉开。突然,她平息了怒火。我们三个站在那里一动不动,这画面就像化装舞会的场景:我搂着她的腰,他握着她的手腕,她将手伸出去,离他脸不过几英寸。

"上帝,我们是怎样的一家人!"他疑惑地说,"上帝,我们都到什么地步了?"

她严厉地说:"重要的是我们要去哪里。"

乔治和她的眼神相遇,慢慢点了点头,就像一个人在宣誓。"是的,"他叹了口气,"我不会忘记。"

"你会放弃你心中所爱,"她严肃地说,"永远不要再提他的名字。"

乔治再次受挫地点点头。

"你要记住,没有什么比我的王权之路更重要。"

"我会记住的。"

我感到不寒而栗,于是松开她的腰。那低语的誓言不像是与安妮的约定,而是对魔鬼的承诺。

"别那样说。"

他们都看着我,波琳家清一色的深棕瞳孔,直挺的鼻子,古怪无礼的小嘴。

"生命本身就没有意义,"我说,"试着把它看得无足轻重。"

他们谁也没有笑。

"是的。"安妮简单地说。

1528年夏

安妮继续跳舞、骑马、唱歌、赌博、在河上航行、去野餐、在花园里散步、在舞台上嬉戏,仿佛她对世界上的一切都漠不关心。她皮肤变得越来越白,黑眼圈越来越深,所以她开始用粉来掩盖眼袋。她体重越来越轻,我给她系束胸时也越来越松,后来,我们不得不在她长袍下垫胸垫,让她的乳房看上去像过去一样丰满。

当我给她系束胸时,她在镜子里与我眼神相触,她看起来完全像比我大好几岁的样子。

"我太累了。"她低声说。她的嘴唇也很惨白。

"我警告过你的。"我毫不同情地说。

"如果你的才智和美貌能够抓住他,你也会这样做。"

我将身子向前倾,让我的脸靠近她的脸,这样她就能看到我面色红润,眼睛明亮,比她疲惫不堪的脸更光鲜亮丽。"我没有智慧和美貌?"我又重复了一遍。

她转身对着床。"我要休息了,"她不客气地说,"你可以走了。"

我看见她躺上了床,便走出了房间。我从石阶一路跑下来,来到外面的花园。这是美好的一天,阳光明亮而温暖,在河面上闪闪发光。河里的大船在等待涨潮驶向大海,小船在其间往来穿梭。一阵微风从上游吹来,夹带着盐味和冒险的气息,吹进了精心照料的花园。我看见丈夫和几个男人在楼下露台上散步，于是向他挥手。

他立刻从人群中撤出来，向我走来。他将一只脚搭在台阶上，然后抬头看着我。

"现在怎么样，凯里太太？我看你今天还是和以前一样漂亮。"

"你好吗，威廉爵士？"

"我很好。安妮和国王在哪儿？"

"她在她的房间里，国王要骑马出去。"

"你自由了吗？"

"像一只天空中的鸟。"

他朝我微笑，那会心的神秘微笑。"我能有幸在你身旁吗？我们去散散步好吗？"

我走下台阶，朝他走去，欣赏着他注视我的眼神。"当然可以。"

他牵起我的手放在他臂弯里。我们沿着底层阳台漫步，他和我步伐一致，时而探过身来，在我耳边窃窃私语。"你真是太妙了，我的妻子。告诉我，我们不用走太久。"

我伸长脖子，但禁不住咯咯地笑了起来。"但凡有人看见我从宫里出来，都会知道我在花园里待不过半刻钟。"

"哦，但如果是因为你服从你丈夫的话，"他很有说服力地说，"这是一个妻子值得褒美的品质。"

"如果你命令我的话。"我说。

"我会的，"他坚定地说，"我绝对会命令你。"

我用手背轻抚着他上衣的毛边。"那么除了服从，我还能怎么样呢？"

"那就太好了。"他转身带着我到小花园门外，关上门后，他立刻抱着我，亲吻我，将我带进他的卧室。我们一下午都在床上做爱。而安妮呢，那个幸运的波琳家女孩，受宠的波琳家女孩，独自一人病恹恹地躺在自己这张老处女的床上，惶恐不安。

那天晚上，宫中又有娱乐活动和舞会。像往常一样，安妮是主角，而我是其中一名舞者。安妮穿着一件银色的长裙，面无血色，甚至比之前更加苍白。与她昔日美丽的容颜相比，安妮现在简直就是个幽灵。连我母亲都注意到她的异常。我正等着在舞台剧里唱我的曲子，跳我的舞，母亲勾了勾手指，把我叫了过来。

"安妮病了吗？"

"和平常一样。"我不耐烦地说。

"叫她休息。如果她失去了容貌，她将失去一切。"

我点了点头。"她的确休息过，母亲，"我小心地说，"她躺在床上，却因恐惧无法得到宁静。我现在得去跳舞了。"

她点点头，让我走了。我绕着大厅转了一圈，然后戴着面具进入大厅。我扮演的是一颗从西天降下来的星星，保佑世界和平。这个舞台剧本是关于意大利战争的，我认识拉丁语，但没有仔细琢磨其中的含义。我看见安妮做了个鬼脸，知道自己说错了什么。我应该感到羞愧，但又看见我丈夫威廉向我眨眨眼睛，憋住笑容。他知道那天下午我本应该背台词，而不是和他一起躺在床上。

舞蹈结束后，几名奇怪的绅士走进房间，戴着面具，穿着化装外衣，挑选出他们的舞伴跳舞。王后很吃惊，他们会是谁呢？我们都很惊讶，尤其是安妮。一个膀阔腰圆的男子邀请她跳舞，她笑了。这个男子比在场的大多数男士都要高，他们一起跳舞跳到午夜。在揭幕仪式上，安妮惊讶地发现原来他是国王。晚上结束时，她的皮肤仍然像她礼服一样白，跳舞也没能涨红她的脸。

另一个波琳家的女孩

我们一起回到房间。她在楼梯上绊了一跤,我伸手扶住她时,感到她的皮肤冰冷潮湿,满是汗水。

"安妮,你病了吗?"

"只是累了。"她有气无力地说。

回到我们的房间里,她洗去脸上的粉末后,我看到她的脸色已经变成了牛皮纸的颜色。她瑟瑟发抖,不想洗漱,也不想梳头。她倒在床上,牙齿直哆嗦。我打开门,派一个仆人跑去找乔治。他来了,穿着睡衣,披着披肩。

"请医生来,"我说,"这不仅仅是劳累。"

他越过我,看着房间里的安妮。她正蜷缩在床上,把被子裹在周围。她的皮肤像一个小老太太一样黄,牙齿冷得直打寒战,咯咯作响。

他说:"天呐,是汗热病。"他所说的是一种比瘟疫还可怕的疾病。

"我想是的。"我严肃地说。

他看着我,眼里充满了恐惧。"如果她死了,我们怎么办?"

✦

汗热病席卷了整个宫廷,一半以上跳舞的人都感染了这种疾病,其中一个女孩已经死去。安妮的女仆病得很严重,躺在房间里一动不动。这房间里还有许多其他的侍女。我在等待医生给安妮开药,突然收到威廉的口信,他告诉我不要靠近他,叫我用芦荟洗澡,因为他也已经确诊,他在祈求上帝,没有传染我。

我走到他的房间,在门口和他说话。他的脸和安妮一样泛黄,身上也裹着毛毯,冷得直打哆嗦。

"别进来,"他命令我,"别再靠近了。"

"有人照顾你吗?"我问。

"是的，我要乘马车去诺福克，"他说，"我想回家。"

"再等几天，等你好些了再走。"

他从床上看着我，他的脸因病痛而扭曲。"啊，我愚蠢的小妻子，"他说，"我可等不起。照顾好赫佛的孩子们。"

"我当然会。"我说，但仍然不明白他的意思。

"你认为我们又有了一个孩子吗？"他问。

"我还不知道。"

威廉闭了一会儿眼睛，好像在许愿。"好吧，不管发生什么事，都由上帝决定，"他说，"不过，我倒很想生个真正的凯里出来。"

"时间有的是，"我说，"等你好些了再说。"

他对我微微一笑。"我要想想这个，小妻子，"他温柔地说，虽然他的牙齿还在打战，"如果我有一段时间不在宫中，你能照顾好你自己和我们的孩子吗？"

"当然，"我说，"但是你会回来的，等你好些了就回来好吗？"

"我一痊愈就回来，"他保证说，"你到赫佛去，和孩子们在一起。"

"我不知道他们什么时候会放我走。"

"今天就去，"他建议说，"等他们知道有多少人感染汗热病的时候，宫中肯定会有一场骚动。太糟糕了，我的爱人，城里的情况会很糟糕。亨利到时会像野兔一样逃走的，记住我的话。一个星期内没有人会找你，你和孩子们在乡下很安全。找到乔治，让他带你去。现在就去。"

我犹豫了一会儿，忍不住想按他说的去做。

"玛丽，如果这是我让你做的最后一件事，那我是非常认真的。当王宫感染疾病时，就去赫佛照顾孩子们。如果你的孩子因为汗热病而失去父母双亲，那将会非常糟糕。"

"你这是什么意思？你不会死的！"

他勉强笑了笑。"当然不会。但如果我知道你很安全,在回家的路上,我心里会更高兴。找到乔治,告诉他是我命令你去的,叫他护送你安全抵达。"

我向屋里走了半步。

"别再往前走了!"他厉声说道,"快去!"

他的语气粗鲁无礼,于是我悻悻地转身走出房间,砰的一声关上门,让他知道我受到了冒犯。

这是我最后一次见到活着的他。

✦

我和乔治在赫佛待了一个多星期后,安妮就来了。她孤身一人,赶着敞篷马车。她抵达赫佛时已经精疲力竭。我和乔治都不敢亲自照顾她。来自伊登布里奇的一个聪明的女人进来,把她带到塔楼的房间里。她叫人送去大量的食物和酒,我们希望安妮真的能吃掉其中一部分。整个国家不是生病了,就是处于对疾病的恐惧之中。两个女仆离开城堡,去照顾她们住在附近村庄的父母,结果两人都死了。这是一种非常可怕的疾病,我和乔治每天早上醒来都惊恐万分,浑身是汗,余下的时间都在想我们是不是也注定要死。

国王一见到疾病的迹象,就立刻动身前往汉斯顿。对波琳一家来说,这已糟糕透顶。宫廷一片混乱,整个国家笼罩在死亡的阴霾下。更糟糕的是,凯瑟琳王后依然康健,玛丽公主身体也很好。她们俩和国王整个夏天都在一起旅行,就好像他们是上天唯一的眷顾,没有受到病痛的折磨。

安妮为生命而战,就像她为国王而战一样。这是一场漫长而顽强的战斗。在这场战斗中,她带着所有的决心去对付病魔,虽然几乎不可能有任何胜算。国王给她写了几封情书,信封上标有汉斯顿、泰登汉格、安姆特山等地。他向她推荐各种治疗方法。他承诺自己没有忘记她，仍然爱着她，但很明显，离婚手续毫无进展，因为没有人处理这件事情，红衣主教自己也病了。这件事几乎被遗忘。王后就在国王身边，迷人的小公主是他们最好的伴侣，也是他们最大的乐趣。夏天，所有事情都近乎停止。对一个极度恐惧疾病的男人来说，安妮感觉到的时光飞逝、安妮的绝望都算不了什么，而这个男人奇迹般得到了上帝的眷顾，在病魔的海洋里仍然康健无比。

我们很幸运，也是波琳家的幸运，汗热病没有传到赫佛。我和孩子们待在熟悉的绿色田野和草地上，很安全。我收到威廉母亲寄来的一封信，信上说，在威廉死之前，他已如他所愿，回到家园。信件内容虽短，言语却很冷酷。在最后，她祝贺我重新成为一个自由的女人。她认为在过去，我的结婚誓言从来没有对我产生多大的约束。

我在花园里，坐在最喜欢的位置上读信。望着护城河和石墙，我想起了那个被我戴绿帽子的男人。在过去的几个月里，他是如此可爱，是令人欣慰的情人和丈夫。我知道自己从没有给他应得的待遇，他娶了一个孩子，然后被一个姑娘抛弃，当我作为女人回到他身边时，我的吻又总是带着算计。

现在我意识到他的死给了我自由。如果我能从另一个丈夫手中逃脱，我可能会在肯特或艾塞克斯郡上买一座小庄园，毕竟这两个郡归波琳家所有。我可能会有一块自己的土地，我可以看着庄稼生长。我也许最终会成为自己的主宰，而不是一个男人的情妇，另一个男人的妻子，或者波琳家族的妹妹。我可能会在自己家里抚养我的孩子。当然，我必须想办法获得一些钱财。我得说服一个人，霍华德、波琳，或者国王给我一笔赡养费，这样我就可以养活自己，供养我的孩子。对我这个谦逊的住在乡下小农场的寡妇来说，我也可能自己挣到足够的钱。

我们一起在树林里散步，当我对乔治概述我的计划时，乔治大声对我

另一个波琳家的女孩

说:"你不会真的想当个小人物吧?"孩子们躲在树后,我们漫步在前面,他们尾随着我们。我们要扮演一对鹿,乔治在帽子里插上几根树枝,当作鹿角。小亨利跌跌撞撞向我们靠近,时不时能听到他那兴奋的笑声,让人不可抗拒。他以为他自己完全没被看见,也没被听见。我不禁想起他的父亲也热衷于伪装,总是认为最简单的计谋也会使人迷惑。现在,我放任我的儿子,假装没有听见他从一棵树冲到另一棵树的吵闹声,也没有看见他从树荫下跑到灌木丛中。

"你一直是宫廷里的宠儿,"乔治抗议说,"为什么你不想举行一场盛大的婚礼呢?父亲或者舅舅可以为你挑选英格兰顶尖人物,等安妮当上王后,你就可以有一个法国王子了。"

"无论是在大厅还是在厨房,都是女人的活儿,"我痛苦地说,"我非常清楚,那不是在为自己赚钱,而是在为丈夫和主人赚钱。他一声令下,就要绝对服从,还要备餐室的侍从一样既快又好,而且还必须容忍他所选择的任何事情,并在他吩咐的时候微笑回应。这几年我在凯瑟琳王后身边效力,我知道她的生活是怎样的。我不想成为公主,即使是公主的陪嫁侍女。我甚至都不想成为王后。我见过她蒙羞受辱,而她所能做的,只是跪在上帝面前,祈求帮助,然后站起来,对打败她的女人微笑。乔治,我不觉得那有什么了不起。"

凯瑟琳从我们后面兴奋地冲了过来,一把抓住了我的礼服。"抓住你了!我抓到你了!"

乔治转过身,把她举了起来,抛向空中,又递给我。她现在四岁,很重,是个结实的小孩,浑身散发着阳光和树叶的味道。

"聪明的姑娘,"我说,"你是个很厉害的猎手。"

"那她呢?"乔治问,"你会拒绝让她拥有一个良好的地位吗?她将成为英国王后的外甥。想想这个。"

我迟疑片刻。"要是女人能多拥有一些就好了，"我渴望地说，"如果我们能拥有更多的话语权就好了。宫廷里的女人永远都像是看着一个糕饼师傅在厨房里工作一样，有那么多好东西在眼前，你却什么也得不到。"

"那亨利怎么办？"他诱惑地说，"你的亨利是英国国王的外甥，众所周知他是国王的儿子。如果（上帝不允许）安妮没有儿子，那么亨利可以在英格兰称王，玛丽。你的儿子是国王的儿子，他可以成为国王的继承人。"

想到这里我并不高兴。我胆怯地向树林里望去，我那坚强的小男孩正挣扎着跟在我们后面，嘴里喃喃自语，哼着他自己创作的狩猎歌。

"上帝保佑他平安无事，"我只说了一句，"上帝保佑他平安无事。"

1528年秋

安妮挺过来了，赫佛的清新空气使她变得强壮。她从小阁楼里出来后，我仍不愿和她坐在一起，我特别担心自己身染疾病，传染给孩子们。她试图借此发挥，用诙谐的话语谈论我的恐惧，但声音里带着尖刻。国王逃离宫廷时，她觉得自己遭到了背叛，而国王又与凯瑟琳王后和玛丽公主一起度过了整个夏天，这给她致命一击。

她决心等到天气转凉，汗热病消失后，就立即动身去找他。我希望在安妮寻求登上王位的热潮中自己能被忽视。

"你得跟我回去。"安妮断然地说。

我们坐在护城河边我们最喜欢的位置上。安妮坐在石凳上，乔治躺在她前面的草地上。我坐在草地上，倚靠着长凳，看着孩子们在水里认真地划动他们的小脚。河岸的水很浅，但我眼不离身，全神贯注盯着他们。

"玛丽！"安妮的声音很尖锐。

"我听见了。"我说，但没有回头。

"看着我！"

我抬头看了她一眼。

"你得跟我回去，没有你我无法成功。"

"我不明白为什么……"

"我知道，"乔治说，"她得有一个信得过的睡伴。当她关上卧室门后，她必须确保没有人会在王后面前说些闲言碎语，说她在哭泣，或者告诉亨利她很生气。她每天都在扮演自己的角色，她需要一群流动的玩家相伴左右。但她也必须有一些她熟知的同时也了解她的人在她身边，不可能时时刻刻戴着面具，不可能每天都是化装舞会。"

"是的，"安妮很吃惊，"事情就是这样。你怎么知道？"

"因为弗朗西斯·韦斯顿是我的朋友，"乔治坦率地说，"我需要一个不是我兄弟、儿子或丈夫的人。"

"也不是情人。"我急忙补充。

他摇了摇头。"只是朋友。但我知道安妮需要你，正如我需要他。"

"好吧，我需要孩子们，"我倔强地说，"没有我，安妮也应付得很好。"

"我把你当作我的妹妹。"她说话的语气让我更加仔细地注视着她。这病已经驱走了她身上的傲慢无礼，听起来她就像个需要姐妹亲情的女人。慢慢地，非常缓慢地，安妮向我伸出了手，那种姿势异常陌生。

"玛丽……我一个人做不到，"她小声说，"上次差点要了我的命。我知道，如果我不得不继续下去，我的内心会崩溃。现在，我必须回到宫廷，一切将重新开始。"

"你能不那么费力就留住国王吗？"

她向后靠了靠，闭上眼睛。有那么一会儿，她看上去不像是辉煌的宫廷里最坚定、最耀眼的年轻女子，她看起来像一个精疲力尽的女孩，见到了自己内心深处的恐惧。"不。我知道的唯一办法就是永远做最好的自己。"

我伸出手去摸她的手，感觉到她手指紧紧将我抓住。"我会来帮忙。"

"很好，"她平静地说，"你知道，我确实需要你。待在我身边，玛丽。"

✦

回到宫廷，回到布莱德维尔宫，游戏又变了。教皇终于对英国无休止的要求感到厌烦，他委派一位意大利神学家——红衣主教坎贝乔前往伦敦，以彻底解决国王的婚姻问题。王后非但没有受到这一新进展的威胁，反而似乎很欢迎它的到来。她看上去气色很好，夏天的阳光照在她的皮肤上，她的脸上泛着红晕。她和女儿在一起也很开心。国王因自己对感染疾病的异常恐惧而心怀不安，所以更容易取悦。他们曾一起讨论这场席卷全国的疾病的起因，一起规划预防措施，还一起编写专门的祈祷文，并命令每所教堂都要祷告。他们一起为国人的安危而忧心，因为这是他们统治已久的国家。尽管安妮从未远离国王的思绪，但她只是众多病人中的一员，失去了一些魅力。在这个危险的世界里，王后再一次成为他唯一忠实可靠的朋友。

走进王后的宫殿，就能看出她已今非昔比。她穿了一件新的深红色天鹅绒礼服，与她的暖色皮肤相互映衬。她看上去不像一个年轻女人——她再也不是年轻女人了，但她有一种自信的气质，那种气质安妮永远学不会。

她对我和安妮的回归表示欢迎，但脸上流露出一丝讽刺的微笑。她询问我的孩子，问候安妮的健康状况。或许曾有片刻，她想象过汗热病带走我姐姐，就像带走其他许多人一样，这个国家会因此变得更好，但她的脸上却丝毫没有显露出这种迹象。

尽管分配给我们的客厅和私室几乎和王后房间的大小无异，但从理论上讲，我们仍然是王后的女侍臣。王后的侍女们频繁穿梭于她和我们的房间，不时还会出现在国王的宫中。宫廷固有的纪律正在瓦解，现在看来，任何事情都可能发生。国王和王后相敬如宾。教皇的使节正从罗马赶来，但在旅途中耽搁太久。安妮的确回到了宫廷，可国王没有她的陪伴也愉快地度过了夏天，也许他对安妮的激情已经冷却。

没人能预测事态会如何发展，所以人们络绎不绝地前来向王后请安，从她的房间出来后又去拜访安妮。他们随着别人的际遇沉浮，而被依仗的两人的未来又完全寄托在另一个人身上。甚至有传言说，亨利最终会回到我身边，回到我们正在成长的孩子们身边。我毫不在意这些流言，但当我听到舅舅和国王一起嘲笑远在赫佛的他的英俊男孩时，我开始担忧。

我、安妮和乔治都很清楚，舅舅做任何事都绝非偶然。安妮把我和乔治带到她的私室，站在我们面前指责我们。

"怎么回事？"她问。

我摇摇头，但乔治看起来有些躲躲闪闪。

"乔治？"

"你的星星起落总是相反的。"他尴尬地说。

"你是什么意思？"她冷冷地问。

"他们开了个家庭会议。"

"没有我？"

乔治像战败的击剑手一样举起双手。"我被叫过去参加。但我没有发言，我什么也没说。"

我和安妮立刻看着他。"没有我们在场，他们自己开会？他们都说了些什么？他们现在又想怎样？"

乔治和我们保持一定距离。"好吧！好吧！他们不知道该往哪里跳，也不知道该怎么做。他们不想让安妮知道，怕得罪她。玛丽，幸亏你成了寡妇。国王今年夏天也对安妮失去了兴趣，所以他们在想，他是否会再来找你。"

"他没有失去兴趣！"安妮发誓，"我不会被取代的。"她转过身看着我。"你这条母狗，这就是你的计划！"

我摇了摇头。"我什么也没做。"

"你回到宫廷！"

"是你坚持要我回来的。我几乎没见过国王，也没对他说过一个字。"

她转过身去，趴在床上，脸朝下，好像不想看到我们任何一个人。"可你已经有了他的儿子！"她哭着说。

"就是这样，"乔治温和地说，"玛丽有了他儿子，而且现在她可以自由结婚。全家人都认为国王可能会接受她。他的婚姻特赦适用于你们俩。所以如果他愿意，他可以娶玛丽。"

安妮从枕头上爬起来，泪流满面。

"我不要他。"我恼羞成怒。

"那不重要，不是吗？"她满脸怨恨，"如果他们让你往前走，你就会往前走，然后坐在我的位子上。"

"就像你坐上我的位子那样。"我提醒她。

她坐起来。"两个波琳女孩中任选一个，"她苦笑着，就像咬了一口柠檬，"我们俩谁都可以当英国王后，可在家里永远都无足轻重。"

接下来几个星期，安妮又一次使国王着迷。她把他从王后身边拉走，甚至从他女儿身边拉走。渐渐地，宫廷意识到她赢回了国王。国王心里除了安妮之外没有别人。

我以寡妇的超然态度观摩了这场诱惑。亨利在伦敦给了安妮一所属于她自己的房子。房子在斯特兰岸边的达勒姆宫，圣诞节期间，格林尼治宫有骑士比武，她的处所就在比武场上面。国王议会公开规定，王后不应穿得太讲究，也不应外出示众。每个人都已清楚，坎贝乔主教会宣判离婚只是时间问题而已，亨利可以和安妮结婚，而我可以回家和孩子们在一起，开始新生活。

我仍然是安妮的首要知己和伴侣。十一月的一天，她坚持要我和乔治与她一起去格林尼治宫河边散步，那里曾被洪水淹没过。

"你一定在想,既然你没有丈夫,你会变成什么样子。"安妮开始说。她坐在长凳上,抬头看着我。

"我想在你需要我的时候,我可以和你生活在一起。当你不需要我,我就回到赫佛去。"我谨慎地说。

"我可以请求国王允许,"她说,"这是我送给你的礼物。"

"谢谢你。"

"我可以请求他为你提供一切,"她说,"你知道,威廉几乎没给你留下什么。"

"我知道。"我说。

"国王过去每年会给威廉一百英镑津贴,我可以把那笔钱转到你名下。"

"谢谢你。"我重复道。

"问题是,"安妮淡淡地说,迎着寒风翻动她的衣领,"我想我会收养亨利。"

"你想做什么?"

"我想我会收养小亨利,当作自己的儿子抚养。"

我惊呆了,只能看着她。"你都不怎么喜欢他,"我说,出自一个慈爱的母亲首先能想到的愚蠢念头。"你从来没有和他玩过。乔治和他在一起的时间都比你多。"

安妮看着远处的河流和参差不齐的屋顶,好像在寻求耐心。"不,当然不是,那不是我收养他的原因。我不是因为喜欢他才要他。"

我开始慢慢思考。"因为这样你就有了一个儿子,亨利的儿子。你有一个都铎王朝的儿子。如果他和你结婚,那么一次婚礼就会得到一个妻子和儿子。"

她点了点头。

我转过身,走了几步。马靴踩在冰冻的砾石上嘎吱作响。我愤怒地说:

"当然,这样你就可以把我的儿子从我身边带走,我对亨利就没有多少吸引力了!你一举成为国王儿子的母亲,剥夺了他对我的关注!"

乔治清了清嗓子,靠在河堤上,双手交叉在胸前,脸上流露出超然度外的表情。我朝他望去:"你知道?"

他耸了耸肩。"她做完之后就告诉我了。我们那时告诉她,家里人认为你可能会再次引起国王的注意,此后她就立刻采取了行动。征得国王同意后她才告诉父亲和舅舅。舅舅认为这是游戏的杀手锏。"

我喉咙发干,吞咽了一口。"游戏的杀手锏?"

"这也意味着你的生活会有保障,"乔治直白地说,"这会让你的儿子离王位更进一步,会把所有的优势都集中在安妮身上。这是个好计策。"

"那是我的儿子!"我几乎说不出话来,悲痛到快要窒息,"他不是用来做促销的产品,不是被人赶进市场的圣诞大鹅,随意兜售!"

乔治从墙边站起来,双手抱住我的肩膀,让我转过身看着他。他说:"没有人要卖他,我们只是让他成为王子。我们正在为他争取权利,他可能成为英格兰下一任国王,你应该感到骄傲。"

我闭上眼睛,感受着河风吹拂过我冰冷的脸。有那么一刻,我想我可能会晕倒或者呕吐不止。而我最渴望的是在他们的打击下,我能一蹶不振,这样他们就会把我送回赫佛,让我永远留在那里,和我的孩子们在一起。

"那凯瑟琳呢?我女儿呢?"

"你可以留下凯瑟琳,"安妮清楚地说,"她只是个姑娘。"

"如果我拒绝呢?"我抬起头,看着乔治深邃诚实的眼睛。我信任乔治,尽管这事他一直瞒着我。

他摇摇头。"你不能拒绝!她走的法律程序,而且已经签名盖章。此事木已成舟。"

"乔治,"我低声说,"这是我的孩子,我的孩子。你知道我的孩子对我来说有多重要。"

"你还会见到他的,"乔治安慰说,"你就是他的姨妈了。"

感觉身体就像受到一击,我立刻摇摇晃晃起来,要不是乔治的胳膊抱着我,我可能会摔一跤。我转身看着安妮,她沉默不语,却非常惬意,嘴角还漾起一抹得意的微笑。"这就是你想要的一切,是不是?"我说,心中仇深似海,甚至令我自己震撼,"你什么都想得到,不是吗?"英格兰国王你召之即来,你还想要我的儿子。你就像一只布谷鸟,想把鸟巢里所有的雏鸟都吃掉。为了满足你的野心,我们还要走多远?你会害死我们所有人的,安妮。"

她转过头去,避开我仇恨的眼神。她只说了一句:"我要当王后,你们都得帮助我。你儿子亨利可以为这个家族的兴起发挥他的作用。作为回报,我们将帮助他继续向上爬。你知道的,玛丽,只有傻子才会咒骂骰子的掉落方式。"

"我跟你玩的时候,他们是加权的骰子,"我说,"我不会忘记的,安妮。在你临终之际,我会提醒你,你带走我的儿子是因为你害怕自己生不出来。"

"我能生出儿子!"她说,感觉戳中痛处,"你都可以,我为什么不能?"

我发出一声得意的笑。"因为你一天比一天老,"我恶狠狠地说,"国王也是。谁知道你究竟能不能生孩子呢?我和他在一起时,生育能力很强,连续生了两个孩子。一个是上帝赐给这片大地的最漂亮的男孩。你永远不会有一个像我的亨利这样的孩子,安妮。你从骨子里就知道,你永远得不到一个能比得上他的男孩。所以,你只能把我的儿子偷走,因为你知道你永远不会有自己的儿子。"

她脸色苍白,看上去好像汗热病又复发了。

"别说了,"乔治说,"都别说了,你们两个。"

"永远不要说这种话,"她对我怒吼着,"这是诅咒我!如果我跌下去,你也会跟着跌下去,玛丽,还有乔治,以及我们所有人。胆敢再说出这种话,我就把你送到修女院去,你再也见不到你的两个孩子!"

她从座位上跳起来,转身离开。皮毛镶边的锦缎裙摆随风摇曳,形成一道道涟漪。我看着她沿着通往宫殿的小道一路奔跑,心想她是个多么危险的敌人。她可以跑去找霍华德舅舅,可以跑去找国王。凡是对我发号施令的人都对安妮言听计从。如果她想要我的儿子,想要我的命,她只要告诉他们中的任何一个人,就能办到。

乔治把手搭在我的手上。"对不起,"他尴尬地说,"但至少,这样你的孩子就能待在赫佛,你可以看到他们。"

"她什么都拿走了,"我说,"她总是什么都拿走,但此事我永远不会原谅她。"

1529年春

我和安妮在布莱克法尔修道院的大厅里，藏在窗帘后面。我们无法袖手旁观，但凡有丝毫借口的人，都不愿意躲得远远的。英国以前从未发生过这种事；国王和王后的婚姻将在这里被审判。大家都选择在这里听取有利的证据，以支持或反对这桩婚事。这是一场非常特别的听证会，非常离奇的事件。

宫廷设在布莱德维尔宫殿，就在修道院的隔壁。每天晚上，国王和王后都要在布莱德维尔用餐，白天到布莱克法尔法庭去，听取他们二十年来的婚姻是否合法。

那是可怕的一天。王后穿着她最精致高雅的礼服，显然她决定不服从御前会议让她穿得简单朴素的命令。她穿着崭新的红色天鹅绒长袍和金色锦缎衬裙，衣袖和裙边都镶着厚实的黑貂皮。她戴着深红色的兜帽，衬托出她的面容。她看起来不像过去两年那样疲倦和悲伤，而是神采奕奕，蓄势待发的模样。

法庭要求国王发言，国王说他从一开始就对他们婚姻的合法性深表怀疑。王后打断了他的话——世上再也没有其他人敢这样做——问他的怀疑为何沉寂了这么久。她说得合情合理。国王提高了嗓门，继续开始他早已准备好的演讲，但他显得很慌张。

他说，出于对王后深深的爱，他将自己的疑虑保留，但他现在再也不能无视自己的焦虑。我感到安妮在我身边颤抖,像一匹被猎人套住的马。"简直就是无稽之谈!"她激动地低声说。

他们请王后对国王的声明作出回应。法庭传唤她的名字:一次,两次,三次,她却完全不予理会。尽管国王站在她身旁,对她大声呼喝。她昂着头,穿过法庭,径直走向坐在宝座上的亨利,然后跪在他面前。安妮绕过帘幕伸长脖子。"她在干什么?"她问,"她不能那样做。"

尽管我们在法庭后面,但还是能听到王后的声音。虽然她的口音和以前一样重,但她说的每一个字都清清楚楚。

"唉,先生,"她温柔地说,非常亲切,"我在什么地方冒犯了你?上帝和整个世界可以为我作证,我一直是一个真实、谦卑且顺从的妻子。这二十年多来,我一直是你真正的妻子,你也因此有过许多孩子,虽然上帝把他们从这个世界上召唤而去。当初你拥有我的时候,我还是一个真正的姑娘,不曾被任何人染指……"

亨利在座位上动了动,看着法官大人,恳求他们能打断她,但她的目光一直停留在他脸上。

"这是不是真的,你可以问问你的良知。"

"她不能这样做!"安妮生气地低声说道,难以置信,"她必须让自己的律师提供证据。她不能在公开场合和国王说话。"

"不过她的确是那样的。"我说。

大厅里鸦雀无声,每个人都在听王后发言。亨利靠在椅背上,脸色发白,尴尬无比。他看上去像一个被宠坏的胖孩子,正面对着天使。我发现我一看见王后就会微笑,尽管她说的每一个字都可能令我们家族大业随之沉沦,但我还是在露齿而笑。我笑得很开心,因为阿拉贡的凯瑟琳说出了全国妇女的心声。那些贤良的妻子,她们不应该仅仅因为自己的丈夫爱上了另一个女人就被抛弃;那些勤劳的妇女,她们忙碌奔波于厨房、卧室、教堂和产房，一路走得很艰辛。女人理应得到更多的权利，而不仅仅只是丈夫那点心血来潮的赏赐。

凯瑟琳依据上帝和法律陈述她的理由，当她结束讲演时，全场一片哗然。红衣主教敲了一锤，提醒大家保持安静。书记员大声呼喊"肃静"。兴奋之声一直扩散到大厅外面，穿过修道院的围墙，宫廷内外一片欢呼雀跃。守门修士再传给路人，众人口口相传，最后，只听见大街小巷传出一阵阵响亮的呼喊声，人们高呼支持凯瑟琳，支持真正的英国王后。

安妮在我身边突然哭了起来。她一边笑，一边哭。"要么她死，要么我死！"她信誓旦旦地说，"上帝保佑，在她结束我生命之前，让我看着她死去！"

1529年夏

这本该是安妮的胜利之夏。由坎贝乔主教主持的审判终于开庭了。不管王后说得多么义正词严，法庭的决定都是必然。红衣主教沃尔西是安妮公开宣称的朋友，也是她的主要支持者。英国国王依旧深爱着她。而王后，在她胜利片刻之后有所退步，她甚至再没有出现在法庭上。

但安妮却并不高兴。我正在收拾行李准备回赫佛，打算和孩子们一起过暑假。她得知后走进房间，仿佛地狱里所有恶魔都在咬她的脚后跟。

"红衣主教的法庭还在审讯期间，你不能离开我，我必须有你在身边。"

"安妮，我在这里什么也做不了。我一半都听不懂，剩下的我不想听。都是在讲亚瑟王子新婚夜后第二天早上说的话，还有很久以前仆人们的闲话。我不想听，这对我来说毫无意义。"

"你以为我想听吗？"她问。

我本应该从她野蛮的声音里得到警告。"你肯定想听，因为你总是在法庭上，"我有理有据地说，"不过很快就会结束了，不是吗？他们会说王后曾嫁给过亚瑟王子，而且他们已经完婚，所以她和亨利的婚姻无效，之后一切就结束了。你还要我在这儿做什么？"

"因为我害怕！"她突然嚷道，"我怕！我一直担惊受怕。你不能把我一个人丢在这里，玛丽。我需要你在这儿陪我。"

"好了，安妮，"我试图说服她，"有什么好害怕的？法庭既没有听取真相,也没有寻找真相。一切都在国王亲信沃尔西的掌控之中。此次由坎贝乔指挥,他接到教皇的命令,要把这件事了结了。你前面是平坦的康庄大道。如果你不想待在这里,那就去你伦敦的新家。如果你不想一个人睡,那里有六个女侍臣在你左右。如果你害怕国王和宫中新来的姑娘,就命令他把她送走。你要他怎么做他就怎么做,你想做什么都有人替你去做。"

"你不会!"她的声音尖锐又充满愤恨。

"我没必要,我只是另一个波琳家的女孩。没有钱,没有丈夫,没有未来,除非得到你的承诺。我也没有孩子,除非得到允许去看他们。没有儿子……"我的声音颤抖了片刻,"但是,既然允许我去看他们,我这就去。安妮,你阻止不了我,世界上没有任何力量能阻止我。"

"国王能阻止你。"她警告我。

我转过身来面对她,声音像钢铁一样坚硬。"听着,安妮。如果你让他禁止我去见我的孩子们,我会用你的金腰带吊死在你的达勒姆新宫殿里,你将永远受到诅咒。有些东西太强大,甚至连你都玩不起。今年夏天,你不能阻止我去看我的孩子们。"

"我的儿子。"她强调说。

我不得不压抑心中的愤怒,努力抑制自己的欲望。我多想把她推出这该死的窗户,让她挂在下面阳台的石旗上,折断她那自私的脖子。我深呼吸一口气,然后控制住自己。"我知道,"我平静地说,"现在我要到他那里去。"

我去跟王后道别。她独自待在自己的房间里,那里一片沉寂。她正在缝补那块巨大的祭坛布。我在门口犹豫了片刻。"殿下,我来向您告别,我要去我的孩子们那儿过夏天。"

她抬起头。我们俩都知道,我不再需要得到她的允许就可以离开宫廷。

她说:"能这么频繁地去看他们,你真幸运。"

"是的。"我知道她在思念玛丽公主,她从去年圣诞节之后就再没有见过她了。

"可是你姐姐把你的儿子要走了。"她说。

我只是点点头,不敢放任自己讲话。

"安妮小姐很有一手。她既想要我丈夫,也想要你儿子。她想要全套。"

我甚至不敢抬头,我怕她会看到我眼中深深的怨恨。

"我很高兴今年夏天能离开这里,"我平静地说,"殿下宽恕了我,真是太好了。"

凯瑟琳王后对我微微一笑。"我有很好的服务,"她讽刺地说,"被这群女侍臣围绕着,我几乎是毫不想念你的。"

我局促不安,不知道该说些什么。此刻一片寂静,而这里曾经是那么欢乐,那么忙碌。"我希望九月份回到宫廷时,能再次为殿下效劳。"我谨慎地说。

她把针放在一边,看着我。"你当然还会侍奉我,我会一直在这里。这点毫无疑问。"

"是的。"我表示赞同,昧着良心,连指尖都感受到了背叛。

"你对我总是彬彬有礼,是个好仆人,"她说,"玛丽,即使在你年少无知的时候,你也是个好孩子。"

我掩饰自己的内疚。"我希望我能做得更多,"我声音很低沉,"有几次,我感到非常抱歉,我不得不为别人服务而不是为殿下您。"

"哦,你是说费利佩斯吧,"她轻松地说,"亲爱的玛丽,我知道你会告诉你舅舅或者你的父亲,又或者国王。我确保你看到了纸条,知道谁是信使。我想让他们看守错误的港口,我想让他们认为已经抓住了他。他把消息传给了我的外甥。我选择你做我的犹大,我就知道你会背叛我。"

我羞得满脸通红。"我不能请求您原谅我。"我低声说。

王后耸耸肩。"女侍臣中有一半每天都在向红衣主教、国王或你姐姐报告我的一言一行,"她说,"我已经学会不相信任何人。在我的余生中,我知道我不能相信任何人。在我死亡之际,我会对朋友感到失望,但我对我丈夫并不失望。此刻他考虑不周,一时眼花缭乱,但他会恢复理智。他知道我是他的妻子,他知道除了我他不能娶别的妻子。他会回到我身边。"

我站起来。"殿下,恐怕他永远也不会。他已经向我姐姐保证过。"

"不是他说的,"她简单地说,"他是个结过婚的人,他不能向另一个女人做出任何承诺。他的话就是我的话,他跟我结婚了。"

我无话可说了。"上帝保佑殿下。"

她露出苦笑,好像她和我一样清楚,这就是告别,我回来时,她不会在宫廷里。当我向她行屈膝礼时,她伸出手在我头上祝福。"上帝保佑你长寿,保佑你的孩子们快乐。"她说。

阳光照耀下的赫佛很温暖。凯瑟琳已经学会写我们所有人的名字,能拼读出她的小书,并能用法语唱一首歌。亨利还是一样无知,甚至摆脱不了口齿不清的毛病。他很难分清"w"和"r"的发音。我本应该对他更严厉,纠正他的错误,但我发现他太迷人了。他叫自己"亨维(henwy)",把我叫他的"最亲耐的(deawest)"。只有铁石心肠的母亲,才会告诉他他说错了。我也没有告诉他,因为恩典,我才成为他的母亲;法律上,他是安妮的儿子。我无法告诉他,他是被人从我身边偷走的,我是迫于无奈才放他走的。

乔治和我们在乡下住了两个星期。远离宫廷,他和我都感到很安心。

另一个波琳家的女孩

现在的宫廷就像猎犬围着受伤的母鹿,人人都在等着王后被拖下台的那天。红衣主教主持的法庭做出了裁决,对无辜的王后非常不利:她将要被逐出她曾称之为自己家乡的国家。那一刻,我们都不想待在宫里。后来,乔治收到了父亲寄来的一封信。

乔治,

事情已经偏离了方向。坎贝乔今天宣布,没有教皇他不能做任何决定。法庭休庭了,亨利气得满脸通红,你妹妹也发狂了。

我们所有的人都必须立即采取行动,加快进程,王后会被抛在后面,颜面尽失。

你和玛丽必须回来,和安妮在一起,只有你才能控制她的脾气。

波琳

"我不去。"我直白地说。

晚饭后,我们一起坐在大厅里。波琳奶奶已经上床休息。孩子们一直在玩捉迷藏的游戏,跑了一天,也在自己的小床上睡着了。

"我不得不去。"乔治说。

"他们说我可以和孩子们一起过暑假,他们向我承诺过。"

"如果安妮需要你……"

"安妮总是需要我,也总是需要你。她总是需要我们所有人。她在做一件不可能的事——拆散一个好女人的婚姻,把一位王后赶下后位。她当然需要一支军队,毕竟总是需要一支军队来发动一场叛乱。"

乔治瞥了一眼,确保大厅的门都已关闭。"当心。"

我耸了耸肩。"这是赫佛,这就是我来赫佛的原因,我在这里可以说真话。告诉他们我病了,告诉他们我可能感染了汗热病,告诉他们我一旦好转就会去。"

"这是我们的未来。"

我耸了耸肩。"我们已经失势了,除了我们自己,大家都看得出来。凯瑟琳会留住国王,这是她应该做的,而安妮将成为他的情妇。我们永远无法登上英格兰的王位,至少这一代人不会。你只能寄希望于简·帕克能给你生一个漂亮的女儿,你可以把她扔到那个狼窝里,看看是谁抓住了她。"

听到这话,他马上笑了起来。"我明天就走,我们不能全都屈服。"

"我们输了,"我断然地说,"当你被彻底击败的时候,屈服投降不会让人感到羞耻。"

亲爱的玛丽,

乔治告诉我,你不来宫廷是因为你认为我的目标已经失败了。你要格外小心你是在对谁说这话。红衣主教沃尔西将会失去他的房子、土地和财产,他大法官的职位将会被人取而代之,他将走向毁灭,这一切都源于他没有完成我交代的任务。所以你不要忘记,你也要为我的事业奋斗。我不能容忍一个半心半意的仆人。

国王已被我玩弄于股掌之中,我不会被两个缺乏勇气的老人打败。你说我会失败,未免说得太早了。我已把我的人生押在成为英国王后这条路上。我说过我要做这件事,我就一定要做。

安妮

务必要在秋天到达格林尼治宫。

1529年秋

安妮对沃尔西的威胁都变成了现实。现在，我们的霍华德舅舅和萨福克公爵——国王的好朋友和内兄，有幸从失宠的红衣主教身上取得了英格兰国玺，他们还会从他的巨额财产中捞到好处。

"我说过我会把他拉下台。"安妮得意地对我说。我们当时正在她伦敦的新家达勒姆宫，坐在靠窗的位置上看书。安妮站在窗边，她伸长脖子，刚好可以看见外面的约克广场。这里曾经是红衣主教的主宰场，也是她向亨利·珀西求爱的地方。

有人在敲门。安妮看着我，让我替她回答。"进来！"我说。

进来的是国王的侍从，一个二十岁左右的英俊青年。我对他笑了笑，他的眼里闪烁着光。"哈罗德爵士？"我礼貌地问道。

"国王请求他可爱的情人接受这份礼物。"年轻人说着，单膝跪在安妮面前，手里拿出一个小盒子。

她从他手里接过盒子，然后打开。看到里面的东西，她满意地嘀咕了几声。

"是什么？"我忍不住好奇地问。

"珍珠项链。"她简短地说。她转身对侍从说："告诉国王，我很荣幸收到这样的礼物。今晚用餐时我会戴着这个亲自去感谢他。告诉他，"她笑了笑，仿佛像是私底下开玩笑一样，"他会发现他的情人是多么善良，并不残忍。"

年轻人严肃地点了点头,站起身来,向安妮深深鞠了一躬,又向我卖弄风情地微微屈膝行礼,然后走出了房间。安妮盖上盒子,扔给我。我看着那些珍珠镶嵌在一条金链子上,非常漂亮。

"你传的话是什么意思?"我问,"你会很善良而非残忍吗?"

"我不能把我自己给他,"她像那些知晓钱财价值的小商贩一样迅速回答,"但是今天早上我们发生了争执。因为他想在做完弥撒后把我带到他的私室,而我不愿去。"

"你怎么说?"

"我发脾气了,"她坦言,"我咒骂他把我当作娼妓对待,玷污我的清誉,也玷污他自己的名声。那样会毁掉我们从罗马得到有利判决的机会。如果有人认为我是他的婊子,那我永远也无法取代凯瑟琳,我只不过和你一样。"

"你发脾气了?"我问,马上切入要害,"那他怎么做的?"

"逃跑了,"安妮懊丧地说,"就像一只被掉下来的锅烫伤的猫,他迅速蹿出了房间。但看看结果如何?他不能容忍我生他的气。我已经让他像个男孩一样围着我旋转。"

"仅仅是现在。"我警告说。

"哦,今晚我会同我承诺的那样和蔼可亲。我将只为他穿漂亮的衣服、为他唱歌、给他跳舞。"

"晚饭后呢?"

"我可以让他碰我,"她不情愿地说,"让他抚摸我的胸部,让他把手放在我的裙子上,但是,我不会为他脱下我的长袍。我真的不敢。"

"他满意吗?"

"是的,"她说,"他坚持要这么做,我不知道该如何逃避。但是有时

另一个波琳家的女孩

候……"她从座位上站起来,走到房子中间。"他脱下裤子,把它塞到我手里。我讨厌他这样,因为对我像是一种侮辱。然后……"她打住了,气得说不出话来,"然后他达到高潮,像愚蠢的鲸鱼一样喷射而出,脏兮兮又湿漉漉的,我想……"她用一个拳头猛地捶到另一只手掌中。"我想上帝,哦,上帝——我需要一个孩子,而这些都要白白浪费了!明明应该流在肚子里,却浪费在手上!看在上帝的分上!这不单是一种罪过,还是如此疯狂的行为!"

"总会有更多的。"我实事求是地说。

她转身看着我,心神不宁。她说:"对我来说,不多了。他现在疯狂地想触碰我,可他已经等了三年,如果我们必须再等三年呢?我该如何保持我的容颜?我怎样才能维持生育能力?他可能到六十岁还精力充沛,可是我呢?"

"他没有觉得你不好吗?"我问,"你跟他玩的都是妓女的把戏。"

安妮摇了摇头。"我必须要做点什么,才能让他在我的触摸下保持热情。我不得不让他走上前来,但同时又挡住他。"

"你还可以做其他事情。"我主动说。

"告诉我。"

"你可以让他看着你。"

"让他看着我做什么?"

"你摸自己的时候让他看着你。他很喜欢,这会使他欲罢不能。"

她看上去非常不自在。"不像话。"

我笑了。"你让他看着你脱衣服,一件接着一件,慢慢地脱。最后,拿起你的内裤,把你的手指放在你的阴道里,然后张开腿给他看。"

她摇了摇头。"我做不到……"

"你可以把它放进嘴里。"我看到她畏缩的样子,忍住没有笑出来。

"什么?"她看着我,露出厌恶的神情。

"你可以跪在他面前,把它放进嘴里。他也喜欢这样。"

"你和他这样做过?"她皱着鼻子问。

我直视她的眼睛。"我是他的婊子,"我说,"正因为如此,我们的弟弟才能担任管理职务,父亲才能富甲一方。当他仰面躺着的时候,我就躺在他身上,从他的嘴一直亲到他的下体,像舔牛奶的猫一样舔他,之后我就把它叼在嘴里吮吸。"

安妮的脸上露出好奇和厌恶的表情。"他喜欢那样吗?"

"是的,"我直言不讳,"他非常喜欢。这让他无比快乐和享受,不亚于其他任何事情。你可以摆出一副无法忍受这种想法的样子,只要你喜欢,也可以把自己抬得很高,但如果你不得不用妓女的把戏来吸引他,那么你最好学会一些新的把戏,还要学好用好。"

一时间我以为她会勃然大怒,但没想到她沉默不语,只是点了点头。

"我相信王后从来没有干过这种事。"她怨恨地说。

"没有,"我说,一时发泄了我日益积累的怨恨,"可是她是他心爱的妻子,他是出于爱情才和她结婚。而你和我只是妓女。"

✦

安妮学会了和国王玩的把戏,安抚了国王的脾气,但却使她更加暴躁。有一天,我刚打开她的房门,就听到她抬高了嗓门,如狂风骤雨。

我进来的时候亨利正对着门,他看着我的眼神几乎是在恳求。安妮责骂他时,我吓呆了。她背对着我,甚至没有听到开门的咔嗒声。她怒火中烧,除了自己的大嗓门,她什么也没看见,什么也没听到。

"然后发现她,她!还在缝你的衬衫。她还因此嘲笑我,在我面前把你的衣服拿出来,让我给她穿线,当着所有女士的面让我像侍女一样为她穿针引线。"

"我从没要求她……"

"哦?那是怎么回事?难道是她自己在夜里去你的房间偷你的衬衫吗?还是你卧室的侍从把衣服偷出来交给她?又或者你不小心梦游把衣服带给了她?"

"安妮,她是我的妻子,她给我缝衣服已有二十年了。我不知道你会反对。不过我会告诉她,我不想让她再干这些事了。"

"你不知道我会反对?你为什么不回到她的床上,看看我是否会反对!我缝得和她一样好,实际上比她还要好得多。因为我既不人老珠黄也不老眼昏花,不用像她那样还得找人替我穿线。但是你没有把你的衬衫给我,你冷落了我……"她的声音颤抖着,"当着整个宫廷的面,你把你的衬衫送给她,完全冷落了我。"她气得更厉害了。"你还不如对全世界说:这是我的妻子,是我信任的女人;而这是我的情妇,她陪我过夜陪我玩。"

"在上帝面前……"国王开口了。

"上帝作证,你这样伤害到我了,亨利!"

听了她颤抖的声音,他感到茫然无措。他向她张开双臂,但她摇摇头。"不,不,我不会跑到你面前,让你的吻抹去我的眼泪,让我告诉你这不要紧。这很重要,比什么都重要。"

她双手捂着眼睛,从他身边走过。然后,她打开私室的门,看也不看他一眼,径直走了进去。在随后的寂静中,我们听到她关上门,转动锁里的钥匙。

国王和我面面相觑。

他看起来惊呆了。"在上帝面前,我从来没有想过要伤害她。"

"衬衫的事?"

"王后还在为我缝衬衫。安妮不知道。她很难过。"

"哦!"我说。

亨利摇摇头。"我要告诉王后,她不要再给我缝了。"

"我想那是明智的决定。"我温和地说。

"她出来后,你能不能告诉她,令她如此悲痛我很难过?告诉她再也不会有这种冒犯了?"

"好的,"我说,"我会告诉她。"

"我要派人请一位金匠来,让他给她做件漂亮的东西,"他说,想到这里有些温暖,"她重新快乐起来后,就会忘记我们之间有过争吵。"

我满怀希望地说:"等她休息好,就会很开心。对她来说,这当然很痛苦,因为她一直在期待同您结婚。她非常爱你。"

一时间,他看上去就像那个曾经爱上凯瑟琳的男孩。"是的,这就是为什么她会勃然大怒。因为她非常爱我。"

"当然!"我安慰他说。我最不希望亨利看到安妮的愤怒与实际情况是多么大相径庭。

他又显得温柔起来。"我知道。我必须对她有耐心。她很年轻,对这个世界几乎一无所知。"

我闭上嘴,想着家人把我交给他的时候,我还是个小女孩。我从未得到允许可以低声抗议,更不用说乱发脾气。

"我去给她买些红宝石,"他说,"一个贤良淑德的女人,配红宝石,你懂的。"

"她会喜欢的。"我肯定地说。

亨利送了她红宝石,而作为回报,她不仅仅是给他一个微笑。一天晚上,她很晚才回到自己的房间,衣冠不整,手里拿着兜帽。我在床上睡着了，我从不像她曾经等我那样等她回来。她拉开我的被子，叫醒我，让我给她脱衣服。

"我照你说的做了，他很喜欢，"她说，"我让他玩我的头发和胸部。"

"这么说，你们又成为朋友了。"我说。我解开她的胸束，把衬裙拉到她头上。

"父亲要当伯爵了，"安妮心平气和又心满意足地说，"威尔特郡和奥蒙德伯爵，我将成为安妮·罗奇福德夫人，乔治将成为罗奇福德勋爵。父亲要去欧洲讲和，我们的哥哥乔治勋爵也要跟他一起去。乔治勋爵，我们的兄弟将成为国王最喜爱的大使之一。"

我屏住呼吸，对这一连串的恩赐感到非常诧异。"父亲升了爵位？"

"是的。"

"乔治将成为罗奇福德勋爵！对他来说多好啊，他会非常喜欢的！还是一个大使！"

"这是他一直想要的。"

"那我呢？"我问，"我有什么呢？"

安妮倒在床上，让我脱下她脚上的鞋子和袜子。"你还是做寡妇凯里太太吧，"她说，"就是另一个波琳家的女孩。你知道，我不能什么都做。"

1529年圣诞节

宫廷将在格林尼治过圣诞节，王后也会出席，她将接受所有的荣誉，而安妮却不被允许参加。

"现在该怎么办？"我问乔治。我坐在他床上，而他懒洋洋地坐在窗台上。他的仆人正在为他收拾行李，他将要前往罗马。乔治不时地抬起头来，对他冷漠的仆人大叫。"不是那个蓝色斗篷，是有飞蛾的，"或者，"我讨厌那顶帽子，把它给玛丽的小亨利。"

"现在该怎么办？"他重复了我的问题。

"我被传召到王后的宫殿，我将住在我之前住过的屋子里，那是王后的偏房。安妮必须独自待在自己比武场的房子里，我想母亲会和她住在一起。但我和所有女侍臣要都侍候王后，而不是安妮。"

"这可能不是坏兆头，"乔治说，"圣诞节期间，他预计会有很多外地人前来拜访。他最不能忍受的就是商贾说他荒淫无度。他想让大家认为他选择安妮是为了英国的利益，而不是为了贪欲。"

我瞥了一眼仆人，心里有点紧张。

"乔斯没问题，"乔治说，"相当于聋子，感谢上帝，是不是，乔斯？"

那人没有回头。

"哦，好吧，你走吧。"乔治说。那人还在继续不动声色地收拾行李。

"尽管如此，你还是要当心。"我说。

另一个波琳家的女孩

乔治提高了嗓门:"乔斯,你快出去。你可以待会儿再收拾。"

那人吃了一惊,向四周看了看,向乔治和我鞠了一躬,便走了出去。

乔治从窗边站起来,躺在我旁边。我把他的头拉过来,放在我的膝盖上,让自己舒服地靠在床头板上。

"你认为这事会发生吗?"我漫不经心地问,"感觉好像我们已经为这场婚礼筹划了一百年。"

他过去会闭上眼睛,但现在眼睛睁得很大。他抬头看着我。"上帝知道,"他说,"上帝才知道那一天真正来临时,我们要付出怎样的代价:王后的幸福,王位的安全,人民的尊敬,教会的神圣。有时我觉得我和你好像一辈子都在为安妮卖命,我甚至不知道我们从中得到了什么。"

"你是爵位的继承人?拥有两个伯爵爵位?"

他说:"我想参加圣战,屠杀异教徒。我想当我返回家乡,在城堡里能见到一位美丽的女人,她会崇拜我的英勇无畏。"

"我还想要一块啤酒花田、一座苹果园和一个羊场。"我说。

"傻瓜。"乔治说着闭上了眼睛。

几分钟后他就睡着了。我轻轻地抱着他,看着他的胸膛随着心跳起伏,之后我靠在床头的锦缎上,闭上眼睛,自己也睡着了。

我还在睡梦中就听到了开门声,于是我懒洋洋地睁开了眼睛。不是乔治的仆人回来继续收拾行李,也不是安妮来找我们,有人鬼鬼祟祟地转动门把,偷偷把门打开。是简,乔治的妻子,现在是罗奇福德夫人简。她把头探进屋里,四下里找寻我们。

当她看见我和乔治一起躺在床上时,她并没有跳起来。我仍然半睡半醒,由于害怕她的鬼鬼祟祟,我一动没动,半睁开眼睛,透过睫毛看着她。

她也不动声色,既不进来,也不离开,但她仔细打量着我们,不错过任何一个细节。乔治的头转向我的膝盖,我的两条腿在长袍下面摊开,头向后仰着，兜帽被扔在窗台边的座位上，头发在脸上乱作一团。她认真地看着我们，好像在研究我们，准备画一幅小习作，又好像在搜集证据，最后，她悄悄地溜了出去。

我立刻摇了摇乔治，他醒来时，用手捂住他的嘴。

"嘘！简刚刚来过。她可能还在门外。"

"简？"

"看在上帝的分上，简！你的妻子，简！"

"她想干什么？"

"她什么也没说。她进来看着我们一起睡在床上，仔细打量了很久，然后蹑手蹑脚地走了。"

"她不想吵醒我。"

"也许吧。"我不确定。

"怎么了？"

"她看上去……怪怪的。"

"她看上去总是怪怪的，"他漫不经心地说，"像在收集线索。"

"是的，完全正确，"我说，"但是当她看着我们的时候，我觉得很……"我停住了，我不知道该说些什么。"我觉得卑鄙下流，"我最后说，"好像我们做错了什么似的。好像我们……"

"什么？"

"太近。"

"我们是兄妹，"乔治叫道，"我们当然很近。"

"我们在床上一起睡着了。"

"我们当然睡着了！"他喊道，"我们在床上还能做什么？做爱吗？"

我咯咯笑了。"她让我觉得，我甚至都不应该出现在你房里。"

"嗯，你应该，"他坚定地说，"要想避开宫中耳目，避开她偷偷摸摸地探听,我们还能到哪里去谈话呢?她只是嫉妒。她愿意付一大笔钱,让我下午跟她在床上睡一觉,而我只要把头钻进她的怀里就行了。"

我笑了笑。"你认为她根本不重要吗?"

"一点也不,"他懒洋洋地说,"她是我的妻子,我能对付她。正如当下流行的结婚方式,我可以把她甩掉,娶一个漂亮的。"

如果安妮不是大家关注的焦点,她绝对不会在格林尼治过圣诞节。尽管亨利一遍又一遍地向她解释,这是为了他们好,但她还是斥责他宁愿王后站在他身边。

"我要去!"她朝他嚷道,"我不愿待在这儿,受人冷落。我要去赫佛。我将在那里过圣诞节。或许我应该回到法国宫廷去,我的父亲在那里,我可以在那里度过一段快乐的时光。我在法国一直很受尊敬。"

他脸色煞白,好像被她捅了一刀。"安妮,我的宝贝,别这么说。"

她突然生气地责骂道:"你的宝贝吗?你甚至都不希望圣诞节我出现在你身边!"

"我希望你在我身边,不只是那一天,还有每一天。但如果坎贝乔现在还在向教皇汇报,我希望每个人都知道,我抛弃王后的理由是非常纯粹、非常充分的。"

"难道我不纯粹吗?"她问,抓住了这个字眼。

她在调情时所表现出来的机敏,现在又作为一种武器用在亨利身上。他现在和过去一样,还是无法应对。

"我的真爱,你是我的天使,"他说,"我想让全世界都知道这点。我已经告诉王后你将成为我的妻子,因为你是英格兰最好的礼物。我告诉她了。"

"你和她讨论我?"她轻轻地尖叫了一声,"哦,不!这简直是辱上加辱。她告诉你,我可能不是;她告诉你,当我还是她的女侍臣时,我不是天使;她告诉你,也许我不配给你补衬衫!"

亨利双手抱着头。"安妮!"

她转身离他而去,看向窗户。我一直在低头看书。我应该用手指指着一行一行的字,认真看我的书,但我什么也没看进去。我们两人,国王和前任情妇,都偷偷地注视着她。她的肩膀紧张得发抖,后来放松下来,她转过身面向他,眼睛里闪烁着泪光,愤怒使她面红耳赤。等她看起来终于清醒,她向他走来,握住他的手。

"原谅我,"她低声说,"原谅我,我的爱人。"

他抬头看着她,好像不敢相信自己如此幸运。亨利向她张开双臂,她滑到他的腿上,双手搂住他的脖子。

"原谅我。"她低声说。

我从椅子上站起来,尽量不发出任何声音,朝门口走去。安妮点点头,示意让我离开,我走出了房间。我关上身后的门,听见她说:"不过,我要到达勒姆宫去,我要在那儿过圣诞节,你得买单。"

✦

王后欢迎我回到她的房间,带着一丝得意的微笑。可怜的太太,她可能在想,安妮的缺席意味着她的影响力减弱了。跟我一样,她也不曾听说过补偿清单,那是安妮让她的情人为她缺席宫廷宴会而支付的。王后不知道亨利在圣诞宴会上对她的礼貌只是一种形式,但其他的宫廷人员都非常清楚这一点。

她很快就发现了端倪。因为他从不和她单独在她的房间里吃饭。他从不和她说话,除非有人看着。他也从未和她跳过舞,他找借口说自己跳得太多了，只想看别人跳。宫廷里来了一些新的女孩，在他的眼皮底下和她们的伴侣旋转、跳跃。一个新人是珀西的继承人，另一个是西摩尔女孩。无论英格兰哪个郡想在宫廷获得一席之地，都会送一个新的女孩来诱惑国王，指望能有机会登上后位，但国王并没有因此而分心。他坐在妻子身旁，神情憔悴。他在想他的情人。

那天晚上，王后跪了很长时间做祷告。侍女们都是等着被她打发走，好回去睡觉，不知不觉在椅子上都睡着了。当她起身转过来时，只有我还没有睡。

"一群闲人。"她说，看着她们在她悲伤难过的时候将她忽略。

"我很抱歉。"我说。

"她在不在这儿似乎没有任何区别。"她言语凄凉，但又充满智慧。她在兜帽的重压下低下了头。我走上前去，取下别针，把兜帽拿下来。她的头发现在已经灰白，我想她去年老了很多，一年时间比之前五年老得还要快。

"这只是一时的激情，他会克服的。"她说，好像是在告诉她自己，而不是对我说，"他会厌倦她，就像厌倦其他所有的人一样，贝茜·布朗特，你，安妮都只是其中一员。"

我没有回答。

"只要她对他实施魔咒时，他不要对神圣的教堂犯下罪行就行，"她继续说，"我唯一的祈求就是他不犯罪。我知道他会回到我身边的。"

"殿下，"我平静地说，"要是他回不来怎么办？如果他们取消了你们的婚姻，而他娶了她怎么办？您有什么地方要去吗？万一出了差错，您能保全自己吗？"

凯瑟琳王后看着我，那双蓝眼睛尽显疲惫，好像她第一次看见我似的。她伸出双臂，让我解开她长袍的上半部分，然后转过身，让我把衣服从她肩上滑下来。她的皮肤已经擦伤，那是祈祷修行穿的粗毛衬衣来回摩擦所致。我什么也没说，她似乎不愿意我们这些侍女看到。

"我不为失败做准备，"她简洁地说，"那是出卖我自己。我知道上帝会让亨利回到我的身边，我们会再次幸福地生活在一起。我知道我的女儿将成为英格兰女王，她将是有史以来最杰出的女王之一。她的祖母是卡斯蒂利亚的伊莎贝拉，没有人会怀疑一个女人是否可以统治一个王国。每个人都会将玛丽公主铭记于心。国王将在我死后成为忠诚之心爵士，就像他在我少女时代一样。"

她走回自己的房间里。在炉火前打瞌睡的女仆跳起来，从我怀里拿走了她的长袍和兜帽。

王后说："上帝保佑你。你现在可以叫其他人去睡觉了。我希望明天早上她们都和我一起去做弥撒。还有你，玛丽。我喜欢我的女侍臣们都来做弥撒。"

1530年夏

我骑着马,沿着大路向赫佛进发,周围是一支由现役军人组成的队伍,前后都是霍华德大旗。我们经过时,路上其他旅行者都被挤进沟渠里,路边树篱和草地尘土飞扬,这是一个干燥的春天,所有这些迹象都表明今年将是瘟疫肆虐的一年。但是,在离大路很远的地方,干草已经收割好,堆放在田野里,散发着香味。小麦和大麦已经高过膝盖,开始长肥。啤酒花田绿油油一片,苹果园里的草上飘着花瓣,好似飞雪。

我一边骑着马一边唱着歌。在回家看孩子的路上,我穿过英国的乡间,远离宫廷,感到无比快乐。指挥这些人的是我舅舅卫队中的一位绅士,威廉·斯塔福德,他在我旁边骑了一段路。

"这尘土真可怕,"他说,"我们一出城,我就令人走在你后面。"

我偷偷地瞟了他一眼。他长相英俊,身材魁梧,脸上尽显诚实和坦率。我以为他是因处决白金汉公爵而被贬的斯塔福德家族的人,他看上去确实像一个天生就有教养的人。

"谢谢你护送我。能看到我的孩子们对我来说很重要。"

"我想没有比这更重要的事了。我没有妻子也没有孩子,但如果有,我也不会离开他们。"

"你为什么一直不结婚?"

他对我笑了笑。"我还没有遇见一位特别中意的女人。"

这句话没什么深意，但又有些深意。我发现自己很想问他，一个女人要如何做才能让他满意。他对女人如此挑剔，真是太傻了。大多数男人会娶一个能给他们带来财富或地位的女人，而威廉·斯塔福德看起来并不像个傻瓜。

我们停下来吃晚饭，他扶着我的马把我放下来。我双脚已经落地，他抱了我一会儿，让我能站稳。

"可以了吗？"他温和地问，"你已经在马鞍上骑了很长一段时间。"

"可以了。告诉伙计们，我们吃饭不要耽搁太久，我想在天黑前赶到赫佛。"

他领我进了旅店。"我希望他们能给你准备些好东西吃。他们答应会有一只鸡，可我担心那可能是只骨瘦如柴的老鹅。"

我笑了。"什么都可以！我什么都能吃，我太饿了。你愿意和我一起吃饭吗？"

我一度以为他会同意，但随后他微微鞠了一躬说："我和那些人一起吃饭。"

他拒绝了我的邀请，我感到有点生气。"随你的便。"我冷冷地说。随后我走进了旅店的房间，这里天花板很低。我在炉火旁暖手，透过带有铅的小玻璃窗，向外望去。在马厩里，他盯着人们从马身上取下马具，擦干净马匹，再一起去吃饭。我在想他是个英俊的男人，只可惜，他这么没礼貌。

今年夏天，我决定把亨利的金色卷发剪掉。凯瑟琳应该脱掉短裙，换上合适的礼服，亨利也应该穿紧身上衣和紧身裤。如果孩子归我管，我可能还会给他们穿一年的婴儿衣服，但波琳奶奶坚持他们两个应该走出婴儿期。她很擅长给安妮写信，说我没有把她的孩子抚养好。

亨利的头发比帽子上的羽毛还柔软，长长的金色卷发垂到肩膀上，衬托着他那张明亮的小脸。世上没有哪个母亲看到这样的头发被剪掉而不暗自伤神落泪的。他是我的宝贝，我最不希望看到的是他失去他的卷发和婴儿肥，我最不想看到他有任何改变，我希望他能一直像这样伸出双臂等待被抱起，一直像这样迈着胖乎乎的小腿摇摇晃晃地向前冲。

当然，他是完全赞成的。他想要一把剑，还想有他自己的小马。他想像乔治一样到法国宫廷学习战斗。他想参加十字军东征，学习格斗，想尽快长大，而我却想把他永远抱在怀里，永远做我的宝贝。

我们坐在石凳上，面向护城河和城堡，这是我们最喜欢的地方。威廉·斯塔福德遇到了我们。面向护城河和城堡。亨利跑了一上午，他现在瞌睡惺惺，偎依在我的怀中，拇指伸进嘴里。凯瑟琳光着脚在河里划水。

他看见我眼里饱含着泪水，犹豫了片刻。为了不吵醒我儿子，他轻声对我说："很抱歉打扰你，我是来告诉你，我们准备启程返回伦敦了，你是否有消息想要带回去？"

"我给妈妈准备了一些水果和蔬菜，放在厨房里。"

他点点头，又犹豫片刻。"请原谅，"他说，显得很尴尬，"我看得出你因为什么事情而伤心流泪。有什么我能做的吗？你舅舅让我照顾你，我有义务知道是否有人冒犯了你。"

这话让我咯咯直笑。"不，只是亨利必须穿马裤，可我还是希望他只是个小宝宝，我不想让他或者小凯瑟琳长大。如果我有丈夫的话，他会不经我允许就把亨利带走，剪掉他的卷发。事实上，我得亲眼看看这一幕。"

"你想念你的丈夫吗？"他好奇地问。

"有一点，"我不知道斯塔福德对我那段几乎算不上婚姻的联姻了解多少，"我们在一起的时间不多。"这几乎是我所能给出的最诚实但又最圆滑的答复。他微微地点点头,我看不出他是否理解了我说的话。

"我是说现在,"他说,表现出他比我想象的更聪明,"国王现在不再宠爱你,是时候和你的丈夫再生一个孩子了,不是吗?重新开始?"

我犹豫了一下。"我想是这样。"我不愿意和这个我舅舅麾下的绅士讨论我的未来,实话一文不值,但如果显得不友善,那就跟一个普通的雇佣兵差不多了。

"但对于你这样一位二十二岁、有两个小孩的年轻女人来说,情况可不理想。你的人生还有很长的路要走,但你的未来和你姐姐的息息相关。你处在她的阴影之下,可你曾经是大家的宠儿。"

这是对我人生直白而准确的总结,以至于他给我展现的生活前景令我感到窒息。"女人就是这样,"我鼓起勇气诚实地回答,"我得承认这不是我自己能选择的,女人正是财富的玩物。如果我丈夫还活着,他会被授予极大的荣誉。我哥哥是乔治勋爵,我父亲是伯爵,我也可以分一杯羹。但尽管如此,我仍是波琳家的姑娘,也是霍华德家的姑娘,我并非一文不值,我有前景。"

"你是个冒险家,"他说,"就像我。或者,至少你可以成为冒险家。你的家人非常依赖安妮,而她的未来却又十分不可靠,所以,你可以创造自己的未来,你可以自己做选择。他们暂时忘记操控你,此刻,你可能是自由的。"

我注视着他。"这就是你没有结婚的原因吗?这样你就自由了?"

他对我微笑,棕褐色的脸上露出闪亮的白牙。"哦,是的,"他说,"我不欠任何男人生计,也不对任何女人负责。我是你舅舅的人,我穿他的制服,但我不认为自己是他的奴隶,我是英国自由民,我走我自己的路。"

"你是个男子汉,"我说,"对女人来说就不一样了。"

"是的,"他承认,"除非她嫁给我,然后我们就可以一起创造我们的未来。"

我轻轻地笑了，把小亨利搂得更紧。"如果你的婚姻违反了你主人的意愿，也没有得到她父母的祝福，你就不得不白手起家。"

斯塔福德一点也不生气。"还有比这更糟糕的开始。与其娶一个她父亲用嫁妆和条款来约束我的妻子，我想我宁愿娶一个爱我的女人。她相信我会照顾好她，愿意将一生托付给我。"

"那她能得到什么呢？"

他直视我的脸。"我的爱。"

"这就值得和她的家人分开？同你的主人分开？与她的亲人分开？"

他望着城堡的塔楼，燕子正在屋檐下筑巢。"我喜欢像鸟儿一样自由的女人。我喜欢她因为爱来到我身边，她想要我的爱，除了爱我以外，她什么都不在乎。"

"你会娶一个傻瓜当妻子。"我严厉地说。

他转过身对我笑了笑。"幸好我从来没有遇到过我想要的女人，"他说，"所以说这里除了我们两个，没有傻瓜。"

我点点头。这次交谈中，我似乎取得了胜利，但这事似乎还没有解决。"我希望一段时间内不结婚。"我说，连我自己都不确定。

"我也希望你能这样，"他奇怪地说，"再见了，凯里太太。"他鞠了一躬，准备走了。"我想你会发现，你儿子无论穿马裤还是短裤，都是你的孩子。"他温和地说，"我爱我的母亲，直到她去世的那一天。上帝保佑她，我一直都是她的小男孩，不管我长多大、变得多讨厌。"

✦

我本不应该担心亨利的卷发消失。剪掉头发后，我又能看到他那圆圆的精致的小脑袋，那娇嫩易折的脖子。他看上去不再像个婴儿，而是个最可爱的小男孩。我喜欢双手抚摸他的头，感受他的温暖。穿上成年的衣服，他看上去像个王子。我开始不由自主地想，他有一天可能会登上英格兰的王位。他是国王的儿子，由一个将来很可能成为英格兰王后的女人收养，但更重要的是，他是我见过的最高贵的王子。他像他父亲一样站着，双手叉腰，好像整个世界都在他掌控之中。他是脾气最好的孩子，当他听到母亲的声音，会急匆匆地穿过草地，他对这声音是如此的信任，就像鹰听到哨声一样。今年夏天，他长成了一个金光闪闪的孩子。当我看到他长大的模样，想象他成年后的样子，我不再为他逝去的婴儿时期而感到悲伤。

但我知道我想再要一个孩子。亨利已经拥有男孩子的面容，这意味着我的小小宝贝已经不在了。我在想，如果再有一个孩子，不再是权力游戏中的一枚棋子，能随心所欲健康成长，会是什么样？如果再有一个丈夫，能和他生下我们共同期盼的孩子该有多好！想着想着，就想到了宫廷。我内心非常平静，但满是悲伤。

威廉·斯塔福德来护送我前往里士满宫。他坚持要我们一大早就走，这样马在中午就可以休息了。我和孩子们吻别后，走到马厩院子里，斯塔福德把我抱上马鞍，我哭着离开了他们。让我尴尬的是，我的一滴眼泪落在了他仰起的脸上，他用指尖轻轻拂过，但他没有在马裤上擦手，而是把手指拿到嘴唇上舔了舔。

"你在干什么？"

他立刻表现出心虚。"你不应该掉一滴眼泪在我脸上。"

"你不应该舔。"我大声回答。

他没有回答，也没有立即走开。然后他说："上马。"说完他就转身，跨上了自己的马鞍。这支小小的队伍缓缓前行，走出城堡的院子后，我向

另一个波琳家的女孩

儿子和女儿挥手告别。他们正跪在他们卧室的窗前看着我离开。

我们骑马跨过吊桥,马蹄踏在中空的木板上,发出雷鸣般的声音。我们一直往前走,沿着大路走到公园的尽头。威廉·斯塔福德慢慢骑到我旁边。

"别哭了。"他突然说。

我斜眼看着他,希望他能和他的手下一起走。"我没有。"

"你有,"他反驳道,"我不能一路护送一个哭泣的女人到伦敦去。"

"我不是一个哭泣的女人,"我有些恼怒,"我只是不愿离开我的孩子们,我还要等一年才能再见到他们。整整一年!我想,我应该会得到允许为离开孩子们而难过。"

"不!"他坚定地说,"我来告诉你为什么。你对我说得清清楚楚,一个女人必须按照她家人的吩咐去做。你家人吩咐你与儿女分离,甚至让你将儿子交给姐姐抚养,去反抗他们,把你的孩子带回来,比哭泣更有意义。但如果你想成为波琳家族和霍华德家族的一员,那么你最好为自己的顺从感到高兴。"

"我想一个人骑。"我冷冷地说。

他立刻策马前进,命令护卫队前面的人后退。他们都退到我后面,离我六步远。在通往伦敦的漫漫长路上,我默默地骑着马,正如我吩咐的那样,我一直孤身一人。

1530年秋

宫廷众人聚在里士满。安妮满面笑容，因为她和亨利在乡下度过了一个快乐的夏天。他们每天都会打猎，他送的礼物一件接一件，应接不暇。亨利又送给她一套新马鞍和一套新弓箭。他命令马鞍匠做了一个漂亮的后座马鞍，这样她就可以坐在他后面，双臂搂着他的腰，头靠在他肩上，这样他们骑马时就可以窃窃私语。他们所到之处，都有人告诉他们全国上下都很赞成他们，都会支持他们的计划。无论他们走到哪里，人们都会用忠诚的演说、诗歌、化装舞会和舞台剧来欢迎他们，每家每户都在他们的脚下铺上花瓣和新鲜的药草。安妮和亨利就这样反复确认他们是一对金童玉女，会有美好未来。对他们来说，不可能再出什么岔子了。

我的父亲从法国回来后，决定什么也不说，不去打扰这样美好的画面。"如果他们在一起很幸福，那就谢天谢地了。"他对舅舅说。我们在河边的露台上看安妮射箭。她是一位技艺高超的射手，看上去她似乎能夺得头筹。只有另一位女士，伊丽莎白·费雷尔斯夫人，看上去可能比我姐姐技高一筹。

"这改变真令人欣悦，"舅舅酸溜溜地说，"你女儿的脾气跟马厩里的猫一样。"

父亲舒心地笑了。"她长得像她妈妈，"他说，"你看一眼霍华德家的姑娘们，她们就会不由分说地跳起来。你小时候一定和你姐姐吵过架。"

另一个波琳家的女孩

霍华德舅舅看起来很冷静,也不希望父亲继续套近乎。"女人应该知道自己的处境。"他冷冷地说。

父亲迅速给我使了一个眼色。众所周知,霍华德家经常发生骚动,这并不令人惊讶。自从他妻子为他生下儿子以后,霍华德舅舅就公开和情妇出双入对。舅妈发誓,她只不过是育儿室里的洗衣工,直到现在,他俩只有躺在脏床单上才能媾和。她和丈夫之间的仇恨在宫廷中很常见,但在国事场合,他们不得不装出团结一心的样子,一起出现在公众面前。看着他把她领进来,就像在看演戏一样。他握着她的指尖,而她把头转到一边,就好像他穿着没洗的裤子和脏皱领一样,散发着难闻的气味。

我父亲说:"不是所有人都能享受到你和女人相处的快乐。"

我舅舅吃惊地看了他一眼。他做一家之主的时间太长,已经习惯了旁人的顺从。但我的父亲现在是一位伯爵,而他的女儿,就在那一刻射出一箭直飞靶心。她可能成为王后。

安妮转过身微笑,对自己那一箭非常满意。亨利也忍不住从椅子上跳起来,匆匆跑到箭靶处,当着所有的人的面亲吻她。大家都笑起来,掌声一片。伊丽莎白夫人输给了最受欢迎的人,她极力掩饰着自己的愤怒。她从国王那里得到了一颗小宝石,安妮则得到一顶金冠状的小头饰。

"王冠。"父亲说,看着国王递给她。

安妮取下兜帽,姿势亲密又志得意满。她站在我们面前,黑发从前额向后披散,形成浓密有光泽的小卷。亨利走上前去,将王冠戴在她头上,一时间鸦雀无声。

紧张的气氛被国王的弄臣打破。他在国王身后跳起舞来,绕过国王朝安妮张望。"哦,安妮小姐!"他说,"你瞄准的是靶心,但你在另一方面却射得更准,公牛的……"

亨利大笑一声,转过身去,对准他挥了一拳,那弄臣却躲开了。全场哄堂大笑。安妮涨红了脸，那顶小王冠在她乌黑的头发上闪闪发光。她朝那个弄臣摇了摇头，用手指指着他，然后转向亨利的肩膀，一脸迷惑。

✦

我和安妮合住一间卧室，这是里士满宫相当豪华的房间，仅次于国王的。虽然不是王后的宫殿，但却难分伯仲。安妮可以征用一套房间，这似乎已约定俗成，她可以把房间布置得富丽堂皇，与王后的房间一样，甚至几乎和国王的寝宫无异。但她还不能住在王后的专属房间里，尽管王后从未去过那里。宫廷今时不同往日，新的礼仪制度需要不断地建立。

安妮四肢摊开躺在华丽的床上，不在意弄皱礼服。

"夏天过得可好？"她漫不经心地问我，"孩子们可好？"

"是的。"我不耐烦地说。我再也不会心甘情愿地跟她讲我的儿子。她在要求做他母亲时，就已丧失了做他姨母的权利。

"你刚才和舅舅一起看射箭比赛，"她说，"他都说了些什么？"

我思绪又跳回来。"没什么。说你和国王都很高兴。"

"我已经告诉过他，我要把沃尔西毁掉。他背叛了我，他在支持王后。"

"安妮，他失去了大法官的职位，这已经够了。"

"他一直在和王后保持联络，我要他死。"

"但他曾是你的朋友。"

她摇摇头。"我们俩都在取悦国王。沃尔西从他的鳟鱼池里捞出一条鱼送给我，我回送他小礼物，但我永远不会忘记他是如何对我说起亨利·珀西的，他也永远不会忘记我是波琳家族的一员，是和他一样的暴发户。他嫉妒我，我也嫉妒他。我从法国回来的那一刻起，我们就一直是敌人。他不曾见过我，更不知道我的能耐。他还是不了解我，但在他死的时候，他会的。我占有了他的房子，就能占有他的命。"

另一个波琳家的女孩

"他是个老人。他已经失去了所有的财富,也失去了官职,那可是他毕生的骄傲和欣慰。他将退休到约克郡任职。如果你想报复,你可以让他在那里自生自灭,这就够了。"

安妮摇摇头。"还没有完。只要国王还喜欢他,就不会完。"

"除了你,难道国王不能喜欢任何人?就连多年来像父亲一样保护他、引导他的那个人也不行吗?"

"是的。除了我,他不能喜欢任何人。"

我很惊讶。"你是来勾起他欲望的吗?"

她在我面前大笑。"不。但我希望他除了我和那些我信任的人之外,不跟任何人见面,也不与任何人说话。我还能相信谁呢?"

我摇摇头。

"你,或许可以;乔治,永远可以;父亲,大多数时候可以;母亲,有时候可以;霍华德舅舅,如果按他愿意就可以;舅妈不行,她已经投靠了凯瑟琳;或许萨福克公爵可以,但他的妻子玛丽·都铎不行,她无法容忍我爬得这么高;至于其他人,不行。就是这样。也许还有那些对我很温柔的男人,比如我的表兄弗朗西斯·布莱恩,也许还有弗朗西斯·韦斯顿,因为他和乔治很友好,托马斯·怀亚特爵士也仍然关心我。"安妮默默举起最后一根手指,我们都知道我们想到了亨利·珀西。他住在偏远的诺森伯兰郡,坚决不回来宫廷,妻子是他抗议无效才娶的,他已悲伤成疾。"十个,"她平静地说,"十个人祝愿我一切顺利,而整个世界都希望我倒下。"

"但是红衣主教现在已经无法对你构成任何威胁,他已经失去了他所有的权利。"

"所以是时候让他毁灭。现在他已经失去了所有的权利,成了一个落魄的老人。"

这是萨福克公爵和霍华德舅舅之间的阴谋，但却带有安妮的印记。舅舅有沃尔西写给教皇的信件为证，而亨利本打算召回他的老朋友担任高位，却又一次背叛了沃尔西，下令将他逮捕。

去逮捕沃尔西的人是安妮特意选的，沃尔西曾管她叫愚蠢的姑娘和暴发户，这是安妮对他的最后一击。诺森伯兰郡的亨利·珀西被派去逮捕在约克郡的沃尔西，珀西告诉沃尔西被指控叛国罪，必须长途跋涉回到伦敦。回去不是待在他美妙的汉普顿宫，现在那里已经属于国王；也不是待在他伦敦美丽的家约克坊，那里现在已更名为白厅，且属于安妮。他要像叛徒一样，到塔楼去等待审判。像之前那些人那样，慢慢走上断头台。

亨利·珀西把那个使他与安妮分开的人送到安妮面前一定会喜不自胜。但现在他已经疲惫不堪，心灰意冷：沃尔西死在了路上，躲过了他们所有人的追捕，这并不是亨利·珀西的错。安妮唯一能得到的安慰是，她曾经深爱的男子告诉她拆散他们的那个人终于死了，她的大仇终于得报。

1530年圣诞

王后为庆祝圣诞节在格林尼治接见了王室成员，安妮则在已故红衣主教的旧宫殿里举办了圣诞宴会。大家都心知肚明，国王与王后正式进餐后，会悄悄溜出去。他召集皇家游艇，划船到白厅宫外，与安妮再吃一顿晚餐。有时，他会挑选几位朝臣随行，我也在其中。我们穿得很暖和，足以抵御刺骨的寒风，在河上能度过一个愉快的夜晚。划船回家时，头上星空点点，有时还有一轮银月照亮我们的道路。

我又成了王后的女侍臣。看到她身上的变化，我大吃一惊。当她抬起头向亨利微笑时，她的眼睛里再也看不到任何喜悦之情。是他驱走了她的快乐，也许将是永远。她仍然像西班牙公主和英国王后那样娴静端庄，对自己充满信心，但她再也不会容光焕发。一个女人知道丈夫爱慕自己才有那样的底气和精神面貌，而她显然已经失去了。

一天，我们一起坐在王后宫殿的壁炉边。祭坛布从壁炉的一头铺到另一头。我在绣蓝色的天空，这还有局部没有完成，而王后不同往日，她不再绣蓝色天空，转而去绣另一种颜色的图案。我想，如果她没有完成这个，一定是因为她真的疲惫不堪。正常情况下，她是一个无论付出什么代价都要坚持到底的女人。

"今年夏天你见到你的孩子了吗？"她问。

"是的，殿下，"我说，"凯瑟琳现在穿着长裙，正在学习法语和拉丁语,亨利已经剪掉了卷发。"

"你会把他们送到法国宫廷去吗?"

我无法掩饰心中的焦虑。"至少现在还不会。他们还那么小。"

她对我笑着说:"凯里夫人,你知道,问题不在于他们多年幼、多可爱,他们必须学习自己的职责,就像你我那样。"

我低下了头。"我知道你说的是对的。"我轻声说。

王后说:"女人需要知道自己的职责,这样她才能履行职责,才会生活在上帝赐予她的领地里。"我知道她想到了我姐姐,因为她并不在上帝赐予她的领域里生活,而是处在一种全新的极尽荣华的环境中。这种荣华富贵是她的美貌和智慧赢来的,现在又由一场根深蒂固的战争所维持。

有人敲门,门口站着我舅舅的一位侍从。

"诺福克公爵夫人送的橘子和便条。"他说。

我起身接过那漂亮的篮子。橘子摆放在深绿色的叶子里,上面有一封盖着舅舅火漆印的信。

王后说:"读便条。"我把水果放在桌上,打开信。我大声念:"殿下,我收到一桶新鲜橘子,是从您出生的国家送来的。我从中挑选出一些,冒昧地送给您,以表敬意。"

"太好了,"王后平静地说,"玛丽,你能把它们放在我的卧室里吗?以我的名义给你舅妈写封回信,感谢她送的礼物。"

我站起来,把篮子提进她的房间。门口有块地毯,我的脚后跟在上面绊住了。当我蹒跚着重新站稳的时候,橘子滚得到处都是,像小学生的弹珠一样在地上滚来滚去。我悄悄地嘟囔了几句,然后赶紧把它们放回篮子里,不希望王后进来,看到我把这么简单的一件事弄得一团糟。

这时我注意到一个东西,让我惊呆了。篮子底部有一卷小小的纸。我把纸铺平,上面写着很小的数字,没有任何文字,全是用密码写的。

另一个波琳家的女孩

我跪在那里，周围都是橘子，跪了很长时间。我慢慢把橘子按原样放回去，把篮子放在一个低矮的柜子上。我甚至退后了几步来欣赏自己的作品，因为我改变了橘子原有的位置。我把纸条放进兜里，回到房间，和这个世界上我最爱的女人坐在一起。我坐在她旁边，为她缝祭坛布，心里想着我兜里的东西会带来什么蓄谋已久的灾难，我该拿它怎么办。

✦

我别无选择，从开始到结束我都没有选择，我是波琳家族的人，也是霍华德家族的一员。如果我不坚守我的家庭，那么我就没有办法养活我的孩子，没有未来，也没有庇护。我把纸条拿到我舅舅房间，放在他面前的桌子上。

✦

他半天就破译了密码。这不是一个非常复杂的阴谋，只是西班牙大使送去的一丝希望。他悄悄告诉我舅妈，又让她传给王后。这不是一个有效的阴谋，只是徒劳。对王后来说，这只是一丝安慰，而现在，我把她的安慰夺走了。

消息传出去后，舅舅家里发生了一场激烈的争执。他冲着妻子大吼，说她是叛徒，说她反叛国王和丈夫。国王也亲自给予舅妈警告。我前往王后的宫殿。她在自己的房间里，望着窗外结冰的花园。一些人裹着暖和的毛皮大衣走到河边，船只在那里等候，他们要到我姐姐与王后对立的宫廷去拜访她。王后独自站在房间里，默默地看着他们离去。那个弄臣在他们周围蹦蹦跳跳，一路还有乐师弹着鲁特琴，唱着歌。

我在她面前跪下。

"我把公爵夫人的便条给了我舅舅，"我大胆向她坦白，"我在橘子里找到的。若不是无意之中落到我手上,我一定不会自己去翻找。我似乎总是在背叛你,但这决不是我的本意。"

她瞟了一眼我低垂的头,好像没什么大不了似的。"我不知道还有谁不会这样做,"她说,"你应该向你的上帝跪拜,而不是向我跪拜,凯里夫人。"

我没有起身。"我想请您原谅,"我说,"我命中注定属于一个与您利益背道而驰的家族。如果在另一个时代我是您的女侍臣,您就无需再怀疑我了。"

"你若没有受到利诱就不至于跌倒,如果背叛我对你没有好处,你就会忠诚。走吧,凯里夫人,你跟你姐姐一样,蛇鼠一窝,为达目的,不择手段,思虑不周。我知道,没有什么能阻止波琳家追求他们想要的。有时我觉得她会不惜一切代价,甚至我死了也不会消停。我知道你会帮她,不管你多么爱我,不管你是我的小女仆时我多么爱你,你将在她后面,亦步亦趋。"

"她是我姐姐。"我激动地说。

"我是你们的王后。"她说,语气寒冷如冰。

我跪在地板上,膝盖有些疼痛,但我仍然一动不动。

"我的儿子由她照管,"我说,"我的国王听她差遣。"

"快走吧,"王后重复道,"圣诞节的盛宴很快就会结束。在复活节之前,我们都不要再见。很快教皇就会做出决定,如果他告诉国王,必须尊重自己和我的这段婚姻,那么你姐姐就会采取下一步行动。你说我还能期待什么?叛国罪?还是在我晚餐里投毒?"

"她不会的。"我低声说。

"她会的,"王后断然地说,"而你会帮助她。走吧,凯里夫人,复活节前我不想再见到你。"

我站起身来,向后退去。到了门口,我深深地向她行了屈膝礼。我蹲得非常低,就同在向帝王行礼一般。我没有让她看到我的脸,因为我已经泪流满面。我羞愧地鞠了一躬，走出房间，关上门，留下她一个人，眺望着外面已经结冰的花园，看着宫廷众人伴着欢声笑语顺流而下，去向她的敌人致以敬意。

✦

花园很安静，因为大部分宫人都不在这里。我将冰冷的双手缩进衣袖深处，一路低着头走到河边，泪水冻住了脸颊。突然，一双低跟靴在我面前停下。

我慢慢抬起头来。如果一个女人细心观察，就会发现前面有一双完美的腿，身上穿着温暖的紧身上衣，戴着棕色的毛领披风，再往上是一张微笑的脸：威廉·斯塔福德。

"没有随王室成员一同去拜访你姐姐吗？"他直接问，没有打招呼。

"没有。"我没好气地说。

他仔细地看了看我耷拉着的脸。

"你的孩子们还好吗？"

"还好。"我说。

"那是什么事呢？"

"我做了一件坏事。"我说。冬日的阳光照在水面上，依然耀眼，我眯着眼睛，朝上游望去。宫廷众人正欢乐地划向远方。

他等着我继续说。

"我发现了一些关于王后的事，于是告诉了我舅舅。"

"他认为这是件坏事吗？"

我笑了。"哦，不。对他来说，这只是表明了我对他的忠诚。"

"公爵夫人的秘密纸条，"他马上猜到了，"宫里到处都在传，她被驱逐出了宫廷，但是没有人知道她是怎么被发现的。"

"我……"我尴尬地说。

"没有人会从我这里了解到真相。"他亲切地握住了我冰冷的手,夹在他臂弯里,带我沿着河边散步。阳光照在我们的脸上,我的手夹在他的胳膊和身体之间,越来越暖和。

"你会怎么做?"我问,"既然你有自己的想法,又很骄傲能遵从自己的本心。"

斯塔福德非常高兴地瞟了我一眼。"我不敢指望你还记得我们的谈话。"

"没什么,"我有点慌张地说,"这没有任何意义。"

"当然没有。"

他想了一会儿。"我想我也会像你那样做的。如果是她的外甥在策划入侵,那就有必要解读信的内容。"

我们走到宫殿花园的边界处,就停下脚步。"我们不打开门继续走吗?"他诱惑地问道,"我们可以去村里喝一杯麦芽酒,吃一口袋烤栗子。"

"不。我今晚必须去参加晚宴,尽管王后复活节前不再需要我了。"

他转身走到我身边,一言不发,只是把我的手热情地握在他的身边。到了花园门口,他停住脚步。"我要走了,"他说,"在去马厩院子的途中我看见了你。我的马瘸了,我要去看看他们是否在好好热敷它的蹄子。"

"说实在的,我不知道你为什么为我耽搁这么长时间。"我说,声音里流露出一种挑衅。

他看着我,让我感到呼吸有些急促。"哦,我想你知道,"他慢慢地说,"我想你很清楚我为什么要来看你。"

"斯塔福德先生……"我说。

"我讨厌他们在马蹄上抹的油的气味。"他急忙说道,然后向我鞠了一躬就走了。我还没来得及笑,没来得及抗议,甚至没来得及承认是他诱骗我跟他调情,而我本来是希望诱骗他的。

1531年春

随着红衣主教离世,教会很快意识到,他们不仅失去了一个最大的利益商,也失去了伟大的保护者。亨利对教会课以重税,税收流入国库,以此来惩罚教会。而且他还让神职人员意识到,教皇或许仍然是他们的精神领袖,但他们真正的领袖却离本土更近、更强大。

国王自己一人无法办到。支持亨利攻击教会的是当时最聪明的思想家,他们要求教会回归早期的纯洁,而安妮认同他们的著作。其中还有一部分对神学一无所知的英格兰人,他们没有打算支持牧师或修道院来反对国王亨利。当国王向英格兰教会宣讲英格兰人的权利时,立即获得了这部分人的支持。罗马教会更像是罗马帝国的教会:一个外国的机构,此刻由一个外国皇帝统治。最好的办法就是,教会首先对上帝负责,其次由英格兰国王来统治,就像统治国内的其他事情一样,否则他怎么叫国王呢?

除了教会,没有人会对这种逻辑提出异议。亨利任命自己为英格兰教会最高领袖时,教会内部也只有费希尔主教提出了抗议。他曾经是王后的忏悔神父,顽固而又忠实。

"你应该拒绝让他到宫廷来,"安妮对亨利说。他们在格林尼治宫的会客室,坐在窗户孔旁边。她把声音压得很低,以示对等候见他的请愿者和宫廷众人的尊重。"他总是偷偷溜进王后的房间,然后一连几个小时在里面窃窃私语。谁能说她在忏悔而他在祈祷?谁知道他给了她什么建议?谁知道他们在秘密策划什么?"

"我不能拒绝她参加教会仪式,"国王说得合情合理,"她在忏悔室里应该不会搞阴谋。"

"他可是她的间谍。"安妮断然地说。

国王拍拍她的手。"安静点,亲爱的,"他说,"我是英国国教的领袖,我可以裁决我自己的婚姻。一切都快完成了。"

她显得焦躁不安:"费希尔会反对我们,人人都会听他的话。"

"费希尔并不是教会的最高领袖,"亨利重复道,一边仔细品味这句话,"我才是!"他朝一个请愿者望去。"你想要什么?你可以上前来。"

那个人走上前来,手里拿着一张纸,是关于一份遗嘱的争执,法院一直无法解决。父亲把这个人带到廷上,站在一旁,让他提出请求。安妮从亨利身边溜到父亲那里,拉了拉他的袖子,对着他耳语。他们散开后,安妮微笑着回到国王身边。

我在准备我们玩游戏的牌,环顾四周,想找一位先生来帮忙。弗朗西斯·韦斯顿爵士走上前来,向我鞠躬。"我可以拿我的心做赌注吗?"他问。

乔治望着我们俩,对弗朗西斯的轻浮行为微微一笑,眼睛里充满了温情。

"你没有什么可赌的,"我提醒他,"我穿着蓝色礼服时,你还对我信誓旦旦地说你把心弄丢了。"

"你和国王跳舞时我又把它找了回来,"他说,"虽然已经破碎但还是回来了。"

"那不是一颗心,而是一支破旧的箭,"亨利说,"你总是让箭离弦,再把它找回来。"

弗朗西斯说:"它永远找不到目标。在陛下身边,我就是个可怜的射手。"

另一个波琳家的女孩

"你打牌也不怎么样,"亨利满怀希望,"我们玩一分一先令的吧。"

⬟

几天后,费希尔主教病了,差点病死。和他同桌共进晚餐的三个人中毒而亡,他家里其他人也病了。有人买通他的厨师在他汤里下毒。幸好他运气不错,那天晚上他并不想喝汤。

⬟

我没有问安妮在门口对父亲说了什么,也没有问父亲是如何回答的。我并没有问她,主教生病以及三个无辜男人的死亡是否与她有干系。没想自己的姐姐和父亲都是杀人凶手,这非同小可,但我记得她那阴沉的脸,她咒骂说她恨费希尔,对他的仇恨不比对红衣主教少。现在红衣主教蒙羞而死,而费希尔的晚餐也掺进了毒药。整个事件仅仅从夏天的调情开始,现在已经变得阴暗污浊,干系重大又牵连甚广。我不想知道任何秘密。安妮有个暗黑的座右铭:"就是这样:嫉恨在嫉恨的人。"这似乎是安妮对波琳家族、霍华德家族以及整个国家的诅咒。

⬟

复活节宴会期间,王宫众人又开始围着王后打转,正如她之前所预料的那样。国王每天晚上和她共进晚餐,笑脸盈盈。这样从城区中心前来围观国王与王后的人,回家闲谈时就会说这简直就是一种耻辱,那女人人老珠黄,面如死灰,一个男人在他正当盛年时竟被这样一个老女人绊住。有时王后会早早退出宴会,她的女侍臣不得不选择是跟她一起离去,还是留在大厅里。当她撤退时,我总是和她一起离开。我厌倦了宫廷里没完没了的流言蜚语和丑闻,厌倦了那些女人的恶意,厌倦了我姐姐不堪一击的魅力。我害怕如果我继续留下来，会看到什么不好的事情。曾经，当我是波琳家族在英国唯一的女孩时，当我还是一个新婚妻子、对我的丈夫以及我与他的未来生活充满希望时，我满怀期待地加入了这个宫廷。而现在，这个宫廷再也不值得信赖。

王后默默地接受了我的服务。她从不提起我之前的背叛。只有一次，她问我是否愿意待在大厅里，看娱乐节目或者跳舞。

"不。"我说。我拿起一本书，准备在她坐下来缝祭坛布时读给她听。祭坛布的蓝天部分快要完成，不得不感叹她绣得如此之快、如此之好。那块布仿佛一件长袍在她膝上铺开，华丽的蓝色形成漩涡，滚到地板上。天空只剩最后一个角落。

"你对跳舞不感兴趣？"她问我，"你，一个年轻的寡妇？没有追求者吗？"

我摇摇头。"没有，殿下。"

"你父亲会为你另找一个伴侣，"她说，这是显而易见的，"他有跟你说过吗？"

"没有。情况是……"作为一名合适的朝臣，我不可能接话下去，"情况对我们来说非常不确定。"

凯瑟琳王后轻轻扑哧一笑，笑得真诚。"我没有想到这一点，"她承认，"对一个年轻人来说，这是一场多么大的赌博！谁知道他能和你一起升多高？又有谁知道他会跌落到何处？"

我淡然一笑，把书脊给她看。"您想让我读一下吗，陛下？"

"你认为我安全吗？"她突然问我，"如果我有生命危险，你会给我警告，是不是？"

"什么生命危险？"

"毒药。"

另一个波琳家的女孩

我颤抖着,仿佛春天的傍晚突然变得又湿又冷。"这是黑暗的时代,"我说,"非常黑暗的时代。"

"我知道,"她说,"但开端很好。"

她只对我说过她害怕毒药,但其他女侍臣注意到,她把自己的早餐先给她的灰狗弗鲁吃一点后,自己才吃。西摩尔女孩简是女侍臣当中的一个,她说这样狗会变胖,还说在餐桌上喂狗很不好。另一个女侍臣笑了,她说王后只剩下对小弗鲁的爱了。我什么也没说。我很希望王后让她们其中任何一人来测试她的食物。我们可能会因此失去简·西摩尔,但也不会太想念她。

所以当他们带来消息说玛丽公主生病时,我和王后一样,首先想到的是她那漂亮、聪明的女儿被人毒死了。可能是被我姐姐毒死的。

"他说她病得很重,"王后一边读着医生的来信一边说,"上帝!他说她已经病了八天了,什么都咽不下去。"

我一时间忘记了王室礼仪,握着她的手。她的手抖得那么厉害,纸在她手里噼啪作响。"不可能是毒药,"我急切地小声说,"给她下毒对谁都没有好处。"

"她是我的继承人,"王后说,脸色像信纸一样苍白,"安妮会给她下药,以此威胁我去修女院吗?"

我摇摇头。我不敢确定安妮现在会做什么。

"不管怎样,我都得去找她。"她大步走到门口,猛地把门打开,"国王会在哪儿呢?"

"我会查出来的,"我说,"让我去。你不能在宫殿里跑来跑去。"

"不,"她痛苦地呻吟了一声,"我甚至不能去请求他,让我见见我们的女儿。如果那个女人拒绝我怎么办?"

我一时没有答复。即使在这个混乱的世界,一想到英国王后不顾一切地问我那暴发户姐姐,问她是否愿意让她见见她的孩子,而那个孩子是王室公主,我也受不了。"这不是她能决定的,殿下。国王爱玛丽公主,他不想让她生病时没有母亲的照顾。"

安妮已经知道公主病了。安妮现在什么都知道,舅舅的间谍系统很庞大,运行极好。他在英国每个大家族都招募了一个仆人,有任何发现都会用来为我姐姐服务。安妮知道玛丽公主痛苦不堪。这个小女孩独自一人生活,除了仆人和忏悔神父,她没有同伴。她一连跪在地上几个小时,祈求上帝把她父亲的爱还给她的母亲,他的妻子。她忧思成疾。

那天晚上,国王来到王后的房间。他早已准备好了答复。"如果你愿意,你可以去看看公主,可以在那里居住,"他说,"带着我的嘱咐和我的感谢。所以永别了。"

王后黯然失色,面如死灰。她看起来憔悴不堪,一副病态。"我永远不会离开你,我的丈夫,"她低声说,"我在想我们的孩子,我在想你会想知道她得到了很好的照顾。"

"她只是个姑娘。"他说,声音里充满了怨恨,"对我们的儿子,你却没有如此着急去照看。在我的记忆中,你在照顾我们儿子时并不称职,不是吗?"

她心痛得倒吸一口气,但他继续说下去。"所以夫人,你是晚上来用餐,还是要去找你女儿?"

王后努力使自己镇定下来。她挺直身子,挽起他伸出的手臂。他仍把她当作王后,领着她去吃饭,但是她不能像他那样演戏。她俯视整个大厅,看见我姐姐坐在她的桌子旁,宫人围着她转。安妮感到王后深沉的目光正投向她,便抬起头来。她对着王后微笑,满面春风又志得意满。而王后看

另一个波琳家的女孩

到安妮毫不掩饰的快乐,便知道国王如此残忍都得益于她,她低下头,捏碎一片面包,什么也没吃。

那天晚上,有许多人说,年轻英俊的国王不应该配一个看上去可以做他母亲的女人,而这个女人又非常可怜。

凯瑟琳王后直到被彻底击败才离开宫廷。除了我姐姐,任何女人看到王后鼓起勇气才敢面对她的丈夫时都会感到羞愧。王后得知玛丽公主生病的消息后没几天,她与国王私下共进晚餐。随行的有她房间里的女侍臣和他的绅士们,还有几位大使及托马斯·克伦威尔。当时克伦威尔的身影无处不在。托马斯·莫尔也在那里,但他看上去更希望自己不在场。

他们把肉拿走,换上水果和餐后甜酒。王后转向国王,请求他把安妮赶出宫廷。她称安妮为"无耻之徒"。

我看到了托马斯·莫尔脸上的表情,我猜我脸上的震惊也毫不逊色。我不敢相信王后会在公开场合挑战国王陛下。他们的离婚案现在还摆在罗马教皇面前。在自己丈夫的房间里,她应该有勇气直接面对他,并且礼貌地要求他把情妇放一放。我不明白她为什么要这么做。后来,我明白了,那是为了玛丽公主,是为了让他对自己的行为感到羞愧,从而允许她前往公主府邸。王后不顾一切风险要去看女儿。

亨利气得面红耳赤。我垂下眼睛望着桌子,默默向上帝祈祷,不要让愤怒转嫁到我身上。我低着头,从眼角偷偷地瞟了一眼,发现乔普斯大使也摆着和我同样的姿势。只有王后抬着头,双手紧握椅子扶手,不让自己颤抖。她盯着满脸通红的亨利,询问时的表情仍带着礼貌。

"在神面前!"亨利对她大发雷霆,"我永远不会把安妮小姐赶出宫廷。她没有得罪任何一个思想正常的人!"

"她是你的情人，"王后平静地说，"对一个虔诚的家庭来说，这是丑闻。"

"从来没有！"亨利的叫喊变成了咆哮。我畏缩了一下，他就像一头被激怒的熊一样可怕。"从来没有！她是一个绝对道德的女人！"

"不！"王后平静地说，"即使不是在行为上，在思想和言语上，她也伤风败俗，厚颜无耻。对任何一个善良的女人或一个信奉基督教的王子来说，她不配为伴。"

他一跃而起，而她仍然没有退缩。

"你到底要我干什么？"他冲着她怒吼道，唾沫溅了她一脸。她没有眨眼，也没有转过身去。她坐在椅子上不动声色，仿佛自己是石头做的，而他则是一股惊涛骇浪，凶猛地涌向岸边。

"我想见玛丽公主，"她平静地说，"就是这样。"

"去！"他低吼，"去！看在上帝的分上！走吧！让我们大家清静清静。去待在那儿！"

凯瑟琳王后慢慢地摇了摇头。"即使是为了我的女儿，我也不会离开你，尽管你会伤透我的心。"她冷静地说。

房间很长一段时间寂如死灰，令人窒息。我抬起头，看见她脸上泛着泪光，但她的表情非常平静。她知道自己已经放弃了见孩子的机会，即使她的孩子已经奄奄一息。

亨利瞪了她一会儿，眼神恨之入骨。王后转过身，向身后的侍从点点头。"再给陛下斟点酒。"她冷冷地说。

国王生气地跳起来，把椅子向后推。椅脚在木地板上刮得直响，如一声尖叫。大使、大法官以及我们其他所有人都不知所措地跟着他站了起来。亨利倒在椅子上，好像累坏了。我们左右为难，不知道该怎么办。凯瑟琳王后看着他，似乎和他一样，他们的争吵也让她精疲力尽，但她并没有被打败。

"求求你。"她轻声说。

"不。"他答道。

✦

一个星期后,她又问了他一次。那场戏上演时,我并没有和她在一起,但简·西摩尔惊恐地睁大眼睛告诉我,说国王发怒时,王后一直坚守着自己的立场。"她怎么敢这样?"她问。

"为了她的孩子,"我痛苦地说。看着简年少无知的脸,我心想,在我有儿子之前,我也像这个傻瓜一样。"她想和她女儿在一起,"我说,"你不会明白的。"

亨利一直没有放王后去看她的女儿。公主的医生来信说她快不行了,每天问她母亲什么时候能去看她。国王终于松口,同意让她去。他命人用轿子把玛丽公主送到里士满宫,王后可以在那里与她会面。我下楼到马厩院子里给她送行。

"上帝保佑殿下和公主。"

"至少我能和她在一起。"她只说了这么一句话。

我点点头,后退几步,骑兵队伍从我身边走过。走在前面的是王后的仪仗队,六名骑士跟在旗子后面,接着是王后和她的两名女侍臣,最后是骑手。慢慢地,王后的队伍走远了。

威廉·斯塔福德在马厩院子的另一边看着我挥手告别。

"她终于可以见到她的女儿了,"他走到我身旁,捡起我掉在泥里的衣服,"他们说你姐姐发誓说王后再也不会回到宫中,她说王后爱她女儿爱得太过愚蠢才会去找她,这一走就失去了王位。"

"这个我不知道,别的我也不知道。"我坚持说。

他笑了，看着我，棕色的眼睛闪着光。"你今天看起来很无知。难道你不为你姐姐的崛起而高兴吗？"

"这样的代价我不会高兴。"我简短地说，转身走开了。

我刚走了五六步，他就来到我身边。"那你呢，凯里太太？我好几天没见到你，你有找过我吗？"

我犹豫片刻。"我当然不会来找你的。"

他和我步调一致。"我可没想到是这样，"他突然一本正经地说，"我可以跟你开个玩笑，太太。不过我很清楚，你比我地位高得多。"

"是的。"我不太客气地说。

"哦，我知道，"他再次向我保证，"但我以为我们很喜欢对方。"

"我不能和你玩这些游戏，"我温和地说，"我当然不会找你。你在为我舅舅服务，而我是威尔特伯爵的女儿……"

"一个新晋的荣誉。"他平静地补充道。

我皱起眉头，因为被打断而有点心烦意乱。"这是今天的荣誉还是一百年前的荣誉都无关紧要，"我说，"我是一位伯爵的女儿，而你只是个无名小卒。"

"可是你呢，玛丽？撇开官爵头衔不谈，你，玛丽，漂亮的玛丽·波琳，从来没找过我？从来没想过我？"

"从来没有。"我断然地说，留他一个人站在通往马厩院子的拱门旁。

1531年夏

　　宫廷搬到了温莎，王后带着玛丽公主回到城堡。公主仍然非常苍白瘦弱，国王不得不对他唯一合法的孩子温柔以待。他对妻子的态度也变得柔和，但之后又强硬起来——这取决于他是和我姐姐在一起，还是在他女儿的床边。王后日夜祷告，还要照料公主，睡得很少，但她总是不厌其烦地对他微笑，向他行屈膝礼，她永远是宫廷天空中一颗稳定的星星。她和公主将在温莎度过夏天。

　　我捧着一束初绽的玫瑰走进王后房间，她对我微笑。"我想玛丽公主会很喜欢这些东西放在她床边的，"我说，"这花闻起来很香。"

　　凯瑟琳王后把花拿过去，闻了闻花香。"你是一个乡下女人，"她说，"我其他女侍臣中没有人会想到摘花，还要带到屋里来。"

　　"我的孩子们喜欢把花带到他们的房间里，"我说，"他们用雏菊做王冠和项链。当我和凯瑟琳吻别道晚安时，我经常会在她的枕头上发现从她头上掉下来的毛茛。"

　　"国王说宫廷夏季旅行时你可以去赫佛？"

　　"是的。"她准确猜中了我的满足，我笑了。"是的，整个夏天都待在那儿。"

　　"那么我们就和自己的孩子们在一起了。你会在秋天回到宫里来吗？"

　　"我会的，"我答应道，"如果您需要我，我会回来为您效劳的，殿下。"

"我们又会重演，"她说，"圣诞节时，我是无可匹敌的王后；夏天，我是被遗弃的凯瑟琳。"

我点点头。

"她抱着他，是不是？"她朝窗外望去。外面是花园和小河，远处，我们可以看到国王和安妮在河边的小路上散步，他们即将骑马开启夏季巡游。

"是的。"我直白地说。

"你认为她有什么秘诀吗？"

"我觉得他们很像。"我对他们俩的厌恶渗入到我的语气之中，"他们都很清楚自己想要什么，也都会不顾一切去追求，他们都有绝对专一的能力。这就是为什么国王是如此伟大的猎手，当他追逐一头牡鹿时，他心里除了牡鹿什么也没有；安妮也是一样，她训练自己只追随自己的兴趣。现在他们的愿望是一样的，这让他们……"我停顿了一下，想找个合适的词，"非常强大。"

"我可以很强大。"王后说。

我瞟了她一眼。如果她不是王后，我会搂住她的肩膀拥抱她。

"有谁比我更清楚呢？我见过你在国王暴怒时挺身而出，我见过你与两位红衣主教和枢密院对抗，但你侍奉上帝，爱国王，爱你的孩子。你绝对不会只想一个方面，也就是'我想要什么？'"

她摇摇头。"那可是自私之罪。"

我望着河畔那两个人的身影，他们是我认识的最自私的两个人。"是的。"

✦

我下楼到马厩院子里，检查他们是否已经把箱子装好，把我的马备好，以便我们第二天一早就能动身。这时，我发现威廉·斯塔福德正在检查马车的轮子。

"谢谢你。"我说,发现他在那儿有点吃惊。

他直起身子,转过来看我,眉开眼笑。"我来护送你,你舅舅没说吗?"

"我肯定他说的是别人。"

他的笑容变得更灿烂了。"是的,不过他明天还不适合骑马呢。"

"为什么呢?"

"他醉倒了。"

"现在喝醉了,明天还不能骑马吗?"

"我应该说他会因为喝酒而卧床不起的。"

我等着他继续。

"他明天会宿醉不醒的,因为他今晚会烂醉如泥。"

"你能预见未来吗?"

"我能预见到我要倒酒,"他咯咯地笑着说,"我不可以护送你吗,凯里太太?您知道我会确保您安全到达。"

"当然可以,"我有点慌张,"只是……"

斯塔福德非常安静,我感觉他不仅仅是用耳朵听,更用他所有的感官在留意我说话。

"只是什么?"他继续问。

"我不想让你受伤,"我说,"对我来说,你不仅仅是一个为我舅舅效劳的人。"

"可是,有什么会妨碍我们彼此相互喜欢呢?"

"最严重的问题源于我的家人。"

"那要紧吗?有一个朋友,一个真正的朋友,不管地位多低,不比做一个受姐姐指使的高贵但却孤独的女人更好吗?"

我转过身去。一想到要为安妮效劳,我就像往常一样烦躁不安。

"那么，明天我护送你去赫佛可以吗？"他问道，故意打破了我的防护咒。

"如果你愿意的话，"我不太客气地说，"谁送都一样。"

听了这话，他笑得喘不过气来，但他并没有和我争论，而是让我走了。我从马厩院子里出去，想让他在我后面追着我，告诉我他跟别人不一样，这一点我非常肯定。

我上楼回到自己的房间，看见安妮在镜子前调整她的骑手帽，兴奋得神采飞扬。

"我们要出发了，"她说，"出来和我们告别吧。"

我跟着她走到楼下，一路小心翼翼，生怕自己会踩到她那件华丽的红色天鹅绒长袍裙边。

我们经过两扇巨大的双开门，走到室外。亨利已经骑在马上，安妮的黑猎马在他旁边焦躁地等待着。一想到我姐姐让国王在外面候着，自己竟在屋里整理帽子，我就感觉有点惶恐。

国王对她笑了，他可以宠她做任何想做的事。两个年轻人跳上前来准备扶她上马鞍，她搔首弄姿，看谁有资格把捧成杯状的手放在她的靴子下面。

国王发出了出发的信号，他们走了。安妮扭头朝我挥了挥手。"告诉王后我们走了。"

"什么？"我问，"你一定跟她告别了吧？"

她笑道："没有，我们这就走了。告诉她我们走了，留下她一个人。"

我本可以追上她，把她从马上拉下来，因她的不怀好意而扇她一巴掌，但我仍待在门口的台阶上，对国王微笑，向姐姐挥手。看着骑兵、马车、

另一个波琳家的女孩

侍从、士兵和整个队伍从我身边嗒嗒走过，我才转过身，慢慢走进城堡。

我把身后的门砰的一声关上。这里异常安静，墙上的帷幔已经被扯下，几张桌子从大厅被搬到外面，房间里只有沉默的回声。壁炉里的火已经熄灭，没有人拿着火棍去添柴，也没有人再要一杯麦芽酒。阳光透过窗户照射进来，在地板上洒下闪闪金光。阳光下，尘土飞扬。我从来没有见过这样寂静无声的王宫，这个地方总是充斥着噪声、工作、生意和娱乐，仆人们总是骂骂咧咧，上层的命令总是响彻云霄，人们一直在乞求得到允许或者帮助，乐师们日日演奏，狗每日吠叫，大臣们天天调情。

我上楼前往王后的处所，脚后跟在石板上踢嗒作响。我敲了敲门，指尖接触木头的声音都显得异常响亮。我推开门，以为房间是空的，然后我看见了她。她站在窗前，望着宫殿前那条蜿蜒的道路。她能看到还属于她时的宫廷，她曾经的丈夫带领她所有的朋友、仆人、用品、家具甚至亚麻布匹，在城堡外的道路上蜿蜒行进。安妮骑着她大黑猎马走在前列，留下她一个人在此地独守空房。

"他走了，"她疑惑地说，"都没有与我告别。"

我点点头。

"他以前从不这样。不管情况有多糟，他总是在离开前来找我，请我保佑他。有时我觉得他像个孩子，像我的孩子一样，不管他离我有多远，他总想确定他能回到我身边。无论他去哪里，他都希望得到我的祝福。"

一队人骑马跟随行李车旁前行，发出咔嗒咔嗒的响声。他们催促车夫们把车距拉近，以便更好地维持秩序。我们可以听到车轮声从王后房间的窗口传进来，什么也没有给她留下。

楼梯上响起一阵靴跟的咔嗒咔嗒声，半掩着的门被敲得很响。我去开门，看到国王的一名手下拿着一封有王室印章的信。

她立刻转过身来，高兴得满面荣光，一路小跑过来，接过他手中的信。

"有！他没有不辞而别，他给我留言了。"她说，然后把信拿到亮处，打开封印。

她读着信，我看着她慢慢变得憔悴。她的面颊失去了血色，眼睛也没有了光彩，嘴角的微笑也消失不见，她一屁股坐到靠窗的座位上。那个送信的人目不转睛地盯着，我赶紧把他从屋里推出去，把门关上。我跑过去，跪在她身旁。

王后低头看着我，但她眼里没有我，而是汪汪泪水。"我要离开城堡，"她低声说，"他要送我走。不管有没有红衣主教，有没有教皇，他都要把我放逐。我一个月之内就要离开这里，我们的女儿也要离开。"

信差敲了敲门，小心翼翼地把脑袋伸进门里。他如此无礼，我一跃而起，本想把门猛地关过去，往他脸上狠狠一击，但王后拉住了我的衣袖。

"没有回复？"他问。他甚至不叫她"殿下"。

"无论我到哪里去，我都是他的妻子，我会为他祈祷，"她坚定地说，站起身来，"告诉国王我祝他旅途愉快。我很抱歉没有向他道别，如果他告诉我他这么快就要出发的话，我应该会确保他得到他妻子的祝福才走。请他捎信告诉我他身体很好。"

送信人点点头，迅速看了我一眼，以示歉意，然后走出了房间。我们静候片刻，走到窗前，看到那个人骑着马跟上了队尾。车队仍然沿着河畔小路逶迤前行，最终他消失不见。安妮和亨利，此刻也许是手拉着手，也许在一起高歌。他们走在去往伍德斯托克的路上，遥遥领先。

"我从没想过会这样结束，"她低声说，"我从没想过他会不辞而别。"

✦

对我和孩子们来说，这是一个美好的夏天。亨利五岁，他姐姐七岁。我决定让他们俩各有一匹小马，但在郡里，我找不到一对既小巧又温顺的

另一个波琳家的女孩

小马。在我们骑马回赫佛的路上,我向威廉·斯塔福德提及了这个计划,所以,当我一周后看到他骑马回来时,并没有感到极度惊讶。他猎马两侧各牵着一匹肥壮的小马。

我和孩子们在护城河前的草地上散步。我向他挥挥手,他便离开小路,沿着护城河朝我们骑来。亨利和凯瑟琳一看见小马,就兴奋地跳起来。

"等等,"我提醒他们,"先看一看。我们不知道它们好不好,还不确定想不想买下它们。"

"你谨慎一点是对的,我可是上门推销员。"威廉·斯塔福德说着,从马鞍上滑下来,落到地上。他握住我的手,拿到他的唇边。

"你从哪儿找的?"

凯瑟琳牵着那匹小灰马的绳子,抚摸它的鼻子。亨利躲到我裙子后面,注视着栗色马,他既兴奋又害怕。

"哦,你知道,就在门阶上,"他漫不经心地说,"如果你不喜欢,我可以把它们送回去。"

亨利立刻发出一声抗议的哀号,但他人还藏在我裙子后面。"别把它们送回去!"

威廉·斯塔福德单膝跪地,与亨利一样高。"出来吧,孩子,"他温和地说,"躲在你母亲后面,你决不能成为一个骑手。"

"他咬人吗?"

威廉解释说:"喂他的时候你必须把手放平,这样他就咬不到了。"他把亨利的手压平,向他展示马是如何吃草的。

"他跑得很快吗?"凯瑟琳问,"像妈妈的马那样飞奔?"

"他跑不了那么快,但他能跑起来,"威廉回答,"他还会跳。"

"我能和他一起跳吗?"亨利的眼睛就像战壕兵那样敏锐。

威廉直起身子,对我笑了笑。"你得先学会骑在马背上,接着骑着他走路、慢跑、小跑，之后你就可以继续进行马术比武和跳跃了。"

"你愿意教我吗？"凯瑟琳要求，"你会的，是不是？整个夏天都跟我们待在这儿，教我们骑马？"

威廉毫不羞耻地露出得意的笑容。"嗯，我当然愿意。如果你母亲说可以的话。"

两个孩子立刻转向我。"答应吧！"凯瑟琳央求。

"拜托了！"亨利又催促了一遍。

"但我能教你们骑马呀！"我抗议道。

"你不能教我马术比武，"亨利说，"你侧着骑，但我要跨着骑，是不是，先生？我需要跨骑，因为我是个男孩，而且我即将成为一个男人。"

威廉的目光穿过我儿子晃动的头顶，看着我。"你说呢，凯里太太？我能在这儿待一个夏天，教你儿子骑马吗？"

我没有让他看出我的喜悦。"哦，很好。如果你愿意，你可以告诉屋里的人准备一个房间。"

每天早上，我和威廉·斯塔福德都会散步好几个小时，陪着孩子们骑小马。晚饭后，我们会给小马套上长长的驯马缰绳，让它们散步、慢跑、绕着圈小跑，两个孩子则像一对小毛刺一样紧紧地贴住它们。

威廉对他们极有耐心。他确保他们每天都能进步一点，我怀疑他同时也在确保他们不会学得太快。他希望他们能在夏末学会自己骑着走，但在此之前不能。

"你没有自己的家可住吗？"一天晚上，我们各自牵着一匹小马走回城堡时，我不客气地问。太阳正落到炮楼后面，使得炮楼看上去就像一座童话里的小宫殿，窗户上闪着玫瑰色的光，后面的天空一片苍白，云朵斑驳。

"我父亲住在北安普顿。"

"你是他唯一的儿子吗?"我问。

他对这个关键问题笑了。"不,我是次子,一点用也没有,夫人。不过,如果可能的话,我打算在艾塞克斯买一座小农场。我想成为一个小农场主。"

"你上哪儿去弄到钱?"我好奇地问,"你为我舅舅服务,不可能干得很好。"

"几年前,我在一艘船上干活,还获得了一小笔奖金。我有足够的钱开始新生活。我要找到一个女人,她愿意住在自己土地上的漂亮房子里,外界的一切与她无关,无论是有权势的王子还是恶毒的王后,都接触不到她。"

"王后和王子总能触碰到你的,否则他们就不会是王后和王子了。"

"是的,但是如果你太渺小,他们就不会对你感兴趣,"他说,"我们的危险是你的儿子。只要他们视他为王位继承人,我们就永远无法躲开他们的视线。"

"如果安妮有自己的儿子,她就会放弃我的儿子。"不知不觉中,我已跟着他的思路走了,这时我和他正好并肩而行。

他很狡猾,没有说什么来提醒我。"比这更好的是,她会让他离开宫廷。这样他可以和我们在一起,我们可以把他培养成一位小乡绅。对一个男人来说,这种生活还不错,也许算得上是最好的生活。我不喜欢这个宫廷,你这几年也一直不知道自己身在何处。"

我们走到吊桥,就把孩子们从马鞍上扶下来。凯瑟琳和亨利跑在前面先回到屋子里,我和威廉牵着他们的小马走到马厩院子,几个小伙子出来从我们手中牵走了小马。

"要来吃晚饭吗?"我随口问道。

"当然。"说着他向我微微鞠了一躬就走了。

⁂

晚上我回到房间，跪在那里祈祷，但心不在焉。我意识到自己一如既往允许他跟我聊天，好像我就是那个想要在我自己的地盘上有一栋漂亮房子的女人，而威廉·斯塔福德躺在我的婚床上。

亲爱的玛丽，

我们秋天去里士满，冬天去格林尼治。王后再也不会和国王住在同一屋檐下。她要去沃尔西的老宅，就在赫特福德郡的莫尔。在那里，国王会给她宫廷般的待遇，这样她就不会抱怨受到了虐待。

你不再需要为她服务，你会单独为我服务。

我和国王深信他对英格兰教会的所作所为会让教皇感到恐惧。我们确信，一旦法院在秋季重新开庭，他会作出有利于我们的裁决。我正在准备秋天的婚礼和不久后的加冕，现在一切已尘埃落定。嫉恨在嫉恨的人！

舅舅对我一直很冷淡。萨福克公爵也背叛了我，今年夏天亨利把他送走了，我很高兴给了他一个教训。有太多的人羡慕着我，正默默看着我。玛丽，在我到达里士满时，我要看到你也在那里。你最好不要去找阿拉贡的凯瑟琳，你也不能继续待在赫佛。我这样做，既是为我自己，也是为你儿子，你必帮助我。

安妮

1531年秋

那年秋天，当我回到宫廷时，我意识到王后终于被推翻了。安妮使亨利相信，保持一个好丈夫的形象已经没有任何意义。他们也向世界展示出了他们的厚颜无耻，公然否决一切反对他们的人。

亨利很慷慨，阿拉贡的凯瑟琳在莫尔住得很好。她款待来访的大使，仿佛她仍然是一位受人爱戴和尊敬的王后。她宫里有二百多人，其中有五十个女仆。她们都不是最优秀的年轻女子，因为那部分人都成群结队地涌进王宫，并发现自己爱上了安妮的宫殿。安妮和我开心地把我们不喜欢的年轻女子分配到王后的宫廷，这样，我们轻松除掉了六七个西摩尔姑娘。一想到约翰·西摩尔爵士发现后脸色会是什么样子，我们便不禁大笑起来。

"我希望我们能派乔治的妻子去侍候王后，"我说，"如果他回到家发现她不见了，他会更开心。"

"我宁愿让她在这儿，也不愿把她送到别的什么地方去，在我能看见她的地方，免得她惹更多的麻烦。我不希望任何人在王后身边，除了无名小卒。"

"你不要还时时刻刻提防她，你几乎把她毁了。"

安妮摇摇头。"除非她死了，否则我就不安全，"她说，"就像在我死之前她也会不安全一样。这不仅是一个人或一个宝座的问题，就好比我是她的影子，她是我的。我们被锁在一起直到死亡。我们中的一个必须赢得彻底的胜利，而在对方死之前，我们谁也不能确定自己是赢是输。"

"她怎么会赢呢？"我问道，"他连看都不想看她。"

"你不知道现在人们有多恨我，"安妮低声说，我必须靠得很近才能听到，"当宫廷前行时，我们挨家挨户地走，从不在村庄停留。人们已经听到从伦敦传出去的谣言，他们不再把我看作是一个坐在国王旁边的漂亮女孩，而是把我当成破坏王后幸福婚姻的女人。如果我们在村子里逗留，人们会对我大喊大叫。"

"不可能！"

她点点头。"王后进城设宴时，伊利宫外聚集了一群人，他们都在为她祈福，并承诺他们永远不会向我屈膝。"

"几个生气的仆人。"

"如果不止这些呢？"安妮忧郁地问，"要是整个国家的人都恨我怎么办？你认为国王听到他们起哄和咒骂会有什么感觉？像亨利这样的人骑马外出时能受得了诅咒吗？像亨利这样的人不是从小就习惯受到表扬吗？"

"他们会习惯的，"我说，"牧师们会在教堂里布道，说你是他的妻子。当你给国王生下一个儿子后，他们就会立刻回心转意，你将成为这个国家的救世主。"

"是的，"她说，"一切都取决于这个，是不是？一个儿子。"

✦

安妮害怕暴徒是对的。就在圣诞节前，我们从格林尼治逆流而上，与特里维廉一家共进晚餐。这不是一次宫廷户外活动，没有人知道我们要去。国王和几位法国大使共进晚餐，安妮想去城里看看。我和她一同前往，随行的还有国王的几位绅士和女侍臣。河面上很冷，我们用皮草把自己裹得很紧。船停在特里维廉家的栈桥上，我们上岸时，岸上没有人看到我们的脸。

但有人看见了我们,有人认出了安妮。我们还没开始吃饭,一个仆人就跑进大厅,低声对特里维廉勋爵说,有一群暴民正朝这里走来。他迅速看了安妮一眼,我们就知道了暴民此行为谁而来。她立刻从桌子旁站起来,脸白得像她戴的珍珠。

"你还是走吧,"爵爷毫不客气地说,"在这里,我不能保证你的安全。"

"为什么不呢?"她问,"你可以把门关上。"

"看在上帝的分上,有好几千人呢!"他的声音因恐惧而变得尖锐。现在我们都站起来了。"这不是一群学徒,而是一群暴徒,他们发誓要把你吊在橡木上。你最好上船回格林尼治去,安妮小姐。"

听到他要把她送出家门的决心,她犹豫了片刻。

"船准备好了吗?"

有人从大厅里跑出来喊船夫。

"我们当然能把他们赶走!"弗朗西斯·韦斯顿说,"你这儿有多少人,特里维廉?我们可以对付他们,给他们一个教训,然后再吃饭。"

"我有三百人。"爵爷说。

"那好吧,给他们武装……"

"这伙人已有八千多人,每经过一条街道,人数都在增加。"

大家都大惊失色,陷入沉默。"八千多?"安妮小声说,"八千人在伦敦街头游行反对我?"

"快点,"特里维廉夫人说,"看在上帝的分上,快到你的船上去。"

安妮从那个女人手里匆忙抓起她的斗篷。我也抓起另一件,那甚至不是我的。和我们一起来的女侍臣都吓哭了。其中一个向楼上跑去,她害怕到了河上,暴民们会在黑暗的水面上追赶我们。安妮冲出房子,穿过黑色花园,她纵身跳进船里,我紧跟其后。弗朗西斯和威廉和我们在一起,其余的人把系泊绳索扔进船里，把船推下去，他们甚至不愿和我们一起走。

"把头低下，藏起来！"其中一人喊道。

"把王家旗帜拿下来。"

这一刻，非常可耻。一个船夫拔出他的刀，割断了绑着王家旗帜的绳子，因为他担心英国人会看到他们国王的旗帜。他摸了摸这面旗，然后从他手中滑落，掉进水里。我看着它在水里翻滚，慢慢沉入水中。

"不要管了！快划！"安妮喊道，用毛皮大衣蒙住她的脸。

我俯身在她身边，我们紧紧靠在一起。我能感觉到她在发抖。

当我们驶出漩涡后，我们看到一群暴徒。他们点燃了火把，我们可以看到在黑暗的河水中倒映着摇曳的火炬，这串光点似乎永远亮着。在水面上，我们听到他们大骂我姐姐。每一声猛烈的叫喊，都有一阵赞同的怒吼，还有一阵憎恨的咆哮附和。安妮在船上缩得更低，把我抓得更紧。她吓得浑身发抖。

船夫们像着了魔一样划着船。他们知道在这种天气里，一旦船被攻击，我们谁也活不了。如果暴徒知道我们在黑暗的水面上，他们就会捡起鹅卵石攻击，会沿着河岸追逐我们，会找到船只征用，来追赶而来。

"再快点！"安妮发出嘶嘶的声音。

我们的前行很不顺利，不敢打鼓，不敢喊节奏。我们想在黑夜的掩护下从暴徒身边溜走。我的视线越过船的边缘，看见岸边火光停了下来。人们犹豫不决，似乎正注视着黑暗，仿佛他们有野兽般的超能力，可以感应到他们要找的那个女人正用毛皮裹住恐惧的啜泣声，躲在离他们几码远的地方。

接着，游行的队伍继续前进，去到特里维廉家。队伍沿着河流的曲线蜿蜒而行，火炬似乎绵延了数英里。安妮坐起来，把兜帽往后推了推。她被吓傻了。

"你认为他会保护我免受这种伤害吗?"她拼命问,"反对教皇?是的,尤其是这意味着他可以自己征收教会的什一税;对抗王后?是的,尤其是这意味着他能有一个儿子和继承人,但如果他的子民在夜里拿着火把和绳子来抓我,他会对付他们吗?你认为那时他还会站在我这边吗?"

那年,格林尼治过了一个宁静的圣诞节。王后送给国王一个漂亮的金杯,国王却把它退了回去,并给了她一个无情的忠告。她不在,我们一直觉得有所缺失,就像一个家失去了挚爱的母亲。这并不是因为她如安妮一贯的那样光彩夺目、出类拔萃、风情万种,而是因为她一直都在那里。她的统治如此之久,几乎无人记得没有她的英国宫廷。

安妮开朗、迷人、活泼,她又唱又跳,送给国王一套比斯坎风格的飞镖,国王给她一屋子最昂贵的布料来制作她的礼服。他把房间的钥匙给了她,看着她走进去。她看着一杆又一杆华丽绚烂的衣服,得意得大叫起来。他给她送了很多礼物,也给我们霍华德家的人送了很多。他给了我一件漂亮的黑领衬衫。不过,这更适合守丧穿,而不是圣诞节。每个人都很怀念王后那镇定自若的身影,都好奇她在那所可爱的房子里做什么。那里曾经是红衣主教沃尔西的家,他也曾是王后的敌人。直到最后,他终于鼓起勇气承认王后是对的。

没有什么能使人们打起精神来,尽管安妮竭力想要快乐起来,但她自己都疲惫不堪。晚上,她躺在我旁边,即使在她熟睡的时候,我也会听到她像一个疯女人那样喃喃自语。

一天晚上,我点燃一支蜡烛,举近了来观察她。她闭着眼睛,乌黑的睫毛扫过白皙的脸颊。她的头发扎在脑后,一顶像她皮肤一样白的睡帽。她眼睛下面的阴影是紫罗兰色的,显得她很虚弱。她那没有血色的嘴唇微微张开,浅浅一笑,嘴里不停地嘟囔着自我介绍、俏皮话和妙语。偶尔,她会在枕头上不停地晃动脑袋,扭头的姿势做得那样迷人。她会笑,有时带着紧迫感发出一阵可怕的呼吸声。即使在睡梦中,她仍在努力使观庆变得活灵活现。

她早上就开始喝酒。这样可以使她的气色变得红润,使她的眼睛更加明亮,还可以帮她摆脱极度的疲劳和紧张。有一次,我走进她房间,她向我扔出一个瓶子,舅舅也跟在我身后。"把它藏起来!"她绝望地嘶叫着。她转过身来朝向舅舅,用手背捂住嘴,不让他从她的呼吸中闻到酒味。

"安妮,你得停下来,"他走后我对她说,"现在每个人无时无刻不在关注着你。人们一定会看到的,他们会告诉国王。"

"我不能停下来,"她忧郁地说,"我不能停止任何事情,一刻也不能。我不得不一直如此,就好像我是世界上最幸福的女人那样。我要嫁给我爱的人,我将会成为英国王后,我当然高兴,我当然非常高兴,英国再也没有比我更幸福的女人了。"

乔治要在新年回家,我和安妮决定在她豪华的房间里准备一顿私人晚餐来欢迎他。我们与厨师商量了很久,点了他们最好的菜。整个下午,我们都待在靠窗的位子上,等着看乔治那飘着霍华德旗帜的船向上游驶来。我第一个看到船,那时已临近迟暮黄昏。我没有告诉安妮,独自一人悄悄跑出房间,跑下楼梯,所以乔治上岸后,只有我一个人在那里,我扑进他的怀里,他亲吻着我,小声对我说:"感谢上帝,妹妹,我很高兴回家。"

安妮发现自己失去了挣得第一名的机会后,没有跟在我后面跑来,而是在自己的房间里等着迎接他。在巨大的拱形壁炉前,他向她鞠躬,亲吻了她的手,然后才和她拥抱。支开其他侍女后,我们波琳家三人又聚在一起,就像以前一样。

用餐期间,乔治把他的所见所闻都告诉了我们,而他想知道他离开宫廷后发生的一切。我注意到安妮对他说话很谨慎。她没有告诉他,在没有武装警卫的情况下,她不能进伦敦城。她没有告诉他,在乡下她必须骑马迅速穿过宁静的小村庄。她没有告诉他,在红衣主教沃尔西去世后的那个晚上,她设计了一个名为"送红衣主教下地狱"的化装舞会,而且她还在其中跳舞。这个化装舞会用赤裸裸的淫秽情节彰显出她获胜的喜悦,那是对国王死去的朋友的胜利,粗俗不堪,让在场所有人都触目惊心。她没有告诉他费希尔主教仍然反对她,而且险些命丧毒药。当她没有把这些事情告诉他的时候,我就知道,就像我以前了解的一样,她为自己现在和即将成为的样子感到羞耻。她的野心已经在她心里溃烂,她不想让乔治知道膨胀得有多厉害。她不想让他知道,她已经不再是他心爱的小妹妹了。她是为了成为王后而不惜付出任何代价,甚至她的灵魂的女人。

"你呢?"乔治问我,"他叫什么名字?"

安妮头脑一片空白。"你在说什么?"

"谁都看得出来,我肯定没有弄错吧?玛丽安像春天的挤奶女工一样容光焕发。我可以打赌她恋爱了。"

我的脸涨得通红。

"我想是这样,"我哥哥心满意足地说,"是谁?"

"玛丽没有情人。"安妮说。

"我想她可能没经过你的允许就看上了什么人,"乔治说,"可能有人没有向您申请就把她相中了,王后殿下。"

"他最好不要,"她说,脸上没有一丝笑容,"我对玛丽另有安排。"

乔治吹了一个无声的口哨。"我的上帝,安娜玛丽亚,谁都以为你已经被受膏加冕了。"

她突然对他发起火来。"当我是的时候,我会知道谁是我的朋友!玛丽是我的女侍臣,我要保持家中秩序井然。"

"她现在肯定能做出自己的选择了。"

安妮摇了摇头。"如果她需要我的帮助,就不能。"

"看在上帝的分上,安妮!我们是一家人。你能有今天,是因为玛丽为你退了一步。你现在不能掉转头,表现得像个公主一样,翻脸不认人。我们把你推到你现在的位置,你不能把我们当作臣民。"

"你们就是臣民,"她直白地说,"你,玛丽,甚至霍华德舅舅都是臣民。我让人把舅妈从宫廷赶出去,把国王的内弟赶出去,把王后从宫中打发走,如果我愿意,还有人会怀疑我能否把他们流放吗?不。也许你是帮助了我,让我有了今天……"

"帮助你!我们可是狠狠地推了你一把!"

"但现在我在这里,我将成为王后,你们将成为我的臣民,为我服务。我将是王后和下一任英格兰国王的母亲。所以你最好记住这个,乔治,因为我不会再对你说第二遍。"

安妮站起来,快步走向门口。她站在那儿,等着有人替她开门。我们俩都没有起身,她就自己猛地把门拉开。她走到门口,又转过身来。"别再叫我安娜玛丽亚了,"她说,"别叫她玛丽安了,她叫玛丽,另一个波琳家的女孩。我是安妮,未来的王后。我们之间有天壤之别,我们没有共同的名字,她只是无名小卒,而我将成为王后。"

她大摇大摆地走了出去,也懒得随手把门关上。我们能听到她走进卧室的脚步声。我们静静地坐着,听到她的房门砰的一声关上。

"我的上帝!"乔治由衷地说,"一个巫婆。"他站起身来,把门关上,以抵御寒风。"她这样有多久了?"

"她的权力在稳步增长。她认为自己是高不可攀的。"

另一个波琳家的女孩

"她是吗?"

"他深深地爱着她,是的,我想她是安全的。"

"他还是没有得到她?"

"没有。"

"上帝,他们都干了什么?"

"除了房事,什么都做了。她不敢答应。"

"一定快把他逼疯了。"乔治严肃而又满意地说。

"她也是,"我说,"几乎每个晚上,他都在亲吻她、抚摸她,而她则用她的头发和嘴触碰他全身上下。"

"她对每个人说话都是这样吗?就像她对我说话那样?"

"糟糕得多。这也让她付出了失去朋友的代价。查尔斯·布兰登现在反对她,霍华德舅舅也讨厌她。自从圣诞节以来,他们至少有过好几次争吵。她认为有了国王的爱会非常安全,不需要任何其他的保护。"

"我受不了,"乔治说,"我会给她讲的。"

我始终保持着姐妹间的关心,但一想到安妮和乔治之间可能出现的鸿沟,我的心就怦怦直跳。如果能让乔治站在我这一边,在任何关于我儿子的斗争中,我都会有真正的优势来重新获得他的抚养权。

"说实在的,难道就没有一个人引起你的注意吗?"他问。

"一个无名小卒,"我说,"除了你,我不会告诉任何人,乔治,所以要保密。"

"我发誓,"他说,拉着我的双手,把我拉得更近,"我以名誉担保,这是个秘密。你恋爱了吗?"

"哦,不,"我说,一想到这事我就退缩了,"当然不是,不过他对我有点关心。有个男人吹捧你,真是太好了。"

"我还以为宫廷里都是吹捧你的人呢。"

"哦,他们写诗,发誓要为爱而死。但是他……他有点……真实。"

"他是谁?"

"一个无名小卒,"我又说了一遍,"所以我不去想他。"

"真可惜,你不能就这么跟他走。"乔治以哥哥般的坦率对我说。

我没有回答。我想起了威廉·斯塔福德迷人的微笑。"是的,"我平静地说,"真遗憾,可我不能。"

1532年春

乔治不知道人们的倾向已经发生变化。他邀请安妮和我同他一起骑马到下游的小酒馆吃饭,然后再回家。我等着安妮拒绝,告诉他现在她独自骑马出去已不再安全了,但她什么也没说。她穿着一件不同寻常的黑色礼服,把她的骑马帽拉下来遮住她的脸,她独特的金色字母"B"项链被放在一边。

乔治很高兴回到英国和妹妹们骑马外出,没有注意到安妮的举止和衣着都格外小心。但是,当我们在小酒馆停下来后,那个本应该为我们服务的邋里邋遢的老妇人瞟了安妮一眼,就走开了。过了一会儿,主人出来了,用粗麻布围裙擦擦手,告诉我们面包和奶酪坏了,他家里没有我们可以吃的东西。

乔治本来要发火,但安妮拉住他的袖子说没关系,我们可以去附近的修道院用餐。他让她带路,我们在那里吃得很好。国王现在成了这片土地上每一所修道院都会害怕的人。这里的仆人对政治不敏锐,他们不如修道士精明,用怀疑的眼神瞟了我和安妮一眼,低声猜测谁是老妓女,谁是新妓女。

我们骑着马回家,寒冷的阳光照在我们的背上。他策马向前,走到我旁边并行。"那么大家都知道了。"他平淡地说。

"从伦敦城到遥远的乡下,"我说,"我不知道消息传得多远了。"

"我也没看到有人把帽子扔向空中,大叫'好哇'!"

"不,你看不到了。"

"我还以为一个漂亮的英国姑娘会讨得人们喜欢呢?她很漂亮,不是吗?当她经过人群的时候,她要挥舞她的手,撒些施舍,还有其他的吗?"

"这些她都做过,"我说,"但是女人们对前王后的爱根深蒂固。她们说,如果英国国王因为想换换口味而将一个忠贞不渝的妻子抛弃,那么没有哪个女人是安全的。"

乔治沉默了一会儿。"除了嘀咕,他们还会做什么?"

"我们在伦敦卷入了一场骚乱。国王说她现在进伦敦城根本不安全。乔治,人们讨厌她,说她各种坏话。"

"哪些坏话?"

"说她是个女巫,用魔法迷惑了国王。说她是个杀人犯,如果可能的话会毒死王后。说她使国王对其他女人都无能为力,所以他必须娶她。说她诅咒了王后腹中的孩子们,让英格兰的王位后继无人。"

乔治怛然失色,他牵着缰绳的手紧握成那个古老的反对巫术的符号——拇指和食指形成一个十字。"他们公开这样说?国王会知道吗?"

"最坏的事瞒着他,但迟早会有人告诉他的。"

"他一个字也不会信的,是不是?"

"有些话正是出自他的口中。他说他已经着了魔,说她迷住了他,使他无法去想别的女人。他说的是情话,但传出去就很危险了。"

乔治点点头。"她应该多做点好事,不要如此……"他突然打住了,寻找着那个词,"淫逸"。

我看着前方。即使在马背上,即使只有家人陪伴,安妮也会在马鞍上不停晃动,让人忍不住想要搂着她的腰。

"她是波琳家族的一员,也是霍华德家族的一员,"我坦诚地说,"在这些名头之下,我们都是发情的婊子。"

⁎

我们骑马前往格林尼治宫,威廉·斯塔福德正在大门口等着。他向我脱帽致意,捕捉到了我那隐秘的微笑。我们下马后,安妮走在前面。斯塔福德站在门口,把我拉到一边。

"我在等你呢。"他没有再行礼,就直接对我说。

"我看见了。"

"我不喜欢没有我陪着,你一个人骑马外出。现在乡村对波琳家的女孩们来说不安全。"

"我哥哥照顾我们。外出时没有一大群随从真好。"

"哦,我可以给你提供这样的生活。我可以给你提供很多简单朴素。"

我笑了。"我谢谢你。"

他拉住我的衣袖,让我留在他身边。"等国王和你姐姐结婚后,你就会嫁给一个他们为你挑选的男人。"

我看着他黝黑的方脸。"所以?"

"所以,如果你想嫁给一个拥有漂亮的小庄园和几块田地的人,你就应该在你姐姐结婚之前赶紧结婚。你离开得越晚,事情就会越难办。"

我犹豫片刻。我躲开他的手,侧过身去,对他微笑。"但是没人问过我,"我温柔地解释道,"我将不得不甘心一辈子做寡妇,因为根本没有人向我求婚。"

他一时说不出话来。"但我想……"他刚开口,我突然发出一阵愉快的笑声,然后我深蹲,向他行了屈膝礼,转身向宫殿走去。我爬上楼梯后,回头一看,他把帽子扔在地上,用脚踢。我感受到了快乐,正如每个女人都知道的那样,遇到了一个翩翩少年围着她转。

我有一个星期没有再见到他,尽管我每天都在马厩院子、花园和河边磨蹭,这些地方他都可能找到我。一天,我舅舅的队伍经过时,我仔细盯着他们,但在二百名穿霍华德制服的人中我找不出他来。我知道自己的行为就像个傻瓜,不过,我想,找一个英俊的男人逗他玩玩也无妨。

一个星期没有见到他,又过了一个星期还是没有见到他的身影。四月一个温暖的早晨,我和舅舅在观看国王同安妮玩滚木球,我便随口一问:"威廉·斯塔福德还在您门下服务吗?"

"哦,是的,"舅舅说,"但我给了他一个月的假。"

"离开宫廷?"

"他告诉我,他想结婚。他回去和他父亲谈谈,然后去给他的妻子买块田地。"

我感到地板在晃动。"我以为他已经结婚了。"我说,想用最稳妥的话语。

"哦,不,一个可怕的花花公子,"舅舅说,他的心思一半在国王和安妮身上,"宫中有一位侍女被他迷住了,想放弃宫廷生活嫁给他,和他及一群母鸡生活在一起。你能想象吗?"

"愚蠢!"我口干舌燥,咽了一口唾沫。

"毫无疑问,他一直与某个乡下姑娘有婚约,"舅舅说,"我想是在等她成年吧。他这个月就要结婚了,结婚后会回到我的部队。他是个好人,非常可靠。是他送你去赫佛的,不是吗?"

"两次,"我说,"他还给孩子们找到了小马。"

"这种事他擅长,"舅舅说,"他应该可以走得更远,我可以让他来管理我的马厩,做骑马将军。"他没有继续说下去,突然把他那深邃的眼神转向我,像一盏明亮的灯笼。"他没有跟你调情吧?"他说。

我看着他,眼神绝对冷漠。"你的侍从?当然不会。"

"很好,"舅舅无动于衷,"只要有一点机会,他就是个流氓。"

"他和我没有机会。"我说。

✦

我和安妮准备上床睡觉。我们穿上睡衣,遣散了女仆,这时传来熟悉的敲门声。"只可能是乔治,"安妮说,"进来。"

我们英俊的哥哥懒洋洋地站在门口,一只手拿着一壶酒,另一只手拿着三个杯子。"我是来朝拜美神的。"他喝得酩酊大醉。

"你可以进来,"我说,"我们非常漂亮。"

他一脚踢过去,把身后的门关上。"在烛光下更美,"他打量着我俩说,"我的上帝,亨利如果想到他曾经拥有你们其中一个,惦记着另一个,而现在两个都没有得到,他一定要疯了。"

每次有人提起我曾是国王的情人时,安妮就一点也不高兴。"他总是对我很殷勤。"

乔治对我翻了个白眼。"想喝点吗?"

我们都喝了一杯。乔治又往火里扔进一根木柴。这时,门外传来了微弱的声音。乔治突然变得异常敏捷,他站起来把门打开。简·帕克站在那里。她刚刚弯腰看钥匙孔,此刻正直起身板。

"我亲爱的妻子!"乔治的嘴像抹了蜂蜜一样,"如果你想让我睡你的床,你不必在我妹妹的房间里爬来爬去,你可以直接问我。"

她满脸通红,红到发根。她从乔治身旁瞥了一眼躺在床上的安妮,看到她的长袍下滑,肩膀裸露在外,而我穿着睡衣站在炉边。她看我们三人的眼神让我有些害怕。她总是让我感到羞愧,好像我做错了什么一样。但她似乎想要和我们串通起来，看上去她好像想知道一些肮脏的秘密，并与人分享。

"我正从门口经过，听到有人说话，"她尴尬地说，"我担心有人打扰了安妮小姐。我正要敲门，想看看小姐是否安好。"

"你要用耳朵敲门吗？"乔治不解地问，"用你的鼻子吗？"

"噢，别提了，乔治，"我突然说，"没有什么问题，简。乔治来和我们喝酒道晚安。他一会儿就会去你房间。"

她丝毫没有为我帮她圆场而感激。"他来不来随他便，"她说，"如果他愿意的话，他可以在这儿待上一夜。"

"走开。"安妮简单地说。她说话的口气好像不屑和简吵架。

乔治鞠了一躬表示服从，当着简的面潇洒地把门关上。他转过身来，背对着门，放声大笑，完全不在乎她定会听见。"多小的一条蛇啊！"他大声说，"哦，玛丽，你不应该为她起身。你应该听从安妮的指令——'走开'！我的上帝！这话说得太好了，'走开'。"

他回到炉边，给我们大家斟酒。他先拿起一杯递给我，又递给安妮一杯，然后他也举起自己的酒杯，向我俩祝酒。

安妮没有举起杯子，也没有对他微笑。"下次，"她说，"你要先伺候我。"

"什么？"他困惑不解。

"当你倒酒的时候，应该第一个拿给我。当你打开我卧室门时，你应该询问我是否想让来访者进来。我就要当王后了，乔治，你必须学着把我当王后来侍奉。"

他不像刚从欧洲回来时那样对她大发雷霆了。即使在这么短的时间里，他也看到了安妮强大的力量。她不在乎是否会跟舅舅或宫廷里任何可能是她盟友的人吵架。她不在乎谁恨她，只要国王听命于她。她可以毁掉任何她想毁掉的朝臣。

乔治把杯子放在壁炉上,手脚并用爬到床上,把脸靠近她的脸,相隔不过几英寸。"我等待中的小王后。"他咕噜着。

听到他亲昵的称呼,安妮的脸色柔和下来。

"我的小公主。"他低声说。他轻轻地吻了她的鼻尖,又吻了她的嘴唇。"别对我这么泼辣,"他央求她,"我们都知道你是王国的第一小姐,但请对我温柔点,安妮。如果你对我温柔,我们大家都会更高兴。"

她不情愿地笑了。"你必须随时随地对我表示尊敬。"她警告他。

"我会躺在你的马蹄下。"他答应她。

"永远不要太随意散漫。"

"那我宁愿死。"

"那你就到这儿来,我会对你温柔以待。"她说。

他俯身再一次亲吻她。她闭上眼睛,微笑着,然后张开嘴。我看着他靠得更近了,他的手指抚摸着她裸露的肩膀,抚摸着她的脖子。我看着他,既着迷又害怕。他的指尖伸进她乌黑光滑的头发,把她的头往后拉,准备亲吻她,然而她睁开眼睛,轻轻叹了口气。"够了。"她轻轻地把他推下床。乔治回到壁炉边的座位上。我们都假装这只不过是兄长之吻。

第二天,简·帕克还是一如既往地自信。她对我微笑,向安妮行屈膝礼。安妮正准备和国王一起去河边散步,她把斗篷递给了安妮。

"我还以为您今天会不高兴呢,小姐。"

安妮接过斗篷。"为什么?"

"新消息。"简说。

"什么消息?"我问,这样就不会显得好奇的是安妮。

"诺森伯兰伯爵夫人要跟亨利·珀西离婚了。"简告诉我，但她看着安妮。

安妮踉跄了一下，脸色变得很白。

"啊！"我叫道，想把大家的注意力引到我身上，"真是个丑闻！她为什么要和他离婚呢？怎么能有这种想法！她真是大错特错。"

安妮恢复了常态，但简一直注视着她。"为什么？"简的声音像丝绸一样，"她说他们的婚姻根本就是无效的，她说他之前已经有婚约，她说他一直是和你结的婚，安妮小姐。"

安妮抬起头，对简笑了笑。"罗奇福德夫人，你带给我的消息异乎寻常，而你却选择在最奇怪的时候来告诉我。昨天晚上你还在我门口蹑手蹑脚地偷听，现在你却满嘴胡言乱语，就像一条死狗嘴里爬满了蛆虫。如果诺森伯兰伯爵夫人婚姻不幸，那么我相信我们都为她感到悲伤。"女侍臣们一阵窃窃私语，与其说是出于同情，不如说是出于好奇。"但如果她想说亨利·珀西和我订了婚，那就太假了。无论哪种情况，国王都在等我，而你却在耽搁我的时间。"

安妮系上自己的斗篷，快步走出房间，两三个女侍臣跟在她身后。她们本都应该这样做，但其他女侍臣却止步不前，她们围着简·帕克，想要打探更多的流言蜚语。

"简，我相信国王想要看到你陪着安妮小姐。"我恶狠狠地说。

她不得不马上离开，跟着安妮走出房间，其他人也跟在她后面走了出去。

我拎起裙子，像个女学生一样跑到舅舅官邸。

✦

虽然还是下午早些时候，舅舅却已坐在办公桌前。一个职员站在他手肘边,按照我舅舅的指示写备忘录。我将头探进房门,舅舅看见我,皱起了眉头,示意我先进去,让我等着。

"什么事?"他问,"我很忙。我刚听说托马斯·莫尔不满国王对王后的所作所为。我并不指望他会喜欢,但我希望他良心能接受。为了不让托马斯公开反对我们,我愿意出一千克朗。"

"是别的事,"我简短地说,"但很重要。"

舅舅挥手示意职员离开房间。

"安妮?"他问。

我点点头。我们现在是一个家族企业,安妮是我们出售的商品。舅舅知道,在没有提前告诉他的情况下,如果我在下午的第一件事就是跑到他房间,那么肯定是我们的交易出现了危机。

"简刚才说诺森伯兰伯爵夫人已请愿和亨利·珀西离婚,"我急急忙忙地说,"简说她的理由是他和安妮已经订婚了。"

"该死!"舅舅咒骂道。

"你知道吗?"

"我当然知道她心里有这个想法。我以为她会以被遗弃、虐待、强奸等等之类的理由来辩解。我还以为我们已经让她忘记了婚约这件事。"

"我们?"

他对我皱眉。"我们。是谁并不重要,不是吗?"

"不重要。"

"简是怎么知道的?"他急躁地问。

"哦,简什么都知道。她昨晚在安妮的门口偷听。"

"她能听到什么呢?"他问,作为间谍头子,他总是时刻警觉。

"没什么,"我坚定地说,"乔治在那儿,我们什么也没做,只是聊天,喝了一杯酒。"

"只有乔治?"他厉声问道。

"还能有谁呢?"

"这就是我问你的问题。"

"你不能怀疑安妮的贞操。"

"她整天围着男人转。"

就连我也不能容忍这种对安妮不公的看法。"她像你吩咐的那样围着国王转。"

"她现在在哪儿?"

"在花园里,和国王在一起。"

"马上去找她,告诉她要否认与亨利·珀西有关的一切事情。没有订婚,没有婚约,只不过是一个男孩和一个女孩在蒙昧时代的幼稚表现,只不过是一个侍卫向女侍臣抛媚眼,仅仅是这样。她从来没有回应过,只是他的一厢情愿,明白了吗?"

"有些人知道的,并不是这样。"我警告他。

"他们都是被人买通的,"他说,"除了沃尔西,但他已经死了。"

"在人们还不知道国王会爱上安妮之前,沃尔西可能已经告诉过国王了。"我说。

"他死了,"舅舅饶有兴致地说,"他无法再说一次。而其他人都争先恐后地向国王保证安妮和圣母玛利亚一样贞洁。亨利·珀西比谁都快。只有他那个该死的妻子拼命想摆脱这段婚姻,才会不惜冒一切风险。"

"她为什么这么恨他?"我很好奇。

他发出刺耳的狂笑。"上帝呀,玛丽,你真是个讨人喜欢的大傻瓜。因为他和安妮结过婚,而她知道这点。因为他爱着安妮,她也知道。因为失去了安妮之后,他变得郁郁寡欢,一蹶不振。难怪她不想做他的妻子。现在去找你姐姐,低着你的脑袋,睁大你那美丽的眼睛,为我们说假话吧。"

另一个波琳家的女孩

国王和安妮在河边散步。我找到他们，她正苦口婆心地对他说话，他侧身倾听，仿佛不想遗漏任何一个字。她看见我走过去，便抬起头来。"玛丽会告诉你的，"她说，"那时我不过是一个刚入宫的姑娘，她和我睡在一起。"

亨利抬头看着我，从他脸色可以看出他受到了伤害。

"是诺森伯兰伯爵夫人，"安妮解释说，"散布对我的诽谤，为了摆脱她已经厌倦不堪的婚姻。"

"她会说些什么呢？"

"老掉牙的丑闻：亨利·珀西爱上了我。"

我对国王微笑，满怀热情，倍增信心。"当然了，陛下。你不记得安妮第一次来宫廷时的情形吗？每个人都爱上了她。亨利·珀西也在其中。"

"有过订婚的传闻。"亨利说。

"与奥蒙德伯爵？"我急忙问。

"他们在嫁妆和官爵头衔上产生了分歧。"安妮说。

"我是说你和亨利·珀西之间的事。"亨利坚持追问

"什么也没有，"她说，"宫廷里的一个男孩和一个女孩之间，一首诗，几句话，什么都没有。"

"他给我写了三首诗，"我说，"他是红衣主教最无聊的一个侍从，他总是给每个人写诗，而他娶了一个毫无幽默感的女人，真是太可惜了。谢天谢地，她不喜欢诗歌，否则她早就跑掉了！"

安妮笑了，但我们还是没能转移亨利的注意。

他坚持说："她说有一份婚约，你和他已经订婚了。"

"我告诉过你，我们没有。"安妮反驳道，声音有点尖刻。

"但如果事情不是这样的话,她为什么要这么说呢?"亨利问。

"为了摆脱她的丈夫!"安妮厉声说道。

"可是为什么要选择那个谎言,而不是另一个?如果玛丽也有他的诗,为什么不说他和玛丽结婚了?"

"我想她会的。"我鲁莽地说,希望能缓和安妮的暴脾气,但是她的脾气越来越大,她无法控制。她把手从他的臂弯里抽出来。

"你在暗示什么?"她问,"你在说我什么?你是在说我不贞洁吗?我站在这里向你发誓,我从来没有,从来没有看过别人。而现在,你们——世界上所有的人——都指责我预先有婚约了!你!是谁在他的妻子还在的时候找到我,向我求爱?你认为我们中谁更有可能重婚?是一个有妻子的男人?他让她隐居在赫特福德郡一所漂亮的房子里,接受自己宫廷的奉承,接受所有人的拜访,当一个流亡的王后。还是一个曾经收到一首诗的姑娘?"

"我的婚姻是无效的!"亨利也对她大吼,"罗马每位红衣主教都知道这一点!"

"但还是结婚了!伦敦的男女老少都知道。上帝清楚,你还为此付出了不小的代价。那时你还挺高兴!但我什么都没做,没有承诺,没有戒指,什么都没有!你却拿这些没有的事来折磨我。"

"在神面前!"他信誓旦旦,"你会听我说吗?"

"不!"她尖叫着,完全失去了控制,"因为你是一个傻瓜,而我爱上了一个傻瓜,我比傻瓜还傻。我不会听你的,但是你会听每一只恶毒的虫子在你耳朵里吐出的每一句恶毒的话!"

"安妮!"

"不!"她叫着,猛地甩开他。

他迈了两大步追上她,把她抓住。她猛打他,打在他外套的垫肩上。

另一个波琳家的女孩

看着英国君王受到攻击，半个宫廷都畏缩不前，大家都不知道该怎么办。亨利抓住她的手甩到背后，抱着她，脸贴着脸。他们就像在做爱一样，她的身体紧贴着他，他的嘴挨得很近，可以马上咬到或者亲吻她。当他把她抱紧时，我看到他脸上流露出强烈的欲望。

"安妮。"他又叫了一遍，声音完全变了。

"不！"她也重复了一遍，但是她已笑容满面。

"安妮。"

她闭上眼睛，仰起头，让他吻她的眼睛和嘴唇。"在！"她低声说。

"我的上帝，"乔治在我耳边说，"她就是这样戏弄他的吗？"

我点点头。她从他怀里转过身，他们肩并肩向前走，他将胳膊搭在她肩上，而她伸手搂着他的腰。看上去他们似乎更希望自己是走去卧室，而不是在河边散步。他们喜不自胜，脸上流露出渴望和满足的表情，仿佛这场争吵只是一场像做爱一样的风暴。

"总是先大发雷霆，然后再和好？"

"是的，"我说，"你不觉得这是做爱的冲动吗？他们又喊又哭，最后安静地依偎在一起。"

"他一定很喜欢她，"乔治说，"她朝他飞过去，然后偎依在他身边。上帝，我从来没有看得这么清楚过。她是个热情似火的妓女，不是吗？我是她哥哥，我现在就能拥有她。她能把男人逼疯。"

我点点头。"她总是会让步，但总是会至少延迟两分钟。她总是把他推向极限，甚至超越极限。"

"与一个拥有绝对权力的国王玩这个游戏是相当危险的。"

"她还能怎么做呢？"我问他，"她总得想办法留住他，她必须是一座被他一再围困的城堡，她必须设法保持兴奋。"

乔治把我的手拿起来搭在他手臂上，我们一路跟在这对王室夫妇身后。

"诺森伯兰伯爵夫人怎么样了?"他问,"就因为她说亨利·珀西事先和安妮订了婚,她就永远不能解除婚姻关系了?"

"她还是等着当寡妇的好,"我粗鲁地说,"我们不能让任何诽谤靠近安妮。伯爵夫人可能永远只能嫁给一个一直爱着别人的男人。要是嫁给一个爱她的男人,她干脆最好别做伯爵夫人。"

"这些天你都在谈恋爱吗?"乔治问,"这是无名小卒的建议吗?"

我笑了,好像我不在乎似的。"无名小卒已经走了,"我说,"终于解脱了。我早该料到无名小卒什么也不是。"

1532年夏

那个无名小卒，威廉·斯塔福德，在六月份回来继续为舅舅效劳。他来找我，告诉我他又回到宫里了。他说他会在我准备离开的时候护送我去赫佛。

"我已经请理查德·布伦特爵士与我同行。"我冷冷地说。

我很高兴看到他大吃一惊。"我以为你会让我留下来带孩子们出去骑马。"

"你真好，"我冷冰冰地说，"也许明年夏天吧。"我转身离开。他还没来得及想出什么话来挽留我，我感觉得到他在看我离去的背影。他一边与我调情，一边一直在计划娶别人，把我当个傻瓜一样耍得团团转。我这样做算是对他的所作所为一点回击。

✦

理查德爵士只待了几天就走了，这也使我们俩都松了一口气。他不喜欢我在乡下，因为我总是为孩子们分心，对租户们感兴趣。他更喜欢我在宫廷里，因为在那儿我除了调情无事可做。令他略微松了一口气的是，他被国王召回，让他帮助计划前往法国的王室之旅。

"我不得不离开你，真难过。"他说。他在等着仆人们把他的马从马厩牵出来。我们站在护城河边晒太阳，孩子们在吊桥的一边往水里扔小树枝，等着它们漂到另一边去。我看着他们就笑了起来。

"那得花很长时间,"我说,"这不是一条湍急的河流。"

"威廉给我们做了有帆的船,"凯瑟琳对我说,眼睛一直盯着她的小树枝,"风往哪里吹,它们就往哪里走。"

我把注意力从孩子们转移到这个孤寂的爱人身上。"我们会想念你的,理查德爵士。请代我向我姐姐问好。"

"我会告诉她乡村很适合你,就像绿色天鹅绒裹着钻石一样。"他说。

"谢谢你,"我回答,"是否宫中所有的人都要到法国去?"

"国王、安妮小姐和她的女侍臣,还有贵族们都整装待发,"他说,"我必须安排好英国境内所有的中转站,为这一行程做好准备。"

"我相信他们不会把这项工作交给其他人,没有人比你更有能力做好这件事,"我说,"因为你带我来这里,一路舒适无比。"

"我可以带你回去。"他提议说。

我把手放下来,抚摸亨利剪过头发后温暖的脑袋。"我要在这儿再待一段时间,"我说,"我喜欢在乡下过夏天。"

我和孩子们在一起快乐无比,没有想过要怎么回到宫廷去。赫佛的阳光总是让人感觉很温暖。在家乡的天空下,在我的小城堡里,一切都是那么安宁。但在八月底,我收到了父亲的一封简信,告诉我乔治第二天会来找我。

晚餐时分,我们食不下咽。孩子们一想到离别,就脸色苍白、瞪大了双眼。我吻过他们,道了晚安,然后坐在凯瑟琳的床边等她入睡。这费了很长的时间,凯瑟琳强迫自己睁开眼睛,因为她知道只要她一入睡,黑夜就会降临,第二天我就消失了。但一小时后,她困得再也睁不开眼。

另一个波琳家的女孩
3.92

我命令女仆把我的衣服和东西打包好,装上大马车。我命令管家把我父亲喜欢的苹果酒和啤酒装箱。还有苹果和其他水果,那将是送给国王的薄礼。安妮想要一些书,于是我去图书室把它们挑出来。其中一本是拉丁语书籍,我花了很长时间才弄清楚书名,以确保我拿对了。另一本是法语的神学书籍。我小心翼翼地把书和我的小珠宝盒放在一起。最后,我才上床睡觉。我趴在枕头上哭,因为我和孩子们的夏天提前结束了。

✯

我上了马,马车已经装好,随时准备启程。我等着乔治,这时我看见一队人沿着小路朝吊桥骑来。即使距离很远,我也知道那不是乔治,而是他。

"威廉·斯塔福德,"我严肃地说,"我在等我哥哥。"

"我赢得了这个机会。"他说。他把帽子从头上摘下来,对我微笑。"我和他玩牌,赢得了来接你回温莎堡的机会。"

"那么说,我哥哥不守誓言。"我不以为然,"我又不是可以放在普通旅店赌桌上的财产。"

"那是一家不同寻常的旅店,"他毫无必要地挑逗着,"他失去你,就失去了一颗非常闪亮的钻石,也失去了和一位漂亮姑娘跳舞的机会。"

"我要马上出发。"我粗鲁地说。

他鞠了一躬,把帽子戴在头上,示意大家掉头。"我们昨晚在伊登布里奇过夜,所以我们现在精神很好,旅途没有问题。"他说。

我的马与他的马并驾齐驱。"你为什么不来这儿?"

"太冷了。"他简短地说。

"怎么?你每次在这儿都住的最好的一间房!"

"不是城堡。城堡没有什么问题。"

我犹豫一会儿。"你的意思是我。"

"冷冰冰的!"他确认道,"我也不知道我做了什么冒犯到你。前一刻我们还在谈论乡下生活的乐趣,转眼你就变成了一片雪花。"

"我一点儿也不明白你的意思。"我说。

"呵!"他说着,让纵队小跑起来。

他拼命地走,直到中午时分才停下来。他把我从马上抱下来,打开河边一处田园的门。他说:"我带了吃的。在他们作准备的时候,和我一起走走吧。"

"我太累了,走不动了。"我冷眼旁观。

"那就过来坐吧。"他把披风铺在地上的树阴下。

我无法再继续争辩。我坐在他的披风上,倚靠着粗糙的树干,看着波光粼粼的河面,几只鸭子在河里戏水,远处的芦苇丛中有一对红松鸡躲躲闪闪。他离开了一会儿,回来时端着两个青灰色的酒杯,盛满了麦芽酒。他递给我一杯,自己也喝了一大口。

"好了,"他说,一看就知道他是要安下心来谈话,"凯里夫人,现在请告诉我,我究竟做了什么事得罪了您?"

我真想马上告诉他,他根本没有得罪我。既然我们之间从头到尾都没有什么关系,那就什么也不会失去。

"别!"他急忙说,仿佛他能从我的脸上看出这一切似的,"我知道我在挑逗你,夫人,可是我从来都不想让你难过。我还以为我们已经快了解对方了呢。"

"你公开跟我调情。"我生气地说。

"不是调情,我是在追求你,"他纠正我说,"如果你反对,那么我可以尽力停止,但我必须知道为什么。"

"你为什么离开宫廷?"我冒失地问。

另一个波琳家的女孩

"我去见我父亲,我想要得到他曾经许诺给我结婚用的钱,我还想在艾塞克斯买一座农场。我之前把这一切都告诉过你。"

"你在准备结婚?"

他紧锁的眉头豁然开朗。"不是和其他人!"他喊道,"你在想什么?是和你!你这个傻姑娘,是和你结婚!我对你一见倾心,我绞尽脑汁想办法给你找个合适的地方,给你一个足够好的家。后来,当我看到你对赫佛的热爱时,我就想,如果我给你一座庄园,一个漂亮的农场,你也许会考虑一下。你可以考虑一下我。"

"舅舅说你买房子是为了和一个女孩结婚。"我喘着气说。

"你!"他又叫了起来,"你就是那个女孩。一直是你,除了你没有别人。"

他转向我,一时间我以为他会把我拉到他面前。我伸出手想挡开他,但他一看到我的小动作,立刻忍住了。"不要?"他问。

"不!"我颤抖着说。

"不要亲吻吗?"他说。

"一个也不要。"我说,努力一笑。

"不去那个小农舍?它朝南,坐落在一座小山旁边,周围土地肥沃。房子很漂亮,半木制的,茅草屋顶,后面有马厩。有一个草本花园,一个果园,果园底下有一条小溪。还有一个围场供你打猎,一片田野供你养牛。"

"不!"我说,声音越来越不确定。

"为什么不呢?"他问。

"因为我是霍华德家族和波琳家族的一员,而你是个无名小卒。"

威廉·斯塔福德并没有因为我的直率而退缩。"如果你嫁给我,你也会是个无名小卒,"他说,"这是一种极大的欣慰。你姐姐要当王后,你认为她会比你幸福吗?"

我摇摇头。"我无法逃避我是谁。"

"你现在什么时候最快乐?"他问我,显然他已经知道答案,"是冬天你在朝廷的时候,还是夏天你和孩子们在赫佛的时候?"

"我们无法让孩子们住在你的农场,"我说,"安妮会把他们带走,她不会让国王的儿子由两个无名小卒抚养长大。"

"等到她有了自己的儿子,那时她就再也不想见到他了,"他机灵地说,"她会有别的女侍臣侍候,你们家也会找到另外的霍华德家的姑娘。从他们的世界里退出,你将在三个月内被遗忘。你可以选择,我的爱人。你不必一辈子都做另一个波琳家的女孩。你绝对可以成为斯塔福德唯一的情人。"

"我不知道该怎样做。"我用微弱的声音说。

"比如?"

"制作奶酪、剥鸡皮。"

慢慢地,好像怕吓着我似的,他跪在我身边,握住我那毫不抗拒的手,举到他的唇边。他把我的手翻过来,打开我的手指,这样他就可以吻我的手掌、手腕以及每个指尖。"我会教你怎么剥鸡皮。"他温柔地说,"我们会幸福的。"

"我没有答应。"我悄悄说。我闭上眼睛,感受着他亲吻我的肌肤,感受着他呼吸的温暖。

"你也没有说不答应。"他说。

温莎城堡内,安妮正在接待室里,身边围绕着各种裁缝,男装、女装的都有。大量的华丽布匹扔在椅子上、铺在窗台上。这地方看上去更像是宴会上的服装定制厅,而不像王后的房间。一时间,我想起了凯瑟琳王后精心打理的房间,她一定会被这恣意奢华的丝绸、天鹅绒和金色布匹震撼

另一个波琳家的女孩

心神。"我们十月份去加莱,"安妮说,两名女装裁缝正在缝她周围的折线,"你最好订几件新礼服。"

我犹豫了。

"怎么了?"她厉声说。

我不想在商人和女侍臣面前说出来,但似乎别无选择。"我买不起新礼服,"我悄悄地说,"你知道我丈夫是如何离开我的,安妮。我只有一小笔津贴,还有父亲给我的。"

"他会付钱的,"她自信地说,"到我的柜子里去,拿出我那件旧的红丝绒衣服和那件有银色衬裙的,你可以让人给你改一改。"

我慢慢走进她的私室,那里有许多箱衣服,我掀开其中一个箱子沉重的盖子。

她向我挥手,给我指了一位女装裁缝。"克洛威利太太可以重新剪裁,给你做件新的出来,"她说,"但一定要时尚。我想让法国宫廷看到我们都很时髦,我不希望我的女侍臣们显出任何庸俗之态,带有任何西班牙色彩。"

我站在那个女人面前,她让她给我量尺寸。

安妮环视四周,直接说:"你们都可以走了,克洛威利太太和辛普特太太留下。"

一直等到他们全都离开,她才开口。"情况更糟了,"她声音很低沉,"所以我们才会这么早就回来。我们根本不能四处旅行,因为所到之处都有麻烦。"

"麻烦?"

"人们大声叫喊着我的名字。在一个村子里,六个小伙子朝我扔石头,国王当时也在我身边!"

"他们用石头砸国王?"

她点点头。"另一个小镇，我们连进都进不去。人们在小镇广场点燃熊熊烈火，正在焚烧我的雕像。"

"国王怎么说？"

"一开始他很生气，打算派士兵去教训教训他们，但每个村庄都这样，太多人了。如果人们开始反抗国王的士兵怎么办？会发生什么事情？"

女裁缝轻拍我的屁股，让我转过身来。我按她的要求转动身体，但我几乎不知道自己在做什么。我在亨利统治的和平稳定时期长大，很难想象英国人会起来反抗这位国王。

"舅舅怎么说？"

"他说感谢上帝，我们只需担心萨福克公爵会成为敌人。因为一旦国王在自己的王国里受到侮辱，被石头砸伤，一场内战就会随之而来。"

"萨福克是我们的敌人？"

"绝对是！"她立刻说，"他说我让国王失去了教堂，难道还要让他失去这个国家？"

我又一次转过身，女裁缝也跪到另一边，对我点点头。"要不要我把这些长裙重新做个样式？"她小声问。

"拿去吧。"我说。

她拿起礼服和缝纫袋，就离开了房间。给安妮缝制礼服的女裁缝缝上最后一针，把线头剪了下来。

"我的上帝！安妮，"我说，"真的到处都是这种情况吗？"

"到处都是，"她冷冷地说，"一个村子的人背对着我，另一个村子的人对我愤愤不平。我们骑行在乡间小路上，男孩子们吓飞乌鸦、大声叫骂我，傻姑娘们在我前面吐唾沫。当我们经过小镇集市时，摊位上的妇女们把恶臭的鱼和腐烂的菜扔在我们前行的路上。当我们前往庄园或城堡歇息时，总有一群暴民跟在我们后面侮辱谩骂，我们不得不关上大门。"她摇摇头。

另一个波琳家的女孩

"这比噩梦还可怕。当农场主出来迎接我们的时候,他们会看到一半的佃户站在路上大声反对国王。我们一路上都很不愉快,不能去伦敦城,也不能去乡村。我们只好躲在自己的宫殿里,这样人们就找不到我们。在那里他们叫凯瑟琳'亲爱的'。"

"国王怎么说?"

"他说我们不能继续等待罗马教皇做出裁决。一旦沃勒姆大主教去世,他就会重新任命一位大主教为我们主持婚礼。不管罗马统治者是否支持我们,我们都会这么做。"

"如果沃勒姆一直不死怎么办?"我紧张地问。

安妮发出刺耳的笑声。"哦,别这样!我不会给他送汤的!他是个老人,今年夏天他一直卧床不起,很快就要死了。亨利将任命克兰默为大主教,他将为我们主持婚礼。"

我摇摇头,不敢相信。"这么容易?折腾这么久之后?"

"是的!"她说,"如果国王是个男子汉而不是小学生的话,他五年前就会和我结婚,到现在我们就已经有五个儿子了。但那时他不得不让王后明白他是对的,让整个国家了解他不得不这样做。无论事情的真相如何,他必须让人们看到他在做正确的事情。他就是一个傻瓜。"

"除了我,你最好别对任何人说这话。"我提醒她。

"谁都知道。"她固执地说。

"安妮,"我说,"你最好注意点儿,管住你的脾气。即使现在,你仍有可能跌下去。"

她摇摇头。"他要给我一个爵位,一笔谁也夺不走的财产。"

"什么爵位"

"彭布罗克侯爵。"

"侯爵夫人?"我以为是我没有听清她的话。

"不，"她得意扬扬地说，"这头衔不是给一个嫁给侯爵的女人的，而是一个自己就可以拥有的爵位。侯爵，我要当侯爵。没有人能夺走，连国王自己也不行。"

我闭上眼睛，一股纯粹的嫉妒涌上心头。"那财产呢？"

"在米德尔塞克斯，我将拥有冷肯顿庄园和汉沃斯庄园。我在威尔士也有土地。它们每年能给我带来一千英镑左右的收入。"

"一千英镑吗？"我又重复问道，想起自己每年只有一百英镑的津贴。

安妮喜上眉梢。"我将成为英国最富有、最高贵的女人，"她说，"而且我凭自己变得富有、高贵。我还将成为王后。"

她意识到她的胜利让我多么心酸，开心地笑了。"你一定为我感到高兴。"

"哦，是的。"

第二天早上，马厩里忙成一团。国王要去打猎，每个人都得跟在他后面。猎马从马厩里牵了出来，猎犬在大院的一个角落等待。猎人们鞭打着猎犬让它们安静，但它们总是飞快地在角落里来回跑蹿，敏锐地嗅着鼻子，兴奋地狂吠。侍从们带着皮带和带扣忙前忙后，帮助主人跨上马鞍。马夫们拿着布料给马亮闪闪的臀部和光滑的脖颈做最后的抛光。亨利的黑猎马已经套好所有装备，它弯着脖子在地上扒土，等待国王的到来。

我到处寻找威廉·斯塔福德。突然我的腰部感受到一阵轻抚，一个温暖的声音在我耳边低声说："我去办事了，一路跑回来的。"

我转过身，几乎已经是在他的怀里。我们靠得很近，如果他再向前移动半英寸，我们就会紧紧挨着。我闭上眼睛，渴望闻到他的气息。当我睁眼时，我看到他目光深邃，对我充满渴望。

"看在上帝的分上,退后。"我颤抖着说。

他不情愿地松开一只手,往后退了半步。"上帝作证,我必须娶你,"他说,"玛丽,我情不自已。我这辈子从来没有这样过,我一刻也不能离开你。"

"嘘!"我低声说,"把我放在马鞍上。"

我曾想,如果我在上面,避开他的视线,那么我就不会双腿无力头晕眼花了。不知怎的,我跨上马鞍,双腿弯曲,按照以前的骑马习惯,调好了姿势。他把我的双腿拉直,用手托住我的脚。他抬头看着我,一副志在必得的样子。

"你必须嫁给我。"他直白地说。

我环顾四周,看着富丽华贵的王室众人,看着他们帽子上飘飞的羽毛,身上穿的天鹅绒和丝绸——所有人都打扮得像王子公主一样,即使这天只是在马鞍上度过。"这里就是我的人生,"我说,试图解释,"当我还是个小女孩的时候,这里就是我的家。先是法国宫廷,现在是这里。我从来没有住过普通房子,也从来没有在一个房间里住过一整年。我是一个官宦世家的朝臣,我不能因为你一个响指就变成乡野村妇。"

一阵号角响起,身材魁梧的国王面带微笑,带着安妮从城堡大门走出来。安妮快速扫视了院子一遍。我迅速收回威廉手中的脚,迎着她的目光,脸上露出温和又天真的笑容。国王在帮助下骑上猎马,他在马鞍上坐了一会儿,然后收起缰绳,准备出发。还在地上站着的人急忙爬到马鞍上,力求抢到骑行队伍中的最佳位置。绅士们试图接近安妮,而女侍臣们则围在国王身边,假装那只是偶然。

"你不来吗?"我急切地问。

"你想让我去吗?"

骑兵们慢慢从院子里走出去。他们在拱门前停下等待,推推搡搡,挤来挤去。

"最好不要。我舅舅今天也要去,他什么都能看明白。"

威廉退了回去,我看到他黯然神伤。"如你所愿。"

无论如何,我都想跳下马来,亲吻他的脸,让他再次绽放笑脸。他鞠了一躬,退后一步,靠在墙上,看着我和猎队骑马离开。他再见到我时,都没有叫我。他放我走了。

1532年秋

安妮被加冕为彭布罗克女侯爵，仪式在温莎城堡国王的御前厅举行。国王坐在宝座上，舅舅和萨福克公爵查尔斯·布兰登分立两边。萨福克公爵刚刚得到宽恕，他立即返回宫廷，见证安妮的胜利时刻。他看上去就像在嚼柠檬一样，无奈地苦笑着。舅舅也左右为难，他既为外甥女的财富和威望感到高兴，又为她的傲慢无礼日趋憎恶。

安妮衣着红丝绒长裙，上面镶着白鼬绒毛。她的头发乌黑光亮，好似赛马的鬃毛，头发披散在肩上，就像婚礼上的新娘。公爵的女儿玛丽小姐在后面牵着安妮的长裙。安妮的女侍臣、简·帕克和我，总共十几个，我们穿着最好的礼服，紧随其后。国王把正式的长袍系在她肩上，并将一顶金冠戴在她头上。

宴会上，乔治和我并排而坐。我们抬头看看坐在国王身旁的姐姐。

他没有问我是否嫉妒，这个答案太明显，不值得探究。他说："我不知道还有哪个女人能做到这一点。她对登上王位有独特的决心。"

"我从来没有过，"我说，"从孩提时代起，我唯一想要的就是不被忽视。"

"那你还是忘了吧，"乔治用哥哥般坦诚的语言说，"你的余生都将被忽视。我们都将变得虚无缥缈，一无是处。我的任何成就都会被视为她的礼物，而你永远比不上她。她是人们知晓或记得的唯一一个波琳家族的人。

你将永远是个无名小卒。"

是"无名小卒"这个词,一听到这个词,我的心酸苦楚顿时涌上心头。但我笑了。"你知道,也许当个无名小卒也会有欢乐。"

✦

我们一直跳到很晚。除了我,安妮把所有女侍臣都打发回去睡觉了。
"我要去找他。"她说。

她不需要解释她的意思。"你确定吗?"我问,"你还没结婚呢。"

她说:"克兰默迟早都会任职。我将作为他的配偶去法国,亨利坚持要他们把我当作王后对待。他给了我侯爵头衔和土地,我不能总是拒绝。"

"我的上帝,你想这样!"我突然明白了她为何如此迫不及待,"你终于爱上他了?"

"哦,不!"她不耐烦地叫起来,好像这无关紧要似的,"我和他保持距离太长时间了,他都快被逼疯了,我也是。有时他的欲望和对我的戏弄彻底激发了我的兴致,我简直连马夫都想去睡。我得到了他的承诺,我的王位近在眼前。我想现在就做,今晚就做。"

我帮她把水倒进罐子里,在她洗漱时给她蒸热一张干毛巾。"你穿什么?"

"我跳舞时穿的礼服,"她说,"还有金冠。我要像王后一样去见他。"

"最好让乔治带你去。"

"他来了,我已经告诉过他。"

她洗漱完毕,从我手里拿过毛巾擦干。在烛光和火光交相辉映下,她就像野兽一样,展现出狂野之美。有人在敲门。"让他进来。"她说。

我犹豫不决。她把裙子系在腰间,但除此之外,她全身赤裸。"快去。"她固执地说。

另一个波琳家的女孩

我耸耸肩,打开房门。乔治一看见他妹妹就退缩了。她乌黑的头发披散在裸露的乳房上。

"你可以进来,"她漫不经心地说,"我马上就好。"

他看了我一眼,震惊又疑惑,然后他走进房间,坐在炉边椅子上。

安妮用束胸裹着她裸露的乳房和肚子,把赤裸的背对着乔治,让他给她系上束胸的带子。他站起来,把绳带从纵横交错的洞里穿过去。每穿一个洞,他的手都会擦着她的肌肤。我看到她闭上眼睛,享受着持续的爱抚。乔治脸色阴沉,在执行她的命令时,他皱着眉头。"还有别的事吗?"他问,"帮你系鞋带?擦亮靴子吗?"

"你不想碰我一下吗?"她嘲弄他,"我已经配得上国王了。"

"你去妓院够格了,"他粗鲁地说,"如果你要去的话,带上你的斗篷。"

"可是我很讨人喜爱的。"她抗议着。

乔治犹豫了一下。"为什么要问我?今天晚上,王宫中大部分人都双腿无力。你还想要什么?"

"我想要每个人,"她严肃地说,"我想让你说我是最棒的,乔治。我要你在这儿,当着玛丽的面说。"

他悄悄笑了。"啊!旧怨,"他慢慢地说道,"安妮,彭布罗克侯爵,你是家里最受欢迎、最富有的姑娘。你的成功使我们两人黯然失色。在荣誉和地位方面,你很快就会让你尊敬的父亲和舅舅相形见绌。你还想要什么?"

他的称赞使她得意忘形,但听到最后的疑问,她突然显得有些害怕。似乎让她想起了渔妇们的咒骂,想起市场上商人们高声呼喊的"婊子"。"我想让每个人都知道。"她说。

"要我带你去见国王吗?"乔治问得很实际。

安妮把手放在他的胳膊上,她转过头,侧身对他微笑,这时我看见了乔治紧张的神情。"你愿意带我到你的房间去吗?"

"如果我想因为乱伦而身首异处，那么是的。"

她性感一笑。"很好，去国王那里。但是记住，乔治，你和其他人一样，是我的朝臣。"

他鞠了一躬，领她离开了房间。我听到他们穿过待客室，走下楼梯，一直等到听到楼梯底部的门"砰"的一声关上。我想，如果安妮在和国王上床的那个晚上停下来折磨她自己的哥哥，那她想成为所有人的第一的愿望一定很强烈。

✦

天刚亮她就回来了，裹着衣服，跟我过去一样。乔治把她带回来，我们一起帮她脱下衣服，把她送到床上。她累得说不出话来。

她闭上眼睛时，我说："所以，做完了？"

"我想，做了好几次，"他说，"我在房外等着，在椅子上睡着了。夜里有几次，他们的叫声和喘息声把我吵醒。求上帝保佑我们能有个继承人。"

"他毫无疑问会娶她对吧？现在他得到了她，他不会厌倦她吗？"

"六个月内不会。现在她自己也享受到了一些乐趣，不用总是与他争辩，也许她会对他更温柔。上帝保佑，对我们更温柔点儿。"

"如果她对你更温柔，她就会像睡国王的床一样睡在你的床上。"

乔治伸伸懒腰，打了个呵欠，懒洋洋地对我一笑。"她很性感，"他说，"她不能拿别人出气。她的性感一旦消失，那么上帝保佑，让她肚子里有个孩子，手指上戴着戒指，头上戴着王冠。安娜万岁！嫉恨在嫉恨的人。一切都结束了。"

✦

安妮还在睡觉时我就出去了，心想如果我在早上这个时候去舅舅房里，可能会见到威廉·斯塔福德。城堡里热闹起来。通往厨房的小路上挤满了马车。从树林里运来柴火和木炭，从市场上运来水果和蔬菜，从农场运来肉、牛奶和奶酪。舅舅家里，一大堆人四下忙碌，为新的一天做准备。女仆们已将待客厅擦洗干净。厨房里的杂工们把木柴装进壁炉，吹着余烬，让炉火燃得更旺。

舅舅的绅士们住在离大厅不远的六间小房里，他手下的士兵睡在警卫室，而威廉可能在任何地方。我穿过客厅，看见几个我认识的绅士，于是点点头。我尽量装出在等着见我的舅舅或者母亲。

我舅舅私室的门开了，乔治冲了出来。

"哦，好极了，"他一看见我就说，"安妮还在睡觉吗？"

"我离开的时候她还在睡。"

"去把她叫醒，告诉她神职人员已经向国王屈服，至少有相当一部分人已经屈服了。这表示我们已经取得了胜利。托马斯·莫尔宣布他已辞职，国王今天做弥撒时就会收到他的信。她应该提前有所警觉，因为国王一定会很难过。"

"托马斯·莫尔？"我重复了一遍，"我还以为他是站在我们这边的。"

我哥哥对我的无知表示不满。"他向国王承诺，他永远不会公开评论与王后婚姻破裂的问题，但很明显他是这么想的，不是吗？他是个律师，是个有逻辑的人。他不可能相信扭曲的事实，尽管这事实已经传遍欧洲一千多所大学。"

"我原以为他想改革教会？"我问。我已不是第一次在政治的海洋中失去方向了，而政治是我们家庭的本质。

"已经改了，教会差点被拆散，还由国王来领导，"我哥哥快速地回答。"谁比托马斯更清楚国王不适合当教皇呢？他从小看着他长大。他永远不会接受亨利成为圣彼得的继承人，"乔治立刻笑了起来，"这个想法听起来就很荒谬。"

"荒谬？我以为我们都支持国王。"

"我们当然支持，"他说，"这意味着亨利可以为自己的婚姻做主，他可以娶安妮，但除了傻瓜，没有人会认为这在法律、道德或常识上有任何合理性。听着，玛丽，别担心，安妮明白这一切。去叫醒她，告诉她莫尔辞职了，国王今天早上就会知道，她要冷静下来。舅舅说的，安妮一定要冷静。"

我转身按他吩咐的去做。就在这时，威廉·斯塔福德走了进来。他穿着紧身上衣，耸了耸肩。他看见我就停了下来，向我深深鞠了一躬。"凯里夫人，"他说，他向我哥哥鞠躬，"罗奇福德大人。"

"去吧，"哥哥对我说，他把我轻轻往前推，忽略了威廉，"去告诉她。"

我无能为力，只得匆匆离开房间。我甚至不能碰一下威廉的手，对他说声"早上好"。

整个上午安妮和国王都闭门不出，他们在思量托马斯·莫尔的辞职对他们会有怎样的影响。父亲和舅舅也和他们在一起，还有克兰默和克伦威尔大臣。他们都支持安妮的事业，他们都认为国王应该夺取英格兰教会的权力和利益。晚餐时，安妮和国王非常和睦。她坐在国王的右手边，仿佛她已经是王后。

餐后，其他人都已被打发走，他们两人去了他的私室。乔治喜上眉梢，小声对我说："只要从里面出来一个小王子就行，是吧，玛丽？"之后他慢慢走出去，和弗朗西斯·韦斯顿还有其他几个人一起玩牌去了。我走到花园里，坐在阳光下，眺望着眼前那条河。我心里一直在渴望威廉·斯塔福德能来找我。

似乎他感应到我的召唤,突然出现在我面前。

"今天早上你是在找我吗?"他问。

"没有!"我说,像朝臣一样飞快撒谎,"我在找我哥哥。"

"不管怎样,我是来找你的,"他说,"找到你我很高兴,非常高兴,我的夫人。"

我挪了挪示意他坐在我旁边。他一走近,我的心就怦怦直跳。他身上有一股气味,头发和柔软的棕色胡须上散发出一股男性荷尔蒙的气息,是那样温暖而又甜美。我发现自己情不自禁在向他靠近,便让自己坐了回来。

"我要和你舅舅一起去加莱,"他说,"也许我能在路上帮你的忙。"

"谢谢你。"我说。

一阵短暂的沉默。

"我为马厩院子的事感到抱歉,"我说,"我害怕安妮看到我们在一起。只要她有我儿子的监护权,我就不敢得罪她。"

"我明白,"威廉马上说,"就在那一刻,我抓住了你的小马靴。我不想放手。"

"我不能做你的情人,"我低声说,"显然不能。"

他点点头。"可是今天早上你是在找我吗?"

"是的。"我低声说,终于诚实了,"看不见你,我一分钟都不想离开。"

"我一整天都在花园里和侯爵的房间外面逗留,就是希望能见到你,"他说,"我在外面待了许久,于是我想干脆找把铲子,在等待的这段时间干点有用的事。"

"在种植花草?"我咯咯地笑了,心里想着如果我宣布自己爱上了那个挖园子的男人,安妮的脸会是什么样子,"那肯定没有帮到什么忙。"

"没有!"他说,和我一样觉得好笑,"但如果我在女士们的房间外转来转去,会像个皮条客一样。所以这两者之间,还是种植要好一点。玛丽,我们该怎么办？你的愿望是什么？"

"我不知道，"我说，说的全是实话，"我觉得我正在经历的事情近乎疯狂。如果我有一个真正的朋友，他们会把我绑起来，直到事情过去，我冷静下来。"

"你认为我们的感情会过去吗？"他问道，仿佛这个观点非常有趣，而他没有考虑到。

"哦，是的，"我说，"这是一种幻想，不是吗？只是这件事同时发生在我们俩身上。我喜欢上了你，如果你不喜欢我，我就会游荡一会儿，向你眉来眼去，最后就没事了。"

他笑了。"我真希望是这样。你就不能这样做吗？"

"我们以后会觉得可笑的。"

我以为他会争辩。事实上，我指望他辩驳说这是一份真爱，一份永恒的爱，希望他说服我无论付出怎样的代价都要追随自己的心。

但他点点头。"一个幻想，然后呢？没有其他的？"

"哦！"我惊讶地说。

威廉站起身。"你预计什么时候能恢复？"他用谈话的口气问道。

我紧挨着他站起身。我被他吸引住了，好像我身体的每一根骨头都需要他的抚摸，不管我嘴上在说什么。

"你想一下，"他温和地对我说，他的嘴离我的耳朵那么近，他的呼吸吹动了从我兜帽下蹿出来的卷发，"你可以做我的爱人，你可以做我的妻子。我们有凯瑟琳，不是吗？他们不会把她从你身边带走。一旦安妮有了自己的儿子，她就会把亨利还给你，把我们的儿子还给我们。"

"他不是我们的孩子。"我说，在这低声下气的劝说之下，我很难坚持常识。

"谁给他买了第一匹小马？谁给他造了第一艘帆船？谁教他根据太阳来

看时间?"

"你,"我承认,"但除了你和我,没有人会同意我俩。"

"他可能会。"

"他只是个孩子,对任何事情都没有发言权。凯瑟琳也不会有发言权,她也只是另一个波琳家的女孩,会被送到他们想要她去的地方。"

"那你就自己打破这个模式,我们也能拯救孩子们的。别再做另一个波琳家的女孩了,来做斯塔福德夫人吧,受人爱戴的唯一的斯塔福德夫人,拥有自己的田地和小农舍,学习做奶酪和剥鸡皮。"

我笑了。他立刻抓住我的手,把拇指按在我的手掌上,我不由自主地握住了他的手。在温暖的阳光下,我们手拉手在一起站了一会儿。就像一个患相思病的女孩一样,我想这里就是天堂。

身后传来一阵脚步声。我立马放下他的手,好像那只手烫到了我似的。我猛地转过身来。谢天谢地,是乔治,而不是他那个间谍老婆。他看着我涨红的脸,又看了看威廉冷漠的表情,然后挑了挑眉毛。

"妹妹?"

"威廉告诉我我的猎马扭伤了球关节。"

"我给它涂了药膏,"威廉赶紧说,"在捷丝蒙恢复健康期间,凯里夫人可以向国王借一匹马,应该不会超过一两天。"

"很好。"乔治说。威廉鞠躬离开了我们。

我让他走了。即使我非常信任乔治,其他什么秘密都与他讲,但在他面前,我也没有勇气把威廉叫回来。威廉走开了,他的肩膀因为怨恨而有点僵硬。

乔治发现我的目光一直在威廉身上。"这位可爱的凯里太太,是不是小小的春心在萌动?"他漫不经心地问。

"有一点。"我承认。

"这就是那个没有任何价值的'无名小卒'吗?"

我可怜地笑了笑。"是的。"

"别这样,"他直白地说,"从现在到安妮结婚这段时间她必须保持完美无瑕,尤其是在她如今已和她国王上过床的情况下。我们每个人都在展示自己。如果你对那个男人有点欲望,那就压抑一下,缓一缓,我的妹妹。因为在安妮结婚之前,我们必须像天使一样纯洁,而她必须是天使的首领。"

"我不可能跟他一起在草堆里打滚,"我抗议道,"我的名声和其他人一样好。肯定比你好。"

"那就告诉他别再那样看着你,就像他想把你活吞下去似的,"乔治说,"他看起来完全被迷住了。"

"是吗?"我急切地问,"哦,乔治,是吗?"

"上帝保佑我们,"乔治说,"火里的煤,是的,恐怕他是那样。告诉他在安妮结婚成为英国王后之前不要告诉别人,之后你就可以自己做出选择。"

✦

安妮的私室里发生了一场激烈的争吵。我和乔治骑马回来,待在客厅,吓到僵住。我们环顾左右,看到亨利的绅士们和安妮的女侍臣们都装模作样,假装没在听,实则竖起耳朵,正努力透过厚厚的门听着每一个字。我听到安妮对亨利的抱怨发出愤怒的尖叫。

"她对他们还有什么用?有什么用?还是她会在圣诞节再次回到宫廷?难道她要坐在我的位置上?难道你占有了我,还要把我推倒在地吗?"

"安妮,看在上帝的分上!"

"不!如果你真的爱我,我就不用问了!我除了王后的珠宝,一无所有，叫我如何去法国？如果你把我当侯爵带去法国，侯爵又戴着一捧钻石，又该怎么解释？"

"那可不止一捧……"

"那不是王冠上的珠宝！"

"安妮，其中一些是我父亲在她第一次结婚时给她买的，与我无关……"

"一切都与你息息相关！是英国送给王后的珠宝。如果我要当王后，我就必须拥有它们。如果她是王后，她就可以保留它们。看着办！"

我们都听到了亨利愤怒的咆哮。"看在上帝面子上，女人，我该怎么做才能使你高兴？你已经得到了一个女人梦寐以求的一切荣誉！你现在想要什么？她背上的长袍？她头上的兜帽？"

"所有的，还有更多！"安妮朝他喊道。

亨利猛地推开门。我们所有人立刻开始闲谈，讲得绘声绘色。一看到他，每个人都纷纷鞠躬致敬。

"晚餐见。"他扭过头，冷冰冰地对安妮说。

"你不会见到的，"她大声说，"因为那时我早就走了。我要在路上吃晚饭，在赫佛用早餐。你不需要鄙视我。"

他立刻转过身去看着她，门在他身后开合。我们都竭力将身体向前倾，靠听觉去感知我们看不见的场景。"你不会离开我的。"

"我也不愿意当半个王后，"她激动地说，"你要么有我，要么根本就没有。你要么爱我，要么根本不爱我。要么我是你的，要么我谁也不是。我对你决不妥协，亨利。"

他把她抱紧压在他身上，我们听到她衣服沙沙作响。她高兴地发出了轻轻的叹息。

"你将得到伦敦塔里的每一颗钻石，你也将得到她的钻石和她的游船，"

他用沙哑的声音承诺道,"既然你已经满足了我的愿望,你就可以得到你想要的。"

乔治走上前去,把门关上。"谁来玩牌?"他高兴地问,"我估计我们可能还得等一段时间。"

一阵压抑的笑声在人群中回荡。有人拿出一副纸牌,还有人拿出一对骰子。我派侍从跑去找乐师,弄出点儿声响,试图掩盖从安妮私室传出的任何不慎的叹息。当我姐姐和国王在做爱的时候,我尽我所能忙前忙后,以确保宫人的确在认真玩自己的。我做了我能做的一切,所以我没有时间去想王后。她搬到了她的新房子,住得没有那么舒适,而国王的信使将会告诉她,她必须交出她的王室珠宝,包括她的戒指、手镯和项链,还有他送给她的每一份定情之物——因为我姐姐想戴着这些珠宝去法国。

✵

这是一次隆重的旅行,是亨利宫廷自金缕地之旅以来最伟大的远征。无论从哪方面来说,它都和那个传说中的事件一样奢侈和浮华。这是必须的,安妮下定决心,无论凯瑟琳看到了什么,做了什么,她都一定要比她更好,所以我们从汉伯里骑马穿过英国到达多弗,就像皇帝出游一样浩浩荡荡。一队骑兵走在我们前面,赶走路上不满的群众。此次旅行影响甚广,队伍非常庞大,马、马车、货车、士兵、侍从、随军杂役、马背上的漂亮女士、先生数不胜数,这让英国大部分地区的民众因震惊而陷入沉默。

✵

我们横渡了英吉利海峡,一帆风顺。女士们下了舱,安妮回到了自己的舱室,航行中大部分时间都在睡觉。绅士们站在甲板上,裹着骑马服。他们一边瞭望地平线,寻找其他船只,一边喝着热酒。我走上甲板,倚靠在船舷上,看下方波涛翻滚,听着船板吱嘎作响。

一只温暖的手将我冰冷的手覆盖。"你还好吗?"威廉·斯塔福德在我耳边轻轻私语,"没有晕船吗?"

我转过身,笑了。"一点也不,上帝庇佑,水手们都说这次横渡非常顺利,没有大风大浪。"

"但愿上帝保佑,能一直这样。"他热情地说。

"啊!我的游侠骑士!不要告诉我你晕船不舒服?"

他心存戒备地说:"不严重。"

我想把他拥入怀中。我想,如果所爱的人并不完美,那就是对爱情的一种考验。我从来没有想过自己会被一个晕船的人所吸引,然而我确实是这样了。我渴望能给他拿点儿葡萄酒,再把他包裹暖和。

"过来坐下。"我环顾四周。在这个充满流言蜚语和丑闻的宫廷里,幸好我们像之前一样没有引起任何注意。我把他领到一堆卷起的帆边,让他靠在桅杆上,细心地给他披上斗篷,仿佛他是我的儿子亨利。

"不要离开我。"他说。他的语气如此悲伤,一时间我还以为他是在戏弄我。但我看到他眼神清澈而纯真,就用冰冷的手指摸了摸他的脸颊。

"我去拿点热葡萄酒来。"我来到厨房,厨师们正在加热葡萄酒和麦芽酒,准备大块的面包。我返回甲板上,威廉沿着船帆挪动了一点,好让我坐在他身旁。他吃着面包,我端起杯子,我们共饮热酒,一口接一口。

"你感觉好点了吗?"

"好多了,我能为你做点什么呢?"

"不,不!"我急忙说,"我只是很高兴你能好起来。我再给你拿点热葡萄酒好吗?"

"不!"他说,"谢谢你。我想我该睡觉了。"

"如果你靠在桅杆上能睡着吗?"

"不，我想我做不到。"

"或者你在帆上躺下？"

"我想我会滚下去的。"

我四下打量。大多数人都到船的下风一侧，在那里打盹或者赌博，这里只有我们两个。我说："要我抱着你吗？"

"我求之不得。"他轻声说，仿佛他几乎病得说不出话来。

我们交换了座位，我背靠桅杆，他把他那长满可爱卷发的头放倒在我膝盖上，用胳膊搂住我的腰，闭上了眼睛。

我坐在那里，抚摸他的头发，欣赏他那柔软的棕色胡须和在脸上颤动的睫毛。他的脑袋在我大腿上，温暖而又沉重，他的胳膊紧紧缠绕在我腰间。每当我俩在一起的时候，我总是超然自得，似乎不管我的脑袋在想什么，我的身体一直都在渴望他。终于，我得到了他。

我仰起头，感觉到冰冷的海风吹在脸上。船摇摇晃晃使人昏昏欲睡。船上一直嘎吱作响，呼啸的海风吹在船帆和拉帆绳上发出沙沙的声响。各种声音越来越微弱，我渐渐睡着了。

他温暖的抚摸将我唤醒。他的头蹭着我的胯部，在我大腿上摩擦。他的手在我的斗篷里摸索，他抚摸着我的胳膊、腰、脖子和胸。我睡眼惺忪地睁开眼睛，体会着这汹涌而来的感受。他抬起头，亲吻我裸露的脖子、我的脸颊、我的眼睛，最后，热情地吻了吻我的嘴。他的嘴温暖、甜蜜而又缠绵。他的舌头滑过我的嘴唇，在我嘴里搅动翻滚。我想把他吃进嘴里，想把他喝下去。我想让他亲吻我，然后把我抱到用圣石铺成的甲板上，就在那里占有我，永远不要让我走。

当他松开手准备放开我时，是我把手放在他的脑后，又将他抱紧继续亲吻。是我的愿望驱使我们继续下去，而不是他的。

"有船舱吗？有铺位吗？我们可以去哪里？"他气喘吁吁地问。

另一个波琳家的女孩

"女士们占用了所有的房间,我把我的铺位让给了别人。"

他懊丧地叹息一声,用手捋了捋头发,自嘲起来。"我的上帝,我就像一个被女人勾引了的侍从!"他说,"我渴望得发抖。"

"我也是!"我说,"哦,上帝,我也是。"

威廉站起身来。"在这儿等着!"他命令我,接着消失在船舱里。回来时,他端着小一杯麦芽酒。他先递给我喝,然后他自己也喝了一大口。

"玛丽,我们必须结婚,"他说,"否则你必须为我的疯狂承担全部责任。"

我微微一笑。"哦,我的爱人。"

"是的,我是!"他热烈地说。

"你是什么?"

"我是你的爱人。再说一遍。"

一时间我想我可以拒绝,然而我知道我厌倦了否认事实。"我的爱人。"

他一听,辗然而笑,好像此刻他已心满意足。"到这儿来。"他说。他把斗篷像翅膀一样展开,招呼我到船舷上去。我顺从地走过去站在他旁边。他将自己身上温暖的骑马斗篷披在我的肩膀上,把我紧紧抱住。在斗篷的庇护下,我伸手搂住他的腰。除了海鸥,谁也看不见。我把头靠在他肩上,与他肩并肩地站在那里。我们随着船沉浮颠簸,静静地站了很久。

"到法国了。"最后他说。

我望着前方,能看见陆地的黑影。随后我逐渐看见码头、船桅、城墙,和英国加莱要塞的城堡。

他不情愿地放开我。"我们一安顿好,我就去找你。"

"我会找你的。"

我们分开站立。有人走上甲板,看着这平静的海峡惊叹不已,眺望着寻找通往加莱的狭窄海峡。

"你现在感觉好点了吗？"我问道。他近在眼前，而我感觉出生活中惯有的冷淡态度代替了那种亲密。

一时间，威廉摆出一副迷惑不解的样子。"哦，晕船的事，我都忘了。"

我突然意识到自己被耍了。"你到底有没有晕船？不！你根本没有！那全是计谋，想让我坐在你身边，把你裹起来，抱着你睡觉。"

他羞愧不已，耷拉着脑袋，像个受责备的孩子，但我又看到他笑意盈盈。"凯里夫人，你告诉我，"他向我挑战，"刚才是你一生中最快乐的六个小时吗？还是你没有感到快乐？"

我默不作声。我仔细思考，在我的生命中肯定有许多快乐的时刻。我曾经是一个国王的宠儿，我曾经被一个爱我的丈夫挽回，我曾经是一个更成功的妹妹，但最快乐的六个小时……

"是的，"我坦白地说，向他坦承一切，"那是我一生中最快乐的六个小时。"

我们在一片熙熙攘攘中把船停靠在港口。港务长、水手和码头工人都来到码头边观看国王和安妮下船，并为他们踏上英国在法国的土地而欢呼。我们与加莱总督一起，到圣尼古拉斯教堂做了弥撒。总督大张旗鼓，对待安妮就像对待加冕的王后一样。但无论加莱总督如何讨好安妮，如何再三满足她迫切找寻的安慰，法国国王仍然不是很愿意把她当作王后。亨利不得不让安妮待在加莱，他自己骑马先去会见法国国王弗朗西斯。

"他是个傻瓜！"安妮喃喃自语。她在加莱城堡里望着窗外，看亨利骑马外出，士兵跟在他身后，面对围观的群众，他脱帽向他们点头致谢。他转过身，向城堡挥手，希望安妮会看到他。

"为什么？"

"他一定知道法国王后不肯见我,因为她和凯瑟琳一样是西班牙公主,所以他让纳瓦拉王后也拒绝见我。他根本不应该问她,但这给了她一个机会说'不'。"

"她有没有说为什么不呢?我们小的时候,她总是对我们很好。"

"她说我的行为可耻。"安妮没好气地说,"我的上帝,这些女人结了婚就安全了,真会摆架子,你会以为她们谁也不曾费心尽力去讨好丈夫。"

"那么我们会不会根本见不到弗朗西斯国王?"

"我们不能正式见他,"安妮说,"没有一位夫人来接见我。"她用手指敲着窗台。"法国王后曾亲自迎接过凯瑟琳,现在每个人都说那时她们非常友好。"

"好吧,你知道的,你还不是王后。"我轻率地说。

她转过身看着我,眼神如寒冰刺骨。"是的,"她说,"我知道,我在过去的六年就已经知晓,我也知道要成为王后还有一小段时间。谢谢你的提醒!但我会成为王后的。我下次以王后的身份来到法国时,一定要让她为这次对我的羞辱道歉。如果纳瓦拉的玛格丽特想把她的孩子嫁给我的儿子,我永远不会忘记她说我可耻。"她盯着我。"我不会忘记,你总是很快地指出我还不是王后。"

"安妮,我只是说……"

"那你就应该保持沉默,在说话之前试着认真思考。"她厉声说。

亨利又邀请法国国王弗朗西斯到英国加莱堡会面。接下来的两天,我们女侍臣以安妮为首,为满足自己的好奇心,不得不从城堡窗口偷看法国国王,然而除了他的头顶,我们完全没有见到他那传言中的音容笑貌。我原以为安妮会因为自己被排除在外而勃然大怒,但她却面带微笑,偷偷地守着。每天晚餐后,亨利来到她的房间,她都风趣幽默地欢迎他。因此我确信她一定有什么计划。

她让我们排练了一支特殊的舞蹈，由她领舞，在座位上的就餐者也会受到邀请，前来和我们一起跳。很明显，她打算参加亨利的宴会，和法国国王一起跳舞。

年轻的女士好奇她为何敢反抗传统，但我知道她会让亨利批准她的计划的。当她进来后，他假装感到很惊讶，这与凯瑟琳王后曾经表现的惊讶一样：无数次假装不知道她的丈夫乔装进入了她的房间。一想到我们多年来一直假装认不出国王，现在安妮还在玩同样的游戏，我就觉得自己又年迈又厌世，但宫廷里的人不得不装出很羡慕他们的样子。

尽管早晨要陪安妮骑马，下午要同她和女士们跳舞，每天中午我还是抽出时间在加莱街道上漫步。在那儿的一家小酒馆里，我总能看到威廉·斯塔福德在等着我。他会把我拉到屋里，避开街上那些窥探的目光，在我面前放上一杯麦芽酒。

"一切都好吗，亲爱的？"他会问我。

我会对他微笑。"很好，你呢？"

他点点头。"明天我要陪你舅舅骑马出去，我找到一些马匹，他可能会喜欢，但价格有点离谱。这个时节，法国每个农民都决心要敲诈英国贵族，唯恐我们再也不来了。"

"他说想让你做他的骑马长官，这对我们来说是件好事，不是吗？"我渴望地说，"如果你掌管我的马，我们就更容易见面，我们可以一起骑马。"

"当然还有结婚，"他取笑着我，"如果他的骑马长官娶了他的外甥女，他会很高兴。不，亲爱的，我认为这对我们来说不是件好事。我们在宫廷里是没有办法在一起的。"他抚摸着我的脸蛋。"我不想每天靠运气才能见到你。我希望我们结婚，住在同一幢房子里，每日每夜都能见到你。"

我沉默了。

另一个波琳家的女孩

"我会等你的,"威廉轻声说,"我知道你现在还没有准备好。"

我抬头看着他。"这并不是说我不爱你。是孩子们,我的家人,还有安妮。最重要的是安妮。我不知道怎样才能离开她。"

"因为她需要你?"他惊讶地问。

我咯咯直笑。"上帝啊!不!因为她不会让我走。她需要我在她眼前,这样她才知道自己很安全。"我打住话头,无法向他解释我和安妮两个人之间长久以来的较量。"如果没有我在她身边看着,她所有的成就感都将减半。任何对我不利的事情,任何轻蔑或侮辱,她都能很快觉察出来,甚至还会很快进行报复。啊!但是她的内心在歌唱,因为她知道我受到了打击。"

"她听起来像个魔鬼。"他说,以表示对我忠心耿耿。

我又咯咯地笑了。"我希望我能说是的,"我坦白道,"不过说实话,对我来说也是一样的。我嫉妒她,就像她嫉妒我一样。但我见证了她的不断崛起,我再也不会比她做得更好,我已经接受了这一事实。我知道她牢牢抓住了国王,而我做不到,但我也知道我并不是真的想那样做。在我有了儿子之后,我什么也不想要,只想和我的孩子们在一起,远离宫廷。而国王是如此……"

"如此?"他追问道。

"他是如此渴望,不仅仅是渴望爱,而是渴望一切。他自己就像个孩子。当我有了自己的孩子,一个真正的孩子后,我发现我对一个像孩子一样想要被逗乐的男人没有耐心。当我看到亨利国王像他自己儿子一样自私时,我再也不能真心实意地爱他,我只能不耐烦地看着他。"

"但你并没有离开他。"

"你不能离开国王!"我直白地说,"是他离开你。"

威廉点点头,承认这是事实。

"当他为了安妮离开我时,我看到他毫无遗憾。现在,每次我和他跳舞,或者用餐,或者散步和交谈,我仅仅是作为一个朝臣做我该做的工作。我让他认为他是世界上最可爱的人,我抬头看着他,对他微笑,让他有充分的理由相信我仍然爱着他。"

威廉伸手搂着我的腰,紧紧抱着我。"但你不是。"他明确地说。

"放开我,"我低声说,"你把我抱得太紧了。"

他的手更紧了一点。

"哦,好吧,"我说,"不,当然不是。作为波琳家的女孩,作为霍华德家的朝臣,我在完成我的工作。我当然不爱他。"

"你到底有没有爱上过一个人呢?"他像闲聊一样问。他紧紧地搂着我的腰,和刚才一样用力。

"没有人。"我挑衅地说。

他用一根手指托着我的下巴,将我的脸抬起。他仔细盯着我,棕色的眼睛非常明亮,仿佛要看透我的灵魂。

"一个无名小卒。"我明确地说。

他给了我一个吻。他的吻轻如一片温暖的羽毛,落在我嘴唇上。

✦

那天晚上,亨利和弗朗西斯在斯特普大厅单独用餐。侍女们在安妮的带领下,从城堡里溜了出来。我们把斗篷披在华丽的礼服外,用兜帽盖住我们的头饰。之后聚集在大厅外,脱下斗篷,互相帮忙戴上金色的多米诺骨牌,金色的面具,还有金色的兜帽。大厅里没有镜子,所以我看不清自己是什么样子,但我周围的人像一团金子,我知道自己也在她们中间闪闪发光。尤其是安妮,她那双深色的眼睛透过鹰脸形状的金色面具,在狭缝中闪烁,看上去华丽而又狂野。金色兜帽下,她深色的头发披散在肩头。

另一个波琳家的女孩

我们等着指示,然后跑进去跳舞。亨利和弗朗西斯国王目不转睛地盯着她。我和弗朗西斯·韦斯顿爵士跳舞,他在我耳边用法语低声说出一些不可思议的猜测,借口显而易见。他说他以为我是一位法国女士,会欢迎这种邀请。我还看见乔治匆匆忙忙带上了另一位女士,以免和自己妻子跳舞。

舞会结束了,亨利转向一位舞者,揭开她的面具。之后他很有仪式感地绕着房间走了一圈,替所有女士都取下了面具。最后他来到安妮面前。

"啊,彭布罗克女侯爵,"弗朗西斯国王惊讶地说,"我认识你时,你还是安妮·波琳小姐,是我宫廷中最漂亮的姑娘,就像你现在是我朋友亨利宫廷中最漂亮的女人一样。"

安妮笑了,她转过头对亨利微笑。

"只有一个女孩能比得上你,那就是另一个波琳家的女孩。"弗朗西斯国王一边说,一边四处寻找我的身影。安妮的喜悦突然消失。她示意我走过去,看上去好像是在希望把我带到断头台上。"我的妹妹,陛下,"她突然说,"凯里夫人。"

弗朗西斯亲吻我的手。"太迷人了!"他低声说,声音带着诱惑。

"咱们继续跳舞!"安妮突然说。我知道我得到任何关注都会让她恼羞成怒。乐师们立刻拨动了琴弦。整个晚上宫廷里都洋溢着欢乐,每个人都煞费苦心,努力使安妮快乐。

那天晚上,我们结束了对法国的正式访问,第二天就开始收拾行李准备返程。由于逆风,我们不得不在加莱多逗留些时日,每天早晨都派人去找船长,问他近两日能不能出港。安妮和亨利照样打猎,寻欢作乐,仿佛他们身在英国本土。其实这里更好,因为是在法国,安妮骑马走在街上,没有人对她大声叫骂,也没有人在她马蹄下高喊"婊子"。这一耽搁也使得我和威廉可以自由见面。

每天下午,我们都骑着马沿一片坚实的沙滩向城镇西边走去。那里一望无际,有时,马会在水边固沙上疾驰,我们就松开缰绳,让马儿奔跑。我们会骑到沙丘上,威廉把我从马鞍上抱下来,将斗篷铺在地上,我们俩一起躺在上面。我们相互拥抱、亲吻、耳语,直到我渴望得快要哭出来。

有许多个下午,我很想解开他马裤的腰带,让他占有我。不需要任何仪式,就像一个躺在诱人的阳光下的乡下姑娘,充满欲望,只有海鸥的叫声会时而分散我们的注意力。他一直吻我,直到我的嘴唇肿胀、开裂,感到有些疼痛。晚餐时间,我不得不与他分开,其他女侍臣一起用餐,当我的嘴唇挨着冰凉的玻璃杯准备喝酒时,我仍能感觉到他留下的那激情的咬痕。他抚摸我的全身,毫不羞耻。他解开我背部的束带,这样他就可以顺着后背摸到我的臀部,抚摸我的乳房。他低下满头棕色卷发的脑袋,吮吸我的乳房。我高兴得叫起来,越来越兴奋,情趣高涨,直到我几乎一刻也受不了。然后他会把脑袋扎进我的肚子,狠狠地咬我的肚脐。我因为疼痛而退缩,将他推开。我尖叫着竭力摆脱他,而不是叹息。

他会把我裹得暖暖的,他也一动不动地躺在我身旁,直到我对他的渴望稍稍减弱。然后,他会把我转过去,从后面抱住我,将他那修长的身体紧贴在我的后背上。他脱下我的兜帽,把一小撮头发拿开,以便他能轻咬我的后颈。他把自己紧紧贴在我身后,所以即使我穿着礼服和衬裙,我也能感受到那个勃起的硬度。我知道自己被压得像个婊子,好像在祈求他,不需要问我的意见,因为我不能说"好"。上帝也知道我不会说"不"。

他插进去,停下,又插进去。我会把他推回去,我知道也渴望接下来发生的一切。他会越来越快,我自己的欲望会继续高涨,直到到达某个点。到那个高潮的点，我会情不自已，快意难停。所以，在我达到高潮之前，在他触摸了我的每一寸肌肤之前，他会停下来，轻轻叹口气，之后又躺到我旁边，把我抱紧，亲吻我的眼睑。他会一直抱着我，直到我不再颤抖。

每天，当风吹向岸边，迫使船停在港口的时候，我们就骑马到沙丘上做爱。虽然不是完全意义上的做爱，但却是最热烈的求爱。每天我都暗自希望，就在今天，我能低声说"好"，或者他会强迫我说"好"，但每天他在我同意的前一秒钟、一分钟就停下来，然后把我搂在怀里，安慰我，仿佛我在忍受痛苦的煎熬而不是欲望的折磨。虽然有许多日子，两者的区别让我傻傻分不清楚。

第十二天，我们牵着马走出沙丘，回到海滩上。威廉突然停下脚步，他抬起头来。"风向变了。"

"什么？"我傻乎乎地问。我仍然快乐得精神恍惚，不知道在吹风。我也没有注意到马靴下的沙子和沙滩上的波浪，温暖的夕阳照在我的左脸上。

他说："风朝海面吹，可以航行了。"

我把胳膊搭在马脖子上。"航行吗？"我又重复一遍。

他转过身来，看见我茫然的表情，对我笑了。"哦，亲爱的，你飘远了，不是吗？还记得吗，我们不能回英国是因为我们在等待顺风？这就是了，风向已经改变，我们明天就可以启程了。"

这番话让我终于明白了。"那我们该怎么办？"

他把缰绳套在胳膊上，来到我旁边，把我举上马鞍。

"启航吧，我想。"他把手放在我的靴子下面，把我托到马鞍上。我意识到我身体里的疼痛是没有满足的欲望，更多的欲望，又是充满欲望的一天，充满欲望的第十二天。

"然后呢？"我继续问，"我们在格林尼治就不能这样见面了。"

"不能。"他也欣然同意。

"那我们怎么见面呢?"

"你可以到马厩院子里找我,或者我可以到花园里找你。我们一直都很成功,不是吗?"他轻巧地跨上自己的马鞍,不像我一样在颤抖。

我找不到合适的字眼。"我不想那样见你。"

威廉调整了他的马镫皮,眉头微皱。他抬起头来,对我礼貌地微笑,笑得有些冷淡。

"夏天的时候我可以陪你去赫佛。"他提议说。

"还有七个月呢!"我喊道。

"是的。"

我骑得离他更近,我不相信他会无动于衷。"难道你不愿意每天下午都和我这样相会吗?"

"你知道我想的。"

"那怎么办呢?"

他带着一点戏谑的微笑。"但我认为这是不可能的,"他温和地说,"霍华德家族的敌人太多了,他们会因为你的轻薄行为马上告发你。你舅舅的密探也太多了,我不可能长时间不被发现。我们很幸运度过了这十二天,他们都很贴心,但我认为在英国我们再也不能这样了。"

"哦。"

我掉过马头,感到温暖的阳光照在背上。海浪轻轻地冲上来,让我的马有点烦躁。海浪溅到她的马蹄和膝盖上,吓得她直往后退。我无法使她保持镇定,无法指挥她。我也无法控制我自己。

"我想我不会再为你舅舅效劳了。"威廉把他的马拉到我旁边。

"什么?"

"我想去我的农场,试试做个农场主,一切都在那里等着我。我厌倦了宫廷生活，我不适合这种生活。我是一个太过独立的人，不能侍奉主人，即使是像你们这样的大家族。"

我稍稍挺直了身板，来自霍华德的骄傲心理在作祟。我耸耸肩，抬起下巴。"随你的便。"我说，语气和他一样冰冷。

他点点头，把他的马稍稍向后仰。我们像一位贵妇和她的侍从一般朝城镇骑去。沙丘上的缠绵情人与我们相差甚远。我们是波琳家的女孩和霍华德家的侍从，正返回宫廷。

城门还开着，暮色也未至。我们肩并肩骑着马穿过鹅卵石街道来到城堡。大门开了，吊桥放了下来，我们径直骑进马厩院子。有人正在往马身上浇水，用一缕缕稻草给马擦身。国王和安妮半小时前就已经回来了，他们把他俩的马遛到凉快了才喂水喝。我们根本没有机会私下交流。

威廉把我从马鞍上抱下来。他的手搂着我的腰，我俩身体紧靠。我突然对他充满了强烈的渴望，强烈到让我轻微发出一声痛苦的呻吟。

"你没事吧？"他问，扶我站起来。

"没事！"我恶狠狠地说，"我不太舒服。你知道我没事。"

刹那间，他也从平静中惊醒过来。他抓住我的手，一把把我拉回他身边。"你现在的感受，我已经感受了好几个月，"他激动地低声发誓道，"你现在的感觉就跟我第一次见到你以后日日夜夜的感觉一样，我希望这种感觉能伴随我度过余生。想想吧，玛丽。你可以派人来找我，如果没有我你活不下去，就派人把我叫来。"

我使劲挣脱双手，离他而去。我还抱有期望，以为他会来追我，但他没有。我走得非常慢，如果他能小声呼唤我的名字，我就会听到他的声音，然后转过身来。尽管我每走一步都拖着脚，但我还是从他身边走远了。我穿过拱门，向城堡的大门走去，然而我身体的每一处都在呼喊着要和他待在一起。

我本想回自己的房间哭一场,可当我穿过大厅时,乔治从椅子上站起来说:"我一直在等你,你上哪儿去了?"

"骑马。"我不耐烦地说。

"和威廉·斯塔福德在一起。"他指责我。

他看到了我红红的眼睛和颤抖的嘴巴。"是的,所以呢?"

"哦,上帝!"乔治以兄弟般的关切说,"上帝,不,你这个傻婊子,快去洗洗脸,清醒清醒。看你那表情,谁都能猜到你都干了什么。"

"我什么也没做!"我突然激动地叫起来,"什么也没有!我很乐意这样!"

他犹豫了。"那就好!快点去洗。"

我走进自己的房间,把水泼在眼睛上,拿起一张干毛巾揉搓我的脸。我走进安妮的客厅,只见六七个女士在打牌。乔治脸色阴沉,站在窗前默默等待。

他迅速而谨慎地环视四周后,拉起我的手夹在他的胳膊下,带我前往画廊。那间画廊和礼堂一样长,但在这个时候没有人。

"有人看见你了,"他说,"你不会以为你能侥幸逃脱吧。"

"什么?"

他突然停下来,严肃地看着我,这神情我以前从未见过。"别轻佻冒失,"他劝我说,"有人看到你从沙丘里走出来,头靠在他肩上,他的胳膊搂着你的腰,你的头发在风中飘散。你不知道霍华德舅舅到处都有眼线吗?你难道没想过你会被抓住吗?"

"会发生什么事?"我害怕地问。

"如果现在就终止,什么事也没有。这就是为什么是我来告诉你,而不是舅舅或者父亲。他们不想知道。就你所知,他们还不知道。这是你我之间的秘密,不能再继续下去。"

"我爱他,乔治。"我小声说。

他垂下头,胳膊夹着我的手,拖着沉重的步子沿着画廊往前走。"对我们这样的人来说没有任何意义。你知道这点。"

"我睡不着觉,吃不下饭,除了想他,我什么也做不了。晚上我梦见他,白天整日都在等着见他。当我真的见到他时,我就会心花怒放。我想我会因为欲望而昏厥。"

"他呢?"乔治问道,不由自主地卷入其中。

我把脸转开,不让他看到我脸上突然痛苦的表情。"我想他也有同感。但是今天风向变了,他说我们将驶向英国,那样我们就不能像在法国这样一起幽会了。"

"嗯,他说得对,"乔治粗暴地说,"如果安妮也在忙她的事,那么你和其他六七个女侍臣就不会在法国到处闲逛,跟队伍里的随从调情了。"

"不是那样的,"我怒斥道,"他不是跟在我身后的随从,他是我爱的人。"

"你还记得亨利·珀西吗?"乔治突然问。

"当然记得。"

"他恋爱了。不只这样,他订婚了。更重要的是,他还结婚了。但这些能拯救他吗?不能!他被困在诺森伯兰郡,娶了一个讨厌他的女人。虽然他还爱着她,仍然心碎,仍然绝望。你可以自己选择,沉浸在热恋中,然后心碎,或者也可以尽力而为。"

"像你这样?"我说。

"像我一样!"他冷冷地说。他不由自主地往画廊看,只见弗朗西斯·韦斯顿爵士正伏在安妮肩上,听着乐章。弗朗西斯觉察到我们在看他,便抬起头来。这一次他忘记要对我微笑，他越过我直接看向我哥哥，眼神亲密无间。

"我从来没有追随自己的欲望，也从来没有考虑过，"乔治冷冷地说，"我把家庭放在第一位，这让我付出了生命中的每一天。我没有做任何可能让安妮难堪的事。我们霍华德家族的人不应该有爱。我们首先是朝臣，我们生活在宫廷，而真爱在宫廷里一文不值，没有任何意义。"

见乔治没有打招呼，弗朗西斯冷漠地笑了笑，又把注意力转回到音乐上。

乔治捏了捏我放在他胳膊上冰冷的手指。"你不能再去找他了，"他说，"你得以你的名誉担保。"

"我不能以我的名誉担保，因为我没有名誉，"我忧郁地说，"我嫁给了一个男人，因为国王，我给他戴了绿帽子。后来我回到他身边，还没来得及告诉他我可能爱他，他就死了。现在，当我找到了一个我可以全心全意爱的人，你要我以我的名誉担保，不去见他我可以以我的名誉起誓，但我们这三个波琳家的人根本没有任何名誉。"

"好极了"乔治说。他把我抱在怀里，亲吻我的嘴。"你已经心碎，看上去却更加令人着迷。"

第二天我们就启航了。我在甲板上四处找寻威廉的身影，发现他时，他正刻意不看我这边。我和其他女士一起到楼下，蜷在软垫上睡着了。我什么也不想做，只想直接睡过这下半年，直到又能去赫佛看我的孩子们。

1532年冬

宫廷里的王公贵族们都在威斯敏斯特庆祝圣诞节，安妮是所有活动的焦点。她主持了一场又一场化装舞会，誉为"和平王后"、"冬季王后"、"圣诞王后"，她几乎拥有除"英国王后"之外的所有称号，然而人们都知道这个称号也即将被她收入囊中。亨利带她去了伦敦塔，任她如公主般挑选其中的宝物。

如今，她的寝殿和亨利的紧密相邻，晚上他们明目张胆地回他或她的寝殿歇息，早上又一起出现在人们视线之中。亨利还给她买了一条里衬是绒毛、外表是黑色缎子的睡袍，以便她能体面地跟来他卧室的访客们打招呼。而我终于也不用再扮演她的女伴和床伴，这是自少女时代以来第一次我孤身一人，独享这夜晚。我坐在小火炉旁，确信安妮不会突发脾气闯进我的房间。对我来说，在某种程度上这也是一种幸运。但是我发现自己极其孤独，我在火炉旁做着白日梦，度过了许多漫长的夜晚和冰冷的下午。我向窗外望去，映入眼帘的只有灰蒙蒙的冬雨，阳光和加莱的沙丘好似离我远去已经一百万年了。我觉得自己的身体逐渐被冻僵，仿佛铺在瓦片屋顶上的雨夹雪一样。

我在舅舅的手下中寻觅威廉·斯塔福德的身影，有人告诉我他去了农场，负责运输萝卜和宰杀老家伙。当我在宫廷里苦苦挣扎，陷入无尽谣言和丑闻之中时，脑中浮现的尽是那两个无耻自私的人，我还要想着如何去讨好他们。这时我想起了他，我本可以将所有事情都处置妥当，在他的小农庄里流连忘返，过着真实、平稳的生活。

圣诞节盛宴为期十二天，进行到一半的时候，安妮来找我，问我女人怀孕会有什么迹象。我们计算了她月经的周期，推断她在本周内会来月经。她早已做好了早晨不舒服、无法咽下肥肉的心理准备，但是我告诉她现在还为时过早。

她数着日子过活，有时我能够看见她静静地抱着自己，我知道她非常希望能够有一个孩子。

终于到了她应该来月经的日子，那天晚上她把头伸进我的房间，兴高采烈地说："我没有流血，是不是意味着我怀孕了？"

我不耐烦地说："一个月根本不能说明什么，你至少还要再等一个月。"

日子一天天过去了，她没有将自己的这个希望告诉亨利，但是我想正如其他男人一样，他也会计算女人的周期。他俩看起来像一对绳索舞者情侣，在空中保持着平衡。他不敢问安妮，于是来找我，问我安妮是否没有来月经。

我恭敬地回答："陛下，只是迟了一两个星期。"

他问道："我应该给她安排一个产婆吗？"

我建议说："还不用，最好再等一个月。"

他看上去很焦虑。"我不应该和她同床共枕。"

我继续建议道："也许您可以温柔一些。"

他皱了皱眉，我想由于他们都渴望这个孩子，在结婚之前，他们的床笫之欢会大打折扣。

一月份，安妮非常清楚自己的月经已经推迟了一个月，此时她告诉国王她可能已经怀孕了。

他的表现令人十分感动。长期以来，他和一个枯燥乏味、难以生育的女人在一段婚姻里煎熬着，对他来说，一个可生育的妻子就像久旱逢甘霖一样。他们表面都很平静，彼此显得很陌生。以往他们在一起有说不完的话，诉不完的情，而如今他们只想成为彼此的朋友。安妮想要安静地休息，她害怕自己的任何行为都可能会打扰到肚子里面的小小种子；亨利则想要坐在她的身旁，好似他的陪伴可以使她肚子里的种子顺利发芽一样。他想要抱着她，一直待在她旁边，使她不受任何劳累之苦。

他目睹过太多孕妇最后以哭泣和绝望而告终，也喜迎了一些生命的诞生，但是他们又莫名其妙地死去，这份喜悦也随之消失不见。如今他认为安妮正在孕育的新生命完全证明了他的生育能力，自己因为娶了哥哥的妻子而受到上帝的诅咒，现在上帝解除了这项诅咒，他的未婚妻（在亨利的潜意识里，这才是他的第一任妻子）好似一块肥沃的土地，只是跟他睡了几个月便顺利开花结果。他对她极其温柔、恭敬，并匆忙颁布了一项新法令，以便能够让他们根据新的英国法律在新的英国教会合法地结婚。

这场婚礼几乎算是在白宫秘密举行的，这是安妮在伦敦的家，是她死去的红衣主教的住所。国王的见证人是他的两个朋友——亨利·诺里斯和托马斯·赫尼奇，威廉·布雷顿陪着他。乔治和我奉命让整个婚礼看上去好像仅仅是国王和安妮在他的私人寝殿用餐一样，我们认为最可行的方法就是为四人预定精美的菜肴，地点便选在国王自己的寝殿。宫廷里的人目睹了精美菜肴的进进出出，定会觉得这是一次波琳家人和国王的私人宴会。当安妮和国王举行婚礼时，我坐在安妮的椅子上，吃着为她准备的食物，这对我而言是一次小小的报复，我感到很开心。说实话，当她离开之后，我也试穿了那件黑色缎面睡袍，乔治还直言不讳地说它非常适合我。

1533年春

几个月后,所有的事情都尘埃落定。安妮一直用手小心翼翼地托着自己的大肚子,她被克兰默大主教宣布成为国王的妻子,之前他曾简单讯问凯瑟琳王后和亨利的婚姻,然后宣布他们的婚姻无效。凯瑟琳王后甚至没有参加这次推翻她名号、玷污她名声的庭审,她坚持向罗马申诉,无视英国的决定。这项决议宣布后的一段时间里,我十分愚蠢地寻找过她,想着她可能就在那儿,穿着红色长袍抗争着,正如以前一样。而她正在遥远的地方,给罗马教皇、外甥、盟友写信,祈求他们能够坚持在罗马众多荣誉法官面前公正地审理她的案件。

然而,亨利却通过了一条法律,这是一条新的法律,规定英国的争议只能在英国法院进行判决。突然之间,人们无权再向罗马提起申诉。我记得自己曾经告诉过亨利,英国人希望在英国的法庭上看到正义,但我从来没有想到所谓英国的正义只是源于亨利的一时兴起,正如教会成为了亨利的财富来源,枢密院里全是亨利和安妮的亲信一样。

复活节盛宴上没人提及凯瑟琳王后,仿佛她从未存在过。当石匠开始摧毁西班牙石榴雕像时,没有人提出任何异议,这些石榴好比是风雨如磐的山一样曾一直存在于宫廷之中。既然英国有了新的王后,就没人会在意凯瑟琳的新头衔是什么,甚至没有人提起她,仿佛她死了一般,是那么可耻的一件事情,以至于我们所有人都想忘了她。

另一个波琳家的女孩

安妮身穿华服,头发上、裙摆上、长袍下摆、脖子、手臂上都镶满了钻石和珠宝,她几乎是摇摇晃晃地在走路。当然,整个宫廷的人都会为她服务,尽管不太热情。乔治告诉我国王计划在今年六月的圣灵降临节上为她加冕。

我问:"在城里吗?"

他说:"这场典礼一定会使之前凯瑟琳的加冕礼黯然失色。"

威廉·斯塔福德没有回到宫廷。当我们在观看国王玩滚木球的时候,我小心翼翼地问舅舅,他是否会让威廉担任他的马夫,因为我极其渴望在这个赛季能有一个新的猎人。

听到我的谎言,他大呼:"噢!不,他已经离开了。在加莱我曾和他聊了几句,你不会再见到他了。"

我面无表情,没有喘息或者退缩,我和他一样是一个懂礼节的人,可以经受住打击。于是我继续骑行,云淡风轻地问:"他回到他的农场了吗?"

舅舅说:"要不就是骑马去参加十字军了,终于解脱了。"

我把注意力转移到比赛上,当亨利投出一记好球时,我大声拍手喊道:"呼啦!"有人给我打赌,但是我拒绝赌国王输,这在不经意间体现了我对国王的奉承,他冲我笑了一下。我一直等到比赛结束,直到我确定亨利不会再命我和他一起散步后,才从人群中溜回了我的房间。

小壁炉里的火已经熄灭了。我的房间朝西,早晨光线阴沉。我坐在床边,把衣服都堆在我的脚上,肩膀上还盖了一条毯子,好比乡野村妇一般。我感到十分寒冷,即便拉紧了毯子还是没有得到一丝温暖,我想起了在加莱海滩上度过的日子,当威廉触碰我、亲吻我时,我能够闻到海的味道,感受到背后和亚麻衣衫上颗粒状的沙子。在法国的那些夜里,我曾梦见过他,每天清晨醒来,我都十分空虚,头发上面的沙子会散落在枕头上。即使是现在,我依旧渴望着他的亲吻。

我曾经真诚地跟乔治承诺,我生生世世都是波琳家和霍华德家的一分子,而如今我坐在阴暗的房间里,抬眼望去只能看见这座城里灰色的石板瓦。举头望向天空,映入眼帘的只有威斯敏斯特宫殿屋顶上空的团团乌云。我突然意识到乔治错了,我的家人错了,我自己也错了,我耽误了自己的一生。在扮演其他任何角色之前,我只是一个女人,一个强烈渴望和需要爱情的女人。安妮为了得到想要的无上权力,牺牲了自己的青春,而我并不想要那些奖赏。我也不想要乔治那般枯燥无味的荣华富贵,我想要一个我真心爱并且能够信任的男人。他热情似火、勤劳努力。我想把自己献给他,不为任何利益,只是因为自己渴望那样做。想到这里,我下意识地从床上站起来,将衣服踢到一边,对着空房间喊道:"威廉,威廉!"

我来到马厩院子,命人将我的马牵出来,说我要去赫佛看我的孩子们。我舅舅肯定在这个马厩安插了众多眼线,我希望自己能够在他收到消息之前赶紧离开。宫廷里面的滚木球游戏已经结束,正在举行晚宴,我想如果我足够幸运,能够在这些间谍找到我那正在当值的舅舅,告诉他他的外甥女没有带任何随从私自回家之前离开这里。

几小时后天黑了,寒冷的春天里,天空最开始呈深灰色,而后迅速变成黑色,好似寒冬一般。但我几乎还没有摆脱这座城市,来到一个叫坎宁的小村庄,在这里能够看到一座修道院的高墙和门房。我用力地敲了敲门,门打开后,里面的人认出了我这匹高贵的马,收留了我,让我住进一间白色的小房间,给了我一块肉、一片面包、一块奶酪和一小杯麦芽啤酒当作晚餐。

清晨,他们又为我提供了与昨晚一模一样的餐食,我在肚子的隆隆声中做了弥撒。如今亨利抵制教会腐败和积累财富,我想他应该将像这样的

另一个波琳家的女孩

小修道院排除在外。

我不得不询问去往罗奇福德的方向。霍华德家族的房产和庄园已存在多年，但我们很少去那儿住。我只去过一次，还是走的水路。马厩里有个伙计说他知道去提尔伯里的路，一个修道士说这个小伙子可以骑着一匹老家伙给我带路。修道士是马厩的主人，他们为了耕作养了这些骡子和驮马。

小伙子叫吉米，是个好孩子。他的马没有鞍，他赤脚踢着这匹老马肚子两侧前行，一路放声高歌。沿着河边的小径骑行时，我们看上去像是一对奇怪的组合：一个野孩子和一名优雅的淑女。这场旅程十分艰难，路上尘土飞扬，有些地方遍布鹅卵石，有些地方泥土四溅。当我们横穿流向泰晤士河的小溪时，在浅滩遇到了泥沼，我的马因为脚下流淌的沙子和泥浆踌躇不前，但是吉米的老马鼓舞了她继续前行。随后我们在一个叫雷纳姆的小村庄的农场里吃了晚饭，善良的女主人给了我一个水煮鸡蛋和一些黑面包，这是他们能够给得起的最好食物。吉米只吃了面包，看上去十分高兴。甜点是几个干瘪的苹果。当我发现自己错过了威斯敏斯特宫殿里面的丰盛晚餐时，我差点笑出声来，按照往常规定，晚宴一般有用黄金盘子盛装的六道配菜和数十道肉类佳肴。

我并不紧张。有史以来第一次，我能够将自己的命运握在手中，掌控自己的人生。这一次我既不是听从于舅舅，也不听从于父亲，更不听从于国王，我只是遵从自己的内心。我知道是自己的欲望将我直直地带向那个我深爱的男人。

我从不质疑他的忠诚。我从来没想过他是否已经忘了我，是否已经和村庄里的某个姑娘谈起了恋爱，或是已经和精心挑选出来的嗣女成了婚。绝对不会的，我坐在马车的后踏板上，看着吉米朝空中吐苹果核，这一次，直觉让我无条件信任他。

晚餐后，我们又骑了几个小时。由于天渐渐黑了，我们决定住在格雷斯小镇。吉米笃定说提尔伯里的路途还十分遥远，但是如果我想要到达罗奇福德，过了绍森德，他认为我可以从河上抄近路向东骑行。

格雷斯小镇上有一个出名的小啤酒屋，这里没有大大小小的农场，远离大道处只有一座高级的庄园。我突发奇想，想要假扮成一个落伍的旅行者，去那座庄园行使自己的权利，接受他们的热情招待，但是我又担心自己那权倾朝野的舅舅。我开始感到不安，因为我的头上布满了灰尘，脸上和衣服上满是泥土，更何况吉米，他就像个街头顽童一样脏兮兮的，人们只会把他安置在马厩里过夜。

我做出决定："我们去啤酒屋。"

这个地方比第一眼看起来要好些，它得益于往返提尔伯里的交通，从首都过来的旅行者们通常选择在提尔伯里登船，他们不会等到潮汐或者驳船来把他们的船只运到伦敦水域。他们给我在公共房间提供了一张带帘子的床，给吉米在厨房提供了一张草席，然后宰杀、烹饪了一只鸡给我当晚餐，并配以小麦面包和一杯酒。我还设法弄到了一盆冷水，把脸洗干净了，但我的头发仍旧很脏。我穿着衣服入睡，把马靴藏在了枕头底下，以防贼人偷窃。早晨，我闻到了难闻的味道，我的肚脐下面有一串跳蚤咬过的疤痕，这一天里，我感觉这里越来越痒。

早上吉米就离开了，因为他只答应给我指去提尔伯里的路，而且对他这样一个小伙子而言，回程也是一段很长的旅程。他倒是一点也不害怕，他从垫脚台跳到了那匹老马的弓形背上，接受了我给他的硬币，我还给了他一大块面包和奶酪作为路上的餐食。我们一起出发，不久便分道扬镳，在此之前他给我指了指去往绍森德的路，之后他就一路向西，返回伦敦。

我独自一人穿过了空荡而荒凉的乡村，我想在这片土地上耕作一定会与在肯特肥沃的土地上耕作截然不同。我轻快地骑着马，谨慎地观察着四周，担心穿过沼泽之后这条荒凉的路上可能会出现盗贼。然而，一路伴随我的只有空旷的乡村，因为这条路上没有旅行者可偷，所以也不存在拦路强盗。从黎明到中午的几个小时里，我只看见了一个小伙子，他在新播种的蔬菜地里驱赶乌鸦，远处还有农夫在沼泽的边缘犁地，一群海鸥在他身后像烟雾一样飞了起来。

我的步伐变得缓慢起来，经过了沼泽地之后，这条路有水渗入，泥泞不堪。河风吹来，带来了盐水的气味。我经过了几座村舍，但它们都只算是形如房屋的泥土，外墙和屋顶都是由泥土塑造而成。两个孩子凝视着我，而后跟在我的马后奔跑，当我路过的时候，他们激动得哭了起来。当然他们身上也满是泥泞。到达绍森德时，天已经黑了，我环顾四周，试图寻找一个可以过夜的地方。

我发现了几个房子和一所小教堂，牧师的房子就在旁边。我轻轻敲了敲门，管家开门后露出了非常沮丧的面容，我告诉她我正在旅途当中，询问能否借宿一宿。她十分不情愿地把我带进了一个与厨房相邻的小房间。我想如果我还是那个波琳家和霍华德家的小姐，我一定会因为她的无礼狠狠地咒骂她，但如今我只是一个一无所有的可怜女人，身上只有一把硬币和坚定不移的决心。

"万分感谢，"我说，好像这是一处非常令人满意的住所一样，"另外，可以给我一些水洗漱吗？还有一些吃的东西？"

一开始她拒绝了我，但是我口袋里的钱币使她改变了心意。她给我拿来了水，接着拿来了一碗肉汤，看上去好像已经在锅里放置了好几天，尝起来也是如此。但我实在太过饥饿和疲惫，无暇去和她争辩，我把它吃光了，还用一片面包擦了擦这个大木碗。我躺在这个草垫床上睡着了，一觉到天明。

她早上起床之后就在厨房打扫，生火为她的主人做饭。我向她借了一张干毛巾，到院子的抽水泵下洗脸洗手，甚至还洗了脚，周围一直有鸡在那儿叽叽喳喳。尽管我非常想把身上的脏衣服脱下来，把身上全部洗干净，但是我仍旧需要穿着它们走完最后的几英里。如果他爱我，他就不会介意这一点点污垢，但如果他不爱我，与这场灾难比起来，这点污垢也算不得什么了。

在吃早餐时管家听闻我独自旅行感到十分好奇，她观察过我的马和长袍，并且知道它们都很值钱。我什么也没说，切了一块面包放进袍子口袋里，然后出门给我的马备鞍。当我上马准备出发时，我把她叫到院子里。"你能告诉我去往罗奇福德的路吗？"

她说："走出大门，沿着小路往左拐。一直往东走，大约一小时你就能到达那里。你想去见谁？波琳家人总是待在宫廷里面的。"

我喃喃自语，不作回答，我不想让她知道我这样一个波琳家的人走了这么长一段路只是为了见一个男人，他甚至都没有邀请过我。当我离他家越来越近时，我感到愈加恐慌。我不需要任何人来见证我的勇气，我拍了拍马，扬长而去，按照她告诉我的路径，出院之后左拐，朝着东升的太阳骑去。

罗奇福德只是一个小村庄，只有在十字路口围绕一个啤酒屋而建的六间房屋。我家的大房子坐落于高砖墙后面，周边有一座大型花园，在路边我甚至看不到它。我丝毫不害怕家里的仆人会看见我，因为即便他们看见我也无法识别我的身份。

一个二十岁左右的闲散青年靠在小屋外墙上，望着空荡荡的车道发呆。车道很平坦，正在刮风，天气十分寒冷，如果这是对骑士精神的考验的话，那就再令人沮丧不过了。我抬起了下巴，跟这个男人问道："这是威廉·斯塔福德的农场？"

另一个波琳家的女孩

他拿起嘴里叼着的稻草,朝我的马走过来。我拽了拽马,调整了一下方向,以免他抓住缰绳。当这个庞大的身躯四处转动时,他不得不退后一步,扯了扯他额前的头发。

"威廉·斯塔福德?"他满怀疑惑地重复。

我从兜里掏出一便士,用戴着手套的食指和大拇指捏着,回答说:"是的。"

他问道:"新来的那位绅士?从伦敦来的?苹果树农场,"他说完之后指向大路,"往右拐,朝着河流而去,你会看到一个带有马厩的茅草房,路边还有苹果树。"

我把硬币弹向他,他用一只手接住了,好奇地问:"你也是来自伦敦?"

我说:"不,我来自肯特。"

然后我转身上路,去寻找那条河流、那棵苹果树和那个带马厩的茅草房。

✦

朝着河流骑去,路面变得倾斜起来。在河边,我看到了成片的芦苇床,一连串鸭子突然惊慌地嘎嘎叫起来,一只苍鹭飞奔而出,它的腿十分修长,胸部呈弓形,拍打着巨大的翅膀,飞向下游继续休憩。这些土地被低矮的山楂树和树篱所覆盖,水边参差不齐的草地呈黄色,我想可能是被盐碱腌渍所致。越走近越发现这条路在冬天显得十分枯燥贫瘠,但我想,在春天,威廉可能在这条路上能有好收成。

在这条路的另一边,地势相对较高,且都被翻过土,每条犁沟中的水都闪闪发光,它应该一直是一片湿地。继续往北,我能够看到一些种植苹果树的田地,马路边有一棵巨大的苹果树孤零零地斜倚着,树枝低垂,树皮呈银灰色。随着年岁的增长,树枝变得矮矮胖胖,一片绿色的槲寄生灌木丛依附其中一根树杈枝丫茂盛地生长着。一时冲动之下,我骑着马冲了上去,摘下了一根小树枝。转身离开时,我握着那根小树枝,沿那条小径走到了他的农场。

那是一间小农舍,就像是小孩子画出来的一样,只有一栋矮矮的房子,上层有四个窗户,下层有两个窗户和一扇大门。这扇大门从上到下看起来都更像是一个马厩门,我想大概在不久之前,农民和动物都还住在一起。房子侧面有一个不错的马厩,铺着鹅卵石,十分整齐和干净,旁边还有六头牛。一匹马在门口点了点头,我一眼便认出了它是威廉·斯塔福德的坐骑,在加莱的海滩上它曾经在我身边飞奔。当它看见我们时嘶叫起来,我的马也甚至也流出了泪,仿佛它也记得那个秋末我们一起度过的美好光阴。

听到声响,一个人影从黑暗的室内走出来,打开了前门,双手叉腰站着,直直地盯着马背上的我。当我到庄园门口时,他没有动弹,也没有说话,我自己下了马,打开了大门,他没有对我说一句欢迎的话。我把绳子拴在门边,手里拿着那根小树枝,朝他走去。

经过漫长的旅程,我发现我无话可说。在看到他的那一刻,我所有的目标和决心都坍塌了。

"威廉。"这是我唯一能说出的词,我伸出那根带有白色花苞的槲寄生小树枝,好像这是我献给他的贡品一般。

"怎么了?"他无助地问道,始终没有朝我走一步。

我摘下兜帽,甩了甩头发,突然我才恍然大悟,他只见过梳洗打扮后香气飘飘的我,而现在的我一件衣服穿了三天,身上带有跳蚤的咬痕,还满是尘土,混有马和汗水的味道。我绝望得说不出一个字。

他重复道:"怎么了?"

"我来是跟你结婚的,如果你还愿意娶我的话。"这句话好像不能更加苍白了。

他的表情没有任何变化，他望了望我身后的路。"谁带你来的？"

我摇了摇头说："我自己来的。"

"宫廷里出什么事了？"

我说："没有出事，一切都很好。他们结婚了，而且她还有了孩子。霍华德家的前途一片光明，而我会成为未来英国国王的姨妈。"

威廉听到这里笑了一下，我低头看了看自己肮脏的靴子和身上的灰尘，也笑了出来，当我重新看向他的时候，发现他的眼里透出了一股温暖。

他警告我："我什么都没有，正如你所说，我只是一个无名小卒。"

我说："我一年只有一百英镑，并且等他们知道我去了哪儿后，连这个都会没有了。如果失去了你我才什么都不是。"

他招了招手，仿佛能够把我吸引到他身边一样，但他还是退缩了，他对我说："我不会允许自己让你忍受贫穷，我不会让你因为爱我变得贫穷。"

我感觉自己的身体在颤抖，因为与他更亲近了，也因为我渴望他能够抱抱我，于是我急切地说道："没关系，我向你保证，那些东西于我而言已经不重要了。"

那一刻，他向我张开双臂，我朝他走去，刚走一半就撞进了他的怀里，他把我紧紧地抱住，亲吻我的嘴唇，而后他继续亲吻了我满是尘土的脸颊、眼皮、嘴唇，最后舌头滑入了我的嘴里，他把我抱了起来，越过大门的门槛，上楼走进卧室，我们一起倒在了鸭绒床的干净床单之上，共享鱼水之欢。

后来他嘲笑了我身上被跳蚤咬过的痕迹，为我准备了一个盛满水的木桶，放在厨房的大火堆旁，我将身体浸入温热香甜的水中，把头往后仰，他拿起梳子帮我清除头上的虱子。他把我的束胸、裙子和亚麻衣衫放在一边清洗,还坚持要我穿上他的衬衫和裤子。我把裤腰打褶,缠绕在腰间,还像甲板上的水手一样将裤腿卷起来。他把我的马牵到草地上,这匹马被卸了马鞍,高兴得在地上打着滚,与威廉的坐骑四处奔跑,小马一样跳跃、蹬腿。他给我煮了一大碗黄蜂蜜粥,切了一块涂满奶油和黄油的面包,还有一块厚厚的艾塞克斯奶酪。他嘲笑了我同吉米的那段旅行,又因为我没有带护卫私自出发而责备了我。他把我抱回了床上,我们整个下午一直都在做爱,直到天黑,我们又饿了。

我们在厨房吃了烛光晚餐。为了我,威廉宰了一只老鸡,把它架在架子上用火烤。当威廉忙着切面包、开小麦芽啤酒、去冷藏室拿黄油和奶酪时,我会戴上他的防护手套,负责转动烧烤架子。

我们吃完之后,就将凳子挪到火堆旁边对饮,安静地陪伴着对方。

过了一会儿,我说:"我简直不敢相信,我以为再也见不到你了,我没有想到自己能来你家,我也没有想过接下来我们应该怎么做。"

"那你现在觉得如何?"

我承认说:"我仍然不知道该想些什么,我想我会慢慢习惯,我将成为一个农夫的妻子。"

他俯身向前,把一块泥炭扔进火堆。它融入了柴火堆,慢慢也被烧得通红。他问我:"你的家人怎么办呢?"

我耸了耸肩。

"你留下什么字条没有?"

我摇了摇头说:"没有。"

他大笑。"噢,我的爱人,你当时在想什么?"

我简单地回答:"我在想你,我只是突然意识到自己有多么爱你,我能想到的就是我应该义无反顾地来寻你。"

另一个波琳家的女孩

威廉伸手抚摸着我的头发,他赞赏地说:"你是个好女孩。"

我笑了一下。"好女孩?"

他坦诚地说:"是的,一个非常好的女孩。"

我往后靠着他,他的手在我的脑袋和脖颈之间游离,然后他握住了我的脖颈,轻轻地摇了摇,就像是一只母猫抓着一只小猫一样。我闭上双眼,在他的触摸之下渐渐融化了。

他温柔地说:"你不能待在这里。"

我惊讶地睁开眼睛。"不能吗?"

"不能,"他举手示意,"不是因为我不爱你,而恰恰是因为我爱你,我们必须结婚,但在此之前,我们必须拿到尽可能多的东西。"

我有点诧异地问:"你是指钱财吗?"

他摇了摇头。"我是指你的孩子,如果你悄无声息地来到我这里,没有得到任何人的支持,你将永远不能要回你的孩子,你也不能再见他们一面。"

我抿了抿苍白的嘴唇以抵御疼痛。"但是安妮本来就可以随时把他们从我这里夺走。"

他提醒我说:"她也可能把孩子还给你,你不是说她怀孕了吗?"

"是的,但是……"

"如果她有了自己的儿子,她就不再需要你的孩子了。当她抛弃他的时候,我们应该做好准备迎接他。"

"你认为我能够把他夺回来吗?"

"我不知道,但是为了他你不得不返回宫廷。"他手的温度穿过我的亚麻衬衫,传递到我的肩膀之上,给予了我力量。"我会和你一起回去,"他说,"我会留下一个人经管农场,可以持续一两个季节。陛下会为我安排一个职位,我们可以一直在一起,直到我们看清楚风向。如果可以的话,我们会接回孩子，回到这里。"他犹豫了一下，我看见他的脸上笼罩着一丝阴影，看上去有点不开心。"这里对他们来说够好吗？"他羞涩地问，"他们已经习惯了赫佛，并且你们家的豪宅就在路旁，他们出身上流社会，而这里只是个小地方。"

我笃定地说："他们会和我们在一起，我们爱他们。他们会有一个新家庭，一个贵族人士从未有过的家庭，他们会有一对因为爱情结婚、为彼此放弃财富和地位的父母，这对他们来说有百利而无一害。"

他问："那你呢？这里可不是肯特。"

我说："这里也不是威斯敏斯特宫殿。当我意识到自己非你不可的时候，我就已经下定决心。那时我才意识到自己需要你，无论付出什么代价，我都要和你在一起。"

他握紧了我的肩膀，把我从凳子上拉到他的腿上，小声对我说："再说一次，我这不是在做梦吧？"

我轻声说："我需要你，无论付出什么代价，我都要跟你在一起。"我凝视着他热切的脸庞。

他问我说："你愿意嫁给我吗？"

我闭上双眼，将额头靠在他温暖的脖子上，回答说："我愿意！我愿意！"

因为我坚决不愿意穿着他的马裤去教堂，所以我们只有等到我的长袍和亚麻衣衫洗完晾干后再去结婚。牧师认识威廉，第二天特地为我们打开了教堂，草草地举行了仪式，而我却并不介意。我的第一次婚姻是在格林尼治宫的王家教堂举行的，当时国王也在场。那几年里，这场婚姻成了一段婚外情的幌子，最后以死亡告终。相反，这场婚礼是如此的简单和轻松，它会为我带来一个截然不同的未来,我会与我爱的男人在自己的房子里共度余生。

我们手拉手回到了家里,举办了一场盛宴,宴会上我们享用了新鲜出炉的面包和威廉在烟囱里熏制的火腿。

"我应该学着如何做这些事情。"我抬头望向房梁,那里还挂着威廉最后一头猪的三条腿,不好意思地说道。

他笑了笑说:"这非常简单,我会雇佣一个女孩来帮你,当孩子们来了之后,我们应该需要两个女工。"

"孩子们?"这令我想起了凯瑟琳和亨利。

他笑了笑,接着说:"咱们的孩子,我想要生一屋子的孩子,难道你不想吗?"

第二天我们就出发返回威斯敏斯特。我早已给乔治寄了一封信,信里我恳求他告诉安妮和舅舅我生病了,我告诉他一直以来我都很内疚,因为没有来得及见他们一眼就离开了宫廷,去往赫佛养病,直至康复。其实现在说谎为时已晚,而且这个谎言也不太能说服任何一个认真思考过这件事情的人,但我愿意一赌,因为在这期间安妮嫁给了国王,还怀上了他的孩子,根本没有人会在意或者关心我做的事情。

我们带着两匹马乘驳船回伦敦,一路上我十分不情愿,因为我本打算离开宫廷,和威廉在乡村生活。我不想打乱他的计划,把他带离农场,但威廉已经下定决心。"没有带回孩子,你永远不会安定下来,"他预测,"我不希望你为了我感到不开心。"

我兴奋地说:"所以这一切不会让你觉得勉强。"

他高兴地说道:"现在我想要你装出一副痛苦不堪的样子,记住我和你是从赫佛一路骑马回到伦敦的，我知道你可以扮演一个多么悲惨的灰姑娘。"

我们抓住了涨潮和向岸风的契机，顺利地赶到了上游，在威斯敏斯特口岸登陆。我向上走去，威廉转身到码头去牵我们的两匹马，我们约定好一小时后在大殿的楼梯上会合。到那时，我应该已经弄清楚那里的情况了。

我径直走向了乔治的房间，但是很奇怪，他的房间上了锁。我轻轻敲了敲，这是波琳家人独特的敲门方式，期待他给出回应。紧接着我听见一阵刺耳的声音，门打开了，乔治说："噢！原来是你。"

弗朗西斯·韦斯顿爵士和他在一起，当我走进房间，他拉了拉上半身的短衣衫。

"噢！"我吓得后退了一步。

乔治急忙说："弗朗西斯从马背上摔了下来。你现在可以走路了吗？"

他回答说："可以了，我先行一步，回去休息。"他向我行了一个弯腰礼，并没有对我身上布满磨损和洗涤痕迹的长袍与斗篷多加评论。

他走之后，门一关紧，我就转向乔治。"乔治，我很抱歉，但是我不得不这样做，你有为我圆谎吗？"

他问："威廉·斯塔福德？"

我点了点头。

他说："真是够了，我俩都是傻子。"

我小心翼翼地问："我俩？"

他说："傻的方式不同，你去找他，并且和他在一起了，不是吗？"

"是的。"我言简意赅。我甚至不敢信任乔治，不敢将我们已经结婚这一爆炸性消息告诉他。"他已经和我一起回到了宫廷，你可以为他向国王讨一个职位吗？他不能再为舅舅效力了。"

乔治迟疑地说："我可以为他谋个一官半职，目前霍华德家的权力正如日中天，但是你和他在宫廷想要谋取什么呢？你们一定会被发现的。"

我说："乔治，求求你了，我别无他求。我们家每个人都因为安妮的崛起拥有了职位、土地或者金钱，唯独我什么也不求，我只想要回我的孩子们。她夺走了我的儿子，这是有史以来我首次提出自己的要求。"

乔治警告说："你会被抓起来，而后名誉扫地。"

我说："我们都有秘密，甚至是安妮她自己也有，我曾经为她保守了秘密，我也会为你保守你的秘密，我希望你也能如此对我。"

他不情愿地说："好吧，但是你必须谨慎行事，不能再私自骑马出行。看在上帝的分上，不要让自己再陷入困境了。如果舅舅为你物色了一个丈夫，你必须嫁给他，无论爱与不爱。"

我说："到那时我会再想办法处理，你会为他谋取官职吧？"

"他可以在国王身边当个侍卫，但是你一定要让他知道这是我为他谋取来的差事，他必须为了我的利益，眼观六路，耳听八方，他现在是我的人了。"

"不，他不是，"我狡猾地笑了笑。"他从头到尾都是我的人。"

"我的天！真是个妓女。"我的哥哥笑了笑，把我拥入怀中。

"那我现在安全了吗？他们都相信我之前去了赫佛？"

他回答说："是的，那一整天根本没人注意到你不在，他们问我是否未经允许将你带去了赫佛，在我发现你到底在干什么坏事儿之前，最安全的回答就是'是的'，我说是因为你担心孩子们生病了。在我收到你的信之前，我早就撒了个谎，后面不过顺水推舟而已，所有人都以为我带你奔向了赫佛，这个谎言有理有据，应该不会引人怀疑。"

我说："谢谢，那我应该赶紧离开，在别人看见我现在的样子之前，换下这身衣服。"

"你最好把它扔了，玛丽安，你知道吗？你就是个疯子，我从来没想过你能做出这种事。一直以来，我都以为只有安妮是那种特立独行的人，而你只会听从别人的指令行事。"

"这次不行。"我亲了他一下，离开了房间。

※

我按照约定去和威廉会合。我想要他抱着我，亲吻我的头发，但是我们却只能像陌生人一样保持距离，礼貌交谈，这让我感觉十分奇怪，非常不舒服。

"乔治早就为我撒了谎，所以我现在安全了，而且他说他能为你谋取到国王身边的侍卫一职。"

威廉讽刺说："何其荣幸！我就知道娶你会给我带来好处，一天之内我就从农夫变成了侍卫。"

我警告他说："如果你不注意自己的言语，明天我们就会倒霉。"

他笑了笑，牵起我的手吻了一下。"我会去宫殿附近找房子，这样一来，即便白天我们不得不分隔两地，仍旧能共度良宵。"

我说："非常好，这正是我想要的。"

他冲我笑了一下，温柔地说："你明明是我的妻子，但现在却不得不离开我。"

※

我在王后的房间找到了安妮，她正在和女士们一起编织一块巨大的祭坛布。那一瞬间，我眨了眨眼，这幅景象让我想起了凯瑟琳王后，紧接着我便看出了她们之间明显的区别：安妮屋里的女士都是霍华德家的人或者我们精心挑选出来的亲信，其中最美丽的无疑是我们的表亲玛奇·谢尔顿，她是霍华德家在宫廷安插的新人；最富有、最具影响力的当属简·帕克，她是乔治的妻子。整个房间的感觉很不一样：凯瑟琳王后通常会命我们当中一个侍女为她读书，有时读《圣经》，有时又读其他讲经布道的书籍；安妮则是命人演奏音乐。当我进来的时候，屋里有四个音乐家正在演奏，其中一个女士还一边工作，一边仰头高歌。

她们的宫殿里也会出现男性访客。凯瑟琳王后是在西班牙王宫的严格约束下长大的，她始终庄重优雅，即便是在英国久居多年后也是如此。男士们有时会和国王一起来到王后的寝宫，她会庄重地欢迎他们，以王室礼仪招待他们。但是一般来说，朝臣们不会在王后的寝宫逗留，他们只会在无人监督、能够为所欲为的庄园里或者外出打猎的地方调情。

安妮屋里却欢乐得多。房间里有六个男人，威廉·布雷顿爵士在帮玛奇将绣花丝线分成不同的颜色；托马斯·怀亚特爵士坐在靠窗的座位上听着音乐；弗朗西斯·韦斯顿爵士朝着安妮的肩膀望去，正在称赞她高超的缝纫技术；简·帕克正与詹姆斯·威维尔在房间的角落里窃窃私语。

当我穿着干净的绿色长袍走进房间，安妮几乎没有抬头，她冷漠地说："噢！你回来了，孩子们的病都好了吗？"

我说："他们只是感染了风寒，都已经痊愈了。"

"赫佛风景一定很好，"托马斯·怀亚特爵士在窗台边评论道，"河边的水仙花都绽放了吗？"

"是的，"我撒谎说，"它们正处萌芽阶段。"我纠正了之前的失误。

"但是赫佛最艳丽的那朵花就在这个房间里。"托马斯爵士望向了安妮。

她的目光从手上的针线活儿转移了一下。"并且这朵花也刚刚萌芽。"她挑逗地说道，屋子里的女士们都笑出了声。

此时，我将目光从托马斯身上转移到安妮身上，我没想到她丝毫没有掩饰自己怀孕这件事情，甚至在男人们面前也都无所顾忌。

"我要是那只能在花瓣上嬉戏的小蜜蜂该多好。"托马斯爵士继续说着这个淫秽的笑话。

安妮说："那你会发现这朵花对你紧紧地关上了。"

简·帕克的眼珠子从一个演奏者身上跳到另一个演奏者身上，像在观看滚木球比赛一样。这里所有的把戏于我而言只是在浪费时间，此时我本可以和威廉待在一起，但我不得不好好应付，这是我在宫廷无休止的假象中的另一副面具。现在我极其渴望得到我的真爱。

"我们何时离开？"我打断了他们调情的过程，"我们什么时候动身？"

"下周，"安妮剪断了针上的线，冷漠地说，"我们会去格林尼治，怎么啦？"

"我受够了这座城市。"

安妮抱怨道："你怎么如此不耐烦，明明刚刚从赫佛回来，又想着离开。妹妹，你需要一个男人来拴住自己，你已经守寡太久了。"

我立刻退到托马斯爵士旁的窗台边，急忙说："用不着，你看，我就像一只熟睡的小猫一样安静。"

安妮立刻笑了笑。"大家都会觉得你厌恶男人。"

屋里的女人们听出了其中的恶意，也无情地嘲笑了起来。

"我就是不愿意。"

安妮狡猾地说："可你从来没有拒绝过别人。"

我也冲她笑了一下。"那你也从来不是个肯帮忙的人，而如今，你看，我们俩都很幸福呀。"

她撇了撇嘴，以示反驳，我知道她在思考一切能够挖苦我的言语，但她放弃了自己想出来的大半说辞，因为它们都太笨拙，都可能揭露她王室情妇的身份，这比以前的我好不到哪儿去。

她虔诚地说："让我们一起赞美上帝的恩典。"而后低头专心干起了手头上的活儿。

"阿门！"我带着同样甜美的笑容转身离去。

※

对我来说，在威斯敏斯特安妮寝殿的这一天十分漫长。白天我只能偶尔见到威廉，作为国王的侍卫，他理应常伴国王左右。亨利很喜欢他，常询问他关于马匹的事情，还常常和他一起并肩骑行。我的威廉是一个极其不适应宫廷生活的人，但他在这里竟然如此受国王宠爱，我觉得这非常讽刺。而对亨利来说，只要对他有益，他更喜欢直言不讳。

我和威廉只有在晚上才能单独在一起。他在威斯敏斯特宫殿对面租了一些房间，就在一座旧楼屋顶的阁楼里。我们共享完鱼水之欢后，躺在房间里，能够听到昏昏欲睡的鸟儿在屋顶的鸟窝里打盹儿的声音。我们只有一张小小的草垫床、一张桌子、两个凳子和一个供我们加热从宫廷里带出来的食物的壁炉，再没有其他家当，我们也别无他求。

每天早晨，我在他的抚摸下醒来，他皮肤的温度和令人愉悦的气味让我感到十分舒服。我从来没有和这样一个男人同床共枕，真是令人头昏眼花，他全身心地爱着我，我也毫不掩饰自己对他的喜爱。我不需要掩饰、夸大或调整我的爱慕之情，我就只是简单地爱着他，仿佛他是我唯一的爱人。他也同样纯粹地爱着我，这一切都让我觉得，这些年里自己为了虚荣和欲望所做出的事情是那么不值。那时我还不知道，其实我身边一直以来都有一块闪闪发光的金子。

※

安妮的加冕礼因为和舅舅的激烈争吵黯然失色，他在她的房间里冲她怒吼，指责她为何如此肆无忌惮，早已忘记是谁将她推上这个位置。安妮看上去愤怒至极又沾沾自喜，她把手放在自己隆起的肚子上，告诉他她是母凭子贵，她非常清楚到底是谁让她有了今天的地位。

他吼道："天！安妮，你应该记得你的家人。"

"我怎么会忘记你们？你们就像围着蜜罐的黄蜂一样围着我，每当我向前一步，我都会被你们当中的一个人绊倒，因为你们不断地找我帮忙。"

他大声说道："我位高权重，不需要你的帮助！"

她转过头来说："你的权力在我之下！你现在是在跟王后说话。"

他朝她吐了一口唾沫。"我在跟我的外甥女说话，要不是我，她早就因为和亨利·珀西偷情，被狼狈地逐出宫廷！"

她跳了起来，似乎下一步就要向他扑去。

我喊道："安妮！坐好！安静点！"然后又看向我的舅舅，对他说："她不能动气！她还怀着孩子呢！"

他凶狠地盯着她，而后慢慢控制住了自己的脾气，他礼貌地说："说得对！安妮，坐下来冷静一下。"

她又瘫回座位上，带着怒气低声说："不要再提起这件事，我发誓如果你再次以它诽谤我，不管你是不是我舅舅，我都会把你逐出宫廷。"

他咬牙切齿地说："我是马歇尔伯爵，当你还是小屁孩儿时，我便是英国最伟大的人之一了。"

她却得意地说："在博斯沃思之前，你的父亲还只是关押在伦敦塔里的一名叛徒。记住我说的话，如果你站在我这边，那我们就是相亲相爱的霍华德家人，如若不然，我们的阵营就会分崩离析，只要我一句话，你就会再次遭受牢狱之灾。"

"你再说一遍！"他又朝她吐了口唾沫，没有行弯腰礼，就怒气冲冲地走出了房间，她恶狠狠地盯着他，异常平静地说道："我恨他，我会看着他沦落成为无名之辈。"

我急忙说:"别那么想,你需要他。"

她斩钉截铁地说:"我不需要任何人,国王只属于我一个人,他的心在我身上,他也爱着我,我还怀着他的儿子,我不需要任何人。"

当霍华德舅舅护送安妮去参加城中的加冕礼时,他们的冲突仍旧没有得以缓和。正如乔治预测的那样,这是一场任何人都不曾见过的最豪华的加冕礼。安妮命人烧掉凯瑟琳王后驳船上的石榴王冠,仿佛她曾是一名篡位者,而非一名合法的王后。他们的新船上放置着安妮自己的徽章以及她和亨利交织在一起的名字首字母,人们嘲笑说那两个字母连起来就是"HAHA","哈哈",这是在可怜的英国大地上人们发出的最后的笑声。安妮遍布各处的新铭文是"最幸福的人",即便是乔治第一次听到这句铭文都嗤之以鼻,他问我:"安妮幸福吗?可能当她成为天堂的王后,亲自把圣母玛利亚拉下台的时候应该可以配得上这条标语。"

我们乘船到达了伦敦塔,这里飘扬着金色、白色和银色的旗帜,国王在宏伟的水门旁等着我们。安妮下船时,他们把船紧紧地靠在岸边,我就这样看着她,好像于我而言,她只是一个陌生人。她从宝座上站起来,昂首挺胸地走上了跳板,仿佛她就是与生俱来的王后。她身着银色和金色的盛装,肩上还披着一片裘皮披肩。她看上去不像是我的姐姐,也不像是任何一个平凡的女人,她的行为举止仿佛在宣告,她好像是前所未有的最优秀的王后。

我们在伦敦塔度过了两个夜晚,第一个晚上举办了一场很不错的晚宴和娱乐活动。晚宴上,亨利授予十八个骑士巴斯勋位,还给十二个人颁发了骑士勋章,其中有三个是他最喜欢的侍卫,我丈夫就是他们当中的一员。

国王用剑轻轻地拍了拍威廉的肩膀，给了他一个象征忠诚的吻。威廉找到我，带我跳了一支舞。舞会上，我们混在王宫贵族人群中，希望没有人能注意到王后的妹妹正在和一个侍卫跳舞。

他轻声说："我的斯塔福德太太，你觉得我刚得的勋章怎么样？"

我说："棒极了，我早就知道你和霍华德家人一样厉害。"

"其实我感到很开心，"当我们看着舞池中央那对舞者时，他转过头在我耳边轻声说，"我不希望你的地位因为嫁给了我而受到任何动摇。"

我坚定地说："如果你是个农夫，我早就嫁给你了。"

他轻轻地笑了笑说："我的爱人，我曾见过你被跳蚤咬了之后是多么沮丧。如果我是农夫，我想你应该绝对不会嫁给我。"

我转头朝他笑了笑，接着发现乔治怒不可遏地瞥了我一眼，他正在和玛奇·谢尔顿结伴跳舞，我一下子冷静了下来。"乔治正在看着我们。"

威廉点了点头。"他最好还是顾好自己吧。"

"啊，为什么？"

该轮到我们跳舞了，威廉带我到舞池中央，一起翩翩起舞。这是一种求偶之舞，往一个方向踏三步，又朝反方向踏三步。在不靠近彼此和不看对方眼睛的情况下，很难跳好。我一直提醒自己不能流露出对他的爱慕之情，而威廉却不如我这般思虑周全，每当我偷偷瞥他的时候，都发现他的目光一直在我身上，巴不得把我生吞了一样。当我们跳到圆圈的边缘，躲在臂弯下时，我终于松了口气。这时，我们又跳回了寻常的舞蹈。

"乔治怎么了？"

威廉简单地说："与坏人为伴。"

我大声地笑了出来，对他说："他可是霍华德家的人，国王的朋友，本就是与坏人为伴。"

我看见他朝其他方向去了。"我想应该不会出什么事。"

另一个波琳家的女孩

音乐家的演奏快结束了,等他们弹奏了最后的和弦后,我把威廉拉到大厅的侧面。

"现在告诉我你刚刚那话什么意思。"

威廉被迫开口:"弗朗西斯·韦斯顿一直和他在一起,他名声非常不好。"

我立刻警惕地说:"除了一个年轻人的这点隐私,你还打听到了什么?"

威廉回答得简洁:"更多。"

"还有什么?"

威廉环顾四周,仿佛想要逃避我的追问。"我听说他们是恋人。"

我屏住了呼吸。

"难道你知道?"

我点了点头,什么也没说。

"我的上帝,玛丽!"威廉往后退了一步,又凑近我,"你怎么没有告诉我?你的亲哥哥深陷罪恶深渊之中,你居然没有告诉我?"

我惊呼:"我当然不会告诉你,我不会以他为耻,他是我哥哥,而且他可能会有所改变。"

"你对他比对我忠诚?"

我赶紧说:"我对你们一样忠诚,威廉,他是我的哥哥,我们是波琳家三兄妹,我们三个都需要彼此,都知道彼此隐藏最深的那些秘密,况且我现在还不全是斯塔福德夫人。"

他愤怒地低声说:"你哥哥真是个变态。"

"但他仍旧是我哥哥!"我不顾旁人,拽着他的胳膊,将他拖到一个壁龛之中。"他是个变态,我姐姐是个妓女,可能还是个毒妇,我也是个妓女,我的舅舅极其虚伪,父亲趋炎附势,而我的母亲,甚至有人说她在我和姐姐之前,就已经和国王有了一腿!这些都是你已经知道的事情,就算不知道你也可以推断出来。现在你告诉我,这样的我配得上你吗?我知道你只是个无名小卒,但我仍旧不顾一切奔向你。如果你想要成为宫廷里的大人物,你的双手就必须沾满鲜血或者狗屎。我在孩提时候就艰难地学会了这一点,如果你有勇气,现在开始也为时不晚。"

我愤怒地说了一通,威廉倒抽了一口气,往后退了一步,把我拉到里面。"我并没有想要让你痛苦。"

"他是我的哥哥,而她是我的姐姐,无论将来发生什么,他们都是我身体的一部分。"

威廉警告说:"他们也可能会成为我俩的敌人。"

我说:"这一辈子他们都可能会与我为敌,但他们仍旧是我的哥哥和姐姐。"

我们都顿了一下。

"同时扮演家人和敌人的角色?"

我说:"或许吧,这取决于这场豪赌会如何进行下去。"

威廉点了点头。

我坚定地问:"所以他们是怎么评论他的?你都听说了什么?"

"谢天谢地,并没有很多人知道这件事情。宫廷里面有一个秘密组织,里面的人整天围绕着你姐姐,他们是她最亲密的朋友,但同时也是彼此的情人。弗朗西斯是其中一位,威廉·布雷顿也身处其中。都是顽强的赌徒、伟大的骑手,只要能够为他们带来快乐和刺激,他们敢于做任何事情。乔治也是他们中的一员。他们总是待在王后身边,在她的寝殿私会、调情、嬉戏,安妮也无法阻止这一切。"

我望向大厅里的哥哥,他斜靠在安妮的宝座上,在她耳边窃窃私语。我看到她把头偏向他,和他亲密地交谈着,还发出了咯咯的笑声。

"这样的生活可以腐蚀掉一个圣人,更何况一个年轻人。"

我悲伤地说:"他之前想成为一名战士,一名伟大的十字军战士,一个手持白色盾牌追赶异教徒的骑士。"

威廉摇了摇头说:"如果可以的话,我们能让小亨利免遭此难。"

"我的儿子吗?"

他点了点头。"我们的儿子,我们会努力让他过上有意义的生活,不会整天无所事事,贪图享乐。你最好警告一下你的姐姐和哥哥,他们的朋友圈子是人们窃窃私语的对象,而他正是人们谈论的焦点。"

✦

第二天安妮准备进入伦敦城,我帮她穿上了白色长袍,还搭配了一件白色无袖貂皮外套。黑色的长发松散地落在她的肩上,头上盖了一张金色的纱巾,还戴了一顶金色的环形头饰。她乘坐一驾由两匹小白马拉着的马车进入了伦敦城,五港同盟①的贵族们在她的头顶举着一层金色的篷布,整个宫廷的人都盛装紧随其后。人们能看见象征着凯旋的拱门,倾倒着美酒的喷泉,在每个驻足之处都有忠诚的诗句,但是这座城市却异常寂静,整个游行队伍曲曲折折地行进着。

玛奇·谢尔顿和我并肩安静地走在安妮的轿子后面,我们穿过狭窄的街道前往大教堂,这时这种寂静的气氛变得愈加诡异,她喃喃地说:"天呐!这真是太可怕了。"

伦敦陷入了一片死寂,明明成千上万的人都出来了,但他们并没有挥舞旗帜,跟我们打招呼,更没有呼喊安妮的名字。他们带着可怕的好奇心盯着安妮,仿佛能够看穿她所做的一切。他们认为她彻底改变了英国,也彻底改变了他们的国王,最后竟然还将王后的宝座据为己有。

---

① 英国东南部沿海港口城市组成的同盟区域,同盟为王室海军服务,也是英国中世纪唯一的城市同盟。

她就这样暗淡无光地进入了伦敦城,第二天的加冕仪式也是一片死寂,没好到哪儿去。这次她穿着一身深红色的天鹅绒礼服,上面有一块柔软的白鼬皮毛做装饰,还披了一件紫色的披风,脸上的表情阴晴不定。

"安妮,你不高兴吗?"我理了理她的裙摆问道。

她笑了一下。与其说是笑了一下,倒不如说是做了个鬼脸。"我是最幸福的人,"她苦涩地喊着自己的铭文,"我应该是最幸福的人,不是吗?我拥有了我想要的一切。从始至终,只有我一个人坚信自己能够得到这一切。如今我是王后,是英国国王的妻子,我把凯瑟琳王后赶下了台,取而代之,我应该是世界上最开心的人才对。"

我说:"而且他爱你。"这时我想起了自己的生活,是如何因为一个好男人而发生了天翻地覆的变化。安妮耸了耸肩膀,摸了摸自己的肚子,冷漠地说:"是的,要是我肚子里是个男孩就好了,要是能够给我这幼小的孩儿加冕就好了。"

我轻轻拍了拍她的肩膀,感到十分尴尬,因为我们之间已经好久都不曾有过这种亲密的互动。自从我们分床睡后,很少触碰彼此。自从她有了一屋子的女仆,我就再没为她梳过头发、整理过衣服。她和乔治依旧很亲密,但和我已经逐渐疏远了。后来,她偷走了我的儿子,我们之间只剩下对彼此说不出口的怨恨。今天她却向我示弱,我感到很奇怪。安妮身上已经遍布王后的光环,仿佛是一个涂满釉料的小雕塑一样。

我温和地说:"你不会等太久的。"

"三个月。"

此时,有人敲了敲门,简·帕克走了进来,她的脸上洋溢着兴奋的笑容,气喘吁吁地说:"他们在等你!时间差不多了,你准备好了吗?"

安妮冰冷地说:"你说什么?"那一瞬间,我的姐姐消失不见了,她又戴上了王后的面具。简向她屈膝行礼,对她说:"殿下,您没有听清吗?我

另一个波琳家的女孩

刚刚跟您说他们都在等待您的出现。"

"我准备好了。"安妮站了起来,她宫殿里的所有人都走了进来,候在旁边的女士们帮她打理了斗篷下面的长裙摆,我整理好她的头饰,将又长又黑的头发披散在她的肩膀上。

然后我的姐姐,这个波琳家的女孩儿,踏步走了出去,正式成为了英格兰的王后。

✦

安妮被加冕的这一晚,我和威廉一起待在我的卧室里。我本来应该和玛奇·谢尔顿一起住,但是她悄悄告诉我整个晚上她都不会回来。于是当宫廷盛宴举行得如火如荼时,我们俩偷偷溜进了我的房间,把门上了锁,往火炉里添了根柴火,然后慢慢地、情不自禁地褪去了身上的衣衫,共享鱼水之欢。

这一夜,我们一直翻云覆雨、激情四射。到了凌晨五点,天开始亮了,我俩都筋疲力尽、饥肠辘辘,他对我说:"走吧,我们出去找点东西吃。"

我们穿上衣服,我披上斗篷,用兜帽把脸遮得严严实实,两个人悄悄从还在睡梦中的伦敦塔溜出来,到了这座城市的街道上。为了庆祝安妮的加冕礼,水沟边都是从喷泉口涌出的美酒,半个伦敦的人似乎都醉倒了。我们一路从他们的身体上跨过去,走进了迈诺瑞斯街区。

我们手拉着手前行,整个城市的人都醉倒了,所以我们也不担心会有人看见我们。威廉带我来到了一家面包店,他退了几步,抬头确认那个弯曲的烟囱里是不是还在冒烟。

我用鼻子吸了口气说:"我闻到了面包的香味。"听到自己肚子咕咕叫,我不小心笑了出来。

"我来敲门。"威廉用力敲了敲侧门。

里面的人模模糊糊地回应了一下，然后门打开了。我们看到了一个男人，他那红扑扑的脸上还沾着白色的面粉。

威廉问："我能买一条面包和一些早餐吗？"

那人在灯光下眨了眨眼，含糊地说："只要你有钱就可以，天知道我已经把我的钱挥霍完了。"

威廉把我带进面包房，里面非常温暖，闻起来很香甜。到处都弥漫着白面粉，甚至桌子和凳子上也不例外。威廉用他的斗篷擦了擦凳子，让我坐了下来。他对那个男人说："请给我们上一些面包、两杯小麦芽酒，如果有水果的话，也给这位女士来一些，再来两个水煮鸡蛋、一点火腿和奶酪。其他好东西也都可以上。"

男人抱怨说："你们是今天的第一批客人，我自己都还没有吃早饭，才不会为了你们这种上流社会人士忙活着去切火腿。"

然而，一枚银币的响声和光亮改变了他的想法。

这个面包师变得信心满满："我的储藏室里有一些上等的火腿，还有一些刚刚从乡下运来的奶酪，那可是我堂兄自己做的。我的妻子马上起床，亲自为你们倒小麦芽酒，她是一位出色的酿酒师，全伦敦找不出第二个。"

威廉优雅地说："谢谢。"他在我旁边坐了下来，冲我眨了眨眼，接着自然地用手臂搂着我的腰。

那个男人问："你们是新婚夫妇吗？"他把烤箱里的面包铲了起来，看到威廉正深情地凝望着我的脸。

我回答："是的。"

他半信半疑地说："希望你们的激情可以持续得久一点。"然后将面包放在木质柜台上。

威廉悄悄说："上帝保佑！"他把我抱得更近了一点，吻了吻我的嘴唇，在我耳边轻轻地说："我会永远这样爱着你。"

另一个波琳家的女孩

威廉雇了一个船夫,顺河流而下,穿过了水门,在此之前,他目送我走进了伦敦塔旁边的小门。我回来之后,发现玛奇·谢尔顿在房间里,但是她太过专注于梳理她的头发、更换她的衣衫,根本无暇思考这一大早我到底去了哪里。昨晚宫廷里一半的人似乎都上错了床,安妮从情妇成功上位,成为国王的妻子,这件事鼓舞了这个国家所有行为放荡的女孩。

我洗完脸和手之后,穿戴整齐去找安妮,我和其他女士会陪她一起去做晨祷。在安妮成为王后的第一天,她穿了一件带有珠宝兜帽的黑色礼服,脖子上还戴着一串绕了两圈的珍珠项链,看上去非常雍容华贵。她仍佩戴着象征波琳家族的金色字母"B",手里拿了一本用金箔封装的公祷书。她看见我时点了点头,我向她行了一个庄重的屈膝礼,然后跟在她后面,好像这是我的无上荣幸一样。

晨祷结束之后,安妮和国王一起吃了早餐。她开始重新组织她寝殿的人,很多之前服侍过凯瑟琳王后的仆人都自觉转而投靠了安妮。和我们一样,比起一个已经落魄的王后,他们都宁愿为一颗冉冉升起的新星效力。他们当中一个名叫西摩尔的仆人吸引了我的注意力。

我好奇地问:"你是不是有一个西摩尔家的侍女?"

"哪一个?"乔治接过名单,漫不经心地回答,"据说艾格尼丝是个讨厌的妓女。"

"简,"安妮说,"我要把伊丽莎白姨妈和玛丽表妹安插进来,我想我们应该安插足够多的霍华德家的人来打败西摩尔。"

乔治追问:"谁把她安插进来的?"

安妮疲惫地说:"所有人都在安插眼线,他们一直都在干这种事情。我之前以为安插一两个其他家族的侍女只是用来讨好我的小把戏,然而现在看来，霍华德家不能拥有一切。"

乔治笑道："为什么我们不能拥有一切呢？"

安妮把桌子下面的椅子推了回去，用手摸了摸她的肚子，长叹了口气。乔治突然警惕起来。

他问："是累了吗？"

"有点吃力，"她望向我，"但这没关系的，是吧？只是有一点点疼痛，这没关系吧？"

"我怀凯瑟琳的时候非常痛苦，但她是足月出生的，分娩的时候很顺利。"

乔治焦虑地问："这些迹象不能表明她怀的是个女孩儿，是吗？"

我看着他们俩，他们都有波琳家式的鼻子和长脸，两双眼睛热切地盯着我。我这一生，曾无数次看见镜子里的自己，我拥有和他们一样的体貌特征，但如今我的脸上却永远不会出现那种渴望的表情。

我对乔治轻声说："冷静一点，明明她可以拥有一个最可爱的儿子，现在我们不能让她感到焦虑，这是最糟糕的事情。"

安妮突然说："就算要我放弃呼吸都可以，现在整个英国的未来好像都在我的肚子里，毕竟之前凯瑟琳王后一次又一次流产了。"

乔治安慰她说："因为她不是真正的妻子，他们的婚姻根本无效，上帝一定会赐给你一个儿子。"

她默默地把手摊在桌子上，乔治紧紧握住它。我看着他们两个人，对他们的勃勃野心感到十分绝望。当他们还是正在崛起的小贵族家庭的孩子时，我就给予过他们最大的鼓励，如今我仍旧像小时候一样鼓舞着他们。看着他们，我意识到自己选择退出这一抉择是多么的洒脱。

过了一会儿，我说："乔治，我听说了一些关于你的谣言，都不是什么好话。"

他抬起头,露出放荡的笑容。"当然不会是什么好话!"

我说:"严肃点!"

他转过身说:"你听谁说的?"

我说:"宫廷的人私底下都在传弗朗西斯·韦斯顿爵士身处一个放荡的圈子,而你也是其中一员。"

他快速看了一眼安妮,似乎在打探她是否知道什么。

她好奇地看着我,很显然她完全不在意旁人的言论。"弗朗西斯爵士是一位忠实的朋友。"

乔治开玩笑说:"王后都发话了。"

"因为她只知道其一,而你却知晓全部事情。"我厉声回答。

安妮对此感到十分震惊,她说:"我必须保持完美无缺的形象,我不能让他们抓住我的任何把柄去向国王告密。"

乔治拍了拍她的手。他再次安慰她说:"没什么,不要担心,只是有几个晚上,我喝高了,和几个坏女人风流了一下,还打了几场豪赌。安妮,我保证自己从来没有给你丢脸。"

我决绝地说:"远不止如此,他们说弗朗西斯爵士是乔治的情人。"

安妮瞪大了眼睛,她立刻走向乔治。"乔治,是吗?"

"绝对没有。"他握紧了她的手。

她转向我,露出冷漠的表情,对我说:"不要再跟我讲你那些恶心的故事,你和简·帕克一样可恶。"

我警告乔治说:"你最好收敛一点,任何指责你的污言秽语都会牵连到我们。"

他回答说:"哪儿有什么污言秽语,根本没有!"但他依旧盯着安妮的脸。

她说:"最好是这样。"

他重复道："根本就没有。"

我们离开了她的房间，让她好好休息。宫廷里其他的人都在和国王玩游戏，我们准备去加入他们。

乔治问："谁在背后泼我的脏水？"

我诚实地说："威廉，他从不散播谣言，而且他知道我很担心你。"

他没心没肺地笑了起来，但我从他的笑声中听出了一丝紧张，他承认说："我爱弗朗西斯。在这个世界上，我再也找不到比他更好的人了。他是我见过的最勇敢、最甜美、最好的人，我忍不住想要他。"

我尴尬地问："像爱一个女人一样爱着他？"

"像爱一个男人一样，"他迅速纠正了我的言辞，"目前这对我来说，比爱一个女人更快乐。"

"乔治，你的行为罪大恶极，他会伤透你的心，这简直就是场灾难，而且如果舅舅知道了……"

"如果被任何人知道，我都会遭受灭顶之灾。"

"你可以不见他了吗？"

他转向我，带着扭曲的笑容说："你可以不见威廉·斯塔福德了吗？"

我抗议说："这不一样！你刚刚所说的两件事根本不一样，威廉真诚而又体面地爱着我，但这……"

乔治残酷地说："你并不是没有犯罪，你只是比较幸运，你爱上了一个可以自由爱你的人，而我没有那么幸运，我只想要他！只想要他！只想要他！我就只能眼睁睁看着这份渴望消失殆尽。"

我问："真的会消失殆尽吗？"

他痛苦地说："最终会的。过不了多久，我所拥有的东西都将化为灰烬。为什么这两种爱情如此截然不同？"

我伸手拍了拍他，说："乔治，噢！我的哥哥……"

他用那种波琳家式的极其饥饿的眼神盯着我。"什么?"

我低声说:"这会让你一败涂地。"

他冷漠地说:"可能吧,但是安妮会救我,安妮和我未来的国王外甥会救我的。"

1533年夏

八月份安妮即将分娩，这个夏天她一定不会放我去赫佛，宫廷里也不会发生任何事情，一切都风平浪静。我感到十分生气、十分失望，我几乎不能容忍和她共处一室，但我每天不得不和她待在一起，听她无休止地念叨她的孩子会成为一名怎样的国王。每个人都必须服侍安妮，必须对她行鞠躬礼，没有什么比安妮和她的肚子更为重要，她是所有这一切的焦点，而她自己什么都不用管。在这样的情形下，宫廷里的人什么事情也干不了，什么地方也去不了，亨利几乎对她寸步不离，甚至不能出门打猎。

七月初，乔治和舅舅奉命出使法国，去告诉法国国王英国王位的继承人即将出生，并为他带去国王的承诺，以免西班牙皇帝因为自己的姨妈蒙受新辱而打击英国。他们还会去面见教皇，这一行为可能会打破英国在罗马教会的僵局。我去找安妮，再次问她在顺利分娩之后是否能够允许我离开。

我平静地说："我想去赫佛，我必须去见见我的孩子。"

她摇了摇头。侍女将一张长椅推进了她的房间，放在窗户下，此时她正躺在上面。所有的窗户都开着，迎着从河里吹过来的风，但她仍旧热得汗流浃背。她的身体被礼服紧紧地包裹着，乳房被高高隆起的肚子挤得难受，而她的背部也十分酸痛，即便身后垫着镶有珍珠的靠垫。

"不行。"她言简意赅。

另一个波琳家的女孩

她看出来我可能要和她吵架了，不耐烦地说："得了吧，作为你的姐姐，或许我不能掌控你，但作为一个王后，我却可以命令你做任何事情。你会一直和我待在一起，当你行动不便的时候，我可是去看了你的。"

我决绝地说："当我在为我的爱人生孩子的时候，你偷走了他！"

"是他们命我这么做的，如果我俩互换角色，你也会做出同样的事情，玛丽，我需要你，不要离开我。"

我问："你需要我为你做什么？"

她泛红的肤色变得惨白，低声说："要是我难产死了怎么办？要是它卡住了，夺走了我的生命怎么办？"

"噢！安妮……"

她烦躁地说："不要摸我，我不想要你的同情，我只是需要你在这里保护我。"

我犹豫了一下。"你什么意思？"

"如果他们杀母取子，我将给不了你一分一毫，"她残忍地说，"他们宁愿要一个活蹦乱跳的威尔士王子，也不会要一个活着的王后，因为他们可以另立王后，而王子却极其珍贵。"

我无助地说："我根本无力阻止他们。"

她看着我，眼睛里散发着光芒。"我知道你靠不住，但你至少可以通知乔治，让他去做国王的工作，说服他救我。"

她对这世界绝望至极，这令我顿了一下，接着我便想起了自己的孩子们，我说："你的孩子出生之后，如果你一切安好，就放我去赫佛。"

她平静地说："孩子出生之后，就算你想下地狱我也不会拦着。"

✦

我除了等待别无他法。但是在这个看上去似乎风平浪静的夏天里，罗马却传来了最骇人听闻的消息:教皇终于做出了对亨利的裁决,国王将被逐出教会。这一消息震惊了朝野。

"什么?"安妮惊呼。

乔治刚刚获得爵位的夫人简·帕克告诉了我们这则消息,她现在是罗奇福德夫人。她总是第一个奔向腐肉的秃鹰,就连她看上去都十分震惊。她说:"国王被开除了教籍,每一个忠于教皇的英国人都会开始反抗英国国王,西班牙会入侵英国,这真是一场圣战。"

安妮看上去比她脖子上的珍珠还要惨白。

我突然喊道:"滚出去,你怎敢来这里惊扰王后?"

简朝门口走去,说:"有人说她很快就不是王后了,难道此刻国王还不会抛弃她吗?"

我恶狠狠地说:"滚!"然后跑向安妮。她把手放在肚子上,好像这样可以不让孩子听到这个灾难性的消息。我摸了摸她的脸,发现她的眼皮都在抖动。

她低声说:"他会和我站在一起,克兰默主教亲自主持了我们的婚礼,我已经被加冕,成为了王后,他们不能抛弃我。"

我尽可能坚定地说:"不会的。"但我心里的答案却是"是的",也许人们真的会抛弃安妮,因为谁都不能反抗手握上帝钥匙的教皇。国王一定会让步,他让出的第一步便是安妮。

安妮略显绝望地叫道:"噢!天呐,我真希望乔治能够在这里,我真希望他在家里。"

两天后,乔治从法国回来了,他还带回了一封舅舅写的简短书信。信上他向国王请示接下来应该怎样交涉,才能将这场争端扼杀在摇篮之中。可以看出舅舅也惊慌失措了。国王立即把乔治派回了法国,命令舅舅中止谈判,即刻回国。我们只能等着看接下来会发生什么。

天气越来越热,他们制定出了抵御西班牙入侵的计划。牧师们在小讲坛上镇定地讲经布道,但他们也不知道自己应该站在哪一边。很多教堂为了度过这场危机直接紧闭大门,人们无法在教堂里承认自己的罪过、做祷告、安葬死去的家人,也无法为新生儿洗礼。霍华德舅舅祈求国王让他回到法国,去恳求弗朗西斯说服教皇收回这项惩罚。我从未见他如此恐慌。乔治是我们当中最沉稳的那个人,但他却一心扑在安妮身上。

好像于他而言,他根本无力改变国王不朽的灵魂和英国的未来,他能做的只有让安妮肚子里的婴儿安全长大。他平静地对我说:"这是我们的保障,没有什么比一个男孩儿更能保障我们的安全。"

他每天早上都和安妮待在一起,与她一同坐在窗户旁边的长椅上。亨利来这里时,他会识相地走开,但每当亨利一离开,安妮就会往后靠在软垫上,寻找我们的哥哥。她从来没有向亨利倾诉过自己的压力,在他面前,她一直都是一个魅力四射的女人。当他惹怒她时,她会马上跟他发脾气,但除了乔治和我,她从来没有在任何人面前露出过一丝怯意。在亨利面前,她一直是个甜美无比、魅力四射、极其妩媚的女人。即便是在怀着孩子的这八个月里,安妮只要一抬眼,都会令男人心神荡漾。我曾看过她和亨利聊天,她的一举一动都能够取悦到他。

难怪当亨利离开房间去打猎时,她会立即向后靠在枕头上,命我帮她摘下兜帽,轻抚额头,说:"我好热。"

当然,亨利并不是独自去打猎。安妮确实魅力四射,但即便是她也不能完全掌控他。在怀孕的这八个月里,她不能侍寝,亨利便公然地和玛格丽特·斯坦因夫人调情。不久之后,安妮也知道了。

一天下午,亨利来看她时,受到了前所未有的怠慢。

她愤怒地说:"我在想你怎么有脸来见我。"亨利在她身边坐了下来,环顾了一眼四周,屋里的绅士们立刻纷纷退到一边,女士们也都把头转过去，给这对王室夫妇留出了一点私密空间。

"亲爱的？"

安妮说："我听说你睡了某个荡妇。"

亨利环顾四周，看见了玛格丽特夫人，他朝威廉·布雷顿瞥了一眼。他是所有朝臣中最机灵的一个，所以立刻便心领神会，带玛格丽特夫人离开房间，去河边散步了。安妮盯着他们离去，她的眼睛里散发着刺眼的光芒，足以吓坏任何一个小男人。

亨利喊道："亲爱的？"

她警告他说："我不会答应的，我不会容忍这件事情，她必须离开宫廷。"

亨利摇了摇头，站了起来，对她说："别忘了你在跟谁说话。你现在怀着孕，不适合发脾气。我该告辞了，你好好休息。"

安妮反驳说："是你忘了你在跟谁说话！我是你的妻子、英国的王后，我不会允许别人在我的寝殿鄙视我、侮辱我，那个女人必走无疑。"

"没有人可以命令我！"

"没有人可以侮辱我！"

"你怎么就被侮辱了？那个女人一直关心着你，对你以礼相待，而我也还是你听话的丈夫，你到底怎么了？"

"我不想在宫廷看见她，我不能遭到这样的凌辱。"

亨利不爽地说："夫人，你知道吗？更糟糕的是，跟你比起来，她简直好太多，她从来不会向我抱怨，而你也非常清楚自己的德行。"

那一刻，安妮沉浸在自己的负面情绪当中，她没有抓住任何可以借力的东西，猛地从椅子上站了起来，她朝他吼道："你竟然拿她跟我比！你怎么敢拿一个根本没有当过你妻子的人跟我比？"

他喊道："她是王室血脉，而且她绝对不会谴责我，她知道一个妻子的

另一个波琳家的女孩

全部责任便是宽慰自己的丈夫!"

安妮用手拍了拍自己隆起的肚子,问:"那她给你生儿子了吗?"

这时他们都没有说话,不久亨利沉重地说:"没有。"

"那么不管她是不是公主,都只是个无用之人,更何况她并不是你的妻子。"

他点了点头,亨利有时候会记不得这件有争议的事情,我们都一样。

他说:"你不要自寻痛苦。"

她机智地回答:"那你就别让我感到痛苦。"

这时,我不情愿地走近,尽可能轻声地说:"安妮,你应该坐下来。"亨利转向我,松了一口气,对我说:"说得对,凯里夫人,你让她冷静一下,我先走了。"他朝安妮微微鞠了一躬,然后离开了房间,屋里一半的男人都和他一起离开了,另一半还呆若木鸡,没有清醒过来。安妮转头看着我。

"你为什么打断我们?"

"你不该拿孩子冒险。"

"噢!孩子!你们所有人都只知道孩子!"

乔治朝我走来,握住安妮的手说:"我们所有人的未来都在他身上,安妮,你也是一样,冷静点儿,玛丽说得对。"

她愤愤不平地说:"我们本应抗争到底,在他答应把那个贱人从宫廷驱逐出去之前,我本不应该让他离开,你不该打断我们的。"

乔治指出:"你不可能抗争到底的,你在分娩和接受教会洗礼之前,都不能侍寝。安妮,你只能等,你明明知道在这期间他肯定会有其他人。"

"但是万一她留住了他的心怎么办?"安妮看了我一眼之后哭了,她非常清楚自己正是趁我分娩时才抢走他的。

乔治简单说:"她留不住的。你是他的妻子,他不能和你离婚,毕竟他刚刚逼走了前一任王后,如果你为他生了儿子,他将更加没有理由赶走你。安妮,你的制胜法宝就在你的肚子里,好好把握它,发挥出它最大的效力。"

她靠在椅子上说:"派人去请几个乐师来,可以让人跳舞的那种。"

乔治打了个响指,一个门童就蹦蹦跳跳地领命出去了。安妮转向我说:"你去告诉玛格丽特·斯坦因夫人,我不想看见她。"

这个夏天,宫廷的人都在河里嬉戏,前几个月我们从来没有靠近过泰晤士河,直到宴会主持人为亨利和他的新王后设计了水上战斗、水上假面舞会和其他水上娱乐活动。一天黄昏时分,人们在水上举行了火战,安妮在岸边搭建的帐篷里观看了这场竞赛,最后王后的队伍取胜了,人们在河面搭建的一个小舞台上跳舞庆祝,我也和其中几个男人跳了舞,之后就到处去寻找我的丈夫。

他正在看着我,一直在寻找我们能够溜走的时机。突然,他谨慎地偏了偏头,露出一个隐秘的笑容,我知道这是他向我发出的暗号,于是我们去阴影覆盖的地方,亲吻彼此,悄悄地互相抚摸。当我们无法忍受对彼此的渴望时,我们会藏身河边黑暗处,予取予求,远处的音乐声掩盖了我的呻吟声。

我像是个秘密情人,不得不时刻提防着乔治。他也会参加上半场的舞会,出现在舞台中央,然后退出舞池,消失在庄园的朦胧之中。紧接着我会发现弗朗西斯爵士也消失不见,他会把我的哥哥带去其他地方,可能会去他的房间,也可能会去城里的酒馆,做一些荒诞的事情,比如说赌博、在月光下骑马,或者粗暴地相拥。乔治可能在五分钟之后重新出现在人们视线之中,也可能整晚都消失不见。安妮只会认为他是像往常一样胡闹,她会指责他和几个女仆在宫廷里调情,他便付诸一笑,一如既往地否认,只有我知道我哥哥的真实愿望是多么宏大、多么危险。

八月,安妮宣布自己即将结束这种被监禁的生活。早上亨利听完弥撒来看她时,他发现房间里一片狼藉,家具进进出出,侍女们都忙得不可开交。

屋子里一片混乱,安妮坐在椅子上发号施令。当她看见亨利进来时,并没有起身行礼,只是点头致意。而他也并不在乎,他迷上了怀孕的王后,像一个男孩一样蹲在她身边,将手放在她圆鼓鼓的肚子上,抬眼望着她的脸。

她直截了当说:"我们的儿子需要一件洗礼服。她是不是有一件?"

在王家词典中,"她"只有一个意思,指的就是那个已经消失的王后,那个无人提及甚至无人记得的王后。她也曾坐在那张椅子上,在这间屋子里积极备孕,永远带着甜美而又恭顺的笑容面向亨利。

他说:"那是她自己的,从西班牙带过来的。"

安妮问:"玛丽是不是穿着它接受了教会的洗礼?"其实她早已知道了答案。

亨利回想了一下,皱了皱眉说:"是的,那是一件白色的长衫,上面的绣花很漂亮,但那是凯瑟琳自己的。"

"它还在吗?"

亨利心平气和地说:"我们可以赶制一件新的礼服,你可以自己设计,让修女为你缝制。"

安妮摆了摆头,表明这明显行不通。她说:"我的孩子要穿上王室礼服才行,我想要他穿着所有王子都穿过的礼服参加洗礼。"

他犹豫地说:"我们并没有王室礼服……"

她大声说道:"我一定要那件礼服!她手里那件!"

亨利知道他输了，他弯下头，吻了吻她紧握椅子扶手的手，急促地说："不要让自己难受，你快要分娩了。我会派人去取，我发誓我一定会的。我们的小爱德华·亨利会拥有一切你希望他拥有的东西。"

她点了点头，冲他甜甜地笑了一下，当他向她鞠躬时，她用指尖摸了摸他的脖子。

产婆朝他们走来，行礼之后说："您的房间准备好了。"

安妮转向亨利说："你每天都要来看我。"听上去更像是命令的口吻，而非请求。

他承诺说："一天两次，亲爱的，难熬的时光会慢慢过去，现在你应该为了我们即将出世的儿子好好休息。"

他再次亲吻了她的手，然后离开了。我和安妮走近卧室门口，她的大床已经搬进去了，墙壁上挂着厚厚的挂毯，用来隔绝噪声、阳光和新鲜空气。地面上撒有迷迭香和薰衣草，能舒缓身心。女仆将屋里其他所有的家具都移了出去，只剩下产婆的一把椅子和一张桌子。安妮会卧床整整一月，正值仲夏，房间闷不透风，即便如此，他们还是点燃了火炉，还点了蜡烛，以便安妮能够看书和做女红。床脚还放了一个备用的摇篮。

安妮站在门槛处，看着这个昏暗无比、密不透风的房间，她退缩了。"我不想进去，这简直就像个监狱。"

我说："只待一个月而已，还可能更短呢。"

"简直让人窒息。"

"你会没事的，我之前不都这样？"

"但是我可是王后。"

"那就更得这样了。"

产婆走到身后："殿下，这一切还合您的心意吗？"

安妮脸色惨白。"这里就像个监狱。"

产婆笑着把她带进了房间。"人们都这么说，但你可以在这里安心休养。"

安妮越过她的肩膀跟我说："告诉乔治我一会儿想见他，让他带一个有趣的人来。我才不会一个人在这里待着，好像被囚禁在塔楼里一样。"

我承诺道："我们会陪你用餐，如果你现在乖乖休息的话。"

安妮不再出现在宫廷里，国王每天早上六点到十点外出狩猎，然后回来用餐，下午他会去看安妮，晚上则会参加一些娱乐活动。

安妮问："他都和谁跳舞？"尽管她在这个漆黑的房间里拖着笨重的身子，疲倦不堪，炎热难耐，但她的声音还是跟往常一样尖锐。

我回答："没什么特别的人。"然而玛奇·谢尔顿和西摩尔家的一个女孩儿简都吸引了国王的注意力，玛格丽特·斯坦因夫人也在炫耀着她的新礼服。但是如果安妮生下个儿子，这些都不重要。

"那他和谁一起狩猎？"

我撒谎说："只是一些男人。"约翰·西摩尔爵士给他的女儿置办了一匹最英俊的灰色骏马，她穿了一件深蓝色的长袍，骑在马背上，看上去十分养眼。

安妮不可置信地看着我，厌烦地问："你不会是在亲自追求他吧？"

我摇了摇头，诚实地说："我不想改变自己现在的生活。"我竭尽全力，让自己不去想威廉。如果我想起晨光之中，他一丝不挂地伸展着身体、转动着魁梧有力的肩膀，我的脸会立刻变得绯红。任何人都能够看得出来，我根本就是他的女人。

安妮继续说："那你为我盯着国王了吗？玛丽，你一定要看住他。"

我说："他在等着孩子的降生，就像宫廷里其他人一样。如果你生了个儿子，那什么事情都无法撼动你的地位，你知道的。"

她点了点头，闭上双眼，躺回了枕头上面，愤怒地说："老天！我真希望这一切快点过去。"

我也附和说："阿门。"

摆脱了姐姐严密的看守，我可以自由地和威廉在一起。玛奇·谢尔顿经常不在房间里，我们还有了个"经常敲门"的不成文约定，一旦发现门被反锁了，就立刻转身离开。虽然玛奇只是个小女孩儿，但是她成长非常迅速，她知道要寻求一门好的婚事，既要小心翼翼地抓住男人的欲望，又不能给自己的声誉蒙上一丝阴影。比起我刚来的时候，这座宫廷已经变得更加荒诞、更加让人难以生存。

而乔治的秘密恋情也平稳地进行着。宫廷里没了王后，他和弗朗西斯爵士、威廉·布雷顿、亨利·诺里斯一起放荡地生活着。早上他们陪着亨利一起出去打猎，下午有时会被叫去议会议事，但是大多数时候，他们都十分闲散。他们和王后的侍女们调情，也会偷偷越过河流去往城里，度过一个又一个不可言说的夜晚。有一次我一大早就抓住了他，那时，我正在观赏河面上的朝阳，无意间看到一条小船在宫殿附近靠岸，乔治出现在我的视线里，他向船夫付了钱，悄悄地走在庄园旁边的小路上。

"乔治！"我从玫瑰丛中的座位上站了起来。

他吓了一跳。"玛丽，"他一瞬间便联想到了安妮，"她还好吗？"

"她很好，你去哪儿了？"

他耸了耸肩膀，对我说："我们去找了点小乐子，和亨利·诺里斯的一些朋友一起，我们跳了跳舞，吃了点东西，玩了会儿赌博游戏。"

"弗朗西斯爵士也在吗？"

他点了点头。

"乔治……"

他急忙说:"别责怪我,没有人发现,我们十分低调。"

我决绝地说:"要是国王发现,你一定会被驱逐出去。"

他说:"他不会发现的,我知道你是从一个满嘴谎话的马夫那里听来的,我们已经让他闭嘴了,他已经被解雇了,这件事彻底结束了。"

我握住他的手,看着他那双深邃的波琳眼睛说:"乔治,我担心你。"

他笑了起来,笑声非常刺耳,他说:"用不着,我没什么好担心的,我已经别无所求了。"

安妮最终还是没有得到那件王室洗礼服。他们写了封信给凯瑟琳王后,建议她彻底离开国王,信里他们还称她为先王的遗孀。当她看到这个称呼时,愤怒地用笔划破了那封信。他们还威胁她说,如果不让出那件礼服,就再也见不到自己的女儿玛丽公主,他们会把她带到最荒凉的宫殿——林肯郡的巴克登宫殿。但她仍旧没有退缩,她没有承认自己已经不是国王的合法妻子这一事实。在这样的僵局之下,那件洗礼服似乎也无关紧要了,她拒绝把它拱手相让,并声称那是自己从西班牙带来的私人财产,亨利也就放弃了。

我也想起了她,她住在沼泽地旁冰冷的房子里,与自己的女儿分隔两地,而我跟她一样,和自己的儿子被同一个野心勃勃的女人拆散,她坚定不移地做着自认为正确的事情。我突然很想念她,在我最初来到宫廷的时候,她对我很好,就像对待自己的女儿一样,而我背叛了她,像是一个女儿背叛了她的母亲,但我却一直爱戴着她。

1533年秋

黎明时分,安妮开始感到肚子疼,产婆带我径直走进了分娩室。这一路上我推开了无数侍从、律师、文员和官员,他们都在外面焦急地等待着。离门最近的是侍女们,她们负责在王后分娩时协助她,而事实上,她们无所事事,还在讲一些难产的鬼故事来吓唬彼此。玛丽公主也是其中一员,她苍白的小脸上满是一贯的怒容。我认为安妮实在太残酷,居然让凯瑟琳的女儿来见证这个小孩儿的诞生,毕竟他即将取代她的地位。我经过她时,朝她微笑了一下,她漫不经心地向我行了一个稀奇古怪的屈膝礼,如今这也是她的标志了,她不能再相信任何人,她也不会再相信任何人。

房间里面的景象好似地狱一般。他们把绳子系在床柱上,安妮像一个溺水的女人一样紧紧地抓住它们,床单上已经沾满她的血迹。火堆里面填满了柴火,正燃起熊熊烈火,产婆在火炉上方煮着热饮。安妮自腰部往下全部裸露在外面,她汗流浃背,正恐惧得大叫。另外两个正在等候差事的侍女则在一旁焦急地诵经祈福,安妮时不时地发出歇斯底里的叫声。

其中一个产婆跟我说:"她必须休息一下,她可是在打一场硬仗。"

我走到床边,等了一会说:"安妮,休息会儿吧,还要持续好几个小时呢。"

"你来了,是吧?"她把头发往后甩了一下,说道,"我就知道你会赶来的,是吗?"

另一个波琳家的女孩

"我一收到消息就赶来了,我能为你做些什么?"

"我想要你替我生孩子。"她还是那么机智。

我笑了笑说:"这可不行!"

她向我伸出一只手,当我一握住它,她就紧紧反握住我的手,低声说:"上帝呀!帮帮我!我好害怕。"

我安慰她说:"上帝会帮助你的,你即将拥有一位基督教王子,即将诞下一位英国教会的首领,对吗?"

她说:"不要离开我,我害怕得要吐了。"

我高兴地说:"想吐就吐吧,吐了会让你好受点儿。"

<hr />

安妮这一整天都没有休息,她的疼痛感逐渐加剧,我们都知道孩子马上要出来了。她停止了抗争,意识变得模糊起来,但她的身体依旧在发力。我把她抱了起来,产婆为婴儿铺了块布。当孩子的头从安妮的身体里出来时,她高兴得大叫了一声,随后孩子的整个身体便光溜溜地出来了。产婆说:"上帝保佑。"

她低下头,吮吸婴儿的小嘴。我们听到一阵婴儿的啼哭声,安妮和我都紧张得不敢看。

"是一个王子吗?"安妮喘着粗气,用嘶哑的声音问道,"他会成为爱德华·亨利王子。"

产婆坚定地说:"这是一个女孩儿。"

安妮失望地瘫倒下来,我感受到了她全部的重量,我听见自己低声说:"噢!不是吧。"

"就是个女孩儿,"产婆又说了一次,"是个坚强又健康的女孩儿。"她重复说道,似乎就是要将我们打入绝望的深渊。

那一刻我以为安妮晕过去了,她看上去就像死人一样苍白无力。我把她放在枕头上,把她的头发从满是汗水的脸上拨开。"一个女孩。"

"最重要的是孩子很健康。"我尽力控制住自己声音里的绝望。

产婆用布把婴儿包裹了起来,轻轻地拍了拍她,安妮和我听到她哭泣的声音,都不约而同转过头来。

"一个女孩,"安妮惊恐地说,"一个女孩儿能给我们带来什么好处?"

当我告诉乔治这一消息时,他也说了同样的话。而当我告诉霍华德舅舅时,他破口大骂,说我是个无用的荡妇,姐姐是个愚蠢的妓女。整个家族的命运都赌在了这个小孩儿身上,如果安妮生下儿子,那我们会成为英国最强大的家族,能够永远把持王位,但她却生了个女儿。

而亨利的情绪总是深不可测,不愧是国王。他并没有抱怨,只是抱起这个婴儿,称赞说她有一双蓝眼睛、一副结实的小身躯。他非常喜欢她的这双小手,指关节处有小小的凹痕,指甲纤巧。他告诉安妮下次他们会生出一个男孩儿。他很高兴宫廷里又添了一位公主,还是一位如此完美的小公主。他下令把本来要宣布王子诞生的信件改成公主,寄往法国和西班牙,告诉法国国王和西班牙皇帝,英国又迎来了一位小公主。他咬紧牙关,试图不去想他们会在欧洲的宫廷里面怎么传这件事情,人人都会因为这场荒诞的闹剧而嘲笑英国,嘲笑英国国王居然不得不将大权交给一个女孩儿。那天晚上,他把我的姐姐抱在怀里,亲吻着她的头发,叫她亲爱的。此时我却对他无比敬佩,我理解他,他非常骄傲,不希望任何人看到他的失落。我认为他是一个虚荣心极强、经常异想天开的男人,但或许正是由于拥有这些品质,他才成为了这样一个伟大的国王。

在度过了三十六个小时的不眠不休后,我回到了我的卧室,耳边还回

另一个波琳家的女孩

响着父亲、舅舅和哥哥生气和绝望的话语。我看见了威廉,火炉边的桌子上还有一个肉馅饼和一罐小麦芽酒。

他问候说:"我想你一定又累又饿。"

我扑倒在他怀里,把脸埋在他身上,那身亚麻衣衫的气味令人感到十分愉悦。"噢!威廉!"

"怎么啦?"

"他们都好生气,安妮十分绝望,只有国王正眼看了一下那个孩子,但他也只是抱了她一小会儿,一切都太可怕了,噢!天呀,要是个男孩儿就好了!"

他拍了拍我的背:"哦!我的爱人,他们都会缓过来的,他们还会再生个孩子,也许下次就是个儿子了。"

"还要一年,"我说,"还要一年安妮才能从恐惧中解脱出来,还要一年我才能摆脱她。"

他把我拉到桌子边,让我坐了下来,将汤匙放在我手里说:"吃点东西吧,当你吃完后睡一觉,醒来一切都会好起来的。"

"玛奇哪儿去了?"我看了看门口,恐惧地问。

他说:"她正像醉鬼一样在大厅游荡,宫廷为了迎接小王子的诞生,准备了一场盛宴,无论发生什么,宴会都将举行,总得有人吃掉那些食物。如果玛奇参加了宴会,几个小时之内她应该回不来。"

我点了点头,听从他的指示开始吃晚餐。我吃完后,他把我拉到床上,温柔地吻了吻我的耳朵、脖子和眼睑,我完全忘记了那个不受欢迎的女婴,让他张开双臂,环抱着我,我就这样躺在铺盖上睡着了,仍旧穿戴整齐,挣扎于睡眠和欲望之间,不一会儿就睡了过去,梦里我和他翻云覆雨。而这一整夜他都只是抱着我,轻轻地抚摸着我的脸而已。

安妮一从分娩中恢复过来就马上全神贯注地安排照顾伊丽莎白公主。公主住在哈特菲尔德宫殿，我们的姨母安妮·谢尔顿夫人负责在那里建设一间宫廷育儿室，她也是玛奇的母亲，总是事事都能思虑周全。有人曾看见玛丽在暗地里嘲笑安妮，因为她也只是生下了个不得不与她分离的女儿而已，这个女孩儿也必须远离她的父亲、远离她在宫廷中应有的地位。

安妮心不在焉地说："玛丽可以侍奉伊丽莎白，她可以等着做她的侍女。"

我说："安妮，她本身就是一位公主，不可能侍奉你女儿，这完全不合规矩。"

安妮朝我笑了笑，简单地说："愚蠢，这得看我们怎么筹谋这件事。她必须去我命令她去的地方，她必须侍奉我的女儿。要知道我可是当今王后，而凯瑟琳早被遗忘了。"

我问："你就不能休息会儿吗？一定要这样步步为谋吗？"

她朝我苦笑了一下。"你认为克伦威尔家的人会休息吗？西摩尔家的人会休息吗？那位西班牙使者以及他的那些间谍还有那个罪妇会休息吗？他们会对自己说：'虽然她如愿嫁给了国王，但是却诞下了个无用的女儿，接下来我们可有得玩儿了，但是我们先去休息会儿吧。'你觉得可能吗？"

我不情愿地说："不可能。"

她盯了我一会儿说："为何你看上去如此丰腴、如此心满意足？你明明应该为了那笔小小的抚恤金苦苦挣扎、逐渐消瘦下去。"

我忍不住笑出了声，原来她认为我应该过得潦倒才对。我很快回答："我会努力的，但是如果你愿意放我离开的话，我现在想去赫佛看看我的孩子们。"

"噢！你走吧，"她已经厌倦了我的这个请求，"但是一定要赶在圣诞节的时候返回格林尼治。"

在她改变主意之前，我赶紧冲到门边，准备离开，这时她说："告诉亨利他要去一个家庭教师家里学习，必须得到最好的教育，但是可以今年晚些时候再去。"

我停了下来，把手倚在门框上，轻声说："你是说我的儿子吗？"

"是我的儿子，"她纠正我说，"不能让他整个童年时期都在玩耍，你清楚这一点。"

"我想……"

"我已经安排他和弗朗西斯·韦斯顿爵士的儿子以及威廉·布雷顿的儿子一起学习，我听说他俩学得很好，是时候让他跟同龄孩子在一起了。"

我立即说："我不想让他和他们在一起，不能和那两个人的儿子一起学习。"

她扬了扬黑色的眉毛，提醒我："他们都是我宫殿里的绅士，他们的儿子也会追随我，有一天他们也会追随亨利。他应该和他们在一起，这是我已经决定了的事情。"

我很想冲她尖叫，但我捏了捏指尖，让自己的声音听上去柔和甜美。"安妮，他还只是个孩子，他很喜欢和自己的姐姐一起留在赫佛，如果你希望他接受教育，我可以留在那儿，我会亲自教育他……"

"你？"她笑了，"让你教他就像是让护城河上的鸭子教他嘎嘎叫一样。不行，玛丽，我已经决定了，而且国王也同意了。"

"安妮……"

她往后躺了下去，眼睛眯成一条缝，看了看我说道："难道你今年都不想见他了吗？难道你想我现在就把他交给老师？"

"不！"

"那就回去吧,妹妹,我已经做出了决定,你的言辞只会让我倍感疲倦。"

⬟

威廉看着我在那间狭小的栖身之处气得上蹿下跳。我发誓:"我一定要杀了她。"

他背对着门,检查窗户是否关紧了,以防被别有用心之人偷听了去。

"我要杀了她!竟然要把我的宝贝儿子和那两个变态的儿子放在一起,让年幼的他去适应宫廷生活。还命令玛丽公主去侍奉伊丽莎白,紧接着还准备流放我的儿子,她简直疯了,这个野心勃勃的疯女人!我的儿子……我的儿子……"

我喉咙发紧,说不出话来,我屈膝跪了下来,将脸埋在床上的被褥里,无助地抽泣起来。

威廉没有离开门口,依旧保持那个姿势。他让我尽情地哭泣,直到我抬起头,用手擦拭脸上的泪痕时,他才向我走来,单膝跪在我旁边。我将自己埋进他的怀里,他温柔地抱着我,轻轻地摇了摇,仿佛抱着个婴儿一般。

他在我头发边低声说:"我们会把他夺回来的,我们会和他一起过着开心的日子,我们会送他去上学,我们会把他接回家。亲爱的,我保证我们一定会把他夺回来的。"

1533年冬

安妮命人为国王准备了一份奢侈无比的新年礼物，金匠们把它抬到大厅，花了一整个早上才把它安置妥当。他们来到王后的住处，告诉她可以出来验收成果了，安妮朝乔治和我招了招手，示意让我们也跟她一起去。

安妮走在前面，带领我们走下楼梯，来到大厅，这样她就可以打开大门，看见我们的表情。那是一幅令人极其震惊的景象：一座镶有钻石和红宝石的黄金喷泉，喷泉脚下的三个裸女雕像也是用黄金锻造而成，她们的乳头处正在喷水。

乔治敬畏地说："我的天，你这是花了多少钱？"

"别问了，"安妮说，"它看上去非常宏伟，不是吗？"

我不假思索地说："真是宏伟，但是却丑陋无比。"我从乔治震惊的表情里看出他也是这样觉得的。

安妮说："我觉得水流的涟漪会舒缓人的身心，亨利可以把它放在会客厅。"她走近这座雕塑，用手摸了摸它，"他们把它打造得很好。"

我看着三个金光闪闪的雕像说："繁殖能力超强的三个女人正在喷水。"

安妮朝我笑了笑。"一个预兆，"她说，"这是一个提示，也是个美好的愿望。"

乔治冷冷地说："请上帝开开恩吧！有任何恩典的迹象吗？"

她说："还没有，但是一定很快会发现的。"

"阿门!"乔治和我一齐说道,就像路德教教徒一样虔诚。

我们的祷告得到了上帝的回应。一月份,安妮没有来月经,紧接着二月份也没有来。春天里,芦笋开始萌芽,王后顿顿都会吃它,因为据说芦笋芽能够让人生出男孩儿。人们也开始遐想,但没有人敢肯定这是真的。安妮总是带着似笑非笑的表情走来走去,她再次成为了人们关注的焦点,对此她感到十分高兴。

1534年春

宫廷里的所有夏季活动都再次被推迟，万众瞩目的安妮心满意足地把手放在肚子上，安详地坐着，引得人们无尽好奇。宫廷里谣言四起，侍从们议论着安妮是否真的怀有身孕，何时才能分娩。这些谣言让乔治、母亲和我都感到十分困扰。天气炎热，伦敦的街道上满是瘟疫，但是王后怀孕，国王又孤身一人了，这可能会为其他人提供一些往上爬的机会，一想到这里大家都感受到了一股强大的吸引力。

大家都知道今年我们决定去汉普顿宫避暑，于是国王推迟了之前定下要去法国与弗朗西斯商榷条约的行程。

五月份，舅舅召开了一场家庭会议，但他却没有叫安妮，他现在已经完全不能命令她了。然而安妮出于好奇，还是出席了会议，尽管她姗姗来迟，让我们不得不全都坐着等她。她在门口迟疑了一会儿，举止十分优雅。舅舅从主座上站起身来，准备去为她拿一把椅子，但当他一离开，她就不紧不慢地坐在了他的椅子上，一言不发。我拼命压抑住自己，但还是笑出了声来。安妮朝我笑了笑，她最喜欢行使自己至高无上的权力，当然为此她也付出了极大的代价。

舅舅平缓地说："殿下，我把家人召集起来，就是想谈谈你的计划，以便让我清楚你是否真的怀有身孕，准备何时分娩。"

安妮挑了挑黝黑的眉毛，似乎他的问题很失礼。"你是在问我吗？"

"我本来打算问你的妹妹或者母亲,但是既然你在这里,我最好还是直接问你吧。"他说。好在他没有被安妮吓到。他曾经侍奉过更为可怕的君主:亨利的父亲和亨利本人,还直面过冲锋陷阵的骑兵,即便安妮再趾高气昂,他也不会被吓到。

她简单地说:"九月份。"

舅舅说:"如果又是个女孩,他这次一定会很失望。让伊丽莎白越过玛丽成为自己的继承人已经给他带来了很多麻烦,伦敦的人们都拒绝接受这一决定,而且托马斯·莫尔和费希尔主教也一定会和他们一样想。但是如果你诞下男孩儿,那将没有人能剥夺他的权利。"

安妮肯定说:"一定会是个男孩儿。"

舅舅朝她笑了笑说:"我们都希望是个男孩儿。在你即将分娩的那几个月里,国王会另寻他欢,"尽管安妮抬头想要说话,但舅舅还是没有被打断,"安妮,他一定会这样做,你必须镇定一点,不能抱怨他。"

她断然说:"我可忍不了。"

他与她一样决绝:"你必须忍。"

她说:"我们恋爱这些年里,他的眼神从来没有从我身上移开过,一次也没有。"

乔治抬眼看了看我,我却什么都没说,很明显,我根本没有数过有多少次。

舅舅笑了起来,我看到父亲也笑了。

舅舅说:"恋爱是完全不同的。不管怎样,我已经挑选出一个女孩儿去转移他的注意力,是一个霍华德家的女孩儿。"

我感觉自己已经被吓得汗流浃背、脸色苍白,乔治突然低声对我说:"把背挺直!"

安妮尖叫道:"谁?"

舅舅回答说:"玛奇·谢尔顿。"

"噢!玛奇!"我的心跳慢慢舒缓了下来,脸上还闪着光芒,"那个霍华德家的女孩儿。"

"她会让国王无暇看其他女人一眼,而且她清楚自己的地位。"父亲权威地说,一点也看不出来他即将把自己的另一个外甥女也推向通奸的罪恶深渊。

安妮愤怒地说:"这样你的地位便不会动摇丝毫。"

舅舅笑了笑,说道:"没错,但是你又能找谁呢?西摩尔家的女孩吗?既然如此,为什么我们不选择一个能够为我们效力的女孩儿呢?"

安妮简单地说:"这取决于你想把她推到什么样的位置。"

舅舅心平气和地说:"她只会在你怀孕期间负责转移他的注意力,仅此而已。"

安妮警告说:"我不会让她成为他的情妇,她不能住最好的房间、戴最好的珠宝、穿最新的礼服,在我面前沾沾自喜。"

舅舅附和说:"当然,你们女人都知道这对于一个好妻子而言是多么痛苦。"

安妮用漆黑的双瞳盯着他,而他只是付诸一笑,承诺道:"在你怀孕期间,她会转移国王的注意力,只要你返回宫廷,她就会消失得无影无踪。我会为她安排一桩好婚事,亨利很快就会忘了她,就像他很快便会接纳她一样。"

安妮用手指轻轻地敲着桌面,我们都能看出她在和自己抗争。"舅舅,我希望自己可以信任你。"

"我相信你会的。"他看出了她的不情愿,笑了一下,然后转身对着我,他的视线让我感到一阵熟悉的恐惧感。"玛奇·谢尔顿和你住在一起,是吗?"

我回答说："是的，舅舅。"

"告诉她应该怎么做，如何管好自己，"他又转身对乔治说，"你负责将国王的注意力引到安妮和玛奇身上。"

"好的。"乔治轻而易举地领命，好像除了这种勾当，他再也不想在宫廷做其他差事。

"很好，"舅舅站了起来，表明会议即将结束，但他突然说，"噢！还有一件事……"我们都乖乖地等着他继续说下去，但安妮却不管不顾，她望向窗外的庄园，宫廷里的人正在阳光下玩滚木球，国王一如既往是人群的焦点。

"玛丽呢？"舅舅喊了一声。

一听到自己的名字，我就瑟瑟发抖。

"我认为我们应该为她安排一桩婚事，你们觉得呢？"

"如果她能在她姐姐分娩前订婚，我觉得再好不过，"父亲说道，"这样的话，即便安妮不成功，她也不会受到任何影响。"

他们并没有看安妮，她可能又会生下一个女孩儿，从而削弱我们家的地位和财富；他们也没有看我，我就像是农民的一只母牛一样被他们用来交易。他们只是看着彼此，像商人一样达成了协议。

舅舅说："非常好，我会去跟克伦威尔大臣谈谈，她是时候该结婚了。"

✦

我离开安妮和乔治，去国王的宫殿，威廉不在会客室，我又不敢去国王寝宫找他。突然我看见一个抱着鲁特琴的年轻人走过，他是弗朗西斯·韦斯顿爵士的乐师马克·斯米顿，我立刻问他："你看见威廉·斯塔福德了吗？"

他向我鞠了一躬，说："是的，我见过他，凯里夫人，他还在玩滚木球。"

我点了点头,径直走向大厅。当他看不见我后,我穿过一扇通往宽阔露台的小门,沿着石阶走到庄园。威廉正在捡球,比赛已经结束了,他转过身朝我笑了笑,其他玩家也都跟我打了招呼,并向我发起挑战,让我参加游戏。

我说:"噢!来就来,赌注是什么?"

威廉说:"一场一先令,凯里夫人,你已经置身于一群赌徒当中。"

我从钱包里摸出一先令,接着拿起一个球,小心翼翼地让它沿着草地滚动,在即将到达终点的时候,我退了回来,为另一个玩家腾地方,发现威廉就在我身后。

他轻声问:"感觉怎么样?"

我说:"很好,但我需要尽快和你单独聊聊。"

他笑着说:"噢!我也想,我竟然不知道你这么放荡。"

我愤愤地说:"不是那样的!"然后不得不停下来,转移视线,以免被别人看见我绯红的笑脸。我渴望能够触摸他,但我几乎不能站在他身边,也不能伸手去碰他,我小心翼翼地从他身边走开了,好像只是为了能够更加清楚地观赛。

我很早就被淘汰出局,在那之后威廉很快也输了,我们将先令放在草地上,最终的赢家会拿走它们。我们漫步在长长的砾石小路上,呼吸着新鲜空气,朝着河流走去。从宫殿的窗户可以清楚地俯瞰庄园,所以我不敢碰他,也不敢让他牵我的手,我们就像陌生人一样,礼貌地并肩前行。只有当我踏上栈桥时,他才能扶着我的胳膊肘,看上去似乎是为了不让我摔倒。他就这样一直扶着我,即便是这样简单的肢体接触,都已经温暖了我整个身体。

他问:"出什么事了?"

"是我舅舅,他已经开始策划我的婚礼了。"

他的脸一下子就黑了:"这么快?他有心仪的丈夫人选吗?"

"还没有,他们正在考虑。"

"那么在他们找到之前,我们必须有所准备。当他们找到合适人选之后,我们必须向他们坦白,希望能够扛过去。"

"是的,"我顿了一下,瞥了一眼他的轮廓之后,我看向河里,说道,"他吓坏我了,当他说想让我结婚那一刻,我想我必须听从他的吩咐。你知道的,我总是无条件地服从他。所有人都必须听他的话,就连安妮也一样。"

"噢!我的爱人,不要这样,不然我会当着宫里所有人的面把你拥入怀中。我发誓你是我的,我不会让任何人把你从我身边夺走。你是我的,我是你的,没有人可以改变这一点。"

我说:"但是他把亨利·珀西从安妮身边夺走了,他俩可是和我们一样,是结了婚的夫妻。"

威廉说:"他只是个年轻的小伙子。没有人能插足我俩之间。"他顿了一下,继续说:"但是我们必须为此付出代价,安妮会站在你这边吗?如果得到她的支持,我们应该能平安无事。"

"她不会愿意的,"我太了解自己的姐姐,她是那么的自私自利,"但这不会损坏她的利益。"

他说:"那我们就等着被逼上绝路,然后坦白自己的罪行,但在这期间我们也要努力保持这种令人着迷的魅力。"

我笑了起来。"令国王着迷吗?"我以为他打算运用朝臣的伎俩说服国王。

他说:"令我俩对彼此着迷。世界上谁对我最重要?"

我内心无比高兴,低声说:"当然是我,你也是我最重要的人。"

另一个波琳家的女孩
494

　　这天晚上，我们在一个小旅馆的房间里相拥着入睡，当我醒来转向他时，发现他也在靠近我，我们紧紧抱住彼此，慢慢又睡着了，仿佛我们不忍分开一样，即便是在睡梦当中，我们也不忍放开彼此。当我早上醒来的时候，他仍然在我上面，身体的一部分还在我体内，当我在他身下扭动时，我感到他又燃起了熊熊欲火，他想要得到我，我闭上双眼，任由他予取予求，而我为之欲仙欲死。直到清晨的阳光透过百叶窗，楼下院子里的各种噪声警告着我们：是时候该回宫了。

　　我们在一片吵嚷声中逆流而上，在码头上分手，他往下游走了一段路，然后漫步半小时回家，这样便能掩人耳目。我本打算从庄园门进去，溜进自己的房间，及时赶上清晨的弥撒集会，但当我走到房间门口的时候，乔治不知道从哪儿钻了出来，说："谢天谢地，你总算回来了，要是再晚一两个小时，所有人就都知道了。"

　　我赶紧问："怎么啦？"

　　他一脸凝重。"安妮出事了。"

　　"我这就去找她。"说完我迅速沿着走廊跑去，我敲了敲安妮的卧室门，把头伸了进去。这个富丽堂皇的房间里只有她孤零零一人，脸色苍白地躺在床上，一动不动。

　　她不高兴地说："噢！你终于来了，进来吧。"

　　我走进房间，乔治随后紧紧地关上了门。

　　我问："出了什么事？"

　　她简单地说道："我在流血，感到十分疼痛，就像分娩时一样，我想他要离开我了。"

　　她的话语透露出无尽的恐惧，这让我觉得实在难以接受。我此时还能摸到自己凌乱的头发、闻到威廉在我每一寸肌肤上留下的气息,昨晚的情事和这场破晓的灾难形成了鲜明的对比,我实在承受不住,于是我转向乔治,寻求安慰。

我说:"我们应该找个产婆。"

安妮像一条蛇一样嘶嘶地说:"不要!你难道不明白吗?如果我们把那群人喊进来,那就等同于告诉了全世界,到那时没有人能确信我是不是真的怀有孩子,人们一定会觉得这就是个谣言,我不能冒险,让别人知道我失去了这个孩子。"

我毫不客气地对乔治说:"这不对!我们现在谈论的可是个活生生的孩子,我们不能因为担心丑闻就让他无辜死去,来!我们把她抬到后面的小房间去,里面不能有任何好东西,你把她的脸遮住,把窗帘拉起来,我去找个产婆来,我会告诉她这只是个宫里的女仆,一个毫不重要的人。"

乔治迟疑了,说:"如果这是个女孩儿,那根本不值得冒这个险。如果这胎又是个女孩儿,还不如死了好。"

"乔治!看在上帝的分上不要这样想。这可是个孩子,是一个灵魂,是我们的外甥或是外甥女,可以的话我们要竭尽全力挽救。"

他的脸看上去十分冷漠,那一刻他根本不像我心爱的哥哥,而像是宫里那些冷血无情的人,只要能保全自己,他们可以签署任何死刑令。

我哭喊着说:"乔治!如果这是另一个波琳家的女孩,她有权像我和安妮一样活着。"

他无奈地说:"好吧,我来把安妮抱进去,你去找产婆,一定要慎之又慎,你会派谁去找?"

我脱口而出:"威廉。"

他烦躁地说:"哦!天!威廉!一定要让他知道我们所有的事情吗?他认识产婆吗?怎么可能找得到?"

另一个波琳家的女孩
4.96

我斩钉截铁地说:"他会去妓院里找,那里一定急需产婆,并且他会因为爱我而保守秘密。"

乔治点了点头,朝床边走去,我听见他低声细语地向安妮解释这一切,她喃喃地回应了他。我跑出房间,来到大殿后门,等待随时可能出现的威廉。

不一会儿我在门边碰上了他,让他去找个产婆。不到一小时他就回来了,身边还有个极其干净的年轻女人,她还带了一小袋瓶子和药草。

我把她带进乔治侍从睡觉的小房间,她在黑暗的房间里四处看了看,有些畏缩。眼前的这一幕看上去十分荒诞,乔治和安妮急匆匆地在宫里的服装盒里寻找面具,来掩盖她那张出名的面孔,但安妮绝不愿选择那些简陋的面具,最后他们找到了一个金鸟面具,之前她和法国国王共舞时曾经戴过。房间里,安妮躺在一张狭小的床上痛苦地喘着粗气,烛光只照亮了她的半个身子,被单下的大肚子紧紧地绷着,再往上是一个金光闪闪的鹰形面具。这只老鹰有着金黄色的喙和张扬的眉羽,这一切看上去就像某幅可怕的道德图画里面的场景,安妮的面孔仿佛正是画家笔下对贪婪和虚荣的集中阐释,她漆黑的眼睛在金色的面具下闪闪发光,两条白色的大腿一直无力地张开着,下面的床单血迹斑斑。

这个年轻的产婆凝视着她,尽量不去碰她。她直起身子,问了一连串关于疼痛的问题,痛感来得有多快、有多强、会持续多久。她说自己可以制作一种药酒,能让安妮入睡,这样或许能救下这个孩子,因为只要她的身体进入了休息状态,也许这个孩子也能休息一下,但她听上去不太乐观。安妮戴着这个毫无表情的黄金面具,从这个女人身上转而看向乔治那张苍白的脸,什么也没说。

产婆在火炉上煮了这种药酒,乔治一直抱着安妮,让她喝了一大杯,直到她往后靠在他肩上,那个可怕而又金光闪闪的面具看上去有一种耀武扬威的感觉。产婆轻轻地给她盖上了被子,然后走到门边,乔治也轻轻地放下安妮,跟我们一起走了出去。乔治说:"我们不能失去她,我们不能忍受失去她的痛苦。"那一刻我从他的声音里听出了他对她的爱。

那个女人只是说:"让我们一起为她祈祷吧,她的命现在掌握在上帝手中。"

乔治说了些我们都没听清的话,而后转身回到卧室。我送这个女人出了门,让威廉带她穿越这个又长又黑的走廊,去往宫殿大门。我回到房间,乔治和我分别坐在床的两边,安妮睡了过去,睡梦之中她还在痛苦地呻吟着。

我们必须把她带回自己的房间,还得传出她身体不适的消息。乔治在她的会客室打起了牌,看上去这个世界都与他毫无关联。那些女士依旧在房间里调情、玩游戏、掷骰子,仿佛所有事情都跟往常一样。我在安妮的寝殿里,坐在她旁边照顾她,并以她的口吻派人给国王传了条消息,说她很疲惫,晚餐前会去见他。乔治故作漫不经心,我又无缘无故失踪,这一切都警醒了我们的母亲,她赶紧来找安妮,当她一眼看到躺在满是血迹的床单上的安妮时,她的嘴唇立刻发白了,这时的安妮吃了药已经安然入睡。

我绝望地说:"我们已经竭尽全力了。"

她问:"还有其他人知道吗?"

"没有,甚至连国王都不知道。"

她点了点头说:"那就继续保守这个秘密。"

另一个波琳家的女孩

时间慢慢流逝,安妮身上逐渐出汗,我开始怀疑那个狡猾女人的药酒,我把手放在她的额头上,掌心传来一阵灼热,我看向母亲,说:"她身上太烫了。"母亲耸了耸肩,不知所措。

我转身看向安妮,她的头在枕头上痛苦地转来转去,接着她毫无预兆地坐了起来,弯曲着身子,极其痛苦地呻吟着。母亲掀开被子,我们看到鲜血长流,还有一摊不知为何物的东西。安妮倒了下去,立刻哭了出来,她的哭声听上去那么伤心、那么痛苦,她的眼皮一直颤抖着,整个身体慢慢静止了下来,一动不动。

我再次摸了摸她的额头,把耳朵贴近她的胸膛,听到她的心脏稳定而强烈地跳动着,但是她却紧闭着双眼。母亲的脸看上去冷得像块石头,她把这张血迹斑斑的床单卷起来,和那些乱七八糟的东西包在一起,转身走向了那个壁炉,然而夏日里这个小火炉的火显然并不够大。

她简明扼要地说:"过来添把火。"

我看向安妮,犹豫了一会儿,说:"但她身上太烫了。"

她却说:"目前这才是最重要的事情,必须在任何人发现之前,把它们都销毁干净。"

我把柴火放进了火炉里,把已经烧得通红的余烬翻了过来。母亲跪在炉子边,将床单撕成条状,扔进火炉里,立即就被火烤弯,嘶嘶地化作灰烬。她耐心地撕了一条又一条,直到她发现那捆污秽之物中间那坨可怕的、黑乎乎的脏东西原来是安妮的孩子,她对我说:"继续加柴。"

我恐惧地看着她。"难道我们不应该埋了……"

"赶紧加柴,"她朝我啐了一口,"如果大家知道她没能保住这个孩子,你觉得我们还能活几天?"

我看着她的脸,看出了她意志十分坚定,于是我把那些带有香味的小冷杉球果堆在火上,炉子里立刻燃起了熊熊烈火。我们将这捆污秽之物扔了进去，就像是一对老巫婆一样蹲在那里，看着与安妮孩子相关的所有东西都被大火烧成灰烬，好像是可怕的诅咒。

床单烧完之后，那种嘶嘶的声音也消失了，母亲又往地板上撒了些冷杉球果和草药，来净化房间里的气味，然后她转身看着她的女儿。

安妮醒了，她用一只胳膊支起身子，目光呆滞地看着我们。

"安妮？"母亲喊了一声。

我姐姐艰难地望向她。

母亲平和地说："你的孩子已经死了，他已经离开了，你一定要好好休息，养好身体，我希望你能够在一天之内振作起来，你听见我的话了吗？如果有人问你关于孩子的问题，你就说你自己搞错了，你并没有怀孕，你从来没有宣布过自己怀孕了，但毋庸置疑的是你一定会很快怀上孩子的。"

安妮茫然地看着母亲，那一瞬间，我突然害怕那杯药酒、那阵疼痛和之前的高烧已经把她逼疯了，以后她什么也看不清、什么也听不懂了。

母亲冷漠地说："对国王也是这番说辞。你只需告诉他，自己搞错了，你并没有怀孕，这个错误不至于让你获罪，而流产却是罪不可赦的。"

安妮的表情没有丝毫变化，对于母亲的说辞，她甚至没有抗议，我以为她聋了，于是我轻轻地喊了喊她："安妮？"

她转向我，当她看见我震惊的眼神和脸上的污垢时，我发现她的表情稍微有所变化，她知道发生了一件非常可怕的事情。

她冷冷地问："为什么你看上去乱七八糟的？你是不是出什么事了？"

母亲说："我去告诉你舅舅。"她在门口停下脚步，回过头望着我，冷漠地说："她做了什么？怎么会突然流产？"她就像是在问一块瓷器碎片一样。"她一定做了什么，才会失去这个孩子，你到底知道些什么？"

这时，我想起了她以前干过的那些龌龊勾当，她曾日日夜夜地勾引国王，伤透了他妻子的心，还毒死了三个男人，害死了红衣主教沃尔西。想到这里，我说："她没干出什么大不了的事。"

母亲点了点头，离开了房间，她甚至没有碰一下她的女儿，也没有再对我们任何一个人说一个字。安妮空洞的目光落回到我身上，她的脸就如同那个金色的鹰头面具一样毫无表情。我在她床头跪了下来，向她伸出双臂，她还是没有露出任何表情，但是她慢慢地向我靠过来，将她沉重的头靠在我的肩膀上。

✦

我们花了一天一夜的时间才让安妮重新站起来。我们放出消息说安妮受了风寒，国王便从未出现过，但是我的舅舅却没有那么好骗，他径直踏进了安妮的寝殿，仿佛她还只是个波琳家的女孩，我看到她的眼里因舅舅的大不敬而燃起的熊熊怒火。

他单刀直入："你母亲已经告诉我了，怎么能发生这种事？"

安妮转过头说："我怎么知道？"

"你没有向那些狡猾的女人打听如何能够怀孕？没有用过任何药剂、草药之类的？没有召唤鬼魂、诅咒他人？"

安妮摇了摇头说："我不会碰这些东西，你可以去问任何人，可以去问我的神父，去问托马斯·克兰默，我和你一样在乎我的灵魂。"

他严肃地说："我更在乎我的脖子，你可以发誓没有做那些事情吗？因为有一天我也必须为了你而起誓！"

安妮闷闷不乐地说："我发誓。"

"尽快好起来，另外再怀一个，最好是个男孩儿。"

她极其怨恨地盯着他，他竟然被她的眼神吓坏了。她咆哮起来："多谢你的建议！我之前就做过这样的事，我必须尽快怀孕，必须足月出生，还必须是个男孩儿，舅舅，谢谢你，我自己清楚！"

她把脸移开,盯着床上那富丽的帷幔,他等了一会儿,朝我冷笑了一声就走了出去。我关上门,屋里只剩下安妮和我两个人。

当她看着我时,我发现她的眼里充满了恐惧。她轻声说:"要是国王不能得到一个合法的儿子怎么办?这段时间他从来没有和她睡过,这全是我的责任,届时我会受到怎样的惩罚?"

1534年夏

七月的头几天里,每天早上我都感到不舒服,乳房摸起来十分柔软。一天下午,我们待在一个阴暗的房间里,威廉亲了亲我的肚子,用手拍了拍我,说:"我的爱人,你是怎么想的?"

"想什么?"

"当然是这个鼓起来的小肚子。"

我把头转向一边,这样他就看不到我脸上的笑容。"我没有注意到。"

他直截了当地说:"我可是注意到了,现在你告诉我,你已经知道多久了?"

我承认说:"两个月了,我一直在喜悦和恐惧之间苦苦挣扎,因为我觉得他来得不是时候。"

他把我拥在怀里说:"永远不要感到恐惧,这是我们斯塔福德家的第一个孩子,他会给我们带来最大的快乐。我简直高兴坏了,无论这胎是个放牛的男孩儿,还是个挤奶的女孩儿我都喜欢,要知道你可是个如此聪慧的女孩儿。"

我好奇地问:"你难道不想要个儿子吗?"这是波琳家人亘古不变的话题。

他轻快地说:"如果你生了个儿子,那我就想要个儿子,我的爱人,无论男女,我都喜欢。"

国王和安妮离开后，我如愿离开了宫廷，去赫佛看我的孩子们，和他们一起度过整个七月和八月。我和威廉度过了最快乐的一个夏天，我们一直和孩子们待在一起。到我们回宫的时候，我的肚子应该已经高高隆起，所以我不得不将这件事情告诉安妮，希望她能把我从舅舅的怒吼声中挽救出来，毕竟我帮她一起向国王隐瞒了她流产的事情。

我非常幸运，当我到达格林尼治时，国王正在狩猎，宫廷里的大部分人都随他出去了。安妮坐在庄园草丛里的长椅上，头顶还搭了个遮阳篷，有一群乐师在为她弹奏曲子，还有一个人在为她读爱情诗。我停下了脚步，再次看了看他们，比起我印象中的样子，他们忽然老了不少，这里再也不是一个满是年轻人的宫廷。与凯瑟琳在位时不同，这些人都被精心调教过，他们变得更加奢靡、更有魅力，嘴里只会说一些好听的话，人与人之间充斥着一股子热气，而这并不是夏末的阳光或者美酒造成的。它已经变成了一个虚伪的宫廷、一个年迈的宫廷，甚至几乎可以说是腐败的宫廷，似乎任何事情都会发生。

安妮用手遮住眼睛说："原来是我的妹妹！欢迎回来，玛丽，你过够乡村生活了吗？"

我用披风包裹着身子。"是的，我想来晒晒你宫里的阳光。"

安妮咯咯地笑了起来，她说："非常好，我真应该把你训练成一个真正的侍女。我儿子亨利过得怎么样？"

我咬了咬牙，她就知道我会作此反应。我对她说："他让我向你传达他的爱意和敬意，他用拉丁文给你写了封信，真是个聪明的孩子，老师对他十分满意，今年夏天他还学会了骑马。"

安妮说："非常好。"她显然不想再搭理我了，转身看向威廉·布雷顿说:"'dove(鸽子)'这个词不够好,如果你不能找到一个能够和'love(爱人)'搭配的词,那我就不得不把奖颁给托马斯爵士了。"

他建议说:"shove(推搡)怎么样?"

安妮笑出了声。"那成了什么意思?我最亲爱的王后,我唯一爱的人,我渴望用心地推你一把?"

托马斯爵士评论说:"'Love(爱人)'这个词很难,在诗歌中,没有其他词能够和它搭配。"

安妮提议说:"marriage(婚姻),这个词。"

"'Marriage(婚姻)'和'love(爱人)'显然不能匹配,'marriage(婚姻)'是完全不同的一个词,首先它有三个音节,而'love(爱人)'只有一个。其次,它和音乐根本搭配不起来。"

安妮说:"我的婚姻就能搭配音乐。"

托马斯爵士低下头说:"您的所有东西都能搭配音乐,但是这个词在韵律层面真的起不到任何作用。"

安妮说:"托马斯爵士,奖品归你所有,你不用再奉承我,也不用再为我写诗了。"

他赶紧跪在她面前说:"这是我的真心话,不是在奉承您。"安妮从腰间掏出一条小金链子赐给了他,他吻了一下,把它塞进了上衣口袋里。

安妮说:"现在,我要在国王打猎回来之前去换衣服,和他共进晚餐。"她站了起来,望了望四周的女士们,问道:"玛奇·谢尔顿去哪儿了?"

现场一片寂静,但她似乎明白了什么。"她去哪儿了?"

其中一个女士回答说:"殿下,她和国王一起去打猎了。"

安妮扬起眉毛,瞥了我一眼。舅舅已经把玛奇送给国王当情妇,而我是她宫里唯一一个知情的人。本来她只能在安妮怀孕期间扮演这个角色,但现在看起来她似乎正在打着自己的小算盘,一步一步往上爬。我问她:

"乔治在哪儿?"

她点了点头,这才是问题的关键,她回答说:"和国王在一起。"我们都知道乔治绝对会保障安妮的利益。

安妮点了点头,起身返回宫里。一提到国王和另一个女人在一起,午后的轻松氛围就已经消逝了。安妮的肩膀十分僵硬,脸色看上去也十分阴沉,我和她一起并肩走向她的寝殿,正如我所希望的那样,她示意那些侍女在会客室等候。我和她走进了卧室里,门一关上,我就对她说:"安妮,我有事情要告诉你,请你帮帮我。"

"什么事?"她坐在金色的镜子前,把兜帽摘了下来,一头黑发散落在她肩上,她继续说:"过来为我梳头。"

我拿起一柄梳子,轻轻地为她梳着头发,希望让她觉得舒服一点,然后我言简意赅地说:"我嫁给了一个男人,而且现在我正怀着他的孩子。"

那一刻她一动不动,我甚至以为她没有听见我的话。一瞬间,我真的祈求上帝,她没有听见我说的话算了。她转过身,那张脸就像是被雷击中了一样,她朝我吼道:"你都干了什么?"

我回答:"我结婚了。"

"没有经过我的允许?"

"是的,安妮,我很抱歉。"

她抬起头,盯着镜子里的我问:"和谁?"

"威廉·斯塔福德爵士。"

"威廉·斯塔福德?国王的那个侍卫?"

我回答说:"是的,他在罗奇福德旁边有个农场。"

"他什么也不是。"我从她的声音里听出了她的愤怒之情。

我说:"国王授予了他骑士称号,他是威廉爵士。"

她再次吼道:"还是什么也不是,你还怀了他的孩子?"

另一个波琳家的女孩

我知道那才是她最愤怒的原因,我恭顺地回答说:"是的。"

她跳了起来,拉开了我的斗篷,看到我高高隆起的肚子。"你这个婊子!"她朝我吼道。她的手臂已经往后扬起,作出打我的准备,我僵在那里,预备要接受这一巴掌,她用尽全力打过来,我脖子扭得生疼,往后倒退几步,瘫在了床上。她像一个战士一样站在我身旁问道:"你怀孕多久了?这个杂种什么时候出生?"

"三月份,"我回答说,"他不是个杂种。"

"你就像一匹肥胖的母马一样堂而皇之地来到我的宫里,你是想来嘲笑我吗?你打算做什么?你是不是要告诉全世界,你才是波琳家那个能生育的女孩,而我只是一块贫瘠的土地?"

"安妮……"

没有什么能够阻挡她继续谩骂下去。

"去跟全世界的人说你又怀上了吧!你竟敢在这里侮辱我,侮辱我们整个家族!"

"我已经嫁给了他,"我的声音因她的盛怒显得有些颤抖,"我为爱嫁给了他,安妮,求求你,不要这样,我爱他,我可以远离宫廷,但是请让我看看……"

她甚至没有听我说完,继而咆哮道:"是的,你会离开宫廷!我真希望你能下地狱,你赶紧离开,永远不要回来!"

"我的孩子们。"我上气不接下气地说完了这句话。

"你可以和他们道别,但我绝不会让你抚养我的外甥、外甥女。你在我们家一文不值,永远不知道天高地厚,你就是个被情爱拖累一生的傻子!为什么要嫁给威廉·斯塔福德?为什么不嫁给一个马厩的小厮?或者赫佛磨坊的工人?既然你想打击报复,为什么找到一个国王的侍卫就停了下来呢?你还可以去嫁给队伍里的士兵呀!"

我逐渐被愤怒的情绪所掌控，被她打过的脸颊还是火辣辣地疼，我说："安妮，我警告你不要再说了，我听不下去了。我为爱嫁给了一个好男人，正如玛丽·都铎公主为爱嫁给萨福克公爵一样。为了我们的家族，我结过一次婚，当国王注意到我时，我按照他们的指示去做了，如今我只想为自己而活，安妮，只有你可以帮我对抗舅舅和父亲。"

她问："乔治知道吗？"

"他不知道，我还没有告诉他，我只来找了你，只有你能帮我。"

她发誓说："我绝不可能帮你，你不是为了爱情嫁给了个穷人吗？你可以靠爱过活呀，赶紧去他在罗奇福德的那个小农场，在那里待到老死直至身体腐烂。当父亲、乔治或是我来到罗奇福德时，请你一定不要出现在我们的视线之中。玛丽，你会被逐出宫廷，永世不得回宫。你已经毁了自己，我已经认定了这个事实。你赶紧走！我没有你这个妹妹。"

"安妮！"我大叫了一声。

她怒不可遏地看着我，问道："难道要我让侍卫把你扔出去吗？我发誓我一定做得出来！"

我跪了下来。"我想带走我的儿子。"这是我唯一的请求。

她愤怒地说："他是我的儿子！我会告诉他他母亲已经死了，让他称呼我为母亲。玛丽，你已经为了爱情失去了所有，我希望你所谓的爱情真的能给你带来快乐！"

此时的我已经无话可说，我笨拙地站了起来，沉甸甸的肚子让我很难站稳，她就这样眼睁睁地看我挣扎着，好像她不但不会帮我，还时刻准备要推我一把。我转向门口，用手扶着门把手，进退两难，生怕她改变主意。"我的儿子……"

她说："赶紧走！对我来说你已经死了。不要靠近国王，否则我会告诉他，你是个多么无耻的婊子。"

另一个波琳家的女孩

我溜出门去，回到了自己的卧室里。

玛奇·谢尔顿正在镜子面前换衣服，她听见我开门的声音，就转过身来，年轻的脸上带着灿烂的笑容。她留意到我冷酷的表情，睁大了双眼。她的表情说明了一切，我们之间有着巨大的年龄差异、地位差异、在霍华德家的角色差异。她是个很有利用价值的年轻女孩儿，而我是一个结了两次婚的女人，在二十七岁的年纪就有了三个孩子。我被家人赶出家门，唯一可以依靠的只有一个男人，而他也只有一座小农场。我曾经也有过她这样的机会，但是我把它搞砸了。

她问："你生病了吗？"

我简单地说："我完了。"

她徒劳无功地说："噢！我感到很遗憾。"

我冷酷地笑了一下，说道："没关系，是我自作自受。"

我把斗篷扔在床上，她看到了我隆起的大肚子，吓得倒抽了一口气。

我说："是的，如果你想知道的话，我可以直接告诉你我怀孕了，而且已经结婚了。"

她低声问："王后同意了吗？"我们都知道王后最讨厌能生的女人。

我说："她不怎么高兴。"

"你的丈夫是谁？"

"威廉·斯塔福德。"

她那双黑色的眼睛闪闪发光，她说其实自己平日里观察到的事情远远比告诉我的多得多。她接着说："我为你感到开心，他是个英俊的男人，也是个好人，我还以为你在暗恋他，所以这些夜里……"

我只答道："是的。"

"那现在怎么办呢？"

我回答说："我们必须在这个世界上开辟出一条属于我们自己的路。我们要回去罗奇福德，他在那儿有个小农场，我们可能会过得很好。"

玛奇难以置信地问："在一个小农场里？"

我突然活力满满地说："是的，为什么不呢？宫殿和城堡之外，还有其他可以生活的地方。除了宫廷，其他地方也有音乐，我们也能随之起舞，还不用总是等待国王和王后。我已经在宫廷里待了小半辈子了，在这里浪费掉了我的少女时光和成年后的那些日子。虽然我会因为自己即将变成一个穷光蛋而感到遗憾，但是如果以后我怀念起这里的生活，那我才是无可救药。"

她问："那你的孩子们呢？"

这个问题把我击倒了，就像是一记重拳打在了我的肚子上。我弯下膝盖，瘫倒在地板上，紧紧地抱住自己，好像我的心脏随时会炸裂开来。我低声喊着："噢！我的孩子们。"

她问："王后要把他们留下来吗？"

我说："是的，她要把我的儿子留下来。"我本想再说些什么，但对我而言那实在太痛苦了。我本来可以告诉她，因为王后自己无法生下儿子，所以她把我的儿子扣了下来，一直以来，她都在竭尽全力地夺走我的东西，她总是夺走我的一切。表面上我们是亲姐妹，但是实际上却是对方最致命的敌人。我们会无休止地盯着对方的盘子，生怕对方碗里有块更大的肉。我拒绝继续活在安妮的阴影里，为此她惩罚了我，她知道自己夺走了我在这个世界上最重要的东西。

我说："至少我可以逃离她的魔爪，逃离这个家族的勃勃野心。"

玛奇睁大眼睛瞪着我，看上去就像一只小鹿一样天真无邪。她问我："但是逃到什么地方去呢？"

很快，安妮就宣布了我离开的消息。在我离开宫廷之前，父亲和母亲都不愿再看我一眼，只有乔治赶来马厩，看着我的行李被搬上推车。威廉把我抱上马，然后也骑上了自己的坐骑。

"记得给我写信，"乔治担心地皱着眉头问，"你真的可以长途跋涉吗？"

我回答说："我可以的。"

威廉也安慰他说："我会照顾好她。"

乔治不满地说："目前为止你都干得很不好，她已经彻底被你毁了，失去了抚恤金，被驱逐出宫廷，永远不能回来。"

我看见威廉的手紧紧地握着缰绳，他的马踟蹰不前。他冷静地说："这一切不是我做的，全是拜王后和你们波琳家的狠毒与野心所赐。要是玛丽出生在这片土地上的其他任何家族，她都有权嫁给自己选择的男人。"

我在乔治回答之前迅速说："别说了。"

乔治屏住呼吸，低下头，承认道："我们确实没能好好待她。"他抬头看着高高骑在马背上的威廉，露出那个沮丧而又迷人的波琳笑容，继续说："我们只会为自己的目标筹谋，完全不顾她开心与否。"

威廉说："我知道，但我不会这样做。"

乔治看上去深情而不安，他说："我希望你们能告诉我真爱的秘密，你俩明明即将骑往世界的尽头，但看起来仿佛刚得了个贵族头衔一样。"

我把手伸向威廉，他紧紧地握住我的手，我说："我只是找到了我爱的男人，再也不会有谁比他更加爱我，也不会有谁能够比他更加真诚。"

乔治说："那就走吧！"这时货车往前走了走，他摘下帽子向我告别，继续说："你们一定要幸福地在一起，我会尽力去看你们，给你们带一些抚恤金。"

我说:"我想要的只有我的孩子们。"

"我会努力说服国王,也许你也可以给克伦威尔写信,我还会跟安妮争取。不会一直这样的,你会回来的,是吧?你会回来吗?"

他的口吻听上去有点奇怪,似乎他根本不是在承诺会协助我安全地回到宫廷,而是害怕失去我。他听上去不像是宫廷里达官贵族中的一员,更像是一个被遗弃在危险地界的男孩。

"保重,"我突然打了个寒战,"离坏人远一点,看好安妮!"我的直觉没有错,他脸上就是挂着一种恐惧的表情。

"我试试看,"他的声音充满了空洞的自信,"我试试!"

马车穿过了一座拱门,我和威廉并肩骑在后面。我回头看了看乔治,他看上去那么年轻,渐渐地,他的身影离我们越来越远,他朝我招手,好像还说了些什么,但是马车的轮子在鹅卵石上吱吱作响,还混有马蹄声,所以我没有听清。

我们走上了大路,威廉拍了拍马,加速前进,很快我们便超越了那辆缓慢行驶的货车,也不用再忍受车轮上的灰尘。我的马本来可以跟上去,但是我阻止了它,我用手套的背面擦了擦脸,威廉侧身看着我,温柔地问:"不后悔吗?"

我说:"我只是有点担心他。"

他点了点头。他无法向我保证乔治一定会安然无事,因为他对乔治的宫廷生活了如指掌。乔治与弗朗西斯爵士谈情说爱,还组建了龌龊的朋友圈子,一起酗酒、赌博、嫖娼,这些都已经成为公开的秘密。这个圈子里,越来越多的人正在愈加疯狂地为所欲为,乔治正是他们中间的一员。

"我也担心安妮。"担心这个像驱逐乞丐一样把我赶出宫廷的姐姐,这样一来,在这个世界上她就只剩下一个朋友了。

威廉俯身过来,把手放在我的手上,说:"走吧。"我们把马头转向河

另一个波琳家的女孩

边往下游骑去,静静等待一艘可以渡我们过河的船。

✦

一大早我们便在绍森德利镇下船,经过这一段长长的水路,马匹被冻坏了,显得十分焦躁,我们骑着它们,向北一路奔向罗奇福德。威廉带我们走了一条小路去往他的农场。清晨,我们被薄雾笼罩着前行,地面潮湿阴冷。这是一年中最不适合来乡村的时候,我们即将在小农舍里度过漫长而寒冷的冬天,哪儿也去不了。未来的六个月里,我湿乎乎的裙子几乎是干不了的。

威廉回头看了我一眼,笑着说:"亲爱的,把背挺直,瞧你一副无精打采的样子,太阳很快就出来了,我们会没事的。"

我努力挤出一个笑脸,挺直脊背,拍了拍马继续前行。在前方,我可以看到他农舍的茅草屋顶。我们翻越了一个隆起的山坡,又穿越了整整五十英亩的土地,脚下的河流一直往低处流去,终于,我们看到了那间小农舍,马厩和谷仓都还和我印象中的一样整洁。

我们沿着道路骑行到门口,威廉下马打开了大门,一个小男孩冒了出来,疑惑地看着我们俩,而后他坚定地说:"你不能进来,这个农场属于威廉·斯塔福德爵士,他可是宫廷里的贵人。"

威廉回答说:"谢谢你,我就是威廉·斯塔福德爵士,告诉你的母亲你是个很称职的守门人,跟她说我回来了,还带回了我的妻子,我们需要面包和牛奶,还有一些培根和奶酪。"

这个男孩又问:"你真的是威廉·斯塔福德爵士?"他想要证实这件事情。

"是的。"

"那她可能还会为你杀一只鸡。"说完他撒腿就跑,穿过田野,钻进了半英里外的一间小木屋里。我骑着捷丝蒙穿过大门，进入了马厩，威廉把我抱下马，把缰绳扔在一个马桩上，接着把我带进了农舍，厨房门是开着的，我们一起走了进去。

"坐下来，"威廉边说边让我坐在炉边的椅子上，"我很快就能点燃它。"

我说："完全用不着，要知道我现在是一个农夫的妻子，我来点火，你去看着马匹就好。"

他迟疑了一会儿说："我的小傻瓜，你知道怎么生火吗？"

我假装愤慨地说："赶紧走！离开我的厨房，我需要把这里都整理好。"

✦

眼前的这一切就像是过家家一样，就像我的孩子们在一个蕨叶娃娃屋里玩角色扮演的游戏一样，但此时此刻这是一座真的房子，对我来说也是一个真的挑战。我在炉篦里找到了引火物，花了大约十五分钟耐心又辛勤的努力，才把火点燃。木头上燃起了小小的火焰，烟囱依旧冰凉，但是风向刚好，马上就能燃起来。威廉从马厩里出来，恰巧碰上了那个从小木屋返回来的小伙子，他带来了一包食物，用薄布包裹着。我们将所有食物都放在木桌上，饱餐了一顿，威廉还从楼梯下的酒窖里拿出一瓶酒，我们相对而饮，祝彼此都能健康长寿、有一个好未来。

✦

威廉在宫廷期间，请了一家人来为他管理农场，他们做得很好，绿篱修剪得很漂亮，沟渠很通畅，草地上的干草已经被割掉了，全都放在谷仓里。秋天里，我们会宰杀几头年纪大一些的牛羊，腌制或者熏制它们的肉。我们还在院子里养了些鸡，棚子里养了些鸽子，小溪流里还有许多鱼。只需要几便士，我们还能去到河边，从渔民那里买到海鱼。这里真是一座欣欣向荣的农场，住起来非常惬意。

那个小男孩的母亲叫梅根，她每天都会过来帮我干活，教我一些必备的技能。在她的教导下，我学会了如何搅拌黄油，如何制作奶酪，如何烤面包，如何拔去鸡、鸽子、野鸟身上的毛，我本以为自己能轻松愉快地学会这些技能，但是我却感到筋疲力尽。

我发现手上的皮肤变得极其干燥、坚硬，不仅如此，透过那块小小的玻璃镜子，我看到自己的脸由于风吹日晒逐渐变了颜色。每天干完活后，我一沾床就睡着了，而且一夜无梦。一个筋疲力尽的女人或许就是如此吧。尽管每天我都过得很累，但也都有大大小小的新成就。我非常喜欢自己的工作，因为它可以为我们带来食物和金钱。我喜欢和威廉一起打造一片属于我们自己的天地，我喜欢去学习那些贫苦女人从小就要学会的技能。当梅根问起我是否会怀念宫廷里那些华贵衣物和漂亮礼服时，我想起了那些痛苦的日子。那时，我不得不和自己不喜欢的男人跳舞，和自己不爱的男人调情，有时会打打牌，输点钱，一直努力讨好身边的每个人。但在这里只有威廉和我，我们轻松自在地生活，就像林中的两只鸟儿一样，这一切都和他之前向我承诺的一模一样。

唯一让我感到难过的是失去自己的孩子，我每周都会给他们写信，每个月都会给乔治或者安妮写信，希望他们一切安好。我还给托马斯·克伦威尔大臣写了信，请求他去说服我的姐姐，让我回到宫廷，但我绝不会后悔自己所做的选择，我不会假装道歉，好让他们同意我的请求，我写不出那样的文字，无法告诉他们自己后悔爱上了威廉，因为我对他的爱意明明每天都在增加。在这样一个买卖妇女的世界里，我找到了一个我爱的男人，为爱嫁给了他，我永远都不会觉得这是个错误的决定。

1535年冬

圣诞节那天，我收到了一封来自我哥哥乔治的信：

亲爱的妹妹：

我向你致以节日的问候，希望你在农舍里也能和宫廷里的我过得一样好，或许可以过得更好。

最近，安妮过得有点辛酸。你还记得那个和国王跳舞的西摩尔女孩简吗？那个女孩总是低着头，看上去无比乖巧，而她一抬头，便令许多人为之惊艳。国王就在安妮的眼皮子底下和她厮混，她非常不高兴，曾经朝他大发过几次脾气，但却不像以往那样能让他感动落泪。现在的他还能够忍受她的不满，每次她发完脾气之后，他只是淡定地离开她，你能想象到她有多么愤怒。

我们的舅舅知道国王又有了外遇，显得十分警惕，赶紧把玛奇·谢尔顿塞给了他。国王就这样周旋在两个女人之间，左右为难，因为她俩都是王后宫里的人，而且一直在闹矛盾，所以他觉得外出打猎更为安全，不会被她们打扰，任由她们哭闹、尖叫，胡乱抓挠对方的脸。

安妮被吓得要命，我也说不准接下来会发生什么。她从来没有想到自己推翻凯瑟琳之后，所有想当王后的人都开始蠢蠢欲动。除了我，她在宫廷里再没有其他朋友。父亲、母亲和舅舅都赞成推玛奇上位，来继续吸引

另一个波琳家的女孩

国王的注意力,好让他远离那个西摩尔家的女孩,这让安妮感到十分心酸,她指责他们想要找一个新的霍华德家的女孩来替代她。她非常想念你,但她却说不出口。

我向她提过你,但是说什么她也不愿意原谅你私自嫁人的事情。如果你嫁给了一位王子,过得并不幸福,那么她应该会是你最亲密的朋友。但是就在她置身欧洲最宏伟的宫廷里,过着恐惧而又不幸的生活时,你却找到了爱情,这一点伤透了她的心。

我变得越来越富有,但是我的妻子就是上帝给我下的一个诅咒,我的朋友们让我悲喜交加。现在的宫廷可以让一个圣人都变得腐败起来,更何况是和圣人相距甚远的安妮和我。她极其孤独、一直生活在恐惧当中,而我却渴望着自己无法拥有的一切,被迫将自己的欲望隐藏起来。我感到疲惫,也觉得愤怒,这个圣诞节于我们波琳家而言毫无意义,除非安妮能再次怀上孩子。记得给我写信,告诉我你的近况,希望你能像我想象中的那么幸福。

你的哥哥
乔治

圣诞节那天我们享用了许多鹿肉,我故意没有问它是在哪儿被杀死的。我们家在罗奇福德的大宅院储备充足,但无人看管,我毫不怀疑我刚买回来了自家的鹿。既然父亲和母亲没有在圣诞节这天祝福我,那我完全可以从他们的财产里挑选一件东西当作礼物。我低价购买了这头鹿,还买了两只野鸡。接下来的十二天里,我们继续干着农场里的活儿,但是仍旧抽时间去参加了圣诞节的弥撒集会,去罗奇福德看了表演,和邻居们一起喝了酒,还和威廉一起到河边散了步,当时一阵寒风从河口吹过,海鸥飞过我们的头顶,发出了尖锐的叫声。

到二月里，天气十分寒冷，我准备开始卧床了。这次我不再是宫廷里的贵妇，不用再在一个房间里待上整整一个月的时间，我可以想待多久就待多久。威廉比我更加担心，他坚持要求在这个月的最后几天里，就去请一个产婆来，和我们住在一起，确保万一大雪阻断道路时孩子不会有危险。为此我嘲笑了他，但是我还是按照他的想法做了。于是三月初，一个老女人搬了进来，和我们住在一起，时时刻刻盯着我，我觉得比起产婆，她看上去更像是个女巫。

我很庆幸威廉如此谨慎。一天早上醒来，我发现整个房间都已被白色的光所照亮——昨晚下了一夜的雪，甚至现在都还没停。雪花悄无声息地从灰蒙蒙的天空中飘落下来，在院子里打转，整个世界变得十分寂静、奇妙。母鸡藏在鸡舍里，只有从院子里那些三趾脚印才能看出它们曾经冒险出去寻觅过食物。羊群在门口挤来挤去，在雪白大地的映衬下显得脏兮兮的。奶牛被牵进了谷仓，它们的牧场也是白茫茫一片。我坐在窗户边，感受到婴儿在我肚子里蠕动，雪花洋洋洒洒地落在树篱上，看上去不像是会落地而安，而是会继续被吹来吹去，在房子周围打转。当我从窗户边往下看时，这些雪花就像鸭毛一样洁白，但是当我抬起头，它们却又像灰色的花边一样，在阴暗的天空中显得十分肮脏。

威廉说："冬季真的来了。"他的腿和靴子都包了层厚厚的麻布，他站在门外的小门廊处解开了它们，然后把雪踢到一边。我慢慢走下了楼梯，满是笑意地看着他，我的视线一直在他身上，从未离开。他问我："你还好吗？"

我回答说："感觉恍恍惚惚的，这一整个早上我都在赏雪。"

他迅速地和正在火炉旁煮粥的产婆相互交换了眼神，然后赤脚走进厨房，把我拉到火炉旁的椅子上坐着。他问："你是不是已经开始有痛感了？"

我笑了笑说："还没有，不过我想应该就是今天了。"

另一个波琳家的女孩

产婆将粥倒进一个大碗里,里面还放了一把勺子,她递给我,鼓励我说:"那就吃点东西吧,我们都需要保存体力。"

⬟

结果,我却很容易就将孩子生了出来,只用了四个小时,我的女儿就出生了。产婆用一张白色的床单将她裹了起来,放在我的怀里。这四个小时里,威廉一直都在旁边陪着我,他用手摸了摸那颗满是血迹的小脑袋,给予了她最大的祝福,他的嘴唇激动得颤抖了起来。他在我身旁躺下,产婆给我们三个人盖上了被子,静静地离开了,我们温暖地躺在彼此怀里,很快就睡着了。

两个小时后,婴儿扭了扭身体,突然啼哭起来,我们也被吵醒了。我把她抱起来喂奶,这时我又体会到了给自己孩子喂奶时那种熟悉而又美妙的感觉。威廉拿了张披肩披在我肩膀上,又下楼给我拿上来一杯加热过的小麦芽酒。外面还在下雪,我从床上可以看见,黑暗的天空中,白色的雪花还在洋洋洒洒地飘动。我靠在鹅绒枕头上,惬意地感受着这份温暖。我知道自己确实是一个有福气的女人。

1535年春

亲爱的妹妹：

  王后命我告诉你她再次怀上了孩子，她要你回到宫里来帮她，但是你的丈夫和孩子必须留在罗奇福德，她不想看见他俩中的任意一人。你可以拿回你的抚恤金，并且这个夏天还能去赫佛看你的孩子们。

  这就是我奉命要告诉你的消息，我们需要你立即赶往汉普顿宫殿。安妮预计今年秋天就会分娩，今年夏天我们会继续努力，但可能不会取得什么大的进步。她很想你能陪在她身边，正如你所想的那样，她极其渴望这个孩子，她也渴望在宫里能有一位像我一样的朋友。事实上，她是目前最孤单的女人。国王对玛奇十分满意，她几乎每天都穿着新礼服到处晃荡。前几天舅舅召开了一个家庭会议，他既没有邀请我，也没有邀请父亲和母亲，然而却有谢尔顿家人参与。你可以想象安妮和我有多么愤怒，安妮虽然还是王后，但无论是对国王而言，还是对她自己的家族而言，她都已经不再受宠了。

  不过在你来之前，我必须警告你一件事情。整座城市气氛非常诡异，因为王位继承人的誓言，五个好人已经被送进了伦敦塔，判处死刑，以后还会有更多人被送进去，亨利发现自己的权力已经没有了任何约束。如今，已经没有沃尔西、凯瑟琳王后和托马斯·莫尔来制衡他的王权，比起你之前熟悉的那个宫廷，现在的这个更加混乱。我眼睁睁地看着这一切，觉得

另一个波琳家的女孩

十分恶心。它就像是一辆失去控制的马车,而我却不知该如何跳出去。我让你来的并不是个开心的地方,不!是我求你来的地方。

为了回报你,如果安妮身体无恙并且愿意放你走的话,我承诺会让你和你的孩子们一起度过整个夏天。

乔治

我把那封带有波琳印章的信拿去给我的丈夫,他正在院子里给一头母牛挤奶,他将头埋在奶牛温暖的肚子旁边,牛奶嘶嘶地被挤了出来,流进水桶里。

他看到我脸上灿烂的表情,问我:"有什么好消息吗?"

"我可以回宫了,安妮又怀孕了,她希望我回去帮她。"

"那你的孩子们呢?"

"如果之后她愿意放我走,这个夏天我就能见到他们。"

他只说了个"谢天谢地",然后把头转向牛肚子,闭上了双眼,这时我才意识到,原来一直以来他都因为我失去孩子而感到万分痛苦。

过了一会儿他又问道:"他们原谅我了吗?"

我摇了摇头。"他们不让你回宫,但我想你应该可以和我一起回去。"

"再次离开农场这么长时间,我会很难过的。"

我笑了笑。"我的爱人,难道你已经彻底变成一个乡野村夫了吗?"

"呃……"他无言以对,从挤奶凳上站了起来,拍了拍牛屁股,我把门打开,奶牛就冲进了春意盎然的田野里。"不管他们同意与否,我都会和你一起回宫,到了夏天,我们再回到这里。"

我要求说:"但是必须在去了赫佛之后才回来。"

他冲我笑了笑,用温暖的手掌握住我那只放在门上的手,说:"是的,我们去了赫佛之后再回来。王后的孩子什么时候出生?"

"秋天,但是没有人确定。"

"上帝保佑她这次能平安产子。"他犹豫了一会儿,拿汤勺舀了一勺还热着的牛奶,命令我,"赶紧尝尝。"

我照做了,喝下一大勺温热的鲜牛奶。

"好喝吗?"

"好喝。"

"你想去牛奶房亲自搅拌牛奶吗?"

我说:"嗯,我想自己去搅拌一下。"

"但我不希望你太累。"

我笑了笑,回应了他对我的关心。"我可以的。"

他温柔地说:"那我帮你提进去。"我在他的带领下走进了牛奶房。我们的女儿随了她姨妈的名字,名叫安妮,她身上裹着厚厚的襁褓,躺在房间里的板凳上睡着了。

他们派来了一艘王家驳船,接我回汉普顿宫,威廉、奶妈和我穿着宫廷礼服,在利镇声势浩大地登上了船,我们的马匹稍后也会跟上来。但是即便在最后的一分钟里,我的丈夫还在大声指导着梅根的丈夫,他会在我们离开的这段时间帮我们照顾农场,威廉的声音破坏了我们这场气势恢宏的送行仪式。

当威廉终于不再像是一个水手一样搭在栏杆上大喊,而是安稳地坐在座位上时,我温和地说:"我相信他一定会记得去剪羊毛的,毕竟羊身上的毛长长之后,他们会注意到。"

他笑了笑。"不好意思,我给你丢脸了吗?"

"好吧,既然你是一个王室成员,我真的认为你应该好好表现,不要像是个集市上喝得烂醉的农夫。"

然而他却不知悔改地说："请原谅，斯塔福德夫人。我发誓当我们到达汉普顿宫后，我会谨言慎行比如我应该睡在哪个地方？如果我睡在你家的马厩里，会显得足够谦逊吗？"

"我想我们应该在城里找一所房子，我每天都会尽可能回来。"

他强调道："你最好每天晚上都回来睡，不然我就去宫里把你抓回来。你现在是我的妻子，所有人都知道这一点，我希望你能履行妻子的义务。"

我转过头笑了笑，以免让他看到我脸上的笑容。我曾经有过一段王室婚姻，和之前的丈夫拥有了一切夫妻之实，但我从未睡过他的床，而且所有人对此都毫不意外，但我知道对我这个直率而又坚定的丈夫说什么都没有意义。

他凭着自己的直觉猜到了我的想法，说道："无论你之前的那次婚姻是什么样子，都丝毫不会影响到我，这是我的婚姻，我希望我的妻子能躺在我的床上。"

我笑出了声，依偎在他怀里，我承认说："那就是我想待一辈子的地方，我怎么还会想要去其他地方呢？"

王家驳船平稳地向上游驶去，船员们有节奏地敲击着鼓，浪潮涌来，形成了阻力，让我们放慢了前行的脚步，这艘船就像是一匹跑不快的马一样。但是不久我们就看到了熟悉的地标，那座巨大的方形白塔以及张着大口的伦敦塔水门。桥倒映在水中，像是一扇门，可以通往水边美丽的宫殿，看到庄园的美景，感受到大城市中央水道的喧嚣和繁华。在我们面前，摆渡船、轮渡和渔船纵横交错，当我们迅速穿越兰贝斯时，一艘笨重的大马渡踟蹰不前。威廉指着一只巨大的苍鹭，它正笨拙地在水边的树上筑巢，还有一只鸬鹚，时不时地潜到水下，让我们只能看到一个黑乎乎的影子。

很多人都朝王家驳船的方向看了过来，但几乎没有一个人脸上挂着笑容。我想起了之前和凯瑟琳王后出游时，每个人都摘帽致敬，女人们都行了屈膝礼，连孩子们都朝我们做了飞吻的动作。那会儿人们认为国王明智而又强大，美丽的王后也不会行差踏错半步，而安妮和波琳家的野心在他们之间撕开了条口子，如今每个人都能观察到王室的空虚，他们意识到，国王并不比一个富足小城市的市长好到哪儿去，他不过是想要丰满自己的羽翼，还娶了一个利欲熏心、永不知足的女人。

如果安妮和亨利曾期待人们能够原谅他们，那么他们一定早就失望透顶了。人们绝对不会原谅他们，凯瑟琳王后或许只是被关在亨廷顿郡沼泽地里的囚徒，但她绝不会被人们遗忘。的确，英国一直没有一个合法的继承人，她的流放似乎变得越来越没有意义。

我舒服地靠在威廉的肩膀上，打着瞌睡，不一会儿我听见我们的孩子哭了起来，醒来后看见奶妈正紧紧地抱着她，给她喂奶，而我自己的乳房却被紧紧地束缚着，挤得生疼。威廉紧紧搂着我的腰，吻了吻我的头，温柔地说："她被照顾得很好，没有人能把她从你身边带走。"

我点了点头，不论白天还是晚上，我都可以命她把孩子抱来我身边，她得到了另外两个孩子没拥有过的待遇。每当我看到她那双蓝色的眼睛，我都会想起失去另外两个孩子的痛苦，我觉得告诉他这一点毫无意义。她无法取代他们的位置，只是一直提醒着我自己是三个孩子的母亲，尽管我怀里正抱着一个，但我还有两个孩子在世界的另一处，我甚至都不知道每天晚上我的儿子都睡在哪里。

直至黄昏，我们才看到汉普顿宫的巨型码头和后面的大铁门，鼓手们又敲了一阵，那些沿着码头忙活着的水手出现在我们视野里，为迎接我们下船做好准备。一阵简短而急促的号角响起，是为向国王的旗帜致敬，接着驳船靠岸，我们走了上去，威廉和我还是回到了宫廷。

谨慎起见，威廉、孩子和奶妈沿着小路走进一个村子，我准备独自一人入宫。他在离开之前紧紧地握着我的手，笑着说："你一定要勇敢，记住，她现在需要你，不要让自己显得太廉价。"

我点点头，披上斗篷，转身走向那座宏伟的宫殿。

我就像一个陌生人一样走在王后寝殿的楼梯上。侍卫打开门，我走进去，房间里先是一片死寂，而后我立即被一股女人们的热情所席卷。房间里的每个女人都摸了摸我的肩膀、脖子、衣袖和兜帽，她们说我的状态看上去多么的好，我身上的母性光辉多么的引人注目，乡村生活是多么的适合我，能够看见我回宫她们是多么的高兴。她们每一个人都是我最亲密的朋友、我最亲爱的表姐妹，我应该从她们当中选择一个室友，她们每个人都想和我一起住，看见我回宫她们都十分开心。而我却感到十分惊讶，万万没想到，没了我，她们居然还能在王后身边待这么久，我也没想到她们当中没有一个人给我写过信，也没有一个人为我跟姐姐求过情。

她们问了我一连串的问题，我是不是真的嫁给了威廉·斯塔福德？他真的有一个农场吗？只有一个？真的只有一个？地方大吗？不大吗？真是奇怪！我们真的有孩子吗？男孩还是女孩？谁是她的教父教母和见证人？她叫什么名字？威廉和孩子现在在哪儿？在宫里吗？没在？她们对我是如此的好奇。

我竭尽全力设法糊弄了她们，环顾四周找了找乔治，他并不在这里。国王晚些时候出去骑马了，还带着几个能喝酒、能骑马的亲信，他们还没有回来。女士们换好了衣服准备用餐，正等着男人们回来，而安妮则独自一人待在卧室里。

我鼓起勇气，走到房间门口，轻轻敲了敲门，然后扭动把手，走了进去。

房间里面一片阴暗,唯一的光源便是那扇还未被遮挡的窗户。五月里,黄昏时分昏暗的光线透过窗户射了进来,炉子里面的小小火焰也在闪烁着微光,她跪在一把祈祷椅上,我不得不抑制住内心对这种迷信的恐惧,因为自己曾经看过凯瑟琳王后跪在那把祈祷椅上,诚心诚意地向上帝祈求赐给她一个儿子,让丈夫远离波琳家的女孩,回到她身边。眼前这个幽灵一般的王后转过身来,她竟然是安妮,是我的姐姐,她面色苍白、神情紧绷,那双勾人的眼睛里满是疲惫。那一刻我十分心疼她,我立刻跑过去抱住她。"噢!安妮。"

她站了起来,用双手抱着我,将她那颗无比沉重的脑袋靠在我肩上。她并没有说任何想念我的话,也没有说她在宫里是多么孤独,所有人的注意力都不在她身上了,但是她并不需要告诉我,因为当我看到她下垂的肩膀时,就得出了答案。这些日子里,安妮这个王后当得并不快乐。

我将她轻轻地安置在一把椅子上,未经她允许,就在对面坐了下来。

我直截了当地问:"你还好吗?"

"我很好。"她的下嘴唇微微颤抖着。她脸色苍白,嘴唇两边都长出了新的皱纹。我人生中第一次这么仔细地看着她的脸,发现她和母亲长得很像,我几乎可以想象她老了之后的样子。

"疼不疼?"

"不疼。"

"你看上去很苍白。"

她承认说:"我很累,我的力气正在被消耗殆尽。"

"几个月了?"

她回答:"四个月。"她脑子里全是孩子的事情。

我说:"你很快就会好起来的,头三个月里最难受。"我差点顺口说孩子出生前的三个月也很难受,这对安妮来说将如五雷轰顶,她只有一次顺利地把孩子怀到了最后三个月。

她问:"国王回来了吗?"

"他们告诉我他还在打猎,乔治和他在一起。"

她点了点头。"玛奇也在外面吗?"

我回答说:"是的。"

"那个西摩尔家的白脸婊子呢?"

"也在外面。"要从她的描述中辨认出简·西摩尔,简直不费吹灰之力。

安妮点点头,对我说:"那就好,只要她俩没有在国王身边,我就放心了。"

我温柔地说:"无论如何,你都应该感到满足,你一定不希望肚子里的孩子整天愁眉苦脸的吧?"

她迅速瞥了我一眼,心酸地笑了一下。"是的,我非常心满意足。你的丈夫和你一起回来了吗?"

我说:"他没有进宫,因为你说过他不能进宫。"

"你现在还是他的崇拜者吗?还是说你已经厌倦了他和他那片土地?"

"我仍然爱着他。"我没有心情和安妮多做无谓的争执,一想到威廉,我的内心就变得非常平和,我不想和任何人争吵,至少不想和眼前这个苍白而又疲倦的王后争吵。

她朝我苦涩地笑了一下,说:"乔治说你是波琳家唯一一个理智尚存的人,他还说我们三个人中,只有你做出了最明智的选择。虽然你永远不会富裕起来,但你有一个爱你的丈夫,摇篮里还有一个健康的婴儿。乔治的妻子死死地盯着他,似乎巴不得杀了他、吃他的肉,她对他充满了仇恨。而亨利就像春天里在我屋里飞进飞出的蝴蝶一样,被那两个拿着网兜的女孩儿追赶着。"

一想到安妮竟然将那个日益肥壮的亨利比作蝴蝶,我笑出了声,能说的只有"要用张大网才行"。

安妮的目光稍微闪了一下，然后也笑出了声，我终于又听到了她那快活而又熟悉的笑声。"噢！亲爱的上帝，为了能够摆脱她们，我愿意付出一切。"

我说："我回来了，我会让她们远离你。"

她说："是的，如果我出事了，你一定能帮我的，对吗？"

我回答说："当然，无论发生什么事，我和乔治都会在你身边。"

房间外面传来一阵喧嚣，毫无疑问是一阵狂笑，这就是都铎王朝的呼啸。安妮听出了丈夫的喜悦，但她没有笑，说："我想他接下来要去吃晚餐了。"

她往门边走去，我把她拦了下来，急忙问道："他知道你怀孕了吗？"

她摇了摇头，对我说："除了你和乔治，我不敢告诉任何人。"

她一打开门，我们就看到亨利正在往玛奇·谢尔顿通红的脖子上挂一只盒式项链坠。他一看到妻子，退缩了一下，但此时他已经挂好了，于是便转身对安妮说："这只是一个小小的纪念品，是这个聪明的女孩赢的小赌注。晚上好，我的妻子。"

安妮咬牙切齿地说："晚上好，我的丈夫。"

他朝她看过来的时候，看见了我，他高兴地笑了起来，说道："噢！玛丽，美丽的凯里夫人，你又回到我们身边了。"

我对他行了屈膝礼，然后抬头看着他的脸说："陛下，如果您愿意的话，请叫我斯塔福德夫人，我已经结婚了。"

他迅速点了点头，说明他想起来了，还想起来当时自己的妻子决意将我逐出宫廷时，跟他大吵大闹了一顿。当我看到他对着我露出的微笑、眼里透出的温暖时，我突然觉得自己的姐姐真是个恶毒的女巫，只有她执意要把我驱逐出宫，这根本不是国王的意思，他原本会立刻原谅我的。如果

另一个波琳家的女孩

安妮不需要我回来帮助她掩盖怀孕的事情,那么她将永远任由我在那间小农舍里自生自灭。

他接着问道:"你还有了个孩子?"他不由自主地瞥了瞥我这个易孕的波琳女孩,又瞥了瞥安妮这个难孕的另一个波琳女孩。

我说:"回陛下,是一个女孩。"感谢上帝,幸好不是个男孩。

"威廉真幸运。"

我冲他亲密地笑了一下。"我一定会转告他的。"

亨利笑了起来,伸手将我拉近些,环顾了四周后问:"他不在这里吗?"

我开始回答说:"他没有被邀请……"

他立刻便明白了我的意思,转头对着他妻子问:"为什么没有命威廉爵士和他妻子一起回宫?"

安妮一动不动,说道:"我当然也叫他一起回来了,只要我亲爱的妹妹接受完教会的洗礼,我就会邀请他们一起回宫。"

对于安妮撒谎的能力,我只能表示佩服,除了附和她的谎言,我别无选择。"陛下,如果您高兴的话,他明天就能和我一起入宫,如果可以的话,我还会带上我的女儿。"

安妮斩钉截铁地说:"宫里没有婴儿待的地方。"

亨利立刻严厉地指责她说:"真是可惜,我竟然从自己妻子嘴里听到这样的话。宫里是最适合养孩子的地方,我一直希望你能生个孩子,所有人都知道这一点。"

安妮冷漠地说:"陛下,我只是担心婴儿的健康,我想她应该在乡下长大。"

亨利一本正经地说:"她的母亲可以为她做决定,不用你操心。"

我甜甜地笑了笑,立刻抓住这个机会说:"是的,如果您允许的话,这个夏天我会把她带去乡下,去赫佛见见我其他的孩子。"

安妮提醒我说:"亨利是我的儿子。"

我向国王投去求助的目光。

他说:"为什么不行呢?斯塔福德夫人,你可以做任何想做的事情。"

他向我伸出胳膊,我朝他弯了弯腰,把手放在他的手肘处。我凝视着他,仿佛他是欧洲最英俊的王子,而不是一个秃顶的胖子。他的下巴有了清晰的线条,头顶的头发稀稀疏疏。以前他年轻的时候,嘴唇就像玫瑰花瓣一样,让人情不自禁想要亲上一口,如今却变成了一张放纵的小嘴。之前那双令人心神荡漾的眼眸也不复存在了,现在他的那双眼睛被肥厚、浮肿的眼皮所遮盖,看上去就像是个沉闷痛苦的男人,仿佛一个生闷气的小孩一般。

我朝他灿烂地笑了笑,把头向他那一方倾斜了一些。他的言辞引得我大笑了起来,而我跟他讲述了自己学着做黄油、奶酪的故事,也引起了他的笑声。我们一起走到餐桌旁,他径直走向那个英国国王的宝座,而我则走向了为夫人们准备的另一桌。

这顿晚餐我们吃了很久,仿佛宫廷里的人都变得十分贪吃。晚宴上一共有二十种不同的肉类菜肴,这些鸟肉和鱼肉都是他们的猎物。还有十五道不同的甜点,我看着国王每一种都吃了一点点,又继续叫人送来新的食物。安妮坐在他身旁,脸色冷酷如冰,用刀叉吃着盘子里的食物,眼睛则四处晃动,好像能判定哪里有危险一样。

当我们终于吃完晚餐,我又发现还有一场舞会。宫里的人开始专心致志地跳舞,即便我在一圈舞者当中跳舞,甚至和宫里的老友们叙旧时,我都一直严密关注着壁炉左侧的小门。午夜过后,我终于有了收获:门打开了,我的丈夫威廉溜了进来,他正四处找我。

另一个波琳家的女孩

蜡烛的蜡油被烧得滴落了下来,所有人都在跳舞,他们四处走动,所以他并没有被任何人发现。我找了个借口从舞会上退了出来,向他走去,他把我拉进了窗帘后面的一个壁龛里。

"我的爱人,"他把我拥入怀中,"感觉好像已经一辈子没看见你了。"

"我也觉得,孩子还好吗?有没有哭闹?"

"她和奶妈都睡着了,我给她们找到了很好的住处,而且只要你能尽快出宫,我还能为我们找到个好住处。"

我高兴地说:"我干得比你还好,国王看到我很开心,他说要见你,你明天要来宫里,我们就能一直在一起了。他还说夏天我们可以带着安妮小宝贝去赫佛。"

"这是安妮为你求来的吗?"

我摇了摇头,说:"安妮才是我被赶出宫的罪魁祸首,如果我没有向国王提出请求,她甚至不会让我见孩子们。"

他低声吹了一个口哨,说:"那你还真应该好好感谢她。"

我摇了摇头。"她天性如此,抱怨也没有任何意义。"

"她现在怎么样?"

我低声说:"非常辛酸,她看上去病恹恹的,伤心透顶。"

1535年夏

那天晚上,乔治和我坐在安妮房间里,她正准备睡觉,事先国王说会来和她一起入睡,所以她洗了澡,还特意让我们给她梳了头。

我焦急地问她:"你一定要确保让他小心一点,知道吗?这个时候还和他同床共枕,真是一种罪过。"

乔治躺在床上笑了一下,他的靴子压在精美的被褥之上。

她转过头说:"我不太可能遭到粗暴的求爱。"

"什么意思?"

"有些晚上他插不进去,有时候甚至硬不起来。真令人恶心,当他满头大汗地四处乱戳时,我还不得不躺在他身下,然后他会很生气,生我的气!好像这一切都怪我似的。"

我问:"是喝了酒的缘故吗?"

她耸了耸肩。"你了解国王,晚上他总是喝得半醉半醒的。"

我说:"如果你告诉他你怀孕了……"

她却打断我说:"我必须到了六月份才告诉他,不是吗?只要孩子的生长速度快起来,我就会告诉他。他会取消宫里的一切活动,我们所有人都会留在汉普顿宫,乔治会和他一起外出狩猎,也会把那个圆脸的简从国王身边赶走。"

乔治漫不经心地说:"加百列天使可不能赶走国王身边的莺莺燕燕。安妮,你自己制定了这个模式,下半辈子可能都会活在悔恨当中。她们所有人都紧紧地围着国王,吹捧着他。要是她们能像咱们这位美丽的玛丽一样,那就容易多了,只需要给她们几个庄园,就能轻而易举地打发走。"

我刻薄地说:"你不是有庄园吗?父亲和威廉·凯里都有庄园,而我记得我就只有一副绣花手套和一条珍珠项链。"

安妮嫉妒地说:"还有一艘以你的名字命名的船和一匹马,无数礼服和一张新床。"

乔治笑了起来。"安妮,你就像家里的继承人一样,有一张长长的财务清单。"他伸出一只手,把她拉到床上,和他并肩躺着。我看着他们两个就像双胞胎一样亲密地躺在这张英格兰大床上面。

我简单地说:"我要走了。"

安妮转身对我说:"赶紧去找那个默默无闻的爵士吧。"接着她拉了拉床上那华贵的绣花床帘,阻挡了我的视线,我再也看不清躺在床上的两个人。

威廉在庄园里等我,他静静地望向河边,脸色暗沉。

"怎么啦?"

他说:"他抓了费希尔,我从没想到他竟然敢这样做。"

"费希尔主教?"

"我以为他会过着舒适的生活,亨利一直爱戴着他,之前好像还默许了他为凯瑟琳王后辩护的行为,毕竟在那之后他毫发无伤。他一直毫不动摇地捍卫着凯瑟琳的权利,如果她知道了这件事,一定会为他伤心。"

"但是或许他只会在伦敦塔里待一两个星期呢?他道个歉什么的,就会被放出来了?"

"这要取决于他们想从他身上获得什么。他绝不会愿意宣读继承人誓言,这一点我可以肯定,他不会让伊丽莎白夺走玛丽的位置。为了捍卫这段婚姻,他已经写了十几本书、布了百万次道,他一定不会让她的女儿失去继承权。"

我说:"那么他也只是被关押起来而已。"

威廉重复说:"希望如此。"

我靠近威廉,把手搭在他手臂上,问:"你为什么这么担心?他有书,也不缺其他东西,他的朋友们还会去看望他,这个夏天结束时他就会被放出来了。"

威廉转过身来,握住我的手说:"我亲眼看着亨利下令把他抓进了塔楼里,他在聆听弥撒时,竟然做了这样的事情。玛丽,你好好想想,他一边听弥撒,一边下令将主教关进了塔楼,这还不能说明问题吗?"

"他总是在听弥撒时干其他的事情,"我不愿承认丈夫话里的道理,"这并不意味着什么。"

我的丈夫握着我的手,接着说:"这些都是亨利的法律,先是《继位法》,紧接着是《至尊法案》,然后是《叛国法》,这些都不是英国的法律,而是亨利个人为了消除异己制订的法律,费希尔和莫尔都深陷其中。"

我理智地说:"他不会将他们斩首的……噢!威廉,相信我,他们一个是英国最受尊敬的牧师,另一个是大法官,他不敢将他们斩首示众。"

"如果他将叛国罪安在他们头上,那我们将人人自危。"

听到这里,我压低了自己的声音。"为什么呢?"

"因为他发现教皇不会保护那些依附于他的人,而英国的男人和女人们并不会反对暴政,民众当中没有一个智者,也不会团结起来,反对他的人最后都会根据他制订的新法律锒铛入狱。你认为如果凯瑟琳王后的谋士被监禁了起来,她还能自由多久?"

我把手抽回来,说:"我不要听这些危言耸听的话。我的祖父霍华德曾经因为叛国罪,被关押进塔楼里,但他还是笑着走出来了。亨利不会杀托马斯·莫尔的,他十分爱戴他,如今他们可能起了冲突,但莫尔还是他最好的朋友,能够给他带来快乐。"

"那你的白金汉舅舅呢?"

我说:"那不一样,他是个罪人。"

我的丈夫放开我,转身对着河流的方向。"那我们就拭目以待吧,愿上帝保佑你的想法是对的,而我的是错的。"

我们的祈祷并没有得到上帝的回应,亨利做了我以为他绝不会做的事情,他将费希尔主教和托马斯·莫尔爵士送上了法庭,因为他们声称凯瑟琳王后之前真正嫁给了他,他要他们献出自己的生命,还宣告费希尔不再是教会的领袖、英国的教皇。这两个人内心纯洁,是英国最优秀的人,然而却被送上了断头台,被铡刀砍下了脑袋,仿佛他们是罪大恶极的叛徒一般。

六月里,费希尔和莫尔被砍了头,所有人都觉得这个世界已经变得更加危险,如果费希尔主教都会被斩首、托马斯·莫尔都能被送上断头台,那么谁又是安全的呢?

乔治和我都在等着安妮肚子里的孩子赶紧发育,好去告诉国王她怀孕的消息,但是六月已经过半,仍旧没有任何进展,我们都越来越不耐烦。

我问她说:"你是不是记错时间了?"

她反驳说:"可能吗?我有那么蠢吗?"

我继续问:"是不是它的动静太小,你感觉不到?"

她生气地说:"你说呢?反正你就像一头永远在分娩的母猪一样,不是吗?"

我说:"我也不知道。"

"不,你一定知道,"她的那张小嘴紧紧地闭着,"我们都知道里面发生了什么,已经五个月了,但是我现在看上去和三个月的时候没什么区别,这个孩子已经死了。"

我惊恐地看着她。"你一定要去看看医生。"

她用手捏着我的脸说:"见鬼!如果亨利知道我肚子里有一个死胎,他绝对不会再靠近我。"

我警告她说:"但这会让你生病的。"

她发出了一阵吓人的苦笑声。"无论怎样我都要死,只是方式不同而已。如果我告诉他说这是第二个我没有保住的孩子,那么我一定会被抛弃,我的人生一定会坍塌,到时我该怎么办呢?"

"我会亲自去找产婆,问她是否能把它弄出来。"

安妮坦白说:"你最好确保她不知道产妇是我,玛丽,一旦泄露半个字,那我就死定了。"

我冷静地说:"我知道,我会去找乔治帮我。"

✪

那天晚上吃饭之前,我们两个人摸到河边,搭乘一只私家小船顺流而下,我们没有坐那艘巨型的王家驳船。乔治知道一所妓院,附近住着一个声名远播的女人,相传她可以施行咒语、让婴儿停止生长,诅咒牛群,还可以让河鳟排成一条线。那个妓院里的人可以俯瞰河流,凸出的舷窗在水上方倾斜着,每扇窗户边都点了蜡烛,用灯罩罩着。那些女人半裸着坐在

另一个波琳家的女孩

床边,以便过河的人们可以看见她们。乔治把帽子压得很低,我也把斗篷的兜帽往前拉了拉。我们把船停在码头,我忽视了那些女人,她们倚在我们头顶上方的窗户上,热情地勾引着乔治。

他命令船夫说:"你就在这里等着。"我们踏上湿滑的台阶,他拉着我的手,带我穿过由鹅卵石铺成的肮脏街道,来到拐角处的房子门前,敲了敲门。门无声地开了,他往后退了几步,示意我独自进去。我在门口看到里面一片黑暗,踌躇不前。

"进去呀,"他在后面推了我一把,警告我说他不想继续等下去,"快进去,我们必须找到她。"

我点了点头,走了进去。那是一个小房间,壁炉里烧尽的浮木还在冒着烟。里面只有一张小木桌和一对凳子,那个女人坐在桌子旁,是个弯腰驼背、白发苍苍的老女人,从她的脸可以看出她很有学识,她还有一双明亮的蓝眼睛,能看透眼前的一切,她的脸上挂着淡淡的笑容,露出一口发黑的牙齿。

她开口说:"你是宫里的夫人。"在我一进门的时候,她就辨认出了我的斗篷和华贵的礼服。

我将一枚银币放在桌上,断然地说:"这是你的封口费。"

她笑了笑。"如果我闭嘴的话,那对你来说就没什么用了。"

"我需要你的帮助。"

"是想让别人爱你,还是想杀死别人?"她用明亮的目光扫视着我,仿佛可以把我吸收进去一样,她再次露出了笑容。

我回答说:"都不是。"

"那就是孩子的事情了。"

我拉了个凳子坐了下来,想着难道这个世界就这么简单地被分成爱、死亡和孩子三个部分?我对她说:"不是我自己,是我的朋友。"

她高兴得笑出了声。"人们总是这么说。"

"她怀孕了,现在已经五个月了,但是胎儿没有长大,也没有动弹。"

这个老女人马上就感兴趣了。"她怎么说?"

"她觉得孩子已经死了。"

"她的身体还在变胖吗?"

"没有,她和两个月前一样。"

"早上会不舒服吗?乳房柔软吗?"

"现在都没有了。"

她点点头。"她流血了吗?"

"没有。"

"听上去孩子已经死了,你最好把她带来见我,这样我才能下结论。"

我说:"不可能,她被严格地看守着。"

她短促地笑了一声。"你不会觉得我会上门服务吧?"

"你不能见她。"

"那我们可以试试另一个法子,我可以给你一种药物,她喝下之后会生不如死,孩子自然就流掉了。"

我激动地点了点头,但她突然举起了手,说道:"但是如果她弄错了怎么办?胎儿还活着怎么办?它只是休息了一会?安静地待了一会儿?"

我极其困惑地看着她。"那会发生什么?"

她简单地说:"那你会杀死它,你会成为一名凶手,当然,她和我也是凶手。你能承受住这样的后果吗?"

我慢慢摇了摇头。"不!我的上帝。"我想不出如果有人知道我给了王后一瓶让她流产的药物,我会遭到什么惩罚。

我站了起来,转身离开桌子,看着窗外寒冷的灰色河流,回想之前自己曾经见过的安妮,怀孕初期的她肤色红润、乳房肿胀,又想起她现在的样子，脸色苍白、形如枯槁。

"把药给我，她可以自行决定喝还是不喝。"

那个女人从凳子上站了起来，蹒跚地走向里屋。"需要三先令。"

对于这笔荒谬的高价，我没有讨价还价，只是把银币默默地放在那张油腻的桌子上。她迅速把它们抢了过去，突然说："这不是你应该害怕的东西。"

我朝门口走去，走了一半我回过头问她："你这话什么意思？"

"你不应该害怕这个毒药，而应该害怕刀刃。"

我打了一阵寒战，仿佛我的整个背部都被河里的灰色薄雾所笼罩着，我问她："你到底什么意思？"

她摇了摇头，好像早已睡着了。她对我说："我？没有什么意思，如果对你有用，那你就好好记住这句话，如果没用，那你就忘了吧。"

我顿了一下，以防她再说些什么。等她完全沉默之后，我打开门，溜了出去。

乔治抱着双臂在外面等待，当我出来时，他默默地用手抓住我的手肘。我们匆匆走下了那条湿滑的绿色台阶，上了那条轻轻摇晃的小船，船夫逆流而上划着船，回去的这一路显得更加漫长。当我们一上岸，我就急切地对乔治说："你需要知道两件事情：第一，如果孩子不是死胎，那这瓶药会杀死它，我们的良心也会随之泯灭。"

"在她喝下之前，有没有方法可以判断是不是个男孩儿呢？"

他一心只希望是个男孩，我本想咒骂他一顿，但我却只说了句："没人能知道。"

他点点头。"那另一件事情呢？"

"第二，那个老女人说我们不应该惧怕这瓶毒药，而应该惧怕刀刃。"

"什么的刀刃？"

"她没说。"

"一把剑？一把剃须刀？还是刽子手里的斧子？"

我耸了耸肩膀。

他简单地说："我们是活在王权阴影下的波琳家人，头上本来就悬了一把刀。今天晚上我们也会平安度过，我们会让她喝下这瓶药，看看到底会发生什么。"

安妮正以王后的身份陪同亨利用餐。她看上去脸色苍白，但她仍旧把头抬得高高的，嘴上带着笑意。她坐在亨利旁边，王后的宝座只比亨利的小一点点。她一直喋喋不休地说着话，奉承着国王，尽力吸引着他的注意力。无论何时，只要她停了下来，国王便会扫视整个屋子，目光落在旁边桌子那些夫人身上。也许他是在寻找玛奇·谢尔顿，也许是简·西摩尔，他甚至还朝我意味深长地笑了笑，安妮假装什么也没看见，她一直向他询问狩猎的事情，称赞他的身体是多么强壮。此外，她还从桌子上挑选了最好的食物，将其放在他那个早已盛满的盘子里，这些都是安妮的招牌动作，她的每一次回头、每一次眨着睫毛之下那双勾人的眼睛，都是为了留住国王的注意力。她的这些行为让我想起了之前坐在这个宝座之上的女人，她也是一直努力不让国王的魂魄被别人勾了去。

晚餐后，国王说他还有些事情要办，我们都清楚他不过是要跟亲密的朋友们一起饮酒作乐而已。乔治对我说："我最好还是和他一起，你负责让她喝下药，和她待在一起？"

我说："今晚我会睡在她的房间。那个女人说她会生不如死。"

他点了点头,咬了咬嘴唇,然后转身向国王走去。

安妮跟侍女们说自己头疼,要早点睡,让她们留在会客室,为穷人们缝制衣服。我们跟她们道晚安的时候,她们正非常勤劳地干着活儿,但我知道,一旦我们关上门,她们就会像往常一样,无休止地谈论着那些流言蜚语。

安妮穿上了睡裙,把梳子递给我,不高兴地说:"在我们等待的这段时间里,你不妨做一些有用的事情吧。"

我把那瓶药放在桌上。

"帮我倒好。"

这个带有玻璃塞子的黑色玻璃瓶里的药让我感到十分恐惧。"不,你必须自己倒。"

她像一个口袋空空的赌徒在加注一样耸了耸肩膀,把瓶子里面的药水倒进了一个金色的杯子。她朝我举了举杯,好像在嘲讽地朝我祝酒,之后便仰头一饮而尽。她逼着自己三口咽了下去,我看见她的脖子都在抽搐,然后她猛地放下杯子,朝我笑了笑,这是一个带有挑衅意味的野蛮笑容。她说:"喝完了,上帝保佑,赶快起效吧。"

我们安静地等着,在这期间我为她梳了头,又过了一会儿,她说:"我们还是睡觉吧,什么也不会发生了。"我们一起蜷缩在床上,就像以前一样。第二天天刚亮,我们就醒了,她没有感到任何疼痛。

她说:"那个药没有起效。"

此时,我萌生了一个愚蠢的小愿望,我希望服药之后,婴儿还在,它还是活着的婴儿,即便是小小的一个,即便很虚弱,但是它还坚强地活着。

我说:"如果你不需要我了,那我就回去睡了。"

她说:"哎,赶紧去找那个默默无闻的爵士上床吧,你这个荡妇!"

我没有立即回复她,我知道她的话里带着嫉妒的意味,这对我来说是最甜美无比的声音。"但你是王后,我不得不听你的。"

"是的,而你只是一个默默无闻的夫人而已。"

我笑了笑,说:"那是我自己的选择。"接着我在她说出下一个字之前,赶紧溜出了门。

这一整天什么事情都没有发生,乔治和我一直看着安妮,好像她是我们的孩子一样。虽然她面色苍白,一直抱怨说六月的天气太热,但除此之外,什么事情也没有发生,整个上午国王都在忙着接见那些在我们离开之前赶来的请愿者。

"有什么异样吗?"晚餐前,我看着安妮穿衣打扮,问道。

她说:"没什么,你明天必须回去找她。"

大约午夜时分,我等安妮在床上躺好,就回去了自己的住处。当我进去时,威廉正在打盹儿,但当他一看到我,就滑下床,帮我解开了鞋带,我嘲笑他就像一个善解人意的用人一样,温柔又乐于助人。当他解开我腰部的裙带时,我笑了笑,对于他的意图我再清楚不过,随后他把我的裙子撑开,我走了出来,他揉搓我被那件紧身胸衣包裹着的乳房,我惬意地呻吟着。

他问:"感觉好些了吗?"

我回答说:"跟你在一起我总是觉得很开心。"

他握住我的手,把我带到床上,我脱掉衬裙,钻进温暖的被窝。他那具温暖、饥渴而又熟悉的身体一下子就把我吞没了,他的香气萦绕着我,我的大腿磨蹭着他那裸露在外的腿,他温暖的胸膛在我隆起的乳房上擦来擦去,我高兴地笑了起来,他的吻分开了我的双唇。

凌晨两点的时候,我们的门上传来一阵小声的刮擦声,那时天还没亮,我们被吵醒了,威廉立刻坐了起来,手里还拿着一把匕首,问道:"谁在那儿?"

"我是乔治,我想找玛丽。"

威廉轻轻咒骂了一声,披上一件斗篷,把我的睡衣扔给了我,打开门问:"是王后出事了吗?"

乔治摇了摇头,他不愿意将我们的家庭秘密告诉任何一个外人,他越过威廉看向我说:"玛丽,快点。"

威廉往后退了一步,我哥哥深夜将我带离自己的婚床,他表示非常不满。我把头顶的睡衣扯下来穿在身上,跳下床,伸手去拿束胸和裙子,这时乔治却生气地说:"没时间了,赶快。"

威廉坦率地说:"她不会半裸着就离开这个房间。"

那一刻,乔治没有说话,他读懂了威廉脸上挑衅的表情,然后露出了迷人的波琳式笑容,温柔地说:"她有事情要做,这是我们的家务事。威廉,让她走吧,我保证会毫发无伤地把她送回来,但她现在必须赶紧跟我走。"

威廉从自己身上拉下那件斗篷,把它披在我的身上,我匆匆走过时,他迅速亲吻了一下我的额头。乔治抓着我的手一路跑向安妮的卧室。

卧室里,她躺在火炉前的地板上,用双臂缠绕着自己,好像是在拥抱自己一样。在她旁边有一块满是血迹的布,当我们打开门时,她透过自己黑色的发帘看了看我们,又移开了视线,好像已经无话可说。

我轻声喊:"安妮?"

我穿过房间,坐在她旁边的地板上,将手臂放在她坚硬的肩膀上,她既没有投靠过来寻求安慰,也没有耸耸肩膀把我推开,她就像一块木头一样僵硬。我低头看着那个可悲的小包裹。

"那是你的孩子吗?"

她咬牙切齿地说:"速度如此之快,几乎没有任何痛苦,很快它就出来了。我觉得自己的肚子翻滚了一下,好像就变得空荡荡了。我下床去取罐子,接着一切就结束了,它已经死了,几乎没有流血。我想它已经死了几个月了,我们一直在浪费时间,只是在浪费时间而已。"

我转向乔治说:"你必须把它处理掉。"

他看上去十分震惊。"怎么处理?"

我说:"埋了它,不论怎样,要把它处理掉,就当什么也没有发生,整件事情从来没发生。"

安妮用她苍白的手指拨开脸上的头发,轻声说:"是的,什么也没有发生,就像上次一样。下次也一样,什么也没有发生。"

乔治走去过把它捡了起来,检查了一下,他一点也不想触碰到它,说:"我去拿件斗篷。"

我看了看那排成一排的衣柜墙,点了点头。他打开衣柜,薰衣草和艾草的香气立即在房间里弥漫开来。他拿出一件深色斗篷,安妮却尖锐地喊道:"不要拿那件,那可是用真正的貂皮精心剪裁而成的!"

他觉得她的话极其荒谬,但还是掏出了另一件,把它扔在地板上,将那坨东西包裹住。它看上去是那么的小,就好像里面什么也没有一样,即便用斗篷包起来后,被乔治夹在腋下还是一样的小。

"我不知道去哪儿挖。"他警惕地注视着安妮,低声对我说。她还在扯着头发,仿佛就是刻意要让自己痛苦。

"去问威廉,他会伸出援手的。"谢天谢地,我的男人一定可以帮我们处理好这件恐怖的事情。

安妮痛苦地呻吟说:"不能让任何人知道!"

我对乔治点了点头:"赶紧去!"

他离开了房间,那坨东西实在太小了,看上去就像是一本书,外面裹了件斗篷以防受潮而已。

　　门一关上，我就看向安妮，她的床单被弄脏了，我将它扯了下来，把她身上的睡衣也脱了下来，将其撕碎，然后用火烧光。我给她穿上了一件新睡衣，扶她去床上躺下，并为她盖上了毯子。她的脸就像死人一样苍白，牙齿也随着身体一起打战，厚厚的毯子下面只有一个小小的身体，被这张四柱大床上的绣花床罩和床帘淹没了。

　　"我去给你拿一些热酒。"

　　会客室里有一罐酒，我把它拿到房间里，把一根烧热的火钳插进去搅了搅，还往里加了一点白兰地酒，然后倒入她的金杯之中。我过去扶着她的肩膀，让她喝了下去。她不再发抖，但皮肤还是像死人一样苍白。

　　我说："睡会儿吧，今晚我会一直陪着你。"

　　我掀开被子，慢慢地把她放在床上。我用双臂抱着她，为她取暖。由于刚刚失去孩子，她的肚子又变得平坦了，这个弱小的身体看上去就像一个孩子一般，突然我感到自己肩膀上的睡衣被打湿了，这时我才意识到她正在默默地哭泣，她一直紧闭着双眼，泪如雨下。

　　我又无奈地说道："睡吧，今晚我们也做不了其他事情了，安妮，乖乖睡吧。"

　　她没有睁开眼睛，小声说："我要睡了，希望上帝保佑我再也不要醒来。"

✦

　　当然，第二天早上她还是醒了过来，准备洗澡。她命人将浴桶倒满滚烫的水，仿佛想要烫死自己意识和身体里所感受到的痛苦。她站了进去，擦洗着全身，然后浸入泡沫之中，让侍女们提来一壶又一壶热水。国王派人来传话说他即将去做晨祷，安妮回复等他吃早饭的时候自己会去见他，并就在自己的卧房里做了祷告,她让我拿来一块肥皂和一张坚硬的亚麻布给她擦背,直到擦得通红为止。在洗澡之前,她已经洗净了头发,并将其固定在头顶上。她一直让侍女不停地往浴桶里加热水,浑身的皮肤被烫得通红。最后她命人拿来加温过的亚麻布,将自己裹了起来。

安妮在炉火前坐了下来,晾干身上的水汽,吩咐下人拿出她最好的礼服,挑选今天穿什么、夏天去往其他宫殿时要带些什么。我就在后面看着她,猜想着这种沸水洗礼对她来说意味着什么、她突然要清点自己所有的财物又是什么意思。她们给她穿好衣服,她的腰带系得非常紧,乳房被挤出了两条诱人的曲线,就像是奶油色的果肉一样被礼服包裹着。头顶戴着一个兜帽,露出光滑的黑发,纤长的手指上缀着戒指,胸前还佩戴了她最喜欢的那条字母B项链,它象征着波琳家。离开房间之前,她看着镜子里的自己,顿了一下,露出半个意味深长、性感妩媚的微笑。

我直截了当地问:"你现在感觉没事了吗?"

她转了一圈,华贵的丝绸礼服飞舞了起来,上面镶嵌的钻石也在明亮的灯火下闪闪发光。"当然!会有什么事呢?"她问,"为什么不好?"

我说:"没什么。"我慢慢从她的房间退了出去,安妮并不会喜欢我这样无礼地离去,但我实在是受够了。当她这样光彩照人、铁石心肠时,我不想和她待在一起,当她露出这副面孔时,我会十分渴望威廉的纯粹和温柔,还有外面那个真实的世界。

✦

我在意料之中的地方找到了他,他正抱着我们的孩子在河边散步。"我让奶妈去吃早餐了。"他把孩子递了过来,我把脸凑近她的小脑袋,感受她小小的脉搏在我脸颊上轻轻跳动。我深深地吸了一口她身上的奶香,愉悦地闭上了眼睛。威廉用手摸了摸我的后背,抱住了我。

另一个波琳家的女孩

我歇了一会儿,他的爱抚、宝宝身上的温暖、海鸥的声音、照耀在我脸上的阳光都让我爱不释手。我们并肩在河边的纤路上散着步。

"王后今天早上怎么样?"

我说:"好像什么也没有发生过。希望这件事就此平息下去了。"

他点了点头,继续试探性地说:"我在想一件事情,无意冒犯,但是……"

"什么?"

"她到底怎么了?她是不是不能生孩子了?"

"她生了伊丽莎白。"

"在那之后是不是生不出来了?"

我眯了眯眼睛,看着他说:"你在想什么?"

"我只是在想如果别人知道了这件事会想什么。"

我强势地问道:"别人会想什么?"

"你知道的。"

"我不知道,你告诉我。"

他懊悔地轻笑了一下。"如果你不是在跟我开玩笑,那你看上去真的很像你舅舅,吓得我双腿发软。"

我也笑了起来,摇了摇头。"好吧!我不凶你了,你继续说吧,别人会怎么想?你在想什么?为什么不敢说出来?"

他斩钉截铁地说:"他们会说她一定和魔鬼做了什么交易,学会了某种巫术,让自己的灵魂犯下了滔天大罪。玛丽,不要指责我,你自己也是这么想的。我只是在想她有没有可能会认罪,或者去朝圣,洗净自己的灵魂。我不知道,我又怎么会知道呢?我也不想知道。但是她一定犯下了什么大错,不是吗?"

我转过身去,慢慢和他拉开了距离,威廉抓住了我,他继续说:"你一定想知道……"

我摇了摇头,坚定地说:"我没有。她是如何成为王后的?为了生儿子她会做出什么?我一无所知,我也不想知道。"

我们沉默着向前走去,威廉瞥了瞥我,他知道我在想什么,继续说:"如果她再也无法生出儿子,那她一定会扣下你的儿子。"

我轻声说:"我知道!"我在不经意间显露出悲伤的情绪,紧紧地抱住怀中的婴儿。

✦

宫廷里的人会在一周之内离开,只要他们一离开,我就能去找我的孩子们。这一年一度的大搬迁让人觉得十分激动,人们打包的场面异常混乱,我就像是个在坚硬的蛋壳上跳舞的不倒翁一样,小心翼翼地干着手头的活儿,生怕做出任何会令王后生气的事情。

所幸我保持了一贯的好运气,这段时间里,安妮的脾气很好。威廉和我跟这些王公贵族告了别,他们会一路南下,去往萨塞克斯郡、汉普郡、威尔特郡以及多塞特郡竭尽全力为他们准备的豪华宫殿。亨利骑着一匹威猛的马,看上去依旧是一位伟大的国王,而安妮则身着白金相间的礼服,也骑着一匹马,和他并肩前行。这个画面看上去就像是两三年前的那个夏天,当国王还为她着迷时,她能亲手拿捏住自己的猎物一样。

如今她仍旧能够让他乖乖听话,让他哈哈大笑,她仍旧能像以前一样带领着宫里的人出行,仿佛她还是一个在夏天快乐骑马的女孩。没有人知道为了能够这样风光出行,能够取悦国王,能够在道路上朝人民挥手致意,她付出了什么代价,而这些人却只是好奇地凝视着她,没有丝毫爱戴之意。

威廉和我站在一起,朝他们挥着手,直到他们消失在我们的视线之中。我们去找奶妈和孩子,当他们那数百辆货车和马车全数从马厩向西驶出之后，我们即刻南下，去往肯特，去赫佛和我的孩子们一起度过夏天。

✦

我早已计划好了这一切。一年来，每天晚上我都会跪下来为此祈祷。感谢上帝，宫廷里的闲言碎语还没有传到肯特，我的孩子们还不知道家族面临的这些危险。他们收到了我的来信，知道我已经嫁给了威廉，还生了个孩子。当他们知道我生了个女儿，自己添了个小妹妹时，和我一样感到十分兴奋。他们渴望见到我，就像我渴望见到他们一样。

当我们骑马穿越庄园时，孩子们正在吊桥上嬉戏，我看到凯瑟琳把亨利拉起来，然后他们两个向我们飞奔而来。凯瑟琳拎着她的长裙，以便能够更加利落地前行，亨利则大步向前跑，很快便赶上了她。我赶紧从马背上滑下来，向他俩伸出双臂，他们向我扑了过来，搂住了我的腰，紧紧地抱着我。

他们都长大了一些，在没有我的环境里，他们还是在茁壮地成长，想到这里，我的眼泪差点不听使唤。亨利的头已经可以够到我的肩膀，他会和他父亲一样长得又高又壮。而凯瑟琳已长成了一个年轻女人的模样，她和亨利一样高，举止优雅，有着波琳家独有的淡褐色的眼睛和调皮的笑容。我把她推远了一些，这样我才能够看清她的身材。她已经有了女人的曲线，当我们四目相对，我发现她的眼里透露出乐观、自信的光芒，已经快和成熟女人没有两样。我对她说："噢！凯瑟琳，你马上就会成为另一个波琳家的美人。"她羞红了脸，依偎在我怀里。

威廉从马背上跳了下来，和亨利拥抱了一下，然后转向凯瑟琳说："我想我应该只能亲吻你的手了。"

她笑了笑，跳进了他的怀里，对他说："当我得知你们结婚了，我感到十分高兴，我现在应该叫你父亲了吗？"

他坚定地说:"当然,除非你想叫我陛下。"好像这个问题根本不用问出口。

她咯咯地笑了起来。"宝宝呢?"

我走向奶妈,从她怀里抱过婴儿,说:"她在这里,你的新妹妹。"

凯瑟琳咕哝了几声,立刻把她抱了过去,亨利也靠了过来,掀开那块布,看着那张小脸,他说:"她好小。"

我说:"她已经长大了一些,出生的时候更小呢。"

亨利问:"她会经常哭吗?"

我笑了笑说:"没有,她不像你,跟个爱哭鬼似的。"

他马上咧开嘴笑了,露出孩子气的笑容。"哪儿有?"

"你小时候真可怕。"

"现在还是如此。"凯瑟琳抢着说,丝毫没有个姐姐的样子。

他反驳说:"才没有,母亲,还有,呃,父亲,你们赶紧进去吧,晚餐很快就会准备好,我们之前不知道你们什么时候才会到。"

威廉转身走向屋子,将手臂搭在亨利的肩膀上,他饶有兴趣地说:"我们来谈谈你的学习情况,听说你在和一些熙笃会①学者一起学习,他们有教你拉丁文和希腊文吗?"

凯瑟琳转过身来说:"我可以抱她进去吗?"

我笑着对她说:"你可以整天都抱着她,这样一来,奶妈就能休息了,她一定会很高兴。"

"她会很快醒过来吗?"她又看了看那个小人儿。

我向她保证说:"是的,你将看到她那双深蓝色的眼睛,非常漂亮,也许她还会冲着你微笑。"

---

① 又名泽西多会。罗马天主教修道士修会,其修会目的是复兴严格的本笃会规范。

1535年秋

秋天里，我就只收到一封安妮的来信。

亲爱的妹妹：

我们正在外面狩猎，所有的猎物都会被售卖出去，这个游戏很好玩，国王骑术很好，他还低价购买了一匹新坐骑。我们和西摩尔家人在沃尔庄园①过得很开心，简显然是这个房子主人的女儿，想到她那彬彬有礼的样子，你简直可以恨得咬牙切齿。她和国王一起在庄园里散步时，给他指了指自己用来治疗穷人的草药，还给他看了她的针线活儿和宠物鸽。她还告诉他自己在护城河里养了鱼，她喜欢亲自为父亲操办饮食，觉得服侍男人是女人的天职。这些都让她在国王眼里魅力四射，他就像个小孩子一样，完全被她迷住了。正如你能想象到的那样，我不再迷人了，但是对此我就只是付诸一笑而已，因为我知道自己手中握着最重要的那张牌，不是指我衣袖上面的徽章，而是我肚子里的孩子。

上帝保佑，这次能一切顺利。我正在温彻斯特给你写信，接下来我们会继续前往温莎，我希望你能和我们在那里会合，我希望你能一直陪着我，明年夏天孩子就出生了，那时我们又会变得很安全。你不要将这个消息告诉任何人，包括威廉。为了避免意外发生，我们必须尽可能保守这个秘密，

---

① 或被叫做狼厅。

只有乔治知道这件事情，现在你也知道了。我会在三个月后再告诉国王，这次我感觉孩子会发育得很强壮，为我祈祷吧。

安妮

我把手伸进口袋里，摸着我的念珠，尽力地为她祈祷，祈祷这次安妮能够怀个足月的孩子，还是一个男孩儿。想如果这次孩子又生不下来，我们所有人都会遭殃，这个秘密会被公之于众，我们的好运气不足以让我们再次幸免于难。对安妮来说，最初，她可能只是坚定不移地相信自己能够实现这个雄心壮志，如果这次失败，她可能会坠入深渊，变得癫狂起来。

我看着女仆把我的衣服装进旅行箱里，准备返回温莎宫，这时凯瑟琳敲了敲我的房门，走了进来。

我对她笑了一下，她走到我旁边，低着头盯着她鞋上的锁扣，很明显她正努力地想说些什么。

我问她："怎么了？小宝贝，你想说什么？再不说你就要被噎死了。"

她一下子抬起头来说："我想问你点儿事。"

"问吧。"

"我知道亨利必须和那些西多会学者待在一起，直到王后下令允许他进宫。"

我咬咬牙说："是的。"

"我在想自己能不能和你一起进宫？我已经快十二岁了。"

"你明明才十一岁。"

"快十二岁了，你离开这里的时候是几岁呢？"

我朝她做了个鬼脸，说："那会儿我才四岁，我希望你永远不会经历那样的痛苦，那时候我每天晚上都会号啕大哭，直到我过完五岁生日情况才有所缓解。"

"但是现在我已经快十二岁了。"

对于她的坚持，我只能付诸一笑。"你说得对，你应该去宫里，我会看着你，安妮会在她宫里为你安排一个侍女的身份，威廉也会照顾你。"

这个宫廷变得越发淫乱，一个新的波琳家女孩一定会成为人们关注的焦点。在我看来，我的女儿娇嫩美丽，生活在乡下一定会比在宫里安全得多，但是我仍旧说："我想这件事始终会发生，但我们必须先征求霍华德舅舅的同意，如果他说可以，那么下周你才能和我跟威廉一起回宫。"

她立刻笑容满面，拍拍手说："我会有新礼服吗？"

"我想应该会有的。"

"我能有一匹新马吗？我应该可以去打猎，是吗？"

我数着手指承诺道："四件新礼服，一匹新马，还有吗？"

"兜帽和斗篷，我之前的那些都太小了，我已经穿不上了。"

"兜帽和斗篷。"

她上气不接下气地说："没有了。"

我说："我想这些应该都可以搞定，但是凯瑟琳小姐，请你记住，对于一个年轻的女仆来说，尤其是一个漂亮的年轻女仆，宫廷并不总是个好地方，我希望你能按照指令做事。如果有任何人和你调情或者给你写信，你一定要告诉我，我不希望你去了宫里之后变成个伤心欲绝的女孩。"

"噢！不会的，"她就像一个宫里的弄臣一样在房间里跳起舞来，"绝对不会的，我会一切都听你的，你只需要告诉我应该怎么做，我照做就好了，我想甚至都没有人会注意到我。"

她的裙子飞舞了起来，突显出苗条的身段，棕色的头发也随之翩翩起舞，我苦笑着对她说："会的，我的女儿，他们一定会注意到你的。"

1536年冬

这十二天里,我度过了有史以来最开心的一个圣诞节。安妮怀孕了,全身还散发着健康和自信的光芒,我亲自挑选的丈夫威廉也在我身边,摇篮里有个婴儿牙牙学语,宫里还有个年轻漂亮的女儿。圣诞节假期的时候,安妮曾告诉我应该把亨利也带进宫。当第十二夜来临,我和大家坐在一起准备享用晚餐时,我看到姐姐坐在象征英国王权的宝座上,而我的家人也坐在最好的那一桌。

威廉说:"你看上去很高兴。"他因为接下来的舞蹈坐在了我对面。

我说:"是的,终于,好像波琳家已经获取了他们梦寐以求的地位,我们可以安心享受这一切了。"

他瞥了安妮一眼,她正准备带领那些夫人开始跳那支复杂的舞蹈,他低声问我:"她怀孕了吗?"

我低声回答:"是的,你怎么看出来的?"

他说:"我是从她眼里看出来的,这是她唯一一次如此客气地对待简·西摩尔。"

我咯咯地笑了起来,看向那一圈舞者,找到了简。她身着细腻丝滑的黄色礼服,正在等着跳舞。当她走到圆圈中心时,国王一直盯着她,仿佛她是一块冰冻的杏仁布丁一样,随时会被他吞进肚中。

威廉评论说:"她是最漂亮的女人。"

我坚定地说:"她就是一条白蛇,你最好不要露出那样的表情,因为我受不了。"

威廉却挑衅地说:"安妮都受得了。"

"相信我,安妮并不会允许他这样做。"

威廉却继续宣称说:"总有一天她会自食恶果,有一天他会受够安妮的性子,然后去找一个像简·西摩尔这样能让他愉快地休息一下的女孩。"

我摇了摇头说:"光一个晚上,她就会让他感到无聊透顶。他可是国王,喜欢打猎、比赛和享乐,只有霍华德家的女孩可以做到这些,你看看我们就知道了。"

威廉看了看安妮,接着看了看玛奇·谢尔顿和我,最后把目光转移到我美丽的女儿凯瑟琳·凯里身上,她正坐在那里,转过头望着那些舞者,像极了搔首弄姿的安妮。

威廉笑着说:"我真是个睿智的男人,竟然采了一朵这么美丽的花,你是波琳家最好的女孩。"

✦

第二天早上,我和凯瑟琳以及安妮一起待在王后寝宫里。安妮让侍女们缝制一张巨大的祭坛布,这令我想起了之前凯瑟琳王后让我们所做的工作,那时她命我们无休止地绣着蓝天,似乎那块布会一直延伸下去,根本没有尽头,但是她的命运还是发生了巨大的变化。凯瑟琳是王后宫里最年轻、资历最浅的侍女,所以她只能负责布料边缘的绣活儿,而其他侍女则跪在地上或者坐在凳子上绣布料中央的图案,她们聊八卦的声音就像夏日里鸽子的咕咕叫声,只有简·帕克的声音与众不同。安妮手里拿着根针,但她却仰头向后躺去,欣赏着乐师们的演奏。我完全不想工作,于是坐在窗边,望向寒冷的庄园发呆。

突然传来一阵响亮的敲门声。门被打开了,舅舅走了进来,环顾着四周,寻找安妮。她站了起来。

"怎么了?"她毫不客气地问。

他说:"王后死了。"说完他突然露出一副很震惊的表情,自己竟然忘了称她为先王后。

"死了?"

他点了点头。

安妮的脸一下子红了起来,洋溢着灿烂的笑容,直白地说:"谢天谢地,她终于死了。"

简·西摩尔低声道:"愿上帝保佑她,将她带入天堂。"

安妮那双黑色的眼睛死死地盯着她,说:"愿上帝保佑你,西摩尔荡妇,你难道忘了这位先王后明明是国王的嫂嫂,却违抗了他的命令,将他困在一桩错误的婚姻里,使他倍感痛苦。"

简毫无畏惧地看着她,轻轻地说:"我俩都曾侍奉过她,她是一个非常善良的女人,也是个好妻子,所以我一定会祈求上帝保佑她,只要一离开你,我就会去为她祈福。"

安妮似乎很想拒绝简的请求,但她瞥了一眼乔治的妻子,想到了只要有她在,任何风吹草动都会在一小时内被放大无数倍,在宫里扩散开来。

于是她只能甜甜地说:"当然可以。我去和国王庆祝时,还有谁要跟简一起到教堂祈祷吗?"

这个选择并不难做,只有简·西摩尔一个人去了,我们这些余下的人一起穿过了大厅,来到国王的寝殿。

他喜悦地跟安妮打了招呼,还将她抱起来,亲吻了一下,看上去或许会让人觉得他对凯瑟琳王后从来没有过丝毫忠贞,仿佛死去的是他最大的敌人,而不是一个深爱他长达二十七年的女人。她甚至在临死之际还在为

另一个波琳家的女孩

他祈福,而他却叫来了那些负责庆典的人,下令赶紧准备一场盛宴,一定要有舞会和其他娱乐活动。英国王宫居然会因为一个没有做错任何事情的女人孤单死去而举行盛典,她被自己的丈夫抛弃,还与女儿分隔两地。安妮和亨利会穿黄色的衣服,这是一种代表着快乐、阳光的颜色,也是西班牙王室哀悼的颜色,这一切不过是用来应付西班牙使臣的,他不得不将这个荒谬而又耻辱的事情传达给他的主人,即西班牙皇帝。

看到亨利和安妮脸上洋溢着胜利的笑容,我实在笑不出来。我转身走到门口准备离开,一根手指滑过我的手肘处,扣住了我。我转过身来,发现原来是我的舅舅。

他小声说:"留下来。"

"这太可耻了。"

"也许是很可耻,但你必须留下来。"

我本来打算直接离开,但是他把我抓得很紧,我无法挣脱。"她是你姐姐的敌人,所以也是我们的敌人,她差点把我们都毁了,她差一点就赢了。"

我低声回答他说:"因为她是对的,我们都知道这一点。"

他笑了一下,我的这种愤慨让他觉得非常滑稽。他对我说:"不管对与错,她都已经死了,而你的姐姐现如今是王后,没有人会反驳她。西班牙不会入侵,教皇也会解除驱逐令。也许她是正确的,但她已经死了。我们能做的就是让安妮生个儿子,而且我们一定会做到,所以你现在必须留下来,佯装成开心的样子。"

没办法,我只能和他站在一起。这时,亨利和安妮走上了窗台,一起谈天说地,他们的脑袋紧紧地靠在一起,声音迅速在屋子里扩散开来,仿佛他们就是这片土地上最大的阴谋家。我在想如果简·西摩尔看到这一幕,她就应该明白自己永远无法真正插足于他们之间。当亨利想要一个和他一样思维敏捷又经常闪现无良想法的人时，他总会想起安妮。简已经出发去为死去的王后祈福，安妮则即将因为她的死亡翩翩起舞。

宫廷里，大家都玩得很开心，拉帮结伙地谈论着先王后的死。威廉站在房间的另一头，他看见我闷闷不乐地站在舅舅身旁，便朝我走了过来。

舅舅对他说："她必须待在这里，不要走来走去。"

威廉说："她必须跟着自己的心走，我不会命令她。"

舅舅扬了扬眉毛说："真是个不同寻常的妻子。"

威廉说："一个适合我的妻子。"接着他转过身问我："你想待在这里吗？"

我妥协道："现在我还是待在这里吧，但我不会跳舞，这是对她的侮辱，我不会与他们狼狈为奸。"

不知何时，简·帕克突然出现在了威廉身旁，她对我们说："他们说她是被毒死的，那位先王后，他们说她死的时候极其痛苦，你们觉得谁会干这样的事情？"

我们三个人都故意没有朝那对王室夫妇看去，他们两个是从凯瑟琳之死中受益最大的人。

舅舅劝告她说："这是一桩丑闻，如果我是你，我就不会一遍又一遍地告诉其他人。"

她却为自己辩护说："这件事早就传遍了整个宫廷，每个人都在问，如果她是被毒死的，那会是谁做的？"

舅舅回答说："那你就去回答他们，告诉他们她并不是被毒死的，而是积怨成疾。我想她就是一个因为过度诽谤别人而死的女人，尤其是诽谤了一个如此位高权重的家族。"

简提醒他说："也是我的家族。"

他转身说："我都差点忘了这件事，你很少在乔治身边，帮我们谋取利益，有时我都完全忘记了你还是我们亲戚这回事。"

她只是看了一会儿舅舅的眼睛，然后垂下眼，平静地说："如果他不是总和他妹妹待在一起，我想我会花更多时间陪着他的。"

舅舅故意曲解她的意思说："玛丽吗？"

她抬起头来说："是王后，他们就像连体婴儿一样。"

"因为他知道自己必须为王后和家族服务，你也应该和他一样任王后差遣，当然也应该任他差遣。"

她却反感地说："我不觉得他想要差遣任何女人。如果没有王后，他身边根本没有任何女人。一直以来，他要么跟王后在一起，要么就是跟弗朗西斯爵士在一起。"

我呆住了，甚至不敢看威廉。

舅舅坦率地说："无论他需不需要，你都应该站在他身旁，这是你应尽的义务。"

那一刻我以为她会接着反驳下去，但是她没有，只是露出了一个狡猾的笑容，然后溜走了。

❂

晚餐前的那一个小时里，安妮把我叫到卧室，她立即注意到我没有穿黄色衣服参加宴会。"你最好快点换身衣服和我一起去。"

"我不去。"

那一刻我以为她可能要和我吵架了，但是她没有，只是对我说："噢！好吧，不过你必须去告诉大家你生病了，我不希望引人怀疑。"

她又瞥了瞥镜子里的自己，问我："你能看出来吗？我比其他人都胖一些，这是不是意味着婴儿长得很好？他是不是很强壮？"

我向她保证说："是的，你看上去状态很好。"

她坐在镜子前，对我说："为我梳头，没有人像你梳得那么好。"

我摘下她的黄色兜帽，将浓密而又光滑的头发拉出来。她有两柄银梳子，我先用其中一把，后来又换了另一把，好像在给一匹马梳毛一样。安妮低下头，沉迷于这片刻的闲暇之中。她说："他应该很强壮，玛丽，没有人知道这个婴儿的生长过程，以后也没人会知道。"

我突然感到自己的双手十分沉重，动作变得不太熟练，我在想她是不是咨询过女巫，施行了什么咒语。

她静静地说："他应该会是一位伟大的英国王子，因为他可是我去地狱之门求来的，你永远不会知道。"

我胆怯地说："那就不要告诉我。"

她笑了一会儿，对我说："噢！是的，小妹妹，你是想不让我这摊烂泥污染了你的裙摆吧？但是为了我的国家，我敢做一些你只能梦想的事情。"

我强迫自己再次为她梳起了头发，镇静地说："我相信。"

她安静了片刻，然后突然睁开眼睛。"我感受到了，"她以一种平静而又惊奇的口吻说，"玛丽，我突然感受到它了。"

"感受到什么了？"

"就在刚刚，我感受到了，我感受到孩子了，它动了一下。"

我问："哪里？给我看看。"

她赶紧拍了拍自己坚硬的肚子，"在这里！在这里！我感受到它了……"她打住了，我看见她的脸上露出了前所未有的光芒。"又来了，"她低声说，"轻轻地颤动了一下。这是我的孩子，现在开始加速了。上帝一定要保佑我和孩子，一定要保佑我生下一个活蹦乱跳的孩子。"

她从椅子上站了起来，黑头发仍旧披在肩膀上。"快跑去告诉乔治这个消息。"

即便我知道他们关系很亲密，但听到这句话我还是不由得惊奇地问：

另一个波琳家的女孩

"乔治?"

"我是说国王,"她迅速纠正了自己的失误,"去把国王请来。"

我从房间跑向国王的寝殿,他们正在给他穿晚宴的服装,房间里有六个男人和他在一起,所以我不便进入,于是在门口行了个屈膝礼。他转过身来,高兴地看着我说:"怎么啦?原来是另一个波琳家的女孩!好脾气的那个。"

听到这话,不止一个人笑出了声,我说:"王后想要立刻见您,她迫不及待地想要告诉您一个好消息。"

他扬了扬那条浅棕色的眉毛,这些天里他都十分威严。"所以她就让你像一片纸一样飞奔而来,召唤小狗似的召唤我吗?"

我再次行了行礼,说:"陛下,我愿意为了这个消息飞奔而来,我相信如果您知道这个消息,也会赶紧过去的。"

有人在我身后窃窃私语,国王穿上一件金色外套,摸了摸袖口的白色貂皮,对我说:"来吧,玛丽小姐,你来带领这条热切的小狗迎着哨声去找安妮,你可以将我带到任何地方。"

我把手轻轻放在他伸出的手臂上,他把我拉近了些,我没有反抗。当我们下楼时,一半的绅士都跟在我们身后,他亲切地对我说:"玛丽,你似乎非常适合婚姻生活,你现在还和年轻时候一样漂亮,那会儿你还是我的小情人。"

当亨利跟我亲密地说话时,我总是十分警惕,我谨慎地说:"那是很久以前的事情了,如今的陛下已经比当时的王子大了两倍。"

当这句话一说出口,我就咒骂自己真是个傻瓜。我的本意是想说他现在变得更加强大、更加英俊了,但是我却如此蠢笨,这句话听上去好像在说他的脂肪是之前的两倍,不过这倒也确实如此。

当我们走到倒数第三步台阶时,他突然停下了脚步,我差点跌倒在地,但我却不敢看向他,我知道世界上再没有任何一个像我这样愚蠢的人,本来渴望用一句漂亮话来吹嘘他,但我却如此无能,将其彻底搞砸了。

我突然听到一阵响亮的声音,我瞥了他一眼,原来是他哈哈大笑了起来,我紧张的神经慢慢得到了舒缓,他问我:"玛丽小姐,你是疯了吗?"

我也放松地笑了起来,说:"陛下,我想我是疯了,我本想表达的是那时您是个年轻的男人,我也是个年轻的女孩,而如今您已经是王子中的国王,但我……"

他再次笑了起来,我的声音被他的笑声淹没了,身后的朝臣们都伸长了脖子,俯下身来,想要弄清楚国王为何如此高兴,而我却为何在羞愧和大笑之间挣扎。

亨利抓住我的腰,紧紧地抱着我说:"玛丽,我喜欢你,你是波琳家最好的女孩,因为除了你,没人能让我哈哈大笑,赶紧把我带去我妻子那儿吧,不然你要是再说出什么可怕的话,我可不得不把你斩了。"

我赶紧从他手里挣脱出来,带他去了王后的房间,所有的朝臣都跟在后面。安妮不在会客室里,她还在卧室里面,我敲了敲门,宣布了国王的到来。她仍旧站在那里,头发披在肩上,手里拿了个兜帽,浑身还散发着美妙的光芒。

亨利走了进去,我把门关了起来,站在门口,以便不让别人听见他们的对话。这是安妮最成功的时刻,我希望她能尽情享受这一刻,她会告诉国王自己怀了一个孩子,这是自伊丽莎白以来,她第一次感受到子宫里有一个孩子在茁壮成长。

威廉来到房间门口,看见我正站在那里,他挤过了无数人的肩膀和手肘,终于走了过来,问我说:"你在为他们放哨吗?你双手叉腰,好像一个守卫鱼桶的卖鱼妇一样。"

"她正在告诉他自己怀孕的事情,她有权不让任何一个该死的西摩尔女孩闯进去打扰他们。"

接着乔治也出现在了威廉身边。"正在告诉他吗？"

"婴儿快出世了，"我笑着看着哥哥的脸，等着他露出和我一样的笑脸，"她感受到它了，就立刻让我去把国王找来了。"

我原本希望看到欣喜若狂的他，然而我看见的却不是这样：乔治的脸被阴影笼罩着，每当他做了坏事时就会这样，这是他罪恶感的体现。他眼里的阴影一闪而过，以至于我几乎以为是自己看错了，但有那么一瞬间我确信他的良心确实不安过，我大胆地猜想安妮在去地狱之门为英国求子时，一定也带上了乔治。

"噢！老天，怎么了？你俩干了什么？"

他立刻露出了那张肤浅的朝臣笑脸，说道："没什么！没什么。他们会多么开心呀！这几天发生了这么多事，凯瑟琳死了，新的王子在安妮的子宫里茁壮生长，真是为波琳家感到开心！"

威廉朝他笑了笑，礼貌地说："你们家族的人总是能够从自己的利益角度出发看待任何事情，真是令我印象深刻。"

"你是说我们因为王后死了而开心吗？"

威廉和我一起喊道："先王后。"

乔治笑了笑说："对，是她，我们当然会庆祝这件事情。威廉，你的麻烦之处就在于你没有野心，你永远看不见生命里那个唯一的目标。"

威廉问："是什么？"

乔治简单地说："更多的东西，你一直会想要更多的东西，只会想要越来越多的东西。"

整个一月份，天气一直很阴冷，我和安妮坐在一起读书、打牌，一起听乐师们的演奏，乔治永远陪在安妮身边，仿佛一个虔诚的丈夫一般，总是为她拿来喝的东西和倚靠的垫子，她在他的关怀下变得神采奕奕。安妮很喜欢凯瑟琳，愿意带她和我们一起玩，我就这样看着她小心翼翼地学着宫里的侍女们，一直注意着自己的言谈举止，她现在已经可以和她们一样优雅地发牌、弹鲁特琴了。

安妮赞赏她说："她即将成为一个真正的波琳家女孩，谢天谢地，她的鼻子长得像我，而不像你。"

尽管安妮还是一如既往地挖苦我，但我还是说："每天晚上我都为此感谢上帝。"

安妮说："我们该为她找个合适的伴儿了，作为我的外甥女，她应该得到很高的待遇，国王对这件事情也会感兴趣的。"

我说："我现在还不希望她结婚，当然我也不会反对她的选择。"

安妮笑了起来，说："她是波琳家的女孩，她的婚姻必须由家族做主。"

我说："她是我的女儿，我不会把她卖给出价最高的人。你可以让伊丽莎白这样做，那是你的权利，她有一天会成为公主，而我的孩子在成婚之前就只是孩子而已。"

安妮点点头，不再和我争辩，但她继续报复我说："但是你的儿子依旧是我的。"

我咬了咬牙，低声说："我永远忘不了。"

✶

慢慢地，天气变得非常晴朗，每天早晨，大地都会结上一层白白的霜，当鹿群穿过庄园，进入乡村时，猎狗能闻到它们身上浓烈的气味。马匹走得很艰难，亨利每天都要换两三次坐骑，他穿着厚厚的冬季斗篷，热气腾腾，不耐烦地等着马夫为他带来一匹更强壮的马、一匹能够在缰绳下飞奔前行的马。他就像一个年轻人一样骑着马,他感觉自己又回到了年轻的时候,又成为了那个让漂亮妻子怀上儿子的年轻男人。凯瑟琳已经死了,他就当她从未出现过一样,彻底忘记了她,安妮正怀着他的孩子,这让他重拾了信心。这一切仿佛是上帝在对亨利微笑,而且他相信上帝早晚都会这么做。既然先王后死了,那么就没有了西班牙入侵的威胁。如今国家一片祥和,安妮还怀上了孩子,在亨利看来上帝已经和他站在了一边,一起反对教皇和西班牙皇帝。当他确信自己和上帝在这件事甚至每件事上都意见一致时,他十分开心。

安妮感到很满足,她觉得这个世界都触手可及,之前从未有过这种感受。凯瑟琳曾是她的对手,但她却在王后的宝座上黯然失色,现在她终于死了。虽然她的女儿曾经威胁到安妮女儿的统治权,但如今也不得不退居二线,安妮的女儿伊丽莎白才是被这个国家的每个男人、女人和孩子公认的王权继承人,那些反对她的人要么是被关进了塔楼,要么已经被处死。当然最重要的是,安妮体内还有一个孩子正在茁壮成长。

亨利宣布即将举行一场马背比武,每个铁骨铮铮的男人都必须带上盔甲和马匹报名,亨利自己也会骑马参赛,他那重新焕发的青春和自信促使他再次迎接挑战。而威廉却一直抱怨着昂贵的参赛费用,在比赛的第一天,他从另一个贫穷的骑士那里借了身盔甲,小心翼翼地骑着马对战,于是他的对手很容易就打败了他。

当他来女士帐篷里找我时,我们都坐在遮阳篷里。安妮坐在最前面,我们其他人则穿着皮毛,站在她身后,我对他说:"老天呀,我居然嫁给了一个胆小鬼。"

他说:"上天保佑你嫁了这个胆小鬼。我带着我的坐骑出去,又毫发无伤地把它带了回来,比起所谓的英雄荣誉,我更愿要一匹完整无缺的马。"

我笑着对他说:"你真是个小老百姓。"

他用胳膊搂住我的腰,把我拉到他身边,快速地索了一个吻,低声对我说:"我的品位最差,因为我爱我的妻子,我爱和平和安宁,我爱我的农场,对我来说,没有什么晚餐比得上一片培根和一口面包。"

我靠近他问:"你想回家吗?"

他平静地对我说:"当你能和我一起回家的时候,我们就回家。当她的孩子出世,她会允许我们离开的。"

第一天亨利骑马参赛,一路杀到第二天,安妮本打算去看他,但是早上她有点不舒服,于是派人告诉国王说下午再去观赛。她命我和一些侍女留了下来陪着她,其他人都去参赛了,她们穿着最艳丽的衣服,和那些身着盔甲的绅士一起出发。

安妮从窗户往外看了看说:"乔治会防着那个西摩尔婊子。"

我安慰她说:"国王只会专心致志比赛,毕竟他非常喜欢胜利带来的快感。"

我们在她的房间里安静地度过了一个上午,她继续缝制那张祭坛布,当她缝制到圣母的斗篷时,我正在另一端枯燥地处理着一大片草丛,这样的天差地别揭露了一个道理:圣人会上天堂,而魔鬼只会坠入地狱。我听到窗外突然传来一阵响动,一位骑手迅速进入了宫廷。

安妮放下了手中的针线活儿,抬起头问:"出什么事了?"

我跪在窗台上向下望去,说:"有人像疯子一样闯进了马厩,我想……"

我把接下来要说的话吞了回去,冲进马厩的是由两匹强壮的马拖着的王室礼轿。

安妮在我身后问:"怎么了?"

我想了想她的孩子,说:"没事,没事。"

另一个波琳家的女孩

她从椅子上站了起来,越过我的肩膀向外看,但是王室礼轿已经不见了。

我说:"有人骑进了马厩,或许是国王的马掉了个马蹄铁,你知道他多么讨厌从马上下来,即便是一刻也不行。"

她点了点头,但是却没有走开,依旧靠在我肩膀上,看着那条大路。"霍华德舅舅在那儿。"

前面是他的旗帜,身后还跟着一小队人马,舅舅骑马回到了宫廷,骑进了马厩。

安妮又重新坐在椅子上,过了一会儿,我们听到宫殿的门砰砰作响,楼梯上传来了他和那些人的脚步声。当他走进房间时,安妮抬起了头,好奇地看着他。他朝她鞠了一躬,似乎暗含着什么其他意味,因为跟以往不同,这次他朝她深深地鞠了一躬,我感到十分警惕。这时,安妮站了起来,她的针线从膝上掉落到地板上,她用手捂住嘴,还用另一只手护住隆起的肚子。

"舅舅?"

"很遗憾,陛下从马上摔了下来。"

"他受伤了吗?"

"伤得很严重。"

安妮脸色惨白,脚步晃荡。

舅舅坚定地说:"我们必须有所准备。"

我扶着安妮在椅子上坐了下来,抬头看着他问:"为了什么而做准备?"

"如果陛下驾崩,那么我们需要守卫伦敦和北境。安妮必须写一封诏书,在我们建立理事会之前她必须暂代政务,我会代表她处理这些事情。"

安妮又问:"他死了吗?"

舅舅重复说:"我是说如果,那样我们不得不把这个国家团结起来。你肚子里的孩子要长大成人还有很长一段时间，我们必须制订计划，必须准备好保卫这个国家。如果亨利死了……"

"死了吗？"安妮再次问。

霍华德舅舅看着我说："你妹妹会回答你的问题，已经没有时间可以浪费了，我们必须保卫王国。"

安妮的脸上露出了震惊的表情，就像她的丈夫一样麻木。她无法想象没有他的世界，对于舅舅的指令，她显得爱莫能助，她也不能在没有国王统治的情况下保卫好王国。

我赶紧说："我会做好这一切，我会写下诏书，并签好字。霍华德舅舅，你不能问她了，她还有个未出世的孩子要保全。我们的笔迹很相似，之前也为彼此写过一些东西，我能代替她写下诏书，签下她的名字。"

对此他感到很高兴，对他来说，这两个波琳家的女孩没什么差别。他把凳子拉到书桌旁，简单地说："开始吧。'请放心……'"

安妮躺在椅子上，一只手放在肚子上，另一只手捂着嘴巴，凝视着窗外。她耽搁得越久，国王的情况就会越糟糕。这个从马背上摔下来的男人被立刻带回宫，这个濒临死亡的男人一路上被抬得小心翼翼。当安妮沉浸在自己的思绪当中，低头看向马厩的入口时，我意识到我们所有人都已置身危险之中。如果国王死了，那么我们所有人都会完蛋。领主们为了自己的利益，会即刻瓜分这个国家的领土，英国会变得四分五裂，就像之前亨利的父亲还未把这些碎片拼凑起来一样。约克郡会对兰开斯特郡开战，每个人都会为了自己的利益互相厮杀，这个国家会变得极其荒凉，每个郡都会有一个自己的主人，他们不会屈服于一个真正的国王。

安妮回头看向房间，她看见了我脸上骇然的表情，她知道为了保住她年幼的伊丽莎白的统治权，自己不得不做出妥协，暂理政务。

她问我："他死了吗？"

我站了起来,握住她冰冷的双手说。

"上帝保佑他一定不会死的。"我说。

⭐

他们把他抬了进来,走得如此缓慢,那顶轿子就好像是一副棺材一样,乔治走在前面,威廉和其他刚刚参与比赛的骑士跟在后面,队列都一片死寂,没有发出任何声响。

安妮悲伤地叫了一声,滑到地板上,她的礼服散落在地上,一位侍女抓住了她,我们把她扶进了卧室,让她在床上躺了下来,派了个人去取蜜酒、请医生。我解开了她衣服上的带子,摸了摸她的肚子,低声祈祷着里面的婴儿安然无事。

不久,我的母亲端着酒走了进来,看到脸色苍白的安妮挣扎着要坐起来。

她厉声说:"安静地躺着,难道你想搞砸这一切吗?"

安妮问道:"亨利怎么样了?"

母亲撒谎说:"他醒了,他虽然摔了下来,但是没有大碍。"

从我的角度正好可以看到舅舅,他在胸前画着十字,低声祈祷。我还从来没见过这个严厉的男人求过其他任何人。我的女儿在门口偷看了一会儿,被召了进来,将那杯酒递给了安妮。

舅舅低声对我说:"赶紧过来写完这封信,这比其他任何事情都重要。"

我迟疑地看了看安妮,又回到会客室,再次拿起了笔。我们一共写了三封信,一封将寄去伦敦城,一封将寄去北境,还有一封将寄给议会。我在这三封信上都签下了英国王后安妮的名字。这时医生进来了,还带来了几个药剂师。在这个即将分崩离析的世界里,我一直压低自己的头,冒险签下了英国王后的名字。

这时门打开了，乔治走了进来，他看上去一脸震惊，问道："安妮怎么样？"

我说："昏过去了，国王呢？"

他低声说："游离之中，他也不知道自己在哪儿，一直在寻找凯瑟琳。"

舅舅以剑客拔剑的速度重复道："凯瑟琳？他竟然在找她？"

"他不清楚自己的状况，还以为是几年前在那次比武中摔下马来。"

舅舅对我说："你俩都去找他，让他安静点，不要让他在濒死之际再喊凯瑟琳的名字。如果这件事传了出去，他可能会把伊丽莎白的继承权让给玛丽公主。"

乔治点了点头，把我带到大厅，他们并没有将国王抬上楼，因为害怕会和国王一起跌倒，他很胖，而且也不会就这样安静地躺着。他们将两张桌子拼在一起，把轿子放在上面，而他正摇晃着自己的身体，翻来覆去，乔治带我穿过这群受惊的人，国王看见了我，当他认出我时，那双蓝色的眼睛慢慢眯了起来。

"玛丽，我摔了一跤。"他的声音就像个小男孩儿一样可怜。

"可怜的男孩，"我靠了过去，握住他的手，把它放在我心脏的位置，"痛吗？"

他闭上眼睛说："浑身都痛。"

医生走到我身后低声说："问他是否能够移动脚和手指，身体的其他部位有没有知觉。"

"亨利，你的脚能动弹吗？"

我们都看到他的靴子抽搐了一下。"可以。"

"手指呢？"

我感到他把我握得更紧了。

"可以。"

"陛下，你身体里面疼吗？肚子疼吗？"

他摇了摇头。"全身都疼。"

我看了看医生。

"我们应该用水蛭给他吸血。"

"但我们甚至都不知道他伤在哪儿？"

"他身体里面可能在流血。"

亨利安静地说："让我睡一会儿，玛丽，留下来陪着我。"

我把视线从医生身上移开，低头看着国王的脸，他看上去十分年轻，一直沉默不语，昏昏欲睡，我差点就以为他就是自己之前喜欢的那个王子：当他仰面躺下的时候，双颊的脂肪完全看不出来了，眉毛的线条还是那么优美。这是唯一一个可以使这个国家团结在一起的人，没有他，我们所有人都将荡然无存，不仅仅是霍华德家、波琳家，还包括这个国家的每一个男人、女人和小孩，没有人能阻止继承人们争夺王位，包括玛丽公主、我的外甥女伊丽莎白、我的儿子亨利以及私生子亨利·菲兹罗伊。这件事情在教会早已被传得沸沸扬扬，西班牙皇帝和法国国王都会取得教皇的许可来这里恢复秩序，到那时我们将永远无法摆脱他们。

我问他："如果你睡会儿会感觉好些吗？"

他睁开那双蓝眼睛，冲我笑了笑，小声说："会的。"

"你愿意静静地躺着，以便让我们能够把你抬上楼在床上睡觉吗？"

他点了点头。"抓着我的手。"

我转向医生问："我们应该这样做吗？把他抬上床，让他睡会儿？"

医生看上去十分惊恐，英国的未来都在他的手中，他不安地说："我觉得应该可以。"

我指出："好的，毕竟他也不能睡在这里。"

乔治挺身而出，挑出了六个看上去最为强壮的男人，让他们排在轿子四周,说:"玛丽,你来握住他的手,让他保持静止不动。其他人听到我的指令,就把轿子抬起来,开始上楼,我们在第一个平台休息一下,然后继续走。一、二、三,就是现在:起轿!"

男人们竭力将他抬了起来,并努力保持平衡。我走到旁边,紧紧地抓着国王的手。他们一起开始大步向前走去,我们走上了通往国王寝殿的楼梯,有人走在前面,迅速打开了会客室的两扇门,继而又进去打开了卧室的两扇门,他们把轿子小心翼翼地放在床上,这时,国王的身体被剧烈地摇晃了一下,他痛苦地呻吟着。接下来我们必须把他从轿子上转移到床上,我们请他自己爬到轿子边缘,让人抬起他的肩膀和双脚,其他人则负责将他身下的轿子拖出来。

我看到了医生当时目睹这一切粗暴行为时露出的表情,意识到如果国王在内出血,那我们可能已经杀死了他。他一直痛苦地呻吟着,那一刻,我觉得那简直就是死亡的声音,而这一切都是我们的过错,但是紧接着他就睁开了眼睛看向我。

他问:"凯瑟琳呢?"

周围的人都在窃窃私语,我看向乔治,他干脆利落地说:"出去!大家都出去。"

弗朗西斯·韦斯顿爵士朝他靠过来,在他耳边轻轻说了些什么。乔治专心地听完后,摸了摸弗朗西斯爵士的手臂表示感谢。

"王后下令,留医生、她的妹妹玛丽和我来照顾国王,其他人都在外面等候。"

他们很不情愿地离开了房间,我听到舅舅在外面大声说如果国王不行了,王后将会代替伊丽莎白公主处理政务,他们都清楚自己已经宣誓效忠伊丽莎白公主,这是国王挑选出来的唯一合法继承人。

他再次看着我问:"你是凯瑟琳吗?"

另一个波琳家的女孩

我温柔地说:"不是的,是我,玛丽,过去是玛丽·波琳,如今是玛丽·斯塔福德。"

他颤抖地握着我的手,把它放在嘴唇上亲吻了一下,轻声说:"我的爱人。"没有人知道他说的是哪个爱人:是那个虽然已经过世但是一直深爱他的先王后,还是同样住在这座宫殿里、被吓坏的现王后,还是我这个他曾经爱过的女孩。

我焦急地问:"您想睡觉吗?"

他的蓝眼睛盖上了一层朦胧的影子,看上去就像是个醉汉,他喃喃自语说:"睡觉,是的。"

"我会坐在你旁边。"乔治为我拉了把椅子,我坐了下来,手一直被国王紧紧握着。

乔治说:"上帝保佑他一定要醒过来。"他低头看了看亨利那张蜡黄的脸庞和颤动的眼睑。

"阿门!"我附和说,"阿门!"

我们一直和他待在一起,直到下午三四点。医生们在床尾候着,我和乔治待在床头,母亲和父亲一直进进出出,而舅舅永远不知道在哪个地方密谋着什么。

亨利一直在出汗,其中一个医生掀开了他的被子,发现很久以前他受过伤的小腿肚子上有一块又黑又丑的脓渍,这块伤口一直都没有完全愈合,这次又破开了。

那个医生说:"我们应该把这些瘀血弄出来,可以放一些水蛭在上面,让它们把血吸出来。"

"我看不下去。"我对着乔治摇了摇头。

他对我粗暴地说:"坐到窗户旁边去,不要晕倒了,当他们把水蛭放上去,我会叫你回到床边。"

我坐在窗边,坚决不愿意回头,医生们把一些黑色水蛭放在国王的腿上,让它们去吸食被撕裂开来的肉,我不想听到罐子里的叮叮咚咚声,于是尽可能地远离他们,直到乔治对我说:"回来吧,坐在他身边,你不会看见任何东西。"我回到床头坐了下来,水蛭吸够了血,看上去就像黑乎乎的黏球,医生把它们从伤口上取下来,这时我才敢动了动。

我握住国王的手,抚摸着它,就像抚摸着一只生病的小狗一样,突然他反握住我的手,睁开眼睛,他的目光非常清澈,说道:"老天!我浑身都疼。"

"你从马背上跌了下来。"我试图判断他的意识是否清醒。

他说:"我记得,但我不记得自己是如何回宫的了。"

乔治从窗边走了过来,说:"我们把您抬回来的,还抬上了楼,您还让玛丽留在您身边。"

亨利温柔而又惊讶地冲我笑了笑说:"真的吗?"

我说:"那时的您不是真正的您,您意识模糊,谢天谢地您终于又恢复了健康。"

"我会给王后传个消息。"乔治命令其中一个侍卫去告诉她国王已经苏醒过来了。

亨利轻轻笑了笑说:"你们看上去都捏了一把汗。"他的身体在床上动了动,立刻又露出那种痛苦的表情。"上帝!我的腿!"

我说:"您的旧伤口又撕裂了,他们在上面放了水蛭。"

"水蛭,还要敷一种药膏,凯瑟琳知道如何做,去问她……"他咬了咬自己的嘴唇,"应该有人会知道,老天呀!应该有人知道这个配方。"他沉默了一会儿,继续说:"帮我拿酒来。"

另一个波琳家的女孩

一个仆人拿了杯酒来，乔治放在国王的嘴唇边，亨利一饮而尽，他的注意力又回到了我的身上，好奇地问："那么是谁先开始动手的？西摩尔家、霍华德家，还是珀西家？是谁在为我的女儿捍卫王位，并自诩是摄政王？"

乔治太了解亨利了，他面带笑意地招认说："整个宫里的人都跪下了，我们脑子里想的都是一定要保住您的健康。"

亨利点点头，一点也不信。

乔治说："我去把这个好消息告诉宫廷里的人，他们会举办一场弥撒集会来感谢上帝，我们真是担心坏了。"

亨利含糊地说："再给我拿一些酒来，我感觉体内所有骨头都断了。"

我问："您要我去帮您拿吗？"

他漫不经心地说："你留下来，拿些枕头放在我身下，我躺在这里的时候，感觉自己的背就像一块铁板一样僵硬，是哪些白痴让我这样平坦地躺在床上的？"

我想起之前我们将他从轿子上搬上床的那一刻，说："我们都很害怕移动您的身体。"

他却自鸣得意地说："公鸡不在家，你们就成了农场上的一堆小鸡崽儿。"

"感谢上帝没有把您带走。"

"是的，"他兴致不高，"如果我今天死了，那么情况对于霍华德家和波琳家来说会十分不利，你们在往上爬的这一路上树敌无数，他们会很乐意看到你们再次跌入深渊。"

我谨慎地说："我脑子里想的只有陛下。"

他突然敏锐地问我："他们有没有按照我的意愿，将伊丽莎白推上位？我猜你们霍华德家一定会这样做吧？毕竟她也是你们家人。但其他人呢？"

我正好迎上他的目光。"我不知道。"

"如果我没有醒过来，膝下也没有王子，那些誓言就不会算数，你觉得他们真的会效忠于公主吗？"

我摇了摇头说："我不知道，我也不知道该说什么，我根本没有和其他人待在一起，我就一直和您一起待在这里，一直看着您。"

他说："我想你会效忠于伊丽莎白，安妮会当上摄政王，而你们的舅舅则会在幕后操控这一切，除了名字外，整个英国都将会沦落到霍华德家人手里，一个又一个霍华德家的女人会相继登上王位。"他摇了摇头，脸色阴沉，继续说："这次她必须给我生个儿子。"他的太阳穴里有一根血管在跳动着，他把手放在头上，用手指按压了一下，似乎想要缓解那种疼痛。他说："我再躺会儿，把这些该死的枕头拿走，我疼得都快睁不开眼了。一个霍华德家的女孩当上摄政王，下面还有个霍华德家的女孩等着继承王位，这就是一场灾难。这次她必须给我生个儿子。"

这时门打开了，安妮走了进来，她的脸色依旧苍白，慢慢走到亨利的床边，握住他的手，他用那双痛苦难耐的眼睛仔细端详着她苍白的脸。

她坦率地说："我以为你会死。"

"那你会做什么呢？"

"我会尽全力当好英国的王后。"她一边用手摸着自己的肚子，一边回答说。

他伸出大手，握住她的手，冷冷地说："夫人，你的肚子里最好是一个儿子，我认为你作为英国王后做的还不够。我需要一个男孩来将这个国家凝聚在一起，我并不希望自己死后，只留下伊丽莎白公主和你那位诡计多端的舅舅。"

她激动地说："我要你发誓，再也不参加这种格斗比赛了。"

他转过头说："我要休息了，记住你的誓言和承诺。老天呀！我原本以为摆脱了凯瑟琳王后,能够盼来什么比她更好的人。"

这是我见过他们之间最惨淡的一刻,安妮甚至没有和他争论,他们的脸色一样苍白,看上去就像鬼魂一样,都被自己的恐惧吓得半死。这本来应该是一场充满爱意的重聚,结果却只是提醒了他们,自己根本无法牢牢地抓住这个国家。安妮拖着沉重的身躯向他行了一个礼,走出了房间。她走得很慢,仿佛身上背负了沉重的担子一样,她在门口停留了片刻。

当我再看向她时,她彻底调整好了自己的状态。她抬头挺胸,嘴唇微微弯起,露出迷人的微笑。她伸直了肩膀,像舞者听到音乐响起一样站了起来,朝门边的侍卫点了点头,侍卫把门打开了。她走出门来到宫廷里,耳畔一片嗡嗡的喧嚣声,她一脸感恩地告诉人们,国王很好,还和她开玩笑说自己从马上摔了下来,他一康复便会再次和他们一起比赛,对此人们感到十分高兴。

✦

亨利在恢复的这段时间里显得十分安静、体贴,他身体上的疼痛让他看上去老了许多,腿上的伤口满是鲜血和黄色脓液,必须一直用绷带包扎着。当他坐下时,还必须用脚凳支撑着那条腿。每当他看到那条腿,都觉得是一种耻辱,他一直因自己健硕的腿部和强壮的姿态感到自豪,然而他现在走路时,小腿的线条完全被大块的绷带破坏了。更糟的是,他闻起来还臭烘烘的,那种气味就像一间肮脏的鸡舍一样。亨利曾经是英国尊贵的王子,被公认是欧洲最英俊的男人,如今他却这般老态龙钟,一瘸一拐痛苦地前行着,浑身还散发着臭味,像一个肮脏的苦修士。

安妮却完全无法理解,她嘲笑他说:"丈夫!看在上帝的分上,你就开心点吧,你都幸免于难了,还要怎么样呢?"

他说:"我们都幸免于难了,如果我死了你又能怎么办呢?"

"我应该可以处理好这一切。"

"我想你们都会做得很好。如果我死了,你和你的家人会趁王位还留有我的余热时把它夺走。"

她本可以一言不发,但是她习惯于向他发脾气,她问:"你是在羞辱我吗?你是在指责我们家族对你不够忠诚吗?"

宫廷里的人都在等着享用晚餐,他们故意压低了自己讲话的声音,努力去听这对王室夫妇的墙根。

亨利反驳说:"霍华德家人先是忠于他们自己,再才是忠于国王。"

我看到约翰·西摩尔爵士抬起头,偷偷地笑了笑。

安妮怒气冲冲地说:"我的家族曾为你献出过生命。"

亨利的弄臣立刻接了句:"确实你和你的妹妹都曾献身。"这句话就像鞭子一样抽打在我们身上,瞬间,人群里响起了一阵笑声,我的脸立刻变得绯红,这引起了威廉的注意。我看到他把手放在剑上,准备拔剑,但是用拳头对付一个傻子毫无意义,尤其这时国王也在哈哈大笑。

亨利走了过去,拍了拍安妮的肚子说:"希望能有个好结果。"她烦躁地推开了他的手,他僵在了那里,好脾气立刻消失得无影无踪。

她尖锐地说:"我又不是一匹马,不喜欢被人拍。"

他冷漠地说:"不,如果我有你这样一匹坏脾气的马,我将会拿它喂狗。"

她挑衅地说:"你最好骑上这样的母马,然后驯服她。"

我们等待着他做出如以往般热烈的回应,但现场却一片寂静,大约沉默了一分钟,安妮的笑脸也变得愈加紧张起来。

他却平静地说:"有些母马并不配让我骑。"

只有离得最近的几个人听到了他的声音,安妮脸色煞白,然后若无其事地转过头,笑了起来,她的笑声非常响亮,仿佛国王说了些无比有趣的话。大多数人都低着头，假装与身边的人交谈着，她看了看我和乔治，乔治也回头望着她，凝视了片刻，犹如一只平稳的手给予了她力量。

"亲爱的，再来点酒如何？"她的声音里没有一丝颤抖。一位绅士上前，为国王和王后又倒了些酒，晚宴正式开始了。

晚宴上亨利一直都闷闷不乐，就连舞蹈和音乐都没能让他打起精神，不过他吃的食物、喝的酒确实比以往多了些。他站了起来，痛苦地在宫里蹒跚着，打个招呼，又听一位向他鞠躬的绅士诉说请求。随后国王来到我们这一桌，王后的女士们都坐在这里，他走到我和简·西摩尔之间，我俩一同起身，当简向他行礼时，他看到她沮丧地笑了一下。

他说："西摩尔小姐，我感觉很疲惫，真希望我们还在沃尔夫庄园，这样你就可以在你的草药园里为我制作药酒了。"

她行了屈膝礼，站了起来，脸上带着最甜美的笑容说："我也希望如此，如果能让陛下从痛苦中解脱出来，我愿意付出一切。"

正如我猜想的那样，亨利接着说："一切吗？"这个淫秽的笑话让他感到非常开心。亨利为他自己拉了张凳子过来，坐在桌子旁边，示意让我们分别坐在他的两侧，说道："你可以治愈擦伤和撞伤，但是你无法让我永葆青春。我已经四十五岁了，我以前可是从来没有在乎过年龄这回事。"

"只是因为这是在秋天，您的状态不好，"简说道，她的声音就像即将滴入桶中的牛奶一样甜美而又令人感到宽慰，"而且您又受伤了，身体如此疲惫，为了王国的安危，您一定早就筋疲力尽了，我想您一定日日夜夜都想着这件事情。"

他悲哀地说："要是我能留下一个儿子，那对英国来说真是一笔宝贵的遗产。"这时，众人都朝王后看去，安妮正怒不可遏地回头盯着他们。

简甜蜜地说："上帝呀，请您保佑王后这次一定生出一个儿子。"

他低声问："简，你是真心为我祈祷吗？"

她笑了笑。"为我的国王祈祷是我的责任。"

"那你今晚会为我祈祷吗？"他的声音更小了，"当我无法入睡、浑身疼痛、感到恐惧时，我会想起你正在为我祈祷。"

她简单地说："我会的，就好像我和您一起待在房间，把手轻轻放在您头上，哄您入睡一样。"

我咬了咬嘴唇，看见自己的女儿坐在邻桌，正瞪大眼睛，试图去理解这种新潮、甜蜜而又虔诚的调情方式。国王站了起来，脸上露出了一丝痛苦的表情。

"手臂！"他回头说，六个人立刻走了过来，他们都以能够护送国王重返宝座为荣，但他没有选择我的哥哥乔治，而是选择了简的哥哥，于是安妮、乔治和我只能静静地看着一个西摩尔家的人将国王扶回了宝座。

✦

安妮静静地说："我要杀了她。"

我在她的床上伸了个懒腰，懒洋洋地枕着一只胳膊，乔治则趴在炉子边。安妮坐在镜子面前，女仆正在为她梳理头发。

我说："我会为你杀了她，然后成为一个圣人。"

乔治公正地评价说："她很不错。"仿佛他在评价一个专业舞者。"她跟你俩非常不同，她总是能够体贴国王，我认为这一点十分迷人。"

安妮咬牙切齿地说："一个糟糕透顶的小情妇而已。"她把梳子从侍女手中拿过来，对她说："你走吧。"

乔治又给我们倒了一杯酒。

我说："我也应该走了，威廉还在等我。"

安妮霸道地说："你不许走。"

我乖乖地回答说："是的，殿下。"

另一个波琳家的女孩

她朝我露出了一个带有警告意味的沉重表情。

"我是不是应该把那个西摩尔家的小婊子送出宫去？"她问乔治，"我不想让她整天在国王面前晃来晃去，这让我感到很生气。"

乔治建议说："别管她，等他恢复健康，一定会想要更火辣的女人。你不能再冲他发火了，他今晚对你很生气，你还自己往枪口上撞。"

她说："我不能忍受那么卑鄙的他，他没有死，不是吗？为什么还要表现得那么痛苦？"

"他是在害怕，害怕自己不再年轻。"

安妮说："如果她再对着他笑，我会直接打她的脸。玛丽，你代替我警告她，如果再让我看到她对着国王露出那种圣母玛利亚般的微笑，我一定会扇她巴掌。"

我从床上滑下来，对她说："我会告诉她的，但可能不会用那么恶劣的言辞。安妮，我现在可以离开了吗？我真的很疲倦。"

她烦躁地说："噢，好吧。乔治，你会待在这里陪我，是吧？"

我警告他说："你的妻子会说闲话，她之前就说过你老是待在这里。"

我本来以为安妮会耸耸肩，不以为意，但她却和乔治交换了一个眼神，于是他站了起来。

安妮问："难道你们非得要我一个人吗？一个人走路、一个人祈祷、一个人睡觉。"

乔治听完她这句悲惨的话，显得有些犹豫不决。

这时我坚定地说："是的，是你自己选择走上了王后这条路，之前我就警告过你，这不会让你感到丝毫快乐。"

✦

早上，简·西摩尔和我一起去教堂听弥撒，当我们走到国王寝殿敞开的大门时,看到他正坐在桌子旁,受伤的腿搁在面前的一把椅子上,职员在他身边为他念着信件,念完把它们放在他面前,让他签署名字。简走到门口时,故意放慢了脚步,对他笑了笑,他停了下来,直直地看着她,手里还握着一支笔,笔尖上的墨水都凝固了。简和我并排跪在王后的教堂里,聆听祭坛前举行的弥撒。

我悄悄说:"简。"

她睁开了双眼,一直在专心致志地祷告。

"是的,玛丽,不好意思,我正在做祷告。"

"如果你继续和国王调情,脸上继续挂着那病态的笑容,我们波琳家人当中总有一个会把你的眼睛挖出来。"

❂

安妮在孕期养成了散步的习惯,她每天先是沿着河边走去,走上玩滚木球游戏的那片草坪,穿越一片红豆杉林,经过网球场,最后再回到宫里。我总是和她一起,乔治也形影不离,大多数侍女也都跟在后面。另外,因为国王下午不会外出打猎,所以一些绅士也来陪伴着她。乔治和弗朗西斯·韦斯顿爵士分别走在她的两侧,他们总是能让她哈哈大笑。当我们往上去往玩滚木球游戏的那片草坪时,他们会扶着她的手臂,帮助她踏上那些梯步,而剩下的人则会和我走在一起,包括亨利·诺里斯、托马斯·怀亚特爵士、威廉等等。

一天,安妮突然感到很疲倦,我们决定抄小道回宫。乔治和我搀扶着她前行,亨利·诺里斯跟在后面。当侍卫看到我们朝他们走去时,赶紧打开了安妮寝殿的大门,简·西摩尔突然出现在我们的视线之中,她赶紧从国王的腿上跳下来,国王也努力站了起来,他用手拍了拍外套,一脸冷漠地看着我们。由于他的腿伤还未痊愈,他根本站不稳,摇摇晃晃的样子看上去很愚蠢，安妮像一阵旋风一样冲了进去。

她对简·西摩尔说："荡妇！滚出去。"简对她行了行礼，匆匆离开了房间。乔治试图把安妮推进她的卧室，但她却开始责骂国王。

"你和刚刚坐在你腿上的那个小荡妇在做什么？她是不是就是一张狗皮膏药？"

他尴尬地说："我们在谈论……"

"难道你没听清她的低声细语？她是不是把舌头都伸进你的耳朵里去了？"

"我……我们谈论的是……"

"我知道你们在谈论些什么！"安妮对他喊道，"整个宫里的人都知道，我们所有人都非常荣幸地看到了。一个自称太疲惫不愿出门散步的人却舒舒服服地躺在这里，腿上还偷偷坐了个聪明的小荡妇！"

"安妮！"除了安妮，在场的所有人都听出了这两个字中蕴含的警告意味。

她怒气冲冲地说："我忍不了，她必须滚出宫廷！"

而他却傲慢地说："西摩尔家忠于王权，忠于我们，他们应该留下来。"

"她比澡堂子里的妓女好不了多少，"安妮生气地对他说，"她不是我的朋友，我不会容忍她再进入我的房间。"

"她是一个温柔、单纯的年轻女人，而且……"

"单纯？她刚刚在你腿上做什么？做祷告吗？"

他愤怒地说："够了！她会继续留在你房里，她的家人也会继续留在宫里，夫人，你已经僭越了。"

安妮发誓说："我不！我有权决定谁可以追随我，我是王后，这些也都是我的房间，我不会留下一个我不喜欢的人。"

他坚持说："你必须留下我为你挑选的人，我可是国王。"

她气喘吁吁地说:"你不能命令我。"接着她把手放在心脏处,努力使自己缓和下来。

这时我说:"安妮,冷静一点。"然而她根本没有听到我的话。

他说:"我可以命令所有人,你必须按我说的做,因为我是你的丈夫,也是你的国王。"

"如果我照做了,一定会被诅咒致死!"她尖叫着转过身跑回了卧室,她还从门口朝他大声喊道:"亨利!你控制不了我。"

但是他无法去追赶她,这是她犯下的致命错误。以往他都会跑去追她,把她抓住,他们会一起倒在床上。而如今他的腿受伤了,她却仍旧年轻,这对他来说是一种耻辱。所以她的这一行为并没有激起他内心的涟漪,反而激怒了他,他讨厌她的青春和美丽,不再沉迷其中。

他喊道:"你才是荡妇,不是她!不要以为我已经忘记,你为了爬上国王的大腿都干了些什么,夫人!简·西摩尔耍的把戏根本抵不上你的一半!你的那些法国把戏!荡妇把戏!它们再也无法引诱我,但我绝不会忘了它们!"

宫里的人一片惊愕,我和乔治惊恐地看了对方一眼,安妮紧紧地把门关了起来,国王也转身面向自己的朝臣,我和乔治都看到了他那令人惊恐万分的眼神。他站了起来,说道:"手臂!"约翰·西摩尔爵士把乔治挤到一旁,赶紧凑了上去,国王靠在他身上,慢慢地朝自己的寝殿走去。他的绅士们也跟在他身后一同离开了。我就这样看着他走了出去,突然间发现自己吞咽困难,原来我的喉咙早已变得干燥无比。

乔治的妻子简·帕克站在我身边,她转过头对乔治说:"她之前都耍了些什么把戏?"

这时,我突然清晰地回忆起以往的画面,我们教她用头发、嘴巴和双手去取悦他,乔治和我将自己知道的一切都教给了她。乔治之前流连于欧

另一个波琳家的女孩

洲的各个妓院,遇见过无数法国妓女、西班牙夫人和英国荡妇,他将自己从这些女人身上看到的东西都告诉了安妮。我曾结过婚,和男人上过床,也曾勾引过其他男人,我也将这些把戏都告诉了她。我们让安妮接受了训练,学着做了些亨利喜欢的事情。所有男人都会喜欢这些事,但是它们却被教会明令禁止。我们曾教过她在他面前脱光衣服,教她每次将裙子抬高一英寸,以便他能看见她的私处,教她如何慢悠悠地从下往上去舔他的阳物,还让她学着说他喜欢听的话、打造他脑海里喜欢的画面。我们将一个妓女应该具备的所有技能都教给了她,如今她却为此受到了指责。我看了看乔治的双眼,知道他和我在想着同样的事情。

乔治疲倦地说:"噢!天呐!简,放过我们吧,你难道不知道当国王愤怒时会口无遮拦吗?她根本什么也没做,她只是亲了亲、摸了摸他,所有丈夫和妻子都会这样做。"他顿了一下,又纠正自己,"当然我们不会这么做,你我之间没有发生过这样的事情,你也不是个能够让人忍不住亲上一口的女人,不是吗?"

她转过头,好像被捏到了痛处。"当然,除了你的妹妹们,你根本不喜欢亲吻女人。"她就像一条正在穿行欧洲蕨的蛇一般,静静说出这句话。

✡

我让安妮自己冷静了半小时,然后轻轻拍了拍她的门,溜进房间。我转身关上门,将那些好奇的侍女关在门外。我环顾了一下四周,初冬,这个房间一片黑暗,她没有点蜡烛,只有墙壁和天花板上摇曳着微弱的光芒。安妮把脸埋在床上,那一刻我还以为她已经睡着了,但是过了一会儿她坐了起来,我看到了她那张苍白的脸和那双黑色的眼睛。

"我的天,他是那么的愤怒。"她的声音因为哭泣而变得有些沙哑。

"安妮,你激怒了他,还正撞枪口上了。"

"我该怎么办？当他再次当着宫里所有人的面羞辱我时，我该怎么办？"

我劝她说："你可以视而不见，我们换一条思路，凯瑟琳王后不就是这么做的吗？"

"但凯瑟琳王后输了，她转身看向别处时，我就偷走了他。到底应该怎么做才能留住他？"

我们相顾无言，这个问题只有一个答案，从始至终这个问题都只有这一个答案。

她说："可能因为刚发了脾气，我感觉身体很不舒服，好像连胆汁都能吐出来。"

"你必须冷静点。"

"每当我转身的时候都能看见简·西摩尔，我怎么能冷静下来？"

我朝床边走去，摘下她的兜帽，说："我们去吃晚餐吧，让我们美美地下楼去享用晚餐，所有的一切都会随风而去，被人们遗忘得干干净净。"

她苦涩地说："我忘不了，我永远都忘不了。"

我建议她说："那你就假装忘了，不然大家都会记住他侮辱了你，你最好表现得从来没有听到过这句话一样。"

她愤怒地说："他说我是荡妇，没有人会忘记这件事情。"

我爽朗地说："比起简，我们都是荡妇，那又怎么了呢？你如今是他的妻子，不是吗？肚子里还为他怀了个合法的孩子。当他发脾气时，他叫你什么都可以，但当他冷静之后，你一定可以把他赢回来。安妮，今晚就去把他赢回来吧。"

我把侍女们叫进了屋，安妮准备挑选礼服，最后她选了一件银白相间的礼服，似乎即便整个宫廷的人都听到国王叫她荡妇，她都仍旧坚持着自己的纯洁。她的抹胸上镶有珍珠和钻石，裙子的下摆处还绣有银线。当她把兜帽戴在头上，盖住黑色的头发时，她看上去就是一位堂堂正正、完美无缺的王后。

我评价道:"完美。"

安妮冲我疲倦地笑了笑,说:"我不得不这样做,未来也不得不一直这样做。如今我可以跳舞来吸引亨利的注意力,但是当我年老色衰,再也无法跳舞时,该怎么办呢?而我屋里一直都有年轻漂亮的女孩,到时又应该怎么做呢?"

对此,我无法安慰她,只能说:"我们先度过今晚再说,不要担心以后。当你生下一个又一个儿子,你根本不用担心变老的问题。"

她把手放在隆起的肚子上,轻轻地说:"我的儿子。"

"你准备好了吗?"

她点了点头,立刻以一种全新的姿态走向了那扇关着的门。她挺了挺肩膀,扬起下巴,露出了自信而耀眼的笑容。她对侍女们点头,示意她们开门。门扉开启,她走了出去,直面房间里那些正在传播谣言的人。她就像一个天使一样闪闪发光。

得知这家人已经受到了支持后,我知晓舅舅一定会感到心惊胆战。母亲和父亲也都在那里,舅舅在房间后面和简·西摩尔友好地交谈着,这让我大吃一惊,脚步顿了一下。乔治站在门口,我看到他笑了笑,走向安妮,牵起她的手。人们注意到她那精美的袍子和挑衅的笑容,又开始饶有兴趣地小声讨论起来,他们重新被分成了几个群体,房间里的局势立刻扭转过来了。威廉·布雷顿爵士走了过来,亲吻了她的手,小声对她说她如同一个误入人间的天使一样美丽,安妮对此笑了笑,说自己并没有误入人间,只是偶然经过,下来拜访一下而已,这个比喻被巧妙地逆转了。门外传来了一阵沙沙的声音,亨利带着宫里的其他人一起走了进来,那条负伤的腿让他的步态看上去十分别扭,胖嘟嘟的脸上又增加了些疼痛的皱纹,他对安妮面带愠色地点了点头。

他说:"夫人,你好,准备好吃晚餐了吗?"

她说:"当然,亲爱的,看到陛下满脸春风,我感到很开心。"她的声音就像蜜糖一样甜美。

她的情绪转化能力总是令人感到困惑不已,他仔细想了想她言语里透露出来的幽默感,扫视着宫里那些热切的面孔,问她:"你和约翰·西摩尔爵士打招呼了吗?"他知道这是一个她不愿意以礼相待的男人。

安妮的笑容没有丝毫变化,她就像他的女儿一样温和地对他说:"晚上好,约翰爵士,我希望你能收下我的一点小礼物。"

他尴尬地鞠了一躬,说道:"殿下,这是我的荣幸。"

"我想送给你一只精心雕刻出来的小凳子,它就在我的卧室里,是一个从法国带回来的漂亮物件,希望你会喜欢。"

他再次鞠了一躬说:"非常感激。"

安妮朝丈夫暗暗一笑,对约翰说:"这是给你女儿简的,她可以坐在上面,因为她好像没有自己的凳子,经常来借我的。"

那一刻所有人都陷入了一阵沉默之中,然后亨利突然笑了起来,王后嘲笑了简,人们意识到他们也可以像国王一样开怀大笑,于是王后的房间被一阵笑声所淹没了。亨利仍旧在大笑,他伸出胳膊将安妮抱在怀里,她调皮地抬头望着他,他将安妮带离了房间,其他人则原位以待。接着我便听见一阵倒抽气的声音,有人低声说:"我的天!不愧是王后!"

这时乔治就像一把镰刀穿过草丛一样穿过了人群,一把抓住安妮,把她从亨利身边拉开,我听见他迅速说:"陛下,对不起,王后今天身体不舒服。"他在安妮的耳边急切而又小声地说了些什么,她的脸立刻变得焦躁不安起来,我看到她脸上的血色正在慢慢流失,紧接着她穿越人群,往卧室奔去,乔治则走在她前面,打开卧室门,把她拉了进去。他们身后的人们熙熙攘攘地挤在一起,但我还是看见了她裙子的背面:那件银白色的礼服

另一个波琳家的女孩

染上了鲜红色的血,她在流血,她的孩子正在离她而去。

我默默穿过人群,跟着她一起走进了房间,母亲跟在我身后,用力把门关上,挡住了那些热切的面孔和仍旧困惑不解的国王,他就这样看着安妮和她的家人突然藏了起来。

安妮独自站在那里,乔治掀开礼服的背后,一大片血渍露了出来。她说:"我没有任何感觉。"

"我去找个医生来。"他转身向门口走去。

"什么也不要说。"母亲提醒他说。

我反驳说:"必须说!人们都看到了!国王自己也看到了!"

"也许会没事的,安妮,来,躺下来。"

安妮慢慢走到床边,她的脸就像兜帽一样惨白,一直重复说:"我没有任何感觉。"

母亲说:"那么也许什么也没有发生,只是一点点血迹而已。"

她向侍女点了点头,示意她们过来帮安妮脱下鞋和袜子。她们把她的身体翻到一边,解下衣服的带子,脱下她身上那件美丽的白色礼服,上面已经满是红色的血渍,她的衬裙全部染上了鲜血。我看着母亲。

她不安地说:"可能没什么事。"

在母亲伸手触碰安妮之前,我向她走去,握住她的手,很明显她已经奄奄一息了。

我低声说:"不要害怕。"

她低声回答我:"这次我们瞒不住了,他们都看见了。"

✦

接下来我们做了许多事情。我们在床尾放了个暖床炉来温暖她的双脚,医生带来了一杯果汁、两杯甜酒、一块膏药和一条由圣徒祝福过的特殊毛毯。我们把她身上的血渍擦干，又拿来一个更烫的暖床炉，放在了她脚边，但是这些都无济于事。午夜时分，她开始分娩，就像正常分娩时那样，她经历了真正的痛苦和挣扎，一直在床上翻滚着，她痛苦地呻吟着，婴儿正在从她的身体里被撕裂出来。凌晨两点左右，她突然大叫了起来，孩子已经离开了，没人能保住它。

产婆把死婴抱了起来，突然发出了一声惊叫。

"怎么了？"安妮喘息着问，她的脸紧绷得发红，脖子上还流淌着汗水。

那个女人说："这就是个怪物！一个怪物！"

安妮害怕得嘶嘶作响，而我也像是受了迷信的惊吓在床上瑟瑟发抖，躺在产婆手中的是一个极其畸形的婴儿——它脊柱外翻，还有一个巨大的头，是那个小身体的两倍大。

安妮嘶哑地尖叫了出来，她赶忙爬开，像一只吓坏的猫一样爬向床头，在床单和枕头上留下斑斑血迹，她往后退缩着，紧紧地靠在床柱上，伸出双手驱赶着空气，仿佛想要把它推开一样。

我大叫："把它包起来！拿走！"

产婆看了看安妮，脸色严肃地问："你做了什么？为什么会怀一个这样的孩子？"

"我什么都没做！什么都没做！"

"这不像是一个男人的孩子，而像是一个魔鬼的孩子。"

"我什么也没做！"

我本来想说"胡说八道"，但我太过紧张，根本说不出来，只说了句："把它包起来！"我听出了自己声音里面的恐惧。

母亲转身离开床边，迅速向门口走去，她表情严肃，仿佛在逃离伦敦塔的断头台。

"母亲！"安妮嘶哑地喊道。

另一个波琳家的女孩

母亲根本没有停下脚步,她头也不回地走了出去,当她身后的门咔哒一声关起来时,我想这应该就是故事的大结局。安妮一定完蛋了。

"我什么也没做。"安妮重复道。她转身看着我,我突然想起了那个女巫的药水,还有那天晚上她戴着金色的鸟嘴面具躺在秘密房间里,我想到了她是如何去往地狱之门,为英国带回了这个孩子。

产婆转身离开。"我必须去告诉国王。"

我立即跑去拦在她和门之间,说:"你不应该去烦扰陛下,他不想知道这一切,这些都是女人的秘密,应该由女人来保守。就让我们私下把这件事处理了吧,你将得到王后和我的恩宠,还会因为今晚的辛苦工作获得一笔不菲的收入,我向你保证。"

她甚至都没有看我一眼,她用双手抱着那个可怕的包裹,那一刻,我似乎看到它动了动,脑子里浮现出那双没有血肉的小手把布条掀开的画面,这让我感到惊恐万分。就在这时,她把包裹向我递了过来,我吓得往后退去,她抓住时机打开了门。

"你不要去见国王!"我紧紧地抓住她的手臂,喊了出来。

"难道你还不明白吗?"她问我,声音里掺杂了一丝遗憾,"你难道不知道我早就是国王的人了吗?是他派我来为他查探情况的。在王后月经推迟的第一个月,我就奉命来到了这里,就是为了这一刻。"

我喘着粗气问:"为什么会这样?"

"因为他怀疑她。"

我把手靠在墙上支撑着自己的身体,我的脑袋嗡嗡作响。

"怀疑她?"

她耸了耸肩继续说:"他不知道为什么她怀不上孩子。"她看着手上那个柔软的包裹,说:"不过马上他就会明白这件事的原因了。"

我舔了舔嘴唇说:"我会给你任何你想要的东西,只要你放下那个包裏,去告诉国王她只是失去了一个孩子,还能够继续怀孕。无论他曾许诺会给你什么,我都愿意出双倍。我是波琳家的人,我们并非没有影响力和财富,你可以成为一个霍华德女仆,安享后半生。"

她说:"这是我的责任,我从小就在做这样的事情,我还曾向圣母玛利亚郑重宣誓,承诺永远不会让自己的任务失败。"

我几近疯狂地问:"什么任务?什么责任?你现在到底在说什么?"

她只说:"抓巫婆。"然后就抱着那个魔鬼的孩子溜了出去,消失在了我的视线之中。

我关上门,扣上门闩。在我收拾完屋里这些烂摊子之前,在安妮能够振作起来、重新为了她的生活战斗之前,我不想让任何人进入这间屋子。

她问我:"她说了什么?"

她的肤色洁白如蜡,黑眼睛就像玻璃碎片一样,她的意识早就离开了这个火热的小房间,完全感受不到危险。

"没什么重要的事情。"

"她到底说了什么?"

"真的没什么,你现在要不要先睡会儿?"

安妮瞪着我,决绝地说:"我才不信。"似乎她并不是在跟我对话,而是在回答宗教对她的盘问。"你永远没法让我相信这件事,我又不像某些无知的农民,他们只知道为了一些木屑和猪血哭泣。我才不会害怕这些愚蠢的东西,我会按照自己的想法做事情,把这个世界变成我想要的样子。"

"安妮?"

她依旧坚定地说:"我什么也不怕。"

"安妮?"

她把视线从我身上移开,转身对着墙发呆。

另一个波琳家的女孩

她一睡着,我就打开门,把玛奇·谢尔顿叫了进来,让她坐在床边陪着她。她是霍华德家的人,一定会和我们站在一起。侍女把满是血迹的床单带走了,还换上了干净的草皮地毯。外面的会客室里,宫里的人都在等消息,女士们用手撑着自己的头,打着瞌睡,有些人在打牌,以此来消磨时间。乔治正斜倚在墙上,和弗朗西斯爵士低声交谈,看上去仿佛恋人一般。

威廉朝我走来,握住了我的手,我顿了一下,从他手中获取了力量。

我简单地说:"情况很不好,但现在我没时间告诉你,我必须先去告诉我舅舅,你和我一起去吧。"

乔治立刻出现在了我身旁,问我说:"她怎么样了?"

我说:"孩子已经死了。"

我见到他的脸变得就像侍女一样白,在胸前画了个十字。我环顾了一下四周,问他:"舅舅呢?"

"和其他人一样在他的房间里等消息。"

有人问我:"王后怎么样?"

又有人问:"她是不是已经失去了孩子?"

乔治走上前说:"王后正在睡觉,在休息,她命你们所有人都回去睡觉,明天早上你们就会知道她的情况。"

有人看着我,逼问乔治道:"她已经失去孩子了吗?"

乔治坦率地说:"我怎么知道?"他看上去很恼火。

那个人说:"那么孩子肯定已经死了。她到底怎么了?为什么不能给他生下个儿子?"

威廉赶紧对乔治说:"走吧,我们离开这里,你说得越多,情况就会越糟。"

我的丈夫和哥哥分别走在我的两侧,我们穿过人群,下楼走进霍华德舅舅的房间,一个身穿黑色制服的仆人一言不发地带我们走了进去。此时,舅舅正坐在一张巨大的桌子旁边,上面还摊着一些文件,房间里只点了一根蜡烛,散发着微弱的黄光,当我们进去后,他向仆人点头示意,让他搅了搅炉子里的火苗,又点燃了一些蜡烛。

他问:"情况如何?"

我斩钉截铁地说:"安妮分娩了,生出了一个死婴。"

他点了点头,严肃的表情没有丝毫变化。

我继续说:"出了点问题。"

"什么问题?"

"它的背脊骨外翻,头部很大,"我感到很恶心,喉咙发紧,于是我握紧了威廉的手,继续说道,"那就是一个怪物。"

他再次点了点头,仿佛我在告诉他一件无比平常、遥远的事情,反而是乔治发出了一声恐惧的惊呼,往后退了几步,瘫倒在椅子上。舅舅看到了这一切,但他没有做出任何反应。

"我曾试图阻止产婆把它带走。"

"噢?"

"但她说自己早就成为了国王的人。"

"嗯?"

"我告诉只要她留下来,或者把孩子留下来,我就会给她很多钱,她却说自己曾向圣母玛利亚起誓,这是她的责任和义务,因为她是一个……"

"一个什么?"

我轻声说:"一个抓女巫的人。"

我感到脚下的地板漂浮了起来,房间里的声音离我越来越远,这种感

另一个波琳家的女孩

受非常奇怪。这时威廉把我拉到一把椅子上,拿了杯酒放在我嘴边。乔治并没有碰我,他紧紧地靠在椅子上,脸色和我一样苍白。

舅舅依旧一动不动。

"国王居然派了个抓女巫的人去监视安妮?"

我又喝了一口酒,点了点头。

他说:"那她就十分危险了。"

我们又陷入了一阵沉默之中。

乔治站起来说:"危险?"

舅舅点点头说:"一个多疑的丈夫总是危险的,一个多疑的国王更是如此。"

乔治坚定地说:"可她什么也没做。"我从侧面偷偷地瞥了他一眼,因为我听见了他说的话,当安妮看见自己生出的怪物时,也一直在重复着这句话。

舅舅承认说:"或许吧,但是国王却认为她干了什么坏事,这就足以摧毁她。"

乔治谨慎地说:"那你会如何保护她呢?"

舅舅却不紧不慢地说:"乔治,你知道的,上次我有幸和她谈了谈,她说要把我赶出宫廷,说我是自己找死,还说她是通过自己的努力才爬上了今天的位置,她不欠我一分一毫,还威胁我说要把我关起来。"

我把酒放在一边,对他说:"但她是霍华德家的人。"

他弯了弯腰说:"以前是。"

我大叫:"她可是安妮,我们花了一辈子的时间才让她有了今天的地位!"

舅舅点点头说:"那她对我们抱有任何感激之情吗?我还记得你曾被她赶出了宫,如果不是她需要你来帮她,你应该还待在小农舍里。不仅如此,她并没有向国王极力推荐我。而乔治,她是喜欢你,但是当她坐上王后之位后,你的财产多了一分一毫吗?是不是还赶不上她还是情妇的时候?"

乔治激动地说:"这次不是关乎利益,而是关乎生死。"

"只要她生下儿子,她的地位就能得以保全。"

乔治大喊:"但他生不出儿子!他不能让凯瑟琳生儿子,也不能让安妮生出儿子,他是如此无能!这就是为什么她一直因为恐惧而发疯……"

我们都陷入了一片死寂,过了一会儿,舅舅冷漠地说:"愿上帝原谅你,你居然把我们都置身危险之中,说出那样的话会被判为叛国罪,我什么也没有听到,你也不要再说了,现在赶紧离开吧。"

威廉扶我站了起来,我们三个人慢慢离开房间,乔治在门口犹豫了一会,准备转身继续抱怨,但是在他开口之前,门就被无声地关上了。

安妮直到九十点钟才醒来,之后又发起了高烧,我赶紧去找国王。宫廷里的人都在收拾东西,准备搬往格林尼治宫。国王远离了这一切噪声,他在庄园里玩滚木球游戏,身边全是他的亲信,西摩尔家的人在其中尤为突出,而我看见乔治也充满自信、面带微笑地站在他身边,舅舅则在一旁观看着,这一幕让我感到很欣慰。我的父亲为国王下了很高的赌注,国王也接受了挑战,我一直等到最后一个球滚完,父亲欣然将二十个金币交给他后,才上前对他行了个礼。

国王看到我,皱了皱眉头,我便立刻明白波琳家的两个女孩都已经不受他待见了。他冷冷地说:"玛丽小姐。"

"陛下,我是代替我的王后姐姐来找你的。"

他点了点头。

"她请求您能将离开的时间推迟一周,直到她完全康复,再搬去格林尼治。"

他说："那太迟了，她可以在康复后再去和我们会合。"

"但是他们都还没有开始打包。"

他纠正我说："对她来说太迟了，她这时才来求情为时已晚，我已经知道了一切。"突然周围响起了滚球的杂声。

我迟疑了一下，真想抓住他的外套衣领，把他那颗又肥又自私的心脏挖出来看看。我的姐姐经历了噩梦般的分娩，奄奄一息地躺在床上，身为她的丈夫，他却轻松地在阳光下玩着滚球，还警告整个宫廷的人说她已经失宠了。

我说："您一定知道，她、我以及我们霍华德家的所有人都一直爱戴着您，对您忠心耿耿。"我看见舅舅皱了皱眉头，因为他听到了我在陈述我们之间的亲戚关系。

国王不悦地说："希望你们能经受住考验。"他转身从我身边走开，向简·西摩尔打了个招呼，她谦逊地注视着他，从王后侍女的队伍里走了出来。

他用一种完全不同的口吻对她说："想和我一起走走吗？"

她向他行了个礼，似乎于她而言，能够开口说话就已经是无上荣耀了。她用那只小手抓着他那镶有宝石的袖子，一起走开了。宫里的人在他们身后排成了整齐的一列。

宫中盛传着关于安妮的谣言，乔治和我不在一处当差，我们不能一起去否认那些谣言。曾经他们只要敢说安妮一个"不"字，就会被处以绞刑，而如今他们甚至编出了歌谣和笑话，来讽刺她淫秽的宫廷圈子和无法生育孩子的丑闻。

我问威廉："为什么亨利没有让他们闭嘴？上帝知道他拥有立法的权力。"

他摇了摇头说："那些人都是得到了他的默许才敢说出那些话。他们说安妮除了把灵魂卖给魔鬼，已经干尽了一切坏事。"

我吼道："愚蠢！"

他轻轻地握住我的双手，分开我紧紧攥在一起的手指，对我说："但是玛丽，如果不是采取了一种可怕的方式，她又怎么可能孕育出一个这么可怕的孩子呢？她一定犯了罪。"

"老天！和谁呢？你真的以为她和魔鬼签订了协议吗？"

他问："如果这样可以给她带来一个儿子，你觉得她不会为此铤而走险吗？"

听到这里我停了下来，我难过地看着他棕色的眼睛，害怕听他继续说下去。"唉，我不想再思考这件事情了。"

"如果她确实使用了巫术，让她得到了一个怪胎呢？"

"然后呢？"

"然后他就有权抛弃她。"

那一刻我试着笑出声来，但实在笑不出来。"威廉，这一刻我不想听到这个令人遗憾的笑话。"

"亲爱的，这并不是笑话。"

"我不知道该怎么办！"我突然不耐烦地哭了起来，这个世界在如此短的时间里发生了如此大的变化，"我完全不能接受最近发生在我们身上的事情。"

他不顾我们是在庄园里，也不顾宫里的人随时可能来找我们，伸出胳膊搂着我的腰，将我拉得近些，我靠在他怀里，两个人就像之前在农场的马厩里一样亲密。他温柔地对我说："我的爱人，她一定做了什么很坏的事情，才生出了这样一个怪物，一件连你都不知道的事情。你有没有为她保守过秘密？请过产婆？买过药水？"

我说："你自己……"

他点了点头说："我确实为她埋了个孩子，上帝保佑让这件事情悄悄过去，保佑他们永远不会问起与之相关的问题。"

⬟

以前宫里也发生过一次这样的事情。当国王和安妮大笑着骑马离去时，凯瑟琳王后被孤零零地遗弃在一座空荡荡的宫殿里。如今亨利又做了同样的事情，安妮把自己藏在卧室窗户后面，但她的身体仍旧太过虚弱，无法站立起来，只能跪在一把椅子上，眼睁睁地看着简·西摩尔和他并肩骑行，带领着宫廷的人去往格林尼治，那是他最喜欢的宫殿。

笑容满面的国王后面跟了一群欢快的朝臣，我的家人也位列其中，包括父亲、母亲、舅舅和哥哥，他们一直竭力争取着国王的恩宠，而威廉和我则带着孩子骑在后面，凯瑟琳一路上都很安静，没有多说话，她回头看了看宫殿，又抬头看了看我。

我问："怎么了？"

她说："我们好像不应该这样对待王后。"

我安慰她说："当她身体好些，就会回来加入我们。"

她问我说："你知道简·西摩尔在格林尼治会有自己的房间吗？"

我摇了摇头说："难道她不和另一个西摩尔家的女孩同住吗？"

我女儿却简单地说："不是，她说国王会给她一个自己的房间，还会给她派一些侍女，以便她能练习音乐。"

我不想相信凯瑟琳的话，但是她的确说对了。有消息称克伦威尔大臣自愿将自己在格林尼治的房间让给西摩尔女士，以便她能伴着诗琴的声音引吭高歌，还不会打扰到其他夫人。事实上，克伦威尔大臣的房间有一条私人通道，可以通往国王的卧室，安妮以前也住过那样的房间，简在格林尼治安顿了下来，住在可以和王后寝殿匹敌的房间里。

当宫廷的人们安顿完毕之后，一小群西摩尔家的人就在简豪华无比的新寝殿里聊天、跳舞和嬉戏，王后的侍女没有等来王后，也跑去了简的房间。国王一直在那儿聊天、读书、听音乐或诗歌。他和简一起在他或她的房间里随意地用餐，西摩尔家的人则坐在桌子旁，听到国王说起笑话时，他们会哈哈大笑，当然他们也会在一起赌博。有时国王会带着简来到大厅，让她坐在他身旁，英国王后的宝座上却空荡荡的，仿佛在提醒着人们英国王后已经被遗弃在一座空宫殿里了。有时我会看到简越过我姐姐的座位，仿佛想要对亨利说些什么，这一刻我觉得安妮好像从未存在过，根本没有什么可以阻挡简从自己的椅子坐到旁边那把椅子上去。

她一直冲亨利甜甜地微笑着，她一定是在威尔特郡吃甜菜长大的，无论是在亨利因为腿伤一直闷闷不乐时，还是在他因为扳倒了一头鹿而欢呼雀跃得像个孩子时，她都始终开心地看着他。她总是很镇定、很虔诚，他经常发现她跪在地上，面前摆着一座祈祷台，手里握着一串念珠，高高地抬着头。她看上去总是一副很谦逊的样子。

安妮最初回到英国的时候引入了一种法式兜帽，是一种半月形的时尚头饰，而她却摒弃了它，戴上了一顶山形兜帽，凯瑟琳王后就曾经戴过这种。一年前，人们还觉得戴这种兜帽的人十分呆滞和无聊，亨利自己也曾发誓说非常讨厌西班牙服装，但正是这种严谨的兜帽衬托出了简的冷酷美，

另一个波琳家的女孩

她戴上之后就像是戴上了贴头帽的修女,对这世俗的一切都不屑一顾。她总是穿着一些淡蓝色、淡绿色和奶油黄的衣服,这些都是干净明亮的颜色,就像她的性格一样温和。

我知道她朝着我姐姐的位置去了。除了她之外,那个大胆轻浮而又不受约束的玛奇·谢尔顿也参加了晚宴。她头戴一顶山形兜帽,为了与之搭配,还特意穿了一件高领礼服,她的法式衣袖被剪裁成了英国式样。没过几天,宫廷里的每个女人都照葫芦画瓢,戴上了山形兜帽,目光低垂地前行着。

二月份,安妮声势浩大地过来和我们会合了。王室旗帜在她头上飘扬,波琳旗帜紧随其后,再后面是一大群骑着马、穿着制服的侍从和绅士。乔治和我站在楼梯上迎接她,我们身后的大门都开着,但是亨利却没有出现,所有人都注意到了这一点。

乔治问我说:"你会告诉她关于简的房间的事情吗?"

我说:"我不会说,你却可以。"

"弗朗西斯说要在众目睽睽之下告诉她,当着整个宫廷的人的面,她会收敛自己的脾气。"

"你居然和弗朗西斯谈论王后?"

"那你还跟威廉谈了呢。"

"他是我的丈夫。"

乔治点点头,看着队伍里的第一批人来到了门口。

"你信任威廉吗?"

"当然。"

"我也信任弗朗西斯。"

"那不一样。"

"你怎么会明白他对我的爱?"

"我明白那不可能和一个男人爱一个女人一样。"

"当然不一样,我爱他,只是一个男人爱着另一个男人。"

"这违反了常理。"

他握住我的手,露出波琳家迷人的微笑,对我说:"玛丽,够了,我们正身处危险之中,但弗朗西斯的爱让我稍稍得到了一丝宽慰,上帝知道我几乎没有这样快乐过,并且我想目前我们正面临着最大的威胁,不要再谈论这件事了。"

安妮的马车行驶了过来,她命人把车停在我们身边,冲我们露出了灿烂的笑容。她戴着一顶深红色的帽子,帽檐上别着一根长长的羽毛,还戴着一枚硕大的红宝石胸针。

我的哥哥呼唤着:"安妮万岁!"他附和着她浮夸的风格。她朝我们身后看去,只看到了大厅的阴影,她期盼着国王来接她,但当她没有看到他时,她的表情也没有丝毫变化。

我直截了当地问:"你还好吗?"

她轻快地回答:"当然,我为什么会不好呢?"

我摇了摇头,谨慎地说:"没理由不好。"很明显我们不能提及那个死去的婴儿,就像我们不能提到之前的两个死婴一样。

"国王在哪儿?"

乔治说:"打猎。"

安妮大步走进宫殿,侍从们跑到她前面为她打开了门。

她扭头问:"他知道我要来了吗?"

乔治回答说:"知道。"

她点点头,然后我们一起走进了她的房间,关上了所有门。"我的侍女

另一个波琳家的女孩

们都去哪儿了?"

我说:"有一些跟国王一起出去打猎了,有一些……"我发现自己不知道该如何说完这句话,于是只能绝望地继续说:"有一些没有去。"

她把目光从我身上转移到乔治身上,问他:"你能告诉我我的妹妹是什么意思吗?我知道她的法语和拉丁语都让人听不懂,但是现在似乎英语也说不好了。"

他断然说:"你的侍女都跑去简·西摩尔那儿了,国王把克伦威尔大臣的房间赐给了她,他每天都会和她一起用餐,她已经有了一个小寝殿。"

她喘着粗气,又将视线转移回我身上,问我说:"这是真的吗?"

我说:"是的。"

"他竟然将托马斯·克伦威尔的房间给了她?这样一来他就可以直接悄无声息地去她的房间?"

"是的。"

"他们已经是情人了吗?"

我看了看乔治。

他说:"无从知晓,我觉得不是。"

"不是吗?"

他说:"她似乎不会接受已婚男人,她正在扮演一个有美德的女人。"

安妮缓慢地走向窗边,似乎想要消化掉这个巨大的变化。她问:"如果她勾引了他,又不让他亲近自己,那么她到底想要什么?"

我俩都没有回答她,但还有谁会比我们更清楚呢?

安妮转过身来,她的眼睛就像猫一样敏锐。她继续说:"难道她想把我丢在一边?她疯了吗?"

我们还是没有回答。

"克伦威尔已经选择效忠于西摩尔家了吗?"

我摇了摇头说:"他只是让出了自己的房间。"

她缓慢地点了点头说:"那他就是在公开地与我作对。"

她望向乔治寻求安慰,脸上带着一种奇怪的表情,仿佛她不确定乔治是否会安慰自己,但是乔治从没让她失望过,他立刻走了过去,将手放在她肩膀上,像哥哥一样安慰着她。安妮没有祈求他的拥抱,她往后退了两步,让乔治站在身后,把头靠在他的胸膛处。乔治叹了口气,用胳膊把她抱住,轻轻地晃了晃。他们朝着窗外看去,泰晤士河在寒冷的阳光下波光粼粼。

她轻轻地说:"我以为你会害怕触摸我的身体。"

他摇了摇头说:"噢!安妮,如果我这样做了,那么根据国家和教堂的律令,在吃早餐前,我大概已经被诅咒了十次。"

听到这句话我打了个寒战,但她却像个小女孩儿一样咯咯地笑了起来。

他轻轻地说:"无论我们曾做了什么,都是因为爱。"

她转过身来,抬头看着他,审视着他的脸。我意识到自己这一生都没有见过她这样仔细地看过一个人的脸。她就这样看着他,似乎她非常在乎他的感受,似乎他不再是一块帮她实现野心的垫脚石,而是她挚爱的人。她问他:"即便结果是那么可怕也没什么吗?"

他耸了耸肩说:"我不懂神学,但是我的母马之前生下了一匹两条腿连在一起的小马,我也没有责怪它是不是和女巫签订了什么协议。这些事情自然而然就会发生,并不总是带有什么特殊的意义,你只是倒霉了点,仅此而已。"

她坚定地说:"我不会被这件事吓倒,我见过有人用猪血冒充圣人的血,用溪流里的水冒充圣水,教堂里一半的教条会带领人们前进,另一半则会把他们吓回原地。我不会因为这些教条前进,也不会被它们吓倒,我不会被任何事情吓倒,接下来我会下定决心走自己的路、做好自己的

另一个波琳家的女孩

事情。"

如果乔治在认真听她的话,那么他一定听出了她声音里强烈的紧张感。但是他却一直专心致志地看着她那张开朗而又坚定的脸庞。他说:"安娜女王!你一定要向前走!"

她对他笑了笑,说:"向前走,下次一定会是个男孩。"

她转向他,把手放在他肩膀上,就这样一直看着他,仿佛他是一个可以依赖的情人一般。"那我接下来该怎么做?"

他认真地说:"你必须把他抢回来,不要嘲笑他,不要让他看见你的恐惧,用你之前学会的所有技巧去把他抢回来,让他再次为你痴狂。"

她迟疑了一下,然后面向他那张明亮的脸庞,笑着说:"乔治,比起第一次侍奉他时,我已经老了十岁。我现在已经快三十了,只为他生过一个存活下来的孩子,而且现在他还知道我生下了一个怪物,他一定会被我吓跑的。"

乔治紧紧地搂住她的腰说:"你不能把他吓跑,不然我们所有人都完蛋,你必须把他吸引回来。"

"但正是我教会了他为所欲为的行事风格,更糟糕的是我还教了这个愚蠢的男人一些新把戏,如今他觉得自己所有的欲望都是天生的,他只需要思考上帝的旨意,并不需要去请示牧师、主教或者教皇,他认为自己的欲望是神圣的,有谁能够让一个这样的男人回到他妻子的身边呢?"

乔治抬头看着我,向我抛出了一个求救的眼神,于是我走过去说:"他喜欢别人安慰他,你可以拍拍他,告诉他非常棒,你需要去赞美他,对他好一点,让他的心灵得到宽慰。"

她茫然地看着我,仿佛我在讲桌希伯来语一样,她斩钉截铁地说:"我是他的情人,不是他的母亲。"

乔治说:"但他现在需要一个母亲,他受伤了,并且还受到了年纪的打击,他害怕老去,害怕死亡,他腿上的伤口还发出阵阵恶臭,他害怕死前无法为英国留下一个王子,他想要的只是一个能够对他温柔以待的女人,能够让他好受一些的女人。简·西摩尔就是一个非常甜美的女孩,你必须比她更加甜美。"

她陷入了一阵沉默之中。我们都知道当简·西摩尔把王冠定为目标后,没有人会比她更加甜美,连安妮这个最完美的诱惑者都不可能比得上她。她脸上的光芒消失了,那一刻,我在她脸上看到了母亲那张坚硬的面孔。

突然她喊起来:"老天!我真希望能杀了她,如果她想要染指我的王冠,想要坐上我的宝座,我真希望她能早死!我希望她会在努力给他生儿子时死去,我希望她儿子也和她一起死去!"

乔治僵在了那里,他从窗户望出去正好看到国王一行人狩猎归来。

安妮说:"玛丽,赶紧下去,告诉国王我回来了。"但她却还在乔治的怀抱里一动不动。

当国王下马时,我刚好跑了下来,我看见他落地的时候,全身的体重都压在那条受伤的腿上,他痛苦地皱了皱眉头。简骑行在他身侧,周围还有一群西摩尔家的人,我看了看四周,试图去寻找父亲、母亲和舅舅的身影,原来他们被推到了最后面,已经黯然失色。

我走上前,向他行了个礼后说:"陛下,我的王后姐姐已经来了,她命我来传达她对您的问候。"

亨利看了看我,他正生着闷气,额头上痛苦地拧出了几条线。他撮起嘴唇对我简略地说:"告诉她我刚刚骑马回来,非常疲倦,会在吃晚餐时再见她。"

他踏着沉重的步伐从我身边蹒跚走过,约翰·西摩尔扶着他的女儿下了马,我注意到她身上全新的骑马服和那匹新马,她的手套上还镶有钻石,我非常想要朝她吐一口唾沫,但我不能那么做,于是我不得不咬了咬自己

另一个波琳家的女孩
606

的舌尖,迫使自己冲她露出一个甜美的笑容,退后一步。她的父亲和哥哥护送着她穿过大门走进她的寝殿,那是如今国王最喜欢的寝殿。

我的父亲和母亲跟在西摩尔家人后面,我一直等着他们开口问我安妮的情况,但他们经过我身边时只是点了一下头,所以当母亲走过时,我赶紧主动说:"安妮很健康。"

她却冷漠地说:"那就好。"

"你不去看看她吗?"

她面无表情,似乎我们根本不是她的女儿,她说:"等国王去她房间时,我自会去看她。"

这时,我意识到安妮、乔治和我只能靠自己了。

✦

侍女们就像一群秃鹰一样回到了安妮的房间,她们不确定自己应该投靠哪边。安妮自信归来,引发了一场头饰争端,对我而言,这场闹剧就像是苦中作乐一样。宫里有些人选择了安妮会继续佩戴的法式兜帽,另一些人则选择了简喜欢的厚重的山形款式,她们所有人都拼命地想知道自己应该留在王后漂亮的宫殿里,还是该和那些西摩尔家人打成一片,国王接下来会去哪里?他更喜欢哪一个?玛奇·谢尔顿选择了山形兜帽,她努力地使自己挤进西摩尔家的圈子,因为她觉得安妮已经兵败如山倒。

我走进房间,屋里的三个女人立刻就默不作声了。我问:"有什么新鲜事儿吗?"

没有人愿意回答我。简·帕克来到我的身边,她总是在散播着最可靠的丑闻,她对我说:"国王送了个礼物给简·西摩尔,是一大袋金子,但是她却一口回绝了。"

我等着她继续说下去。

简的眼里满是喜悦,她继续说:"她说自己不能接受国王的礼物,除非自己成为一个已婚女人,否则有损自己的清誉。"

我沉默了一会儿,试图去理解这个神秘的表述。"有损清誉?"

简点了点头。

"不好意思,我先离开一会儿。"说完我就挤过人群,来到了安妮的卧室。乔治和弗朗西斯·韦斯顿爵士都在房间里陪着她。我断然地对她说:"我要和你单独谈谈。"

安妮说:"你可以当着弗朗西斯爵士的面说。"

我倒吸了一口气,说:"你听说简·西摩尔拒绝国王礼物的事情了吗?"

他们都摇了摇头。"据说她声称自己不能接受他的礼物,除非自己成为一个已婚女人,因为这会有损她的清誉。"

"噢!"弗朗西斯爵士感叹道。

我说:"我想她不过是在炫耀她的美德,宫里的人却对此议论纷纷。"

乔治说:"这会提醒国王她可能会嫁给其他人,他不会喜欢这样的声音。"

安妮补充说:"这恰恰彰显了她的美德。"

弗朗西斯爵士说:"这件事很快就会传开,这真的是太戏剧了,她没有拒绝那匹马,是吧?也没有拒绝钻石?还有那个装有国王照片的小吊坠?如今宫里的人、很快全世界的人都会觉得国王喜欢上了一个不贪财的年轻女人。这真的是妙极了,一石二鸟。"

安妮咬了咬牙说:"她的计划竟然如此周全。"

乔治说:"你还无法还击,所以我们根本不用想这件事情,你需要做的就是抬头、微笑,尽力去勾引他。"

她从椅子上起身,弗朗西斯爵士立刻提醒她说:"晚宴上他可能会宣布与西班牙结盟的消息,你最好不要反驳他。"

另一个波琳家的女孩

安妮回头看着他说:"如果必须要我成为简·西摩尔那样的人,那我宁愿被抛弃。如果抹去我的智慧、脾气和改革教会的决心,那么我就抛弃了我自己。如果国王想要的是一个唯唯诺诺的王后,在一开始我就不会登上后位。如果我不能做自己,那我还不如不在这里。"

乔治向她走去,举起她的手吻了吻。"不是的,我们都喜欢你。这只是国王的一时兴起,他现在想要简,就像之前想要玛奇和玛格丽特夫人一样,他会回过神来,回到你身边。凯瑟琳王后就留了他很长时间,他回去找了她十几次,而你是他现在的妻子,你和她一样,都是他的妻子,都为他生了公主,你也一样能够留住他。"

听到这里,她露出了微笑,挺直了肩膀,向我点了点头,示意让我开门。她身穿绿色的天鹅绒衣服,耳朵上戴了对绿宝石耳环,绿兜帽上的钻石闪闪发亮,脖子上还戴着那条带有金色字母B的珍珠项链,当她走到我身边时,我听到她浑身上下的物件都在嗡嗡作响。

✦

二月底,天气变得阴冷起来,宫殿外面的泰晤士河面上结起了一层冰,栈桥就像是一条小道一样在白冰上往外延伸出去,台阶仿佛引人走向一片光滑的玻璃地。河面变成了一条奇怪的路,可以通往任何地方。当我站在薄冰面向下望,还可以看到透明的冰层下面,绿油油的河水十分湍急。

格林尼治宫四周的庄园、人行道、墙壁和小巷都被染成了白色,雪花飘落下来,在地面结了冰后,又有新的雪花继续飘下来。昔日笑声鼎沸的庄园里、便捷的人行道上也布满了白霜。阳光明媚的早晨,蜘蛛网上的白色水晶尽情地闪耀着,好似魔术师们变换出来的花边一样。每根树枝、每片细叶上都布满了白色水晶,好像是一个艺术家走遍了整座庄园,决心让人们看清每一棵树的细枝末节。

晚上，寒风从东边的俄国吹来，让人觉得寒冷无比，但是白天却阳光灿烂，人们在结冰的草地上奔跑、玩滚球，十分开心。知更鸟在草丛中跳来跳去，仿佛在期待着它们的面包屑。一大群喜欢寒冷天气的大雕从人们头顶飞过，挥舞着翅膀，伸长脖子去寻找开阔的水域。

国王宣布要举办一场冬季集会，人们可以在冰上骑马比武，可以在冰面上跳舞，还可以举办一场化装舞会，必须要有雪橇表演、吞火表演和杂技表演。有一场斗熊表演，这比普通的表演有趣十倍。冰面上，这头可怜的熊滑倒在地，扑向正在滑行的狗群。一条狗冲过去咬了一口，本想再冲回去，但却发现自己那一通乱抓的爪子在冰面上不能讨到任何好处，这时熊将一只沉重的爪子朝它背上挥去，狗当场便死去了。看到这一幕，国王高兴得大叫起来。

人们把结冰的河面当作公路干线，从史密斯菲尔德运来了一些牛。他们在河岸上用大火烤制牛肉，小伙子们还从厨房里拿来了热面包，厨房里的狗一直吠叫着，和他们一起奔跑，仿佛在期待着发生点什么不幸的事件。

冬天里，简就像一位公主一样，她脖子上、斗篷的兜帽上都围上了蓝白相间的皮毛，她摇摇晃晃地在冰面上滑行，她的哥哥和父亲不得不分别在她两侧，扶着她走向国王，好让美丽的她一步步走向那个宝座。我想西摩尔家的女孩和波琳家的应该没有两样，父亲和哥哥都会把你推向国王，而这一路上你却没有能力也没有智慧能够逃走。

亨利的身边总有她的位置，他的右侧是王后的宝座，这是约定俗成的规矩，而他的左侧则会为简放一把椅子，当她滑完冰后可以坐在上面休息。国王没有参与滑冰，因为他的腿还没有愈合。法国医生还在商量对策，也许只有去坎特伯雷朝圣才能减轻他的痛苦。只有简可以抚平他紧皱的眉头，只有她可以轻而易举地做到。她站在他身旁，命人在他跟前推着她溜冰；当她靠近斗鸡场时会退缩一下；看到吞火表演者时，她又惊奇地瞪大了双眼。她就像以往一样，表现得像个彻头彻尾的傻瓜，但正是这个傻瓜宽慰了国王的心，而安妮却无法做到这一点。

接下来每三天，安妮都下来和国王一起在冰面上用餐一次，看到她穿着锋利的鲸鱼鱼骨冰鞋，优雅地滑来滑去，我才意识到在这个季节里，我们波琳家的所有人都如履薄冰。她说出的最好听的话都可能使国王眉头紧皱，国王一直眯着那双狐疑的贪婪双目注视着她。当他看向她时，他还揉了揉手指、摸了摸小拇指上的戒指。

安妮试图以高昂的情绪和美丽的身姿去勾引国王，尽管他十分乏味，对她也一直都没好气，但她仍旧控制着自己的脾气。她跳舞、赌博、大笑、滑冰，看上去十分开心，所有人的目光都在她身上，简·西摩尔也沦为了背景，当安妮容光焕发时，男人决不会看上别的女人。她穿越舞池时，即使是国王也无法将目光从她身上移开。她的头扬得高高的，有人跟她说话时她会扭扭脖子。人们将她围了起来，写了诗歌来称赞她的美丽，音乐家们为她演奏歌曲，她成为了这片欢乐海洋的中心。国王也无法移开视线，即使他不再为她着迷，他就这样盯着她，仿佛能够看穿她的把戏、抵制住她的魅力一样。他似乎看见了曾经的自己为了得到这个美丽的女人不顾一切，他就像盯着一块挂毯一样盯着她，这块挂毯是他花了大价钱买回来的，但是早晨醒来他却发现它一文不值，甚至想要扔掉它。似乎他完全不敢相信自己为她花了那么多钱，得到的回报却少之又少。即便安妮魅力四射、活力无限，他仍旧觉得这不是笔好买卖。

当我看着安妮时，乔治和弗朗西斯爵士正看着克伦威尔。有传闻称国王将会抛弃安妮，他们的婚姻从始至终都是无效的，乔治和我对此都只是付诸一笑，但弗朗西斯爵士却指出，如果没有充分的理由，议会将在四月份被解散，国王将更加无法无天。

乔治问他说："那又怎么了呢？"

"所以一旦国王采取行动反对王后,这个国家所有优秀的骑士都会重新骑上他们的战马。"

我说:"他们是不会保护她的,他们恨她还来不及。"

他说:"他们会捍卫王后。他们已经被迫发誓反对凯瑟琳王后,否认玛丽公主的地位,转而效忠于伊丽莎白公主,如果国王现在抛弃安妮,那么他们会觉得自己被人当猴耍了,一定不会支持这种行为,即便他转身向教皇寻求帮助,他们也清楚他一定会失败。"

"但是凯瑟琳王后已经死了,"我想起了以前的主子,"即便他解除和安妮的婚姻关系,也无法再把她找回来。"

听了我的话,乔治啧啧地发出感叹,但弗朗西斯爵士更耐心地说:"教皇一直认为国王和安妮的婚姻是无效的,所以对他来说,亨利现在是一个鳏夫,可以再次结婚。"

乔治、弗朗西斯和我都本能地朝国王看了看,他正从冰蓝色高台上的王座上起身,约翰·西摩尔爵士和爱德华·西摩尔爵士站在他的两侧,把他扶了起来,而简站在他面前,微笑地看着他,似乎眼前这个站不稳的胖男人是她见过的最英俊的人。

安妮正和亨利·诺里斯、托马斯·怀亚特在一旁滑冰,她随意地对国王说:"亲爱的,怎么了?你要走了吗?"

他看着她,她的脸被寒风吹得通红,头戴一顶猩红色的骑马帽,上面还别了根长长的羽毛,脸上散落着一缕发丝。她看上去容光焕发,不可否认,她的确很美。

他不紧不慢地说:"我感到很痛苦,当你玩得开心时,我却一直被疼痛折磨,现在我要回房休息了。"

"那我和你一起去。"她赶紧说,立刻滑了过来,"如果你早点告诉我,我一定会待在你身旁,但是你却让我去滑冰。我可怜的丈夫,如果你愿意的话，我可以为你煮一碗草药茶，然后坐在你身旁，为你读书。"

他摇了摇头说："我宁愿自己睡觉，宁愿自己安静地待着，也不想听你为我读书。"

安妮的脸一下变得通红，亨利·诺里斯和托马斯·怀亚特移开了视线，希望自己能找个地缝钻进去。西摩尔家人则一如既往地没有露出任何奇怪的表情。

安妮强忍着脾气说："那晚饭时候再见，我会一直为你祈祷，愿你好好休息、远离痛苦。"

亨利点了点头，转身离开了她。西摩尔家人扶着他的手臂，协助他走在一张厚地毯上，这是专门为了防止他滑倒而铺在冰面上的。简的脸上一直挂着淡淡的笑容，仿佛是为自己得到的恩宠感到羞愧，跌跌撞撞地跟在他身后。

"西摩尔小姐，你要去哪儿？"安妮的声音就像鞭子一样抽在她身上。

这个年轻的女人转过身来，向王后行了个屈膝礼，眼睛低垂着，简单地说："他命我跟在身后，让我去为他读书，我拉丁文不是很好，但是会读一点法语。"

我的姐姐咬牙切齿地说："一点法语！"天知道她在六岁时就已经精通三国语言了。

简骄傲地说："是的，尽管我完全不懂那是什么意思。"

安妮说："我就知道你什么也不懂，你可以走了。"

1536年春

地面的冰融化了，但是天气还没有回暖，滚球草地周边的果岭树上挂满了花瓣形状的雪球，草坪上全是水，我们无法在上面玩球，小路也湿漉漉的，根本无法在上面行走。国王的腿伤还没有痊愈，医生敷上去的那些药水和膏药似乎除了让伤口发炎就没有其他作用了，他开始担心自己不能再跳舞，此时他还听说法国国王弗朗西斯身体健康、精神振奋，这个消息让他感到更加酸涩。

转眼到了大斋节，人们不再跳舞，不再举行盛宴，安妮也没有机会再将他勾引到床上，再怀上一个孩子。大斋节期间，即便是国王和王后也不能睡在一起，安妮也不得不忍受眼前的这一幕：亨利坐在一把有靠枕的椅子上，受伤的那条腿搭在一根脚凳上，简则在他身侧为他朗读教会的小册子。安妮知道这期间她甚至不能行使妻子的权利，让他上她的床。

她被别人超越了，也被忽视了，她宫殿里的侍女数量每天都在减少，她们明明是奉命来侍奉王后的，但却都去了简·西摩尔屋里，现在唯一还效忠于她的只有在哪儿都不受待见的波琳家人、玛奇·谢尔顿、安妮姑姑、我的女儿凯瑟琳和我。有那么几天我发现她的房间里只有乔治和他的几个朋友：弗朗西斯·韦斯顿爵士、亨利·诺里斯爵士及威廉·布雷顿爵士。我的丈夫曾警告过我不要和这些男人混在一起，但是安妮已经没有其他的朋友了。我们会在一起打牌、听音乐，如果托马斯·怀亚特爵士也来了，我们会举办一场诗歌比赛,每个人都会写一首十四行诗,来赞美世界上最美丽的王后。但是这些活动毫无意义,不能给我们带来任何欢乐,安妮的快乐正在渐行渐远,她也不知道该如何让自己重新振作起来。

✦

三月中旬,她放下了面子,命我去请舅舅过来。

舅舅却说:"我现在手头有事情要做,去不了,你去告诉王后我今天下午会去拜访她。"

我说:"我想没有人有权让王后等着。"

下午他如约前来,安妮没有表现出任何不悦的迹象,她跟他打了个招呼,把他拉到窗台上,以便能够私下里和他谈谈。尽管他们的声音很小,但我站得足够近,还是听见了。

她礼貌地说:"我需要你帮我对抗西摩尔家,我们必须把简赶走。"

而他却遗憾地耸了耸肩说:"我的外甥女,你一直都没有按照我的意愿帮过我,不久之前,你还在国王面前弹劾过我。如果你不是王后,我想你不会再是霍华德家人。"

她低声说:"我是波琳家的女孩、霍华德家的女孩。"她用手摸了摸喉咙处的金色字母B。

他轻松地说:"霍华德家有很多女孩,我的公爵夫人在兰贝斯就养了六个,她们都是你的表姐妹,就像你、玛丽和玛奇一样美丽。她们精气神十足、热血沸腾,当国王厌倦了那头奶牛,我会送上另一个霍华德家的女孩,去为他暖床,总有下一个霍华德家的女孩在等着。"

"但我是王后!不是侍女!"

他点点头说:"我给你一个机会,如果乔治在四月获得了嘉德勋位,那我就会支持你。让我们看看你能为家族做些什么,我们家族又能为你做些什么。"

她迟疑了一下说:"我会去帮他问问。"

舅舅劝告说:"你会帮他拿到它,如果你能为家族带来好处,那么我们可以和你签订一个新合约,我们会帮你打败敌人,但是安妮,这次你必须记住谁才是你的主子。"

她咬了咬嘴唇以示抗拒,但她还是向他行了个礼,垂下头一言不发。

四月二十三日,国王将嘉德勋位颁给了尼古拉斯·加露爵士,他是西摩尔家的一个朋友,也是被他们家人推荐上去的,我的哥哥乔治落选了。那天晚上,宫里举行了一场盛宴来庆祝这一喜事,舅舅和约翰·西摩尔爵士肩并肩坐在一起,一同享用着美味的肉食,他们看上去相处得很融洽。

次日,简·西摩尔和我们一起坐在王后的房间里,于是王后的房间里便挤满了人。乐师们奉命前来演奏,还举办了一场舞会。国王并没有现身,安妮曾告诉他自己想要向他挑战纸牌游戏,但他却冷冷地回答说自己很忙,无暇前来。

当乔治来向她传达国王的意思时,安妮问:"他在忙什么?"

"我不知道,他正在接见主教们,还接见了一个又一个领主。"

"是谈论关于我的事情吗?"

他俩都小心翼翼地没有看向简,她竟然在王后的房间里成为了所有人关注的焦点。

乔治痛苦地说:"我不知道,我想我应该是最后一个知道的人,但他确实询问过每天都有哪些人来拜访了你。"

安妮茫然地说:"好吧,随他们便吧,我是王后。"

乔治说:"他们提到了一些名字,其中包括亨利和弗朗西斯。"

安妮笑着说:"亨利·诺里斯为了玛奇留在了宫里。"她转过身来,看见玛奇正引吭高歌,而他正准备为她翻开一篇新的乐章。"亨利爵士!如果你愿意的话,请过来一下!"

他对玛奇说了句话,然后朝王后走了过来,他殷勤地单膝跪地说:"我一定会服从您的命令!"

安妮故作严肃地说:"亨利爵士,你也到了婚配的年纪,不能一直流连在我的房间里,这有损我的清誉。你必须向玛奇求婚,以后我会让我屋里的女士们都矜持一点。"

他直率地笑了起来,可能是想到玛奇矜持的样子便忍俊不禁了。

"她是我的盾牌,但我的心却不在她那里。"

安妮摇了摇头说:"我不想听这些漂亮的言辞,你必须向她求婚,然后娶了她。"

亨利回答说:"她是月亮,而您却是太阳。"

我朝乔治翻了个白眼。

乔治对我说:"有时候难道你就不想踢他一脚吗?"

我说:"这个男人是个白痴,我们从他身上得不到任何好处。"

亨利继续说:"我无法将自己的心完完全全地交给谢尔顿小姐,所以我什么都不会给她。我的心只属于王后,属于英国。"他成功地从这场利益风波中全身而退。

安妮简单地说:"谢谢,你可以回去继续为月亮翻乐章了。"

诺里斯笑了出来,他起身亲吻了她的手。安妮警告他说:"但是我不想从我屋里传出什么谣言。自从国王坠马之后,他就已经非常痛苦了。"

诺里斯又亲了亲她的手,承诺道:"我永远不会给您添麻烦,我甚至愿意为您献出生命。"

他装腔作势地回到了玛奇身边,她抬头正好看见了我的眼睛,我朝她做了个鬼脸,她也冲我笑了笑,没有什么可以让那个女孩变得矜持起来。

乔治靠在安妮的肩膀上说:"你无法把那些谣言一个个都消灭掉,你必须正常生活,就像那些谣言都不重要一样。"

她却发誓说:"我会把它们都消灭掉,你去查明国王都在见谁,他们都说了我什么。"

乔治无法查明这件事情,于是他让我去找父亲,然而父亲也是一无所知,他告诉我可以问问舅舅。我在马厩里找到了他,他正看着打算购入的一匹母马。四月的阳光照耀着马厩,里面酷热难当,于是我站在门口的阴影下等他,直到他忙完手头的事情,我才向他走去。

"舅舅,国王最近频繁地把克伦威尔大臣、司库大臣和你叫去面谈,王后想知道是什么要事,竟然如此繁重。"

他转过身来,这一次他的脸上没有挂着苦涩的笑容,他直直地看着我的脸,那双黑色的眼睛里充满了遗憾之情,这是我从未在他身上见过的东西。

他平静地对我说:"我应该把你的儿子从他的老师家里接回来,他是不是和亨利·诺里斯的儿子一起在西多会读书?"

"是的。"他的表现让我感到十分疑惑。

"如果我是你的话,我不会和诺里斯、布雷顿、韦斯顿或者怀亚特打任何交道,如果他们给了你情书、爱情诗、定情之物或是其他任何东西,我都劝你赶紧烧掉。"

我困惑地说:"但是我已经是一个已婚女人,而且我深爱着自己的丈夫。"

他同意道："这就是你的一道保障，现在你赶紧走吧，我所知道的事情帮不了你，就让我独自承受这沉重的负担吧。去吧，玛丽，如果我是你，我会亲自抚养自己的两个小孩，带着他们一起离开宫廷。"

乔治和安妮还在焦急地等着我，但是我没有去找他们，我径直走向国王的房间，去找我的丈夫。他正在会客室里候着，国王正和一些重要的顾问在卧室里交谈，这几天他们一直在屋里忙碌着。

威廉一看到我，就带我穿过房间，领我走进一个壁龛里。

"有什么坏消息吗？"

"这根本不像是一则消息，就像是一则谜语。"

"是谁的谜语？"

"我舅舅的，他告诉我要远离亨利·诺里斯、威廉·布雷顿、弗朗西斯·韦斯顿和托马斯·怀亚特。当我说自己没有和他们打交道后，他让我赶紧把亨利从他的教师家里接走，然后带着孩子们离开宫廷。"

威廉想了一会儿，说："谜语在哪儿？"

"在他的话里。"

他摇了摇头说："对我来说，你舅舅本身就是个谜团，我不用去想他到底什么意思，只要按他说的做就好。我立马动身，去把亨利接来。"

他大步走回国王的房间，碰了碰一个男人的手臂，跟他说如果国王找他，请他告诉国王自己会在四天内回来，然后径直穿过走廊，快步走下楼梯。他的速度如此之快，我不得不跑起来才能跟上他。

我惊恐万分地问："为什么？你觉得会发生什么事情？"

"我不知道，我知道的只是如果你舅舅说我们的儿子不应该和亨利·诺里斯的儿子在一起,那么我就必须赶紧把他接回家。等我把他接来,我们要一起回罗奇福德,我不想再被警告一次。"

通往马厩的门大开着,他跑了出去,我提起长袍的下摆紧紧地跟着他,他在马厩里叫了一声,一个霍华德家的小厮跌跌撞撞地跑出来,奉命去把威廉的马牵了出来。

我匆忙提醒:"没有安妮的允许,我不能把他从家庭教师家里接回来。"

威廉说:"我去接他,如果我们需要得到她的许可,那么事后再去找她即可。对我来说,事情发生得太快了,我希望你的儿子能够安然无恙。"他把我抱在怀里,急促地亲了亲我的嘴唇,继续说:"亲爱的,我真的不想把你留在这个旋涡之中。"

"但是到底会发生什么事情呢?"

他更加用力地亲了我一口。"天知道,但是你舅舅不会轻易警告别人。我去把我们的儿子接过来,在我们被拖垮之前,把这件事情搞清楚。"

"我这就去为你取一件旅行斗篷。"

"我会带一个马倌。"他迅速走进马具室,穿了件普通斗篷就出来了。

"你为何这么着急?连一件斗篷都等不了。"

他简单地说:"我宁愿现在赶紧上路。"他的这份坚定让我更加担心儿子的安危,这是有史以来第一次我这么担心他。

"你有钱吗?"

他咧开嘴笑了笑说:"足够了,我刚刚从爱德华·西摩尔爵士那里赢了一袋金子,正好用上,不是吗?"

"你会去多久?"

他想了一会儿说:"三天,也许四天,不会更久了。我会马不停蹄地赶回来,你能等我四天吗?"

"可以。"

另一个波琳家的女孩
6'20

"如果情况有变,就立刻带着凯瑟琳和孩子离开,我一定会带着亨利去罗奇福德找你。"

"好的。"

他又狠狠地亲了我一下,随后抬脚踩在马镫上,跃上马鞍。这匹马看上去非常热切地想要奔驰而去。他骑马行至拱门下,飞奔而去。我用手挡着阳光,看着他离去的背影,明亮的阳光照耀在马厩里,但我却打了个寒战,因为唯一一个可以救我的男人已经离开了。

简·西摩尔再没有来过王后的房间,整个屋子在阳光的照耀下显得格外宁静。侍女们仍旧进来完成她们的任务,她们点燃了火炉、布置了椅子,还在桌上放了水果、水和酒,仿佛都是为访客准备的,但是却没有一个人出现。

安妮、我的女儿凯瑟琳、安妮姑姑、玛奇·谢尔顿和我不安地坐在这个大房间里,我们甚至可以听见回声。我的母亲从没来过,她仿佛从未生过我们一样退出了我们的生活。我们也再没见过父亲。舅舅看到我们就像在看一块威尼斯玻璃一样,视若无睹。

安妮说:"这段时间我感觉好像见鬼了一样。"我们在河边散步,她靠在乔治的手臂上,我和弗朗西斯·韦斯顿爵士一起走在她身后,玛奇和威廉·布雷顿爵士则走在我后面。我焦虑得几乎说不出话,不知道为什么舅舅会向我提到这些人的名字,也不知道他们到底隐藏了什么秘密。我感觉好像有一个巨大的阴谋,面前随时都会出现一个陷阱,一无所知的我还不得不跳下去。

乔治说:"他们正在举行听证会,这是一个为他们倒酒的小厮告诉我的,包括克伦威尔大臣、我们的舅舅、萨福克公爵,还有一些其他人。"

我哥哥和姐姐小心翼翼地没有去看对方，安妮说："我没有什么让他们可指责的事情。"

乔治说："确实没有，但是他们可以捏造一些罪名，想想之前他们说凯瑟琳王后都犯了些什么罪。"

安妮突然走到他对面说："一定是那个死婴，是吗？还有那个肮脏的老产婆满嘴谎话编出来的证词。"

乔治点了点头说："一定是的，他们也找不出其他东西了。"

她转身朝着宫殿走去，哭喊着："我要让他们看看！"

乔治和我在她后面追着问："看什么？"

我喊道："安妮！不要这么冲动！"

她说："这三个月以来，我就像一只害怕自己身影的小老鼠一样在这座宫殿里爬行。你建议我要保持甜美的形象，我照做了，如今我要去为自己辩护。他们秘密地举办听证会来审判我，我一定要让他们说出我的过错！我不会忍受被那一群恨我入骨的老头子在一起秘密地谴责。我要让他们看看！"

她穿过草丛，走到宫殿的门口。我和乔治愣了片刻，然后转身看着其他人，我疯狂地叫喊："你们继续往前走！"

乔治说："我们去找王后。"

弗朗西斯本能地伸出一只手，将乔治拉到自己身旁。

乔治向他保证："没事的，我最好还是和她一起去。"

乔治和我跑过草地，跟着安妮入了宫。我们在国王的会客厅外没有找到她，门口的士兵说她被拦下了，我们在门外等着，大脑一片空白，不知道她会去哪儿。这时我们听见了她上楼的声音，她怀里抱伊丽莎白公主，离开了育儿室的公主显得十分开心，当安妮抱着她一路小跑时，她还看到了阳光闪烁的光芒。

另一个波琳家的女孩

她边跑边解开公主小礼服上的扣子,她朝士兵点了点头,于是他们下意识地为她打开了门,她顺利走进了会客厅。

她刚迈入一条腿,就冲国王问道:"你们在给我安什么罪名?"

他尴尬地从桌头的椅子上起身,安妮愤怒地盯着坐在他周围的王公贵族们。

"谁敢当着我的面开口?"

国王开始说话:"安妮。"

她转向他,迅速说:"你对我满嘴谎话,简直恶毒至极。你应该好好待我才对,因为我一直都在扮演着一个好妻子的角色,我比其他任何女人都爱你。"

他坐回那把精心雕刻出来的椅子上,继续说:"安妮……"

她打断他的话,接着激动地说:"我没有保住你的儿子,但那并不是我的错。凯瑟琳也没有给你生下儿子,你也称她为女巫了吗?"

当人们听到她随意地说出那个无比邪恶的词时,都发出了一阵嘶嘶声。他们窃窃私语议论着什么,我看见有个人握紧拳头,用第二根和第三根手指比了个十字架的手势,好像在以此来抵制巫术。

安妮哭喊道:"但是我给你生了个公主。她是最美丽的公主,继承了你的头发和眼睛,不可否认她就是你的孩子!当她出生时,你曾说过不久之后我们还会有一个儿子。亨利!那时的你根本不畏惧自己内心的阴影。"

她把公主身上的衣服解开了一半,把她抱了过去,让他看看自己的女儿。尽管孩子大喊着"爸爸",还向亨利伸出了双臂,但他还是退缩了。

"她的皮肤很漂亮,浑身也没有任何瑕疵,没人敢说这不是个被上帝祝福的孩子!没人敢说这不是英国有史以来最伟大的公主!我给你生下了这个漂亮的孩子!给你带来了多大的福分!我还能给你带来更多的东西!你就不能看看她吗?她一定会拥有一个和她一样强壮而又好看的弟弟!"

伊丽莎白公主向四周望了望，看着那一张张严厉的面孔。她的下嘴唇微微颤抖着，安妮把她抱在怀里，脸上满是邀请和挑战的意味。亨利看着她们两个人，把视线从他妻子身上移开，也没有再理会自己那个年幼的女儿。

当看到他没有勇气面对她们时，我以为安妮会愤怒至极，但当他一转过头，安妮脸上的激情立刻便退去了，仿佛她早就知道他已经下定决心，也知道自己不得不因为他顽固的愚蠢而遭受苦难。

她轻声说："噢！天呐！亨利，你到底是怎么了？"

他只喊了一个名字："诺福克！"舅舅从他身旁的椅子上站了起来，四处寻找着乔治和我，而我们站在门口，不知道该做些什么。

他对我们说："把她带走。你们就不该带她来这里。"

我们默默地走进房间，我从安妮手上抱过小伊丽莎白，她用手搂着我的脖子，坐在我胯部，冲我开心地笑了，而乔治用一只手臂环住安妮的腰，把她从房间里带离出去。

走出门之前我回头看了看，亨利仍旧一动不动，他一直不愿意看我们波琳家人一眼。我们被赶出来，身后的门也关上了，我们仍然不知道他们在谈论些什么、做了哪些决定，也不知道接下来会发生什么。

我们回到了安妮的房间，保姆来把伊丽莎白接了回去。我安慰她说自己也是多么地想要和孩子待在一起，那种遗憾和内疚我也能感同身受。这时我想起了威廉，想着还有多久他才能接来我的儿子，我感觉整个宫殿即将遭遇一场暴风雨的袭击。

当我们打开卧室门，一个轻盈的身影突然出现，吓得安妮尖叫着后退了几步，乔治则拿了把匕首，几乎要向他捅去。

另一个波琳家的女孩

他问:"斯米顿!你在这儿搞什么鬼?"

这个小伙子说:"我是来见王后的。"

"看在上帝的分上,我差点杀死你。没有受到邀请,你不应该出现在这里。小伙子,赶紧出去!走!"

"我必须来问一下……我不得不说……"

乔治说:"滚出去!"

正当乔治将斯米顿推向门口时,他扭过头哭喊着说:"殿下,您愿意为我做主吗?他们叫我进去,问了我好多问题。"

我赶忙问:"等等,什么问题?"

安妮走到窗边,坐在座位上,看过来:"有什么要紧的?他们会问每个人很多问题的。"

"殿下,他们问我是不是和您很熟。"这个小伙子说话的时候,他的脸红得就像一个女孩。"他们还问我和您熟不熟,乔治爵士,"他转头对着乔治,继续说,"还问我是不是曾是您的盖尼米德,我不知道那是什么意思,于是他们告诉了我。"

乔治问:"那你是怎么回答的?"

"我说不是,我不想告诉他们……"

乔治说:"非常好,坚持住,不要再来找王后,也不要找我和我妹妹。"

小伙子说:"但是我很害怕。"他的身体一直颤抖着,眼里还流淌着泪水。他们盘问了他好几个小时,都是他闻所未闻的恶行,质问他的人都是些老兵和教会的首领,他们知道的罪行比他这一生听过的都要多。之后他便跑来向我们求救,但却一无所获。

乔治拉着他的手肘,把他拖到门口,坦率地对他说:"用你这颗聪明又漂亮的脑袋记住我接下来说的话:你是无辜的,这一点你已经告诉了他们,你既然已经把自己择干净了,就永远不要改口。如果他们发现你在这里,他们会认为你是我们的人，受我们唆使干事情，所以赶紧离开，永远不要再来找我们。对你来说，这里是最危险的地方。"

他把他推到门边，但是这个小伙子紧紧地抓住门框，门外的卫兵则在等着乔治一声令下，把他扔下楼去。

乔治迅速补充："也不要提弗朗西斯爵士，不要提你曾看见、听见的任何事情，明白了吗？什么都不要说。"

男孩仍旧紧紧抓住门框，他说："我什么也没说！我对你们如此忠诚，但是如果他们再来问我怎么办？谁会来保护我？谁又能是我的朋友？"

乔治对着卫兵点了点头，卫兵立即过来，猛烈地拍打着这个小男孩的前臂，乔治砰地将门砸向他的脸，于是他只能痛苦地松开了。乔治冷漠地说："没有人会保护你，就像没有人会保护我们一样。"

第二天是五朔节，安妮本应在黎明时分醒来，和她屋里的女士们一起唱歌，侍女们会在屋里处理剥了皮的柳条。然而并没有人组织这件事情，有史以来，这是头一年没有举行这场仪式。她跟往常一样醒来，脸色苍白。起床后的第一个小时里，她都跪在祈祷台上祈福，然后带着屋里的女士们去听弥撒。

简身穿一件白绿相间的袍子紧随其后。西摩尔家人在鲜花和歌声中迎来了五月，简的枕头下面都放满了鲜花，毫无疑问她一定梦到了自己未来的丈夫。我看着她脸上那平淡的表情，想弄清楚她是否知道自己的赌注有多少。而她只是冲我这张冷硬的脸笑了笑，祝我能够欢乐地度过五月的第一个清晨。

我们成群结队地穿过国王的小礼拜堂，安妮走过时，他把目光移开了。她跪了下来准备做祷告，小心翼翼地跟着他们一起说着每一个字，看上去

另一个波琳家的女孩
6'26

就像简一样虔诚。仪式结束后，我们正准备离开教堂，国王走了出来，对她简单地说："你愿意来观看骑士比武吗？"

安妮惊讶地回答说："我愿意，当然愿意。"

他仔细地看着她说："你的哥哥会参赛，他的对手是亨利·诺里斯。"

安妮耸了耸肩膀，问他："那又怎么了？"

"要选出那一场的冠军，你一定会感到非常为难。"他的每一个字都带有深意，仿佛只有安妮能明白他在说什么。

安妮越过他看向了我，似乎我能够帮上她。我挑了挑眉毛，告诉她我也不知道该怎么办。

她小心翼翼地说："作为一个好妹妹，我应该支持自己的哥哥，但是亨利·诺里斯确实是一位非常温柔的骑士。"

国王暗示道："也许你根本无法在他俩当中选出一个。"

她露出了一个困惑又可怜的笑容，说："不，陛下，你想让我选择哪一个呢？"

他的脸立刻黑了下来，突然烦躁地说："你要知道我一定会看着你，看你会如何选择。"说完他便转身离开了。他的腿伤还是没有痊愈，伤口上还敷着药物，他一瘸一拐的样子非常醒目。安妮一言不发地看着他离开了。

✪

下午天气极其闷热，宫殿上空压了一层厚厚的乌云，整个比武场闷热不堪。每隔一会儿我都会望向去往伦敦的路，看看威廉是不是已经回来了，尽管我知道自己还要再等上两天。

安妮穿着银白相间的服装，手持一根白色权杖，看上去就像是春天里一个无忧无虑的女孩。骑士们为比赛做着最后的准备，他们在观众席前围成一圈，腋下夹着头盔，冲着国王和坐在他身旁的王后笑了笑，又望着王后身后的女士们笑了笑。

国王问安妮:"你可以下注了吗?"

安妮听到他以正常的语气跟自己说话时,也准备冲他露出一个平常的笑容。

她回答说:"噢!是的。"

"第一场比赛,你最看好谁?"

这个问题他之前在教堂也曾问过她。

她笑着说:"我一定会支持我的哥哥,我们波琳家的人一定会团结在一起。"

国王警告她说:"我已经把我的马借给了诺里斯,我想你会发现他才是更加出色的那个人。"

她笑着说:"那么我就转而支持他,但是我还是会把钱押在我哥哥身上,陛下,这样你还满意吗?"

他点了点头,什么也没说。

安妮从礼服里掏出一条手帕,往观众席那个方向靠了靠,示意让亨利·诺里斯爵士过来。他朝她骑来,点了点他的长矛,向她致敬。她用一只手拿着那条手帕,优雅地让那匹摇摇晃晃的马安静了下来。他用长矛指向她的手,轻松地钩起了那条手帕,动作一气呵成,宫里的女士们都为之鼓掌。诺里斯笑了起来,接着他把长矛上的手帕取了下来,塞进了胸甲里。

每个人都在看诺里斯,而我则一直看着国王。我看到他脸上满是阴影,我从未见过这样的他。当安妮把手帕送给诺里斯时,他看向安妮的表情非常恐怖,仿佛想要打碎一个自己曾经用过的杯子、淹死一条自己无比厌倦的狗一样。他已经受够了我姐姐,我从他的表情里看出了这一点,但我不知道他会如何摆脱她。

突然天空传来一阵电闪雷鸣,就像一头被激怒的熊发出的咆哮,听上去非常不吉利。国王宣布比赛开始,我哥哥赢下了第一场,诺里斯赢下了第二场,接着我哥哥又赢了第三场,然后他把马牵回赛道,让下一个参赛者接替他的位置,安妮起身为他鼓掌。

　　国王就这样静静地坐着,看着安妮,午后温度升高,他的腿开始发臭,但他自己并没有注意到。下人给他送来了些水和早熟的草莓,他喝了水,吃了草莓后,还喝了点酒,吃了点蛋糕。比赛继续进行着,安妮转身对着他微笑,一直忙着跟他交谈。他坐在她身边,仿佛他就是可以判决她命运的法官,仿佛今天就是她的审判日一样。

　　比赛结束后,安妮起身分发奖品。我甚至没有看到谁最后赢得了比赛,当安妮分发奖品、伸出手接受别人的亲吻时,我一直注视着国王。他缓慢地站了起来,在离开之前还示意让亨利·诺里斯跟上。诺里斯脱下了那身盔甲,骑着仍在流汗的马,转身前往观众席后方,去面见国王。

　　安妮看了看四周后问:"国王要去哪儿?"

　　我瞥了一眼去往伦敦的路,渴望能够看到威廉的马,但是我却在路上看到了国王的旗帜。毫无疑问,国王正骑在马上,诺里斯就在他身旁,后面还跟了一小队护卫,他们迅速向西边的伦敦驶去。

　　安妮不安地问:"他这么着急是要去哪里?他说过自己要离开吗?"

　　简·帕克走上前来,神采奕奕地说:"难道你不知道吗?昨晚克伦威尔大臣让那个小厮马克·斯米顿在他的房子里待了一整晚,现在已经把他押进伦敦塔了。他派人来告诉了国王,也许国王现在就是去塔楼里,看看那个小厮能够招认出什么吧?但是为什么他要带着亨利·诺里斯一起呢?"

✦

　　乔治、安妮和我就像囚犯一样躲在她的房间里,我们安静地坐着,有一种被团团包围的感觉。

我对安妮说:"天一亮我就离开,安妮,对不起,我必须带走凯瑟琳。"

乔治问:"威廉在哪儿?"

"他去把亨利从家庭教师家里接回来。"

安妮听到这里,抬起了头提醒我:"我才是亨利的监护人,你不能不经我同意就带走他。"

这一次我没有迎合她,我说:"安妮,看在上帝的分上,让我保他周全,对于监护人这个问题我们现在已经没有时间来争论了。我会保他周全,如果可以的话,我也会保伊丽莎白周全。"

她顿了顿,我还以为即便是现在她也要跟我争个高下,但是紧接着她就点了点头,轻声问:"我们来玩牌吧?我睡不着,让我们打一通宵的牌。"

"行吧,我先去看看凯瑟琳是不是睡着了。"

我去找我的女儿,她正和其他女士一起用餐。她告诉我,大厅里谣言四起,国王的宝座空着,克伦威尔也不见了,没有人知道为什么斯米顿会被逮捕起来,也没有人知道为什么国王带走了亨利·诺里斯。如果这象征着一种特殊的荣誉,那么在五朔节这个特殊的夜晚,他们又会在哪里用晚餐呢?

我压抑地说:"不要管这些,我希望你去打包一些东西,一条干净的长裙,一些长袜,把它们都装在包里,明天我们就会离开。"

"我们有危险吗?"她并没有感到惊讶,她已经不再是那个刚从乡下出来的女孩了,现在她也是个在宫里见过大世面的孩子。

我简单地说:"我也不知道。我希望你的身体足够强壮,接下来我们会骑一天马,所以你现在必须去睡觉,答应我好吗?"

她点了点头,我把她带到我的床上,让她枕着威廉常用的枕头。我向上帝祈祷,希望明天威廉能把亨利带回来,然后我们可以一起离开,去看那棵躺在路边的苹果树、沐浴在阳光下的小农场。我给了她一个晚安吻,

另一个波琳家的女孩

之后派了个小厮去往我们宫外的住所,告诉奶妈我们会在黎明时分离开。

我回到王后的房间,安妮缩在火炉旁,乔治坐在她身边,似乎他们都被冻坏了。窗户大开着,这个闷热的夜晚没有吹来一丝凉风,窗帘纹丝不动。

我喊道:"波琳兄妹。"然后我安静地穿过大门,走了进来。

乔治朝我伸出一条手臂,将我拉到他的旁边,这样他就能够同时抱着我俩。

他坚定地说:"我跟你俩打赌我们会挺过去的,我们会重新振作起来,把他们都打败。明年的这个时候安妮的摇篮里会有一个儿子,而我也会成为嘉德骑士。"

这一夜,我们就像三个害怕官吏的流浪者一样簇拥在一起。当窗户透进第一丝光亮时,我轻轻走下楼梯,朝马夫们居住的房间扔了一颗石子。第一个伸出头的小厮帮我把马从马厩里牵了出来,给她装上了马具,但是当他回马厩牵来凯瑟琳的马时,他停下脚步,还摇了摇头。"掉了一块马蹄铁。"他说。

"什么?"

"我不得不带她去铁匠那里。"

"不能现在带她去吗?"

"铁匠铺还没有开门。"

"让他去开呀!"

"夫人,铁匠铺很冷,他必须先起床,生火,让铺子变得暖和起来,才能给她钉蹄铁。"

我沮丧地转过身去,这个小厮打着哈欠,建议我:"您可以选择另一匹马。"

我摇了摇头。这是一段很长的旅程，凯瑟琳并没有强大到可以驯服一匹新马，于是我说："不，我们会等着你去给这匹母马钉蹄铁。把她带去铁匠那里，叫醒他，让他赶紧给她钉。事成之后你悄悄来告诉我，不要告诉宫里的任何人。"我焦急地瞥了一眼宫里那些黑乎乎的窗子，继续说："我不希望世上的任何一个人知道我要走了。"

他拉了拉额发，将双手捧在一起。我从礼服口袋里摸出一枚硬币，放在他肮脏的手掌之中，说道："事成之后，还会给你一枚。"

我转身回到宫里，门口的哨兵睡眼惺忪地盯着我，他一定在想黎明时分我这样进进出出，究竟是在做什么。我知道他一定会向某人汇报，可能是克伦威尔大臣，也可能是我舅舅，或者约翰·西摩尔爵士，他现在已经羽翼丰满，也必须为自己安插一些眼线。

我在楼梯上迟疑了一会儿，我想去看看凯瑟琳，她正在我的大床上甜甜地酣睡着，但是我看见王后的房里还有烛光，突然觉得自己更应去看看这两个彻夜未眠的人。于是当哨兵走到一旁时，我便打开门溜了进去。

他们仍旧没有睡觉，坐在火炉旁边，一张脸紧紧挨着另一张脸，就像一对笼里的鸽子一样轻声安慰着彼此。当我走进房间时，他们都回过头来。

安妮问："你们还没走吗？"

"凯瑟琳的马掉了一只蹄铁，我们走不了。"

乔治问："那你们什么时候离开？"

"等她蹄铁钉好之后。我给了一个小厮一些钱，让他把她带去铁匠那里，事成之后他会来告诉我。"我穿过房间和他们一起坐在壁炉前，我们三个人都面对着这个壁炉，看着里面的火焰。安妮想入非非地说："我真希望我们能一直像这样待在这里。"

我惊讶地说："真的吗？我觉得这是我有生以来过得最糟心的一个夜

晚，我希望它从未存在过，希望我能在某一刻醒来，发现这一切都只是梦境而已。"

乔治露出了一个阴暗的笑容，他说："那是因为你不畏惧明天，如果你跟我们一样害怕明天，你就会希望这个夜晚能够一直延续下去。"

✦

无论他们怎么祈祷，天还是慢慢亮了起来。我们听到外面仆人们在大厅忙活的声音。一个侍女进来点燃了王后房间里的炉子，另一个侍女则用刷子和抹布擦拭桌子，新的一天又开始了。

安妮从壁炉旁站了起来，她脸色暗淡，脸颊处还沾满了灰烬，就跟圣灰日①那天她刚刚从教堂哀悼回来时的样子一模一样。

乔治鼓励她说："去洗个澡吧。天还早，派人去为你准备洗澡水，洗个热水澡，把头发也洗一下，洗完你一定会感觉好些的。"

她听到这个和往常一样平淡的建议时笑了笑，点了点头。

乔治俯身亲吻了她一下。"我会在做晨祷时再来见你。"他说完便离开了房间。

那是最后一次我们看见还有自由之身的哥哥。

✦

乔治并没有出现在晨祷会上。安妮和我洗了个澡，都感觉自信了些。我们四处寻找乔治，但他并没有出现，弗朗西斯爵士也不知道他在哪里，威廉·布雷顿爵士也不清楚，亨利·诺里斯还没有从伦敦回来，也没有听说马克·斯米顿犯了什么罪。我俩再次感到身体被恐惧感压抑着，它就像

---

① 大斋期之始，亦称圣灰星期三（总是在星期三），当日教会会举行涂灰礼，将棕枝烧成灰抹在额头以示忏悔。

宫殿屋顶上空低沉的乌云一般。

我派人告诉奶妈，让她等着我，我们会争取在一个小时内离开。今天有一场网球比赛，安妮曾答应为获胜者颁发一条带有金币的项链。她来到赛场，坐在一顶遮阳篷下，像舞蹈演员那样来回转动着头部，专心致志地看着所有参赛选手。她的头一直在跟着球扭动，但是她的眼睛却没有任何神采。

我站在她身后，等着那个马厩的小厮来告诉我马匹已经备好。凯瑟琳站在我身旁，一旦我发出讯号，她就会跑去换上骑装。突然我身后的王室大门打开了，一个长官带着两名士兵走了进来，我看到他们的那一刻就意识到，一件可怕而又糟糕的事情即将发生。我张开嘴想要说些什么，但却一个字都说不出来。我静静地摸了摸安妮的肩膀，她转过身来抬头看着我，然后将视线从我身上移开，看了看身后那几张冷漠的面孔。

他们本应向她弯腰行礼，但他们迟迟没有那样做，这一点让我们证实了内心的恐惧并非空穴来风。突然，一只低空飞行的海鸥在球场上尖叫了起来，就像一个受伤的女孩一样。

那个长官简略地说："殿下，枢密院命我们前来带您走。"

安妮说："噢！"她站了起来，看了看凯瑟琳，又看了看我，接着环顾了一下四周，看了看那些女士。她们突然都将视线从她身上移开，看向了其他地方，仿佛她们都被这场精彩的球赛吸引住了。她们显然已经学会了安妮的把戏，头虽然一直在左右晃动，但眼睛却什么都看不见。她们竖直了耳朵，心脏怦怦直跳，生怕她命她们跟她一起前去。

安妮坦率地说："我必须带着自己的同伴一起去。"这些小泼妇都不再四处张望。"必须有个女士要跟我一起去。"她的目光落在了凯瑟琳身上。

"不要。"我突然喊了出来，因为我知道她接下来要做什么，"不要，安妮，不要，我求你了。"

她问那个长官:"我可以带一个同伴吗?"

"殿下,可以的。"

她简单地说:"那我就带我的侍女凯瑟琳吧。"士兵为她打开大门,她静静地走了出去,凯瑟琳茫然地看了我一眼,跟在王后后面也走了出去。

"凯瑟琳!"我尖锐地喊道。

她回头看着我,她明明什么都不知道,这个可怜的小女孩,她应该怎么办。

"跟上来。"安妮沉着冷静地说。凯瑟琳冲我微微笑了一下。

她突然奇怪地说:"要高高兴兴地走。"仿佛是在演戏剧一般,她转身跟随王后走去。安妮看上去就像是一个镇定的公主。

我震惊万分,只能看着他们离去,但当他们走出我视线的那一刻,我就回过神来,提起裙摆赶紧抄小道回到宫里,去寻找乔治、父亲或者任何一个能帮助安妮、能让凯瑟琳安全回到我身边的人,我们会立即赶往罗奇福德。

我跑进大厅,正当我往楼梯上冲时,一个男人抓住了我,我赶忙把他推开,这时我才意识到原来他是这个世界上我唯一想要的男人,我哭着喊了声:"威廉!"

"我的爱人,你是不是已经知道了?"

"噢!老天!威廉,他们把凯瑟琳带走了,他们带走了我的女儿。"

"他们逮捕了凯瑟琳?以什么罪名?"

"不是,她作为侍女,和安妮一起被带走了,被带去了枢密院。"

"去伦敦?"

"不是,在这里。"

他立刻松开了我,对着空气咒骂了一小会儿,转着小圈走来走去,然后他走回我身边,抓着我的手说:"那我们只能等了,等到她出来为止。"

他看了看我的脸，继续说："不要这样，凯瑟琳只是个小女孩，他们审问的人是王后，不是她。可能他们根本就不会跟她说话，就算询问她，她也没什么好隐瞒的。"

我倒抽一口气，点了点头说："是的，她没什么好隐瞒的，她没有见过什么不同寻常的东西，他们只会简单地询问一下她。毕竟她也是贵族人士，他们不会做出什么更过分的事情。亨利在哪儿？"

"他很安全，我把他留在了宫外的住所里，和奶妈、宝宝待在一起。我还以为你是在为你哥哥的事情奔波。"

我迅速回问："他怎么了？"我的心脏再一次剧烈地跳了起来。"乔治怎么了？"

"他们逮捕了他。"

我说："和安妮一起？去枢密院回话？"

威廉的脸色暗沉，他说："不是，他们把他带到了伦敦塔里。亨利·诺里斯已经在那儿了，昨天国王亲自和他一起骑马进了塔。马克·斯米顿也在那里，你还记得那个唱歌的人吗？"

我的嘴唇麻木了，说不出任何话来，但我仍旧努力开口说："那他们是以什么罪名被逮捕了呢？为什么要在这里审问安妮？"

他摇了摇头说："没有人知道。"

我们一直等到中午，都没得到任何消息。枢密院正在会议厅审问王后，我在外面的大厅里徘徊着，他们不允许我进入前厅，担心我在门外偷听。

我对哨兵解释说："我不会偷听的，我只想见到我的女儿。"他冲我点点头，什么都没说，只是示意让我回去。

午后不久，门就打开了，一个小伙子从里面溜了出来，对着这个哨兵

另一个波琳家的女孩
6'36'

窃窃私语了一阵，然后这个哨兵对我说："你必须离开了，我得到命令要把场子清干净。"

我问："为什么？"

他固执地说："你该走了。"他站在楼梯上冲着大厅吼了一声，接着另一个士兵也吼了一声来回应他。他们轻轻地把我推到一边，让我远离枢密院的大门、远离这些阶梯、远离大厅、远离庄园门，把我赶出了庄园。一路上所有的朝臣都被推到一侧，尽管他们不让我们靠近，但是我们还是努力往前涌去，仿佛我们还没有意识到此时的国王已经变得多么强大。

我意识到他们是要在枢密院和河边的梯子之间清出一条路，于是我赶紧跑到寻常百姓来宫殿时下船的栈桥，这里没有警卫，也没有人会阻止我站在最高处，费力望向格林尼治宫的楼梯。

站在这里我看得清清楚楚：安妮一身蓝色长袍，那是她要去观看网球赛之前命人给她穿上的，凯瑟琳则穿着一件黄色礼服跟在她身后。我看到她披了件斗篷，感到十分欣慰，毕竟河面上会很冷，然后我又摇了摇头，此时此刻自己竟然还在担忧她会不会着凉，明明我更应该担心他们会把她带去哪里。我目不转睛地盯着她们，似乎这样就可以保护她一样。她们登上了国王的而非王后的驳船。划桨手的鼓声传来，听上去就像是刽子手举起斧头时响起的鼓声，是那么的凶恶和悲伤。

"你们要去哪里？"我已经无法控制自己的恐惧感，尽可能大声地吼了出来。

安妮并没有听见我的声音，但是我看到凯瑟琳循着我的声音，转过身来，在宫廷的庄园里四处寻找着我。

"这里！我在这里！"我叫得更加大声了，还朝她挥着手臂。她看向我，微微地举手向我晃了晃，便跟着安妮一起登上了国王的驳船。

他们一上船，士兵们就一气呵成地转身，船猛地往前倾了一下，她俩都摇摇晃晃地被抛在了座位上。那一刻我看不见她了,一会儿她再次出现在了我的视线当中。她坐在安妮旁边的一把小椅子上,一直望着我。这些桨手将船划到河中央,轻而易举地顺着潮汐离去。

我没有再大叫了,我知道自己的声音会被鼓声淹没,而且我也不希望凯瑟琳听到母亲这样向她哭喊,这一定会吓坏她。我就这样静静地站着,朝她挥舞着手,这样她就明白我知道她在哪里,会去往何方,我会尽快去找她。

当威廉走到我身后时,我有所察觉,但是没有回头看他。他也朝我们的女儿挥舞着手臂,问我:"你觉得他们会把她们带去哪里?"仿佛他跟我一样,都不知道这个问题的答案。

我说:"你明明知道,为什么还要问我?她们会被带去伦敦塔,那是我们能想到的最糟糕的地方。"

威廉和我没有迟疑,我们径直回到自己的房间,用一个包装了几件衣服,就匆匆赶去了马厩。我儿子亨利正牵着马在这里等我们,他冲我露出了一个灿烂的笑容,迅速抱了抱我。威廉把我抱到马背上,自己也骑上了马。亨利上马后,还牵着凯瑟琳那匹刚刚钉好蹄铁的马。威廉则牵着奶妈那匹宽背短腿的壮马,她正在等着我们。我们把她扶上马,她将婴儿安全地绑在自己的胸口处。一行人安静地离开了这座宫殿,踏上了去往伦敦的路,没有告诉任何人我们会去哪里,会去多久。

威廉在迈诺瑞斯给我们找了几间房,这里离河边很远,我可以看到关押着安妮和我女儿的比彻姆塔,我的哥哥和其他人也被关在附近。在安妮加冕前,她曾在这座塔里待过一夜。我在想如今她是否还记得自己穿过的那件长袍,当时她穿着它参加加冕礼,全城的人一言不发,以此来警告她,

另一个波琳家的女孩
688

她并不是一个受国人爱戴的王后。

威廉让旅馆的女主人为我们做了晚饭,自己出去打探消息。不久,他按时回来和我一起吃晚餐。等那个女人把晚餐端上来出去后,威廉才把打探到的消息告诉我。住在塔楼周边旅馆里的人们都在传一个消息,就是王后即将被废除。有传言称她犯了通奸罪,还擅用巫术,其他的就没人知道了。

我点了点头。安妮已经无法翻身了,亨利正在利用舆论的力量和暴民的声音来为解除婚姻关系铺平道路,也是在为一名新王后铺路。他们在酒馆里说国王又恋爱了,这次这个女孩又美丽又纯洁,是一个来自威尔特郡的英国女孩。她受到了上帝的庇佑,非常虔诚,长相也十分甜美,不像安妮那样接受过太多教育,身上还带有浓烈的法兰西风情,有人不知从哪儿得到消息说简·西摩尔是玛丽公主的朋友,她以前曾尽心尽力地侍奉过凯瑟琳王后,总是按照旧习俗做祷告。不仅如此,她既没有读过那些有争议的书,也不会和见多识广的男人们争论,她的家人不会试图掌控国王,他们只会效忠于他。而且他们家的女人都是易孕体质,凯瑟琳和安妮都没能生下儿子,但简·西摩尔毫无疑问一定能做到。

"那我哥哥呢?"

威廉摇了摇头说:"没有任何关于他的消息。"

我闭上了双眼,我无法想象乔治失去了自由会是什么样子,谁能够指控乔治呢?谁又能够因为任何事情指责他呢?他是那么贴心、那么完美。

我问:"谁在侍奉安妮?"

"你的姑姑和玛奇·谢尔顿的母亲,还有一对侍女。"

我扮了个鬼脸,说:"都不是她喜欢或信任的人,但至少她可以放了凯瑟琳,她并不孤单。"

"我觉得你可以给她写封信,当门打开时,她可以收信。我会把它拿给威廉·金斯顿，他是塔楼里的治安官，可以把信给她。"

于是我跑下狭窄的楼梯，到旅馆老板那里要了一张纸和一支笔，她还把自己的写字台借给了我，为我点燃了一根蜡烛。这是黑夜里唯一的光亮来源，我在窗边坐了下来，准备写信。

亲爱的安妮：

我知道现在有其他女士在侍奉你，所以请你放了凯瑟琳，让她回来和我待在一起。

我求你让她赶紧回来。

玛丽

我在纸上面滴了些蜡油，用戒指在上面按了按，做出了一个代表波琳家的字母B，但是我没有封上，把信交给了威廉。

他迅速看了看这封信的内容，说："很好，我就直接把它带走了，没有人会觉得你还有什么言外之意。我会在外面等她的回复，说不定我能把她带回来，明天我们就启程返回罗奇福德。"

我点了点头说："我会一直等着你。"

亨利和我坐在两只木凳上，我们在一张摇摇欲坠的桌子上打牌，前面是一个小小的火炉。我们用法新①做赌注，很快我就赢光了他的零花钱，于是我赶紧作弊，让他能够小赢一把，但是最后我一不小心又把钱都输给了他。威廉还没有回来。

午夜时分，威廉走了进来，看着我苍白的脸说："很抱歉让你等了这么久，我没有把她带回来。"

我轻轻地叹了口气，威廉立刻伸出手，把我拉到他身边，对我说："但

---

① 一种铜币，面值为四分之一便士。

是我看见她了,这就是我耽搁这么久的原因。我想你一定会希望我去看看她、弄清楚她过得怎么样。"

"她是不是很难过?"

他笑着说:"她非常冷静。明天的这个时候你可以亲自去看她,王后被释放之前每天都可以去。"

"但是她回不来?"

"王后想要留下她,巡官得到指令要满足她一切合理的要求。"

"当然……"

威廉说:"我用尽了一切办法,但是王后有权选择自己的侍女,而凯瑟琳是唯一一个她真正想要的,其他人基本都是强送给她的,其中有一个还是巡官的妻子,她负责去监听她说的每一句话。"

"凯瑟琳怎么样?"

"你一定会以她为傲,她让我向你转达她对你的爱,还说自己愿意留下来,侍奉王后。她说安妮生病晕过去了,醒着的时候也一直在哭泣,她想要和她待在一起,提供些力所能及的帮助。"

我稍稍喘了口气,既感到爱与自豪,又感到不耐烦,我说:"她还是个小女孩,不应该在那种地方!"

威廉说:"她已经是一个年轻女人了,她在承担着一个年轻女人的责任,而且她并没有什么危险,没有人问她任何事情。大家都清楚她去塔里只是跟安妮作伴,大家不会因为这件事而去伤害她。"

"那么安妮要被审判了吗?"

威廉瞥了瞥亨利,他觉得他已经长大了,可以承受住这件事,于是对我们说:"似乎安妮被指控犯了通奸罪。亨利,你知道什么是通奸罪吗?"

这个男孩脸羞得猩红,他说:"知道,我曾在《圣经》里面读到过。"

威廉平淡地说:"我相信他们一定是错将这项罪名安在了你姨妈头上,

但是这确实就是枢密院对她提出的指控。"

我终于开始慢慢明白到底是怎么回事,我说:"其他人也被逮捕了吗?因她而被指控?"

威廉咬了咬嘴唇,点了点头,他继续说:"是的,亨利·诺里斯和马克·斯米顿都和她一起被审判了,说他们是她的情人。"

我斩钉截铁地说:"胡说八道。"

威廉点了点头。

"我的哥哥也被带去接受审问了吗?"

他说:"是的。"

我听出他的口吻有些不对,于是我问:"他们没有折磨他吧?没有伤害他吧?"

威廉安慰我说:"噢!没有,他们没有忘了他的贵族身份。他们审问安妮和其他人时,他一直被关押着。"

"但是他们能指控他犯了什么罪呢?"

威廉迟疑了一下,看了看我的儿子,继续说:"他们指控他和其他男人犯了一样的罪。"

那一刻我没有听明白他的话,我接着问:"通奸罪?"

他点了点头。

我沉默了,我本来想大声否认这件事情,但是紧接着我就想起了安妮是多么想要一个儿子,她也确信国王没有能力给她一个健康的孩子。我还记得她曾经靠在乔治身上,告诉他教会并不可靠,里面的人并不能决定什么是有罪,什么是无罪。乔治也曾告诉她,在吃早餐前自己可能会被逐出教会十次,对此她只是笑了笑。我不知道安妮在绝望之际会做出什么事情,我也不知道胆大包天的乔治敢采取什么样的鲁莽行为,我努力让自己不去想他们两个人,正如以往一样。我问威廉:"那我们该怎么办?"

另一个波琳家的女孩

威廉用胳膊搂着我儿子,对他笑了笑,亨利已经够到他继父的肩膀了,他也冲他信任地笑了笑。

威廉说:"我们只能等下去,一旦这些烂摊子被收拾干净,我们就带走凯瑟琳,回到罗奇福德。到了那时,我们将不得不低头做人,因为无论安妮是被抛弃、被驱逐还是得到国王允许可以生活在一座修道院里,我想波琳家的辉煌时刻都已经一去不复返了。我的爱人,是时候该回去为你做奶酪了。"

又一天,我们除了等待别无他法。我给奶妈放了个假,还鼓励威廉带着亨利去小镇上四处转转,去酒馆吃个晚餐,而我则待在家里,和宝宝一起玩耍。下午我把她带了出去,沿着河边散步,感受了迎面吹来的海风。我们回到家,我解下了她身上的襁褓,给她洗了个冷水澡,然后用一张亚麻布擦干了她身上的水。她的皮肤粉粉嫩嫩的,看上去非常甜美,我让她自由自在地玩了一会儿。当其他人进来吃晚餐时,我及时地给她穿上了一件新衣服,把她交给了奶妈。威廉、亨利和我来到塔楼的大门前,询问士兵是否能让凯瑟琳出来见见我们。

她沿着比彻姆塔的内墙朝我们走来,看上去十分娇小,但是她走路的姿势很像一个波琳家的女孩,她抬头挺胸,环顾四周,还微笑着跟一个路过的士兵打了招呼,仿佛这就是她的领地一般。当她看到铁栅栏外面的我时,脸上露出了一抹光彩。他们把木门打开了一点点,她从里面溜了出来。

我把她抱到怀里,喊了声:"我的女儿!"

她也紧紧地抱了抱我,然后朝亨利飞奔而去,她喊道:"母鸡①!"

---

① 亨利的外号。

"猫①！"

他们高兴地看着彼此，她对他说："大了。"

他回答说："胖了。"

威廉越过他们的头对我笑着说："你觉得他们对彼此说过完整的句子吗？"

我赶紧对凯瑟琳说："凯瑟琳，我给安妮写了信，让她放了你，我要你离开这儿。"

她立刻严肃地说："我不能走。她很痛苦，你一定从来没见过她这个样子，我不能离开她，她身边其他的侍女都没有用，其中两个根本不知道自己来这里干什么，另外两个就是波琳姑婆和谢尔顿姑婆，她们一直坐在角落喃喃自语。我不能让她和这样几个人待在一起。"

亨利问："她整天都做些什么？"

凯瑟琳脸红了，她说："她一直在哭泣和做祷告，所以我不能离开她，就像不能离开一个婴儿一样，她根本无法照顾自己。"

我绝望地问："你可以吃饱饭吗？晚上都睡在哪里？"

凯瑟琳回答说："我和她睡在一起，但是她几乎无法入眠，餐食就跟宫廷里的一样好。母亲，没关系的，我们待不了多久。"

"你怎么知道？"

这时，警卫队长探身对威廉说："威廉爵士，当心点。"

威廉看着我说："我们达成了一项约定，不能和凯瑟琳讨论这件事，我们只能来见见她，看她是否安好。"

我深吸一口气说："好吧，但是凯瑟琳，如果一个星期之后，这件事还没解决，你必须回到我身边。"

她甜甜地说："我一定会按你说的做。"

---

① 凯瑟琳的外号。

另一个波琳家的女孩

"你需要什么东西吗?明天我能给你带来些什么?"

她说:"一些干净的亚麻衣,王后还需要一两件礼服,你能去格林尼治宫为她拿来吗?"

"好的。"我放弃了挣扎。似乎我这一生都在为了安妮奔波,即便是到了现在这生死存亡之际,我还是在为她服务。

威廉看了看警卫队长说:"队长,你觉得可以吗?我的妻子可以为这些女士拿些亚麻衣和礼服来吗?"

那个男人说:"可以的,爵士。"他看着我,向我脱帽致意,说:"当然可以。"

我冲他笑了笑,以前从来没有人敢在没有证据、没有罪名的情况下监禁王后,人们很难知道到底应该站在哪一边。

我再次抱了抱凯瑟琳,她的兜帽顶着我的下巴,我摸了摸她的头发,在她额间亲吻了一下,闻到了她身上香甜的气味。我舍不得让她离开,但最终她还是滑进了大门,走上了那条被塔楼的巨大阴影笼罩的石板路。忽然她停下了脚步,转过身来,朝我们挥了挥手,最后消失在了我们视线之中。

当她离开的时候,威廉也朝她挥了挥手,然后转过身来,看着我说:"波琳家人身上从来不缺乏这种傻乎乎的勇气。如果你们是马匹,那我应该挑不出比你们更优秀的品种,因为你们会毫不犹豫地越过任何坑坑洼洼。但是作为女人,真的很难相处。"

1536年五月

我顺流而下去格林尼治宫取王后的衣服和凯瑟琳的亚麻衣。威廉、亨利和小女儿在塔楼旁的住所等我，威廉不愿让我单独回去，我自己也十分害怕回到格林尼治宫，但是我还是宁愿一个人行动，因为我儿子是国王的儿子，我希望他不会被宫里的人盯上。我跟他们承诺说自己会在几小时后赶回去，不会多作停留。

我轻而易举地就进入了我的房间，但是枢密院下令将王后的房间封了起来，所以我根本无法进去，我想去找舅舅，让他帮我拿一些安妮的礼服和亚麻衣，但是我很快就意识到，此时，已经有一个波琳家的女孩被指控犯了无名之罪而被关进了塔楼，如果再让人们注意到另一个波琳家女孩实在是不值当，于是我打包了一些自己的衣服给她。正准备溜出房时，玛奇·谢尔顿走了进来，她对我说："老天爷！我还以为你被逮捕了。"

"为什么？"

"为什么所有人都被逮捕了？连你也不见了，我当然会以为你也被关在塔楼里，他们审问完就把你放了吗？"

我耐心地说："我根本没有被逮捕，我去伦敦只是为了和凯瑟琳待在一起，她作为安妮的侍女，和她一起被关了进去，而且她们现在还被关在里面，我只是回来拿些亚麻衣。"

玛奇在窗边的椅子上坐下，大哭了起来。

另一个波琳家的女孩
6'46'

我迅速瞥了一眼走廊,把包袱从一只胳膊转移到另一只胳膊上,我对玛奇说:"玛奇,我得走了,到底出什么事了?"

"上帝!我以为你被抓走了,下一个就是我。"

"为什么?"

她说:"这种感觉就像身体在熊堆里被撕裂一样。他们审问了我一上午,我简直无法向你形容自己看到了什么、听到了什么。他们一遍又一遍故意曲解我的话,听起来我们好像就是一群妓院里的妓女,但我根本没有做什么出格的事情,你也没有。他们一直刨根问底,还详细地询问了时间和地点,这一切让我感到无比羞耻!"

我顿了一下,从她的话里挑出了重点。我问她:"枢密院审问了你?"

"他们审问了所有人,包括王后屋里的所有夫人、侍女,甚至还有仆人,他们审问了所有在王后屋里跳过舞的人,波克依要是还活着,他们甚至会去审问一条狗!"

"他们都问了些什么呢?"

"谁和谁睡在一起?谁许诺了些什么?谁送来了礼物?做晨祷的时候谁不在?他们审问了所有事情,包括谁爱上了王后?谁给她写了情诗?她都唱了谁的歌?她喜欢谁?一切。"

我问:"那大家都是怎么回答的呢?"

玛奇打起精神说:"最初我们什么也没说,当然,我们会保守自己的秘密,也会帮别人保守秘密,但是他们不知道撬开了谁的嘴,得知了一件事情,紧接着又从另一个人那儿知道了另一件事情,最后他们把我们都搞晕了。他们问了一些我们没有听过的事情,问我们都干了些什么。从始至终,霍华德舅舅就像看一个妓女一样看着我,萨福克公爵倒是很温和,我向他解释了所有事情,但是紧接着我就发现自己无意间亲口说出了自己本来打算隐瞒的那些秘密。"

她大哭了一场,用一小块蕾丝花边擦干了眼泪。突然她抬头看着我说:"你赶紧走!他们一旦看见你,一定会把你抓起来审问。他们一直无休止地问我们乔治、安妮和你每天晚上都在哪里、都干了些什么。"

我点点头,立刻起身离开,我听到她在我身后说:"如果你看到亨利·诺里斯,可以告诉他我已经尽力保守秘密了吗?他们逼我供出了一件事情,我曾和王后为了他的一个吻打赌,但是除此之外,我什么也没说。比起简,他们从我身上知道的事情少得多。"她听上去就像一个不想惹人嫌的可怜孩子。

听到乔治那个恶毒妻子的名字,我也没有停下来多做询问,因为我急着离开这个地方。我赶紧抓住玛奇·谢尔顿的手,拉着她和我一起跑下楼梯,穿过大门,我一边跑一边问:"简·帕克?"

"她是在里面待得最久的人,她还写了份声明,还在上面签了字。他们审问过她之后,我们又被重新抓了回去。他们一直在问乔治的事情,问乔治和王后是不是经常在一起喝酒、你是不是经常和乔治单独陪着她、你有没有让他俩单独相处。"

我斩钉截铁地说:"简一定诽谤了他。"

玛奇说:"她明明就是夸大其词。那个西摩尔家的婊子一直抱怨这里天气炎热,于是昨天她和加露家的人一起去了萨里,而我们这些留下来的人却艰难地生活着,所有的一切都分崩离析了。"玛奇小声啜泣了起来,我停下脚步,亲了亲她的脸颊。

她沮丧地问:"我可以和你一起走吗?"

我说:"不行,你去兰贝斯找公爵夫人,她会照顾你,不要告诉别人你曾见过我。"

她坦诚地说:"我会努力保守秘密,但是你根本无法想象他们会如何一次又一次地迷惑我,来套出我的话。"

另一个波琳家的女孩

我点了点头,离开了她。我站在石阶的最高处,突然有感而发:一个漂亮女孩来到全欧洲最漂亮、最高雅的宫廷,顺利地勾引了国王,而如今她却亲眼见证了这个世界发生的翻天覆地的变化。宫里一片黑暗,现在的国王疑心极重,她也意识到无论是多么轻浮、漂亮或者容光焕发的女人在这里都无法全身而退。

✦

那天晚上我把亚麻衣带去给了凯瑟琳,告诉她自己没能拿到王后的礼服。我没有告诉她原因,其实是因为我不想让别人注意到我和我们在迈诺瑞斯的住所,现在那里对我们来说就是一个小天堂。我也没有将自己这一路听来的消息告诉她,当我乘船回伦敦时,船夫曾告诉我,那个好几年前曾跟国王争夺过安妮的托马斯·怀亚特爵士被抓起来了。那会儿我们所有人还只会谈情说爱。不仅如此,我们朋友圈子里的另一个人理查德·帕吉也被抓了。

我坐在小旅馆的壁炉旁,对威廉说:"他们很快就会来找我,他们正在到处寻找和安妮亲近的人。"

他说:"那你最好不要每天都去看凯瑟琳了,要么我去,要么派一个仆人去。你可以跟在后面,在河边找个能看见她的地方藏起来,这样你也可以了解她的情况。"

第二天我们换了家旅馆,这一次我们用了假名字入住,亨利假扮成一个马厩的小厮,代替我们去看凯瑟琳,为她带去亚麻衣和书籍。他躲过人群来到大门边,又掩人耳目地回到家,确保没有人发现自己。如果舅舅明白一个女人也会深爱自己的女儿,他就会派人看着凯瑟琳,那么就能顺藤摸瓜找到我,然而他对此一无所知。霍华德家所有人都一直觉得,女儿就只是婚姻游戏里面一颗无足轻重的棋子。

他也有其他事情要忙,我们知道这个月中旬,他们会对安妮等人做出判决,在这期间他一直都很忙碌。威廉去面包店为我们买了晚餐,也打探到了判决结果,他决定等我吃完之后再告诉我。

我吃完晚餐后,他温柔地对我说:"我的爱人,我不知道在告诉你这件事之前,该如何让你做好心理准备。"

我看了看他那张严肃的脸,把面前的餐盘推开,对他说:"那你就赶紧告诉我吧。"

"他们已经作了以下判决:亨利·诺里斯、弗朗西斯·韦斯顿、威廉·布雷顿和那个小厮马克·斯米顿与你的王后姐姐犯有通奸罪。"

那一刻我再也听不见他的声音,我可以听见这些话,但是似乎它们是从很远的地方传来的,听起来模糊不清。威廉把我的椅子从桌子旁拉开,让我的头埋下来,这种恍惚的感觉一闪而过,我能够清晰地看到靴子下面的地板,我挣扎着对他说:"让我起来,我的意识还没有模糊。"

他立刻放开我,跪在我身边,看着我的脸说:"我想你应该为你的哥哥祈祷,他头上的罪名更多。"

"他没有和其他人一起接受审判吗?"

"没有,他们只是在普通法庭上被审判了,而他和安妮必须在众目睽睽下接受判决。"

"那么他们就可能会被释放出来,舅舅他们一定做了些安排,准备救他们。"

威廉一脸疑惑地看着我。

我从座位上跳起来说:"我必须去法庭,我不应该像个傻瓜一样躲在这里。在事态恶化之前,我要去告诉他们这一切都是错的。如果这些人都获了罪,那我一定要及时去法庭证明乔治是无辜的,安妮也是无辜的。"

他赶紧起身挡在门口,这时我离门边还有两步远。

另一个波琳家的女孩

"我就知道你会这样说,你不能去。"

"威廉,我的哥哥和姐姐正面临着最大的危险,我必须去救他们。"

"不!你一旦露面,他们也会砍下你的头,你的下场就跟乔治和安妮一样,你觉得是谁在收集这些人的罪证?谁会主持审判你哥哥的法庭?是你的亲舅舅!他会用自己的权力去救他吗?你父亲会吗?不会!因为他们知道安妮已经把国王变成了一个暴君,如今他已经走火入魔,没有人能阻止他的暴政。"

我推着他的胸膛说:"我必须去阻止他,这可是乔治,我亲爱的乔治,我不想入土之后才知道在他被审判的那一刻曾四处张望,却没有看见一个人为他挺身而出,你觉得呢?即便是死,我也要去找他。"

突然,威廉让开了,他说:"那你去吧,走之前去给我们的孩子和亨利送一个道别吻,我会向凯瑟琳传达你对她的爱意,还有别忘了最后再亲我一下,因为你一旦进入那个法院,将永远不会活着出来。与其这样,我还不如一早就在心里认定你会因为擅用巫术被带走。"

我说:"看在上帝的分上!因为什么?你觉得我做过什么?你觉得我们做过什么?"

"安妮被指控用巫术勾引国王,据说你的哥哥也从旁协助了,这就是为什么他们的审判要分开进行。原谅我没有告诉你这一点,我不想让我妻子刚刚吃完晚饭就听到这种消息。法院的人控告说他们是情人,还召唤了恶魔。他们会被分开审判,并不是因为他们可能会被释放出来,而是因为他们罪大恶极,一次根本审不完。"

我倒吸一口气,在他面前跟跟跄跄地走着。威廉伸手抓住了我,继续跟我说了他未说完的话。

"据说他们一起给国王施了咒语,可能还给他喝了毒药,让他变得性无能。他们还是彼此的情人,生下了一个怪胎。接下来的话有一点伤人,你要挺住。他们说你经常在安妮的房里狂欢到深夜,还教了她如何勾引国王,因为你给国王当了多年的情妇,对他甚是了解。你还亲自为她带了个女巫回宫,是吗?你把那些死婴带了出去,我埋了其中一个。还有更多的罪名,那些我都不曾听过。你甚至都没有把波琳家所有的秘密告诉我。"

我转过身来点了点头,他看着我继续说:"我想也是如此,她是不是用了咒语和药水才怀上了孩子?"我再次点点头,他继续说:"她毒死了费希尔主教,人家明明只是一位可怜的圣人。不仅如此,她还昧着良心杀害了另外三个人,还毒死了沃尔西主教、凯瑟琳王后……"

我大叫:"你怎么能确定那些都是事实?"

他坚定地看着我说:"她是你的亲姐姐,连你都不能确定她到底杀了多少人?"

我迟疑了一会儿说:"我不知道。"

"她犯了擅用巫术罪,以卑鄙行为勾引国王罪,威胁王后、主教和红衣主教罪。玛丽,你根本保不了她,这些安在她头上的罪名至少有一半是真的。"

我轻声说:"但是乔治……"

威廉说:"乔治参与了她做的所有事情,而且他头上也有自己的罪名。如果弗朗西斯和剩下的人招认了自己曾经对斯米顿和其他男孩做过的事情,他们一定会被处以绞刑,更别说其他罪名了。"

我说:"但他是我哥哥,我不能撒手不管。"

威廉说:"那你就会和他一起死,但你也可以选择活下来,将你的孩子们抚养成人,还可以保护安妮那个年幼的女儿。到这周末她就会失去自己的母亲,在人们眼里,她会变成一个耻辱而又低劣的孩子。你也可以看着王朝接下来将会被谁统治、伊丽莎白的未来会是怎样一番光景。你可以保护我们的儿子亨利,不让他去继承国王的王位,不让他成为别人的傀儡。

你应该保护你的孩子们，安妮和乔治已经做出了他们自己的选择，但是未来伊丽莎白公主、凯瑟琳和亨利还会面临很多选择，他们需要你的帮助。"

我把捶在他胸口的拳头放了下来，呆呆地说："好吧，我不会陪着他们去接受审判，也不会去法庭为我哥哥辩护，但是我要去找我舅舅，问问他还是否有办法拯救他们。"

我本来以为他还是会拒绝我，但是他迟疑了一会儿，对我说："你确定他不会像抓他们一样把你抓起来吗？他刚刚才审判了三个他看着长大的男人，一个即将被绞死，一个即将被阉割，还有一个即将被五马分尸，他已经不再是一个仁慈的人了。"

我点了点，认真地思考了一下，说："好吧，那我先去找我父亲。"

威廉点点头，我终于松了口气。他对我说："我带你去。"

我披上了斗篷，把奶妈叫来照顾孩子，还把亨利喊来跟她们待在一起。我们说要出去散散步，一会儿就回来，然后威廉和我离开了那个小旅馆。

我问："他在哪里？"

威廉说："在你舅舅家。宫里一半的人都还在格林尼治宫，但国王却一直在他的房间里过着独居生活，有人说他伤心欲绝，也有人说他每晚都溜出去和简·西摩尔私会。"

我问："托马斯爵士和理查德爵士怎么了？他们为什么也被抓起来了呢？"

威廉耸了耸肩膀说："谁知道呢？根本没有指向他们的证据，也根本没有人起诉他们，当然也没有人支持他们。谁又能知道一个疯狂的暴君能干出什么事呢？像马克这样一位只知道弹鲁特琴的小厮都被折磨得喊娘，把所有自己知道的事情都吐了出来。"

他握住我冰冷的手，用手肘夹住，对我说："我们到了，我们会先去到马厩门边，我认识其中的一些小厮。在我们进去之前，我得先去弄清楚情况。"

我们悄悄地摸进了马厩,但是威廉还没有来得及朝着窗户的方向叫出一声"哈喽",鹅卵石道路上就传来了一阵马蹄声。我的父亲骑马走进了院子。我赶紧从阴影处出来,朝他飞奔过去,他的马被惊得连连后退,他也冲我怒吼了一声。

"父亲,原谅我,我必须来见你。"

他突然看清是我:"是你吗?过去的这一周你都藏在哪里?"

"她都和我待在一起,"威廉在我身后坚定地说,"她一直待在她应该待的地方,和我们的孩子们在一起。凯瑟琳和王后在一起。"

我父亲说:"唉,我知道,她是唯一一个还没有被玷污的波琳家女孩,我们都知道这一点。"

"玛丽想要问你一些事情,之后我们就得离开了。"

我顿了一下,当这一刻真正来临,我却不知道该问父亲什么,但我还是问了出来:"我们可以把乔治和安妮救出来吗?舅舅在为此奔波吗?"

他用那双黑色的眼睛看了我一眼,说:"你一定和其他人一样知道他俩的所作所为。天呐!你们三个简直罪大恶极,你本应和其他女士一起接受审问。"

我赶忙说:"我们什么也没做,我们只是做了你和舅舅命令我们做的事情。他让我去教导安妮如何取悦国王,他告诉安妮要不惜一切代价怀上孩子,他告诉乔治待在她身边帮助她、安慰她。我们只是奉命行事,难道因为当了一个听话的女儿,她就该死吗?"

他迅速说:"不要把我扯进去,我没有命令过她,一切都是她自找的,还有你和乔治。"

他竟然将自己撇得一干二净,我感到大吃一惊。他下马将缰绳递给了马夫,准备离开,我赶忙跑过去,抓住他的衣袖问:"可是舅舅会想办法救他们出来的，是吗？"

他对着我的耳朵轻声说："这次她无力翻身了。国王已经知道她无法生下儿子，现在他想要迎娶一位新的妻子。这一轮西摩尔家赢了，我们无力与之抗衡，这场婚姻关系马上就会被解除。"

我问："解除婚姻关系？以什么理由呢？"

他简单地说："因为他们的关系本来就不一般，他曾经是你的情人，他本来就不能成为她的丈夫。"

我眨了眨眼说："不要又拿我说事。"

"本来就是这样。"

"那安妮会怎么样呢？"

"如果她愿意安静地离开，那么她会被送往一个修道院，不然的话就会被驱逐出宫。"

"乔治呢？"

"也会被驱逐出宫。"

"那你呢？"

他忧郁地说："如果我能挺过去，那以后也能生存下来。如果你现在不想被抓去为他们作证，那就赶紧离开，不要再出现了。"

"我可以去法庭提供证据，为他们辩护吗？"

他笑了一会儿，提醒我说："你根本不能去提供对他们有利的证据。在这类叛国罪的审判过程当中，根本没有辩护环节。他们能做的就是希望法院能够宽大处理、国王能够原谅他们。"

"那我可以去找国王为他们求情吗？"

父亲看了看我，对我说："如果你不姓西摩尔，国王根本不会看你一眼，更何况你姓波琳，在他眼里你就是个该死的人。女儿，不要管这件事，如果你真心待你姐姐和哥哥，就让这件事尽快悄无声息地被解决掉吧。"

我们听到路上又传来一阵马蹄声,威廉立刻把我拉回到马厩的阴影里,他对我说:"是你的舅舅,赶紧往这边走。"

我们穿过了一道石拱门,来到下人们运送干草的小门前。这是一扇在木材上开出的简易门,威廉把它打开,扶着我穿了过去,然后把它闩了起来,因为我们看到院子里有火把的光亮,士兵们还叫马夫们出来帮主人卸下马鞍。

这座城市隐秘的街道上什么也看不见,我们在一片黑暗中摸回了家。奶妈给我们开了门,还让我们看了看在摇篮里熟睡的宝宝。亨利则睡在一张小硬板床上,他的头上满是姜黄色的都铎卷发。

威廉把我拉到一张四柱床上,拉上窗帘,帮我脱下衣服,让我的头靠在枕头上。他紧紧地抱住了我,什么也没说。那一整晚我都躺在他怀里,但却怎么都感受不到温暖。

安妮即将在伦敦塔的国王大厅里,在众目睽睽之下接受审判,他们不敢带她穿越整个城市去往威斯敏斯特,因为之前那些在她加冕时反对她的人们如今已经转而支持她,克伦威尔的计划还是有所纰漏,尽管法院已经将她的所作所为公之于众,但是并没有人相信一个女人会如此恶心,竟然在怀了自己丈夫的孩子后,还去勾引其他男人。他们不肯相信一个女人竟然会在自己丈夫的眼皮子底下,找了两个、三个、四个情人,更何况这位丈夫还是英国国王。当凯瑟琳接受审判时,甚至是码头上的女人们都向安妮大喊"婊子",然而现在她们却觉得是国王又疯了,所有这一切都是他废后的借口,他不过是想要另寻新欢而已。

简·西摩尔搬进了城里,住进了弗朗西斯·布莱恩爵士在河边的漂亮宅院。大家都知道国王的驳船停靠在河边,每天午夜时分都有音乐响起,还会举办盛宴、舞会和化装舞会，而王后却被关在塔里，里面还关着另外五个好人，其中四个已经被判了死刑。

亨利·珀西是安妮以前的爱人，如今他也和其他人坐在一起，看着法院审判她。他们曾在这些桌子上举办过盛宴，他们还曾亲吻过她的手，还和她跳过舞，这对他们来说一定是一种奇怪的体验。他们就这样看着安妮走进国王大厅，在自己面前坐下来，她的脖子上还戴着那个有金色字母B的项链，那顶法式兜帽微微往后移了点，露出了她黑亮的头发，一身黑色的礼服映衬着她那奶油般的肌肤。在此之前她一直在一个小祭坛面前哭泣和祈祷，但当审判的这一天来临，她却显得十分镇定，看上去就像多年前刚从法国回来时那样自信、可爱，就是那时，我的家人们安排她夺走了我的王室情人。

我本来可以和普通人一起进去，坐在市长、行会会员和高级市政官后面，但威廉十分担心我会被发现，而且我知道自己无法忍受他们满嘴谎言诬陷她，也知道自己根本无法忍受那些真相，于是我没有去参加这场审判。然而旅馆里有个女人去观看了伦敦这场绝无仅有的表演，回来后断章取义地跟我们讲述自己在法庭上听到的一切：王后是在何时、何地勾引了那些宫廷男士，她用舌头跟他们接吻，激发他们的欲望，还会给他们很多了不起的礼物，每天晚上他们都为了得到王后的青睐争风吃醋。这个故事的一部分无限接近于真相，但有些内容听上去简直荒谬至极，任何在宫里生活过的人都知道这根本不可能发生，但是总有人热衷于编造那些色情、肮脏和黑暗的丑闻，这些正是人们觉得王后可能会做的事情，在他们眼里，如果国王娶了一个妓女，那么这个妓女王后一定会做出这样的事情。比起安妮、乔治和我的所作所为，这些更多的是克伦威尔大臣自己臆想出来的场景。

他们没有找来任何能够证明她淫荡行为的人，也没有找来任何能够证明她诅咒过国王的人,他们还声称他的腿伤和性无能也都是她的错。安妮拒不认罪,她努力向那些早已清楚一切的贵族解释:王后赐予别人小礼物是极其正常的,自己和一个又一个男人跳舞也没什么,诗人也一定会写诗歌来赞美自己,那些诗歌自然而然肯定是爱情诗,对于这些在欧洲普遍存在的传统典雅的爱情,国王之前从来没有反对过。

审判的最后一天,亨利·珀西不见了。他是诺森伯兰伯爵,也是安妮很久以前的爱人,他的借口是自己病得太过严重,不能出庭,这时我才知道原来对安妮的最终判决就要下来了。法庭上的那些大人曾是安妮宫里的人,他们之前为了能让她看自己一眼,曾把自己的母亲送给她当厨娘,如今他们却轻而易举地就做出了裁决。他们按照贵族等级依次表决,等级最高的则是我们的亲舅舅。所有人都依次说出了"有罪",而轮到舅舅时,他哽咽得说不出这个词,也说不出这样一句话:*我们应该按照国王的意愿,在格林塔把她烧死或斩首。*

旅馆里的那个女人从口袋里掏出一块布,轻轻地擦了擦眼里的泪水,她说这对她来说未免太不公正,一个王后竟然仅仅因为和几个年轻男人跳了舞,就要被绑在火刑柱上活活烧死。

威廉一副公正的样子说:"你说得真对!"然后让她离开了房间。她走后,他回到我身边,让我坐在他的膝盖上。我像一个孩子一样把身体蜷了起来,他抱着我,用手轻轻地拍着我。

"她一定不愿意去修道院。"

他说:"她必须遵守国王的一切决定,流放和修道院,她应该知道怎么选。"

✦

次日他们就审判了我哥哥,不然他们可能无法忍受那些谎言给自己带来的困苦。和其他几个男人一样,他们指控说他是安妮的情人之一,并和她一起密谋策反。当然他也否认了这一切,他们又接着指控他曾质疑伊丽莎白公主是否国王亲生,不仅如此,还嘲笑了他性无能。上一秒还在喊冤的乔治立刻就沉默了,他无法否认这一点,简·帕克曾写下一封声明,提供了一些针对他的强有力的证据,就是那个乔治曾经一直看不上的妻子。

我问威廉:"他们竟然会听信一个受过屈辱的妻子?这可是会被判绞刑的大事!"

他简单地说:"他是有罪的,我跟他并不亲近,但即便是我,都曾听说他嘲笑过亨利,还说在繁殖的季节里,他甚至连一匹母马都骑不上去,更何况是安妮这样一个女人。"

我摇了摇头说:"真是愚蠢又轻率,但是……"

他握住我的手,温柔地说:"我的爱人,这可是叛国罪,你一定不会希望这种事闹到法庭上去,但是一旦在法庭摊开,那么这就是叛国罪。正如托马斯·莫尔质疑国王在教会的统治权一样,咱们这位国王可以判定谁该被处以绞刑、谁又不该被处以绞刑。我们当初反对了教皇统治教会,就给了他这种权力,给了他统治一切的权力。如今他有权判决你的姐姐是一个女巫、你的哥哥是她的情人、他俩都是英国的敌人。"

我坚持说:"但是他一定会让他们离开的。"

✦

每天我的儿子亨利都会去塔楼看他的姐姐是否安好,威廉则会一路跟在他身后,确保没有人发现他,但是根本没有人监视亨利,仿佛他们已经在安妮和乔治的事情上面费尽心机,无暇顾及其他。

五月中旬的一天,我和亨利一起来见了我的女儿。她走出了伦敦塔,我们一起站在门外,听见了钉子钉入断头台的声音,不久之后他们将会在这里处决我的哥哥和其他四个人。凯瑟琳看上去沉着冷静,但却脸色苍白。

我敦促她说:"跟我回家吧,我们可以去罗奇福德,你在这儿也无能为力了。"

她戴了顶兜帽,摇摇头说:"让我留下来吧。等到安妮姨妈被释放出来,去了修道院里,我就跟你回去。"

"她还好吗?"

"她很好,一直在祈祷,她以后将一直生活在围墙之中,现在的她正在为以后的日子做心理准备。她知道自己不得不放下王后之位,也不得不放弃伊丽莎白公主,她清楚自己已经不再是王后。但自从审判结束,情况还是好了些,他们不再周而复始地审问她、盯着她了,她现在更加安定了。"

"你见过乔治吗?"我努力使自己的声音听上去还算正常,但我还是悲哀地哽咽了。

凯瑟琳抬头看着我,她那双波琳家的眼睛满是遗憾,她温柔地说:"这里是监狱,我不能去看他。"

想到自己竟然问出这么愚蠢的问题,我摇了摇头说:"我之前来到这里时,这儿还是国王的城堡之一,我可以随心所欲地行走,如今这一切都不一样了。"

凯瑟琳问我说:"国王会迎娶简·西摩尔吗?她想知道这一点。"

我说:"你可以告诉她他一定会的,他每晚都流连在她的宅子里,就跟之前流连在她的房间里一样。"

凯瑟琳点了点头,瞥了一眼身后的哨兵,对我说:"我应该走了。"

"告诉安妮……"我突然停了下来,因为我想跟她说太多话,根本无法用一句话传达清楚。多年以来,我俩都针锋相对,但后来我们又被迫团结在了一起,而且以后也会如此,我们会越来越爱彼此,认定对方可以克服一切困难,究竟哪个字可以将这一切都表述清楚?告诉她我仍旧爱着她,

另一个波琳家的女孩

告诉她尽管我知道是她将她自己和乔治推到这步田地,但能够成为她的妹妹我仍旧深感荣幸?尽管我不会原谅她对我们的所作所为,但同时我又能完全理解她的苦衷?

凯瑟琳在原地徘徊着,等着我继续说下去。"告诉她什么?"

我简单地说:"告诉她我想她,每一天、每时、每刻都在想着她,以后也会如此。"

✺

第二天,他们斩了我的哥哥,和他一起受刑的还有他的情人弗朗西斯·韦斯顿,亨利·诺里斯、威廉·布雷顿以及马克·斯米顿,他们选择在格林塔行刑,让安妮透过窗户眼睁睁地看着自己的朋友们和哥哥相继死去。我抱着小女儿走在河边泥泞的河岸上,努力让自己不去想正在发生的事情。微风轻轻地从河上吹来,一只海鸥在我头顶悲鸣着,潮汐线上到处是有趣的漂浮物:绳子、碎木屑和杂草覆盖的贝壳。我看着脚下的靴子,来回踱步,安慰着怀里的孩子,试着不去想曾经在王室叱咤风云的波琳家人究竟做过什么,如今竟然沦落为罪犯。

我转身回家,发现脸上满是泪水,我从没想过会失去乔治,也从没想过失去乔治后,我和安妮应该怎样过活。

✺

一名法国剑客奉命负责处决安妮,但国王计划在最后一秒赦免她,这样他就能最大限度地从中获益。他们在比彻姆塔外面的绿塔为她搭建了一个断头台。

我问威廉:"国王会放了她吗?"

"你父亲说他会的。"

我非常了解亨利，我对他说："他会让行刑现场看上去就像一场化装舞会一样，在最后一刻，他会假意原谅她，每个人都会松一口气。即便他之前杀了其他人，但还是会得到民众的谅解。"

这个剑客在路上耽搁了，还要再等一天他才能站上断头台，等着国王宣布自己已经原谅了安妮。那天晚上凯瑟琳就像一个小幽灵一样站在门边，对我说："克兰默大主教今天来让安妮签署废除婚姻关系的文件，她很爽快地就签了。他们承诺说一旦签了那个文件，就会放了她，她可以去修道院居住。"

"感谢上帝！"这一刻我才意识到原来自己是多么担心她，我问她说："她什么时候会被放出来？"

凯瑟琳说："或许是明天，然后她必须搬去法国居住。"

我说："她一定会喜欢这个安排，五天之内她就会成为修道院的院长，你等着瞧吧。"

凯瑟琳冲我淡淡地笑了一下，她眼睛下面的皮肤呈紫色，显得十分疲劳。

我突然焦急地说："现在跟我回去！这一切已经快结束了。"

她说："结束之后我会来找你，当她去法国之后我就跟你走。"

那一晚，我无法入睡。我盯着四柱床上的床帘盖，对威廉说："国王会信守承诺放了她，是吧？"

威廉问我说："为什么不呢？他已经得到了想要的一切，指控她犯了通奸罪，没有人能说他是一个怪胎的父亲，还和她解除了婚姻关系，似乎这

另一个波琳家的女孩

段婚姻从来没存在过一样,所有质疑他男子气概的那些人都已经死了,为什么他还要杀她呢?这根本讲不通,况且他还承诺过她,她也签署了文件,对他来说,送她去修道院是理所应当的事情。"

✦

第二天快到九点时,他们把她和她的侍女们带到了断头台上,我的小凯瑟琳也和其他侍女一起走在她身后。

我站在绿塔的人群后面看着她们,由于距离太远,我只看到一个穿着黑色礼服、披着黑色斗篷的人影。她摘下那顶法式兜帽,把头发用一张网布扎了起来,说了几句临终遗言。我没有听清她说了什么,也并不在乎,因为这完全没有意义,只是一种伪装形式,就跟说国王是绿林好汉,而我们都是身着绿色衣服的村民一样毫无意义。我等着水门打开,国王的驳船在一片鼓声和欢呼声中驶入漆黑的水面,然后他越过人群走上前去,宣布自己已经原谅了安妮。

我以为他来得太晚了,会命令刽子手推迟行刑,让他在听到从河上传来王家鼓声之后才继续行刑。这是亨利的一贯做派,他总能利用好这一刻,达到最好的戏剧效果。现在我们只需要静静等着他隆重登场,宣布自己已经原谅安妮的决定,之后安妮会去往法国,我会带着我的女儿回家。

我看着她转身对牧师做最后的祈祷,然后取下她的法式兜帽,摘下项链。国王迟迟不来,安妮的行为看上去又十分庄重,我几乎快把藏在袖子里的手指折断。为什么他们不能快一点?好让我们赶紧离开。

一个侍女走上前去把眼罩蒙在我姐姐的眼睛上,然后扶着她的手臂让她稳稳地跪在了稻草垫上。她退了回去,只剩安妮孤身一人跪在那里。突然断头台面前的人们也跪了下去,就像是地里的玉米苗被风吹弯了腰一样,只有我静静地站着,越过他们的头盯着我姐姐。她一动不动地跪在那里,身上穿着一条深红色的里裙，外面罩了件黑色礼服。她的眼睛蒙着，脸色惨白。

在她身后，刽子手手里的剑越举越高，剑刃在晨光的照耀下闪闪发光。即便到了那时，我都还在看着水门的方向，期望着亨利的到来，但是紧接着那把剑就像一道闪电一样砍了下来，她的头从身体上滚落，彻底结束了我和另一个波琳家的女孩长期以来的竞争。

人们赶紧冲上前去观看，他们用一块亚麻布将安妮的头包好，放进一个盒子里。此时威廉迅速将我拉到一个壁龛处，接着穿越人群，像抱小孩一样把凯瑟琳抱了起来，又穿过人群向我走来，人群正喋喋不休地议论着眼前这惊恐的一幕。

他只对我俩说："都结束了，现在我们赶紧离开。"

他就像是一个愤怒的男人，在后面推着我们穿越大门，进入城里。我们毫无知觉地穿过人群回到了旅馆，塔楼周围的人们都在议论纷纷，有人说那个妓女终于被斩首了，有人说那个可怜的女人还是殉国了，还有人说那个妻子已经牺牲了，他们以不同的声音形容了安妮不幸的一生。

凯瑟琳一路跌跌撞撞，几乎快要双膝跪地，威廉像抱婴儿一样把她抱在怀里，我看她把头斜靠在他的肩上，我知道她现在还处于半梦半醒的状态之中。这几天以来，她和我的姐姐都不眠不休地等着国王那个宏大的承诺，即便是现在蹒跚地走在进城的路上，我仍旧很难相信刚刚发生的一切。那个宏大的承诺并没有实现，我曾经爱过的那个男人已经变成了一个怪物。他曾是基督教最尊贵的王子，而如今他却食言了，杀死了自己的妻子，这一切只是因为他无法忍受她可以在没有他的世界里活蹦乱跳地活着，因为他觉得她鄙视了他。他已经从我身边夺走了我最亲爱的乔治，现在他又夺走了另一个我：安妮。

另一个波琳家的女孩

凯瑟琳睡了一天一夜，当她醒来时，威廉已经备好马。在她反抗之前，我们就把她扶上了马，我们骑马来到河边，乘船顺流而下去往利镇。她在船上吃了些东西，亨利在旁边守着她，我抱着小女儿，看着两个年长的孩子，不由得思绪万千。感谢上帝保佑，我们终于离开了这座城市，以后如果我们足够聪明、幸运，还是可以远离王朝的把控。

在我姐姐被斩首的当天，简·西摩尔就选好了她的婚服，我并没有因此而责怪她，因为安妮和我都会这样做。当亨利改变心意时，他总会非常决绝，一个聪明的女人只会追随他、永远不会与他作对。如今他已经和一个从没犯过错的妻子离了婚，还砍了另外一个的头，他非常清楚自己已经拥有了至高无上的权力。

简即将成为新的王后，如果她生下孩子，那么他们将会成为新的王子或者公主。她也可能会像之前两任王后一样，每个月都活在等待之中，期盼能够怀上孩子，然而自己却清楚这根本不可能，亨利对她的爱会日渐减少，他的耐心也会被消磨殆尽。当然还有一种可能，安妮对她的诅咒有可能实现，她可能会在生产时死去，她的儿子也会同她一起死去。我并不羡慕简·西摩尔，因为我曾见过嫁给亨利国王的两任王后，她们最后都并不快乐。

至于我们波琳家族，父亲的话是正确的，现在我们能做的就是努力活下去。安妮死后，舅舅失去了一个重要的助手。正是他将安妮当做筹码扔上了这张赌桌，就像对待我和玛奇一样，他总是准备好了另一个霍华德家的女孩来迎合国王，无论是一个能够勾引国王的女孩、一个能够平息国王怒火的女孩，还是一个总想着往高位上爬的女孩，他会周而复始地玩这种把戏。但是我们波琳家已经被彻底摧毁了，我们失去了一个最有名的女孩——安妮王后,我们还失去了家族的继承人——乔治,而安妮的女儿伊丽莎白如今变成了一个无名小卒,她的价值比那个受人鄙视的玛丽公主还要低,人们永远不会再称她为公主,她也不能再坐在王位之上。

我简单地对威廉说:"我很高兴。"退潮之后,孩子们都在摇晃的船上睡着了。"我想和你一起在乡村生活,我希望能养大我们的孩子们,教他们学会彼此相爱、敬畏上帝。现在我已经受够了宫里的那些权力游戏,只想安宁度日。我目睹了他们付出的沉重代价,只想和你在罗奇福德共度余生。我只想爱着你。"

他伸手抱住我,让我贴紧他的身体,来抵御不断从海上吹来的寒风。他对我说:"我同意你的说法,感谢上帝,你已经完成了自己的使命。"他望向睡在船头的两个孩子,又往下看了看海水,船桨在水里滑行,有节奏地拍打着。接着对我说:"但是他们两个人呢?在今后的某一刻,他们还是会逆流而上,回到宫里,被卷进那些王权争斗当中。"

我摇了摇头以示抗议。

他继续说:"他们身上流淌着波琳家和都铎家的血,上帝呀!这是个什么样的组合!他们的表妹伊丽莎白也是如此,没有人敢断定,他们以后将何去何从。"

·全书完·

作者手记

玛丽和威廉·斯塔福德在罗奇福德幸福地生活在一起。当她的父母分别于1538年及1539年去世后，玛丽继承了整个波琳家族在艾塞克斯的财产，她和威廉成为了富有的地主。

她于1543年去世，她的儿子亨利·凯里在他的表亲伊丽莎白一世——英格兰历史上最伟大的女王——的宫廷里成为了一名重要的顾问和朝臣。她赐予了他亨斯顿子爵的头衔。玛丽的女儿凯瑟琳嫁给了弗朗西斯·诺里斯爵士。他们建立了一个伟大的伊丽莎白王朝。

我要特别感谢瑞塔·M.沃尼克，她的著作《安妮·波琳的兴亡》是本故事最重要的参考。我延续了沃尼克原创的、具挑衅意味的论点：安妮周围环绕着多名的同性恋者，包括她的哥哥乔治；她最后一次流产的情节，营造出了一种足以让国王指控她行使了巫术以及邪恶性行为的氛围。

向下列作者诚挚感谢，他们的著作帮助我追溯了玛丽·波琳鲜为人知的故事，或者提供了那个时期的背景资料。

参考书目

Bindoff, S. T., Pelican History of England: Tudor England, Penguin, 1993

Bruce, Marie Louise, Anne Boleyn, Collins, 1972

Cressy, David, Birth, Marriage and Death, ritual religions and the life-cycle in Tudor and Stuart England, OUP, 1977

Darby, H. C., A new historical geography of England before 1600, CUP, 1976

Elton, G. R., England under the Tudors, Methuen, 1955

Fletcher, Anthony, Tudor Rebellions, Longman, 1968

Guy, John, Tudor England, OUP, 1988

Haynes, Alan, Sex in Elizabethan England, Sutton, 1997

Loades, David, The Tudor Court, Batsford, 1986

Loades, David, Henry VIII and his Queens, Sutton, 2000

Mackie, J. D., Oxford History of England, The Earlier Tudors, OUP, 1952

Plowden, Alison, Tudor Women, Queens and Commoners, Sutton, 1998

Randell, Keith, Henry VIII and the Reformation in England, Hodder, 1993

Scarisbrick, J. J., Yale English Monarchs: Henry VIII, YUP, 1997

Smith, Baldwin Lacey, A Tudor Tragedy, the life and times of Catherine Howard, Cape, 1961

Starkey, David, The Reign of Henry VIII, Personalities and Politics, G. Philip, 1985

Starkey, David, Henry VIII: A European Court in England, Collins and Brown, 1991

Tillyard, E. M. W., The Elizabethan World Picture, Pimlico, 1943

Turner, Robert, Elizabethan Magic, Element, 1989

Warnicke, Retha M., The Rise and Fall of Anne Boleyn, CUP, 1991

Weir, Alison, The Six Wives of Henry VIII, Pimlico, 1997

Young, Joyce, Penguin Social History of Britain, Penguin